贾平凹研究资料汇编
编委会

贾平凹研究资料汇编

主　编　韩鲁华　王春林　张志昌
副主编　张文诺　张亚斌　杨　辉

《带灯》研究

李　波　魏晏龙　编

陕西师范大学出版总社

图书代号：WX22N0600

图书在版编目（CIP）数据

《带灯》研究 / 李波，魏晏龙编. — 西安：陕西师范
大学出版总社有限公司，2022.5
（贾平凹研究资料汇编 / 韩鲁华，王春林，张志昌主编）
ISBN 978-7-5695-2755-1

Ⅰ.①带⋯ Ⅱ.①李⋯ ②魏⋯ Ⅲ.①贾平凹—小说
研究 Ⅳ.①I207.42

中国版本图书馆CIP数据核字（2021）第270827号

《带灯》研究
DAIDENG YANJIU

李　波　魏晏龙　编

出版统筹	刘东风　郭永新	
责任编辑	舒　敏	
责任校对	王淑燕	
封面设计	张潇伊	
出版发行	陕西师范大学出版总社	
	（西安市长安南路199号　邮编710062）	
网　　址	http://www.snupg.com	
印　　刷	陕西龙山海天艺术印务有限公司	
开　　本	720 mm×1020 mm　1/16	
印　　张	23.75	
插　　页	1	
字　　数	340千	
版　　次	2022年5月第1版	
印　　次	2022年5月第1次印刷	
书　　号	ISBN 978-7-5695-2755-1	
定　　价	88.00元	

读者购书、书店添货或发现印装质量问题，请与本公司营销部联系、调换。

电话：(029) 85307864　85303629　传真：(029) 85303879

总　　序

　　自 1978 年《满月儿》引起当代文坛的关注，贾平凹的文学创作，已走过了四十余年的历程。四十余年来，贾平凹始终保持着旺盛的艺术创造生命力，特别是在《废都》之后，几乎每两三年出版一部长篇小说，业已是当代文学史上的一个奇观。也许是一种历史宿命，贾平凹的文学创作与对其的研究，呈一种互动的、正向的发展态势。自 1978 年 5 月 23 日《文艺报》刊发邹荻帆先生关于贾平凹文学创作的评论文章《生活之路——读贾平凹的短篇小说》之后，也特别是《废都》之后，有关贾平凹的研究与探讨，已然成为当代文学研究中作家研究方面富有典型性的一个显学案例。当我们对贾平凹文学创作与研究进行历史性梳理后发现，不论是贾平凹的文学创作，还是贾平凹研究，与中国改革开放这四十余年，产生了一种感应性的脉动或者律动，从中可以探寻到当代文学创作与研究的历史走向。

　　这并非一个虚妄的判断，因为既有贾平凹千余万字的文学作品呈现在读者面前，更有数千万字的研究文章、专著摆在了那里。

　　从当代文学研究来看，资料文献的整理与研究，越来越受到学界的关注与重视，并且进行着卓有成效的研究实践，取得了累累硕果。学术研究从某种意义上来说，是一种历史的沉淀，也是一种历史的总结与发现。在学术研究的发展过程中，沉淀了许多资料文献，到了一定历史阶段，自然也就需要进行历史的归纳总结，而立足当下，从中也会有一些新的发现。对某种文学现象的研究资料进行收集整理，以期为后来的研究提供某种方便，本就是一项重要且不容忽视的基础性研究工作。就对当代作家研究资料整理而言，毫无疑问，贾平凹应当是其中一个极为重要的对象。

于是，我们便组织编辑了这套"贾平凹研究资料汇编"丛书。

贾平凹的文学创作研究，已经形成了一个具有独特意义的文学研究现象。不仅研究成果丰硕，而且涉及面也非常广阔，体现出了作家个体研究的水准与高度，其间所涉及的问题，也是当代文学研究中所遭遇的境遇之命题。可以说，贾平凹的文学创作研究已经构成了一部作家个案研究史，而这部作家个案研究史，在某种程度上，亦显现着新时期文学研究历史的脉象。

从历史纵向来看，贾平凹文学研究确实有一个肇始、发展、丰富深化的历史进程。这个历史进程，大体可分为初期、中期和近期三个时段。这三个时段的划分，是以《废都》和《秦腔》研究为节点的。初期研究，就对文学体裁的关注而言，主要集中在散文与中短篇小说上，诗歌研究也有，但很少。这也是与贾平凹的文学创作情景相契合的。贾平凹前期的文学创作，致力于散文与中短篇小说，这也正是他们那一代作家在文学创作上由散文、短篇小说而中篇进而长篇的发展路数。20世纪90年代，更确切地说，自《废都》之后，贾平凹的长篇小说创作，成为研究者关注的一个极为重要的焦点。值得注意的是，贾平凹几乎每出版一部长篇小说，都有一批研究文章问世，而且直至今天，关于《废都》等长篇的研究成果仍然不断出现。这个时期，对于贾平凹文学创作整体性的研究著作与论文，也逐渐多了起来；贾平凹的文学创作，更成为硕士、博士论文的选题对象。进入21世纪，尤其是《秦腔》出版并获得茅盾文学奖之后，长篇小说研究、整体研究与比较研究、传播影响研究，成了贾平凹研究中几个重要的理论视域。当然，在这四十余年间，贾平凹的散文研究成果虽不如小说研究成果丰富，但始终延续着。另外，他的书法绘画作品，也受到了研究者的关注，出现了一批研究成果。这方面的研究虽然并不是很多，但书法绘画乃至收藏等方面的研究，尤其是文学与书画艺术的互动研究，拓宽了贾平凹研究的视野与维度，是贾平凹研究中不可或缺的有机构成部分。

关于贾平凹文学创作研究，可以从如下几个方面加以归纳总结。

贾平凹文学创作整体研究。这一研究，不仅着眼于贾平凹文学创作的整体特征，而且往往是将其创作置于整个中国当代文学背景之下加以论说的，从中可以看出贾平凹文学创作与当代文学历史建构的息息相关与内在关联性。不过，早期的研究文章主要以评论家的主观感受、心理映照为主，多侧重于贾平凹文学创作阶段的划分，厘清不同阶段的创作特色。近期的研究文章，则呈现出更加宏观和多元的研究视域，更为全面深入地从批评史的角度来讨论批评与创作的互动关系，不仅打通了贾平凹文学创作的时间关节，而且试图对贾平凹创作不断走向历史化和经典化的进程加以学理性的归纳探究。在这一背景下的研究中，需要重点提及的是陈晓明《穿过"废都"，带灯夜行——试论贾平凹的创作历程》一文。其梳理了贾平凹1980年至2013年的小说创作，勾勒出贾平凹三十多年来文学创作的风格、特色变化，肯定了贾平凹对当代中国"新汉语"写作的杰出贡献，对贾平凹的文学创作，给予了具有文学史意义的评价判断。此外，李遇春《"说话"与贾平凹的长篇小说文体美学——从〈废都〉到〈带灯〉》一文，以中国传统文学中的"说话"体小说为视角，从贾平凹小说创作对传统小说的继承、化用等方面，分析了贾平凹自《废都》至《带灯》以来的长篇小说文体美学特征，指出贾平凹对中国古代"说话"体小说的现代性转化及对中国传统"块茎结构"艺术的创造性转化，认为贾平凹在继承中国传统文学"史传"与"诗骚"传统基础上富有卓见地创造了以意象支撑结构的日常生活叙事方式。对于贾平凹以意象为其艺术建构核心的论说，笔者在《精神的映像——贾平凹文学创作论》，以及系列论文中有比较充分的论说，此处不再赘言。

贾平凹文学创作的艺术风格、审美特征研究。这方面的研究，已深入作家文学建构的潜心理层次。早期这方面研究，如丁帆《谈贾平凹作品的描写艺术》一文，指出贾平凹对作品人物的塑造是抒情性的，表现出对新生活的向往、对美的追求，其人物具有"姿""韵"兼备的美学特点，认为贾平凹的文学创作具有诗美特质及生活美感复现的特点。王愚、肖云儒《生活美的追求——贾平凹创作漫评》一文，对贾平凹早期文学创作的艺术风格进行细致、具体的探讨与挖掘，认为贾平凹创作的艺术特色在于着重表现社会变型期普通百姓的生活美和深居乡土的乡民的心灵美，具有诗的意境。刘建军《贾平凹小说散论》一文，开篇指出贾平凹小说的艺术特色在于汲取传统小说资源的同时具有强烈的表现欲和浓重的主观色彩，渲染着诗的意境和情绪，是散文化的小说，认为贾平凹文学创作的艺术实质在于真实和主观抒情性。笔者《审美方式：观照、表现与叙述——贾平凹长篇小说风格论之一》一文，以历时性的描述、分析、研究对贾平凹小说的美学风格作了比较准确、精当的界定，认为贾平凹的小说创作追求一种清新优美、空灵飘逸的美学风格，并从审美观照视角、审美表现方式、具体的叙述结构形式等方面详细阐释。

从整体上把握、宏观上研究的论文大多以文学史的发展为背景，出现了一批视角独特、观点新颖的评论文章。对贾平凹文学创作的内在美学风格的观照与作家审美个性、审美心理的把握作出精准的判断，则令始于90年代的贾平凹研究得以进一步深入，并使这种研究具有当代文学普遍意义上的阐发。

贾平凹文学创作的比较研究。这是指研究者将贾平凹的文学创作与东方文学中不同时代、不同作家的作品进行比较论说，或者是将贾平凹的文学创作与西方文学中不同时代、不同作家的作品进行比较探析。一般而言，贾平凹文学创作的比较研究大致可分为影响研究和平行研究两类。

影响研究又可分为三类：

一是中国传统文化思想对贾平凹文学创作的影响。如栾梅健《与天为徒——论贾平凹的文学观》一文，较为全面地论述了贾平凹文学观的形成原因，认为传统文化资源中的"天道"、自然观是形成贾平凹文学观的基础；而客观的地理环境和主观的个体生理条件、个人气质特色、家庭背景等因素均影响了贾平凹的小说创作。胡河清《贾平凹论》一文，从道家文化思想观念对贾平凹小说创作的影响切入，着重分析了传统文化中阴阳观、《周易》思想对贾平凹早期作品《古堡》《浮躁》《白朗》《废都》等的影响，认为在中国当代作家群中，贾平凹对阴阳观（男女性别）的观照最得中国传统文化色彩的熏染。张器友《贾平凹小说中的巫鬼文化现象》一文，从巫术、鬼神文化等对贾平凹小说创作的影响切入，认为巫术、鬼神等民间文化资源是贾平凹文学建构的重要组成部分，巫术、鬼神等文化现象参与、渗透于贾平凹笔下商州世界的独特人文环境、自然景观，并影响着乡民真实、真切的生活经历和情感变化。樊星《民族精魂之光——汪曾祺、贾平凹比较论》一文，从中国传统文化思想资源对汪曾祺、贾平凹小说创作的影响切入，指出汪曾祺小说世界中表露出的士大夫的幽远、高邈境界在贾平凹小说创作中得到了继承和发扬，认为虽然中国传统文化思想资源对汪曾祺、贾平凹二人的小说创作影响程度不同，但两位作家在复现民族魂、反观社会的多变性与复杂性上是相一致的，承续了中国文学的另一种文脉，对当代文学的历史建构具有特殊意义。

二是西方文化、文学传统资源对贾平凹文学创作的影响研究。有关西方文化、文学传统资源对贾平凹文学创作的影响研究的文章是双向的，也就是说，有的研究文章是从西方文化、文学传统资源对贾平凹文学创作的影响这一角度展开论述，而有的研究文章则是从贾平凹的文学创作这一角度来看西方社会对中国文化、文学的接受程度。21世纪以来，贾平凹的文学创作在欧美、日本等国家的影响力越来越大。《西方读者视角中的贾平凹》以及《欧洲人视野中的贾平凹》等文集中讨论了贾平凹的作品在欧美国家的传播。如韦建国、户思社《西方读者视角中的贾平凹》一文，认为贾平凹的主要作品在国外连获大奖、引起巨大反响的主要原因，是其作品展现了人类文明发展史必经的特定阶段，真实地描绘了社会转型时期人们的复杂心态。姜智芹《欧洲人视野中的贾平凹》一文，从三个方面探讨了贾平凹作品在英语、法语世界的传播：一是国外的译介与影响，二是国外的研究，三是传播与接受的原因。吴少华《贾平凹作品在日本的译介与研究》一文，重点介绍了贾平凹的小说在日本的翻译和研究情况。上述研究、评介文章是从贾平凹的文学创作这一角度，来看西方社会对中国文化、文学的接受程度。黄嗣《贾平凹与川端康成创作心态的相关比较》一文，从创作心态、气质、心理的角度，比较了贾平凹与川端康成在文学建构上的相似性。沈琳《试析加西亚·马尔克斯对贾平凹创作的影响》一文，认为贾平凹继承了马尔克斯作品中的孤独感，指出商州农村的建构与拉美农村存在相似性。笔者《特殊视域下特殊时代的人性叙写——〈古炉〉与〈铁皮鼓〉叙事艺术比较》一文，通过对贾平凹《古炉》与君特·格拉斯《铁皮鼓》的文本梳理，指出中国当代文学本土化、民间化叙事的确立与世界文学整体叙事中的当代性建构有着某种相似性、关联性，认为两位作家在文化差异的背景下虽然有着迥异的艺术个性，但都对人类的某些共同经历进行了有情书写。

三是中国文学思想对贾平凹文学创作的影响。具有代表性的研究如雷达的《心灵的挣扎——〈废都〉辨析》、陈晓明的《废墟上的狂欢节——评〈废都〉及其他》，他们都指出《金瓶梅》《红楼梦》《西厢记》等世情小说对《废都》创作的影响。而李陀《中国文学中的文化意识和审美意识——序贾平凹著〈商州三录〉》和李振声《商州：贾平凹的小说世界》，则共同指出贾平凹"商州系列"小说的艺术特质带有明显的明清笔记体小说的印痕。王刚《论贾平凹小说创作的审美视角与话语建构》一文，指出作家身上具有明显的现代作家（如张爱玲、沈从文、孙犁、川端康成等）审美意识的影响痕迹。

关于贾平凹文学创作的平行研究，多以同一国别、同一民族的作家为比较对象，从同一类型的文本出发，分析其艺术风格、创作个性等方面的异同。有关作家之间地域文化差异性研究，如赵学勇《"乡下人"的文化意识和审美追求——沈从文与贾平凹创作心理比较》一文，认为沈从文对湘西世界的建构是其审美理想的总体表征，含蓄朴素的文字风格、淡化人物的主观情绪及对意境的创造，是沈从文独特的审美追求；而构成贾平凹笔下商州的审美境界，是一个静达、高远、清朗的世界，其审美追求是对沈从文笔下营造出的古朴、旷达的湘西世界独特审美意蕴的发展与延续。李振声《贾平凹与李杭育：比较参证的话题》，从贾平凹小说创作对西部文化资源的承袭与李杭育小说创作对吴越文化资源的承袭进行比较论证，认为贾平凹、李杭育为繁荣、壮大地域文化书写作出了卓越的贡献。梁颖《自然地理分野与精神气候差异——路遥、陈忠实、贾平凹比较论之一》一文，对西部作家的杰出代表路遥、陈忠实和贾平凹的创作进行比较，指出三位作家所处的不同自然地理环境对其创作产生了不同程度的影响，认为路遥的小说建构带有陕北高原刚毅与悲凉的色彩，陈忠实的文学创作具有关中地区厚重与朴实的因子，贾平凹的文学创作则具有陕南地区灵秀与清奇的特色。李吟《莫言与贾平凹的原始故乡》，认为莫言的创作追求的是放纵的情感表露，由野向狂，追求狂气、雄风和邪劲，而贾平凹则是有所节制的吟唱，由野向雅，雅俗相得益彰。

有关贾平凹文学创作的研究，还体现出跟踪式研究的特点。而这一方面主要是对于贾平凹长篇创作的跟踪研究，相比较而言，关于《废都》《怀念狼》《秦腔》《古炉》《带灯》《老生》等的研究又比较集中。毋庸置疑，《废都》研究已经成为中国当代文学研究中一个标志性的案例。《废都》是当代文学，甚至当代社会，必然要重提的一个话题。无论谁，是致力于文本探析，或者工于当代文学史的建构，是对当代文学给予充分肯定，还是予以严厉批评，都难以绕过《废都》，也不能无视它的存在。倘若不是如此，恐怕中国当代文学的文本建构，就会留下一个明眼人一眼便看得出的空白，而进行历史叙述，也会留下一个令人惋惜的缺憾。所以，你赞成也好，批评也罢，甚或是给予枪炮似的批判，你都在阅读《废都》，都在审视《废都》。

整理包括作家作品研究在内的文学研究资料的价值意义，自不必多言。就现当代作家的研究资料汇编而言，已有几种丛书问世了。但是，就某位作家文学创作研究的资料整理来看，多为选编，全编性质的少之又少。而对于一位还健在的作家，对其研究资料进行整理、编辑和出版，似乎要更难一些。因为作家的创作还在进行着，亦有新的研究成果不断涌现，又何以给出定论的评价呢？但是，作家创作有终结的时候，而对作家作品的研究却没有终结的时候。当然，这一持续性的研究，是建立在作家文学创作所具有的文学史价值意义基础之上的。换一种角度来看问题，要对某位作家研究资料进行整理汇总，则要看其是否具有文学研究史料的价值意义。毫无疑问，贾平凹是一位具有文学史价值意义的作家，贾平凹研究亦是具有支撑当代文学研究史料价值的存在。

接下来要面对的问题是：全编还是汇编。从收集资料的角度来说，自然是尽可能全面地将收集到的资料，统统纳入，不论文章长短，见解看法深浅，以期给人一幅完整、全面的研究景象。如此下来，且不说那些见于报纸及网络上的浩瀚资料，更不说成百上千的学位论文和研究专著，仅就刊于学术期刊的文章而言，研究成果就已有五千余篇。单就字数来看，研究文字是贾平凹文学创作的数倍。鉴于此，似乎还是需要作出某种选择，而编辑一套研究资料汇编则更为切实可行。

故此，编者在对贾平凹文学创作研究及其与之相关联的学术研究成果，进行全面系统的收集、梳理基础上，又有所权衡取舍。原则上，各类媒体的新闻报道类文章不入选，有关贾平凹研究的博硕论文亦不入选，仅于研究总目中稍作体现，而研究专著，只作极个别的节选。遴选时，编者尽可能选择那些兼具学术严肃性和科学性的文章。无论学术上持肯定还是否定观点，只要是具有建设性意义的文章，都是对于学术研究、学术生态的一种积极建构，乃至对于作家的文学创作，也是具有积极意义的。学术研究的多元化与多样性，是学术研究应有的状态，只要是从学术层面研究探讨问题，言之有理有据的各种观点、思路方法，都应当受到尊重。即便某些文章在理论视域等方面有不成熟的地方，也没有求全责备，有一定的创新和开拓性即可。

最后，说明一下丛书的编选体例问题。大体上，按照论说对象进行分类编选，如创作整体研究、长篇小说研究、中短篇小说研究、散文研究、书画研究等。其中，由于长篇小说文章甚多，研究成果凡能独立成卷的，均独立成卷。各卷整体上按自述与对话、综合研究、思想研究、比较影响研究等几个大的板块进行编选，但是，具体到各卷，则在此基本思路下，根据具体情况进行增删调整。因此，丛书在总体统一的体例下，又保持了各卷的差异性特征。

对一位作家的研究作多卷本汇编，本就是一种尝试，由于编者学识有限，不足、不妥之处在所难免，敬请专家学人、广大读者批评指正！

韩鲁华

目　录

自述与对话

文本分析

比较研究

宏观研究

自述与对话

ZISHU YU DUIHUA

《带灯》后记

贾平凹

　　进入六十岁的时候，我就不愿意别人说今年得给你过个大寿了；很丢人的，怎么就到六十了呢？生日那天，家人和朋友们已经在饭店订了宴席，就是不去，一个人躲在书房里喘息。其实逃避时间正是衰老的表现，我都觉得可笑了。于是，在母亲的遗像前叩头，感念着母亲给我的生命，说我并不是害怕衰老，只是不耐烦宴席上长久吃喝和顺嘴而出的祝词，况且我现在还茁壮，六十年里并没有做成一两件事情，还是留着八十九十时再庆贺吧。我又在佛前焚香，佛总是在转化我，把一只蛹变成了彩蝶，把一颗籽变出了大树，今年头发又掉了许多，露骨的牙也坏了两颗，那就快赐给我力量吧，我母亲晚年时常梦见捡了一篮鸡蛋，我企望着让带灯活灵活现于纸上吧，补偿性地使我完成又一部作品。

　　整个夏天，我都在为带灯忙活。我是多么喜欢夏天啊，几十年来，我的每一部长篇作品几乎都是在冬天里酝酿，在夏天里完满，别人在脑子昏昏，脾气变坏，热得恨不得把皮剥下来凉快，我乐见草木旺盛，蚊虫飞舞，意气纵横地在写作中欢悦。这一点，我很骄傲，自诩这不是冬虫夏草吗，冬天里眠得像一条虫，夏天里却是绿草，要开出一朵花了。

　　这一本《带灯》仍是关于中国农村的，更是当下农村发生着的事。我这一生可能大部分作品都是要给农村写的，想想，或许这是我的命，土命，或许是农村选择了我，似乎听到了一种声音：那么大的地和地里长满了荒草，让贾家的儿子去耕犁吧。于是，不写作的时候我穿着人衣，写作时我披了牛皮。记得当年父亲告诉我，他十多岁在西安考学，考过还没张榜时流浪街头，一老人介绍他去一个地方可以有饭吃，到了那个地方，却是八路军驻西安办事处，要送他去延安当兵。我父亲的观念里当兵不好，而且国民党整天宣传延安是共产党的集聚地，共产党是土匪，他就没有去。我埋怨父亲，你要去了，你就是无产阶级革命家了，我也成高干子弟了。父亲还讲，他考上了学又毕业后，在西安教书，那时五袋洋面可以买一小院房的，他差不多要买了，西安开始解放，城里响了枪声，他就跑回了老家丹凤。我当然又埋怨：唉，你要不跑，我不就是城里人了吗，又何苦让我挣扎了十九年后才做了城里人！当我在农村时，我的境遇糟透了，父亲有了历史问题，母亲害病，我又没力气，报名参军当兵呀，体检的人拿着玻璃棍儿把我身子所有部位都戳着看了，结果没有当成，第二年又招地质工人，去报了名，当天晚上村支书就在报名册上把我的名字画掉了，隔了一年又招养路工，就是拿着锨把在公路边的水渠里铲沙土垫路面的坑坑洼洼，人家还是不要我，后来想当民办教师也没选上，再后一个民办女教师要生孩子呀，需要个代理的，那次希望最大，我已经去修理了一支钢笔，却仍是让邻村的另一人调了包。那段日子，几次大正午的在犁过的稻田里犯蒙，不辨了方向，转来转去寻不到田埂，村里人都说那是鬼迷糊了，让我顶着簸箕，拿桃木条子打着驱鬼。十几年后提起这些往事，有长者说：这一切都在为你当作家写农村创造条件呀，如赶羊，所有的岔道都堵了，就让羊顺着一条道儿往沟垴去么！我想也是。

在陕西作家协会的一次会上，我作过这样的发言：如果陕西还算中国文学的一个重镇吧，主要是出了一批写农村题材的作家，这些作家又大多数来自农村，本身就是农民，后经提拔，户口转到了城里，由业余写作变为专业作家的。但是，现在的情况完全变了，农村也不是昔日的农村，如果再走像老一批作家那样的路子，已没条件了，应该多鼓励年轻的作家拓宽思路，写更广泛的题材。我这么说着，但我还得写农村，一茬作家有一茬作家的使命，我是被定型了的品种，已经是苜蓿，开着紫色花，无法让它开出玫瑰。

几十年的习惯了，只要没有重要的会，家事又走得开，我就会邀二三朋友去农村跑动，说不清的一种牵挂，是那里的人，还是那里的山水？在那里不需要穿正装，用不着应酬，路瘦得在一根绳索上，我愿意到哪儿脚就到哪儿，饭时了随便去个农户恳求给做一顿饭，天黑了见着旅馆就敲门。一年一年地去，农村里的年轻人越来越少，男的女的，聪明的和蠢笨的，差不多都要进城去，他们很少有在城里真正讨上好日子，但只要还混得每日能吃两碗面条，他们就在城里漂呀，死也要做那里的鬼。而农村的四季，转换亦不那么冷暖分明了，牲口消失，农具减少，房舍破败，邻里陌生，一切颜色都褪了，山是残山水是剩水，只有狗的叫声如雷。我们是要往农村里跑，真的如蝴蝶是花的鬼魂总去土丘的草丛。就在前年，我去陕西南部，走了七八个县城和十几个村镇，又去关中平原北部一带，再去了一趟甘肃的定西。收获总是大的，当然这并不是指创作而言，如果纯粹为了创作而跑动那就显得小气而不自在，春天的到来哪里仅仅见麦苗拔节，地气涌动，万物复苏，土里有各种各样颜色呈现了草木花卉和庄稼。就在不久，我结识了山区一位乡镇干部，她是不知从哪儿获得了我的手机号，先是给我发短信，我以为她是一位业余作者，给她复了信，她却接二连三地又给我发信。要是平常，我简直要烦了，但她写的短信极好，这让我惊讶不已，我竟盼着她的信来，并决定山高路远地去看看她和生她养她的地方。我真的是去了，就在大山深处，她是个乡政府干部，具体在综治办工作。如果草木是大山灵性的外泄，她就该是崖头的一株灵芝，太聪慧了，她并不是文学青年，没有读更多的书，没有人能与她交流形成的文学环境，综治办的工作又繁忙泼烦，但她的文学感觉和文笔是那么好，令我相信了天才。在那深山的日子里，她是个滔滔不绝的倾诉者，我是个忠实的倾听人，使我了解了另一样的生活和工作。她又领着我走村串寨，去给那特困户办低保，也去堵截和训斥上访人，她能拽着牛尾巴上山，还要采到山花了，把一朵别在头上，买土蜂蜜，摘山果子，她跑累了，说你坐在这儿看风景吧，我去打个盹，她跑到一草窝里蜷身而卧就睡着了，我远远地看着她，她那衫子上的花的图案里花全活了，从身子上长上来在风中摇成鲜艳。从她那儿的深山里回来不久，我又回了一趟我的老家，老家正在修了一条铁路又修高速公路，还有一座大的工厂被引进落户，而也发生了一场为在河里淘沙惹起的特大恶性群殴事件，死亡和伤残了好多人，这些人我都认识，自然我会走动双方家族协助处理着遗留问题，在村口路旁与众人议论起来就感慨万千，唏嘘不已。事情远还没有结束，那个在大深山里的乡政府干部，我们已经是朋友了，每天都给我发信，每次信都是几百字或上千字，说她的工作和生活，说她的追求和向往，她似乎什么都不避讳，欢乐，悲伤，愤怒，苦闷，如我在老家的那个侄女，给你嘎嘎嘎地抖着身子笑得没死没活了，又破口大骂那走路偷吃路边禾苗的牛和那长着黄瓜嘴就是不肯吃食的猪。她竟然定期给我寄东西，比如五味子果、鲜茵陈、核桃、蜂蜜，还有一包又一包乡政府下发给村寨的文件，通知，报表，工作规划，上访材料，救灾手册，领导讲稿，有一次可能是疏忽了吧，文件里还夹了一份她因工作失误而写的检查草稿。

当我在看电视里的西安天气预报时，不知不觉地也关心了那个深山地区的天气预报，就是从那时，我冲动了写《带灯》。

在写《带灯》过程中，也是我整理我自己的过程。不能说我对农村不熟悉，我认为已经太熟悉，即便在西安的街道看到两旁的树和一些小区门前的竖着的石头，我一眼便认得哪棵树是西安原生的，哪棵树是从农村移栽的，哪块石头是关中河道里的，哪块石头来自陕南的沟峪。可我通过写《带灯》进一步了解了中国农村，尤其深入了乡镇政府，知道着那里的生存状态和生存者的精神状态。我的心情不好。可以说社会基层有太多的问题，就如书中的带灯所说，它像陈年的蜘蛛网，动哪儿都落灰尘。这些问题不是各级组织不知道，都知道，都在努力解决，可有些能解决了有些无法解决，有些无法解决了就学猫刨土掩屎，或者见怪不怪，熟视无睹，自己把自己眼睛闭上了什么都没有发生吧，结果一边解决着一边又大量积压，体制的问题，道德的问题，法制的问题，信仰的问题，政治生态问题和环境生态问题，一颗麻疹出来了去搔，使得一片麻疹出来，搔破了全成了麻子。这种想法令一些朋友嘲笑，说你干啥的就是干啥的，自己卖着蒸馍却管别人盖楼。我说：不能女娲补天，也得杞人忧天么，或许我是共产党员吧。那年四川大地震后十多天里，我睡在床上总觉得床动，走在路上总觉得路面发软，害怕着地震，却又盼望余震快来，惶惶不可终日。

正因为社会基层的问题太多，你才尊重了在乡镇政府工作的人，上边的任何政策、条令、任务、指示全集中在他们那儿要完成，完不成就受责挨训被罚，各个系统的上级部门都说他们要抓的事情重要，文件、通知雪片似地飞来，他们只有两只手呀，两只手仅十个指头。而他们又能解决什么呢，手里只有风油精，头疼了抹一点，脚疼了也抹一点。他们面对的是农民，怨恨像污水一样泼向他们。这种工作职能决定了它与社会摩擦的危险性。在我接触过的乡镇干部中，你同情着他们地位低下，工资微薄，喝恶水，坐萝卜，受气挨骂，但他们也慢慢地扭曲了，弄虚作假，巴结上司，极力要跳出乡镇，由科级升迁副处，或到县城去寻个轻省岗位，而下乡到村寨了，却能喝酒，能吃鸡，张口骂人，脾气暴戾。所以，我才觉得带灯可敬可亲，她是高贵的，智慧的，环境的逼迫才使她的想象无涯啊！我们可恨着那些贪官污吏，但又想，房子是砖瓦土坯所建，必有大梁和柱子，这些人天生为天下而生，为天下而想，自然不会去为自己的私欲而积财盗名好色和轻薄敷衍，这些人就是江山社稷的脊梁，就是民族的精英。

地藏菩萨说：地狱不空，誓不为佛。现在地藏菩萨依然还在做菩萨，我从庙里请回来一尊，给它献花供水焚香。以前从来没有注意过土地神，印象里胡子那么长个头那么小一股烟一冒就从地里钻出来，而现在觉得它是神，了不起的神，最亲近的神，从文物市场上买回来一尊，不，也是请回来的，在它的香炉里放了五色粮食。

认识了带灯，了解了带灯，带灯给了我太多的兴奋和喜悦，也给了我太多的悲愤和忧伤，而我要写的《带灯》却一定是文学的，这就使我在动笔之前煎熬了很长一段时间的酝酿。我之前不大理会酝酿这个词，当我与一位"80后"的女青年闲谈时，问她昨天晚上怎么没参加一个聚会呢？她说：我睡眠不好，九点钟就要酝酿睡觉了。我问：酝酿睡觉？怎么个酝酿？！她说：我得洗澡，洗完澡听音乐，音乐听着去泡一杯咖啡，然后看书，一边喝咖啡一边看书，看着看着我就困了，闭上眼就轻轻走向床，躺在那里才睡着了。酝酿还要做那么多的程序，在写《带灯》时我就学着她的样，也做了许多工作。

我做的工作之一是摊开了关于带灯的那么多的材料，思索着书中的带灯应该生长个什么模样呢，她是怎样的品格和面目而区别于以前的《秦腔》《高兴》《古炉》，甚或更早的《废都》《浮躁》《高老庄》？好心的朋友知道我要写《带灯》了，说：写了那么多了，怎么还写？是呀，我是写了那么多还要写，是证明我还能写吗，是要进一步以丰富而满足虚荣吗？我在审问着自己的时候，另一种声音在呢喃着，我以为是我家的狗，后来看见窗子开了道缝，又以为是挤进来的风，似乎那声音在说：写了几十年了，你也年纪大了，如果还要写，你就是为了你，为了中国当代文学去突破和提升。我吓得一身的冷汗，我说：这怎么可能呢，这不是要夺掉我手中的笔吗？那个声音又响：那你还浪费什么纸张呢？去抱你家的外孙吧！我说：可我丢不下笔，笔已经是我的手了，我能把手剁了吗？那声音最后说了一句：突破那么一点点提高那么一点点也不行吗？那时我突然想到一位诗人的话：白云开口说话，你的天空就下雨了。我伏在书桌上痛哭。

这件事或许是一种幻觉，却真实地发生过，我的自信受到严重打击，关于带灯的一大堆材料又打包搁置起来。过了春节，接着又生病住院，半年过后，心总不甘，死灰复燃，再次打开关于带灯的一大堆材料，我说：不写东西我还能做什么呢，让我试试，我没能力做到我可以在心里向往啊。看见了那么个好东西，能偷到手的是贼，惦记着也是贼么。

于是，我又做了另一件工作。其实也是在琢磨。

我琢磨的是，已经好多年了，所到之处，看到和听到的一种现象：越来越多的人在写作，在纸质材料上写，在电脑网络上写，作品数量如海潮涌来，但社会的舆论中却越来越多地哀叹文学出现了困境，前所未有的困境。这到底是怎么回事呢？文学出现了前所未有的困境，其实是社会出现了困境，是人类出现了困境。这种困境早已出现，只是我们还在封闭的环境里仅仅为着生存挣扎时未能顾及，而我们的文学也就自愉自慰自乐着。当改革开放国家开始强盛人民开始富裕后，才举头四顾知道了海阔天空，而社会发展又出现了瓶颈，改革急待于进一步深化，再看我们的文学是那样的尴尬和无奈。我们差不多学会了一句话：作品要有现代意识。那么，现代意识到底是什么呢，对于当下中国的作家又怎么在写作中体现和完成呢？现代意识也就是人类意识，而地球上大多数的人所思所想的是什么，我们应该顺着潮流去才是。美国是全球最强大的国家，他们的强大使他们自信，他们当然要保护他们的国家利益，但不能不承认他们仍在考虑着人类的出路，他们有这种意识，所以他们四处干涉和指点，到南极，到火星，于是他们的文学也多有未来的题材，多有地球毁灭和重找人类栖身地的题材。而我们呢，因为贫穷先关心着吃穿住行的生存问题，久久以来，导致我们的文学都是现实问题的题材，或是增加自己的虚荣，去回忆祖先曾经的光荣与骄傲。我们的文学多是历史的现实的内容，这对不对呢？是对的，而且以后的很长时间里可能还得写这些。当一个人在饥饿的时候盼望的是得到面包，而不是盼望神从天而降，即便盼望神从天而降那也是盼望神拿着面包而来。但是，到了今日，我们的文学虽然还在关注着叙写着现实和历史，又怎样才具有现代意识、人类意识呢？我们的眼睛就得朝着人类最先进的方面注目，当然不是说我们同样去写地球面临的毁灭、人类寻找新家园的作品，这恐怕我们也写不好，却能做到的是清醒，正视和解决哪些问题是我们通往人类最先进方面的障碍？比如在民族的性情上，文化上，体制上，政治生态和自然生态环境上，行为习惯上，怎样不再卑怯和暴戾，怎样不再虚妄和阴暗，怎样才真正的公平和富裕，怎样能活得尊严和自在。只有这样做了，这就是我们提供的中国经验，我们的生存和文学也将是远景大光明，对人类和世界文学的贡献也将是特殊的声响和色彩。

我从来身体不好，我的体育活动就是热情地观看电视转播的所有体育比赛。在终于开笔写起《带灯》，逢着了欧冠杯赛，当我一场又一场欣赏着巴塞罗那队的足球，突然有一天想：哈，他们的踢法是不是和我《秦腔》《古炉》的写法近似呢？啊，是近似。传统的踢法里，这得有后卫、中场、前锋，讲究的三条线如何保持距离，中场特别要腰硬，前锋得边跑传中，等等等等。巴塞罗那则是所有人都是防守者和进攻者，进攻时就不停地传球倒脚，烦琐、细密而眼花缭乱地华丽，一切都在耐烦着显得毫不经意了，突然球就踢入网中。这样的消解了传统的阵形和战术的踢法，不就是不倚重故事和情节的写作吗，那烦琐细密的传球倒脚不就是写作中靠细节推进吗？我是那样地惊喜和兴奋。和我一同看球的是一个搞批评的朋友，他总是不认可我《秦腔》《古炉》的写法，我说：你瞧呀，瞧呀，他们又进球了！他们不是总能进球吗？！

《秦腔》《古炉》是那一种写法，《带灯》我却不想再那样写了，《带灯》是不适那种写法，我也得变变，不能在一棵树上吊死。那怎么写呢？其实我总有一种感觉，就是你写得时间长了，又淫浸其中，你总能寻到一种适合于你要写的内容的写法，如冬天必然寻到是棉衣毛裤，夏天必然寻到短裤 T 恤，你的笔是握自己手里，却老觉得有什么力量在掌握了你的胳膊。几十年以来，我喜欢着明清以至 30 年代的文学语言，它清新，灵动，疏淡，幽默，有韵致。我模仿着，借鉴着，后来似乎也有些像模像样了。而到了这般年纪，心性变了，却兴趣了中国两汉时期那种史的文章的风格，它没有那么多的灵动和蕴藉，委婉和华丽，但它沉而不糜，厚而简约，用意直白，下笔肯定，以真准震撼，以尖锐敲击。何况我是陕西南部人，生我养我的地方属秦头楚尾，我的品种里有柔的成分，有秀的基因，而我长期以来爱好着明清的文字，不免有些轻的佻的油的滑的一种玩的迹象出来，这令我真的警觉。我得有意地学学两汉品格了，使自己向海风山骨靠近。可这稍微地转身就何等地艰难，写《带灯》时力不从心，常常能听到转身时关关节节都在响动，只好转一点，停下来，再转一点，停下来，我感叹地说：哪里能买到文字上的大力丸呢？

就在《带灯》写到一半，天津的一个文友来到了西安，她见了我说：怎么还写呀？我说：鸡不下蛋它憋啊！她返回天津后在报上写了关于我的一篇文章，其中写到我名字里的凹字，倒对我有了启发。以前有人说这个凹字，说是谷是牝是盆是坑里硯是元宝，她却说是火山口。她这说得有趣，并不是她在夸我了我才说有趣,觉得可以从各个角度去理解火山口。社会是火山口,创作是火山口。火山口是曾经喷发过熔岩后留下的出口,它平日是静寂的,没有树,没有草,更没有花,飞鸟走兽也不临近,但它只要是活的,内心一直在汹涌,在突奔,随时又会发生新的喷发。我常常有些迷信,生活中总以什么暗示着而求得给予自己自信和力量,看到文友的文章后,我将一个巨大的多年前购置的自然凹石摆在了桌上,它几乎占满了整个桌面。当年我是以它像个凹字而购置的,现在我将它看作了火山口敬供,但愿我的写作能如此。

带灯说,天热得像是把人捡起来拧水,这个夏天里写完了《带灯》。稿子交给了别人去复印,又托付别人将它送去杂志社和出版社,我就再不理会这个文学的带灯长成什么样子,腿长不长,能否跑远,有没有翅,是鸡翅还是鹰翅,飞得高吗?我全不管了,抽身而去农村了。我希望这一段隐在农村,恢复我农民的本性,吃五谷,喝泉水,吸农村的地气,晒农村的太阳,等待新的写作欲望的冲动,让天使和魔鬼再一次敲门。

这是一个人到了既喜欢《离骚》,又必须读《山海经》的年纪了,我想要日月平顺,每晚如带灯一样关心着中央电视台的新闻联播和天气预报,咀嚼着天气就是天意的道理,看人间的万千变化。

王静安说:且自簪花,坐赏镜中人。

2012 年 8 月 14 日

（选自《带灯》,人民文学出版社 2013 年版）

致林建法的信

贾平凹

　　《带灯》在 2013 年元月出版后，我始料不及的是社会反响能那么强烈。近日读过了许多业内的和行外的读者评说，可以说写作三年来的惊恐得到抚慰，被理解的感觉如镜中开花。有一个读书人，是外地的，他来西安办事，想方设法寻到了我，和我一个下午都在说《带灯》，他说故宫里有个匾额写着"诸神充满"，而《带灯》里则有着种种意象，他喜欢着这些意象。于是，他逐一点击那些彰显的和弥漫的、隐喻的和暗示的，于文字之间或者文字之后，我要说的、我想说的、我欲说还休又欲罢不能的话。小时候我在乡下，傍晚常在田埂遇见狗，狗夹着尾巴跑起来，但那并不是狗，一经喊出：狼！狼就立即拖长尾巴逃了。我就觉得我是那尴尬的狼。那天，我和他谈得最多的还是文化背景的问题，这也是我服气他，而与他待了一下午的原因。我觉得文化背景的问题很重要，所以就想将自己的一些认识再说给你，得以交流和求正。

　　古人讲，仰观象于玄表，俯察式于群形。这是我们活人的总的法则。《带灯》里的带灯是中国社会最基层的一级政府工作人员，这一级政府工作职能在很长一段时期内是寻找新的经济增长点和社会维稳。这两项工作使带灯深受难场，她每天面对的是泼烦、焦虑、痛苦、无奈和辛劳，地位的地下，收入的微薄，又得承受上责下骂，如风箱里的老鼠。她在这样的环境里完全凭着精神的作用在支撑，支撑的或许是信仰，是向往，是爱情，是虚幻，甚至只是一种倾诉和宣泄。这就有了她一次一次给元天亮的手机短信。我对这样的带灯充满了敬意，又哀叹着她命运里注定的悲惨。正如书中的带灯在说：她是佛桌前的红烛，火焰向上，泪流向下。佛桌前的红烛是庄严的，带灯是地位低微，但她是国家干部，在为国家服务，是国家各项政策通往广大农民的河面上的桥板和列石。书中所写的种种事情，有着阴暗和残酷，但绝不是胡编乱造，它来自生活，是从藏污纳垢的土地上长出来的一片杂草，或是从地面沙尘腾浮的雾霾。这就是写当下现实社会的艰难之处，画鬼容易画人不容易。它不能凭空想象，它不讨好。除了有一贯的勇敢，它并不是在做调查报告，它是文学作品，文学作品就要有文学味。

那么，为什么在写当下的现实社会又是选择了一个乡镇的日常事务工作，让带灯搅入其中处理那么多的棘手和难堪的事？我想要说的是，围绕在带灯身边的故事，在选择时最让我用力的是如何寻到这些故事的特点，即中国文化特有背景下的世情、国情、民情。我知道在中国改革开放深入时期，在社会大转型时期，社会矛盾前所未有的出现，人性的恶与善也集中爆发，也有了激烈的左派和右派的争论。在《带灯》中，可能左派能寻到攻击右派的依据，右派也能寻到依据攻击左派。我强调的是，中国基层社会出现的种种矛盾和人的各种行为，它是带着强烈的中国文化特点的。人类都在寻求新的发展，每个国家都在改善，寻找适应自己的发展道路，而中国的情况既不同于中东、非洲，也不同于东南亚和欧洲、拉丁美洲。中国人的人际关系和处事的思维决定了中国在社会大转型期的所有矛盾特点。顺着这个思路和角度去参考当下的中国，或许有许许多多的解法，或许一时仍是无解，但关注他，思索他，这是最重要的，任何极端的以西方思维和以专政思维去理解和处理都是难以适应的。正是寻找着中国文化特点下的背景和环境，带灯所在的樱镇才发生着种种矛盾纠纷，她也在其中纠结着，挣扎着，撕裂着。可以说，我们的国家面临着深入改革的大的机遇，也面临了很大的困境，而如何面对这种困境和如何走出困境，这一切，都是为人类发展提供着一份中国的经验。

张载说：为天地立心，为生民立命，为往圣继绝学，为万世开太平。做人要大境界，为文也要大境界。以文观察世间，要敢担当，让别人眼里看着有些荒唐，于自己却是严肃，真实地呈现社会，真诚地投入情感，认真地对待文字。

（原载《当代作家评论》2013 年第 2 期）

中国化的文学写作

——贾平凹新作《带灯》访谈

贾平凹　韩鲁华

韩鲁华　读了这本书以后，我感觉对我的启发，或者叫引发我思考更多一些。所以我在考虑问题的时候，更多的是从中国文学，特别是中国"五四"以来的文学，更重要是当代以来的中国文学发展来进行思考，就是你的创作在这个历史坐标中的价值定位的问题。因为我以前也跟你说过，看完以后，我给你还发过信息，我就感觉到这个作品更为明显的是，你把你以前的创作思考进行了一些归纳，还有一些新的发展。我是越来越看重你的创作中的这种价值：就是树立中国的现代文学的这种叙述方式、这种艺术的精神。因为在学术界就有一种看法，就是"五四"以后中国的文学出现了断裂。"五四"那一代作家，鲁迅他们，是参照西方的文学建立起来的现代文学，那么当代是参照苏联的文学建立起来的。所以我就在看了这个作品以后，有一个非常强烈的感觉，就是你在思考中国文学的发展问题。"五四"时期的现代文学主要学习的是欧洲的，还有日本的，二十世纪五六十年代最主要学的是苏联的，那么到了 80 年代以后，又学习西方的一些东西，包括马原他们搞的所谓的先锋派的写作，这也就提出了中国的文学在啥地方的问题，中国的文学没有解决一个"我是谁"的问题，所以这个作品在这方面给我启发更多一些。那么我就思考，从 80 年代初开始，你的创作一路走下来，我感觉实际上你一直在努力建构着现代汉语写作下中国文学。真正的中国文学，它不仅仅是用汉语写作的问题，它是要建构中国的现代的或者是当代的本民族文学，这种从艺术思维、艺术精神到艺术韵味等方面真正中国化的文学，你一直在做着这种努力。看了这个作品以后，我不是激动，而是有一些严肃的思考。所以从这些角度考虑，我提出了一些问题，但是大部分好像就是由这个作品引发出来的我的思考。

我认为你从 70 年代末开始创作时，就已经有意识无意识地去做这方面的努力了。特别是，我到现在仍然认为，《"厦屋婆"悼文》《沙地》那批作品具有特殊的意义。你这时实际已经开始做这方面的探索了，一直到今天。我想问的第一个问题，可能是个比较大的问题，就是关于中国式的文学或者现代文学的建立和古典文学之间的这种内在关系问题。虽然过去也写过几篇相关的文章，但未展开。我总觉得中国当代或者现代以来的写作，不是真正地从中国古代的那种艺术思维、艺术精神上承续下来的。我就总觉得古典文学和我们今天的文学在内在精神上、思维方式上应该是一种承续关系，应该建构这样一种关系。所以第一个问题比较大，就是请你谈一下我们今天的这种写作和古典文学之间究竟应该建立怎样一种关系，或者谈谈你对这些方面的一些看法。

　　贾平凹　在我觉得，因为中国人他有中国的特性，就是中国人的文化、中国人的思维。中国人的思维和别的地方的人的思维还是不一样的。比如说，现在说是基因吧，还是不一样的。就拿我来说，最近《带灯》写完以后，我一直在看《山海经》，本来我想今译《山海经》，后来弄了一半，觉得还可以弄别的啥形式。你把《山海经》看了以后就知道了，中国人好多思维，其实最早的时候，那个时候就已经形成了。形成一种东西以后，形成那一套东西以后它就流传下来，这包括中国人的，就是我原来老说的，包括哲学、医学、文学和剪纸、服饰统统都形成它那一套。归根还是它的哲学问题，它实际上还是这个问题。

　　韩鲁华　最重要的就是归根到哲学上。

　　贾平凹　它那是一整套的，所以说中国有它固有的那一套。那一套肯定要有变化，到现在肯定它要变化，但它最根本的看问题、思考问题的那一种方式还是与其他不一样。所以说，你尤其看古典文学，它古典不仅仅说是形式方面，我主要讲的是思维方式，它主要是混沌来看、整体来看一些问题，而不是局部的具体的，或者说都是意象性的东西多。比如《诗品》《易经》《诗经》，基本都是看见啥引起啥，就是用别的啥来说这个东西，《易经》都是。《易经》就是说那个事情，其实它不说那个事情，而先说一个故事，或者说一个啥例子来比那个东西，它都是这种思维。外国没有这种思维。但是中国"五四"以后这种东西强调不是很多，但咱说斩断，谁也不可能斩断，谁也不可能把那个改变了。因为它就是那种。你把你生的孩子给别人了，别人把他养了十年二十年，他最后还回来寻你，这就是血脉和基因弄不断。但是某种程度还是不一样了，和原来不一样了。比如有时咱看，你说古典的东西老还搞不清，我原来看《易经》的时候，觉得《易经》老把话不给你说直接明白，老是给你绕，用别的事情来说这个事、比喻这个事、意象这个事，都是意象性的。它原来就是"仰观象于玄表，俯察式于群形"。就是他往天上看日月星空的时候，就能看到天象的问题，来比喻好多东西，即形而上的东西。形而下的东西，低头就看到像地上的虫虫、鸟鸟、张三、李四。交往，是式的问题，就是方法的问题。就是具体的变化之中，都是用这个东西来弄的。所以有时看中国古典的东西，你觉得有意思，但有时咱还想，现在看的那一套，目前的中国人，有些能接受，有些反而还接受不了，他理解不了，他说你这样那样的。其实这个思维也不存在谁先进谁不先进，看你具体咋个弄法。在文学上，这都大得很，咱总想把这个，搞写作总想叫人一看是中国人写的东西，就是自己写出一些这个民族的一些东西。有这个想法，那肯定是向古典的东西学得更多一些。这个多，我觉得关键在思维方式上。咱有时看那个外国总统，像奥巴马在那演讲，他用他那个思维，他那个思维就不一样，他组织语言就不一样。再举个例子，有天看一个片子，香港卫视说1942年河南的这个事情，调查里边有一件事，当时里边有几个外国人就把河南灾情给写出来了。当时美国有一个报纸，和蒋介石关系都好得很，一直支持蒋介石，来都当贵宾对待，但这俩人写的文章就在那个杂志上给登了。登出来以后蒋介石见了很生气，就给那个老板说，你回去把那两个人给咱好好收拾一下。就是这个意思，咱关系这么好的，你能那样弄吗？那人肯定没收拾。这就存在思维不一样。思维吧，他那个国家体制不一样，或者国家文化不一样导致那种思维。咱这叫专制或者集权这一种，你不顺从我就把你就要弄起来，我把你收拾了。当时美国就不是那一种思维，那是人人要平等那一种思维。我咋能收拾他？出发点就不一样，想法就不一样。为啥咱的小说都是要大团圆，结尾都要好。小说嘛，为啥结尾都要好？除了思维不一样，它制度不一样，文化不一样，那对待一个事情的看法就不一样。当然咱现在不仅仅是这个东西，起码说你要了解中国人，为啥在中国这个地方一直形成它的那一套东西，它那些东西是在啥情况下形成的。这种东西你说彻底改变，也不可能把它连根都拔了，那是不可能的。它形成了它那一套小说或者文化，或者文章、散文，从那里边寻找一些，咱的东西叫人一看，这起码是中国人那种思维，或者接近，有中国人的更浓的那一种味道，严格讲，仅仅只能达到这一种地步，互相有个区别吧。你西方是个辣，我这稍微咸一点，或者稍微辣一点，那就对了。你想彻底变成别的啥，那也不可能，现在这是世界一统的趋势。

韩鲁华 现在文学界对继承中国文学上有一种说法，包括前一段从北京城传来的一种说法，就认为你是中国当代最中国化的作家，写在大陆。在当代，我想人家考虑问题，就刚才你说的，也是从艺术思维、方式上来讲的。实际上你已经把我刚才的问题综合性地谈了一下。下来还有一个问题就是，在中国，必然要面对一个问题，"五四"时期也在面对，我以前也谈过，就是中西方的融合问题。虽然你过去谈过这些问题，我现在还想叫你再谈谈，就是中西方这种融合中，如何坚持中国式这种创作、这种思维，在你的创作中，比如说《带灯》的创作中，你有什么具体想法或者考虑？

贾平凹 《带灯》这本书，实际上它是最写眼下现实的，最接近现实的。从目前社会发生的一些事情上来构思，这些构思一般来讲，作家很不愿意弄。弄这个太近了，以后它难写得很，弄不好的话，就没有文学性了，其他的一些东西就多了，本来是这样。但要写这个东西，要把它写得还有文学性，咋个来处理好这个问题。为啥我在后记里边谈到这个，写这本书时，学学两汉的东西。因为原来大量的人都学的是明清的东西，从明清小品这一类的东西过来的，明清这些东西大多是东南方人写的，江浙一带的。这一带人吧，他也聪明，他的文笔是另一种文笔，他那种文笔就是很柔的一类，很柔美的这一种，婉约、柔美的成分多。再一个，表现一种散文还挺好，就是有好多作家，比如说后来的好多文体性的作家，他基本都吸收明清的，这些东西还是比较多。但随着年龄增长吧，我觉得，尤其作为一个北方人，觉得老吸收明清的东西还不满足，虽然是在语言方面打下基础的还是以前明清文学的积淀，但是现在老不满足的是两汉的东西不够。两汉文学，在我的理解里，它就是很简约，而且很硬朗，语气没有那么多虚的东西，反正是很肯定的一种叙述。学这个东西，再一个它有史的味道在里头，写当下生活，有好多接近这方面的东西，就可以吸收它好多东西。但同时，它里边，你如果这样写吧，弄不好就成了调查啥东西，走向调查报告方面了，史料这方面也不对。应该把它处理得更好一点。这里边不是有带灯的几十封信嘛，把它融进去。这个信，严格讲又是现代人写的信，现代的小资情调的人来写这些信，把它揉进去。把它揉进去以后，为啥分成一小节一小节，有的小节是故事的延续，有的小节它就不是故事，或是从故事里边跳出来或给你加几件东西。这样一来，有了这种东西，在我的想法中，它就把作品升腾开了，就是把作品摇开，把空间感摇出来。把空间感摇出来以后，再一个就是突出它的背景问题，突出它的氛围问题，它就混沌起来了，而且是放射的东西就多了，而不是单一的一条线，就不是就事论事，就是这条线还是写，单一地说这个啥故事是一种写法，我总不满意那一种东西。所以目前采取这一种办法，或者这一种写法吧，都和这个有一定的关联。

韩鲁华 这一谈开了，原来的提纲就不管用了，咱们就顺着你的思路来。你谈到这个信的问题，我也看了，当看到这种现实故事，带灯的现实生活故事和她的信这两种叙述，实际上它是两个板块式的叙述，我马上就想到了你在 20 世纪 80 年代写的第一部长篇小说叫《商州》，《商州》的叙述也是两大板块，一个是现实故事，一个是对商州历史文化的一种复述，实际上那个东西是用历史文化来阐释、映照这个现实故事的，从深层来阐发。我感觉从叙述上来说，在塑造带灯这个人物形象，或者叙述这个故事的时候，现实故事是一条线，而这个信是她的内在情感精神的一种表述，实际上它是以这两条线来写的，我感觉它是相互映照的。而且坦率地讲，要比《商州》那一种写法要更加一体，我把它叫作圆润，这个作品在这方面处理得非常圆润，非常好。但它不是书信体的叙述，确实弄得好。说到这儿，具体到作品的时候我就注意到，比如读《带灯》最容易引起思考的是，你近年来的和它相近的这几部小说，一个是《秦腔》，还有一个是《古炉》，在叙述人物和叙事角度上，作品发生了很大的变化。比如《秦腔》，你实际上用引生这个视角，《古炉》里头用的是狗尿苔的视角，这两个人物，年龄上虽然有差异，但从叙述视角上来讲，这两个人物都不是正常人。比如引生，人家说他是疯子，狗尿苔，咱农村说实际上就是个瓜瓜娃，都是用特异的人物角度来叙述的，不是以常人的一种角度来看生活的。那么在这个作品中，你用的是带灯，带灯是很正常的人物，就是你在考虑叙事发展变化的时候，你在写这个东西，你在选择叙事人物、角度的时候，又是咋考虑的？

贾平凹 这个《带灯》，它为啥目前处理成这个样子，一部分现实里边加了她好多信，她给元天亮的信，而元天亮在小说里边没有出现过一次。

韩鲁华 我注意到，元天亮的描写全部是虚写，不是实写。

贾平凹 就没有出现过。因为在现实生活里边，它素材的来源方面是这样的。因为当我了解到，最早她是一个乡镇干部，给我发过一些短信，短信文笔写得特别好，我就认识了。她几乎每天都在发信息，信息内容有好多是她具体的工作，她具体在综治办的一些工作。还有一部分内容就是私人的生活。因为熟了以后，对这个人生、爱情、理想这方面，书法这些东西，她都谈。从这吧就引起我的兴趣了，当时也没有产生写啥东西的想法，后来又跑了一些地方，了解更多的情况。在将近两年的时间，这人每天都在给你说好多东西，一天有时最少一个长信息，基本上千字，后来一天一两封信。

韩鲁华　就是发信息。

贾平凹　噢。你完全了解了这个乡镇日常工作，一天都弄啥，这都了解了。后来我到那儿去认识那个人，就跑了好多地方，先后去过两次，她就领上我也到农村，到她管的那个村里去，和她那些老伙计，就是到和她联系的那些山里边的人家里去，积累了很多感触。后来在写作的时候，我就把她的一部分信的一部分内容就处理成元天亮的信件了。当时她的现实生活就是这样子。我在后记里边专门谈了对乡镇干部的看法，然后具体在这部小说里边，想把带灯这个人写得有血有肉，有灵气，有一种神的东西。她整天接触的都是社会最基层那些乱七八糟的事情，就是上访的事情及民间那些纠纷问题，那特别泼烦，特别烦人的那些事情。她的信却都写的是那些星空、云彩、太阳、月亮，都是那些像 19 世纪欧洲大诗人诗句一样，说的都是高高在上的那些东西，你感觉她写的那些（短）信和她的现实生活是分离的，但正好你能看到这个人完全靠这些想象的东西、向往的东西来支撑，很庸俗的或者很恶败的生活，要没有那些东西她就活不下去，所以说环境越恶劣，她那个想象力越好，关键是这一种。这样一弄就把很现实的、很麻烦的、很让人无奈的、很焦躁的这种现实的东西，它就能提升起来了。同时形而上的、形而下的东西，精神的东西和现实的东西就把它能弄到一块儿来写这个人，写这个人也不至于陷到具体事情中，你就把这个人能刻画好。基本上就这样来处理这些东西。

韩鲁华　你说到这些，我在作品中也看到了，确实是，包括她那些老伙计，我就感觉到好像是她那些真实的现实生活，看了以后，你把这些东西都写出来了。现在还有一个问题，就是说在这个叙述过程中你很平和。我也很认真看了你的后记，我说你的后记，从《秦腔》的后记到《古炉》的后记，简直是一绝！非常非常好！包括雷鸣他们几个看了以后，都觉得写得好！现在就是，你在后记中谈到，你现在六十岁了，心态更加平和了。我也看了，后来我在给你回的信息里也说道：你这是圣人说佛，佛说俗世。实际上我一直感觉到，你是用一种佛说俗世的方式来进行叙述的，来说这些事的，你看你写的是平平常常的、琐琐碎碎的这些事情，实际上叙述者或者作为你来讲，在精神上有一种追求或者说有一种佛心，这样来进行叙述的。就是说你这种平常的心态、这种平和的心态，现在是这种心态，而且我能感觉到你这种包容心，你这人本来就很好，从来不说别人的是非，都好得很，但在这次表现得更为包容，是更平和包容的心态。但是你写的这个故事，现实故事，第一，上访是中国目前比较敏感的事情；第二，这种现实生活它要表现的是强烈的和有些对抗的东西，这处理起来就很难。我就想说，你咋就把你这种平和的心态和你所写的现实生活这种强烈对抗的故事来融合，来把它处理了，写出来？

贾平凹 因为这个上访，据说叫维稳，现在这个维稳费听说比军费都贵，还高。维稳基本就是乡镇日常工作生活的一个重要内容。原来乡镇工作，就像是农民自己老描绘的那样：催粮催款，刮宫流产。就是一个抓生产一个抓计划生育。现在它不是这样了。现在是生产不让你抓了，农民自己弄，各人种各人的地，你给人家指导啥，至多推广个啥东西，推广个品种，推广个种子，推广种烟叶还是种果树。但是大量农民他不听你的，原因就是人家跟市场走。计划生育呢，现在这个，当然国家还是头等大事，但乡镇来说，农村现在也允许你最多生两胎。再一个，十多年甚至几十年以来农民慢慢也形成一个观念，也不愿意多生，你叫多生放开生，他最多生俩，他就不想生了。所以现在乡镇工作转移了，基本上我看乡镇干部有三件事：第一件事是跑前程，咋着想办法在县上跑一跑，将来当个副处，或者在县上哪个局里当个局长，这是大家的一个普遍心态。第二件事就是把维稳搞好，维稳这是上边的硬指标，一票否决制，你必须给人抓好，不抓好你一切努力都化为泡影。第三件事就是抓经济，刺激经济发展，就是说你必须给县上、给地方办上挣钱的事情。困扰或者鼓动他，就这三件事情。所以说这种事情特别的麻烦。因为咱是农村过来的，知道农村这个上访问题，它是个很复杂的问题，它里边有好多因素相互牵制着。也有好多冤枉人的，有好多不作为的，老是给人不解决问题的，也有好多上访人就把这当个职业干，以这牟利，那事情就复杂了。而且当时国家建立这个包括上访办、综治办，尤其上访办，它基本上就是在一般社会机制上，在民众和法律之间设了个东西，因为咱现在强调的是法治社会，但法制又不是很健全，法制条文不是很健全的时候，人的法治意识也不是很强的时候，设立这个综治办或者上访办，它实际上是给社会和政权中间有个摩擦契合点，和法律之间有个润滑的东西，本来起这个作用，有些事情能调解就调解了。没想到越闹越厉害，民众就屁大的事都往上头寻，原来出了人命都没人寻，现在有啥事都寻。事情特别复杂，你看《带灯》这本书里边就写到一个镇子上这一年要解决多少矛盾问题，已经上访的矛盾有几十条，但有些是大事情，有些都是小事情。邻居之间为一棵柿树、核桃树的问题，屋脊、地畔子、门前出路，都是为这些事情。但里边也有干部问题，如干部的作风问题、贪污问题，就这些东西。因为上访里边有好多是历史性问题，有好多是政策性问题，有好多是干部作风问题、贪污腐败问题，慢慢积累下来。作品里带灯就说了一句话："社会问题就像陈年的蜘蛛网，动哪儿都往下落灰尘。"你就不敢动，到哪儿都是事情。综治办或者上访办就成了问题集中营，社会问题集中营，它整个都集中到那儿了。它这是比较头疼的东西，但是你要把它写得优美一点、好一点，也给人一种温暖的东西，把这个人处理的尺度要把握好，你就不能让人往后看，要朝前看。一方面对这事情当然肯定是不满，对现实有些不满的，或者要求怎么改革的，或者说有些做法要批判的，要鞭挞的，但同时要看到那复杂一些、辛苦一些的，你总不能光是暴露这些东西，里边还应该有人性里边的一些闪光的东西。因为中国民众，所以文化一直延续着，它就没断过。为啥没断过，因为不管是改朝换代，不管是啥时候，人类发展它内部有一个维系的啥规律，这个人就一直延续下来。目前怎样处理这人和人的问题，《带灯》里有一句话，平常你对农民，你处理这些事情把你能气死，你恨不得怎么怎么样，你觉得人和人之间那种冷漠、那种自私，就是特别严重的。就像冬天的树枝枝一样，你把它向下掰，就能把它掰断，掰下来以后，掰折了以后它皮还连着呢，它不是一掰，咯嘣一下谁不连谁了。农村这个事情就是你把它咋个捏断，它那个皮皮都连着呢。他说那人性里边还有一些，有时你感到他可恶得很，但是有时你又觉得他这人性里边有闪光的东西。带灯是在这种环境里生活的人，她肯定有好多内心的东西，她在这个地方时间特别长，处理农村问题有经验，再说她又是个知识分子，相对来说她是个小知识分子，她有文化，有她的想法，这样就把带灯这个特别有个性的女性形象，把我刚才说的那现实的、粗糙的那种生活层面和那种压制的精神层面的东西，把它们接起来，统一到带灯这个人身上。带灯这个人聪明也聪明得很，有智慧得很，处理农民问题、处理领导那些关系，她都很有智慧。但她也不满，不满那些农民，她也在那训斥、追堵，但同时她也同情这些人。她对领导也有这样的不满那样的不满，但她为了工作还得应酬着，她还得把这关系弄好，带灯她目前就是这样一个形象，她就是目前这个社会情况下实际环境里生长的一个干部吧，她有她闪光的东西，当然她自己也说，她也扭曲了。她在生活中也被扭曲了。这里边有个情节，带灯和竹子在县城吃饭的时候听到门外头有响声，出去一看是城管，城管和小摊贩吵开了，城管一脚给踢了摊子。她俩就发感慨说，你说这个小摊小贩也不好，你不按人家的规定，你把摊摊子都摆到马路上，这不对；城管也不对，你咋能一说就踢人家的摊子。她就想，世上就是啥人治啥人，实际上城管比那个小摊贩高不了多少，俩是一样素质一样水平，反正是啥人治啥人。高层次的人治高层次的人，低层次的人治低层次的人。她说咱整天和这个上访的打交道，咱其实也比人家高不了多少，就是好像上天专门派来叫咱来专门治这些。你说，同一个水平才能治住，咱也只好一天弄这。所以她后来写那个上访日记。上访也有一个情节，就是她骂那个上访的，说你狗日的坏得很，你一天这坏的！那人说我是坏的，你一天咋为啥对我这凶呢？她说，你坏得很，我对你能不凶吗？那上访人的意思就是咱都一样。她实际上就是这样一个人，她有她的丰富性、多面性，就是从目前这种现实和她的理想里边产生出来的一个人。

韩鲁华 其实我也注意到了，在看这个作品的时候，我就想，中国的社会发展，比如从 20 世纪 80 年代初开始改革，过去的线条比较清楚，现在的线条越来越模糊。比如过去说改革开放，给农民把地一分，农村经济豁豁就上去了，恢复高考、科学技术之类的，这条线索很清楚。现在我就感觉到，这个发展到了什么程度了，到了经常就是，出现这一个问题人们都在想办法咋个咋个解决，却经常是在解决问题的过程中出现了许多岔口，而且这些岔口是一个接一个的，走到最后你好像是有一个明确的路要走，但走的时候这岔口又这么多，各种矛盾交织在一起。就是带灯说的，就像那个蜘蛛网一样，你一动，到处都落灰，形成这样一种情形。实际上在这个作品里头，我总觉得这个现实故事背后隐藏着一些东西，现在好多人读你的作品的时候，更看重的是现实层面的描写，特别是在中国来讲，当代以来把现实主义归为所谓的正统，所以你的这个现实故事后面，背后往往是隐含了很多东西。前两天接受《南方人物周刊》采访的时候我也谈到这个问题，要挖掘背后的一些东西。包括你的《古炉》，好多人在写评论的时候都没有注意到，你在采访中多次谈到的实际上作家是在写人性、人情这些东西，还有人类的命运、生存状态这些东西。实际上我可不可以这样理解，带灯干上访、信访这是现实层面的一个事，实际上背后一个层次就是带灯的精神情感，你刚才也说到，隐含着我们国家的、民族的，关于国民性的问题。这样一直延续着你的思路，就是中国的人性、中国的民族性、中国所有的这些东西在这件事情上或者在现实中的一种表现，我感觉深层的是这个东西。

贾平凹　那肯定，整个人类要往前走，太不符合人类往前走的这个潮流的东西就应该要克服，要解决。而中国现在基本上，它这个制度的确定，靠运动、靠阶级斗争的那个时代过去了。这个时代建立法治社会，但咱里边有好多是人情方面的、金钱方面的、权力方面的，就各个方面搅和在一块儿的。当然整个社会在大转型的时候，它必然出现这样那样的问题，而中国目前正面临这种情形，这是必然的，也给文学提供了很大的场地。所以，作为这个时代的作家，他肯定要揭露、批判，起码要把它写出来，要引起社会和一般人的警觉。我出了个散文集就叫《天气》。我反复在里边写这些东西，天气也是一种天意，民事也是民意，从这个角度来审视、揭露社会问题，看着是一些鸡零狗碎的东西，但是必须要正视、解决这些东西，而不是隐瞒，仅仅靠限制，不准它出来，这我不说这行不行。你看比如大禹治水，大禹他爸就不行，整天堵，这就不行，要导。怎么个引导法，当然这是另一个事情，和文学层面离得远了，文学必须要写现实，就写到这个层面。这个层面没有直接说是堵呀、疏呀、导呀，没有说这话，但大家把这个一看，你不导也不行了，你得寻找怎么个导法。因为文学，它严格讲不是给社会开药方的，作家没有那个本事，作家谁有那个本事他也没有那个能力，他也无法改变这个，他有的只是把他看到的一些东西写出来，他主要关心的是人的东西，所以说在这种环境中有一个什么理想性的人物，符合自己心性的人物，比如说带灯，就塑造出这个形象。作为一个作家为什么关心这个题材而不关心那个题材，要树立这个人物而不树立那个人物，这个背后就有作家的想法、作家的立场，或者说这部作品它要传达给社会什么信息。

韩鲁华 在你写的十几部长篇小说中，"带灯"这个名字很有意思。你的大部分作品的名字都是两个字，我看了一下，最长的是四个字——《病相报告》，再下来就是三个字的叫《怀念狼》，两个字的最多。书名要么是人名，要么就是地名，要么表示某种象征。像《怀念狼》，它实际上是叙述句式。你的作品名字都是很有寓意的，都是经过思考的。你比如上一次咱们谈到你的《古炉》，实际上你就作了些解释。那么就《带灯》这个作品，这个名字，我看你作品中也有一些阐释。它实际是带有象征意思的，因为带灯前面的名字叫萤，由萤变成带灯。就在这一方面，你在思考、创作的时候，当时有啥具体的想法？

贾平凹 当时情况是这样的。你比如说，我搞创作有个习惯，就像这一部作品，这一部作品本身隐喻了一个啥东西，就是整个作品从整体上来象征什么东西，隐喻什么东西，每一部作品里都有一个。比如说《古炉》，《古炉》它尽管是写一个村子，因为在外（英）语里头"中国"这个词或者名称，翻译过去是瓷的意思，而瓷是由谁来烧的，由炉来烧的，而古炉呢，就是古老的中国，就是写这个东西，古老的中国。它不是写"文化大革命"的故事，它说的是"文化大革命"的故事，实际上是写古老的中国人在处理一些事情上、一些想法上是怎么弄的，是从这个角度来写的，但也很少有人从这个角度来谈这个问题。到这个《带灯》，带灯吧，为啥当时起"带灯"这个名，因为她的原名是叫萤，叫小萤。萤就是萤火虫的萤，古时候人对萤火虫的描述就叫夜行自带灯，就是自己有一盏灯。其实它是隐喻象征性的东西，就是越是在晚上越是环境不好，它那个灯越亮，自身就带着一盏灯，在晚上行走，那个灯即便是光线很微弱，但是它毕竟在晚上在黑夜里能看见它。我就是从这个角度来考虑的。有些东西你只能感受到，你不能说破，只能感到它那个意境，就这样来写。我写任何一部作品的时候，必须使这部作品总的意象是个啥，我起码把它弄出来。这个总的意象，你说象征也行，意象更准确些，它整个里边好像想说个啥东西，你把它也说不清，但你能感受到那种东西。在具体的叙述里边又不停地有小的意象，这个故事和那个故事之间有什么意象，这句话和那句话有啥意象。这个里边为啥呢，你看有许多节节子，有时那个节子很短，几百字那个节子，一小节一小节，用方框框起来的是节节的名字。但那些小节子不是连贯的故事情节，它里边不停地加这些东西，这些东西都起到一种很特殊的作用，里边都有意象的东西在。就我刚才，一个方面它正说事情就把它隔开，把它断开，断开以后有空白它就有一种张力，气息充满以后有一个张力。再一个就是不停地有它的意象的东西融进去，将来作品就把面能匀乎起来，或者像烧火那个焰，罩起来。或者社会背景问题，扩大开来，而不是仅仅是带灯的故事，其实写带灯，实际上写的是乡镇政府，写的是整个中国基层社会，着眼点在那儿。但是一般我们只看了个带灯，实际上她背后的东西就多了。

韩鲁华　就是眼睛看的是这个东西，实际上脑子想的是整体性的。

贾平凹　当然这些东西，这只是创作方面的一些问题了。

韩鲁华　而且我注意到了，实际上带灯开始是一只萤火虫，这马上给人一些联想，就是她的光是自己带的，但是很微弱，她要照亮这种黑暗的夜晚或者什么是很难的，就是力量很弱。但我注意到，你在作品后头，就是结尾的时候，出现了一个萤火虫阵，或许就是表达你一种温暖的或者其他一些想法。在这我忽然就想到，带灯这个人物很有意思，你把它写成三部，上部、中部和下部，上部是樱镇，中部是带灯，下部又是樱镇。

贾平凹　不是，后来改了。因为你看的还是那一稿，后来改了，第一部就是荒野或是山野，第二部叫星空，因为它里边大量都是信、想象，第三部叫幽灵，就是夜游，夜游症，成夜跑，胡跑。再一个就是最后带灯是自己上访的。

韩鲁华　是的，就要说这个，很有意思。这是一种讽刺或者反讽，就是专做这种上访工作的人最后要上访，实际上这一笔是很厉害的。

贾平凹　因为是在写上访问题时，发生那种械斗以后，一场很血腥的械斗以后，镇政府就把她作替罪羊了。这以后，竹子就为她抱不平，她也很压抑，就开始有病了，后来就是夜游，整天跑，成夜跑。后来竹子就寻王后生，她多少年一直和那个老上访户做斗争，就寻那伙，叫那伙儿往上给报。现实就是这一种现实，而在这种现实里边，带灯确实就像一个萤火虫一样，自身带了一个灯在那儿跑。

韩鲁华　你说到这个意象，包括我写《精神的映像——贾平凹文学创作论》，1997年你在香港出了部作品集，那时候我开始构思写那本书，就谈到意象。那时你也多次谈到这个意象问题。实际上对于你的创作，当时我提出用意象主义加以概括。但是在这个作品中我看到，带灯作为一个整体意象，也有很多的小的意象，但在叙述的过程中，这种意象性的、神秘性的东西，要和前面的作品相比较，我感觉有些减弱，就是有意识地减弱，这是不是就和你有意识学习吸收借鉴汉代的东西有关，因为汉代这个东西，有标志性的一个是汉大赋，一个是《史记》，是不是和这些有关？

贾平凹 这都有原因，再一个它和题材也有关系。《带灯》中写这个人吧，她毕竟是小知识分子，小知识分子不是纯粹的农村最落后最基层的人，不是从那个角度眼光来写的。再一个就是她要处理她的工作，她毕竟是乡镇政府干部，要处理她的工作，工作都是那些农民乱七八糟的纠纷问题，它就不可能在里边出现那些很玄乎的事情，玄乎的事情不是带灯要干的事情，那都是偏僻的、成年在农村干的。

韩鲁华 像是引生或者是狗尿苔做的事。

贾平凹 带灯只能是唯美的或者是有满天空跑的那种思维的，说很优美很智慧的话，抒发那些东西，如洋东西小资情调那些东西。

韩鲁华 现在采取这种叙述方式，其实还是根据作品的实际情况而定的。

贾平凹 那你总不可能在领导干部里弄村落里的东西，那也不对，那就糊弄开了。各人情况不一样。

韩鲁华 还有一个问题就是，因为你是作家，而且你在作品中写到的元天亮这个人物。这个人物是双重身份，一方面他是作家，实际上他现实的身份是省上的一个副秘书长。这让人很容易就想到，元天亮这个人物和你自身的这种关系，你在当时处理这个事情的时候是怎样思考的？

贾平凹 这个人物有好多问题，无解的问题。这里边有个深层问题，这里边到底是啥，元天亮他叔父辈里有个叫元老海的，当年这个地方修高速路的时候，元老海领人去阻止过，就发生过一场械斗，最终高速路就改道了，就没有通过这个镇，这里有过这段历史。后来镇上人就说元老海把这个事情阻止了，当时高速路从这个镇子上穿过去就破坏这个风水，所谓风水就是破坏了这个地方的山光水色的这种优美，这种环境是破坏掉了，后来就没弄成。在这本小说里边，当时父辈人就干过这个事情，到了他这一辈，到了带头抗拒的他的侄儿的时候，也就是到了元天亮的时候，元天亮又起来要给这个地方富裕起来，帮忙拉了一个工厂，这个工厂说的是很有污染性，但又没有肯定，这里边形成一种悖论，到底是咋个弄法，到底是发展还是不发展，发展好还是不发展好，到底是开发这块地方好还是不开发这块地方好，谁也说不清。这事暗示最早的华阳坪，华阳坪发现了矿，在那儿大量开采，居民就富得一塌糊涂，后来环境的污染、地质的破坏却带来无限的灾难，最后樱镇也变成一个大工厂，虽然富裕了，但是出现了好多环境上的事情。当然这都没有明写，但是这里都是很矛盾的，说不清。因为我在贵州铜陵参观的时候，在那儿写了一篇文章。我就有个想法，到一些深山去，到生态特别好的地方去，当地领导为了突出他的政绩，必须要寻经济增长点，必须要改革，也是盖楼了弄这弄那，后来环境破坏了。后来我说有时你不要开发，不开发是大开发。你比如说，你那时候开发慢，发展慢，现在是人都跑到你那旅游，现在旅游增加的钱比你当年盖的那几个房子挣的钱多得多，就存在这个问题。现在就搞不清对还是不对，这里边隐藏了好多，因为一些东西我也没办法回答。

韩鲁华　很明显，这个故事是启发你进行创作的带灯的原型，而带灯这个原型她是外边的，整个的生活背景，包括自然环境又都是你商洛的，是不是作家在创作的时候，不管他听到什么事情，最后他都要归到自己最熟悉的，和自己的生命血脉相联系的这块地方？

贾平凹　那肯定的。作家还是熟悉他最熟悉的地方，比如说《带灯》这本书里边的环境。这环境吧，和我以前的环境还有些不一样，山上产什么鸽子，它那个吃食是怎么个做法，我老家和这还是有些不一样的。它必须要带着那个地方鲜明的一些特点，那个地方一看就是大山，山上有各种果树，还有其他各种树，还有各种走兽，然后怎么做醋、做酱豆、做这样那样，一看它就有鲜明的地方特点。我老家那个地方它是个川道子，没有这些东西。你仔细看，尤其她那个信里边，讲她和农民打交道时，你能看到它有一种山野之气在里边弥漫着。《带灯》这个乡镇现在也不能说具体，只能说是大概原型吧，给你好多启发，也给你提供了好多故事和产生的写作冲动，但是整个书也都不是只写带灯，只能说在信的里边的一些话吧，那肯定是她的，那些话我也想不来，反正她那些很有智慧的东西我也想不出来，基本是综合性的，综合各个方面。因为这几年我跑的地方多，有陕西、河南、甘肃、新疆、青海，这些地方弄的材料都综合在一起。当然，总的来说，你写作的时候必须要把它归到一个更熟悉的环境里边，归到我老家这个环境里边，但你也看到它明显有别的地方的一些色彩，别的一些特点在里头。

韩鲁华 还有一个，刚才实际上你在谈的时候就谈到了，你叙述的主要故事是带灯，还有信访工作，当然作为一种社会背景，这个作品还有另外一条线索，包括从元老海那个时候到现在。这个樱镇，有一条线索是元家的兄弟和薛家，我感觉这条线索它是时隐时现的，有些地方和带灯有了交叉，有些没有交叉，但是最终的交叉就是那场械斗，那场械斗最后决定了带灯的人生，把她最终的命运结局给决定了。就是说，一般人觉得，实际上这两家基本没有上访的事情，你在当时是咋考虑的，就是写带灯这条线索还要涉及元家和薛家这条线索，当时你是咋考虑的？

贾平凹 这个作品写带灯在镇政府，实际上是写镇政府的生活，写镇政府生活的过程必然要牵扯乡镇这层层面面、各个阶层，从这儿就引发过来了。你如果纯粹是写带灯的故事，写带灯，她毕竟是个人，就写得比较单了。当时写《高兴》这部书，它里边的人物整天跑来跑去，他收破烂时不可能和政府打交道，最多是来卖破烂的人，和卖破烂的人打交道，他都是受限的。它这个故事相对来说比较简单，线条比较简单。而带灯这个人物她是在镇政府工作，镇政府这个整个面对群众，不是今天这儿东家出事了，就是西家那儿出事了，你就得两头跑，这儿那儿出事了，你就得去，都是她要管辖的范围。实际上这个薛家和元家，它是支撑这个镇子上经济的两户人家。因为这两户人家都是有钱人，是这个镇上发展比较快的两户人家，就是在发展过程中为了争夺资源，资源包括自然资源、能源资源，比如占个沙场，改造旧街这些事。为了争夺这个就会产生些事情，这是一个。再一个争夺权力资源，就是投靠官家，就是怎么在这个乡镇政府寻到一个代言人，就是官商必须要结合才能挣到更多钱。这些东西就必然牵扯到民众，那些东西就反映到带灯这儿，带灯就要出面，必须解决这些问题。这其实是自然而然就铺开了。因为你就是管那个地方的，那个地方出现问题了，必然就涉及这个东西。为啥涉及这个镇政府的书记和镇长的关系，关系也就是这个事，也就自然而然涉及这些东西了。

韩鲁华 还有一个就是，以前我也写文章谈过，实际上你整个创作不是以这种宏大的叙事来进行的，正因为如此，必然就不注重这种大的故事情节。我过去老说你这种叙事是一种社会日常生活漫流式的叙事，而且是靠一个细节一个细节支撑的。在这个作品中，我也感觉到，你不是有意识地组织一些大的情节，要说比较大的场面描写就是那场械斗，除此以外再也没有啥大的场景。还是这种细节式的叙述，而且这种叙述的过程中还要分许许多多，虽然说写的带灯，但也要分成枝枝杈杈蔓蔓的这些东西。这种细节式的叙述和你这个作品的整个的结构或者整个你所要表达的思想情感的之间的关系是怎样的？你在创作中是怎样考虑的？

贾平凹 这个比较难谈。因为，就像我刚说的，从我的写作习惯说，它就有个整体意象。你比如说，一旦材料掌握以后，材料里边我要渗透个啥东西，象征个啥东西，然后在具体写作中，步步都寻找那个东西，实际上这种东西就是刚才第一个问题谈的中国的思维问题。因为这个弄了以后，作品就显得有中国味道了，实际上就是这样表现出来的。中国任何东西都是大的套小的，一项套一项过来的，尤其是我谈到的第一个问题，你看最早是《易经》，《易经》是中国最智慧的一本书，是决定人思维的一本书。它基本上是这么思维的。然后咱从这个《艺概》《诗品》，包括词学这方面，瓷、画这方面的东西它基本上都是这样。过去的刘勰，一直到王国维这一代，写下这些东西，你一看它都是这种思维。只是王国维在这种思维上加了叔本华、康德的一些东西，来解释一部分东西，但它的总的基因还都是这种思维。所以说在我的作品里边，有大的意象和小的意象，然后综合起来，给人提供一个整体，好像传统的东西不多，实际上这也是一个原因吧。再一个正因为把握住这几个大的，你把大的东西把握住了以后，那小的东西、小细节实际上也是意象的一种办法，它的丰富性慢慢就展开了。现在绘画里的即墨绘画法，就是一层层染墨一层层染墨，最后形象就出来了。

韩鲁华 从你的整个创作一路思考下来，包括今天这个《带灯》，今年这后半年，我忽然有一个感觉，比如说，从陈思和提出的这个民间问题开始，大家都说这种民间，我在以前也非常强调你这种面向民间、面向下层这些，这都没问题。今年的时候我就忽然感觉到你在写法上，不是完全民间的，好像在你的身上更多地体现的是中国传统文人的这条脉络，所以我说中国文学，从传统的这个角度来讲，目前包括一些文学史在谈的时候，都认为你承续的一个是文人传统，一个是纯粹的民间艺术传统。你看你的不管写得再民间，包括《秦腔》。秦腔不是简单的民间问题，它是中国大戏，它是中国知识分子的这条路，所以我感觉到，你是对中国传统文人的这种文脉、艺术和精神上的承续。所以从这个角度，假如我这个想法能够成立的话，就是在对这个文人的传统和纯粹民间艺术如说唱之类的这种传统上，你自己有什么看法或者想法？

贾平凹 实际上这也是有道理的。但严格讲，自己还是传统文人那种习气东西多一些，爱好、气质，这种应该是的。因为纯民间的东西它是另一种形态。相比较来说，纯民间也很有意思，它里边好像是另一种。这话不知道咋说，能感觉出来但说不出来。

韩鲁华 另有一套艺术表现系统那些东西。

贾平凹 拿我这生活里边来看，你比如说，书画、收藏这方面它完全走的是中国传统文化人有的那种习气，他那种习气，他看问题，他写作趣味，他肯定就带到他的作品里边去了，他那种趣味性、他那种审美，他必然带进去。民间有些东西是精彩的，民间文化它没有这些东西，它有它的新鲜感，或者它的简单化，或者它的就事论事性的一些东西，它不玩那个味儿，不玩那个味道。

韩鲁华 确实是这样，我想有好多人说你是最中国化的作家，这是不是就是从这个角度考虑的。实际上在你身上体现了中国传统文人的这种精神气质，正因为这样，所以在你的作品中才带有那种传统味儿，那种韵味、趣味、情致，包括这种精神境界，表现得非常非常突出。你看你的作品，哪怕写，包括有些人提出批评的，就是写这个事情写得再脏也好，或者再怎么样也好，但是你读的过程中好像不是这个农民或这个民间艺人在这儿说这个事情，你就能看到他是一个文人在说这个事情，所以这个味儿非常浓。还有一个问题，因为从你的创作上来讲，必然要涉及一个问题，有些人也谈到了，就是乡土文学的问题。因为从整个大的文学归类来讲，一般将写乡村这方面的称为乡土叙事。我就想了解，你对乡土问题的一些看法，当然还包括一些地域性的特点。有些人就认为，包括你也谈过，研究的时候，一方面看整个文学发展，另一方面就是人的个性特点，而个性特点往往又和地域性是分不开的，是密切联系在一起的。所以我就想问一下你对这种传统的，我们所说的这种乡土文学的叙述、创作，以及这种地域性的创作的一些看法。

贾平凹 有些人说这个乡土文学现在应该没有了，应该终止了，或者是再没有啥发展了。实际上这个乡土在中国来讲，如果你老待在一个城市，待在大城市里边，你就觉得中国这个现代化弄得全部是城市化的，各方面和西方没有啥区别，但你走出来以后，你就知道农村那面积还大得很，所以有时看问题就看你从哪个角度看，你如果老是待在一个城市，不出这个城市，你觉得整个世界是这样一种世界，你如果愿意在西北一些农村去待，不出这个村子，你觉得这个世界又是另一种世界。如果说我是国家领导人，站在全国的这个角度上来看问题，觉得中国的问题城市也仅仅只是一部分，走城镇化道路可能有三分之一走得不错，但还有三分之二还是不行的，这个现实的东西必须要弄。当然至于说中国传统它就是个农业国，就是个乡土中国，当然这个乡土中国这个意义，自从费孝通提出以后，就是农耕这种思维。这个乡土中国，我估计它就是再变，它形成的那一套思维的内部结构那些东西、人和人之间关系那种东西，那不可能说是很短时间就能消失掉的，不管你过上啥生活，我现在可以吃鲍鱼、鱼翅，但我还能吃我小时候吃过的那种粗粮、那种糊汤面、那种糌粑，这些东西我恐怕还要吃。就像最近我看两个青年打赌，说是再过十年这中国一般的商场、商店就完蛋了，人都到网上购物去了。但实际有的说它不可能消失，商店不可能消失。就像原来说的，网上购书、网上阅读以后，实体书店就消失了，实际上也不是，我估计肯定冲击大得很，但是要消失还是有困难的。就像有电脑以后，人说电脑写作，也有一部分人不用电脑写作，这道理一样，任何存在都有它的合理性在那儿。它不可能彻底消失，只可能说是它不可能成为主流或者没有以前这种红火吧。因为乡土中国这种概念，你说以后中国文学就慢慢全部是城市文学了，我估计也不可能，或者说以后年轻人具体怎么样，或许再过几十年，这伙年轻人写的就是另外一种题材的作品了。但是同时我也说，或许将来是这样。为啥，因为一代作家有一代作家的命运，各负其责。作为咱这代作家只能给这个时代，你只能写你所处的时代，完成你的使命就对了，你也不可能完成以后的事情，你也无力去完成那些东西了，也只能是那样。所以我在后记里边谈了，在省作协的会上我也谈了，陕西的作家他基本都是原来的这些，如果说陕西文学在中国文学版图中还算个重镇，主要是有一批作家和一批作品，而这批作家都是从乡下来的，有的是农民一步步过来的，有的是写农村过来的，这些人对农村特别熟悉，然后就慢慢过，如果现在年轻人再往出冒，你走老一辈作家这个路子，恐怕行不通。因为你对农村不熟悉，你也不是那一块地方出来的，你再写那个地方肯定写不好。但是一方面我给年轻人说你应该关注题材多样性，多写写别的啥东西。但自己还得写农村生活，因为自己只能写农村生活，熟悉那个地方，写农村的变化只能写这种社会大转型时期农村发生的事情。实际上任何作品不在于题材，题材仅仅是一个材料，仅仅是一个你使用的材料，关键是看你把这个材料是用啥。你用煤烧火也行，我用木柴烧火也行，就看你烧啥，在哪烧，你咋弄都能烧出来，你用的啥材料无所谓的。当然在某种情况下材料也起作用，比如说把火箭推到天空上，只能用固体那些啥燃料，咱总不能把麦秆草点着发射火箭，这肯定是不得上去。这就是有时说的材料问题、形式问题，原来不是老说形式、有意味的形式，形式也决定一切，都有道理，没有没道理的，就看这个事情你强调啥。不是说有时有人胡说，有人都是根据当时情况、具体环境或者具体个人情况来讲，我这种形式不好，我就形式决定啥东西，我就要强调这东西。有时我这个题材还没选对，他就题材决定这方面。就看情况怎么样，各人情况不一样。

韩鲁华 每次谈的时候都谈到语言问题，可以这样讲吧，就我自己有限的阅读范围来讲，中国当代的这些文学创作，我感觉到你的文学语言是最具有中国汉语韵味的。而且好多人在读你作品的时候，叫你的语言就征服了，比如我，从上大学开始读你的书，后来到搞你的研究，这二十多年快三十年了，就是觉得你这个语言很独特。我感觉有些人，写的或者用的汉语，用的是汉字，但是他出来那个味儿，不是中国的，有些是西方的，有些是其他的，而你这个味儿，就是中国语言的、汉语的这种味儿。我现在就想问一下，就是你在每次做这个事情的时候，汉语语言的这个味儿是不是它背后也隐含着一种中国人式的、民族的这种思维方式，民族文化的这种存在方式、行为方式和民族的这种文化精神在里头。一句话就是，你在创作时是咋个想的，写的时候写成这了，就整成这个中国味的、独一无二的。确实是，我认为截至目前，从语言这个角度来讲，你在全国是独一无二的，就想听听你这些方面的一些思考。

贾平凹 因为叫我说，你一旦形成你的思维，形成你的审美以后，相对来说器就形成了。比如，一旦说我拿的是压面机子，我手里有了压面机子，我压出来的肯定就是条子面，饸饹一压就是那，啥东西到我这儿，一压都成了面了，拿些荞麦我也能给你压出来面，拿些苞谷面、麦面我也能给你压出那个面来。语言问题，你一旦形成，它是啥就是啥，它是必然的。在写任何作品时没有刻意去咋样，倒没有说是我一定要怎么怎么，它已经形成它一种固定的、差不多的一种东西，啥东西进来它就变了，味道就变了。比如说我是一个浆水瓮，你把白菜放进去，也是酸的，萝卜缨子放进去也是酸的，萝卜切成条放进去它最后还是酸的，都是酸菜。它这个酱缸已经有了，啥放进去都是那个味儿，这主要是那个缸的问题。就像做酒一样，我是做酱香酒的，啥酒都有酱香味儿，但是酒窖，做酒这一种办法，它形成以后，它必然是这。倒不是我每一次做的时候我都考虑我这个酒里面要有没有酱香，它不是，只要把酒发酵的那些啥东西放进去，它必然就成那东西了。语言严格讲，它不是刻意的问题。它也有个技能的问题，但总的来说它是依附的东西、自然而然的东西，它形成那一套东西了。就像树一样，我身上长了那一层鱼胎了，永远都是那个样子，从树根慢慢就长到梢子去了。开头怎么形成自己这一套审美、趣味以后，它一旦确立起来以后，它就不是一个问题了，不是专门去追求那个东西，它是自然而然的事情。

韩鲁华　刚才你无意中说了一句你对《山海经》的兴趣，因为我读《带灯》的时候，包括看你的后记，你说以前感兴趣的是明清，现在是这个两汉。后来我就想，我当时给你发信息说你还有些新的思考，就说这次采访以后，可能将来就又对先秦两汉有了兴趣。刚才你说《山海经》，《山海经》就是先秦的东西。我就想问你对先秦的，包括《山海经》这些东西的看法，你随便谈。

贾平凹　因为这些东西，我有时爱翻书看。原来《山海经》我看过好多遍，开头看也不理解，也觉得没意思，就是整个讲向东几百里山有个啥有个啥，再向东再向东再向东，山上不是长的草就是长的啥树，树叫啥名字就完了。后来年龄大了就觉得这有意思，你好好想这个东西有意思着哩。它这个里边，为啥我说它是中国人思维的总源头就在那儿，我举一个例子。它就写哪个山上有一个兽，这个兽有三个脸，长了三个脸，把这个兽肉吃了以后，这人能长寿，它说个这，命长，或者事情顺利，它有个这话。后来我就想，这中国人，正因为当时的中国的古人看到这种东西以后慢慢形成思维，有三个脸，有三副面孔，应付三个场面，三种语言。有三个面孔的时候，他事情就处理得圆滑，他就能得以长久，他的事就干得长久。你老是个犟怂脸，两下让你受挫折。统统是这一种思维过来的。所以说古人看到这现象以后，他留在脑子的印象很深，他就按照这种思维慢慢形成规范，来训练他在生活中的一些行为。这里边凡是它写道，有一种啥动物，像啥，像人，手像人手，你把它吃了以后，三年要大旱。后来见了一个动物，它这个声音像婴儿，你把它吃了以后，今年有劳役，就是苦役，修长城一类苦役。我看了，凡是和人有关系的动物，像人某一点的动物，都是灾难性的。而别的，长成啥颜色、各种形状，只要和人没关系的，它都给人带来好处，能给人带来惊喜，能治痔疮，肠胃好，能跑得快，只要一沾到这个形状像人，都是灾难性的。后来我想，古人形成这种思维就是，人其实最怕人，人和人的争斗是最残酷的，所以它才出现兵役、水灾、旱灾、劳役，都是从这思维一步一步慢慢过来的。它里边经常写到好些动物，人类给这动物起名的时候不知道起啥名字，啥叫声就把它叫成啥，比如叫咕咕，把这个鸟叫咕咕鸟。古人说这种鸟是啥样子，老自呼其名，其实是你给它起下的，这不是它自己起的，你首先把它定成这个咕咕鸟了，它一叫，就说这老喊它自己名字。再一个是，那个时候，中国的传统文化都是自吹自擂，自己做广告，自己做宣传，就整天自己叫自己名字，喊着，如果按那个说的我把你叫这个动物，人把你叫成咕咕咕咕，人起码就知道你是咕咕鸟。后来发展成中国文化里边那些医学，看病的，算卦的，下棋的，喝酒的，都是胡吹的，都是自己说自己，这种思维也就一脉传下来。你想想看，每一句都有意思，只要你带着这种思维去进入那本书以后，全部都是这种东西。当时我说把这写成一本，我一看，看了它从古到今的几个注释，没有一个人像我这样来想过问题，它都是注释这个字是啥意思，这个水是啥水，现在叫啥水，最多写这。所以当时我想写这，今译上一本，但是一想这复杂得很，那还要看历史上有多少人的注释本，哪一步都不能错，你一错别人还寻你的事。我读书还做批注了，批得密密麻麻的，后来我说还不如叫我把那拿着当小说先写去，写小说去，不想搞这个学问，做学问那是累得很，历史上无数的书籍版本，你都要翻，你到哪儿去翻寻那些，麻烦得很。还是我把那一看就感兴趣得很，我一看这中国人的想法都是从那上边过来的，慢慢演变过来的。人这个文化是咋形成的，就是一群人在一个特定的地方，然后面对着大自然，然后慢慢形成他那种思维，过日子的方式，处理问题的方式，就叫文化，那就是这样形成的。中国的种族住在山上，就是那样一步步和自然打交道，因为他吃过任何东西，啥东西能吃啥东西不能吃，证明当时人见啥吃啥，把任何兽任何植物都吃遍了然后写出来这本书。再一个原来咱对这个玉，为啥中国有玉文化，它就说那个时候一看，那时只发现金、银、玉这三个东西。玉是神的饰品，神不是吃它，就是身上戴它，所以说现在人用玉、崇尚玉，就是用玉以后能通灵。为啥玉能通灵，那神吃那东西。为啥现在给咱的祖先、父母去世以后，要献馍、献吃的，献这个、献那个。他来吃的时候，你把那献货给它就接通了，用食物来接通和神的联系。它里边专门讲这个东西，每个山上都有神，我估计当时人基本上成熟了，但是还有些动物长得怪形怪状，他老站在他的角度来看那个山上的怪物，他就以为那是神，这个山上这种动物统治这个山上最主流的动物以后，他就把这个动物当神，来祭祀那个东西。祭祀神实际上是打不过人家了可讨好人家，就是那种情况。那些对神的描写都是咱现在对玉的文化、对山的文化、对水的文化，对动物类的东西，基本概念都是从那个时候发生的。

韩鲁华 你谈这个问题了，我忽然想到我有一个国家课题正在做，就涉及这个自然的生态和作家的文学创作的关系研究，将来写的时候也是一个重点要谈的。我就想，现在我们谈到文化的时候，只是从已经形成的精神层面上，来谈这个承续。但我感觉到一直到今天，你比如说你，到今天还要受到自然的生态的，你出生的那个地方，也就是你的商洛，那种山山水水对你的影响，而且我也看了一些资料，谈到南北的区别，所以你刚才也说了明清时候的文学创作主要是东南的这些文人，汉代好多是北方文人写，它不一样。实际上我觉得这种风格或者个性的形成，就和南方和北方的自然环境本身不一样有关，而且一直到今天，就是作家，因为每个人都是从他的生命起点开始，你不可能是从秦代开始，你只能从今天开始，那么你这种精神上它也是受这种山水的影响。对于你自己来讲，这种自然的山水，比如说你家乡的或者哪儿的，对你的性格还有对你这种创作个性的影响，我想听一听。

贾平凹 这是必然的，一方水土养一方人，养的人肯定和它的山水是一样的。我在年轻的时候，为了追求好的语言，我曾经把陕北民歌和陕南民歌用五线谱画图制表，像工业图表一样标出来。我不懂得音乐，但我做这个标志，标出旋律的高低、节奏的快慢，陕北的抛物线和陕北的山水是一回事情，缓慢的山旮旯，陕南也是这样，艺术和山水是一样的。为什么陕南、陕北有这个民歌，而关中有它的戏曲，它总是有道理的。一个是它当时文化落后，文化落后的地方它还没发展到戏曲，它保存的是民歌，而关中文化发达一点，它发展到戏曲了。但整个戏曲这种结构，它和关中平原是统一的，这是一个。地理文化、地理上对文化的形成、对种族的形成它是必然的。你比如说日本在一个岛上，就产生日本这种很强悍的、极力向外扩张这种民族，或者永远要奋斗，要么就自杀，要么就是我一定要把这事情弄成。它那个环境把它逼成那样的，它也没办法。大寨为什么能干，陈永贵说关中人是懒汉，因为陈永贵在他那虎头山上一看，费的那劲儿大得很就修那么一点点地，一到关中，一马平川。说陕西经济不发达，到陕西一看，八百里秦川那么一趟平，这还长不来庄稼。所以他老说陕西人懒。就是说他那种奋斗的精神只能产生在环境不好的地方，环境好的地方人就慵懒得很，生活节奏慢。那人家慢人能过好日子，日子能过去，就形成那个大不咧咧的那一种。你看城市，经常是第三代人以后的人在城市的子女，他形成那城市习气。所谓城市习气就是大不咧咧，不求上进，也不是说不求上进，大不咧咧也无所谓个啥东西。乡下娃第一代人上来到城里，那整天要奋斗呢。

韩鲁华　就和咱俩一样。

贾平凹　噢。要么就是战战兢兢，要么就是老忙忙碌碌，忙他的事情，这只是环境不一样。这个你在啥环境你只能写个啥东西，我原来讲过，我在后记里谈过，比如说我这性格里边，它也有些灵秀的东西在，就是自己受那个文化熏陶，小时候我老家也是秦楚交界之处，就是中原文化和楚文化交汇的地方，身上肯定有楚文化这些东西。有时你还不能太追求太柔美的东西，追求太过了以后它容易软，有意识地要加些东西，但你无法改变一些东西，你基因的东西你无法改变，所以有时要故意学学硬的东西，学学两汉的东西，就害怕你本身的基因里有软的东西，有柔美的东西，你再整些，你肯定是爱好柔美的东西，你把柔美的东西弄多了就腻歪了，糖吃多了就有问题了。有时还故意地要增加些别的啥东西，才说要学些啥东西，当然这个学习也是碰着学，也不是有目的的。你也不知道世上哪一本书好，但是有时看的时候，在这个过程中，就是把这个《带灯》写成一稿以后，我后来大量读书，比如说《山海经》，看一下，觉得有意思。王国维的书我从头到尾看了一遍，二十多本书，这些东西看了觉得有意思，有想法。因为现实生活中有好多智慧，为啥我爱接触这个女乡镇干部，而且对她那个信息感兴趣，她来了信以后也感兴趣，就是她有智慧，她说出来的话有意思得很，她那个意思还不是书斋产生的，就是现实生活中的，她那个日常生活中的，代表她那个山野气、原生态的那种东西，对这特别感兴趣，她给你好多启发。我举个例子，啥叫智慧，就是生活中贯通了一点点，完了慢慢积累起来那些就叫智慧的东西。昨天晚上我看电视看一个纪录片《清水祖师》，就是写一个娃从小开始当和尚然后成为一代宗师的事。它当时写到这个剃发，就是剃度，剃度就是要把头发剃掉，佛教里边讲这发是代表父母的，父母给你头发，为什么入寺院要把这个头发剃了，就是斩断亲情，要把亲情摆脱掉。再一个说头发它是代表着三千烦恼，一根头发就代表一个烦恼。我说，咦，这话好，咱脱头发就是脱烦恼，马上就能想到这，就是获得这个智慧了。我头发少我少烦恼，没有烦恼了，是个秃子了。我觉得好多智慧的东西、有意思的东西，都是在日常中正儿八经慢慢积累起来的，积累多了，你就觉得有意思。我刚才为啥一说你们都笑，证明有意思。带灯她在生活中，整天就弄这种事情，她的语言都是这种语言，不是你在房子里头想出来的。

韩鲁华　还有一个问题，你写的后记里头有一句话叫：海风山骨。这句话我非常感兴趣，而且说得很好。你把对这句话的理解解释一下。

贾平凹　大学毕业不久我到华山，准备上华山，一看华山高得很，那个时候也没有索道，上华山还要走三十里路，我说等我走到那儿都没劲了，就不走了，我后来一直没上去。我三次到华山脚下都没上到山上去，都没上去过，到那儿就回来了。后来有一次，山下边有一个道士叫闵智亭，游客到那，他在里边看书写个字。我去了以后闵智亭给我写了一方字，当时我不知道那是闵智亭，后来真正是不是他我还说不来，反正一个道士给我写了四个字，叫海风山骨。但我理解的是，像海一样的风，吹过来，那种你说柔也柔，你说大也大，就是过来了；这个山，就是山骨，山那种骨架，像骨头一样。既有很温柔、很柔和的东西，还有很坚硬的东西。我觉得这个词有意思，我具体给你说不清它的理由，就觉得好，所以我爱用这个词，我觉得是特别有力量的一种东西。我给我的画册起名，我也写成海风山骨。我有时给人写的时候还偶然写个海风山骨，但写的不多，写书法写不多，这个词我在别的地方也没见过，在书面上没见过，只有我使用，这个道士给我这个，不知道他从哪儿弄的。这个道士如果是闵智亭，闵智亭后来当了中国道教协会会长，就是任法融的前任。闵智亭已经去世了。

韩鲁华　是不是"海风山骨"体现了你整个《带灯》的创作风格？

贾平凹　也有这一层，它这个词字面上有两种解释，刚才一直说，它这个风，风吹过来像海一样，山长得像骨头一样，也是这一种。一个阔大，一个坚硬。总的来讲，风在我的理解里边，这个风应该是温柔的东西，而且无处不在的，流动性的一种东西，山是一种固定的，是一种坚硬的东西，像骨头一样。所以在整个写的过程中，那些信，给元天亮的信在整个书里边它起的作用也特别大，没有这些信，那故事就是调查报告，就成那了。现实就像那冰冷的山一样，白花花的骨头堆成山。

韩鲁华　可以这样理解，就是你刚才说的，山是固定的，是骨架的这种东西，实际上风过来以后，在山上头吹。我也给你说过，我总在读的时候有个感觉，你看你表面上叙述的那种平静的心态，那确实是，一直是这种心态。就是那个械斗，那还是激烈的一笔，整个都非常平淡，最后归纳又非常平淡。但是我从骨子里头，从这个作品内在里，我读出来在这个作品里头，如果和《秦腔》比，坦率地讲，《秦腔》那个作品写得很好，但是对于现实，我就感觉到你从精神上对现实的认同。你对镇政府的理解，对带灯这些人的生存状况的理解，这种风骨的东西、文人的风骨的东西非常强烈。我觉得作家就是和现实不能够完全调和的，他就是一种对抗的东西，比如在对人的命运的这种态度方面，所以我觉得这个作品的内在的风骨的东西非常强烈。

贾平凹　因为《秦腔》它写的是整个社会的演变，社会在演变的时候它是无声无息和不知不觉的，它带来的是一种哀愁伤感凄凉，或者说任何东西在消失的过程中，都有一种凄美的东西、悲哀的东西呈现出来。而到这个《带灯》，它面对的不一样，它是具体的、瞬间的存在的事情，来解决这些问题的时候，它更多的是一种愤怒，或者是悲愤，它隐藏在后边，它就不是淡淡的哀愁，它就不是伤感，它是一种愤怒，它要直接进入去解决这些问题，它必然带这种情绪。这种事情，作家你要把它压住以后，表面上没有啥事情，平平的，实际上底下都是些尖锐的石块子做基层，只是上面盖了一层。当然有时你如果写得太张扬或者写得太怎么样了，它的文学性就没有了，味道就没有了。

韩鲁华　本来还想问，我知道你最近一直病着呢，心里头感觉不好意思。非常感谢，带病接受我的采访。我不太关心你文学创作以外的其他一些事情，我只关心你的创作，而且这么多年，我自认为我还能够把你文学创作这种精神脉络把握住，解读的时候我解读得还比较准确。所以要进行采访，我主要是要把我自己的一些想法和你的一些想法做一些比照，我反对那种搞评论的时候，光拿自己的尺子去量，不看对象。实际上有时候作家他的创作他有自己的想法，人家作家就不是按照你那个尺子去创作。正因为这样，你这么多年的创作，好多人就拿了个固定的尺子，他量张三是这，量李四是这，量王麻子还是这，实际上好多作家他们是不一样的。特别是对你，这么多年来产生的种种说法，我就认为是误读，就在于没有按照你的创作来进行评论。我觉得任何理论它都有它蹩脚的地方。出于这种思考，所以你每次作品写出，我动笔写文章之前，都要交谈一次。虽然我题目都想好了，但我不知道能不能完成，这次提出的关于作品以外的事情比较多，就想写一个题目叫"中国式写作"，啥叫中国式写作，有些问题还没有思考透，所以迟迟没有动笔，写了一点开了个头，几回都停住了。那今天就到这。再次感谢老兄带病接受我的访谈。

（梁菲根据录音整理，《西安建大报》2012 年第 6 期刊发其中一部分，此为全稿）

贾平凹长篇小说《带灯》学术研讨会纪要

丁　帆　陈思和　陆建德　等

林建法　我宣布贾平凹长篇小说《带灯》学术研讨会现在开幕！

这个会议由南京大学文学院、复旦大学中国当代文学创作与研究中心、常熟理工学院现当代文学重点学科、《当代作家评论》杂志社、沙家浜旅游度假区管理委员会联合主办。

我们在常熟召开贾平凹作品学术研讨会，这是第三次了。第一次是 2006 年 5 月 7 日，我们在常熟大酒店召开的《秦腔》作品讨论会，由苏州大学、春风文艺出版社、上海九久读书人文化实业有限公司和《当代作家评论》杂志社联合主办，第二次是 2011 年 11 月，由复旦大学当代文学创作与研究中心、常熟理工学院、《当代作家评论》杂志社联合主办的长篇小说《古炉》讨论会。这是第三次，这个时间越来越近了，第一次是八年前，第二次是三年前。我估计在沙家浜这个地方，贾平凹的研讨会可能会开四次、五次、六次甚至更多次，而且级别开得越来越高，这次会议还邀请来了境外的学者，美国康奈尔大学的颜海平教授，中国香港浸会大学的杨慧仪教授、香港中文大学的黄念欣教授、香港岭南大学的米高·安甘教授。非常感谢海内外嘉宾的到来！对贾平凹的作品，《当代作家评论》从 1985 年就开始关注，从 1985 年到 2013 年，刊登了一百多篇文学评论文章，大部分都是在座的批评家写的。所以如果按编年的形式来编的话，关于贾平凹研究也有将近一百万字，也说明了贾平凹在中国文坛和世界文坛上的地位。今天这个会议分四场，第一场是开幕，我们请范小青主席和两个主办方的丁帆教授、陈思和教授讲话，茶歇之后的第二场由吴俊教授主持，下午第三场由栾梅健教授主持，第四场由丁晓原教授主持。现在就请范小青主席讲话。

范小青　昨天建法跟我说今天让我讲几句话，放在前面，我觉得这是开玩笑的，这么多国际、国内的大师、专家，我怎么敢在前面说，建法就开导我，说你想想，你要跟在陈思和和丁帆后面讲的话，你还能讲什么呢？你还有什么好讲的呢？我当时顿觉一声棒喝，猛然惊醒，我说好好好，我先讲。非常惭愧啊，而且我也不是主办方的，我觉得建法是在给我出题目，给我一个提醒，要我积极参与。

我在想一个问题啊，因为贾平凹写作这么多年，开过的创作研讨会也不计其数，主要在西安、北京等地。我不知道在西安、北京或者上海之外的地方，有没有一个地方开过三次你的作品研讨会，我想可能没有，说明常熟这个地方和一个人，和一群人，和我们大家都是有缘分的，这是一个非常好的地方，包括我们常熟理工学院，还有我们沙家浜风景区给大家一个在这儿相聚研讨贾平凹新作的机会，也是让我们非常高兴的。

我看了这一期的《当代作家评论》，是哪个人写的我忘了，说贾平凹长篇的后记非常重要，我也感觉到是这样。《古炉》的后记里面写了一个细节，他写《古炉》用了三百支笔，他把这三百支笔的笔芯扔在同一个篓子里，没有把它分开来扔掉，堆在一起。当时我看了以后我真的感触很深。有一次我们省委领导召开一个文化方面的小型座谈会，我就把这个事情说出来了，说出来以后没想到我们省委主要领导也非常感慨，后来在其他场合的会上还专门提到这件事。那三百支笔的分量真是很沉很沉的，是能够打动人心的。

当年在我们省里宣传文化工作的大会上，书记的讲话里边就有了这样一句话，"我们要真情呵护、特殊关爱从事原创的作家和艺术家，让他们耐得住寂寞，抗得住诱惑，拿得出精品"，我们江苏省领导和方方面面，对我们江苏作家和江苏作协都非常关心，也很给力，开个玩笑，要感谢贾平凹的三百支笔。

在这次《带灯》的后记里面，他没有写用了多少支笔，但是他写了一个老母鸡。贾平凹经常会举例来说明。人家就说你写那么多了不要写了，他说我像一个母鸡，有蛋不下憋得慌。如果说每一个写作者都是这样来比喻的话，那我们这些写作者就是偶尔下一个小鸡蛋，他下的又多又大，那都是巨蛋。

而且从《古炉》到《带灯》，真的就是眼睛一眨，非常快。当然，我说的这么轻巧，在这个过程当中，这个阵痛的时间，阵痛的程度，只有写作者自己知道。在这儿，我作为一个同行，也作为一个读者，向我们贾平凹老师表示敬意。关于《带灯》呢，因为今天有这么多专家在这准备研讨，所以我也不敢多讲，但是我读《古炉》和《带灯》时，有一个非常相似的情况，它们都是我在北京开会的时候，在宾馆的书店里买的。买《古炉》的时候心里还疼了一下，六十多块钱，我告诉贾平凹，贾平凹说你不要买，我叫出版社给你送一本来嘛。买《带灯》的时候就没看到他。

总的来说，我认真读了《带灯》，我只说一句话，我觉得《带灯》读的时候非常畅快，非常好读，而且里边有很多丰富的东西，有很多诱惑，让人兴奋，能够燃起人的激情。但是读到最后，只有两个字：苍凉。这个展开来的话，我们很多评论家都会展开来，我就说一下我的感受。最后，我想感谢主办方，也感谢贾平凹，也感谢在座的各位与会的专家，能够把贾平凹的研讨会放到江苏来开，这是我们江苏文学的光荣，也能够让我们江苏的文学、江苏的作家，沾一点儿奇光异彩，谢谢大家！

丁　帆　我想在座的诸位之中，可能跟老贾交往历史最长的应该是我了，已近三十三年。1979 年我在《文学评论》上发表了第一篇文章，当时《文学评论》编辑部做了一个关于作家作品研究的计划，要我也认领一个作家，我就毫不犹豫地选择了贾平凹，结果，1980 年就在《文学评论》上发表了评论老贾作品的文章。从此以后，和贾平凹有很多的通信联系。可惜的是，我几次搬家，好多信件都丢了，后来这次搬家也找到了一部分，他以前给我写信都是用笔记本裁下来的纸张，用圆珠笔写的，我想他是为了节省纸，惜纸如命啊，笔记本稿纸写得满满当当的。

这么多年来，我参加他的讨论会也是比较多的，包括在西安召开的和在沙家浜召开的两次。这次看了《带灯》，我很有感触，一直到昨天因飞机延误，在机场的三个多小时，我把最后的一小部分都看完了。我写东西有个不好的习惯，就是直接在书边上用简洁的词语和短句表达我的意见，那就是写作初稿的大纲与雏形，这篇文章草稿还没写成，但是就一些想法和我的研究生谈了。

我认为每次讨论会基本上都是研讨贾平凹的长篇小说，从《商州》开始，一直到《废都》《怀念狼》《高老庄》《高兴》《秦腔》《古炉》《带灯》。我仍然坚持我的观点，像贾平凹这样的作家作品能够有多少名留文学史呢？再过二十年，再过五十年，我们的很多作家作品都要被淘汰，但是，我觉得《废都》是淘汰不了的。《废都》是在大的文化结合点背景上写出来的，它抒写的是一个时代的知识分子的种种文化困惑。当时费秉勋组织了全国十个评论家写《废都》的评论，每个人写一万到一万五千字，我写了一万二千八百多字，那时候还没有用电脑，就是用手写的。手稿寄过去后被告知很快出版，但十个人写的文章因为发生了禁书事件，不能出版了。费秉勋说要拿到韩国去出版，结果有没有出版我不知道，但是稿子没有了。我记得很清楚，当时的文章题目是《〈废都〉——中国知识分子的文化休克》，是以四个女主人公为论述核心的：从牛月清到唐宛儿，从柳月到阿灿，她们分别代表了四种文化符码。

还有一部作品我很欣赏，这就是《高兴》。《高兴》是我去新加坡上课的时候，在飞机上阅读的，我喜欢在飞机上写东西，把材料准备好了，刚写了大概四千多字，结果到了新加坡以后，电脑中的文本丢失了，很可惜。《高兴》对现实的批判力度很强。而这次《带灯》也是如此，《带灯》从最基层的政府和农业的生活状况切入，就是把农业文明和工业文明撞击之下，那种最原生态的、最毛茸茸的那种生活状态呈现出来。同时，我也发现了在《带灯》里面，贾平凹是第一次进行了政治性的批判，对政府、国家层面的那些批判就很有意思，虽然我也不一定完全同意贾平凹的政治批评、政治批判，我这个批判是特指哲学层面的批判，是指一个有良知的知识分子对整个社会底层的反思，对中国社会、农民社会、农耕文明进化的一个反思，以及对生态文明的反思。这种反思如果不提上政治改革的日程，特别是在中国西部发展当中，那是会出大问题的。贾平凹描写了工业文明和农业文明之间的那种底层人民的阵痛，和底层干部上下左右两难的困境。从这个意义上来说，他的批判力度又进了一步。所以说，我觉得《带灯》虽然褒贬不一，但是我觉得这是一个亮点。

还有，在新文学至今的所有作家里，我从来不讲"农村题材"这个词，而是只提"乡土文学"。我说的"乡土文学"是延续"五四"以来新文学的一个传统，而不是1949年关于制度为体制服务的农村题材，这是一个严格的区分。我把《带灯》放在这样一个文化和文学的系统中来进行考察，所得出的结论是完全不同的。

另外，我在《带灯》里发现了一个中国作家及作品永远绕不开的创作母题——那就是关于小说中的风景画描写消逝的问题。在工业文明和农业文明冲撞之下，风景画的描写在《带灯》里面却不断地出现。风景画、风俗画和风情画交替迭现，这三种画面同时交织在一部作品中，应该是难能可贵的，它形成了现实主义和浪漫主义之间的一种交融，成为其创作的一个特点。

《带灯》还有一个特点就是文体和语体的变化。这次在西安的一次博士论文答辩会上，一个博士生是作网络文化的，说看了《带灯》，他感到失望。我说失望在哪里？他说《带灯》用的是短信体，就是手机的短信体，短信体实际上也不是短信，短信不可能发几千字一段的，它有长有短嘛。他说对短信体很失望，我说这恰恰是为了适应时代的阅读方式。因为人们不可能将一个几十万字的长篇小说一气读完。但是作为一种新的形式、一种技术处理，它肯定是有利有弊的，弊端是它把整个情节的链条给切割了，而利处就在于它在逐渐为一种近的阅读方式打开一个通道。显然它是适应商业文化的，用这种方法来满足另一种阅读的需求，没有什么不好。随时随地开始和结束，这也是《带灯》的一种特点，有褒有贬。陈晓明写了长篇文章，陈晓明的文章写得很好，但是有几条意见我不太同意，留在下面交流吧。

陈思和　新世纪以来，贾平凹的创作处于井喷状态，过去每隔十年，他有一个创作高峰，而这个十年中，贾平凹一连创作了《秦腔》《古炉》《带灯》三部有分量的长篇小说，可能还不止三部，还有《高兴》等。林建法为老贾的小说开过三次研讨会，好像都在常熟。三次会我都参加了。对我来说，每一次参加会议都有收获。贾平凹写小说比我们读他的小说、领会他的小说要快得多。每次都是我还没来得及把前一部小说领会好，他的第二部小说就出来了。我比较滞后，赶着写文章我写不出来的，每次研讨会我都是带了些问题来思考，回去后琢磨很久才恍然大悟这个作品到底好在哪里。

《古炉》发表到现在已经三年了，我一直想写一篇文章，通过《古炉》，包括《秦腔》，想谈谈贾平凹的叙事艺术，还没有写完，这部小说又出来了。这部小说在某种程度上又解构了我前面想说的话，我现在又有新的琢磨，我觉得读贾平凹的书真的是一种挑战，我读这本书的感觉与前面两本书不一样。当我读《秦腔》到《古炉》的时候，我有一个非常强烈的想法要说，我觉得贾平凹的一种叙事艺术完全摆脱了早年的浪漫抒情的风格，他把语言跟生活、跟土地都结合在一起了，一种属于中国本乡本土的、民族化的语言。我个人认为，从讨论中国民族文化和民族形式的意义上来说，贾平凹是独步的，没有人能达到他这种纯粹的口语、方言、乡土气，他的作品是艺术的语言产品。

第一，我读这部《带灯》的时候，感觉老贾又回到20世纪80年代，这是我第一个感觉。因为读到带灯的那些短信，很抒情的那部分，就是刚才丁帆说得很浪漫的一面，我就想起老贾早年的小说，他早年的小说语言都充满了抒情性，非常美好。这个语言与他写现实部分的语言不一样，我的感觉是不一样的。《带灯》像一个灵魂在独白，与面对丑陋的沉重的现实，他的表述是不一样的。

第二，我读这部小说，还觉得回到老贾 80 年代写的《商州》系列这个阶段。这部小说的结构，我想起《商州初录》当时发在《钟山》，刊物没有把它放在小说栏目，也没有放在散文栏目，而是放到一个叫作"作家之窗"的栏目里。但是后来寻根文学起来的时候，大家都认为这是小说，后来老贾写了《商州又录》，《商州再录》。像随笔一样的东西，大家认为它是个短篇小说。但是，贾平凹在《秦腔》以后的创作，这些抒情化的语言没有了。当我在读《带灯》时，老贾又回到了用散文随笔体一段一段的叙述，每一段相对来说是独立的，它像《商州》很散漫地串起来，用带灯这个人物在串故事。所以，这部小说对我来说是一个挑战，我的想法还处在模糊中，但我觉得这个小说把贾平凹最初走上文坛到今天一路探索语言风格的过程都串起来了，而且写得很好。这个小说是不是比《秦腔》《古炉》更往上走，我也说不上，我个人更喜欢像《古炉》《秦腔》这样的写法，但是这个小说很打动我，里面很多细节都打动了我。因为这部小说的主人公不是一个成熟的人，而是一个幼稚的人、单纯的人，这个单纯的人一定会用单纯的语言、浪漫的语言去看今天的现实，但是最后破灭了，完全破灭了。

在贾平凹小说的阅读上，我有一个强烈的感受，首先是他的功力在剧增，我一直在比较中国当代作家，一些最优秀的作家当中，贾平凹很不一样。每一个优秀作家都有自己最擅长的小说元素。小说元素没有高低之说，从各个元素来说，有的作家偏重于讲故事，你看有些小说家，他编制的故事绝对是好的，一看就知道故事好看，贾平凹擅长的不在这个上面，前面像《古炉》《秦腔》等几乎是把故事全部拆解掉了。其次是叙述，像莫言，他可以用狗啊驴啊来叙述，叙述非常突出。有的作家重在叙述，也有的作家是重在细节，他的故事不怎么样，可是细节写得很好，放在一起可能是非常散漫的东西，但是他每一段细节都很好。而贾平凹小说的重心在句子，他几乎把故事都拆解了，有时他的一句话可以独立构成意义，所有的重心都在一个个句子的营造上，尤其在《秦腔》和《古炉》中，有时候构不成一个完整的故事，甚至也不是细节描写，可是他就是这样一句话一句话地写下去，每个句子都饱满，都有力，一个个的句子串起来就构成了一个很复杂的叙事。你去阅读的时候，情绪就会被他带动起来。

作家那么深入地用一种自然的方式来呈现艺术中的散乱世界的创作方法，

可以称它为法自然的现实主义。这种现实主义完全"溶解"到大自然中，把一个社会生活发展的真实性非常自然地表达出来。文学谈不上真实，但是它应该是自然的，看上去没有什么人工做作的痕迹，好像天地间就是这样发生的，每天、每时都是一会儿这样、一会儿那样，《带灯》也是这样描写现实生活的。带灯和她的同事们，一会儿吃面了，一会儿又喝酒了，一会儿看到窗外在打架了，一会儿又下乡了，故事就是随着他一句一句的、每一句一个场景在发展变化，这个发展变化就把整个艺术的事件完整地呈现在我们的眼前。什么叫本质？什么叫表象？都不存在。

从《秦腔》开始，我们基本上没有办法用一个既定理论去阐释贾平凹的小说，它是一个主客观完全交融在一起的艺术镜像，达到非常高的艺术水平，不是哪个作家想这么做就做得到的，但是贾平凹做得到。他就是那样子地对我们当下生活进行一个实际的碰撞，非常现实的描写。看上去很土气，却非常有趣。他的那种把重点放在句子营造上的叙事方法也帮了他的忙，因为作家讲了一个完整的故事，人家就会问你这个故事的背景到底是什么，你是在批评什么，攻击什么。作家写一个完整的细节也会这样，但是到了句子的层面，你就没有办法获取完整的固定的信息，前面句子里面好像是批评一个刁民，后面句子又马上对这个刁民非常同情，它的一个句子与另一个句子都是不同内涵在互相抵消互相消解。艺术的趣味也在这里。

我上课与学生分析周作人的作品，也是这样的。周作人的作品里每一句话，都是不连贯的，而是反着来表达。前面一句是正面的意思，后面一句就是反面的意思。后面一句把前面一句的意思消解掉了，然后第三个句子又把第二句的意思消解掉，这样一层一层都在不断地变化。我读老贾的小说有这种感觉，这是一种什么样的感觉我说不出来，我朦朦胧胧有一种想法，如果今天的社会还有先锋小说的话，贾平凹是第一个先锋小说作家。他的先锋性就在于把意义全部拆解了，把所有该成型的东西都拆解掉了，包括《带灯》。《带灯》到最后就是鬼魂游荡、幽灵似的一个东西，他完全拆解掉了，这是我的一个非常强烈的想法。

还有一个想法，是关于这个"带灯"到底意味着什么，这个问题我是读了陈晓明的大作以后产生的。我觉得晓明的感受和我的感受不一样。陈晓明把带灯放到比较正面的形象上，可以看到社会主义文艺的早期阶段，比如丁玲的

《在医院里》里的陆萍，陈晓明把带灯放到这样一条谱系中去讨论，展现了一个知识分子与农民政权下的现状之间的碰撞。我的感受有点儿不太一样，我是想到了茅盾的《蚀》，一个末世体制里的青年女性，她虽然也不可避免会走上绝望之路，但她良心未泯，心里有善良的因素。可是她已经不是一个知识分子，她不是一个像陆萍那样的医生，从局外人的立场来看政权。因为"五四"以来所谓的乡土小说——你说乡土也好，农村也好，乡土题材小说在古代是没有的，中国古代只有强盗小说、土匪小说、江湖小说，就是没有乡土小说，也没有农民小说。这个概念是在现代化的视野下产生出来的，因为我们要有一个启蒙，以落后的中国作为一个象征，来表达与现代化进程的对立，这个时候才出现了"乡土"的概念。某种意义上说，从鲁迅开始，他们笔下出现的农民都不是真正的农民，而是一个在现代化对照下的愚昧落后的典型代表，由此来说明我们对农民必须启蒙，必须改造，必须教育。到了新世纪，包括莫言，包括老贾这样一批真正从农村出来的人，他们的立场改变了，他们把农民变成了主体，变成一种叙述主体。他们在描写农民的时候，已经不再把农民当作需要被同情被拯救的、有待提升的艺术形象，更不需要通过知识分子的眼睛来表达农民究竟是什么。所以，我认为带灯在骨子里还是一个农民的化身，小说最后就是一群萤火虫飞过来把这个人物照着，这是一个浪漫的写法，像个菩萨一样。这个菩萨是派来引渡农民的，但是她失败了。她是像菩萨一样普度众生的形象，她没有站在批判农民的立场，她了解农民的愿望，希望有萤火虫一样的能力，来带领农民走出苦难。但是，它与现实的冲突太多了。小说的最后部分写得特别好，作家没说这个人彻底失望了，这个人变坏了，或者随便嫁个人，等等，都是平庸的结局。带灯是带着使命下来的，最后失望了，以后她还是幽灵似的在现实大地上飘荡。这是我的感受。

　　小说里面有另外一个角色，就是元天亮，这也是很有意思的人，我觉得他也是农民心目当中的情怀，如果说带灯是农民的一种希望，这个元天亮其实是农民当中的一个情怀。元天亮代表了农民心目当中应该有的这么一个人，就是说，广大农民在现实层面上都解决不了的问题，念想里盼望上面有一个人是能够帮我们解决的，这个人就是元天亮。有人说元天亮就是老贾。我是读到老贾身上的苦涩，他对农民非常有感情。可是在今天的现实当中，他也没有办法，小说里面写的好几个细节都是催人泪下的，我看了都很难过。如小说里一个妇女生病死了，穷得家徒四壁。带灯去看她，给了她一千五百块。读到那个地方，真的有点儿让人哽咽。还有一对老夫妇，儿子无缘无故被抓起来了，枪毙了，冤案拖了很多年就是解决不了，最后老人也死了。作家写得非常绝望。这些令人绝望的苦难，一个萤火虫照不过来。所以，这部小说在更大层面上有一种震撼性。这个震撼性，可能被表面上的一个善良的农村女干部遮蔽了，好像给了我们一点儿希望，但我的感受啊，我可能不是老贾本人，我的感受是贾平凹从法自然的现实主义艺术中挖到了生活残忍的本质性的东西。

吴　俊　我受林建法的委托担任一下主持人，我们南京大学文学院很荣幸能够成为贾平凹新作研讨会的主办方之一。刚才丁帆老师、陈思和老师，还有范小青老师都对贾平凹的新作有一个很好的评价。我在主持这个会议之前，刚收到一条腾讯短信，有三个要点给大家转述一下，或许这个和贾平凹的作品也有点关系。因为大家都认为贾平凹的作品对中国现实有很深刻的描写。

第一个是说前铁道部部长刘志军在最后陈述时说，他原本该为中国梦做贡献的。第二个，司法机关查实他的涉案房产达三百七十四套，冻结资产超八亿元。第三个，检方称其主动坦白事实，提出从轻判决。这个就是中国梦的现实，这个连环情节比之贾老师的作品，应该说其精彩程度不输给作品。

因为南帆教授公务在身，下午比较早要返回，所以现在首先请南帆教授发言。

南　帆　非常感谢能够给我一个机会先发言。我必须来参加这个会议，必须有一个机会向老贾表示敬意，同时也向《带灯》这么一部好作品表示敬意。

我简单地讲三层意思。一、我想说一下从老贾的著作中感受到的一个问题：为什么写作。我知道很多的朋友，包括我自己在内都非常重视老贾很多小说的后记。我也读了《带灯》的后记，里面关于小说有很多阐述，我们等会儿再谈。

老贾的后记里还有一个重要的表述：时至如今，为什么还要如此辛苦地写作？我们年轻时写作可以有各种各样具体的目的，比如说改善生活环境，比如说表达自己的愿望，等等。但是，老贾已经功成名就，他为什么还要写作？在座的各位迟早也要遇到这样一个问题。

尽管我们的才情远不如老贾，也无法功成名就。但是，某一天我们也会年老体衰，为什么还要继续写作？

老贾在小说的后记里说得非常简单，就像一只母鸡有蛋必须生一样。这当然仅是一个比喻。我觉得老贾心中存有一个必须跟这个世界对话的大问题，所以他必须表达。

据说老贾昨天的讲座盛况空前，大部分人肯定没法企及这一点。我们也都知道，即使像老贾这么辉煌，祝贺他成就的也就是几个文学界比较投缘的朋友相聚一堂谈一谈，仅此而已。写作是天长日久的事情，也是十分孤独的事情。看看老贾那个作品后面的写作日期就可以明白。他的《古炉》用掉了三百支笔。

我曾经偶然在凤凰卫视上看见郭敬明教导许子东说，文学是商品，必须挣钱。郭敬明这样的作家非常知道自己作品拥有的市场，也清楚谁在读他的书。作为一个商人，他必须如此。

我觉得像老贾这样是另一种写作，在座的许多人也是如此。我们写得如何可以另当别论，我们这种写作的特征是，不知道谁在读我们的作品，甚至这一辈子不知道有没有人愿意读我们的作品。大家也许会抱怨，也许觉得待遇不公，但是有一点是确定无疑的：这一批人永远会写下去。

老贾的年纪这么大了，他仍然写得非常安静、非常坦然、非常投入。想起这一点，我的心里就很感动。这个世界上就是有这么一批人始终拿着笔。有时候我会想起昆德拉的一句话，我们为什么要写作呢？最重要的原因就是，大家都不读我们写出来的书。

我们的才情当然不如老贾，但是，我们仍然可以将老贾作为榜样，夜以继日地写作。这是我要说的第一层意思。

第二层意思是，怎么写。不久前遇到一个朋友，他谈到了一个名教授的写作。这位名教授已经有些年纪了。他宣称六十岁以后只愿意写一些小文章，大文章写不动了，也不想写，要爱惜身体，这一点很重要。

大家都知道，老贾的小散文、小随笔写得非常之好，极见才情。但是，老贾还是交出了一部又一部的大著作。从《秦腔》《古炉》一直到《带灯》，这些作品的规模和数量之大，以至我们的阅读速度似乎赶不上他的写作速度。而且，每一部作品的质量都如此之高。非常了不起。

另一个方面，老贾的小说叙事非常有特点。老贾的叙事不是强调故事情节。我的阅读速度要比原先预计的慢得多。我想很多人跟我有相同的经验。我们遇到了大量的生活片断和细节。这些片断和细节不依附在一个情节链条上。有过写作经验的人都知道，一个完整的，特别是紧张的情节发展，作家写得比较快，情节会带动作家往前走。但是，如果靠细节从内部推进情节，这种写作是非常有难度的。我曾经说过，一百个作家可以写得出精彩的情节梗概，但只有一个作家有能力从细节上完成，中国的《红楼梦》就是这样，它不是靠情节大幅度地带动，而是依赖细节的缓缓推进。《带灯》的后记也讲到这种写作的特点。我觉得，只有功力非常深厚的作家才敢这么写。

这种写法跟乡村生活之间存在一种非常重要的呼应。乡村生活的基本品质是在所有的细节里。乡村之所以为乡村，恰恰因为很少发生神奇的故事。那么，通过细节描写乡村生活的基本面貌就非常重要了。

老贾在这一点上赢得了很大的成功，只有他能够写得出那么多乡村生活的细节，信手拈来，挥洒自如，用细节本身的推进，让乡村的一个个细部慢慢展开它的品质。《带灯》在这一点上令人佩服。

我同时注意到一个问题——印象中哪一位批评家也提到这一点——老贾写了很多生活的细节，其中常常隐含一种悲天悯人的色彩。比如农民的地位看起来依然相对低下，《带灯》之中也是如此。尽管叙事人不一定赞同他们的言行，甚至有不少谴责，但是仍然藏有许多温情，藏有一种悲悯的大情怀。我们应当怎么看待农民呢？老贾在叙述之中寄予了同情与理解。老贾没有忘记自己的农民出身。这一点也是我们应该向老贾学习的。不是学习他的技术，而是学习他看待世界的方式、看待普通人的方式。

我要说的第三个层面的意思涉及大家议论比较多的一个问题，就是小说之中关于带灯发出的手机短信。显然，这些短信可以自成一体，形成一条独立线索。至于手机能否发这么长的短信，我觉得可以不计较。某些时候，可以为了艺术的目的不拘小节，一定程度地突破真实的限制。例如古典诗歌之中讨论的"雪中芭蕉"的典故。芭蕉一般不会生长在下雪的地方。但是，王国维为了艺术意境突破了这一点。

这些自成一体的手机短信十分精彩，很像当年《商州》的笔法，我觉得还要更成熟一些。给元天亮的短信里面有两方面的内容，一方面是表达了一种情爱，所谓柏拉图式的爱情。另一方面是乡村的田园之美。这是美的真正发现，而不是一个旅游者随便游历乡村的观感。长期生活在乡土之中，悉心体会乡土之美。这两个方面是短信的主要内容，天衣无缝地结合在一起，写得非常之好。

也正是因为写得非常之好，所以很多人可能和我一样，慢慢对于这条线索有一定的期待，譬如两个人的感情最后有没有修成正果？我在开始阅读的时候也在猜想，最后两个人是不是"躲进小楼成一统"啊？估计他们的言行与这个社会协调不了。有没有一个较为理想的结局啊？最后的发现是，什么都没有。的确什么都没有。

一般人的记忆之中，乡土又有哪些好处？为什么我们常常魂牵梦绕地怀念乡土？我想大约就是两个方面：一个是人情淳厚，古道热肠，乡情乡音；另一个是田园之美，山川田野，花鸟鱼虫。但是，这条线索目前只能成为一个乌托邦。今天的乡土人情已经完全变质。《带灯》之中写了许多人情世故的变化，不少方面相当不堪。小说之中深刻地揭示了形成这种状况的原因。人情世故的一个核心情节是，一个乡村基层的女干部与一个省级领导人之间的爱情。这种柏拉图式的恋爱能演变出什么样的美好前景，我们无法想象。现在，整个社会都熟悉的官员性爱模式是"艳照门"。我们已经没有办法把柏拉图式的纯真爱情嫁接在他们身上了。田园风光之美又如何呢？有一段时间，对于田园风光的赞美只能放在"小资产阶级情调"里面，"小资产阶级"这个概念在《带灯》之中也反复出现。这是文艺青年的天真和幼稚。

有一次我到乡下，就在武夷山附近，我和许多人一起感叹那里的生态非常好，有漫山遍野的树木。然而，当地的地方官说，这是你们文人的感觉。地方官的主要任务是脱贫致富——因为山区总是和贫穷联系在一起。当时我就很感慨。我并没有说错，那里生态的确很好；他也没有说错，那里的确穷困。真正的麻烦是，美好的田园风光与经济富裕这两条线索已经走不到一起了。现在的生活很难与这些美好的事物有机地衔接起来，因此，这条线索只能是一个乌托邦。

如果按照乡村的现有逻辑持续发展，我们再也无法遇到美好的田园风光，再也无法遇到纯真的感情，这多么可悲。未来的历史发展之中，如果一切美好的东西不是和我们殊途同归，而是渐行渐远，那肯定是一件令人悲观的事情。

有人抱怨《带灯》不够尖锐，我觉得恐怕是没有读好这部小说。《带灯》包含了对乡村现状的一系列批判，我们对此都有同感。我觉得还有一个更为深入也更为符合文学性质的批判是，历史正与美好的事物交错而过。这是隐含在小说之中大的悲凉情绪。

张清华 我想谈的主要是这么几点：第一，关于怎样理解贾平凹写作的风格与意义。确实,在当代中国作家中他是如此重要,读者、批评家们也都意识到了他的重要性,但我个人以为学界和批评界对他的认识还可以更清晰些,定位还可以更准确些。中国当代有成就的作家很多,但通常都是"制度"意义上、体制意义上的作家——诞生于革命或者现代西方文学的传统,并在这些传统的"当代变种"中发育成长起来,并在当代文学的各种评价系统中被经典化的作家。但假如我们要寻找一个与中国本土的小说传统、与中国的"旧文人"传统之间有密不可分的联系的作家,就十分稀少了。我一直觉得贾平凹是当代作家里"稀有"的,从早年的小说中就可以看出他是与中国的传统文化、传统文学之间有自觉认同的有血缘关系的作家。从"商州系列"到《废都》,再到《秦腔》《古炉》,再到《带灯》,这个关系的确非常鲜明。这一点我想各位务必要注意。我个人主观地认为,中国的小说传统主要有两种:一种就是比较戏剧化的、"奇书"式的叙事,如"四大奇书"、《红楼梦》都是典范,这是一个看起来在整个传统文化中比较边缘,但又最"正统"的小说传统;另外一个就是散文式的,笔记丛谈式的,野史的传统,从先秦散文、六朝志怪和唐传奇等发展来的一个"笔记小说"传统。在这一点上,我们中国人理解的"小说",同西方近代的文类意义上的小说之间,是有很大区别的。新文学诞生以来,后者渐渐弱化和消失了,只有在孙犁的小说中还有一点点影子。可是如今回头看,孙犁之所以在革命作家中"硕果仅存",与他小说中的传统因素是有直接关系的。某种意义上也可以说,是传统因素挽救了孙犁,也挽救了当代的革命文学。上述两个小说传统,在贾平凹的小说里边可以说都十分明晰和相当自觉。以《废都》为例,我认为它确实非常值得重视,如今回头看,它不但是20世纪90年代最重要的小说之一,恐怕也是当代文学中最重要的小说之一。应该说中国当代小说的成熟期就在90年代,这样说的理由是90年代的小说中出现了一种向中国小说传统自觉回归的趋势,在新文学诞生以来,还没有哪一个时期像90年代的小说这样,开始自觉地归返本土的小说传统。在这个回归的潮流中,1993年的《废都》应该说是最早的,《长恨歌》紧随其后,再晚点就是如《檀香刑》等在世纪之交出现的作品了。我认为贾平凹对于当代中国文学、对于新文学的最重要的贡献应该是在这里,他最早意识到了和中国本土的小说之间的接通与呼应这种文脉的接通,对于小说艺术的成熟有着至关重要的意义。按照结构主义叙事学的观点,一个民族的文学能够为人类提供的独有的东西并不多,而中国小说的价值,其独一无二之处，就在于我们所提供的叙事方式。如果我们自己将这些东西都丢弃了，那么我们最终也就是丢弃了自己。从这个角度看，贾平凹的意义就不能只是从一个当代文学的坐标去理解，而应该从"中国叙事"、中国独有的小说传统这一角度来看待。另一方面，还有《废都》所预言的当代中国文化的全面溃败、中国当代知识分子精神的全面溃败，在今天早已有过之而无不及地变成了现实，二十年之后回头来看，真的是觉得沧海桑田，每个人都会有一种感慨。这就是成功，一部小说的成功。

另外一种野史丛谈、杂录笔记小说传统不像前者那样有鲜明的文学性，但在中国文学中却是更为庞大和"正统"的一个文人传统。我看孙楷第的《中国通俗小说书目》以及很多学者编著的《中国小说总目提要》中，数以千计的小说都属于这一种。这类小说的"文类属性"通常我们研究的少，反映在当代作家作品的表现也许难以把握。从这个意义上，贾平凹的意义就更为突出，显示出他在当代作家当中的"稀有"属性。我个人觉得，他正在非常自觉地创造一种"当代中国的小说"——与外来的小说传统、当代的先锋派与现代派小说的脉络很不一样的本土性很强的小说。比如散记的笔法，随性的结构，不太注重故事却很注重细节和韵味的叙事，不太讲究戏剧性却有很鲜明的意趣的谋篇，等等。总之是一种笔法散漫、文人气息浓郁的小说，这种传统血脉在他身上流淌、创生，焕发出新的活力。这一点的确是应该值得我们每个人关注的，作为研究当代文学的人假如看不到这点，那可能就意味着出现了认识的盲区。

第二，就这部小说而言，简单地说，我觉得是："传统文人"的笔调体现当代"知识分子"的情怀。它不只是传统的一个眼光，猎奇的、野史的、杂录的这样一种眼光，更多地还体现了一个有责任感、忧患感的当代知识分子的一种情怀。这种情怀我觉得正是对当下这个历史状况的一个比较大的判断。中国作家中最优秀的这一部分人大都注意到了这点，都在集中地写到传统文明的最后崩毁——这不是危言耸听。以官方刚刚公布的一个数据为例，我们国家地下水的污染指数现在是百分之五十六点多，超过一半地方的地下水属于污染和重度污染。这些污染是永久性的，因为地下水的污染是不可恢复的，在千年以内无法恢复，有些是永远不能恢复的。大概除了西部特别偏僻贫困的地区，所有经济发达的地方都逃不过被污染的命运。这只是一个例子。我觉得我们这个民族在现代化过程中所付出的代价，是不是太大了，大到难以承受、难以容忍的地步，如果再不作为，最后的这点残山剩水真的将不复存在了。皮之不存，毛将焉附？小说里边写到的秦岭樱镇——应该是这残山剩水的一部分了——也正面临毁灭的命运。而且其中大自然的毁灭、工业文明的进驻，与当地老百姓失去家园、伦理崩坏的悲惨遭遇是同步的，这个是自然的、文化的、制度的、伦理的、日常生活的全面的塌陷。如果说《秦腔》可以看作是农业文明的一曲挽歌的话，那么这个小说应该可以看作是乡土田园的一曲悲歌。那些无助的矽肺病患者，他们根本没处找责任人，他们不知道通过何种有效的方式去向谁讨一个说法，那些无助的乡村妇女身患各种各样的疾病，还有农民之间的田地之争、日常生活的纠纷，他们也无法解决和改变。小说中写到有一个小镇子，暂时还保有了最后的田园美景，比如山泉就在他们的家门口，通过竹子就可以直接引到锅里，但是这种情况马上就会消失了，我觉得这里面每一个细节都是足以震撼人心的。这些场景从叙事上看，似乎也不多不少——这大约就是一种散记的写法了——小说内容完全可以是自由舒张的，再行累积或者删削，没有多也没有少。假如植入十个场景也够了，因为这里边可能是数以百计的场景，每一个小部分里至少有一个故事、一个遭遇、一个人的命运。大量的乡村故事在整个作品里边拥挤着，作家虽然用了轻巧的写法、旁枝斜出的笔法来予以"轻描淡写"，但总的看，其悲剧力量、个人命运与历史的大逻辑彰显的力量，都是很强的。

第三，就是关于带灯这个人物的处理，我以为是很成功的。作为一个基层的乡镇干部，她置身体制与乡村各种矛盾的冲突中，不光是一个"他者"，还是一个参与者。既是一个不混同于现实的反思者、清醒者，又同时是现实的一分子，有时候还作为体制力量的一部分。因此，作者使她成为一个叙事载体并占据一个主要的观察视角，这便具有了双重意味。小说在表现乡土文明悲歌的时候，便掌握了一个很好的度，不滥情。她如果完全是一个抒情的他者，就会很滥情，会以一种变形的眼光来看，但她不是，她是以相当客观的眼光来看待的，所以叙述就保持了客观，同时保有了她自己的内心世界。再者，小说中她还有一个"暧昧的对话者"，远方的对话者。这就使得整个叙述产生了一个很好的平衡，也更真实。总体上看，带灯这个人物是一个非常美好的、让人觉得纯粹而又真实的、让人感到钦敬又悲伤的人物。正如最后小说封底上写的几句话，带灯是给无边黑夜带来一点微弱的光明。在我看来，她的作用还可以更多些，比如，是给乡村世界的苦难带来了一点点慰藉，对时代困境的一点点救赎。这个度我以为是掌握得太好了，就是"一点点"，但这一点才让我们更感到无助和痛心，感到危机和急迫，感到还有一点希望在。

从这个角度看，《带灯》不止是一部有批判力的小说，也是一部感人的小说。

王　尧　在常熟召开的三次贾平凹作品讨论会，我都参加了。我先说我自己阅读《带灯》的语境。建法比较早地把电子版发给我了，我看了好几次，昨天晚上也翻了。昨晚在房间里我拍蚊子，就想起《带灯》里讲的：拍蚊子就是拍自己。我是乡下长大的，看这个小说就有点拍自己的感觉。

大家都讲到贾平凹小说的后记，《带灯》后记里有一个关键词是不能忽视的，就是"整理"。他说整理自己的过程和经历。所以我第一个想要说的意思是，这本书所引发的许多话题，不仅是对贾平凹，对整个当下的文学创作和文学史研究，都带来新的思考，这是一个整理。这个整理当中贾平凹有许多超越，他自己也静下心来，这么多年他有很多的犹豫、矛盾，他在写作《带灯》时找到了一个非常好的处理方式。所以我想"整理"是一个非常重要的关键词。

我读这部小说，也是百感交集的。因为我自己的很多学生大学毕业以后就作为省委组织部的干部选调到乡下去，到街道去，都像带灯那样的。见面以后发现，他们显得非常疲倦，不像萤火虫那样闪亮。这个《带灯》的意思究竟是什么，值得思考。大家比较喜欢讲小说里的萤火虫，我个人认为里面有一段话是非常重要的，带灯讲一个故事，有个小姑娘拿篮子去打水，她回来以后，她母亲问她你为什么没打着水，她说这个水在篮子里边漏掉了，洒到草上花上了。竹篮子打水的过程非常美，带灯所做的所有的事情，其实就是用篮子去打水，这是一个非常美好的过程。我个人认为这部小说里有苍凉和悲悯的元素。

回到"整理"的话题上。贾平凹的小说创作有"两条路线"：一是《废都》的这一路线，如果当年不是书被禁，贾平凹被安排到我们江苏江阴来体验生活了，他沿着《废都》的路子走下去，可能是另外一个贾平凹了；第二条路线就是我们很熟悉的《浮躁》，关注现实的东西。实际上在《废都》之后，贾平凹是在这两条路线之间迂回的，他有取舍和整合。

从价值取向上来讲，原来的《浮躁》是比较多讴歌改革开放的，后来比较多地注意到现代化里的一些问题。从《怀念狼》再到《秦腔》，有挽歌和哀歌了，他对现代化与社会发展问题的思考，有很大的变化，是很大的一个"整理"。而且这个整理当中，有两个问题是贾平凹比较在意的，即现代意识的问题和人类意识的问题。这不是贾平凹第一次提出来的问题。从艺术从传统来讲，他一直是钟情于明清小说的叙事传统，包括笔记、诗词。尽管在《废都》之后，贾平凹的创作有所调整，但并没有搁置叙事传统。从这三十多年的大背景中看，当小说家在新世纪重新回到叙事传统时，其实贾平凹在 20 世纪 90 年代就开始了。

我要说的是，另外一个人物也是需要引起注意的，这就是竹子。我们比较多地把精力放在带灯身上，我想离开竹子也很难讲带灯了。"五四"以后，对同性关系的处理是非常难的，这个里面的竹子跟元天亮一样，我觉得是另外一个让我们理解带灯的人物，我觉得这个女性也不能忽视。

除了短信以外，小说里面有一些部分是写得非常有意思的。小说关于带灯的私人生活空间写得不多，除了给元天亮的短信以外，在这个小说里面，在后面的幽灵这部分，有好多我认为是理解带灯的很重要的因素。比如说带灯大哭，我认为这一部分的文字是非常要紧的，大意是说：在这里突然想起我的命运是燃烧的红烛，火焰向上，泪流向下。我甚至认为我自己找不到更好的句子来表达对带灯这一形象和内心世界的理解。我觉得小说里并不多见的带灯的内心独白，比那些短信组成的片断还重要。我认为这也是值得我们注意的。

回到开始要讲的话，我觉得这部小说涉及的不仅仅是政治伦理的问题。1949 年以后，我们乡村的人文结构遭遇到了颠覆，革命和政治是一个大的颠覆，现代化又是一个大的颠覆。我们乡村的人文结构解体了，解体了以后，我们原来维持乡村的基本的东西开始丢失，所以如何来重建是个很大的问题。我想这个小说重新开启了好多话题，而且我个人以为是重写了贾平凹，重写了这三十年的贾平凹。

汪　政　我特别同意刚才丁帆和陈思和老师的看法。比如丁老师说的关于政治的问题，陈老师说贾平凹又回到了 80 年代，当然，陈老师是从叙事方面说的，我是在另外一个意义上来理解这个问题。在陕西那次研讨会上，我主要谈《带灯》这部小说本身。回来以后，因为想把自己的想法整理出来，就觉得应该把《带灯》放在贾平凹整个创作当中去考察，来看它的位置以及变化和贡献。

从现代文学开始到现在，有好多作家坚持在写乡土小说。如果把乡土文学作一个简单的分类，可能有两种作家，一种作家有自己对中国乡土的明确判断，然后一以贯之，在同一个层面上反复叠加和强调，不断地深化自己所认定的主题。另一种作家可能不是这样的。他在同一个题材，或者同一个写作模式下反复创作，虽然他的写作领域没有变化，但是对于这样的写作对象，并没有自己确定的一个定位，所以反而呈现出在同一个领域、同一个题材写作上不断变化，乃至于自己不断地否定自己。我今天早上忽然想到一个词，这个词我也只能在比喻的意义上去用的，如何看待贾平凹乡土文学的写作？如果从 80 年代观察到现在，可以用自然科学上的一个词来形容，那就是试错，反复地试错。

试错是对未知领域信息的捕捉和回应。试错，是解决问题、获得知识常用的方法，也就是根据已有的经验，采取不同的方式方法，去尝试各种可能的答案。在试错的过程中，如果选择的方法经过验证后失败了，或者对结果不满意，就得选择另一个可能的解法后再接着尝试下去。试错的对象一般称之为"黑箱"。这个黑箱在贾平凹的创作里面有两个，一个是自己内心的那个黑箱，他不知道自己要写什么，不知道自己究竟要抵达的意义领域是什么，自己写出来的是不是自己想要得出的对乡土中国的认识。第二个试错的黑箱就是客观的乡土中国。贾平凹的乡土写作里面就有这两个黑箱，自己内心的和乡土中国的真实面目。他在作品的后记里面说他自以为对中国的农村十分了解，他说就是走在城市当中，看到那些石头都能知道哪块哪块出自哪个村子。这话实际上恰恰是他对自己是不是真正地了解乡土中国的一个不自信的说法。我们把贾平凹整个的创作历程稍微看一看就很明显，起码说面对乡土中国，他曾经做过好几个阶段的试错。

比如说《小月前本》《鸡窝洼的人家》等是一个阶段，《商州》等又是一个阶段，或者说是一个视角，《土门》《浮躁》是一个视角，《高兴》又是一个视角，《怀念狼》是一个视角，然后《秦腔》又是一个视角，到了《古炉》，视角又发生变化了。我们今天讨论的《带灯》与前面又不同。每一个阶段或视角都有几部作品，也有的时候就是一部作品。像《小月前本》《鸡窝洼的人家》等是回应当时中国的主流政治的，这一批作品的主题现在看来是比较简单、比较明确的，那就是农村体制改革，从旧的生产方式转向联产承包责任制，是旧的乡村的生活方式、生产方式跟联产承包责任制所带来的变化的对比，是这一变化过程对乡村文化与人的冲击。

《商州》后来被认定是寻根文化的代表。与《商州》相似的是他的"土匪"系列，这也是贾平凹对于乡土中国的一个探寻思路，那是一个传奇中国、传奇乡村。中国的这种农业文明，或者中国传统的乡野里面究竟包含了多少这样的富于传奇的故事？而这些传奇的故事里面是存在着中国乡土文化的密码的。

到了《浮躁》《高兴》这样的一些作品时，贾平凹已用城市的视角，或者在城乡对话当中去捕捉中国乡村。而《怀念狼》实际上是从生态的角度，从自然的角度，试图以挽歌的形式，以缅怀的形式来描写中国乡村的变化和命运。这一视角在贾平凹那里很早使用，80年代的短篇小说里面就已经开始了这样一个思路，他对自然有特别的感悟，当然是有变化的，有从传统到现代的变化。

《秦腔》相当程度地表现了贾平凹对中国传统乡村沦陷的体认。他是从乡村的颓败、乡村的碎片化，从中国传统乡土的消亡的角度去写农村的。《古炉》是一个意外，贾平凹又返身回来了，他将现代政治文明跟乡土的政治文明结合起来，将现代的政治暴力跟中国传统乡村的政治暴力结合起来，来探寻我们中国乡村进程中无法回避的、必然要发生的悲剧。一路试错下来，贾平凹的乡村寻路到了今天讨论的《带灯》。我为什么同意陈思和老师刚才的意见呢，就是我觉得这部作品在思路上又回到了80年代，从另外一个角度回到了《鸡窝洼的人家》和《小月前本》那样一个创作阶段。那就是对于中国现实政治的一个回应，这个回应又跟《小月前本》《鸡窝洼的人家》那个阶段不同，他没有简单地去图解，没有明显地来对应我们中国现实的政治和乡村改革的这样一个进程，而是在原生态里来展示我们中国乡村原生态的政治生态和乡村的文化现实。

我在前不久南京的一个会议上谈到带灯这个人物。我认为还不能说这个人物是所谓的新人，因为这个人身上并没有什么明确的政治意识和理想抱负，贾平凹还没有在这个人物身上寄予改变中国乡村现状的希望、理想，特别是在现实世界中的行动策略。她与《小月前本》《鸡窝洼的人家》等作品中的"改革派"不同。当然也可以这样认为，贾平凹是有的，但他没有写，他宁可退后一步。就是在80年代的那个位置上往后撤，撤到完整地展示，不作判断地去展示我们目前的另类乡村。这个乡村不是传奇的，不是生态的，也不是城乡双重视角的，它是独立的、独自完满的，是自满自足的中国乡村政治图景。

会前，《当代作家评论》的李桂玲问我讨论会的发言内容，我当时粗粗地说了一下，叫"中国经验——贾平凹的乡村政治学"。在陕西时我开了个头，谈了中国乡村的现代化之路，谈了知识分子乡村改造与乡村建设的各种尝试，并且以此为背景谈了贾平凹的中国乡村学。回来之后我又想，这个话题应该摆在贾平凹整个的创作历程上去思考，而这样一个历程实在类似于不断探寻的试错。刚才有好多作家、批评家都在说为什么贾平凹写了这么多还在写呢。固然因为爱，因为情结，同时可能是因为贾平凹还没有寻找到他对于乡土中国确切的、自己都认同的解释。从这个角度来讲，再加上他的创作力非常旺盛，他的试错可能还会继续下去。《带灯》之后，贾平凹还会给我们带来关于中国乡村新的视角，我们就一起期待。

程永新 老贾的这部《带灯》是去年下半年给我的，读完之后，正好王尧邀请我参加苏州作家讨论会，在火车上我给老贾发了一条短信，我说这个作品集中地反映了中国当下的各种矛盾，各种复杂性，我说谢谢你给了我两部作品，一部是小说，是带灯在现实当中的故事；还有一部是大散文，是女主人公带灯在精神世界里面的漫游。

这部作品有点儿特殊，老贾也是多少年的朋友，多少年的合作，以前都是我做他的责任编辑。这一次很奇怪，他不停地修改，都在印刷厂排版了，他一会儿寄过来了几页修改稿，过一段时间又寄来几页纸。到后来实在不能再改了，他最后还是用钢笔写了一份手稿，为了安抚我们，他说这几页手稿你们改完了，给你们留作纪念。所以这几页手稿是我们编辑部的财富，他已经不收回去了，整部长篇都是复印的，最后一次的修改稿是手迹。

以前我做他编辑的时候，通常是做了文字工作之后，最后去请教他，关于方言，有一些我们不太懂的名词。但是这次这个情况没出现，出现的是老贾不停地修改。我想说什么意思呢，通过这个作品，我隐隐感觉到老贾在写作策略上做了微调，他好像是故意在弱化地域文化的一些标记，可是作品的内在精神没有变，但是他故意弱化了地域文化的色彩，他在后记里面也谈到了对两汉时期文化的向往。我觉得他在这部长篇的写作中，实际上进行了一些调整。这个要细化来分析的话，有很多话题可以讲，但是总体来说，他这个作品变得明朗了，因为蕴含某种风骨的东西，它其实更有力量，我的感觉是这样，这是一层意思。

刚才大家都讲到，很多老师都讲到二十六封短信在这部小说当中的作用。试想一下，比如把这二十六封短信拿掉以后这部小说成立吗？我觉得还是成立的。可是这二十六封短信放在小说里面，它产生了奇妙的效果。

上海有一个批评家程德培，原来也要来参加这个会，林建法约他写了老贾的评论，他本来也想写老贾的作家论，所以他就从《带灯》谈起。他看了几百万字老贾的作品——我们知道，老贾的作品特别多——他看了整整半年，不仅看了老贾的作品，还看了所有评论老贾的文章。这是我这段日子看到的难得的一篇好文章，它不仅是把老贾从《浮躁》开始的一些重要的作品进行了解构，另外他也是对贾学研究作一次重大的阐述，他引用批评家的文字非常多，好像有谢有顺的文章、孙郁的文章、陈思和的文章。他还阐述建构了很多东西，这是一篇了不起的文章，我是这么觉得的，建议大家可以拿过来看一看，看看我的感觉是不是对。

我想讲的第二层意思就是德培文章里面讲过的一句话，他说，这二十六封短信，是带灯一次迷人的自我放逐。我觉得讲得非常精彩。带灯的这些短信与其说是写给元天亮的，还不如说是带灯写给自己的。这些短信实际在小说当中，在带灯的精神世界里面打开了一扇窗，这个窗打开以后，想象之鸟飞出了窗口，所以它可以在浩瀚的夜空当中自由地飞翔，它想抵达什么地方就可以抵达什么地方。你仔细去读的话，在这二十六封短信里面，老贾用了大量的明喻、隐喻、象征，如果读一遍的话我觉得你不一定能体会到，读多了以后才行。所以刚才陈思和老师说，《带灯》与早期的一些作品有联系，存在一种勾连关系，我也认同。

但是《带灯》还有一种变化在里面。实际上老贾作为实力派作家，传统的、现代的、乡村的、城市的、相对立的一些元素却是那么完美和谐地统一在他的作品里面，这个就是了不起的地方。所以你很难想象，如果拿掉二十六封短信以后，这个长篇虽然成立，但是会逊色不少。我觉得通过二十六封短信，老贾把主人公带灯无望中的期望、无奈中的等待都准确传达出来了，把带灯的心灵世界表达得那么饱满、充分。

张新颖　我今天讲两个意思，第一个，就是我们都知道《带灯》表现现实，可是现实是怎么表现出来的？我觉得在我们通常的文学观念里面，文学"高于"生活这样的观念有太大的诱惑力，所以很多作家在深入现实的时候他深入不进去，他有一个"高于"生活的这么一个东西。可是贾平凹没有这个"高于"，我觉得贾平凹在写这个东西的时候，他就是和生活平行的，就是在生活当中的，一个是不在现实之"外"，另外一个是不在现实之"上"。带灯这样一个人物，一个基层的人物，就是这样的。能够抵抗文学"高于"现实的这样一个写作观念，其实是很重要的，也非常难。但是这个展开讨论太复杂，我只简单提示。

第二个我想讲的是，我们其实可以在中国现当代文学讨论的范畴外来讨论这样的作品。当然，这样的作品实在是不多的。我读《带灯》有一个非常强烈的感受，用程永新的话说，他感受到了那种明朗、那种力量；我也是这样的感觉，但是我把它换了一个字，就是生生不息的"生"，或者说天地有大德曰生的那个"生"。

为什么要讲这个"生"呢？因为往根子上看，在中国的文化里面，是没有彻底绝望这个东西的，走到底，绝望到底，崩溃到底，它会有新的东西"生"出来。新的东西可能很不起眼，看上去根本没作用，你说带灯能改变这个现实吗？根本改变不了。你说能对带灯寄予很大的希望吗？也不可能。但是在这里面确实有一个"生"的东西。我以前老是不懂这个天地有大德的"大德"，我老是从大的地方找"大"，从大的地方也可以找"大"，但是大德的"大"还在很小的地方，还在中国这样一个令人绝望的现实里面，从乱七八糟的泥土里生出一点点光亮，这个也是大德，这个不是小德，看上去很微弱的这么一个东西，不起眼，但是"生"的一个方面。

"生"的另外一个方面，我觉得贾平凹到现在已经过了"中年危机"的阶段了，一个"后中年超越"了，正是因为他经历了中年危机，所以他才可以超越这个危机。他到了六十岁的时候，比中年危机的那个状态要好得多。这个好得多的状态里面也有一个"生"的东西，就是怎么说呢，其实搞创作的和搞学问的一样，创作和学问有两种搞法，一种就是你搞多了就累着了，它会伤到你的身体，学问伤身，或者说创作伤身；但是也有另一种搞法，就是学问如果搞好了它会"养生"的，创作如果调整到一个好的状态它也是"养生"的。《废都》以后的贾平凹，到了《秦腔》，到了《古炉》，是往下走，走到底了；但是慢慢慢慢就返了上来，往上走，这个返上来就是"养生"的"生"。我说的"养生"，其实是《庄子·养生主》中的"养生"意思。所以我想写作对贾平凹来说，其实也是"养生"的，使自己的生命不断往上的、往好的、往正的这么一个方向。这是一种多么好的状态。

那这样的文学，它跟现实有多大的关系，或者对现实会产生多大的影响呢？也不会有多大的影响。但是，有这个东西和没有这个东西是不一样的，这个文学和现实的关系，就是类似于贾平凹小说里面写的带灯、萤火虫和暗夜之间的关系吧。但是这个光亮好就好在是他自己的,他带出来的,他自带的,而且是从这个现实里面,从糟糕的现实里面产生出来的。

陈晓明 我接着说几句,我是想作点儿解释,对我那个文章的背景作点解释。因为丁帆兄、思和兄都看过我的文章,可能会有一些不同的看法。可能我的文章里面探讨一些问题,有些还没有展开得更充分些,理论背景没有解释清楚,还是需要作一点解释。

我以为贾平凹是一个有巨大创造力的作家,他始终在创新,始终在挑战自己,甚至在解构自己,我觉得这点是非常可贵的,也是让我非常尊敬的。特别是刚才汪政兄谈到关于乡村的政治学等等这些问题,新颖兄又是从另外的角度来看贾平凹。那么我想他写今天的中国农村,写带灯的人物,有一点我们是很难回避的,就是这个人物在今天中国的现实、今天中国的农村、今天中国的乡村政治中,她到底是个什么角色。另一点我们也不能否定的是,带灯这个人物在我们现当代文学的人物谱系中意味着什么,这个是很难绕过它的。尽管说我们绕过它也可以去解释,也可以作我们的阐释,但是这是很难的问题。这个很难的问题其实困扰我很长时间,包括我写《中国当代文学主潮》那个书的时候,我觉得也是面对一个非常难解决的问题,就是我们怎么去评价我们曾经有过的一段叫作社会主义文学,我们把这个东西完全遗忘和完全放到一边也很难。但是怎么去解释它却是个很困难的东西。包括丁帆兄会上说我是新左派,我大吃一惊,我还是第一回听同行朋友说我是左派,那么这肯定是我在阐释文学的时候,有一些观点可能会有一些背景没有解释清楚。

丁 帆 你们北大像你这个年龄段的大都是新左派,但是昨天你的发言改变了我对你的看法。

陈晓明 昨天才改变,哈哈,还不算太晚。

丁 帆 但在这篇文章里面,你是双重的,有时候在这边,有时候在那边。

陈晓明 是的,所以这点我要跟你解释一下。我觉得这个问题一直是非常困难的理论问题,对我来说是个很大的挑战。其实我在北大的课堂上以及在系里边,以及这么多年在中国当代文坛上,众所周知,我是一个比较典型的非左派人士,所以丁帆兄昨天把我解放出来,我还有点纳闷。当然,我并不认为左派的言说都是一派胡言,就不能有言论的空间,我们接受的现代文艺理论知识,大都是来自左派,例如,福柯、德里达、列奥塔、德留兹,德国的法兰克福学派、美国的杰姆逊等。但在中国，"左""右"的区别更复杂些。左派有些致命的主张是不能接受的，例如，肯定"文化大革命"全部的合理性，把当代中国叙述成是一个资本主义全球化的时代，把今天中国走的道路定义为资本主义道路，等等，这些是不合乎历史与现实实际的，当然不能接受。

刚才思和兄提到一个问题很有意思，他也会把《带灯》中的带灯跟茅盾《蚀》中赵惠明身上透出的一点儿亮光联系起来，《蚀》中的亮光可以作不同的解释，但是依然不能够摆脱茅盾是左派。

茅盾对整个中国现代文学的一个理解，以及他后来和冯雪峰、胡风他们在中国现实主义批评建构起来的谱系，他们是属于一个谱系，周扬是另一个谱系，同属于左翼，但两者有区别。在一个现代性的框架中，我一直会去思考这么一个问题，整个自西方现代性以来的现代美学是一个"颓废美学"，或者说是一个"颓败美学"，他写作的所有历史观是虚无的，作这么一个大的概括虽然很危险，但是我们基本上是可以作这个描述的。我就不作更多地展开，我们基本上可以说现代后现代等，不管什么代，他们都是一个颓废文学，都是历史的虚无主义，只能在这上面建构一个审美的现代性，其本质上是反现代性的。在这个意义上，我们无法在一个肯定意义上来书写现代的一种历史，即使是左派，像马克思主义左派，新马克思主义如阿多诺这些人，杰姆逊也好，一直到德曼这些人，他们欣赏的都是 19 世纪浪漫主义的这种文学。那么到了马尔库塞，他是最激进的一个美学理论家，他谈审美的解放，但他依然是一个颓废的美学。因为马尔库塞冀望的是最后寻找的自恋主义，认为到了最后具有解放意义的是自恋主义美学。多少年过去了，马尔库塞在 70 年代至 80 年代风行一时，二三十年过去了，自恋主义者、流浪艺术家、反叛的青年学生等等，能引起社会什么样的解放呢？那也是一个理论的白日梦／乌托邦。

关于文学反映现实的叙事如何具有正面的积极的肯定性问题，在社会主义革命文学迄今为止的主导叙事中始终没有解决。50 年代至 70 年代，在苏俄的影响下，中国的社会主义现实主义把它完全政治化、概念化、乌托邦化，然后走向高大全。在中国建构起来的革命历史叙事和乡土中国叙事，其具有正面肯定性的主人公都是极端虚假的高大全式的人物。集政治上的历史正义和社会伦理道德于一身，美学主要是建构于这样的基础上。在整个现代的一个进程当中，我们在文化的价值上，在美学上，无法得出具有现实可还原性或经验可还原性的肯定性。所以阿多诺当时叫否定的辩证法、否定的美学，这是他打开的一个传统。但是没有办法在一个肯定意义上。这点，刚才思和兄有一个见解，我觉得非常可贵，他说贾平凹是从传统来开掘。你也讲到他是如何回到80年代。80年代其实有一部作品，贾平凹的作品《浮躁》，他自己不一定是很满意的，但是金狗那个人物，他在尝试着现实的肯定性上去书写这个人物。我记得李星和陕西的好几个评论家都对《浮躁》提出一个批评，我觉得那个肯定性里面所包含的东西有概念化的东西，所以贾平凹自己也不是完全地认同当时那种肯定性。

但是我在思考这个问题，在贾平凹的这样一个对文学的书写当中，他是有一个非常强大的对历史颓败的态度，对整个文明衰败的这么一种视野，对这么一种表达他是极端地深刻，从《废都》《秦腔》和《古炉》可以看出，我觉得他表达的是一个否定性的、对历史颓败的一种深刻的批判，但超越往往不能，这就是他的作品会透示出深刻的虚无感。

但是他骨子里一直想要有一个肯定性，想要寻找肯定性，这是对自身的一个挑战，对自身的某种解构。正像思和兄说的，他的作品一句顶一句，一句解构一句的样子，其实那个肯定性对于他的作品是掩饰不住的一个情结。所以我为什么说对《带灯》会感到一种新奇，我看到某种崭新的肯定性。这种肯定性在今天中国是如此之困难，我们过去的肯定性是从苏俄传统过来的，这个传统的肯定性在我们今天演变成空洞的东西，这种肯定性无法令人自信。

在我们的文化价值中，我们的美学中没有真实性。所以我觉得《带灯》的意义在于，我不敢说他是第一次，我觉得他在这样一个文化价值和现代美学的肯定性意义上，他作出了一个尝试，我觉得这是他可贵的地方。

不管我们说是乡村政治学也好，什么也好，他是从传统的中国那里得出肯定性。因为对于中国知识分子来说，你回避了肯定性，你没有办法去建构虚无主义，没有办法建构历史颓败，这是我们文化的一个最致命的地方，也是和西方差异的地方。因为西方有基督教的传统，它有一个关于末日的拯救、弥赛亚到来的观念，他不怕虚无，他不怕颓废，尼采最后尽管说杀死了上帝，但是那个上帝会到来的。所以最后德里达一直讲的是弥赛亚到来的这样一个期盼，总会有的，弥赛亚会到来。

中国的知识分子不行，我们的文化中没有肯定性，我们是空的，我们是不能够心安理得的。所以我觉得这一点，今天像这些作家，如贾平凹、莫言，我觉得他们了不起的地方就在于，在整个中国文化大的转型当中，他们在开创一种东西，这种东西是给中国从传统到现代的一个历史过程中，他们给出了点。我只能说他们给出了点，不能说他们给出了基石，我还不敢说他们给出了基石，我觉得这其实是一个非常非常大的问题，这是今天我们作为所谓的知识分子对中国文化的思考，它在这个意义上和世界对话。

中国现代的一个致命难题在哪儿？对西方来说，它的知识分子的这样一个文化是有神学的传统，它和政治始终呈现一种张力关系。中国没有，中国的知识分子很容易必然要被体制化，被政治同化，那么这样的话，它在文化价值上便没有自己安身立命的地方。传统和现代的一个建构，从胡适那代人起它没有完成，从这一个角度来阐述就复杂了，时间有限就不在这一层面上展开了。

但是我为什么把《带灯》放在这个谱系中去理解它，我觉得，因为社会主义并不仅仅是某一些政治精英的社会主义，这个社会主义它完全只是一个符号，只是一个描述，这么一种历史，在文化上我是把它理解为启蒙价值，它完全是可以沟通的，不是说它完全是一个对立的东西，自由、民主、平等这些东西在它里面是可以重新建构的。可贵的是贾平凹在寻找中国传统的悲悯的东西，儒、道、释三位一体，你可以看到《古炉》是"道"，《废都》是"儒"的崩溃，但是《带灯》有"佛"，佛出现了。所以在他的作品中，儒、道、释三位一体。

在《带灯》中我觉得最有意思的一点，就是它最后寻求的是一个佛，其实带灯说穿了是像菩萨一样的降灵，她是中国传统中开掘出来的这么一个降灵，其实也是像是弥赛亚到来的这么一个人物，她要在我们庞大中国发展到今天的困境、绝境中，普度这个文化。

对中国文学来说，它也走到一个绝境，我们只能书写颓败，只能书写虚无的时候，一旦书写肯定性，我们就要落入假大空的窠臼，带灯降临在文学上，也是一个萤火虫，她也是一个如佛一样的人物。所以我是想做这么一点补充。

陈思和　我觉得这样讨论问题更好，我觉得这样就进入比较深层次的讨论。陈晓明提出了正面性的问题，就是肯定性的问题。你觉得像《古炉》这样的东西是颓败吗？比如他里面写的王善人，他不停地说，那个婆婆她就是一直在结善因，你认为这是颓败的现象，还是认为它是一种正面现象？

陈晓明　您提的这点是很关键的一点，但是对一部作品来说，看它整体的方面，《古炉》的整体诉求是颓败的，是人们对激进现代性引发的历史暴力进行控诉性的表达，历史是颓败的。

陈思和 我觉得如果说正面性，我认为贾平凹的作品里都有正面性，但是分两种，一种是 80 年代正面性跟政治理念的关系，这是我们从中华人民共和国成立以后，或者说"五四"以后一个图解式的问题，就是我们把所有的正面性，所谓肯定性，都跟宣传某一种政治理想联系，就是我们的文学变成了战争上的宣传工具。

丁　帆 因为陈晓明引起的话题，实际上我跟思和有一个同感，带灯是一种希望，一种理想。理想主义的破灭，成为一曲挽歌、一曲悲歌，这是《带灯》最大的一个主题亮点。但是写这种颓废的人物是贾平凹一直对抗世俗和对抗意识形态的一种写作思维方式。大家在讲所有的作品时，是从他 1985 年的作品前后开始的，事实上对贾平凹的第一次声讨、第一次批判，你们忽略了，是 1982 年，是《晚唱》，作品写了一个颓废人物。那个颓废人物在黑暗里面，我是对《晚唱》作了正面阐述的。在《晚唱》里面，贾平凹尽管是无意中运用了汪政所说的乡村政治学观点，对乡村政治学里面的这么一个特殊人物、这么颓废的一个人物，进行了一种新的性格变形的塑造，但是在那个时代，却不被人们所接受，甚至群起而攻之，说贾平凹写这种人物就是作者思想的颓废。所以这个东西你没注意到，但是在贾平凹后来的作品中有很多人物都是隐藏着的，就是刚才我之所以同意思和的观点，包括王鸿生所言，他是作为民间力量，对现行体制的一个最有力的诘问。

我为什么肯定《废都》呢？因为《废都》是在大时代节点上面表现出了一代知识分子的惶惑与颓废，与茅盾的《蚀》三部曲一样，甚至其自我批判的力度还要深刻。虽然贾平凹在表现的时候也许是无意识的，没有上升到理论层面，但是他这个作品肯定是要留在中国文学史上的。

陈晓明 没错。我解释一下，思和兄的解释当然有他的道理，但是我判断肯定性与否定性、颓败与前进性是这样来看的，可能有历史的合法性要求在里面。主流意识形态，我们也不能把主流意识形态本质化，也不能把它固化。比如我们作为一个人，作为民众，我们也要求历史正常地发展，在既定的条件下，让历史沿着尽可能完善的路径行进。所以我觉得在这个意义上来说，只有带灯，她和历史的正面的、肯定的、前进的这样一种可能性捆绑在一起。你说的那些反抗人物，他们身上当然毫无疑问有他们可贵的革命性，有他们可能的那种造反所迸发出的力量。但是他们整个是和颓废的历史、衰败的历史同归于尽的，他们是对衰败的一个证明，我不知道我这样解释合理不合理。

陈思和　我觉得这就是文学，文学的理想，文学永远是站在有生命力的那种力量上，因为我们在讨论文学，没讨论政治。

陈晓明　最为难得的是我们文学中没有办法生长出一个肯定性和前进性的东西，所以我是在这个意义上去肯定《带灯》，我们几乎找不到，在西方整个美学中找不到。恰恰是这样，就是我们怎么能书写理想性。以赛亚·伯林在整个浪漫运动背景下来理解西方现代思想的展开，当然也包括美学的展开。在他的论述中，我们可以看到理想性的文化如何支撑着西方现代美学运动。

丁　帆　伯林恰恰是对苏俄式浪漫主义的批判。

陈晓明　伯林在德国浪漫主义的阐释上，解释了现代美学的根基，他的批判并非浪漫主义的这一个现代进向错了，他只是揭示出它如此构成现代思想和美学的基础。对于苏俄思想史的清理可能非我们在这个场合可以解释清楚。

陆建德　我们喜欢用政治、体制之类的概念来给思想放假，特别带有当代中国知识分子的味道。曾经碰到一位作家，他骄傲地说他是体制外的，不是作协成员，然后他指责作协以及任何担任作协职务的作家。他以为自己是反体制的，所以他的作品必然是最好的。对这样的人，我充满着同情，不会跟他争辩。他使用"体制"两字的方式是很随意的，给自己提供方便，仿佛这么一来他就立场正确了。可见概念也掩盖了虚空。

《带灯》这部作品没有被概念所拖累，这才是重要的。对一位作家来说，最难的就是以敏锐的眼光看出生活（不管什么层次）和人性的复杂性，观察我们的习俗如何影响着我们的行为，而不是像冲锋队长那样说："敌人在这里！敌人在那里！"鲁迅不大看得起谴责小说，或者是黑幕小说，认为它们辞气浮露，无非是二三流作品。现在有些作家对谴责小说、黑幕小说有一种巨大的心理依恋，其实也是媚俗。谴责社会，甚至谩骂社会，反对任何社会性的约束，以此占领制高点，是过于简单的招数，也是"主题先行"的牺牲品。有人会说，我浑身本领，可惜现在没有机会来自由发挥，如果尽我所能、毫无顾忌地写，那我就写出传世之作了。这种自欺欺人的话，不是没有听到过。这些人受了"政治"概念的影响，心灵已经腐败了，只会用抽象的、简单的范畴来观察我们五光十色的世界。他们以无比自信的发泄来替代艰难的探索。

贾平凹让读者看到了基层生活的复杂性以及一个个小故事背后的悖论。《带灯》让我想到了一百多年之前的几位杰出人物，比如梁启超和严复。中国可能要面临剧变，但是他们对中国的观察是有深度的。激进派手里拿着一些廉价抽象的概念在挥舞，好像凭几个口号就能救国。梁启超和严复这样的人跟激进派的想法不一样，比如梁启超就让大家注意一下中国的社会土壤。有些人说，一切问题都出在官员身上。梁启超会提醒大家，官员来自普通老百姓，产生普通老百姓的土壤品质更应该关注，即"官吏由民间而生，犹果实从根干而出。树之甘者，其果恒甘；树之苦者，其果恒苦。使我国民而为良国民也，则任于其中签挈一人为官吏，其数必赢于良。我国民而为劣国民也，则任于其中慎择一人为官吏，其数必倚于劣"。严复称国人为"无政教之民"，也就是说，社会化或教化的程度是非常低的。所以我可以公开说，铁道部的刘志军如何腐败，我不太关心，他不值得我们多费时间讨论，该怎么严判就怎么严判。我肯定他小时候是个穷人家的孩子，很艰苦，后来一步一步地往上走，结果居于高位，中国史籍里哪一个成功故事不是这样的？最重要的是，他不知道如何运用国家所赋予他的责任。他想到的是权力，而不是责任。这在我国带有普遍性。所以我们要看社会土壤是由什么成分构成的。

　　希望读了《带灯》这样的作品，就会对我们的社会以及文化遗产的复杂性，有一种更深刻的认识。《带灯》不讲什么大道理，作者随着带灯深入到农村日常生活的角角落落，这一点处理得很好。带灯身上有一种自然而然的关爱，她写的信带有幻想成分，自己是意识到的，有一句话我记得是"其实这是我的白日梦"，但是这些白日梦让我们看到了另外一个图景，有别于她每天必须面对的现实生活。在这个图景里面，花草特别多，跟她实际上所做的事情形成一个对比。想一想她要处理的那些看起来很小但对当事人而言非常重要的事，想一想她得与之打交道的那些人物，谁都会感到压抑。于是这些信起到了一点儿平衡的效果，就是一张一弛吧。

　　知识分子总是觉得自外于乡土，自外于农民，我自己不幸是知识分子的一员，我要说，我们每个人都是中国农民，对自己的短处有所意识，才有可能改变。鲁迅写《中国小说史略》的时候转引过日本学者盐谷温的观点："华土之民，先居黄河流域，颇乏天惠，其生也勤，故重实际而黜玄想。""重实际"会有各种奇奇怪怪的形色，《带灯》里的元家兄弟、王后生、曹老八都是鲜龙活跳的，读来让人长见识。农民如何对待法律？他们处境不好，但是维护自己权利的方式又会比较极端，绝对顾不上体面、道德。有趣的是，有人为了追求所谓的社会正义（代理符合条件者申请补助金），也会收取回扣。这是谁之过？没有可以称之为"对"或"错"的答案。这就是贾平凹的功力。

我看到有一个细节（可以说不少细节）很揪心。比如说元家兄弟在河床上拿了一块地，开始轰轰烈烈地挖沙，卖沙赚钱。这是破坏生态的行为，无人干涉，政府的干预之手是看不到的。类似的事情很难想象会在欧美国家发生，但这就是中国的现实。村里的农民为了眼前的利益把花椒树皮都剥下来。二战时季羡林在德国留学，他的证言可以供我们参照。1944、1945 年之交，德国战败的局面已定，物资短缺，连面包也供应不上，老百姓生活很艰难。那年冬天很冷，没有煤气或者电力供暖，当地政府组织市民到山上去伐树，季羡林也跟房东上山了。德国人连吃都吃不饱，还有社会意识，还讲纪律吗？答案是肯定的。所有的居民到山上砍伐树木，有条不紊，所砍的树都是护林官标出来的，有标记的可以砍，没有标记的不可以砍，做标记的前提还是护林。没有市政官员或警察在旁监督和维持秩序，没有德国版的带灯在山上，这些德国市民绝对不会无视规定，一意方便自己。我在读《留德十年》中关于这件事的记载时，不禁发出感叹，这种共同体不会因战败而溃散。反观《带灯》里那些被剥了皮的花椒树的命运，心里轻松不起来。群殴事件把小说升至高潮，从书里描写的一片混乱中想到萧红笔下的大泥潭（《呼兰河传》），有点不寒而栗。这个泥潭姑且叫作无政府状态。

《带灯》这样的书真的很好，好在能使我们警醒。不妨静下心来看看我们的社会和"人民"，用比较的眼光探究一下整个社会的治理程度。如果公务员想了解中国农村，请看《带灯》。我们跟社会的实际脱节太远了，靠一些虚飘飘的词汇把握不了乡镇的现实，把握不了支配行为方式的习俗和潜意识中的信仰。为此我向贾平凹致敬，因为书里很多的细节，无数的细节，包括农村政策中各种救助形式和补贴，若没有对这个社会的切身了解，是写不出来的。这种功夫背后是一种冷静而有时又趋于无奈的洞察，以及一颗关怀着的大心。这两者当代作家都迫切需要。认识我们的社会，也意味着认识我们自己，探寻自知之明，这是真正的收获。

颜海平　今天参会，有一种奇异的感觉。我毕业留校之后很快出国求学，学位完成后开始执教，在美国高校工作了二十年整，因此又有时空的差异感。总之，又熟悉，又陌生。

这样参会首先是听。这么多年来我是第一次听到同班同学陈思和在公开场合发言、与大家讨论中的发言。在座所有人的交流和思考，给我的感觉是深刻的、批评的，即内含着一种批评的知性立场；是诚恳的，也是很贴切的，很有收获。在美国的环境中，我的阅读感知方式有所不同。刚才建德学长谈到了中国文化传承中，在知和行的两个层面上变革不够的问题，即使延伸到了海外。他的话，使我开始回想自己在美国学界的经历。我出国之后，主修欧洲现代文学戏剧、现代思想史和批判哲学；电影暨媒介研究是到了加州大学洛杉矶分校任教时，工作需要而扩增的。这样的选择，主要是受了恩师朱东润先生的影响，他认为中国人文学者需要了解把握世界，而要义是"把别人核心部分中好的东西学过来"。我的博士论文，是探讨二战后国际格局巨变中，欧洲的文化转型和经典重构的问题。执教后，我开设关于现代欧洲艺术人文的课程，其中包括基础课"欧洲戏剧文学与批判哲学""比较文学与跨文化理论研究"；同时，当然也开设关于现代中国艺术人文的课程。在今年二月发在《文汇报》上的文章中，我提到这两种教学中的不同体验。我想将这个角度作为切入点，看看能否在和大家分享想法的过程中，提供一点有用的东西。

第一点，就中国现当代文学来说，现代是我研究的主要范畴，当代文学凭爱好兴趣，阅读不成系统，后来还越来越少。贾平凹早期的《浮躁》，我是读到的，感受强烈。如果现在再读，阐释会不一样，并且自觉方法也会不同了。阅读中国当代作品，比如这次读《带灯》，我倾向于用两种语言同时进行，一方面中文是我的感知内核，同时我也通过英文来体验阅读。我感到这部作品重要的第一点，是它的多语性，这是非常复杂的一种文学现象。繁复深厚、密集恣肆的文字中，却有一个结构性的维度是可以翻译成透明流动的英文散文，非常顺，甚至令人联想起当年冰心的感觉。冰心说过，我手里的灯，请千万不要灭，我还有很长的夜路要走。这里的手提灯有两层意象，一是手中的笔，她是个作家；另一层是《圣经》里手中提灯的人们等候弥赛亚来临直至子夜的寓言，与人的终极意义和命运关联。大家知道，青年冰心有基督教信仰的经历。两层之间的张力，内涵多重。一句凝练纯净的句子，在她是几种意象和意义的交织。因此，在我阅读的时候，《带灯》这个题目本身就是几种语言的综合，或者说几种语言的交汇，成为拥有内洽性、一体性的聚光点。从"多语性"这一命题展开，可以形成一个问题域；核心之一是"可译与不可译"的问题，其中包括从一种民族语言翻译成另一种民族语言，也包括不同人生和世界的互译、互译中"可见（理喻）与不可见（理喻）"的问题。我在20世纪90年代的论文研讨曾经专注这个命题；我觉得当下仍然可以继续探索、深谈。今天林源在，专门研究翻译的"80后"一代人，对"可译与不可译"之中的丰富性，不知是否感到兴趣，这是建德学长的专研领域。

第二点，是作品的跨媒介性。我出国后的经验记忆中，具有较大震动感的是人面对个人电脑出现时的状态。留美文科学人当中，我是较早使用个人电脑的。当时国内对于汉语能否在电脑时代生存下去，有过非常深刻的焦虑和危机感。没有人能作出确定性的预见。当然我们最后解决了这个问题，汉语书写与电脑机制完全兼容，带来的变化是巨大深远的。文字使用、传达媒介形式的转变，蕴含着一种文化生产模式、意义生产属性的转化。这一转化和对于这一转化的自觉，不仅在《带灯》中有呈现（越来越多的当代文学作品有这样的意识呈现），更主要的是这种呈现也有一定的结构性。大家都谈到了"萤火虫"在作品中的重要性，既是"带灯"在自然世界中的物质具象，也是"带灯"在另一界域的精神示意，最后构成和唤起的是最为广义和包容的"佛"的内涵和外延。如果我们把聚焦印刷媒介承载的文字文本及其意义阐释的努力，转向多重技术革命环境中，构成和打开的视觉文本范畴，去理解、想象、演绎这篇"萤火虫"的故事，它所蕴含的可能性是非常宽阔且能量巨大的。我把它叫作跨媒介的一种文学语言。

跨媒介人文研究在欧美学界，有近十年的积累。如何深入，如何提升，我个人是很感兴趣的。今年春季在英国电影研究学刊发表的文章，和今年秋季在美国理论研究学刊发的文章，都是关于这一主题的理论化尝试，也是我在美国教学研究中，在戏剧、电影、媒介研究理论化阶段的探索部分。

第三点，是人物的独特性和世界性。关于独特性，刚才大家谈的很多了，把自己生活中的体验都用以坦诚交流。同时，这些独特性还可以，或者说还需要在近代世界史中不同文明经验的开放中来探讨认知。当工业文明全方位、多类别发生的时候，大变革过程中对人性的挑战，一种文明系统的多方位裂变，可以各种形态出现：比方说"矛盾"，深化的内在矛盾；比方说"困境"，微观或宏观的机制粘滞、结构悖论；再如"危机"，人性的危机，以及对人性危机的"中介处理"，文学艺术可以是"中介处理"的有效方式之一，南帆兄提出的"为什么写作，如何写作"的问题，是随着作为中介的文学范畴的构成而发生的。还有，如"灾难"、塌方性失序。就工业化加速中的英国而言，内部矛盾的发展及其极限，触发了以外部殖民的方式来解决内部的人性危机。英国重要的现代派小说《到灯塔去》，是对内部矛盾精致的介绍和深邃的揭示；《黑暗之心》是对外部殖民"英雄之旅"及其灵魂破产的篆刻。美国的现代经验是另一个参照。了解美国的现代进程之路，《宠儿》是必读书之一，其中揭示的人性灾难，具有古希腊宇宙悲剧的残酷度。我们往往认为美国在世界现代史上比较得天独厚，确实如此；但即便如此，事实上它是经过了三百年的黑奴制度，以及到现在还没有真正解决的"人性"暨"族性"问题。相比较而言，我们的独特性在哪里？我们居然还出现了这样一部作品，这样一个人物，她叫带灯；而《带灯》中所有人物与情节的安排，与以上提到的欧美文学现代审美中不同流派的经典之作交织互震，但带灯的存在确实又有着深刻的不同。《带灯》带来的是对人性的另一种阐释，同时《带灯》是一个极为复杂的世界性共鸣体，其中可能蕴含了一种历史的示意，即要求我们，对中国经验自身的独特性、独特中的世界性及其可见或还未可见的创造性，有更多一些的自觉。这自觉，也许是一种对内在于现当代中国文学的不同文明逻辑及其深度变奏的意识，从而对其中进行时的谈判、对话、交锋、畸变和可能的转化或变革，有更主动的参与。在参与中，"我们自己""西方读者"和多种语言的世界文学人，可以在面对、认知对方的过程里，再访、发现自身。

栾梅健　上午的发言很精彩，我相信，今天下午的研讨可能会同样精彩，同样有学术意义。首先请现代文学馆的吴义勤讲话。

吴义勤　关于《带灯》，我的文章写了，也发了，这里就不再重复其内容了。我想另外谈两个意思，第一个意思就是谈谈我们今天对文学阅读的态度。现在我们常常看到，讨论《带灯》、讨论《古炉》这些作品的，其实都是非常专业的文学人士，是所谓的专业读者和精英读者，但是我发现很奇怪的一个悖论，我们这些专业人士在讨论作品的时候，却往往从一个非专业的普通读者或大众读者的角度来谈作品。比如说读不下去啊，或者节奏沉闷啊，等等，这些显然不应是一个专业读者的眼光。我一直有一个想法，其实没有一个作家写作是为了最大众的老百姓去写的，老百姓可能连字都不认识，真正能读懂文学作品的人很少，更不会去研究一部作品。作家创作的作品一定是为那些能读懂其作品的专业读者、精英读者准备的，如果我们精英读者研究一个作品的时候，反而站到老百姓的角度上去发表意见，这就会出现强烈的反差，就会带来某种荒诞感。这些年来，我的这个感觉越来越强烈，包括对贾老师的《古炉》《秦腔》《带灯》，我们很多的批评文章，之所以让我觉得味道怪怪的，其实最大的问题就在这儿。我们的精英读者、批评家，如果说你面对一部作品时的出发点仅仅是以老百姓和大众读者的眼光，如果说你只能代言大众读者的想法，我想这种"低"姿态是很有问题，很值得反思的。精英读者就应该有相应的专业精神，搞文学批评，专业精神我觉得是最重要的，你有着从事文学专业的训练和基础，你就应该站在文学史的高度上来研究和评判一部作品。而只要你真正站在专业的角度上，我觉得，没有一部作品我们是不愿意读或者读不下去的，这与说作品好或者坏没关系。专业读者读不下去或者不愿读，从你的专业性的要求来看，至少不够敬业。

第二个意思是关于《带灯》这部小说的。这部小说给我的最大感受是它强烈的艺术张力。我个人认为，贾平凹老师的作品从过去到现在，其实都有两个自我、两种风格。一方面，贾平凹的小说都是贴着地面写的，鸡毛蒜皮，很多人有时候批评他的小说人物怎么就拎不起来，说脏话啊，邋遢啊，屎尿横流啊，鼻涕到处擦啊，等等。其实，贾平凹对笔下人物的态度，是一种充分尊重的态度，是让人物自主表演的一种态度。他要写的就是这么一种人物，而不是"五四"以来启蒙作家对人物的那种想象和建构，他要塑造的就是趴在地上、拎不起来的、匍匐在地上的人物。而这既是人物本原的一种生活方式和呈现方式，也是贾平凹的一个特长和主动追求的。从《秦腔》开始，还有《古炉》，他写了大量这样的人物，他把这些人物视作中国大地上生生不息的、本来如此的形象，而不是作家想象化的、典型化或升华了的形象。我觉得，这里的最大问题，不是说作家不能够或者没有能力把人物升华起来、典型化起来，而是作家本身追求的就不是典型化和对人物的升华，且追求的是对人物生活的本来面貌的还原与呈现。不为也，非不能也，我觉得这是一个艺术风格的问题，而不是一个能力的问题。

另一方面，贾平凹确实又有一个内在超越性的自我，这表现为诗性也好，浪漫也好，理想主义也好，就是一种要从地面上飞翔起来的愿望。上午很多先生都分析了《带灯》里面的人物，尤其是带灯的形象的内涵，认为她是现代社会的一个对抗性的力量，体现了我们今天现实的一个对抗性，这点，我也很同意。但是，带灯本质上又是一个文艺青年，她本身对文学性的冲动，对爱的冲动，比如，爱好大自然啊，对于元天亮那些短信，我觉得又是很本能的东西。在当今社会，她是一抹亮色，但这种亮色我觉得也不要赋予太多的意义。我们现在这个社会，每个人心中都藏有一种内在的追求，这种追求可以视为很独立的个体性的一种可能，是一种可能性。我们不能把角色强化成对现实寄予太多的希望或者太多使命。我觉得，她承担不起这么多的寄托与使命。从个体来说，她身上有很多美好的地方，有真善美的品质，然而如果让她以个人的肩膀、柔弱的身躯去抵抗这么一个社会现实，或者以个人的身躯去拯救她的伙计们，去帮助那些底层的弱势群体，那其实夸大了她的能力。我觉得，如果要把带灯作为一个反抗者，赋予她一个抵抗者的形象，会使这个人物压力太大。我更愿意把她仅仅看作一个特殊的个体，这个个体最后也被命运压垮了，成了一个疯子。但不管怎样，由带灯所体现的超越土地飞翔的诗性特质在小说艺术层面是实现了的，这也是人物艺术张力的一个体现。对于小说来讲，对于带灯来讲，作家其实并没有给我们一个明确的答案、明确的结论，小说追求的是呈现，是对人物不确定性的一种呈现，是对于现实的一种无能为力的感伤，而这也正是我看好这部小说的一个原因。

何　平　我发表在《当代作家评论》第 3 期的《我们的时代，我们同时代的人》，其实是我关于《带灯》的一篇读书札记。在这篇不成熟的文字里，我思考的是作家和他所处时代的关系。对于这样一个重要的问题，应该说我现在还是在思考的过程中，文章写得也很粗糙，有很多问题刚刚有一点儿想法，还没有展开。

"我们的时代，我们同时代的人"，这个是针对当下我们中国文学写作，也是《带灯》带给我们的启示。去年年底《南方周末》推荐年度虚构作品的时候，我也推了《带灯》。当时我基于这样的思考，我们现在这么多的作家，有多少作家在用文学的方式去处理我们真正的当下经验和当下的乡村经验？这几年有代表性的写乡村的小说我差不多都看了，我发现我们今天作家的写作和我们当前的乡村关联度很低，一个是说，不进入乡村阅读，第二个是，他写的乡村跟我们的乡村是完全断裂的，像前几年喧嚣的"新农村写作"最后毫不意外地沦为图解政策的跟风写作。我现在有两个项目在做，我到最基层的农村去了解农村的阅读状况。现在看的话，当代作家里面，20世纪80年代成名的这一茬作家里，像贾平凹这样能进入农村最基层阅读的作家很少。

《带灯》这样的作品，我在阅读的过程中观察到，平凹老师从20世纪80年代写《商州》，他一直就是持续不断地通过——不是我们现在的走马观花式的，或者政策动员式的到基层下面去，而是一种很独立的，思考式的，带着问题的，真正地沉入乡村底层里面去，他的写作是接地气的写作。所以在这样一个情况之下，在给《南方周末》推荐年度虚构作品的时候，我说，在我们今天，无论是平凹老师他们这一代，20世纪40年代末、50年代出生的作家，还是60年代出生的、70年代出生的作家，当他们写乡村的时候，普遍的都是写记忆和历史的乡村。像贾平凹《带灯》这样有意识而且有能力去处理当下乡村经验的作家很少。我在研究和教现代文学的时候发现有一个现象，就是曾经我们的作家都很喜欢写同时代的人，比如说阿Q、觉新、觉慧、吴荪甫、祥子等等，这些小说中的人物和作家是同时代的。而"带灯"也是一个跟我们同时代一起生长的人。

我在文章中，前面的两方面实际就是谈到了什么是我们当今的乡村，什么是我们当今乡村里面活生生的人。而最后一个问题则谈到了这样一个问题，在这样一种现实中间，我们如何通过文学的方式去处理乡村经验，即如何"文学"我们今天的时代和乡村。在阅读的这个过程中间，我也顺着平凹老师在《带灯》后记里面谈到的一个思路去思考。他讲在这个小说里面，他要跟两汉文学趣味发生关系。我后来也稍微留意一下，他这种观念不是突然提出来的，其实是他在20世纪90年代被"下江南"的时候，就是《废都》被批判之后，他到江南很多地方，重新思考什么是"江南"，强调两汉与明清的文字与文学趣味的差异。而《带灯》是他在小说中比较大规模地呈现他所理解的"两汉"文学趣味。还有一个问题在阅读《带灯》的时候我也意识到，现在很多的小说家写小说是不讲章法的，不要说大的结构上不讲章法，小的细节上更经不起推敲，小说家的文学能力、文字能力很差，在胡乱地写。而贾平凹提醒我们小说是不是可以从文章学的角度去进行推敲，进行思考。这里当然也涉及批评家如何从文学的角度去研究文学作品。那次也是在常熟开《古炉》研讨会，我也谈到了，我们现在对文学批评的研究是外部研究太多了，都是谈这个文学作品反映怎样的一种社会现实，而从具体的小说肌理的角度，从语言的角度，从审美的角度去谈一个作家的文学批评则很少、很不到位。

刘阳扬　《带灯》这部小说给我最强烈的感受就是其中体现出来的对现实的批判力度，其实从《废都》开始，贾老师的作品就非常关注中国当今社会出现的种种危机。到了《带灯》，贾老师选取了比较敏感的上访题材，采取了写实的笔法。它其中很多细节的描写都是纪实文学式的，甚至带有报告文学的色彩，而给元天亮的信又是浪漫式的，之前上午也有老师讲过，这就体现了现实主义和浪漫主义的结合。

《带灯》和《古炉》《秦腔》有所不同的是，它融入了贾老师几十年的城市生活经验，乡镇作为城乡结合的交织点，体现了更多的矛盾，不仅是农民之间的矛盾，而且还有乡镇干部之间的矛盾。就像前面王尧老师讲的，不仅民不聊生，而且官不聊生。小说的最后，带灯受到了处分之后，竹子也想要去上访，然后遇到了王后生，王后生说他也能理解她的境遇。不管为官还是为民，所受的委屈都是一样的。这种表现方法使得作品对现实的批判力度更大，贾老师就表现出来整个中国式的普遍性的悲哀。

在小说的结尾部分，贾老师采取了非常绝妙的细节的比喻，他用击鼓传花的细节来讽刺乡镇干部处理问题的情形。这里我截取了小说中的话："人人都紧张万分，鼓点越来越快，花朵也传得越来越快，后来几乎是扔，唯恐落在自己手里，那酒已经不是酒了，是威胁，是惩罚，那花朵也已经不是花朵了，是刺猬，是火球，是炸弹。"

贾老师在悲观中呈现了社会的乱象，不仅仅农民是庞杂的，而且干部之间发生严重事故的时候，还欲以击鼓传花的手段互相推卸责任，这就使得带灯在这里显得更加地难得，而她的抗争也更加微弱，她无力抵抗现实的环境，最后只好走向了幻灭。

还有一点我想谈到的就是《带灯》中间一直出现的埙声。埙的声音其实从《废都》就开始了，《废都》里唐宛儿的丈夫周敏就用埙声表达自己的悲哀情绪，也使得小说中有着悲剧的氛围。到了《高兴》，里面的刘高兴也是一直用箫声表达对社会的不满与反抗。贾老师的《带灯》里面，又一次把埙移入了作品，音乐的节奏成为小说的另外一条线索，埙和箫在这里都是带有悲凉气氛的乐器，也体现出来了小说更加深刻的悲剧性。

杨慧仪　接着刚才颜老师说的可译性的问题，我也想继续谈下去。一般在我们翻译学里讲的可译、能不能译，意思是有什么是比较难译的、什么是比较容易翻译的。对于中国小说的翻译，很多人会留意到人名是很难翻译的，因为在中国的人名里，所有字都可以变成姓名。在《带灯》里的人物，他们的名字充满象征性，是非常难译的。如果可以译，能够翻译出来，那便会很好看。

不过我最近在思考中国现当代文学的翻译问题，因为我相信在莫言得奖之后，中国小说对外翻译这个命题的争论可能会越来越尖锐，这也是中国跟海外文化交流里一个非常重要的命题，所以我开始学习去思考一下这方面的问题。比如说，从《带灯》这个作品开始思考。《带灯》这个作品如果能够有意义地对其他文化的读者呈现的话，必须把这个作品里对中国农村现在这么独特的背景，人在体制以内可以做的和不可以做的是什么，这些东西怎么样跟现实发生关系，在译本里对这种处境有所呈现，我觉得这样《带灯》的翻译就会很有意思。

不过现在翻译界也面临一个问题，比如说我们面对《带灯》这么一个有意思的作品，我们希望能够把《带灯》人物的困境都翻译出来，但是我们会碰到译入语与译本读者对文本的期望。可能在翻译界面对《带灯》这样的当代作品翻译时候，会问：到底译本的读者是不是能够完全接受这小说里呈现的中国当代农村的现实呢？可能中国的情况真的非常复杂。我是住在香港的，我从来没有在大陆生活过，我有机会便跑来大陆看一看，学一学东西，不过对我来说，要完全地理解中国现在的情况，也是非常困难的。

那么，我们怎么样去要求译本的读者能够理解《带灯》里农村那复杂的情况呢？可能大部分——也许我只说英语的——读者，因为不同的新闻，不同的对中国好的和不好的宣传，都希望在作品里找到一种对中国现实不是黑就是白的道德批评。不过《带灯》完全不是这样的一个作品。

《带灯》的主要人物是干部。一般在中国以外有一种对"官方"完全的反叛的想象，《带灯》描述的基层干部的情况，对外面的读者来说，可能不是一下子就能够理解的。而且小说那种比较复杂的、绝非不是黑就是白的道德观，是怎么样去建构出来的？就是靠它特别密的笔触。它有很多很多生活上的细节，把这个现实一点一滴地建构出来，才能呈现出生活的诸多小矛盾组成的一个比较复杂的道德观。这不是大叙述可以成就的，而是靠小说里的细节，就是把生活上的细节、人跟人的一些微妙关系，一笔一笔地好好写出来，才可以建构成一个这么复杂的人伦网。这也是翻译的时候会比较难处理的。

另外一个我觉得《带灯》会非常难翻译的原因，就是它的词汇。我从贾平凹先生的《商州》作品开始看，他的词汇一直都是非常宽的，且非常丰富和有弹性的，这对翻译来说是很难的。另外，怎样在译入语里呈现这么宽这么多层次的词汇来建构现实的写法呢？这也是非常难的。

不过我觉得如果这个翻译有一天能够做到，真的把这个小说里描写的那种非常复杂的环境翻译出来，跟世界上其他读者分享的话，我觉得它会有很深的普世价值。因为世界上有很多在发展的地方，他们的人跟我们一样，在非常复杂的社会环境里，摸索怎么样在体制内和体制外可以做一点儿好事，这是一种大家都在追求的理想。我觉得对这有所呈现，会是《带灯》这部小说在世界文学上的很大贡献。

陆建德　刚才听了杨教授的讲话，我想起了名字怎么翻。世界上有一位特别有名的英国女士，成名于维多利亚时期，她就是护理事业的创始人南丁格尔。南丁格尔在克里米亚战争期间（1853—1856）带领一批志愿者照顾伤员，白天忙碌工作，到了夜间手执油灯巡查病房，伤员看到她就像看到光明，又称她为"带灯的女人"（"the lady with the lamp"，也有译成"提灯女神"的）。有英语电影讲她的故事，片名就是《带灯的女人》。这是一个花絮，但是南丁格尔和带灯之间确有一点可以比较的地方。这是一个蛮有趣的现象。带灯的工作更难，甚至更危险。她是一位让读者心里生出暖意的人物，当代文学中很少见。

南丁格尔在经历了战争场面以后再回到英国，觉得还应该做更大的事业，就动用种种社会资源办护士学校。顺便说一下，她是上层社会的女子，所以能丝毫不计利害地为他人的幸福服务。

吴　俊　我主要是从叙事艺术、叙事文体的角度来讲的，从技术性层面来讲的，不是像大多数朋友从思想性的层面、价值论的层面出发。

我觉得首先从叙事艺术上、文体上来说，贾平凹的这部作品，包括他其他的长篇作品，一般都是在写实的框架或面貌之下来做故事叙事的。但是他写实的文体又具有亦幻亦真的特点，有种自由叙事的特点。所以你也可以说他的写实叙事里面有很多是抒情的色彩，也可以说他的很多写实叙事里有中国传统小说的传奇因素。

中国传统的小说很多都有一个亦真亦幻的特点，贾平凹的小说，不管是大家一直提到的《废都》，还是他现在的《带灯》，我觉得他都把握住了中国传统小说的这个特点。这使他与别的当代小说家都不一样。亦真亦幻的自由叙事是他文体上的一个特征。

第二个文体上的特征，我是说他的人物，我当时举了一个《红楼梦》的例子，比较说当代作家小说里面写众多人物且有一个很庞大的人物群的作品，其实是很少见的。大家也不妨想一想，当代的重要作家及重要的长篇里边，在人物的群体形象，包括每人都有名有姓的这样的小说里面，其实是非常少的。

另外一个，即便是有的长篇小说有很多人物形象，但是他的人物形象很多都是符号化的，一看就知道他是某个阶层或者某个标志性的概念化身，这种人物其实就是很多符号化和概念化的东西。

贾平凹小说的写法，有人把它称为生活流，但是我没敢用这个概念。如果借用这个概念的话，那么他的小说里边的人物，就有了一种日常性的特点，你很难用某种符号、某种概念去认定它的人物的某种性质。我们有时候讨论中国作品的人物，往往是有定性的爱好，这个人物标志着什么，代表着什么。那么在这一点上，我觉得贾平凹的作品是有它的独特性的。

紧接着要讨论的是大家经常提到的一个细节，关于带灯和元天亮这样一个故事的线索。因为这个线索在这个作品里面是很特别的，也和我刚才说的《带灯》这部作品当中亦真亦幻的一个重大特征有关。

在这个叙事线索里面有一点点问题，这个问题我在西安的时候没有谈，但是别的朋友曾经提到过的，因为关于手机短信这种写法，有人认为不好，也有人认为好。但是我是从叙事角度来说，我觉得它另有一点点问题，如果从一般故事的整个结构来看，这个线索是需要的，因为带灯这个人，包括元天亮这个人的这样一种设计，其实跟贾平凹对世界基本的价值观和精神的寄托有点儿关系，但是我着重不是谈这个。

我谈的是什么呢，既然这个线索是一个亦真亦幻中的幻的部分，那么它不应该很落实，在这个情节里面却有一点点落实了，主要就是对元天亮这个角色的一些有限的描写，特别是他的政治身份问题，这个就是有点儿落实。

元天亮整个是没有回过信的，但是第一次他是回信的，那么怎么处理亦真亦幻的问题，我觉得在这样一个写实作品当中的以幻为主的情节里面，它是不必落实的。怎么去处理幻与实的关系，我从读者的角度来说，这还有可以商榷的地方。

我另外再补充一点啊，因为我不懂翻译，我怕讲这个，但是既然大家在一起坐着了，我就提一点。刚才提到翻译的问题，正好莫言获诺贝尔奖以后，我有一天打开电视看到《锵锵三人行》，王蒙在谈这个事情，我也没从头到尾看，他就提到了小说翻译的问题。他特别提出，说其实中国很多作家，你不能说弱于莫言，这个我们也有共识，他特别提出了贾平凹，提出贾平凹的理由是什么呢，就是一个翻译的问题。贾平凹的作品是很难翻译的，因为他的作品，包括这个《带灯》，你要翻译，翻译是一个再创造，特别是要适应西方读者的阅读，如果它有一个核心情节，它就比较容易翻译。但是贾平凹的作品，往往没有一个核心情节，没有核心情节，那么在翻译里边就带来一个翻译上的取舍问题，你取什么舍什么，非常难。从另一个角度说，就是它不能改写，它不具有改写性，所以我觉得这是贾平凹作品在翻译上的一个困难。

张学昕　我现在想接着吴俊教授的话题来谈。刚才，他说《带灯》中二十六封短信，在技术处理上有些问题，包括这些短信所体现的小说中这两个人物之间的关系，他觉得也有很多不妥。但我认为，现在贾平凹的写作，他的艺术感觉、作品境界早已经大于技巧了，我们实在是不必要再纠缠他的所谓"技术"问题了。像他这样的杰出作家，他考虑的已经不是一个简单的在技术上如何揣摩历史和现实表现的问题了，他在寻找叙述的境界和新的可能性。所以，我在阅读这部小说的时候，常常想到托尔斯泰的写作，我觉得贾平凹很多作品的气象、结构和格局，跟托尔斯泰的东西是非常接近的，是那种从现实中可以任意"出走"的气象。

我们说托尔斯泰的《安娜·卡列尼娜》，以及《战争与和平》，那么长的叙述，那么宏大的场面，那么多的人物，复杂的关系构成复杂的结构，而且，托尔斯泰又是非常会讲故事的，讲得很精彩。他一定知道一个故事需要一个完整的叙述，而且在结构里边，会有清晰的线索、理路、叙事逻辑。可是，托尔斯泰就经常中断叙述，然后用长达几十页的篇幅来大发感慨和议论，这里，有时会令我们看得心烦意乱，我们不知他为什么突然自己要站出来说这么多话。后来我们似乎是明白了，托尔斯泰是一直把自己当成一个小神的，所以他已经从人到神，他试图要代上帝说话。所以，说一个作家写到一定境界的时候，他的目光一定不是一个普通人、凡人的目光或者视角，他一定后面接受着一种嘱托，这种嘱托里发出来一种声音，在冥冥之中牵引着他。所以你说这些短信的小技术，这些很小的东西，其中包括贾平凹在小说里把大量的会议报告、工作计划、安排，还有一些相关的菜谱什么东西都放进去了，仔细想想，很简单，这是很正常的，因为，这是生活本身的基本内容，这是一种自然的流程中的生活，有时候你无法忽略它们。其实，我们的写作，不可能对生活进行所谓"合理而科学"的剪辑。那么，我觉得真正的好作品，可以说在处理生活上都富于灵活性，有变化，不能说随心所欲，但是我觉得应该是比较接近自然主义的"细腻"的，它能接驳起现实的可能性，也许，这种接近自然主义的东西，没有被某种意识规约的事物本身，可能更接近事物本身。

如果说用一个什么主义概括的话，贾平凹是一位无法被轻易、草率界定的作家。如果一定要用概念，要用社会主义新人，要用乡村政治学，要用其他什么概念，或者一定要说对贾平凹的文本有个什么理性说法的话，那么，我们觉得现在越来越困难。所以我就觉得不要再纠缠这些东西，如果说它是自然主义的话，或者我们说它是新现实主义的话，都不合适，那么，自然主义是否代表了一个作家不能企及的所谓高于生活的那部分内容，也就是没有被嵌入任何意识形态和概念的东西？

其实，作家是很难为人民代言、为社会代言、为时代写生的，那么，正像莫言讲的，你只是作为一个老百姓在写作，你不能说我为老百姓写作。所以，很多时候，注定了你不能高于生活。而且贾老师他所放在作品里边的东西，拿出来呈现给我们的东西，都是生活中原本带有粗糙的"毛面"的东西，带有一种"糙面"且富有一种质感的东西，为什么不能这么写呢？而这个正是一个作家的意识中可能低于生活的那部分。

如果说小说中给元天亮的那二十几封信，一定有什么其他的叙事意图的话，那就是贾平凹想给带灯这个人物一个希望、一个出路。而这个元天亮，他也永远不会在文本里面正面出场、出现，他可能是另一个符号，如果从解构主义的角度看，带灯和元天亮在一个结构里面的"互文性"被叙述解构了。但是，这里边呈现的内容和情感确实是有相当强烈的理想主义成分的。上午丁帆老师发言时提到的作品中的理想主义，我非常喜欢这个词。所以贾平凹其实是一个有浓郁理想主义情怀的人，所以他在接近自然主义的描写上把他的理想，一个写作者他应该承载的东西，他期待的东西，渴望的东西，都放在二十几封短信里面了。

关于《带灯》我写了一万六千字的人物论，在这里我就不说我这个文章了，但是我觉得还有许多没有说完的东西沉浸在阅读的状态和过程中了。我觉得贾平凹的智慧在于他选择这样一个女人在乡村里，而且是有城市情愫的一个人，很浪漫的人，这里面饱含着贾平凹最后的那种期待。其实在这种现实的苍茫中，带灯自己"带灯"，她说我只能自己担当了。

我读过孙郁关于《带灯》的文章，他其实对这个作品在感觉上把握得非常准，他说这是一部让人感到忽明忽暗的作品，一开一阖，有的时候让你有信心，有的时候让你绝望。实际上，叙事到最后，贾平凹没有办法来安置这个人物，怎么办呢？他只能让她得夜游症，只能让她梦游，所以一个中国的女人在乡村做这样的工作，她接触了那种权力，她在这个环境里无可奈。她只能是无数个萤火虫中的一个，想亮就亮一下，没有人在意，不亮也没有人要求她。

那么带灯把自己的名字改了，改成"带灯"，这里面有巨大的隐喻。那我带灯照照我自己还不行吗？我自己越来越清楚自己想要什么，但是我得不到。可以说这个时代、这个社会赋予了隐喻的象征的东西，那么最后带灯只能自我引渡，自己引渡自己，自生自灭，无处藏身。

李星写的那个文章很好，是我写《带灯》评论之前看到的唯一一篇文章，《危机四伏的樱镇世界》，发表在《读书》上，他为这个小世界命名为"危机四伏"的世界。我也觉得"樱镇"是一个中国的缩影，也是一个人的缩影，它一直浓缩到这一个人的存在，最后她这样生存，她在那个结构里能怎么办，在体制里她能做什么，她作为这么强大的一个结构的一个分子，她不可能修正、颠覆，所以只能进入夜游的状态。只能让她去做一个梦，这是一个悲剧。所以我觉得，这个人物，是一个重要的人物形象。我们近些年不容易看到哪个作家的文本里那么用心用力地去写一个人物，也很难记住有多少作家写过多少人物，我们想一想，都恍恍惚惚地记不住了，但是我想文学史上会记住带灯这个人物的。

陈晓明　补充一句，刚才吴俊兄批判了我，我不服，所以我还要上诉。张学昕兄刚才肯定了我，我觉得他说的还是和我一致的。我觉得元天亮这个没有出场的人物非常重要。所以吴俊说我过度阐释，这个我不同意。元天亮手上的手机究竟如何使用，可能不好说。因为文本中没有透露。恰恰这个里面包含了巨大的反动，这个带灯是用一个浪漫的、抒情的笔调写出无限的怨恨，写了那么多情绪和希望。本来带灯做的所有事情都是元天亮应该做的，至少他身居省委秘书长位置应该去过问、去亲自处理的，但是他却让这个弱女子去做，樱镇的书记、镇长并不是坏人，但他们最高的工作理念就是都想成为元天亮。元天亮那巨幅的广告像挂在那个路的中间，在带灯给他发去那么多的短信期间，他始终没有来过一次樱镇。

　　而她写了那么多浪漫的短信，其实包含着呼唤，一直在呼唤着元天亮出场，而元天亮一直没有出场。这就像青天大老爷缺位的传统叙事一样，这里却用现在电子科学制造了一个强烈的反讽性叙事，把它变成一个没有实际意义的优美、抒情性的，甚至是爱情癌症的表征的手机短信。这个不在场的人物，他的一个巨大的意义是通过短信呈现出来的，其实对这个时代的批判是非常鲜明有力的。我觉得这个短信大家没有在这个结构中来阐释，这么一个大的结构当中的这个元天亮承担的一种象征功能，他的缺场具有一定隐喻性。所以我强调要注意元天亮这个没有出场的人物，它里面包含着深刻批判性，巨大的反讽，她那么浪漫抒情的背后是一个真实的现实困境。我就补充这一点，不知道吴俊兄是否可以和我达成共识。

　　吴　俊　我同意你的不同意。

　　丁晓原　我看了一下林老师的脸部表情，越来越轻松，很灿烂地笑了，像这个天气一样。大家看外边的天气很朗润的，预示着这次研讨会开得成功。刚才吴俊说他主持得很好，说老梅主持得不好。其实两个人主持得都很好，我的主持会差一些。但是我有我的优势。我觉得人与人的相处是一种缘分。昨天和今天，因为贾平凹老师的到来，我们这样一个理工学院，好像过着文学的节日，尤其昨天的那个场景令我难忘。我们的"东吴讲堂"已经开了三十多讲了，大部分的讲堂都是我主持的，我可以毫不夸张地说，昨天贾老师跟梅健的对话是最具有人气的，这说明了贾老师的影响力，也从一个侧面体现了文学在当下依然具有重要的意义。

　　2006年5月7日，贾老师的《秦腔》讨论会在常熟开发大厦举行。过了五六年，贾老师的《古炉》研讨会和王安忆老师的《天香》研讨会安排在我们学校。后来因为《东吴学术》，林老师加盟到我们学校的事业中来了。这样就多了一些有意味的故事。我们小学校,常有著名的作家和学者、批评家来,其间充满了一种张力。谢谢平凹老师、建法老师和各位。

这是这次讨论会的最后一节了,希望尾声意味着高潮。前面几位都是大家。下面我想先请出一些"小家",这些"小家"代表着未来。先请黄平发言。

黄　平　诸位师友下午好,刚才建法老师讲到我的博士论文作的是关于贾平凹的,后来,我在此基础上,著成小说。这本小书今年秋天会在云南人民出版社出版,到时候请大家批评。故而今天不占用太多时间,现在从叙述视角出发谈一点阅读《带灯》的心得。

我们知道在贾平凹的作品中,一般来说以男性的叙述视角展开,《带灯》是罕见地由女性视角展开叙述。回顾贾平凹三十年的作品,《带灯》之前,以女性视角展开叙述的有两部重要作品:一是贾平凹走上文坛的标志性作品,1978年获得全国优秀短篇小说一等奖的《满月儿》。《满月儿》中的女性视点比较简单,主要是一个旁观者的视点,叙述人之所以是女性,是因为"我"和满儿、月儿生活在一起。由于这部作品承载着较为明显的政治导向,强调着现代化建设的兴起,这个视点基本上是去性别化的。

二是出现在1996年出版的《土门》,在贾平凹的写作中,第一次出现了严格意义上的女性叙述者眉眉。这个女性叙述者讲述了一个城乡对抗的故事,叙述者的位置游移、摇摆、左右为难。土门要被拆掉了,但是眉眉尝试保卫她的村子,但是她又痛苦地体认到乡土生活的弊病,便挣扎在城乡之间,最后村子还是化为乌有了。

通过《土门》,我们能够觉察到文本是如何受到其所在文化语境的挤压的。《土门》中的眉眉是分裂的,小说中有一个叫梅梅的女孩作为眉眉的"倒影":眉眉在城乡之间挣扎,更倾向于乡土;梅梅在城乡之间挣扎,更倾向于城市。这种面对城乡左右为难的处境,也一再出现于作家本人的自述或采访中。当贾平凹彷徨犹疑的时候,他笔下的叙述者往往是一个女人,或者是病人、残疾人、孩子,叙述者已然无法整合的故事。

从女性叙述视点展开的第三部作品,就是今天讨论的《带灯》,而这部作品是贾平凹创作三十来第一次写的不是城市也不是乡村,他写的是基层的政府工作,从一个基层女公务员的视点展开。依然是面对城乡的犹疑与矛盾,我蛮喜欢贾平凹作品中的这种气质,今天这个复杂的大时代,无法以任何一种单一视点来统摄。上一部的《古炉》完全站在乡土的立场上、站在王善人的立场上来叙述，这种保守的视角很难统摄终究"现代"了的乡土世界。

我觉得贾平凹最好的作品，都是站在城乡之间来叙述的。刚才多位老师都讲到贾平凹是乡土文学的大家，我补充一点，贾平凹的乡土世界，是乡土与城市的遭遇，他关注的是乡土遭遇了城市、乡土遭遇了现代，城乡撞击的能量产生了贾平凹的文学。我觉得在这个意义上，可能更容易理解他的文本背后牵连的文化语境，由此我们从文学出发，走进了当代的历史。

李　一　我首先不从学术那么高的角度，而从一个年轻人的角度来谈谈。在我看来，贾平凹的很多作品都是写年轻人的。如《浮躁》里面的小水、金狗，《废都》里面围绕在庄之蝶身边的男男女女，《秦腔》里的白雪、夏风，以及今天我们讨论到的《古炉》《带灯》，不都写的是二十多岁、顶多三十岁的年轻人吗？他们是我和黄平的同龄人，它们应该是我们的故事。

既然是我们年轻人的故事，那年轻的读者呢？我在学校教的是文学院大二、大三的学生，他们应该算是专业读者，可是他们很难进入文本。其他那些年轻的普通读者呢？他们喜欢读吗？我不清楚这个状况。我曾在课堂上放了一段《秦腔》的影音版后记，这个后记是贾平凹老师自己朗读的，拍得非常好。座位上有的学生在悄悄流泪。然后我问他们："接下来你们有兴趣，或者愿意读贾平凹的作品吗？愿意读关于那些鸡零狗碎的泼烦日子的文字吗？对那些离你们生活看似遥远的陕西人山沟沟里边的日子，还有那些小说里年轻人的爱情和理想感兴趣吗？"有的在点头，有的默然，教室非常安静。我不知道那一刻，那些坐在下面的年轻人们在思考些什么。但我深信，这一刻，在他们不轻松的表情背后，文学正在激发着一些东西出来。它应该拥有广大的青年读者。

为什么我们今天从上午到现在，几乎所有老师都忘了带灯和竹子其实是两个小姑娘，很年轻！她们俩好像都不到三十岁吧。那么她们对于爱情的想法，对于基层工作的很多情绪啊，以及对问题的处理啊，一定会有着年轻人特有的状态在里面。好像阅读让我们忘了这一点。这是一个有点奇怪的事情。我不知道在这里，是我们今天对《带灯》的阅读出现了问题，还是写作中有什么，还是仅仅是那些更年轻的读者们的问题。起码从《秦腔》影音版后记的播放效果来看，好像不全是年轻读者的问题。这是第一个问题。

第二个问题。大家都在讨论《带灯》中带灯这个女性形象，以及她与元天亮的感情。同样是来自我教学的感受。课程讲到书信部分，为了让年轻人有兴趣，我找到三毛给贾老师很早的一封信，应该是他们之间的第一封信。这封信让我觉得我与带灯近了一点点，学生们也对三毛信那头的贾平凹老师更多了一点亲近。这封信跟带灯写给元天亮的信很近，里面有一个女孩子的内心世界。那么带灯的内心世界到底是什么样的？

就像我前面提到的，一个年轻女子，顶多三十多一点年纪。上午几位老师就作品对带灯和元天亮之间的处理，展开争论。我记得《秦腔》和《古炉》出版的时候，我的导师陈思和教授非常激动，他说中国文学现在的好，不是一个故事，不是一个情节，不是一个段落，而是好到句子。上午他说，《带灯》让他觉得又有点儿退回去。他觉得有可能是语言的问题。我倒觉得，这个问题与带灯这个角色有关。

第三个问题，还是在带灯这里。黄平刚也提到，贾老师的作品很少有女性的叙述者。似乎男人在面对世界很无力的时候就想到女性，她是母亲，是妻子，甚至也是但丁神曲里面的贝娅特丽丝，是女神。知识分子的精神书写势必使文学中会出现一个特殊的、美好的女子。可是带灯身上就有很多我们不知道的。我觉得我很感动，比《秦腔》更感动。上午问贾老师，《秦腔》里面为什么让那个婴儿，先天没有肛门呢？作为夏风和白雪的婴儿，她应该是清风街上的希望，下一代的希望。贾老师就很认真地回答我说，就是这样子，就没后代了啊。我研究新世纪文学的时候曾提文学中出现的"无后"意象。不光是贾老师，你们一代同龄的中年作家面临今天的社会，似都有这样的一种感觉。我当时很伤心，不愿意接受。

那反过来，我在《带灯》里面看到一种不知道的力量，还不知道，面对未来，面对现在的状况，有种不知道的感觉。我觉得就像张新颖老师上午说的那些，其实不知道也是一种巨大的力量，把这个不知道写出来是一件非常伟大的事情。你看带灯、竹子，这些年轻女孩子，她们确实不知道，但她们的青春和生命同样在不知道中，在这个现实中，默默地努力着。

穆　涛　我跟老贾是同事，他是主编，我们做了二十一年同事了。艺术审美是需要拉开点距离的，我们距离近，办公室紧挨着。太近了，许多东西就看不清了，属于灯下黑吧。我参加过他太多次研讨会，但基本不说话，只是帮助会上做些会务。今天因为是这个形式，要是上午的形式我还不准备说。现在这个气氛有点儿像我们《美文》编辑部开会，就事说事，实话实说。我说三点，因为是灯下黑，我就瞎说。

第一点，我先说说他怎么写人，怎么写事情。

老贾的写作是用中国人的脑子写中国人。我们的当代文学，学习外国文学太投入，都不太像中国人的文学了。天真或者逼真地摹仿国外人写作，不叫国际化，也很难达到超一流水平，叫影子文学还差不多。世界上强大的民族，都是用本民族的思维方式思考事情和做事情的。文学是人学，老贾是这么写人的。当然，他还写得不太够好，至少离我觉得他应该达到的标准还有点距离。但他这些年，写的这些书，都在尽力地做这方面的工作，创作着中国人的文学作品。老贾写事情，是放在变化中去写，放在越来越复杂的社会状态中去写的。

我再举几个小例子，对应着去看。在今天的农村，有那么多无依无靠的孩子，叫留守儿童，有那么多无助的老人，叫留守老人。不仅仅落后的村子有这种情况，中度发展的村子这种情景更多。而且这不是个别现象，不是小数字，已经构成了一个庞大群体。一个时代被叫作太平盛世，有一个底线标准，就是老有所养，少有所教。比这种情况更值得深思的是，造成留守儿童与老人的人在哪里呢？在城市，学名叫农民工。留守儿童、留守老人、农民工，现代汉语词典里应该收入这三个词，但该怎么注释呢？该怎么向我们的后代解释这件事呢？据相关资料统计，城市农民工的数字大约两亿六千万，差不多有一个欧盟或者十个台湾那么多。这些人口是流动的，是我们当前社会里最大的不确定因素。

再说说河流。有一份调查资料说，在我国经济发达及半发达地区，有接近50%的地下水资源不同程度地被污染了。地下水是和土壤、植物紧密联系在一起的，这就可以解释湖南多个地方的"有毒大米"事件了。三十年的时间，地下水被污染了，要想恢复过来，恐怕需要九十年。地下水是这个样子，地上水又怎么样呢？1949年以来，我们的政府在两件事上下手有点过重，其中之一就是对大江大河的治理。黄河上修了那么多水库、水电站，其中的功与过已经不需要后人评说了。黄河如今是经常断流呢。在黄河下游，河北、河南和山西等一些相邻的村子经常为争水集体斗殴拼命呢。长江这方面的话题也有点沉重，具体的不太方便说，但长江沿线的一些湖泊这些年已经不断发出警示讯号。在大江大河上大动手脚，会导致重大生态变化的。

还有我们的人文生态问题。

有一出老戏叫《除三害》，主人公周处本事大，能力强，却是个村霸，横行乡里。他上山斩恶虎，下水除蛟龙，为民除了两害，却不知道自己是第三害，后来受高人点拨，进山悟道去了。如今周处这样的人在社会上比较多，有的还挺受尊重，进了政协或人大。什么是人文生态呢？在以前的村子里，对什么事该做什么事不该做基本是有共识的，做坏事当恶人是被多数人不齿的。如今这个底线遇到了挑战，今天有"贩毒村""偷盗倒卖自行车村"，还有"洗脚按摩村"，差不多一个村子就是一个完整的"产业链条"。这些"问题村子"的出现暴露着一个大的问题，即在利益驱动下，是与非的界限没有了，基本的道德底线断裂了。

人文生态的恶化对我们社会的进步威胁是极大的。我们再来对比着看一个现实，我们现在经济上强大了，世界经济排名老二，但中国人行为做事的信誉度排名是老二位置吗？我们用怎样的眼光看身边暴富又行为不端的"煤老板""油老板"呢？盖房子是重视打地基的。社会这所大房子，地基就是人文生态。人们的行为要守一个基本准则。"文化大革命"最大的害处是把中国人传统的行为准则破坏了，那些年有一个口号叫"破四旧"，是指破除旧思想、旧文化、旧风俗、旧习惯。旧中国被尊称"礼仪之邦"，我们老祖宗在做人做事方面是有大规矩的。老百姓的衣食住行，婚丧嫁娶，邻里往来，都有规矩，七十二行，行行也有行规。把这些东西都废除了，有更好的东西替代它吗？改革开放三十多年，经济上取得了大成就，但中国人传统性格里善良淳厚的东西随风飘逝了多少呢？我们的经济大厦这么宏伟，但支撑它的地基是什么呢？现在很多人都在讲"信仰缺失"，我看倒不是信仰缺失，中国人几千年以来一直都没有主体宗教，而是"以礼入教"，礼就是规矩，我们如今是规矩缺失了。

我们如今的社会形态就是这么个现实，既辉煌着，伟大着，我们解决了十几亿人的吃饭问题，让大多数人过上了相对好的日子，这是非常伟大的。但同时存在着这么突出的隐患、隐忧和隐痛。社会现实就这么复杂，一个作家，一个有良心和良知的作家，应该对历史负责任地抒写我们的时代。《带灯》这本书，不仅仅是在批判现实这个层面上，老贾是在沉着冷静地呈现着当前的现实状态。这是一本血淋淋的书，只不过老贾的文风厚实，语言生动，一白遮百丑，看起来才不那么血腥。

第二点，我说说对今天的文学标准的看法。

一百年前，也在"五四"之前，新文化思潮才开始的初期，有一个口号，"中学为体，西学为用"。可以说，这是对未来中国文化结构的思想设计，这个设计非常了不起。一百年后的今天，这个思想设计完成得怎么样呢？

我觉着，好像把这个设计弄拧巴了，很多东西，成了"西学为体，中学为用"，甚至在认识领域，提到"新思维"，这个词就成了西方的代名词。

我们今天的经济在世界排名老二，这个排名的标准是西方的。不仅仅经济标准，太多的领域我们都在听命于人，工业指标、农业指标、科技、环保、教育，尤其是大学教育。现在的大学教授，嘴里说不出几个洋人名字，就被视为没水平。"地沟油"是厨房垃圾，它的危害我们已经认识到了。但大学的讲堂上，来自国外的"学术地沟油"正在火热地煎炒烹炸呢。太多一知半解的、模棱两可的、七零八落的，甚至自相矛盾的东西成了我们教授的掌中宝。大学，是出标准的地方，大学教育，尤其是人文科学领域，是关乎民族精神、民族根本的。"五四"时期的大学生走上街头干吗？是反对卖国，是为了不做洋奴。

我们今天的文学标准又怎么样呢？有一个事实不能被忽视，没有向外国文学的学习，就没有中国现当代文学。这种学习不仅仅是写作方法，也有思维层面的东西，比如"小说"这个概念。中国的旧文学称为"小说"，是基于思维方式的命名，这种文学形式不是走在社会大路上，而是羊肠小道，不承担社会重大责任，基本是娱情娱乐，占个"小"字。中国的旧文人，写诗写散文，署自己真实姓名，写小说，多数用化名，因为在以前，写小说不被认为是文化才能。今天的小说，能走在反思社会进步与倒退的主航道上，是学习西方文学的结果。但现在还有另一个事实，如果把西方的文学标准拿掉，我们有建立在现代汉语基础上的中国文学标准吗？如果真的把西方文论丢开，可能有些评论家就不太会说话，也不太会写批评文章了呢。

一个国家，如果不打算什么事都跟在别人屁股后边跑，就应该在有些领域，可以遵循国际标准，而在有些领域，必须有自己的国家标准。前几天看过一个消息，说2015年人民币可以实行自由兑换。人民币自由兑换，意味着我们快有自己的金融标准了。也不知道我们的中国文学，什么时候有自己的批评标准。

第三点，我给老贾提个建议。

《带灯》这本书里，有二十几封信，是带灯写给自己意念中的意中人的。中国旧文学讲"写境"，也讲"意境"，"意境"显示着境界和深度，也显示着写作人的审美高度。旧小说里有那么多旧体诗，那是用来显示才能的。一本《红楼梦》产生了"红学"，是因为这本书里既有文学才华，还有文化才能。老贾在文章中多次说过，小说仅有故事是不够的，小说不能写得太像小说，这是他的文学观。带灯的这些信与小说里讲的故事是互不干涉的两条线。在我看来正是用来实现意境的，类似的方法他以前的小说也用过，比如《废都》里人和那头奶牛的对话，《土门》里主人公的灵魂出窍。老贾重视这一点，是他区别其他当代作家的地方，是与众不同，也是过人之处。但我觉得，这些信，这些信里谈的东西，太美好，太干净。里边的那种善也不是中国人"人之初，性本善"的那种，不原生态，不混沌。可能这正是写作者的用意，带灯就是一盏美好的、干净的灯。我觉着有点理想化，这些信的力量压不住那边的故事。"红学"的魅力在于追究故事之外的那些东西。或许《带灯》这本小说的故事太有力了，既复杂又清晰，既残酷又婉转。有的地方叫人掉眼泪，有的地方又令人莞尔。而且故事里的这些人物，几乎每一个都真真切切，是"解体了"的人。"解体了"是什么意思呢？"文革"中，毛主席站在天安门城楼上，整个中国，只有他一个人是清晰的，下边的上百万人是个群像，每人都是模糊的。改革开放三十年之后，这个群像解体了，成为了真实的个体。《带灯》这本书的亮度之一，就是这些清晰生动的个体。这仅仅是个建议，说出来，供主编参考。

今天我的话长，以后再填表格时，遇到"有何特长"一栏，我就填今天这次会上我的发言。

史国强　西方现代小说的成长，若是以福楼拜的《包法利夫人》为童年，之后要等到 20 世纪初，等到普鲁斯特的《找寻逝去的时光》、詹姆斯·乔伊斯的《尤利西斯》、卡夫卡的《变形记》，乃至 T. S. 艾略特的长诗《荒原》的出现，才共同完成了一次现代小说的成年礼。在我国，与这一文学现象同时发生的，是鲁迅的《呐喊》与《彷徨》。一战之后，东西方知识分子对周围的生存状态，几乎作出了相同的回应，他们开始用怀疑的目光审视我们的世界。此后，中国读者要经过漫长的等待，才能见到我们中国现代小说的成年礼，那就是 20 世纪90 年代左右，以贾平凹、莫言、陈忠实，乃至周而复等一大批作家为代表的作品的出现。

在这批作家里，贾平凹格外与众不同，尤其是《废都》。之所以与众不同，因为文学史上仅此一部。与其他小说相比，《废都》是唯一的，我们从中感到的不仅是阅读的乐趣，还有反省的冲动，甚至救赎的渴望，等等。总之《废都》是多维度的。《废都》是一部寓言。庄之蝶是中国知识分子的缩影，如同阿 Q 部分地代表着中国人的国民性。对此，倒是外国人读出来了。所以在贾平凹的作品里，《废都》的外译本最多，90 年代就有日译本、韩译本、法译本、越译本，可惜还没有英译本。

通过英译让中国文学走向世界，这里还有个成功的范例。艾萨克·辛格在美国，是用意第绪语写作的犹太裔作家，为了让读者读到他的英译版小说，他个人组织了一个翻译团队；先后至少有九位译者是这个团队的成员，其中就有后来的诺奖得主索尔·贝娄。辛格最终靠翻译赢得了 1978 年的诺贝尔文学奖。以个人之力，而且并不按时支付翻译费，最后成功了，不能不说这是翻译的功劳。

中国文学取得的成绩，也不一定非要诺贝尔文学奖来证明。莫言是改革开放之后出现的最优秀的小说家之一。与他比肩的作家，至少还有贾平凹、阎连科、格非、余华、张炜、苏童、毕飞宇等男作家，还有王安忆、铁凝、范小青、徐小斌、林白、方方等一批女作家。如果说莫言达到了世界水平，那么，毫无疑问，这些作家也达到了世界水平。请问，在世界文学史上，哪个国家还同时拥有过如此众多、如此优秀的男女作家？他们同时出现，是罕见的现象。而且每个作家身后都有一大批作品。如贾平凹就有《浮躁》《废都》《白夜》《怀念狼》《土门》《高老庄》《秦腔》《高兴》《古炉》《带灯》。所以我们完全有理由为我们的作家和他们的作品充满信心！

不过，改革开放三十年，中国文学还没有真正走出去，特别是小说，所以这方面还大有作为。中国文学走出去，取得了一些成绩，但还远远不够。问题在哪里？语言太难，作品字数太多，外国译者不好驾驭，中国译者又驾驭不了。能不能有所变通呢？这里有几个建议：

（1）译文中删掉一部分中国文化标记明显的词语；

（2）压缩字数，最好比照《朗读者》的长度（毕飞宇的小说比较接近）；

（3）先出版简译本，再出版全译本（不少外国名著也都有简译本）；

（4）组建专业的翻译团队，中西合作（不一定非得夫妻合作）；

（5）成立专业的代理机构，有计划地输出中国文学，如当年卡门·麦尔维斯所作的，严格地说，是她成就了英语世界的巴尔加斯·略萨和加西亚·马尔克斯。我们的"熊猫丛书"也取得了不小的成绩。这么作的目的不是为了得奖，是为了那些希望读到中文小说但读不了中文的外国读者，这样的读者一定是有的，而且还会越来越多，比如贾平凹的英文版《浮躁》1991年推出了精装版，2003年又出了平装版，这足以证明我们的小说在国外是有读者的。

张　永　我想从中国现代文学史的教学的角度来谈谈我的看法。第一个问题是关于《废都》的。讲到文学史贾平凹这一章节的时候，学生曾问我对贾平凹《废都》如何解读以及其文学史意义等一些问题。我觉得《废都》是贾平凹非常重要的著作。为什么呢？我跟学生说，要么我们根本就没读懂这本书，要么我们压根不了解作家。

上午丁帆老师说的，他从知识分子角度解读贾平凹的《废都》，我想《废都》这篇小说包含了丰富的歧义性，具有一种无限阐释的可能性。第一，就贾平凹整个创作来看，他早期作品非常朴实，充满了凝重严肃的现实叙事。《废都》以后的小说，我们同样也看到他一贯的凝重严肃的现实叙事，那么贾平凹为什么会突然写出这样一部奇书来？读了这部作品后，我想到20世纪40年代沈从文曾经写过一篇小说《看虹录》。《看虹录》写出以后，作家觉得非常满意。

沈从文觉得这篇小说比较能够表达他的美学观点。但小说一发表，即刻遭到了许多作者和文艺家的批评。但沈从文似乎并不以为然。到了1947年，沈从文受到了左翼批评家的集中批判，特别是郭沫若批判沈从文是专写"春宫画的作家"，搞得沈从文非常不自在。但沈从文说了，真正读懂我的小说的只有两个人：一个是文学批评家李健吾，还有一个就是心理学家陈雪屏，他说我这本书就是为这两个人写作的。由此我也想到，《废都》并不是贾平凹为大众写作的，而是极可能为一小部分人创作的经典。至于小说的意蕴，研究者可以不停地去阐释。

第二个问题是关于《带灯》的。首先，我欣喜地发现作家贾平凹身上具有某种宗教性的气质。翻开《带灯》的后记，作家这样写道："……我从庙里请回来一尊，给它献花供水焚香。以前从来没有注意过土地神……而现在觉得它是神，了不起的神，最亲近的神，从文物市场上买回来一尊，不，也是请回来的，在它的香炉里放了五色粮食。"读到这些地方，我自然联想到沈从文。有时候我这样想，中国现代文学只有两个作家很伟大，第一个当然是鲁迅，就不用说了，第二个是沈从文。我觉得沈从文之所以能称得上伟大作家的地方，大概就在于他身上所具有的那种宗教性的气质。二十世纪三四十年代，沈从文并不像其他的那些作家只是关注和描写沉重的肉身、凝重的现实，他的不少作品倒是具有超越世俗生活的宗教气息。宗教性气质对作家作品的影响是深远的。我们翻翻世界名著似乎就不难发现这一点。《边城》为什么能够成为沈从文的代表作，恰恰就在于沈从文具有了超越现实、不再执着于世俗的审美情怀，带有一种宗教性的气质。我想《带灯》很可能也是贾平凹创作的一个新的高度，或许在以后的作品中还能有超越《带灯》的东西出现，因为作家较为超脱了。以超越世俗的宗教情绪和眼光出发，目前贾平凹给我留下深刻印象的两部作品，一个是《废都》，另一个就是这个《带灯》。

周红莉　我是来学习的，也尝试着思考两个问题。第一个是常识问题。我们都习惯称贾老师为文学作家，而不称他为哲学家，这是一个常识。如果我称贾老师是思想者，可能大家也不会太反对。之所以说是思想者，因为我觉得思想它是要为生活负责的，为生活负责在某种意义上就是对生活本质有一种基本的非虚构性表达诉求。今天有很多专家都提到"短信体"，认为这是贾老师小说中的崭新形式，是种背叛，是种重要的叙事策略、叙事技法等。我可能更习惯一种简单化思维模式，由简入简。短信这种形式，也许首先给我们传递的是两个基本信息，第一，这是我们时代内的东西，第二，这是个真实的东西，有点儿类似于梁鸿的"梁庄"，用非虚构的细节与经验方式来表达现实。贾老师在《带灯》后记中特别提到他六十岁。六十岁被称为耳顺之年，是指个人的修行成熟，也就是说这个时候，贾老师整个的人生相对通润了，内心更为澄明了；但六十岁还有另外一层含义，大意是还乡之年，也就是说回到故土，但贾老师回到的故土不是童年的故土、历史的故土，而是现实的当下的故土。作为一个讲故事的人，他只是在讲乡村的事，讲事的事，讲他所见到的乡村生存状态和生存者的精神状态。我觉得，《带灯》书写的首先是农村现实，然后才是在现实逼仄下衍生的种种可能主义。

第二个是痛苦问题。每个时代都有它自己的痛苦，有些痛苦显性些，比如说民不聊生，前面专家已经说过了，民不聊生的痛苦是跨时代的痛苦，在任何时代我们都能看到。但《带灯》中，贾老师把一个相对隐性的痛苦推到了前台，那就是官不聊生。在农村这个平台上，贾老师对官不聊生进行了韧性的表达，这个痛苦实际上是对农村之痛的深化探索，饱含着人生的沉淀性。我们在《带灯》中看到的底层，既有普通老百姓，也有山区乡镇干部，表达对象只是种外在形式，让无声者发声也许是小说的主要意义之一，给叙述对象们提一盏灯，像是穿透黑暗的一道幽光，不很强烈，但也有它柔软的内在坚强，这个东西可以让人的内心最起码诗意起来，或者让人沉静起来。

刘　春　（刘春以商洛方言发言）各位老师好。我是贾老师的老乡，我的老家也是商州的，所以在读这部作品的时候，很多地方我读起来感到特别的亲切，今天真是按捺不住想要发言，感谢大家给我这个机会。

我作为一个商州人对贾老师是非常感谢的，我们对陕西很有感情，对商州很有感情。但是商州不是什么大地方，如果没有贾老师的作品，那不过是一个比较落后的小县城而已。就因为有贾老师一系列的作品，使得商州的语言、语言承载的风土人情在当代文学中有所呈现。贾老师的作品，仿佛是商州活着的地方史。

作为商州人，我读这个作品的时候感情非常复杂，爱恨、迷茫、希望、失望都是交织在一起的，混沌一片，难以区分。以带灯为代表的这一系列人物，他们的矛盾与焦虑，呈现着当代中国转型期的人性的丰富与悲哀，这样的一种文化处境是我们每个人所共同面对的。我觉得贾老师笔下的商州，对于乡村来说具有普遍性。小小的商州，投射的是一种中国的经验，这些小地方正在面对城镇化过程，就像中国正在面对全球化过程一样，一切坚固的都烟消云散了，一切都被打碎了，一切都亟待重建。

我是从商州走出去的，先在澳大利亚读书，后来又在香港、上海读书，现在留在上海工作。从一个跨文化的视野出发，贾老师作品传递的经验，其实对整个发展中国家的人来说，都是可以共同去分享的。从邮票一样大小的商州出发，贾老师的作品有藏着文明尺度上的贡献。我觉得中国文学的希望就在这里，作为中国作家，我们每个人在世界文明格局中都是"乡土作家"，但我们的乡土与文学都有一种不屈不挠的气象，不是复制，不是山寨，而是一种创造性的新的力量。

季　进　刚才大家谈了很多了，我就补充两点。第一点，我觉得我们今天在这里召开《带灯》的作品研讨会,其实不是简单地对一部作品的分析、讨论和交流,很大程度上是对贾老师这么多年来创作成就的致敬,表达我们发自内心的一种尊敬。从最早的《商州》《浮躁》到《废都》《秦腔》,再到《带灯》,贾老师一步一步走过来,每一步都在不断地创新,不断地超越,不断地给当代文坛带来亮点。《带灯》后记中,贾老师说到六十岁觉得很羞耻,其实像贾老师这样不断创新、不断超越的创作实践,本身就显示了贾老师永葆的创作活力、创作青春,这种青春是永恒的,是永远不会衰竭的。从这一点来讲,贾老师的确是当代作家中非常令人尊敬的一位。由此我也想到,正如刚才史国强老师说的,贾老师在当代文坛的地位、贡献与成就如此了得,可是其作品在国外的接受度却非常不成比例。我记得上一次《秦腔》讨论会的时候我也说到这一点,《秦腔》这样的纯粹中国式的作品,哪怕有非常好的翻译,恐怕也很难有国外的读者真正能进入秦腔的世界。现在,我很欣喜地看到《带灯》在叙事形式方面有了很大的变化和创新,也大大加强了《带灯》的可译性。我期待《带灯》这样的优秀之作、贾老师这样的经典大家能被更多国外的读者所接受和喜欢。

第二点,我注意到《带灯》叙事形式上的变化,这样给小说带来了多重的声音。我最早给会议提交的发言题目,就是"《带灯》中的声音"。《带灯》中的声音来自三个方面:首先是短信体所发出的声音,短信体既是源自传统的笔记体,又是现代的通信形式,在《带灯》中更多是代表抒情性的声音,代表着带灯内心的世界,那么优美抒情的笔法,与小说的叙事性笔法形成了对照,这是一种声音。其次是叙事性的现实的声音,也是小说所描绘的最真实的当代农村最底层的声音。它呈现当代农村最底层的现实,尤其是那些我们想象不到的很残酷的一面。我印象很深刻的是小说中的那场恶斗,写得真是惊心动魄。我觉得小说中叙事性和抒情式的这两种声音不断地交错推进,给作品的叙事节奏带来了特别的效果。我想到了海明威的《乞力马扎罗的雪》,也是两种声音,一种是主人公清醒状态下的叙述,一种是半清醒状态的意识流动,也是不断地交错发展。相比而言,海明威的是短篇作品,而《带灯》则是长篇巨作,更显得作者掌控叙事的功力。除了这两种声音之外,还有第三种声音,那就是《带灯》这部小说很罕见地出现了很多小标题,这些小标题我也愿意把它看作是一种声音,这种声音就是作者作为一个叙事者所发出的声音。这种声音有两个效果,一是叙事者不断地站出来,给你概括一下,归纳一下,这部分在讲什么故事,当读者刚刚进入了小说情境时，突然又给出下一个标题，引导读者继续看下去，由此形成了元小说的叙事效果。二是《带灯》小说相对来说有着较为缓慢的叙事节奏，由于叙事者声音的不断切入，使得整个文本呈现出一个碎片化的叙事，赋予小说一点后现代的意味，这恰恰跟小说所表现的非常传统的内容形成了强烈的对照。某种程度上讲，叙事者声音的介入既能够引导和影响读者的阅读节奏，也给这个作品带来了较好的可译性。其实除了这三种声音外，还有一种声音，那就是上午有人提到了埙的声音。每当带灯内心有所郁结，想向元天亮有所倾诉的时候，她都会到野外，回到大自然当中，吹起她最喜欢的这个埙。

这个埙的声音，某种意义上，可以与《铁皮鼓》中的铁皮鼓相比，铁皮鼓代表的是正义、良知、道德，而埙所传达的东西也许是带灯没法用语言去形容，甚至没法用语言向元天亮倾诉的东西，她只能通过埙的声音把它宣泄出来。之前贾老师写声音最成功的应该是《秦腔》，整个文本就是秦腔音乐式的叙事，而《带灯》中多种声音的出现，又大大丰富了《带灯》的内涵，使小说呈现了全新的面貌。

丁晓原　他从声音的角度、独特的角度，讲得非常有意思。由于时间的关系，还有几位老师可能也来不及讲了，到现在为止，差不多已经圆满了。

昨天，贾平凹老师在"东吴讲堂"讲演的时候，我总结了几个特点，我觉得贾老师四十年，从第一次发表作品到现在差不多四十年了，这么长的时间，这么高位上，保持创作的活力和创造力，这在中国当代文坛是少见的，所以我们有理由向贾老师致敬。第二，我觉得我们也十分感谢贾老师，因为贾老师的到来，我们这两天分享了关于文学，关于对贾老师作品的理解，关于对人生、社会种种的思考，大家都得益了，谢谢大家。

（原载《当代作家评论》2013 年第 6 期）

文本分析

WENBEN FENXI

萤火虫、幽灵化或如佛一样

——评贾平凹新作《带灯》

陈晓明

2013 年伊始，人民文学出版社全力推出贾平凹的新长篇小说《带灯》，这多少有些让评论界感到意外，在《废都》之后，贾平凹出版《秦腔》，关注乡土中国的困境，小说写得荡气回肠，西北大地的苍凉与贾平凹的孤愤之情，都让人难以释怀。仅仅过去三年，贾平凹又有六十多万字的《古炉》，当人们耐心读完这部厚重之作之后，争议之声时有起伏。但欣赏这部作品的大有人在，而且评价很高。我个人认为，《古炉》在《秦腔》之后，贾平凹的创作抵达了一个相当自由的境地，它在驾驭如此大的历史时，能有举重若轻之感。通过几个乡村人物的行为与命运的书写，就写出乡土中国历经这场政治内乱的全部痛楚。乡土中国以这样盲目的方式卷入了 20 世纪的各项政治，现代性暴力与乡村传统暴力如此荒诞地结合，还有什么比这样的悲剧更让人绝望的呢？20 世纪中国历史的特质在这样的宿命中暴露无遗。书写这样的大历史，贾平凹却能完全回到对物的书写中，回到土地的质感表层，他几乎是抚摸着土地上的所有物来接近和接纳现代性的政治暴力，如此地分裂，如此地自然，如此地自在，这难道不是汉语文学书写的自由吗？确实，说《古炉》是汉语文学的登峰之作一点不为过。在《古炉》之后，贾平凹的创作如何展开？我们还能更奢望一点吗？如何推进？

现在《带灯》摆在我们的面前，我们阅读、思考——作何理解？贾平凹又一次考验文学批评的阐释能力，他总是把我们带到难题面前。今天我们来理解像贾平凹这样创作历程已然漫长的作家时，是否也有必要把他放在当代文学的难题的语境中去把握？贾平凹几乎是与新时期及其转型一起拓路的作家一样，他的每一部长篇小说几乎都与当代现实的难题相关，如此来看，他的大多数作品都在书写乡土中国的当代困境，既是变革的窘境，又是回到传统的困局。贾平凹大多数的长篇小说其实都隐含着这样的思想意向。也正因为此，我以为可以用这样的主题来理解《带灯》，那就是：政治伦理的困境与美学理想的终结。何以要用这样宏伟的主题来理解这个土得掉渣的西北老汉的作品呢？我以为《带灯》在贾平凹写作历程中几乎具有总结性的意义，这倒不是因为它居于这个漫长历程的尾部，或者说艺术更加高妙；更根本的在于它具有如此强劲的突破性的意义，然而，突破又不得，这就是对过去的终结，也是试图面向未来转折的不可能。这项关乎过去的终结的意向，其实也是要了结当代文学由来已久的夙愿。这就确实要有一个历史语境去把握这部作品包含的现实意义和美学意义。

一、萤火虫：带灯夜行而熠熠发光

《带灯》写的是西北乡村一个叫作樱镇的地方发生的故事，其主角带灯作为镇上的一个女干部，她为乡镇的综合治理竭尽全力，却事与愿违，终有个辛酸的结局。所谓"综合治理"，处理的是治安冲突、突发事件、邻里纠纷、上访、计划生育等等事务，明眼人一看便知道这些年基层最难弄的就是"维稳"工作。小说开篇就是高速公路修进秦岭，要经过樱镇，引发樱镇农民群体事件，元老海带领几百人阻止隧道开凿。小说写道："元老海带领着人围攻施工队，老人和妇女全躺在挖掘机和推土机的轮子下，喊：碾呀，碾呀，有种的从身上碾过去呀?!"这开篇就写出当今乡土中国面临的现代化冲击及农民对此冲击的激烈反应。要致富，修公路，这是中国今日现代化的一项主导措施。乡土中国走向现代化乃是不可避免的历史过程，所有的一切都被描绘成一幅美好的蓝图，但由此带来的问题却被遮蔽了。其实，贾平凹相当多的作品一直都在回答这个问题，乡土中国走向现代历经怎样的创痛？《浮躁》最早涉及这个问题，后来的《秦腔》《古炉》在根本上也是这个主题，《带灯》则写得更为直接尖锐。这个主题当然不是什么特别的或新鲜的主题，当代中国文学，甚至20世纪的中国乡土文学都以不同的方式去表现这个主题。但贾平凹的表现尤其独特和有力，他是贴着乡土中国粗陋的泥地来写的，写出泥土的质地、泥土的性状，写出泥土气味。

樱镇是个不寻常的地方，地处偏远，经济落后，带灯给竹子解释综治办的由来时说："人贫困了容易凶残，使强用狠，铤而走险，村寨干部又多作风霸道，中饱私囊；再加上民间积怨深厚，调解处理不当或者不及时，上访自然就越来越多。既然社会问题就像陈年的蜘蛛网，动哪儿都往下落灰尘，政府又极力强调社会稳定，这才有了综治办。"①小说中列出的"樱镇需要化解稳控的矛盾纠纷问题"，竟然有三十八条之多。综治办的主要职责有四大点，年度责任目标有六大条。这里能称得上是人物的太多了：上访名人王后生、元老海、元老海的族人元黑眼，另有张膏药、王随风、朱召财、孔宪仁、马副镇长，还有换布和拉布。当然还有一直未露面的省城里的元天亮。在这些人物构成的现场，我们的主人公带灯要做"综合治理"工作，她是何等的艰辛？快乐并痛着？带灯原名叫作萤，一日在到村民家里，目击给妇女做结扎，萤坐在屋后的麦草垛下，看到萤火虫明灭不已，萤火虫夜里自行带了一盏小灯，于是改名为带灯。由此我们可以知道贾平凹写带灯这个人物的隐情：带灯是一个夜行自带小灯的女子。

这是怎样的夜行？这是怎样的小灯？

贾平凹此番表现的带灯这个人物实则是一个值得探究的"新人物"——不只是今天，而是自从社会主义革命文学创建以来就梦想的"新人物"。她的身上汇集了社会主义新人的元素，又打上了贾平凹的印记。这两种质地如何被结合在一起，这倒是颇有挑战性的问题。

带灯这样一个基层农村干部形象，立即就有三个特征不容回避：其一，她是具有现实化的当今农村干部形象；其二，她与贾平凹过去写的人物形象相比有何新的特质？其三，这样的女性形象在当代文学的女性人物谱系中具有何种意义？这部作品如此突出这个人物，她几乎是唯一被突显出来的人物，不读透这个人物，就无法理解这部作品的独特含义。

20世纪中国文学的主角是男性形象，启蒙与救亡的现实主题，都选择以男性作为历史的代表。有限的女性形象，或作为陪衬，或作为被损害被压抑的承受者（直到80年代的伤痕反思文学还是如此），即使从历史中站立起来（如林道静），又承载太多的观念化意义。80年代中期以后，中国男性作家摆脱政治想象，选择从文化角度去写作女性形象，中国有几个男作家擅长写女性，如莫言、苏童，再就是贾平凹，很显然，贾平凹擅长写女性形象，贾平凹笔下的女性具有西北风情，韵味隽永。带灯在贾平凹所有的女性形象中是崭新的，她从

① 贾平凹：《带灯》，人民文学出版社2013版，第39页。

贾平凹的"文化性情"中脱颖而出，具有了政治伦理的色彩。贾平凹笔下的过去的女性形象具有清俊的面容和西北的山野风情，总有一种丰娆多情与豁达坚韧，有时贤良、有时放任、有时专情、有时迷乱，总能显示出贾氏家族的独有特征——她们是一些有性情的女子。如《黑氏》中的"黑氏"，那是有一种爽朗和坚韧，对生活自有敢作敢为的承担。《五魁》中的少奶奶可以说是贾平凹前期作品中最为出色的女性形象。尽管这篇小说的主角是五魁，但柳家少奶奶的性情却是写得活脱脱的生动。这位鲜亮动人的少奶奶却有怪异体征"白虎"，最后与家里的长工五魁私奔到山野荒地，却忍受不住欲望而与狗交媾。贾平凹在这篇小说里起用了诸多的地域文化的怪异元素，这些怪异元素使少奶奶的性情表现得十分独异。这些女性性格元素在后来的《废都》里的唐宛儿身上再度体现，只是风情与水性表现得过度充分，那些地域文化特征也全部转化为女人的品性韵致。这也使贾平凹的女性书写在这一谱系里登峰造极，写女性写到如此地步，也确实是贾平凹的过人之处，但也意味着跨越的困难。《秦腔》里再度出现白雪这个女性形象，但贾平凹已经不能放开笔墨去表现，而是借了那个痴迷少年引生的眼光去看。白雪其实在性情的流露方面是被动的和压抑的，引生能看到的只是一个性感却圣洁的理想化的女性。《高兴》和《古炉》里都有女性形象，也不能说写得不精彩，那是贾平凹的笔法高妙、功力所在，随便几笔就有了不俗的效果。但对贾平凹自己来说，那并不是放开手去写的女性形象。若无新的体验和强大的富有现实感的冲动，如何去跨越自己？带灯则是贾平凹倾尽全心去写的女性形象，这样的形象，一定是立足于他所有的过去写作的基础上，却又与时代紧迫的难题结合在一起的。

　　实际上，这个紧迫的难题是双重的：一方面是社会现实的难题，文学如何重新把握现实难题；另一方面是五六十年代以来代表着历史前进性的人物形象是否可能重建？也就是说，与社会主义体制结合在一起的人物应如何表现？他们不再是反腐倡廉的标签式的反面人物，而是代表了这个制度的正面的、前进性的具有开启未来面向的人物。贾平凹此番刻画一个女性形象，不仅是要重新勾连起那个断裂的激进现代性的谱系，而且是要重建一个社会主义新人的女性形象，其意义在于使历史与女性都获得新生。很显然，男权文化曾经体现的政治想象断裂之后，文学政治想象中的女性形象始终是一个未完成的形象，即使是批判性书写也始终未能清晰。21世纪初以来，有些作品开始了重新书写，如范小青的《赤脚医生万泉和》《女同志》等。女性形象在这样的历史断桥边界（美学的），在现实冲突的交合点（政治伦理的）双重关系中，政治想象中的女性形象，有可能有效地表现这样的双重矛盾。

贾平凹就这样捡起了历史遗忘的那个谱系，既作为最后的填补，又作为自我突破的一次越界选择。

谁能想到，擅长写作山野风情、欲望如水的女性形象的西北老汉，却要写出一个带灯夜行的社会主义新农村的女干部？

带灯这个基层女干部，她可能是在建设社会主义新农村的某种召唤下来到樱镇的，她还显得稚嫩，甚至有些孤傲，她还穿着高跟鞋，在贫瘠荒凉的乡镇，无疑落落寡合。但贾平凹此番并不想去表现她与环境有多么深入的冲突，甚至男女私情都不落墨。她只能在具体的基层工作中成长，磨砺自己。总之，贾平凹讲述一件件故事、一次次遭遇，她是行动着的人。她柔弱又刚强，犹豫又执着，她能与村民打成一片，靠的是她的用心和真诚。她的综治工作如此繁杂，如此琐碎，看似无关紧要，杂乱且平常，却无比重要。今天的乡村有不稳定因素——毋庸讳言，阻止上访发生，预防群体事件是非常重要的工作。对于乡镇工作来说，轻则丢掉樱镇的先进奖金，或者镇长升书记，副镇长扶正无望；重则一点小事可能酿就大祸。带灯看上去在不停地调解平息，但能感受到她的身边危机四伏。今天的乡村中国并不平静，欲望机遇、利益争执、宗族敌视、贫困与不公是其根本问题。终于带灯在面对一次大规模的恶性群体事件后，遭遇了沉重的身体创伤和精神打击。这个柔弱的小女子，如萤火虫般飞到这个小镇，她要在黑夜里给自己带来一盏灯，也想点亮一丝希望，结果她失败了，她已经气若游丝，但她的精神却是熠熠闪光，至少她曾经闪亮过，发出过正能量的光。带灯这个形象体现的，正是党的基层干部的优秀品质。这样的形象在中国现代性的进程中，并没有被完整塑造起来，现在贾平凹倾注笔力要创造带灯这样的人物，其积极意义当然不能被低估。

二、如此微弱的光如何照亮现实？

带灯这只萤火虫是从外部飞来樱镇的，她其实与这个环境并不协调，她几乎差点就要成为丁玲当年的《在医院中》的陆萍。时代不同，知识分子已然没有高高在上的外来者的优越感，带灯很快就融入了乡村，做起了综合治理工作。

但在整部小说中，带灯在前台活动（理想化的乡镇干部的舞台），后台则是另一个世界（困窘且无法"维稳"的乡村现实），她不断地从前台进入后台。所有关于带灯的叙事——关于她的描写，她的行为和心理的刻画，她不厌其烦地给元天亮写信，那么优美的散文，几乎是诗情画意，都充满了浪漫美学的色彩。但所有关于村民的生活，关于综合治理工作的所有的事件、人物，却都是现实的：上访、冤屈、计划生育、邻里纠纷、族群恶斗、建大厂和沙厂，王后生、张膏药、六斤、元黑眼、换布和拉布、陈医生，等等，所有的这些都是贴着土地的实打实的描写。

贾平凹在带灯的身上，还是写出了他对今天中国乡村基层干部的一种理解，也写出了他对今天中国乡村政治管理改善的期盼。他的现实关怀是实际而恳切的，他塑造的人物是真实且具有现实感的。

然而，那么一点灯光如何照亮如此广袤的现实呢？她几乎是打着灯笼带着我们看到那些现实，这又使我们疑心贾平凹写的这个带灯只是一个视点，就像《秦腔》里那个引生是一个视点一样，带着我们看到了今天乡村的困窘及不稳定的因素。难道说带灯只是一个虚写的人物吗？所有的实写都是当今乡村的现实。看看描写现实的篇幅，那些现实随时都在带灯的身边呈现。在这个美丽善良有着菩萨心肠的党的基层女干部出现的时刻，她的善良与仁慈是伴随着那些苦痛出现的。

小说描写带灯到了黑鹰窝村去看望卧病在床的范库荣，情景十分凄凉：

> 一进去，屋里空空荡荡，土炕上躺着范库荣，一领被子盖着，面朝里，只看见一蓬花白头发，像是一窝茅草。小叔子俯下身，叫：嫂子！嫂子！叫不醒。小叔子说：你来了，她应该有反应的。又叫：嫂子！嫂子！带灯主任来看你了！带灯也俯下身叫：老伙计！老伙计！范库荣仍一动不动，却突然眼皮睁了一下，又合上了。小叔子说：她睁了一下眼，她知道了。带灯就再叫，再也没了任何反应。带灯的眼泪就流下来，觉得老伙计凄凉，她是随时都可以咽气的，身边竟然连个照看的人都没有。

自打丈夫去世后，范库荣家里就垮下来了。儿子太老实，在矿区打工，媳妇又得了食道癌，年届七十的范库荣过的是什么日子？带灯带着政府的救济来了，但是来得有点晚，带灯嘱咐范库荣的小叔子，这一千五百元的救济款只能给范库荣买些麻纸等到头了烧。这显然是不露声色的反讽笔法，农村人哪能拿这么多钱去烧麻纸，小叔子是明白人，对带灯说："这钱一个子儿我都不敢动地给侄儿的。"

所有带灯的善举都体现着她个人的慈悲心，也表达了政府新的农村政策对农民的关怀。但这背后也呈现出乡村存在着的贫困和不公正的现象。贾平凹的笔法已经十分老到，相当多的负面的东西他都正面来写。南河村也要建沙厂，这些都不是村民自己能决定的，只有那些村里的"能人"为着自己的利益去上面活动，才能有结果。小说写到带灯到南河村通知了那几户人家去河滩筛沙，那些人起初都不敢相信，后来证实了是真的，就要拉带灯到家里吃饭。有个光头就从他家把一头奶羊拉来，说他妈瘫在床上了，他专门买了这羊每天给他妈挤一碗奶喝的，今日不给他妈喝了，给带灯喝，就当场挤羊奶。就这事，村民感念政府好，还要给政府放一串鞭炮，"但没有鞭炮，就拿了牛鞭子连甩了几十个响"。①

小说的高潮部分是那两场元家兄弟和拉布兄弟的恶斗。"元老三的眼珠子吊在脸上"这一节写拉布用钢管把元老三眼珠子抡出来了，这场恶斗写得凶恶异常。可想而知，元家兄弟并不罢休，但没想到翻过二节，"元家兄弟又被撂倒了两个"，这一节，打斗更加凶狠，那场在粪池边上的打斗，把暴力与荒诞、仇恨与滑稽、凶恶与无聊如此任意地结合在一起。这暴力写得淋漓尽致，却又如此痛楚。贾平凹从未如此书写暴力，这回他何以要如此彻底地书写乡村暴力？乡土中国变了质的现实矛盾已经让人难以辨认，如此难以掌控的乡土中国，它最为艰险的局面，岂是带灯这样的女子所能驾驭的？这是带灯彻底失败和破灭的现场，任凭带灯如此善良，以怎样的辛劳献身，带着她所有的光亮，也无法照明如此无边的黑暗。小说的第三部分，短促的篇章一定要列出这被命名为"幽灵"的部分。她／它本是一只萤火虫，在夜晚独自飞行，如同幽灵。果然到后来，带灯因处理打斗不力被处分，她患上了夜游症，确实如幽灵一般。

---

① 贾平凹：《带灯》，人民文学出版社2013年版，第156页。

三、社会主义新人的幽灵化

为什么贾平凹要把带灯作幽灵化的处理？从对她的命名——萤，带灯，到解释为夜行自带灯，她是"一只在暗夜里自我燃烧的小虫"，"一颗在浊世索求光明的灵魂"。幽灵化的隐喻具有神秘性，具有非现实性。在关于现实的叙事中，在如此具有现实感的"两汉品格"的文字书写中，何以一定要如此强调幽灵学？我们不得不追问，带灯（这样的形象）来自何处？从哪里来，到哪里去？

贾平凹此番书写的带灯这么个人物，显然具有现实性，又具有理想性。带灯这个人物既要参与社会主义新农村建设，又要承担着当今困难重重的政治伦理建构的重负。也就是说，她身上能折射出多少今天政治伦理建构的光芒，或者她能预示出怎么样的出路？

这个萤／带灯，并不仅仅是面对现实时，她是夜行自带灯的萤火虫；她有着"不可告人"的历史性，漫长的已然被隐瞒的历史性——在这一意义上，她具有幽灵重现的意义。她是那段被掩埋的历史中还魂的肉身，穿着打扮已经十分不同，但骨子里却是社会主义革命文学一直幻想的引领历史前进的新人形象，关键在于他们扎根于体制中，他们的现实行动要推进和发挥体制的优越性，向着体制的乌托邦未来挺进。尽管带灯的"引领"不可能像梁生宝、萧长春、焦淑红们那么强大和能动，她只是勉强去维护，更严格地说，只是去化解矛盾，使这个庞大的体系制度可以更好地运转。贾平凹在后记中写道：

> 正因为社会基层的问题太多，你才尊重了在乡镇政府工作的人，上边的任何政策、条令、任务、指示全集中在他们那儿要完成，完不成就受责挨训被罚，各个系统的上级部门都说他们要抓的事情重要，文件、通知雪片似地飞来，他们只有两只手呀，两只手仅十个指头。而他们又能解决什么呢，手里只有风油精，头疼了抹一点，脚疼了也抹一点。他们面对的是农民，怨恨像污水一样泼向他们。这种工作职能决定了它与社会摩擦的危险性。在我接触过的乡镇干部中，你同情着他们地位低下，工资微薄，喝恶水，坐萝卜，受气挨骂，但他们也慢慢地扭曲了，弄虚作假，巴结上司，极力要跳出乡镇，由科级升迁副处，或到县城去寻个轻省岗位，而下乡到村寨了，却能喝酒，能吃鸡，张口骂人，脾

气暴戾。所以，我才觉得带灯可敬可亲，她是高贵的，智慧的，环境的逼仄才使她的想象无涯啊！我们可恨着那些贪官污吏，但又想，房子是砖瓦土坯所建，必有大梁和柱子，这些人天生为天下而生，为天下而想，自然不会去为自己的私欲而积财盗名好色和轻薄敷衍，这些人就是江山社稷的脊梁，就是民族的精英。①

　　这里之所以不惜篇幅引述这么大一段文字，是要更清晰地表明贾平凹写作带灯这个人物，是以有责任感的态度去反映当今中国乡镇的现实，既表现出乡镇干部的艰难困苦，表现出他们奉献的品格，当然也反映乡镇存在的严峻问题。很显然，带灯是作为积极正面的主人公来塑造的，一旦在体制的正面意义上来塑造人物，就与现代主义思潮习惯表现的边缘人、局外人、陌生人显著不同。带灯这样的人物必然不可回避现实主义的传统，甚至中国社会主义文学的传统。这个传统一直要创造出与资产阶级颓靡文学不同的积极前进的文学，这样的文学带着对历史乌托邦的浪漫想象。众所周知，这个传统随着"文革"的结束而终结。除了在改革文学中出现过概念化的人物外，当代文学再难有所谓积极进取代表正面前进能量的人物形象。贾平凹此番要塑造带灯这个人物，既要关怀当今乡镇现实，又要显示出人物作为"江山社稷的脊梁""民族的精英"的品格。这就不可避免要接通五六十年代文学想象的某路命脉；也就是带灯这个人物重建了"社会主义新人"这个漫长的政治／美学想象的谱系。如果这一点可能成立，那么也不妨把《带灯》看成是贾平凹试图重新开启政治浪漫想象的一个努力。我们的问题在于，带灯这样的人物真正连接起这个谱系，是否给予这个谱系以当下的肯定性？带灯这个人物的精神品格的内涵到底是什么？也就是说这个谱系的政治理想性是否有确实性？如果说政治理想性中断了，转向了其他的含义，那又意味着什么？意味着我们再也无法在政治理想性的肯定意义上来建构未来面向的人物形象？这等于是说"社会主义新人"这个中国激进现代性的文学想象也归于终结？

　　塑造社会主义新人形象一直是社会主义革命文学的梦想，也是它迄今为止都未能完成的梦想。冯雪峰最早从理论意义上提出这一问题，这从他早年在评论丁玲的《水》时就可以看到他自觉的理论意识。冯雪峰渴望有一种无产阶级

---

① 贾平凹：《带灯》，人民文学出版社2013年版，第358页。

的新文学，人民可以摆脱底层被动弱者受损害的形象，能够自觉起来反抗。冯雪峰本来是最有可能建立中国现实主义革命文学的新理论的评论家，但历史没有给他机会；况且他建立在阶级斗争论的基础上的新人想象也必然要解体。固然，后来的中国社会主义革命文学也力图去开拓自己的道路，从《创业史》的梁生宝到《艳阳天》的萧长春，这一社会主义"新人"过度的理想化，完全建立在阶级斗争路线基础上，终至概念化。"文革文学"的造反有理，以红卫兵一代人完成继续革命的想象，无法在经济、文化、政治的三元整合中展开令人信服的实践，新人形象只是变成政治运动的空洞标签。80年代的反思文学也无法完成，那是由老干部、归来的右派和迷惘的知青构成的一个时代的形象群体，那是反思性的，即使向着当下也不具有未来面向。只有《新星》中的李向南称得上是"社会主义新人"，李向南实则是对制度叛逆的"新人"（改革家），他引起的是对制度的批判，他站在制度的对立面，其本质是"反旧体制的新人"。另有路遥的《平凡的世界》中的孙少平这一底层自我奋斗的典型人物形象，他也试图接通牛牤、保尔·柯察金这些人物的血脉，但他成就的终究只是个人，而与革命、集体的阶级意识无关。因此也难在"社会主义新人"这个谱系中来超越断裂。90年代的浪漫想象的解体才有现实主义的落地。但90年代的文学是如此实际，如此现实，除了日常生活的合理性外，再就是弥漫浓重的失落情绪。只有女性主义完全退出历史的总体性，在个人生活圈子里，书写创伤性的自我，这倒是与现代主义快捷地接通了血脉。但断裂的政治浪漫想象如何在中国当代文学中重建？在五六十年代的那种政治想象中建构起来的面对现实又面向未来的人物，如何有可能重塑？贾平凹的《带灯》就这样义无反顾地要挑战历史难题。

　　五六十年代的中国文学并非只是政治的附庸，它借助政治的动力也试图开创社会主义文学自己的道路。如果说在文学的现代性进向中它有什么独特的开创的话，那就是它要顽强地创建新的历史主体，创建社会主义新人形象来作为引领历史前进的主体。即使历史那样前进的方向是错误的或者过于超前的，它也有其存在的理由，它总是在资产阶级现代文学的颓废萎靡之外另辟蹊径，那是试图创建新的历史主体并向着奋发有为的未来前进的文学想象。如此看来，五六十年代的中国文学的想象本质上具有浪漫派的特征，它如此观念性地给予现实以未来的想象。尽管说它在美学上严格要求以现实主义为规范，那只能理解为政治化的浪漫想象是借现实主义之名来掩盖其浪漫派的本质。在过去关于五六十年代的政治及其文学的阐释中，政治集权主义或极"左"路线是主要的阐释基础，这种阐释语境把文学、审美牢牢地附着于政治之下，这是政治与文学的二元论。这种二元论的阐释空间狭窄，除了相互颠倒，没有更大的空间。是否可以考虑引入浪漫派论述？再大胆一步，引入政治浪漫派的论述？众所周知，卡尔·施米特关于政治浪漫派作过权威性的阐释，而卡尔·施米特本身的政治身份，使得这个论题只能严格限定于西方政治哲学领域。浪漫派当然不是什么新话题，老之又老，或许因为其老旧也有可能勾连起被遮蔽和遗忘的漫长的历史谱系，有一种贯通中西的语境，会让我们今天不落政治／文学二元论的窠臼。

　　本文并不能把五六十年代的政治定义为政治浪漫派，以如此有限的篇幅去触及如此复杂的问题是吃力不讨好的。但可以在一定程度上把五六十年代的政治想象理解为具有政治浪漫派的特征，这一点并不为过。按照施米特的看法，他把当时苏俄政治归结为政治浪漫派，并且认为无产阶级的革命政治也具有浪漫派特质。他在《政治的浪漫派》中写道："在社会主义阶级运动的神秘宗教中，无产阶级变成了经济价值的唯一生产者。最终，（无产阶级）这个拣选的种族把一种神秘的种族浪漫主义精神（Ranssenromantik）用作自己要求世界支配权的根据。错觉变成了强大的动力之源，让个人和整个民族产生出漫无边际的希望和行动。这一切都叫作'浪漫派'。"[1]浪漫派的显著特征就在于把历史的必然要求转化为从"人性本善"的人的天性来解释历史；把民族国家的重大事物转化为个人的事物，把可计算的历史必然性转化为偶然的机缘性，把启蒙理性主义转化为神秘性。18世纪至19世纪关于浪漫派的争论，可以看成是德法之争。我们也确实可以看到，马克思严厉批判过浪漫派，但他的思想在某种程度上——按施米特的说法，也与浪漫派脱不了干系。施米特解决无产阶级革命的浪漫派的特征问题时，把阶级的集体性转向个人，因为这样的阶级被统一为整体，它如同个体在起作用，也总是被设想为严整的个体。而领袖则代表了这个集体的全部，集体其实是个人化了。故而，时代、历史、现实都可统一在个人的意志中，也可以建立起属于个人的情感关系（例如，所有的人都有同一种感

---

① 卡尔·施米特：《政治的浪漫派》，冯克利、刘锋译，上海人民出版社2004版，第25页。施米特此一观点，主要是受到塞利埃尔《帝国主义哲学》等著作的影响。

情崇拜领袖）。^①卢卡奇曾经谈到马克思主义政治经济学对于事物的特殊的质的、具体的性质的美学关注，其实质是把随意的主观的内容赋予具体客体。施米特在《政治的浪漫派》中所观察到的，浪漫派寻求客体和场景只是把它们作为表达他们主观感情的机缘。^②

本文之所以在这里引入一段绕舌的理论讨论，实在是想拓宽五六十年代乃至整个当代的现实主义文学论述的领域。借助贾平凹的富有个性的创作与新时期以来的历史互动的关系，来看看当代文学的历史抱负发生了多大的变化，以及还有多少可能性。

很显然，贾平凹这部作品试图弥合两个时代的裂缝，想要重建社会主义新人形象，并且给予他自己面向现实的写作以新的动力。这是他自己在《秦腔》的绝唱之后，在《古炉》的废墟之上，要重温柳青的《创业史》的努力。带灯身上无疑有我们久违了的"人民性"，有那种与穷苦百姓打成一片的"阶级性"，甚至有着高度自觉的"党性"。但所有这些具有政治性的品格，却没有向政治方面升华，而是向着另外的逃离政治的方向转化，结果这些品格找不到政治的源泉，却只有道德的、伦理的，甚至宗教的内涵。带灯只是一个带灯夜行的女子，她不断地深入现实，努力和所有的村民打成一片，但她还是如此孤独，如此独往独来，她身边有竹子，还有镇长和书记，但没有一个人能理解她，没有一个人能真正和她的内心交流，她的内心属于遥不可及的省委领导散文家元天亮，她不断地与他用手机短信倾诉衷肠。带灯不是一个现实的人，她是政治浪漫想象的产物，只是一个美学的半成品，她的内涵是政治与道德、佛教的结合，也是善的伦理的结合。这里期盼的政治也只能是政治伦理的期盼，也只能是具有伦理性的政治的期盼。带灯结果只能是现实主义浪漫地邂逅的幽灵——萤火虫与幽灵，如此相似，如此相怜。恰恰是这种无法完成的半成品，转向的、中途变异的"新人"具有真实性，贾平凹回到了自己的书写谱系，回到他的直接的现实经验，他放弃了不可能性。他只是敏感地预见到了，这对于一部封顶之作来说，或许就足够了。

---

① 施米特写道："这种特殊的机缘论态度，在其他东西——大概是国家或人民，甚至某个个人主体——取代了上帝作为终极权威和决定性因素的位置时，依然能够存在。这种可能性的最新表现就是浪漫派。"见《政治的浪漫派》，上海人民出版社2004版，第15页。

② 有关论述见约翰·麦考米克：《施米特对自由主义的批判》，徐志跃译，华夏出版社2005年版，第59页。

四、如佛一样的自我救赎

中国当代文学一直以现实主义为主导，倡导文学反映现实。然而，所有关于现实的叙事，不可避免地都包含着对现实的理想化的或者批判性的态度，很显然，在今天，现实主义的批判性不可能太激烈，也不可能彻底。其批判性带着理想性，即期盼有更好一些的政治治理，有好干部能把上面的好政策及时传导实施到下面。这些现实批判性，只能理解为对政治伦理的理想化期盼，它回避了任何关于制度的思考。关于现实的批判性思考实际上限制在政治伦理的范畴内，这在某种意义上可以视为一种有效的策略。五六十年代关于现实的思考从阶级斗争或路线斗争出发，它有强大的历史理念作为背景，观念性决定了现实性。如今对现实的反映除了反映一些表象和日常琐事，或者创造一些现实奇观外，还能有什么作为呢？这是怀着巨大的理想抱负反映现实面临的最大的难题。

贾平凹也不可能，但他适可而止，见好就收。这又使他宁可作一个预见者。其实，贾平凹有着惊人的预见性，《废都》当年最早预见到传统文化与古典美学的复活；今天又以《带灯》预见到政治浪漫主义的重返——它是以政治伦理的重建和理想性美学的再现为形式。"中国梦"的表述就是这样的政治浪漫的想象，它本身就闪现着浪漫美学的光辉。但是，因为其美学色彩的浓郁，它几乎成为唯一的美学性，也就是说它无须也无法派生出审美的支流，没有普遍的政治伦理与之相适应，也没有普遍的浪漫美学给予多样化的表现。"唯一性"总是绝对的、超现实的，既引领现实，又不能被现实化。贾平凹几乎总是能毫无准备地预见这些文化和美学的大走向，这就是说，他并不是要对现实的总体性揣摩、研究或感悟，而是他的直觉，几乎是纯粹地对他自己的文学写作的体会，去寻求那么一点艰难的突破。但总是能无意地触碰到历史的大根茎——他不知道那是什么，他不管那是什么，他只是他自己，他成就的只是他的文学，甚至很不自信地勉强去完成他手边的创作，或许还有自我救赎——如他笔下的人物一般。谁能想到他当年找来几本商州笔记写出的那些"记事"会成为寻根今天留下的最有质地的作品呢？他自己也无法想到《废都》何以触碰到 90 年代知识分子的精神主动脉，我们也肯定想不到《古炉》对乡村"文革"的书写终究会成为对一个时代的纪念。现在他自己肯定也想不到《带灯》这部著作可能提出了关于当代政治伦理与美学的最重要的难题。

　　贾平凹带着理想的情怀，想写出新一代的乡村基层女干部的形象，如此多的现实涌溢而出，这不是理想性的愿望和想象所能遮挡得住的。带灯的理想性存在是什么？是给元天亮写信，一个个富有文学性想象和修辞的短信。这也像贾平凹一样，他要重建带灯的形象，也是依靠某种幽灵学的神秘暗示。但现实与幽灵学的博弈太激烈了，在实际的写作中，其实是现实性占据了主导篇幅。不是说带灯这样的人物完全没有现实性，而是她的精神是靠了理想性和美学想象建立起来的。带灯面对着如此杂乱、困窘以及被新的市场欲望所调动起来的现实暴力，这样的理想性形象是无论如何也维系不下去的。贾平凹最终服从了现实性，这样嘈杂琐碎而又锐利的现实，最终必然要汇集起它的能量，必然要爆发，那样一场由元黑眼和拉布主导的恶斗才能把现实感汇集起来，才能把理想击碎，才能让带灯回到现实。回到现实的她只能是一只萤火虫，或者梦游症患者，她不能连接起一度中断了漫长时间的经典形象，也不可能在新的时代想象鼓动下活生生地重现。小说最后写道：

　　　　带灯用双手去捉一只萤火虫，捉到了似乎萤火虫在掌心里整个手都亮透了，再一展手放去，夜里就有了一盏小小的灯忽高忽下地飞，飞过芦苇，飞过蒲草，往高空去了，光亮越来越小，像一颗遥远的微弱的星……那只萤火虫又飞来落在了带灯的头上，同时飞来的萤火虫越来越多，全落在带灯在头上，肩上，衣服上。竹子看着，带灯如佛一样，全身都放了晕光。[①]

　　带灯其实无法在现实落地，她一直是飞行的小动物，她能给予的只是一些微弱的光，结果她只能远去高空，更不着地了。

　　贾平凹本来是要怀着巨大的热情去写作一个现实人物的，但这样的现实人物本来是一个非现实的人物，贾平凹也是在非现实地重建现实。多么浪漫的情怀，多么浪漫的文学梦想。读读这部小说的后记，没有人不会为之动容。中国当今作家没有一个作家的后记像贾平凹的作品的后记如此重要，而且写得如此深切动情。贾平凹每部作品的秘密似乎都隐藏在后记里，不读他写的后记，是无法真正理解他的作品的。读《废都》后记，才知道贾平凹写作《废都》时记惦

[①]　贾平凹：《带灯》，人民文学出版社2013年版，第352页。

着古典美文，他对古典美文的敬仰之意，可以理解为他要让古典美文在他的写作中重现荣耀。读《秦腔》后记，可以知晓贾平凹对乡土中国今天的荒芜忧心如焚。读《带灯》的后记可以体味到，贾平凹是怀着真情要写出乡村基层干部的艰辛、奉献和坚韧不拔。贾平凹说，《带灯》不再用明清的笔法，要用两汉的文字，要有两汉史的风格，"它没有那么多的灵动和蕴藉，委婉和华丽，但它沉而不靡，厚而简约，用意直白，下笔肯定，以真准震撼，以尖锐敲击"①。当然，这不只是文字笔法风格问题，这是如何面对现实，如何著史的问题。读了后记可以知晓，文中所写的大部分故事，尤其关键的人物和故事，都有原型。带灯这个想象的人物，这个几乎是社会主义新人幽灵重现的人物，竟然是有现实原型的。写短信竟然也是有原样的，族群之间的恶斗也是有事实的。他都亲历了这些事，这都是活生生的现实。他甚至多次走到乡村里去，去和那些人物事件在一起。然而，书写却如此困难，写写停停，加上病痛，竟然难以为继，他甚至"伏在桌子上痛哭"。对鬼才贾平凹来说，竟然还有这等事？

　　他可能并不知道他在做一件不可能的事，他在做一件补天的事。所有的现实性都没有难倒他，他在《秦腔》处理过一回，而在《古炉》里更有过之而无不及，写得那么自由随心所欲。现在这样的现实他处理起来驾轻就熟，水到渠成。他的笔只要落地就成形。但是他不愿像《秦腔》《古炉》那样，他要怎么样？两汉文字可能是一个方面，根本还在于带灯这个女子。这是一个在漫长的中国当代文学自我开创中要续上香火的人物，对于他，对于当代文学未竟的事业来说都是如此。他写了那么多的女子，都那么性感诱人，那么活脱脱水灵灵，但她们活在文化想象中，或者活在欲望的白日梦中。但这回这个小女子却要在现实的泥地上立起来，多少人没有完成，那么大的梦想——社会主义现实主义的新人形象——政治浪漫派在美学上的投射，一项未竟的伟业，他想接过来。不是把政治观念性任意赋予对象，而是有现实依据的理想化表现。但理想化表现依据的现实太庞大，四处弥漫，杂乱而岌岌可危，它不是支撑理想化的大地，毋宁说是颠覆理想化的不稳定力量。带灯这个理想化的人物，她介入那无边的现实中去，她带着光亮，她是美丽、善良且仁慈的。

　　这使这部小说其实有两套体系：一套是属于现实性的当今中国乡村的艰难

① 贾平凹：《带灯》，人民文学出版社2013年版，第361页。

困境；另一套是理想性的，那是寄寓了贾平凹对乡村政治的期待，也企图复活五六十年代关于社会主义新人的文学想象。这就是政治浪漫派的想象与现实主义的历史实在性的调和，然而，这项调和的尝试还是让位给了现实主义的实在性，现实性击垮了理想性，带灯没有从现实向理想升华，在现实中她是一个失败者。

从现实的经验看，贾平凹肯定也意识到带灯这样的基层干部其实很少。小说中的镇长书记并不坏，都是正常的干部，他们也在辛苦工作，但可以看到他们都在忙着应付上级的任务，都在创造个人的政绩，主要的愿望是往县上调。小说对这些镇长书记着墨不多，这也没有什么奇怪，小说只能集中笔力表现主要人物带灯。带灯被突出出来，几乎成为唯一的理想化人物。这也让我们疑心，单靠带灯这样的理想化的人物介入现实有何作用呢？她的所有作为及她的所有无私的优秀品质，都无法在政治理想性上升华为普遍经验，无法建构起普遍的政治伦理。我们今天的理想性的政治伦理的重建依据来自何处？带灯只是一个人，带着一个什么也不会的影子一样的竹子，就像堂吉诃德带着桑丘一样，带灯难道就是一个当今的女堂吉诃德吗？在竹子看来，"带灯如佛一样"，充其量只能完成自我救赎。贾平凹伏在书桌上"痛哭"什么？或许秘密就在这里。

贾平凹无疑怀着热情，怀着他的理想，试图写出带灯作为社会主义新农村建设的基层干部的新形象，给她的身上注入优秀品质。但这种品质已经不再是阶级斗争实践成长起来的品质，不再具有阶级属性。失去了这样的历史与阶级意识的（幽灵学的）支撑，带灯的理想性来自何处呢？是人性本善的古训还是党的教育培养的结果？带灯不断地给元天亮写信，元天亮却几乎没有给带灯这个基层干部回过一次以上的信。对带灯来说，一个高级干部，能允许她不断地给他发短信就已经是十分宽容厚道的了。或许那个手机就不在元天亮手上，在他秘书手上，或许根本上就是错号，带灯没有获得来自"那方面"的支持是事实。直到小说的后半部分，带灯给元天亮写信说，她这才知道"农民是那么地庞杂混乱肆虐无信，只有现实的生存和后代依靠这两方面对他们有制约作用"。带灯还能企盼什么样的思想引领？她只好向元天亮谈到"修炼"。"我从小被庇护，长大后又有了镇政府干部的外衣，我到底是没有真正走进佛界的熔炉染缸，没有完成心的转化，蛹没有成蝶，籽没有成树。"①带灯抵达善的境界依靠的是抵达佛界的境界、一个关于社会主义"新人形象"的谱系，结果只是"外衣"，这方面的思想资源没有充分的动力，元天亮在这个过程中甚至没有给她任何有用的教诲。元天亮是一个象征："镇街上有三块宣传栏，邮局对面的那块永远挂着你的大幅照片。你是名片和招牌，你是每天都要升起的太阳。"带灯很明白："你是我的白日梦。"今天要成为一个好的基层干部，依靠什么？只有自己的修炼，抵达佛界。贾平凹的解决方案当然很无力，也很无奈，无力与无奈本身表明浪漫派残余的幽灵学已然无法完成美学的投射。

小说的结局，带灯这个人物，没有在现实的斗争中成长，没有与历史实践一起发展出面向未来的本质规律，总之没有与漫长的历史谱系接轨，也没有修复和重建那样的历史。她如佛一样，她只是成为贾平凹谱系里的又一个人物，一个超凡脱俗的"如佛一样"的人物。

贾平凹的所有努力，如此有现实依据的努力，也就是说，只是在现实基础上做了一点理想化的努力，最终都无法实现其理想性。贾平凹骨子里还是一个现实主义者，他没有让理想完全超越现实，不管是浪漫派还是幽灵学，都要回到现实中；他让带灯离去，她本是萤火虫，就还是萤火虫，飞向远方的天空，或者去梦游，神不知，鬼不觉。再或者如佛一样，立在萤火虫之中。这未竟的理想，对于贾平凹虽然是一个现实的选择，但也是一个终究无奈的选择。与其说贾平凹怀着久远的社会主义理念，不如说他的思想其实是儒道释三位一体。他的儒的一面使他总是怀着与当代政治浪漫派相近的济世情怀；这种情怀也经常表现为现代性的激烈的批判性立场，如《秦腔》与《古炉》，后者结果是求助于"道"来解决问题；《带灯》则放弃了道，从儒转向了佛，只是似儒非儒，他的儒中混合着重建当代政治伦理的渴望。

当然，从文学更为朴素的意义来看，贾平凹或许真的把带灯当作一个现实的人物，那个乡镇女干部就领着他走了那么多的村庄，不断地给他发很长的短信，但他还是想要有一个"文字的带灯"，这就不小心触碰到中国文学的一个

---

① 贾平凹：《带灯》，人民文学出版社2013年版，第264页。另外可见"昆虫才是最凶残的"这一节，竹子看昆虫之间恶斗残杀吃惊不已，那其实是象征底层民众生存环境的残酷。这不再是阶级斗争，而是生存的动物本能的残杀，尤其是同属等级的动物（阶级）内部的残杀。

未竟的脉络了。她是理想化的，但又是幽灵化的，贾平凹看着她，在那山坡上，"她跑到一草窝里蹓身而卧就睡着了，我远远地看着她，她那衫子上的花的图案里花全活了，从身子上长上来在风中摇成鲜艳……"。她真的活过来了吗？他到底是怀着爱和悲悯看着她，还是怀着那个宏大历史谱系的崇敬和理想看着她？贾平凹显然有所疑虑，摇摆不定，而且更有可能是前者逐渐占据了叙事的主导地位，他还是让带灯回到他的谱系中，带灯还是他的人。他只好"且自簪花，坐赏镜中人"，这也就是"如佛一样"了。

（原载《当代作家评论》2013 年第 3 期）

读《带灯》的一些感想

雷 达

　　《带灯》出来，评者如潮，争论也如潮。我把作品找来看，形成了一些看法。奇怪的是，我已不像往常抓紧写文章，加入到评论者的行列中去，以至拖到现在。这是不是一种迟暮之态。不过，静下来想想，《带灯》还是很值得一谈的。我想谈的主要是《带灯》的思想价值、审美价值、创新点、不足，以及由它所引起的关于当今文学深化的问题。

　　《带灯》仍然是直面当今农村现实、探索表现中国乡土灵魂及其痛苦蜕变的作品。贾平凹的一系列乡土作品——《高老庄》《怀念狼》《秦腔》《高兴》《古炉》，直到《带灯》，包容了处于现代转型背景下中国乡村政治经济文化冲突的方方面面，它有一股百科全书式的博物馆气息。就其关注中国乡土日常生活的深度而言，我个人认为，目前还找不到第二个人。它深入到了农民心灵的深处，其信息量之丰富，人性之诡异莫测，映现的基层社会政治生活之盘根错节，以及家庭伦理和乡土伦理之变迁百态，均堪称丰博。严格地说，从《秦腔》开始，贾平凹自觉地放弃了宏大叙事的架构，潜心于"细节化"展示历史生活的方式，他的视角总是喜欢从一粒沙、一滴水、一个针孔眼儿来看这个大千世界；总是从民间最底层的芥豆之微写起，从最细微、最容易被遗忘的角落发现对我们时代来说非常重要的信息。这近似于蝴蝶效应。他在陕南的某条山谷中的小镇上扇动翅膀，辐射波却涟漪般推向四面八方。这是贾平凹的特点。《带灯》同样没有离开这个特点。

　　在贾平凹笔下，一个小小樱镇，却有那么多的趣事，"镇政府如赶一辆马拉车，已破旧，车箱却大，什么都往里装，摇摇晃晃，却到底还是在走"。樱镇的风俗画徐徐展开，实在好玩，但也并非负曝闲谈，自有内涵，转化得自然。樱镇人生虱子，由虱子的黑与白又引出了皮虱子。带灯这时走来，她想改造乡人生虱子的陋习，没有成功。樱镇历来废干部，乡干部多遭遇不测，但那是干部们自己屁股下有屎，人要有本事还得把人活成人物，如本地人元天亮就当上了省政府副秘书长，成了传奇。据说这与那一场为保卫风水、阻止高速公路穿过、阻止开挖隧道的大战有关；也据说因他鼻子下的两道法令特别长，是当大官的相，他又属龙，手里啥时都冒烟，那叫云从龙，他走路呈内八字，熊猫就走内八字，于是成了国宝云云。这等闲谈不也很有意思吗。

贾平凹的作品，在有限的时空里面，对人物的品质和人物的内涵有细致耐心的描写。它运用大量细节推动，靠细节说话，这就有了进入生活的内部之深。且看乡上经验视频会的布置，多么紧张、多么滑稽；且看马副镇长的浅薄、虚荣、刚愎自用、权欲异化；再看薛元两家的沙厂之斗争，两个乡村强人相争，镇长骑木马，搞平衡，煞费苦心；唐先生给出了妙招，油滑而骑墙。这些都是新闻里读不到的学问。过去我们说，巴尔扎克在他的《人间喜剧》中给了我们一个法国社会的现实主义历史，这里不妨借用一下，贾平凹以他浩瀚的小说，也给了我们一个乡土中国的现实主义历史，在经济学、社会学、风俗史方面提供了很多翔实的细节。贾平凹的这幅画卷是动态的，中国的乡土与农民是处在不可挽回的式微中、解体中，就好像秦腔不管怎么唱都很难融入现代生活一样。从社会化的角度来看，解体是必然的；从人文传承来看，又是令人感伤的。贾平凹的作品潜在体现着这种对立性的矛盾和纠结，又因其潜在的悲剧性，所以天然地具有较高的审美价值。

有些文章认为《带灯》写得过于混沌，其实贾平凹的特点就是混沌，换个角度看，也是一种丰富。也有人说他写得很不尖锐，其实他的尖锐是隐蔽的，所谓"纯棉裹铁"，锥子藏在布里，并不大声疾呼，触及的问题却是深刻的。王后生牵头带领村人告状，其实这个状没什么大不了的，顶多影响到某些人的政绩，然而在某种暗示下，他遭到整个镇政府干事们的推搡、殴打，并发展到严刑拷打，场面惨烈。可是这个镇的书记又好像有一种颇为开明的姿态，说什么我不能保证民主，但我要维持稳定；还说我不能保证法治，我要做到清明。其逻辑是混乱的。这就是中国底层某一角的幽暗状。对告状的农民像踢一个小石子一样把他踢开了，能说不尖锐吗？

《带灯》较贾平凹以往的作品，有明显的理想主义倾向，这主要体现在对"带灯"这一人物的塑造上。作品主要描绘她的人格之美和内在的精神追求。作为个人，带灯肯定无法改变现实中的许多问题，她是一种很微弱的力量，但她可以自己发一点光。作品最后的萤火阵，如佛光缭绕，具有象征意义。每个个人的发光，就能汇为民族的希望。这是令人感动的。对于带灯的刻画从两方面着手，一面写带灯干练，能适应世俗，勇于承担责任，在一次特大事故中，她虽已浑身是血，仍在大声叫喊，不要让凶手跑了；另一方面，写她的内心清高脱俗，在一个无法改变现实的环境当中，她只能把自己的精神、理想寄托在给元天亮写信上。这个形象独特、凄凉、美丽、感伤。

有论者认为，比起一些人文宣言掷地有声的作家来，贾平凹就显得缺乏尖锐的思想锋芒、坚定的精神立场和鲜明的价值判断。我不完全赞同这样的看法。我对某些坚守人文精神的作家报以敬佩，但对文学来说，直接表达出来的思想并不是最重要的东西，一些作家言论激烈并不意味着他的作品的形象世界也一样激烈。文学并不是把哲学思想转换一下形式装进意象和叙事之中就可以完事，而应是通过复杂的艺术形象自然而然地传达作家的思想感情。在我看来，贾平凹真是目前中国作家里少有的敢于正面迎视和试图解释这个巨大、奇特、复杂、纠缠、难以理出头绪的时代的作家。目前中国作家的最大问题是丢失了把握和解读这个时代的能力，无法定性，于是只能舍弃整体性，专注于局部趣味，或满足于类型化。贾平凹也不是先知先觉，但他的作品有潜在的时代性焦虑，他也茫然，却懂得老老实实从细部入手，从最底层写起，他面临着无法命名，或如许多人指出的缺乏思想光芒，缺乏穿透力，缺乏概括力，缺乏宏观把握力，停留在事象本身的问题，但他从未放弃从整体上认识并把握这个时代的强烈追求，这一点殊为难得。贾平凹是有超越性追求的人，与就事论事的平面化模拟写作还是不同的。他虽有着解读我们这个时代的追求，但他没有充分能力解读我们这个时代，这也是一种悲剧性的冲突。

看《带灯》的过程，我经常想一个问题，就是：贾平凹写了这么多年，近一千万字，这种书写的意义在哪里？或者说，他写作的价值在哪里？为什么它是时代所需的，是不可或缺的，或者相反？在碎片化、微博化、浅阅读的包围下，人们还有没有耐心读他的乡村故事，若无，这究竟是他之过，还是时代的原因？我认为，贾平凹从早期的青春写作，到《二月杏》《黑氏》《天狗》，再到《浮躁》《废都》《病相报告》《高老庄》，直至《带灯》，他一直在求索着世界背景下的民族化书写，或世界语境下的中国化、本土化写作，求索着中国经验的表达方式。在汉语写作的方式或艺术形式，主要是语言、话语、风格、韵味的探索上，他下过一番功夫。事实上，贾平凹借鉴西方的痕迹不太明显，主要是精神和哲学上的。大家都说《带灯》有很大的变化，其实有一种很重要的变化就是他语言风格上的变化。这里面出现了所谓汉魏风骨的表述，有的行文让我想起《世说新语》里面简劲的、明快的、言简意赅的很短的句子。

最近我不止一次地看到，有评者认为，现在有了大量的迅捷而密集的新闻，像《带灯》这样的作品存在已经没有意义，意思是说，关于农村基层的问题，如上访、拆迁、计生、救灾等等，常常见诸报端，大家都知道了，与带灯每天处理的综治办的事务非常相似。照这种说法，那么有140个字的微博也就够了。文章没有用了，文学作品也没有用了。这里涉及当今文学存在的意义和价值问题。我现在看电视上满是后宫戏、潜伏戏、被武侠化了的抗日神剧，就想，为何很少看到惊心动魄的、着力表现当代生活的作品呢？我也看过不少的官场小说，我不想贬低所有的官场小说。但我还是觉得相比之下，我读《带灯》完全是在另一个高层次上，我觉得我是在读情怀，读人性的复杂，读情感的微妙，读人生的韵味，读转型时期世态的多变，也是在读我的世界之外的世界。也可以说是读美文，读汉语之美。这就进入了文学的审美圈，文学需要一个人学的内涵，绝不是有了新闻，还要文学干什么。文学有文学的领域。很可惜的是，人们往往没有耐心进入文学的领域当中去涵泳与体会。

也有论者认为，当今乡村正在解体，在现代化转型中，作为乡土文学的土壤即将不存在了，因而乡土文学也面临终结的窘境。指出乡土文学的困境和呼唤新的开拓当然是对的，但这一判断是不符合生活实际也不符合文学传统和现实实际的。我国的乡土仍是广大的，作为农业大国，也还是现实存在；退一万步言，即使中国像某些完全没有农业的工商国家一样，中国的乡土文学作为传统也仍然会潜隐而顽强地存在，寻根仍然是不竭的追求。它是基因一样的东西，是无法去除的，只要中华民族还在，乡土精神也就不会消亡。但它的主题会变化，场域会变化，人物的精神构成会变化，思维方式和生活方式也都会变化，这个变化必然是剧烈的、空前的、深刻的，含有某种悲剧性的，但作为精神家园的乡土人文传统不会断裂和消亡。贾平凹在今天之所以显得重要，之所以在表达中国经验方面为世人所关注，就因为他写的东西，关乎民族精神的动向和前景。

《带灯》还是有不足的。第一点，我特别看不惯带灯总是给元天亮写信这个设置，我觉得元天亮太具体了，他是个大官——省委常委，让人觉得带灯这么高的精神境界非要附着在一个大官身上，会不会变成了一种世俗、虚荣甚至有几分幼稚的东西。依我的理想，带灯写信的对象完全可以是一个"戈多"，可以是一个无名对象，那就是一个精神的宣泄口。她每天闷得够呛，她每天写日记，就是好散文，就是情感的寄托。为什么一定非要是元天亮呢？第二点，贾平凹的《带灯》虽已经有了很大的变化，现在《带灯》的情节线索很集中，语言明快、简洁，人物线索的处理单纯化了，也更加吸引人了，但是整个的写法还是"一粒沙"的写法。贾平凹完全具备了不只是以"一粒沙"书写的能力，没必要一直不变地采用这种写法，也可以从上层，比如城乡结合来写，甚至把国际的因素拉进来写，这样会有更大的概括力，这只是我个人的幻想。第三点，贾平凹近年来一直奉行的是中性的、不做价值评判的、客观写实的方式，就是让生活自己去呈现，生活本身的深刻性就是他的追求，不像有的作家，主观追求明显，世界完全是他主观架构的。巴尔扎克写东西就和卡夫卡完全不一样，卡夫卡的《城堡》不是写现实中的存在，而是我的主观对于现代人困境的形容，我总觉得贾平凹的写法里面要不要有一个主体，一个更强烈的主体呈现出来。《带灯》是优秀的作品，但还是有一点过多地依赖了生活，精神上的超越还不够。

（原载《文艺报》2013 年 11 月 22 日）

"贴地"与"飞翔"

——读贾平凹长篇新作《带灯》

吴义勤

贾平凹曾经在多年前就宣布过"封笔",但是"封笔"宣言带来的却是其创造力爆炸式的喷发,他仿佛是一个文学的"火山口",如他所说:"社会是火山口,创作是火山口。火山口是曾经喷发过熔岩后留下的出口,它平日是静寂的,没有树,没有草,更没有花,飞鸟走兽也不临近,但它只要是活的,内心一直在汹涌,在突奔,随时又会发生新的喷发。"从《秦腔》《古炉》到《带灯》,他一次又一次地给我们震撼与惊喜。这其中每一部作品我们都以为用尽了他的"经验"与"资源",是他的最后一部作品,但他总是一次又一次地突破"极限",并淋漓尽致地呈现崭新的审美经验。他似乎是一个文学的精灵,总是能在自己的文学魔方里变幻出灵异莫测的花朵。《带灯》无疑又是盛开在文学领地里的一朵奇异的花果,在这里我们可以看到贾平凹那蓬勃、旺盛、源源不断的创造力,可以看到他对文学的激情与梦想,可以看到他对土地、乡村的熟稔于心的观察,可以看到他笔下丰满鲜活的细节美学,可以看到他对底层中国儿女的关切,可以看到他对于现实的忧愤情怀,同时,我们更能看到他在艺术上的突破与变化,看到小说在"贴地行走"与"诗意飞翔"之间的张力。

与贾平凹既往小说相比,《带灯》思想、艺术上的张力无疑更为突出。从审美习惯来说,贾平凹的小说最擅长的是"贴地叙事",是对鸡毛蒜皮的生活细节原生态的呈现与展示。他通常无意对生活中的"脏"与"丑"进行净化与升华,因而他小说中的环境、生活场景常常是原汁原味,甚至是屎尿横流的;他笔下的人物也是未经"典型化"的匍匐在土地上的人物,他们脏话连篇,把肉麻当有趣,甚至恶心、变态,但他们就是活生生的、最土、最本质的乡民,作家没有对其语言、行为进行叙事的提升与转化,他们是自己呈现自己,自己言说自己,小说叙事者往往是旁观者或局外人，同样是弱者，是一些特殊的灵异人物，他们无力去塑造别人、叙述别人，无力把这些匍匐在地上的人"拎起来"。从叙事与描写的关系上看，他的小说更重视描写，常常以细节取代情节，流水账一样的生活细节构成了叙事的主体，没有逻辑性的因果关系对叙事的强大推动。有时候他的小说中拥挤的、密不透风的细节的铺陈、堆砌，甚至因为密度太大、浓度太高而会给人以沉闷、透不过气来的感觉。但《带灯》在叙事上呈现了明显的变化，一方面，贴地的原生态的经验与"细节"仍然在小说中占有重要的比重，并构成了小说魅力的一个重要方面，但另一方面，小说情节的重要性在小说中得到了强调，情节更有统摄力和张力，也更富逻辑性，小说的人物更集中、更中心化了，叙述视点也由散点变成了定点，叙事者不再是旁观者和观察者，而是成了故事的主体比如狗尿苔那样的超越正常性的灵异人物。而这一切无疑给小说带来了巨大的艺术张力，让我们在感受"贴地叙事"风格的同时，又能体会"飞翔叙事"带来的诗意、浪漫、理想与美感。

《带灯》的"贴地叙事"针对的是当下中国农村最尖锐的社会现实。小说选取"综治办"作为观察的视角，对基层的村镇选举、上访、土地开发、乡村恶势力、自然灾害、民生疾苦、官场百态等乡镇政治生活、现实生活的各个层面进行了原生态的描写与揭露。这方面，贾平凹显示了其对现实生活异乎寻常的观察能力和透视能力。无论是对书记、镇长、副镇长等乡镇干部的心计、阴谋、嘴脸的入木三分的刻画，还是对王后生等上访钉子户们各自心态和生活窘境的描摹，抑或是对元黑眼、拉布等乡村黑恶势力的揭示，都无不包含着强烈的批判精神和忧愤情怀。如果说，贾平凹既往的写作更多的是一种掩藏价值倾向的"零度"情感叙事的话，那么在《带灯》中他的叙事立场、叙事伦理以及由此而来的作品的认识价值则可谓是跃然纸上。不过，对贾平凹来说，其对乡镇干部群体的塑造有着复杂的情感维度，他不是为了批判而批判，也不是要对乡镇干部进行漫画化、段子化的简单处理，而是在批判的同时有着人性的理解与同情，因此，在小说中，干部们虽然各有心计、各有权谋，但没有十恶不赦的恶人，他们也是受害者、受难者，作家是想通过他们去更好地透视与了解我们变化着的时代，就如他在后记中所说："可我通过写《带灯》进一步了解了中国农村，尤其深入了乡镇政府，知道着那里的生存状态和生存者的精神状态。我的心情不好。可以说社会基层有太多的问题，就如书中的带灯所说，它像陈年的蜘蛛网，动哪儿都落灰尘。这些问题不是各级组织不知道，都知道，都在努力解决，可有些能解决了有些无法解决，有些无法解决了就学猫刨土掩屎，或者见怪不怪，熟视无睹，自己把自己眼睛闭上了什么都没有发生吧，结果一边解决着一边又大量积压，体制的问题，道德的问题，法制的问题，信仰的问题，政治生态问题和环境生态问题，一颗麻疹出来了去搔，逗得一片麻疹出来，搔破了全成了麻子。"①它让我们看到，贾平凹拥有的不仅是对那沉闷不变的、静态的乡土经验与乡土记忆的出色表现能力，更有着对于当下迅急变幻的乡土现实的特殊敏感与令人称道的把握与穿透能力。就对现实观察的广度与深度、思考与批判的力度，以及描写的精细与准确度而言，《带灯》堪称是同类题材现实主义小说中不可多得的力作。

《带灯》的"飞翔叙事"则主要体现在主人公带灯身上。综治办是现实矛盾的尖锐聚焦处，是乡镇政治火药桶的救火队，但这样一个水深火热的地方，偏偏让带灯这样一个女同志来任主任，而带灯偏偏又是一个充满浪漫诗性的乡镇"文艺女青年"，于是反差就来了。在贾平凹小说的女性人物谱系中，带灯无疑是独一无二的典型人物，她有着全新的气质与内涵。她面对的是污泥浊水，但内心却一直在向远方飞翔。在她身上，贾平凹设计了两种叙事：一种是她所面对的现实处境以及由此而来的写实性的情节叙事，一种是服从于她的内心追求的虚拟性的象征叙事。但是，实与虚又不是绝对的。在带灯的现实叙事中，也因着她人性的善良深切的悲悯与同情心而传达出超越现实的诗性的温暖力量。这不仅表现在她对后房婆婆的关切与理解上，表现在她与竹子的闺蜜情谊与深厚友谊上，更表现在她对分布在各个村落的自己的"老伙计们"心贴心的同情、关爱与照顾上。在今天的官场小说和各类现实题材小说中，带灯这样的底层官员无疑是带有作家理想的一种形象，仿佛是出污泥而不染的荷花，又像是萤火虫，散发出的点点"萤光"确实给人以温暖与希望。带灯诗性飞翔的另一个重要方面就是她与元天亮的关系，以及作为小说结构重要一级的"短信叙事"。对带灯来说，对元天亮的短信倾诉以及乌托邦式的爱情，已经成了她超越现实、飞越现实的重要寄托。元天亮的形象既是实的，更是虚的，在小说中他一直在远方，实际上一直没有出场。他象征着带灯心中对于终极、形而上的渴求。带

---

① 贾平凹：《带灯》，人民文学出版社2013年版，第357页。

灯喜欢读书、做梦，常常到郊外野地独处、沉思、吹埙，并在这种远离尘嚣的环境中给元天亮写短信。她给元天亮描述自然中的花鸟虫鱼，给元天亮叙述樱镇的变化以及民生的疾苦，给元天亮解析自己心中的苦恼与困惑，更重要的是给元天亮诉说她心中对他的想象与爱慕。在小说中，我们可以看到正是"短信"成了带灯的精神支柱，使她有力量去帮助和拯救那些需要她帮助的匍匐在地上的人们，使她有力量、有勇气去面对阴谋、陷害与种种令人不齿的恶行。然而，带灯毕竟是一个弱女子，她一个人终究对抗不了"吃人"的现实（在小说中，副镇长吃流产小孩的行为无疑也具有象征意义），她的理想主义的浪漫、善良不但拯救不了别人，更救不了她自己。她只能成为一个疯子，成为现实的祭品，成为现时代一个真正的另类"文艺女青年"或"2B 青年"。她的发疯是小说极为沉重的一笔，是小说悲剧性的集中体现，也是小说最打动人心的地方，作家传达的是对现实清醒的批判、无言的悲愤与绝望的控诉。某种意义上，这无疑也是对"五四"以来启蒙主义"吃人"主题以及"人变成鬼"主题的富有时代感的真实演绎。对作家来说，他对笔下的人物有着特殊的情感，有批判，更有深切的理解与思考，有赞赏，更有无声的叹息与悲伤，他关心的是"比如在民族的性情上、文化上、体制上、政治生态和自然生态环境上，行为习惯上，怎样不再卑怯和暴戾，怎样不再虚妄和阴暗，怎样才真正地公平和富裕，怎样能活得尊严和自在"这样的命题。

有人说，贾平凹的小说本质上是反结构与反时间的。家长里短、柴米油盐的展示没有什么特别的时间性，由生活与日子推动着信马由缰地滑行也无需什么结构。但是，《带灯》却是结构意识和时间意识特别强烈的作品。结构上，"互文性"的双线结构可谓精心设计，实与虚、远与近、现实与自然、此岸与彼岸、世俗与精神、出场与不出场、理想与悲情、写实与象征在小说中可以说互相交织、互为结构、互为因果、互为逻辑。这使得整部小说读来清新疏朗，毫无沉滞之感。那些抒情的段落、那些直抒胸臆的短信、那些清新自然的风光，都赋予小说文体以变化。而各种象征性意象的穿插，更是拓展并延伸了小说的意义空间。萤火虫是小说中最重要的象征，它是带灯精神、理想、人格与诗情的象征，是带灯命运的写照。而她所吹的埙也同样是一种象征，是她逃离现实的呐喊，是心灵的回声。无处不在的虱子则是污泥般的现实的象征，虱子虽小，但却力量无穷，渗透力极强，带灯与虱子进行的战斗，可以说正是她与现实丑恶势力抗争的一个缩影。而从时间的角度来说，《带灯》显然有着强烈的时代感与当下性，一方面，带灯的成长是时间性的，她的心路历程、她的悲剧性结局都是有着时间的幻灭感的，另一方面，小说中春夏秋冬的季节转换也是对应着人物的精神状态与心灵感受的。

贾平凹一直是一个对自己的写作有着深刻反思的作家，他在《带灯》后记中说："几十年以来，我喜欢着明清以至30年代的文学语言，它清新，灵动，疏淡，幽默，有韵致。我模仿着，借鉴着，后来似乎也有些像模像样了。而到了这般年纪，心性变了，却兴趣了中国两汉时期那种史的文章的风格，它没有那么多的灵动和蕴藉，委婉和华丽，但它沉而不靡，厚而简约，用意直白，下笔肯定，以真准震撼，以尖锐敲击。""我的品种里有柔的成分，有秀的基因，而我长期以来爱好着明清的文字，不免有些轻的佻的油的滑的一种玩的迹象出来，这令我真的警觉。我得有意地学学两汉品格了，使自己向海风山骨靠近。"从语言风格上说，《带灯》的语言一反其过往小说滞重的风格，显得清新、轻快、明丽，亦颇有语言"飞翔"之感。

比如，"松云寺的那棵松在第二年的四月开满了花。樱镇人还从来没有见过这棵汉松开花，或许是开过，开得极小，没有留意，突然花开得这么繁，且颜色深黄，开一层落了一地；再开一层，再落一地，半个月里花开不退，树上地上，像撒了金子"。"正是傍晚，莽山已经看不见了树林，苍黛色使山峦如铁如兽脊，但天的上空还灰白着。她们才一到河弯，二猫就知道了，撑了排子吱呀吱呀划过来，让她们坐好，悠悠向芦苇和蒲草深处荡了过去，而顿时成群成阵的萤火虫上下飞舞，明灭不已。看着这些萤火虫，一只一只并不那么光明，但成千的成万的十几万几十万的萤火虫在一起，场面十分壮观，甚至令人震撼。像是无数的铁匠铺里打铁淬出火花，但没火花刺眼，似雾似雪，似撒铂金片，模模糊糊，又灿灿烂烂，如是身在银河里。带灯说：这么多的萤火虫呀，哪儿就有了这么多的萤火虫？！哇哇叫唤。竹子好久的日子里都没有见过带灯这般快活了，她也大呼小叫，声音从芦苇蒲草里撞在莽山上，又从莽山上撞回来，掠过水面，镇街上的人都听见了。""带灯用双手去捉一只萤火虫，捉到了似乎萤火虫在掌心里整个手都亮透了，再一展手放去，夜里就有了一盏小小的灯忽高忽下地飞，飞过芦苇，飞过蒲草，往高空去了，光亮越来越小，像一颗遥远的微弱的星。竹子说：姐，姐！带灯说：叫什么姐！竹子顺口要叫主任，又噎住了，改口说：哦，我叫萤火虫哩！就在这时，那只萤火虫又飞来落在了带灯的头上，同时飞来的萤火虫越来越多，全落在带灯的头上，肩上，衣服上。竹子看着，带灯如佛一样，全身都放了晕光。"这样有意境、有情趣、有意象，既诗意盎然又充满情感力量与悲剧美感的文字在小说中可以说随处可读，这无疑标志着贾平凹小说的语言美学又达到了一个令人称道的新高度。

不过，苛刻一点说，《带灯》也还有着不尽如人意的地方。比如说，为了突出带灯对元天亮的柏拉图式的感情，小说对带灯原有感情婚姻生活的处理就太简单化了，在小说中其丈夫几乎成了完全被忽略甚至被放逐的人物，这不利于人物性格的复杂性、丰富性的呈现，也不利于人物性格发展逻辑的揭示。再比如说，短信叙事虽然对于小说的文体、内涵、人物刻画都很重要，但作家忽视了现实层面的技术障碍，小说中有时长达几个页码的长短信，已经近乎散文了，超越了手机短信的容量可能，对于手机短信来说，显然不是很真实。

（原载《当代作家评论》2013 年第 3 期 ）

论《带灯》

王春林

一、社会问题与被"囚禁"的生命存在

在 2012 年一篇广有影响的文章中，批评家孟繁华曾经专门指出"50后"作家小说写作上一个明显的不足之处，就是更多地驻足于历史题材，"对这个时代的精神困境和难题，不仅没有表达的能力，甚至丧失了愿望"。① 但我从同样属于"50后"作家的贾平凹长篇小说《带灯》中所得到的，却恰恰是一种完全相反的感受。其实，也不仅仅是《带灯》，贾平凹后期的作品中，除了《古炉》在书写表现着"文革"，似乎属于孟繁华所谓表现历史的作品之外，其他的一些，诸如《废都》《秦腔》《高老庄》《高兴》等，又有哪一部不是直接触及当下时代社会现实的作品呢？即使是《古炉》这样一部以"文革"为书写对象的长篇小说，其突出的意义和价值，在当下的思想文化语境中也绝对不能够被低估。在我看来，贾平凹既没有失去关注表现时代精神困境和难题的愿望，更没有失去表达的能力。又或者说，乡村也罢，都市也罢，现实也罢，历史也罢，关键的问题还在于能否直击表现出人类存在的某种精神困境。而贾平凹的《带灯》，很显然就是这样一部直击当下时代中国乡村的社会现实、直击"这个时代精神困境和难题"的长篇小说。

尽管说早在阅读作品之前，就已经有了足够的精神准备，但贾平凹在《带灯》里对于当下时代乡村现实冷酷一面的尖锐揭示，对于笔下那些人物精神困境的有力表现，却还是让我倍感震惊。之所以能够取得如此一种突出的艺术效果，与贾平凹对乡村世界的熟悉和思考程度有关："不能说我对农村不熟悉，我认为已经太熟悉，即便在西安的街道看到两旁的树和一些小区门前的竖着的石头，我一眼便认得哪棵树是西安原生的，哪棵树是从农村移栽的，哪块石头是

---

① 孟繁华：《乡村文明的变异与"50后"的境遇》，载《文艺研究》2012年第6期。

关中河道里的，哪块石头来自陕南的沟峪。可我通过写《带灯》进一步了解了中国农村，尤其深入了乡镇政府，知道着那里的生存状态和生存者的精神状态。我的心情不好。可以说社会基层有太多的问题，就如书中的带灯所说，它像陈年的蜘蛛网，动哪儿都落灰尘。这些问题不是各级组织不知道，都知道，都在努力解决，可有些解决了有些无法解决，有些无法解决了就学猫刨土掩屎，或者见怪不怪，熟视无睹，自己把自己眼睛闭上了什么都没有发生吧，结果一边解决着一边又大量积压，体制的问题，道德的问题，法制的问题，信仰的问题，政治生态问题和环境生态问题，一颗麻疹出来了去搔，逗得一片麻疹出来，搔破了全成了麻子。"①从小说后记中的这段话，我们就不难看出，实际上，尽管贾平凹对乡村生活已经足够熟悉了解，但长期以来，他却一直紧密关注着乡村生活所发生的最新变化，并且要力争通过如同《带灯》这样的作品把这些变化以及他自己对这些变化的深度思考与认识传达给读者。

只要把贾平凹那些事涉乡村的长篇小说罗列在一起，我们就可以看到，"文革"结束之后，中国乡村社会变迁被高度浓缩后的一部"简史"。写作于20世纪80年代后期的《浮躁》，书写的是改革开放包产到户时期的乡村生活。在经过了阶级斗争与政治运动的长期折腾之后，乡村世界终于步入了一个正常发展的快车道。虽然说也出现了各种复杂的矛盾冲突，但从总体上说，身处改革开放时代的农民还是扬眉吐气、精神昂扬的。但是，仅仅过了十多年的时间，到了2005年出版的《秦腔》之中，乡村生活就已经发生了严重的恶化："我的写作充满了矛盾和痛苦，我不知道该赞歌现实还是诅咒现实，是为棣花街的父老乡亲庆幸还是为他们悲哀。"②贾平凹之所以会产生如此复杂的一种感受，正是缘于在现代化的强烈冲击之下，曾经一度朝气蓬勃的乡村世界已经陷入了某种空前凋敝的状态。一个有力的例证，就是村里边有人要下葬时，居然凑不齐抬棺材的青壮小伙。在很大程度上，因为乡村现实已经处于凋敝的状态，所以，才会有大量的青壮年农民，被迫离开故土，进入城市，试图以打工的方式寻找出路。这样，自然也就有了贾平凹那部专门描写打工农民苦难生活的《高兴》。某种意义上讲，《秦腔》与《高兴》具有着孪生的性质。所谓"孪生"，就意味着正因为有了《秦腔》中乡村世界的凋敝，才有了《高兴》中的打工。但反过来，

---

① 贾平凹：《带灯》，人民文学出版社2013年版，第357—358页。

② 贾平凹：《秦腔》，作家出版社2005年版，第563页。

也正因为刘高兴他们纷纷涌入城市打工，所以清风街才愈益凋敝衰败了。接下来，就是这部《带灯》了。虽然说刘高兴们早已离开乡村进入城市打工，虽然说清风街早已是一片凋敝，但无论如何，在一个很长的时期内，乡村世界都不可能因以上种种缘由而消失。那么，当下的乡村现实中，最为关键紧迫的社会问题又是什么呢？尽管说不同的人可能提供不同的答案，但如何采取有效的方法维持社会的稳定，即做好我们平时所谓的"维稳"工作，恐怕是最关键紧迫的问题之一。而贾平凹的《带灯》，则正是这样一部以"维稳"工作为叙事聚焦点的密切关注乡村现实的长篇小说。

为什么要"维稳"？关键就在于基层乡村实际上存在着太多的问题。问题多了，必然会影响稳定。于是，怎么样维持社会的稳定局面，自然也就成了各级政府最重要的一项工作，并且形成了"维稳"工作一票否决的基本规则。对于这一点，贾平凹在《带灯》中有着直接的揭示："以前镇政府的主要工作是催粮催款和刮宫流产。后来，国家说，要减轻农民负担，就把农业税取消了。国家说，计划生育要人性化，没男孩的家庭可以生一个男孩了，也不再执行计生工作一票否决的规定。本以为镇政府的工作从此该轻省了，甚至传出职工要裁员，但不知怎么，樱镇的问题反倒越来越多。谁好像都有冤枉，动不动就来寻政府，大院里常常就出现戴个草帽的背个馍布袋的人，一问，说是要上访。""根据形势的发展，镇政府的工作重点转移到了寻找经济新的增长点和维护社会稳定上。镇政府于是成立了社会综合治理办公室。"既然"维稳"工作如此关键迫切，俨然已经成为当下政府工作的重中之重，那么，把"维稳"作为《带灯》的叙事聚焦点，并由此而深入展开对当下乡村现实的真切扫描，也就成为贾平凹的一种必然选择。具体来说，贾平凹这次把自己的关注点集中到了樱镇这样一个镇政府上。众所周知，在中国现行与乡村有关的行政序列里，乡镇政府属于最基层的一种行政建制。尽管说也存在着村干部管理，但所有的村干部，他们自身的身份依然是农民，并不属于国家干部。也正因此，最起码从理论上说，我们所实行的是一种"村民自治"制度。之所以要搞村民选举，就与这种"村民自治"制度有关。尽管从严格的意义上说，这种村民选举其实存在很多问题。对于这一点，《带灯》中，同样有着相应的描写。既然是"村民自治"，那么，乡镇政府也就成了直接面对农民的最基层的机关单位。这样，首先面对乡村社会中发生的一切问题的就是乡镇政府，是乡镇政府中的那些工作人员。贾平凹之所以要把自己的关注点集中到樱镇这样一个镇政府上，其根本原因正在于此。

更进一步说，贾平凹的关注点，更在"维稳"工作，更在镇政府下设的综合治理办公室。"维稳"工作到底有多么重要？只要看一看竹子罗列出来的综合治理办公室面临的工作任务，就可一目了然："一、要扎实细致地做好全镇村寨的矛盾纠纷的排查和调处。二、要及时掌控重点群众和重点人员。三、要下大气力处置非正常上访。四、要不断强化应急防范措施。"在这样的四项总体原则之下，竹子更是耐心细致地罗列出了多达二十八项的"樱镇需要化解稳控的矛盾纠纷问题"。其中大多都是围绕土地、林木所发生的纠纷问题，以及乡村干部的贪污腐败问题。既然一个普普通通的乡镇，一年内的上访案例就达到了这么多，那么，上访问题在全国范围内的普遍与重要，也就是可想而知的。细读《带灯》，就可以知道，贾平凹在小说中写到了上访的许多个案。对于这些个案，我们当然不可能一一予以罗列分析，这里只能对王随风的上访情况稍作展开。王随风为什么要一再上访呢？原来，她在县医药公司承包了三间房做生意，很是赚了一些钱。但后来医药公司职工下岗要求收回房子，而与王随风签订的租房合同却并未到期。在未征得王随风同意的情况下，医药公司不仅硬性单方面终止合同，而且还强行把她的东西扔到了外边。"三年半前打官司，对方给予补偿，她不同意，走了上访路。县上曾想结诉给她七万元，她仍不行，要十二万。事情就这么拖下来。"照理说，既然双方签订有合同，就应该严格按照合同办事。从这一点看，医药公司显然属于理亏的一方。县上曾经想以七万元的赔偿了结此事，而王随风提出的要求却是赔偿十二万。尽管表面上看来，王随风实在有点不识抬举，很有一些狮子大张口的味道，但从根本上说，此事的主要责任却在于医药公司的单方面撕毁合同。从法理的角度来说，无论王随风提出怎样过分的要求，违规者都只能接受。即使实在无法承受，也应该进行多方面的说服工作。但从小说中王随风的实际遭遇看，情况显然并非如此。在双方谈判无果、王随风执意上访的情况下，镇政府实际上采取了一种非常野蛮的手段应对王随风的上访行为。"村长就对王随风说：我可认不得你，只认你是敌人，走不走？王随风说：不走！村长一脚踢在王随风的手上，手背上蹭开一块皮，手松了，几个人就抬猪一样，抓了胳膊腿出去。从过道里抬到楼梯口，王随风突然杀猪一样地叫，整个楼上都是叫声。"既然对调解处理结果不满意，王随风就有上访申诉的权利。但她的上访所遭遇到的却是一种非人的对待。请一定注意以上所引话语中诸如"敌人"和"抬猪"这样的词语。明明是讨要维护自身合法权益的农民，结果却被当作"敌人"来看待，被像对付畜生一样随意处置。通过这样的描写，我们就可以略窥樱镇镇政府的"维稳"工作之一斑。在这样的描写过程中，贾平凹一方面真切地揭示出当下乡村社会存在着的严重问题，另一方面却也生动展示着如同王随风这样普通乡民的严酷生存状态。

尽管王随风的上访遭遇已经足够悲惨，但更应该引起我们高度关注的，却是另一位被称为上访专业户的王后生。虽然说从王后生的包揽上访行为中，我们可以明显看出这一人物身上存在着的某种国民劣根性，但话又说回来，王后生之所以能够处处插手上访事件，关键原因还在于客观上就存在着这么多不公平的上访事件。王后生在《带灯》中的重要性，就在于由他而牵连出了一系列大事件。仅就这一点来说，这一人物的结构性意义也是不容忽略的。王后生的重要性，首先在于，由他而牵连到了大工厂。当下时代，就实质而言是一个经济时代无疑。贾平凹的书写，当然不能忽略这一方面。对于大工厂之进入樱镇的描写，就在凸显着经济时代的特征。但王后生却起意要去告大工厂。为什么呢？"他说，樱镇交通这么不便，大工厂为什么能选择建在这里？是这个大工厂生产着蓄电池。蓄电池生产是污染环境的，污染得特别厉害，排出的废水到了地里，地里的庄稼不长，排到河里，河里的鱼就全死。大工厂是在别的地方都不肯接纳了才要落户樱镇的。"借助于王后生要告大工厂，贾平凹实际上非常巧妙地写出了两个方面的复杂性。首先写出了发展与环境保护之间的矛盾纠葛。一方面，樱镇要想改变贫穷落后的状况，就必须得设法发展经济。要想发展经济，如同大工厂的落户建设，恐怕就是无法避免的一件事情。更何况，大工厂的建设与否，不仅直接关系着樱镇的经济发展，而且也还直接影响着书记与镇长他们的仕途升迁。另一方面，大工厂的建设，就意味着自然环境的被破坏。就此点而言，王后生关于大工厂所带来危害的描述绝非危言耸听。这样的一种矛盾纠结，不仅仅是樱镇，而且在全国范围内也有着极大的普遍性。其次，贾平凹还写出了王后生人性构成的某种复杂性。一方面，正所谓无利不早起，作为一个专业上访户，嗅觉格外灵敏的王后生，非常清楚大工厂的建设对于书记镇长仕途升迁的重要性。从个人利益的角度来说，只有紧紧抓住大工厂不放，王后生才可能求得上访利益的最大化。另一方面，我们却也不能简单断言，王后生的上访就仅仅只是着眼于自己的个人利益。作为生于斯长于斯的一位樱镇农民，从内心说，王后生当然不希望看到自己本来山清水秀的家乡被严重污染。凭借着如此一种私心与公愿的纠结缠绕，贾平凹就活脱脱地写出了王后生真实人性世界的某种复杂性。

　　之所以说王后生这一人物具有结构性意义，是因为他因大工厂事件而上访，又勾扯出了樱镇的元家与薛家两大家族之间的恩怨纠葛。大工厂在樱镇的落户建设，不仅影响着樱镇的自然生态环境，而且也还牵连出了各种经济利益纠葛。这方面，最值得注意的，就是元家和薛家的矛盾冲突。无论是元家，还是薛家，都清楚地意识到，大工厂的建设，不仅将从根本上改变樱镇的传统生存格局，而且也是一个发展自身获取巨大经济利益的良机。于是，他们就采取先下手为强的方式率先抢占优势资源，以求谋取高额经济回报。具体来说，元黑眼等五兄弟在准确预测到大工厂的建设肯定需要大量天然河沙之后，抢先跑马占地，把本来属于公共资源的河滩硬性地据为己有，办起了沙厂。而薛家的换布、拉布兄弟，则是要通过改造老街为农家乐的方式发财："带灯说：又要住回老街呀？换布说：把这些旧房新盖了，可以办农家乐呀。镇上大工厂一建成，来人就多了，办农家乐坐在家里都挣钱哩。带灯说：你行！樱镇上真是出了你们薛家和元家！换布说：我见不得提元家！带灯说：一山难容二虎么。元黑眼兄弟五个要办沙厂，你换布拉布要改造老街，这脑瓜子怎么就想得出来！换布说：元黑眼要办沙厂?! 这是真的？带灯说：是真的。换布说：这狗日的！办沙厂倒比农家乐钱来得快。"没想到的是，换布的感觉居然十分灵验，后来的事实证明，办沙厂果然比改造老街办农家乐要来钱快得多。于是，换布、拉布兄弟的心态终于失去了平衡，通过县委书记秘书的关系，强行地介入了办沙厂的行列之中，要硬生生地从元家嘴里分一杯羹。眼看着到手的肥肉要被别人瓜分，元家五兄弟自然一万个不乐意。但胳膊毕竟拧不过大腿，只能眼睁睁地看着肥水流入外人田。就这样，现实中的经济利益纠葛，再加上固有的家族矛盾，这所有的一切，最后因为杨二猫的被打而酿成了一场惨不忍睹的械斗悲剧。杨二猫之所以被元老三打，是因为他在挖沙时总是要越过边界去占元家沙厂的便宜。而拉布要手执钢管去打元老三，从表面上看是因为信奉打狗还要看主人面的原则，实际上也是要借这个机会出一口憋闷了许久的恶气。元老三惨遭毒打，在樱镇霸道惯了的元家兄弟自然不会善罢甘休。他们与同样不情愿服软的换布、拉布兄弟碰撞在一起，也就有了双方的一场拼死械斗。从小说结构的角度来说，这场械斗的发生，不仅契合着"维稳"的总主题，而且也可以被看作是小说矛盾的一次总爆发，明显地构成了整部《带灯》的情节高潮。当然了，同样不容忽视的是，在元家与薛家围绕着沙厂发生的争斗过程背后，实际上却也潜隐着他们与书记镇长等樱镇当权者之间的某种权钱交易。说实在话，能够通过一场械斗，把经济发展、生态保护、家族矛盾、权钱交易以及上访"维稳"这众多的因素同时聚合表现出来，所强烈凸显出的，正是贾平凹一种超乎寻常的艺术构型表现能力。

论述至此，或许有读者会形成贾平凹的《带灯》不过是一部关切表现当下社会问题的问题小说的印象。但只要更加深入地体察分析一下，我们就不难断定，贾平凹一方面诚然强烈地关注思考着社会问题，但在另一方面，他的这部《带灯》却又绝不仅仅只是一部透视表现社会问题的小说。在我看来，既关注社会问题但又超越一般的社会问题层次，进而抵达一种生命存在的层次，才可以被看作是对于贾平凹这部《带灯》的一种准确定位（在一篇关于《古炉》的文章中，我曾经作出过这样一个论断："读《古炉》，印象格外深刻者，除了作家对于'文革'以及潜藏人性的深入描写之外，就是他对于具有相对恒久性的乡村常态世界的敏锐发现与艺术书写。对于乡村世界，我的一种基本理解是，在时间之河的流淌过程中，有一些东西肯定要随着所谓的时代变迁而发生变化，我把这些变化更多地看作是非常态层面的变化。比如，鲁迅笔下民国年间的乡村世界，与赵树理笔下解放区或者共和国成立之后的乡村世界相比较，肯定会发生不小的变化，这些变化就被我看作是一种非常态层面的变化。相应地，在自己的小说创作过程中，着力于此种非常态层面描写的，就可以说是一种非常态生活层面的书写。然而，就在乡村世界伴随着时间的长河而屡有变化的同时，也应该有一些东西是千古以来凝固不变的，某种意义上，也正是这些凝固不变的东西在决定着乡村之为乡村，乡村之绝不能够等同于城市。这样一些横越千古而不轻易变迁的东西，相对于非常态层面的变迁，就显然应该被看作是一种常态的层面。在自己的小说写作过程中，更多地把注意力停留在常态的生活层面，力图以小说的形式穿透屡有变迁的非常态层面，直接揭示乡村世界中常态特质的，就可以说是一种对于常态世界的发现与书写。如此看来，贾平凹的《古炉》更加值得注意的一个方面，很显然就在于对乡村世界常态世界的发现与书写。"①实际上，不止《古炉》的情形如此，这部《带灯》也同样可以做这样一种理解。尽管说"维稳"这个问题在文本中有着突出的位置，但细细读来，通观全篇，栩栩如生地凸显出乡村世界的日常生存状态，却依然是贾平凹的根本追求所在）。贾平凹之所以要在小说后记中特别强调"可我通过写《带灯》进一步了解了中国农村，尤其深入了乡镇政府，知道着那里的生存状态和生存者的精神状态"，其具体的落脚点，也显然在此。归根到底，超越问题小说的思路，把当下时代乡村社会人们一种普遍的生存状态描摹呈现出来，方才算得上是贾平凹的根本写作意图所在。说到生存状态，那些曾经出现在《带灯》当中的樱镇上访者的群像就会以历历在目的形式逐一浮现在我们眼前。王后生、王随风、朱招财、张正民、李志云等等，都给读者留下了难忘的印象。尽管说这些上访者都各有各的理由，而且其中偶尔会有如同王后生这样貌似"无理取闹"的专业上访户，但从总体上说，这些生存境况特别艰难的贫苦农人们，之所以要饱经屈辱地坚持上访，根本原因在于他们确实有现实的冤屈，确实置身于不公平的境遇之中。现实生活中，极少有人会放着舒服日子不过，以无事生非的方式非得去体验承受上访之苦。无论是从日常情理的角度，还是从法理的角度来说，既然遭受了不公平的冤屈，那么，向政府各级部门上访申诉就是合情合理的事情。但没想到的是，本来已经饱尝生活屈辱的他们，居然会因为上访而一再地遭受更大的屈辱。关于这一点，前面所引述的王随风上访时的悲惨遭遇，就是一个典型的例证。"我可认不得你，只认你是敌人……村长一脚踢在王随风的手上，手背上蹭开一块皮……几个人就抬猪一样，抓了胳膊腿出去。"就这样，明明是遭受了冤屈的上访者，结果却被当作敌人、被当成猪一样的畜生对待。阅读这个段落时，我们完全可以感受到贾平凹在书写时那强压下去的满腔愤怒。

但是，与王随风的遭遇相比较，更让我们倍感惨不忍睹的，恐怕是《带灯》中关于王后生遭受残酷惩罚的多少带有一点自然主义色彩的描写。因为串联了十三个人要去为大工厂的事情再度上访，所以，王后生被"请"到了镇政府来接受拷问。王后生嘴很硬，坚持着不肯说出那十三个人的名字，于是便遭到了简直就是非人的折磨。与王后生的遭遇相比较，前面王随风的遭遇，就只能说是

①　王春林：《"伟大的中国小说"（上）》，载《小说评论》2011年第3期。

小巫见大巫了。请看这样的一段描写："王后生进了会议室，会议室站着白仁宝，白仁宝是已端着一杯水，说：喝呀不？王后生说：喝呀。白仁宝却一下子把水泼在王后生的脸上，说：喝你妈的×！王后生哎哎地叫，眼睛睁不开，说：你们不是请我来给镇政府工作建言建策吗？侯干事吴干事翟干事已进来，二话不说，拳打脚踢，王后生还来不及叫喊就倒在地上，一只鞋掉了，要去拾鞋，侯干事把鞋拾了扇他的嘴，扇一下，说：建言啊！再扇一下，说：建策啊！王后生就喊马镇长，马镇长，马，镇长！他的喊声随着扇打而断断续续。"就这样，为了能够彻底征服王后生，让他说出那十三个人的名字来，三位干事乱哄哄你方唱罢我登场，简直就是无所不用其极地采用了各种非人手段来折磨王后生。以至王后生在万般无奈之下居然说出了"镇政府的会议室是渣滓洞么"的话语来（行文至此，应该稍加补充的就是，小说中所写到的镇政府侯干事吴干事翟干事三位，尽管在折磨王后生的时候可谓使尽了百般残忍的手段，显得特别气焰万丈，但我们也必须看到他们身上另一面的存在。那就是，只要面对着书记或者镇长，他们就会表现出一种令人厌憎的奴才相来。常言道，可怜之人必有可憎之处，我要说，可憎者也自有可怜之处。非常明显，只有把这三位镇政府干事的嚣张气焰与奴才相结合起来，方才算得上是对他们的一种完整理解）。是的，实际的情况也正是如此，只要是认真地读过"折磨"这一节的读者，我想，就都会认同王后生的这种说法。但是，请一定注意，渣滓洞是当年国民党关押折磨共产党人的地方，当王后生把镇政府的会议室比作渣滓洞的时候，他实际上就已经把自己比作了被关押的囚犯。其实，又何止是那些如同王后生、王随风这样的上访者呢？只要你再去关注一下那个本来因为在大矿区打工而患有严重的矽肺病，然而却硬是死要面子不肯承认的毛林，看看那东岔沟村因为同样的原因患上矽肺病的十三个农人以及他们那同样可怜至极的妻子，你难道能够说，他们就不是被囚禁的存在吗？假若我们的思路再稍稍打开一些，你就会认识到，某种意义上，如同带灯、竹子这样每天忙于处理上访问题的镇政府综合治理办公室的工作人员，也都可以被理解为被"囚禁"的存在。

在这里，就应该提及贾平凹小说中极睿智的一个艺术处理了。带灯与竹子这两位综治办工作人员的主要工作职能，本来是如何想方设法地稳控各类上访者。然而，到了最后，明明是带灯和竹子两位率先抵达元家与薛家的械斗现场，而且还奋不顾身地拼命阻止械斗的扩大，但县委调查组最后作出的处理结果，却硬是让带灯和竹子变成了替罪羊："给予带灯行政降两级处分，并撤销综治办主任职务。给予竹子行政降一级处分。"既然遭受了如此不公平的对待，那么，竹子愤而上诉就是顺理成章的事情："她原本是反映着带灯的病情的……回想也正是因处分之后带灯才出现了这些病情，那么一不做二不休，干脆就将樱镇如何发生斗殴事件，带灯和她如何经历现场，最后又如何形成处分，一五一十全写了。"让专门负责稳控上访者的工作人员，最终变身为上访者，贾平凹的如此一种艺术处理方式，充满着反讽意味，带有非常突出的黑色幽默色彩。在此处，作家不仅极富艺术智慧地表现出了一种存在的悖谬状态，而且也还成功地写出了某种生命深层的痛感。写及此处，忽然想起了莎士比亚悲剧《哈姆雷特》第二幕第一场中一段影响极大的台词："丹麦是一所牢狱……世界也是一所牢狱……里面有许多监牢、囚房、地牢，丹麦是其中最坏的一间……在这一种抑郁的心境下，仿佛负载万物的大地，在一座美好框架，只是一个不毛的荒岬，这个覆盖众生的苍穹，这一顶壮丽的帐幕，这个金黄色的火球点燃着的庄严屋宇，只是一大堆污浊瘴气的集合。"或者，我们也可以在如此一种意义上理解看待出现在贾平凹《带灯》中的这些被"囚禁"的生命存在吧。某种意义上讲，贾平凹《带灯》关于被"囚禁"的存在的真切艺术描写，也能够促使我们联想到著名的思想家伯林，他在谈到帕斯捷尔纳克的《日瓦戈医生》时曾经讲过这样一段话："它的主题是普世性的，与大多数人的生活（人的出生、衰老和死亡）密切相关。与屠格涅夫、托尔斯泰和契诃夫作品中的主人公一样，该书的主人公处于社会的边缘，与社会发展的趋势和命运密切相连，但又不与之同流合污，在面对各种毁灭社会、摧残和消灭许许多多其他同类的残暴事件时，仍然保持着人性、内在的良心和是非感。"①

更深一步地思考贾平凹在《带灯》中所真实呈现出的那一幕幕被"囚禁"的生命存在悲剧，我们就应该注意到小说中的这么一个段落："她问带灯：咱不是法制社会吗？带灯说：真要是法制社会了哪还用得着个综治办?！竹子不明白带灯的意思，带灯倒给她讲了以前不讲法制的时候，老百姓过日子，村子里就有庙，有祠堂，有仁义礼智信，再往后，又有着马列主义毛泽东思想，还有阶级斗争的政治运动，老百姓是当不了家也做不了主，可倒也社会安宁。"带灯的

① 以赛亚·伯林：《苏联的心灵——共产主义的俄国文化》，潘永强、刘兆成译，译林出版社2010年版，第15页。

这段话，让我们想起了余虹的一种真知灼见："德国诗人里尔克曾概叹一切存在者都处于无庇护状态，人尤其如此，也正因为如此，人需要创建自己的保护以维护生存的安全。人的庇护从何而来呢？现世的社会和彼世的信仰，前者给人以生之依靠，后者给人以死之希望。所谓善（社会正义与神圣信仰）者非他，人的终极依靠是也。在人类的历史上，人们以各种方式创建着这种善，也以各种方式摧毁着这种善。在中国历史上，人们曾经创建了一个以家庭、家族、乡里、民间社团、宗法国家和儒家道德为社会正义的此世之善，也创建了以各种民间信仰（迷信）和道释之教为灵魂依托的彼世之善。尽管这种善并不那么善，但好歹还是一种脆弱的依靠和庇护，可悲的是，近百年来连这种依靠与庇护也几乎在革命与资本的折腾中消失殆尽了。"①联系《带灯》中那样一种真切的社会生活图景，端详小说中那些飘荡在樱镇的古老大地上无所依傍的孤苦灵魂，细细地品味余虹的这段话语，我们当更能体会出内中所潜隐的深刻意蕴来。

二、人性深度与带灯形象的塑造

能否塑造出具有深度人性内涵的若干人物形象来，是衡量评价一部长篇小说优秀与否的重要标准。贾平凹从事小说创作多年，早已积累了关于塑造人物形象的足称丰富的艺术经验，可谓是塑造人物形象的高手。这一点，同样非常突出地体现在《带灯》这部长篇小说之中。尽管说诸如王后生、竹子、马副镇长、侯干事、镇长、书记、毛林等若干人物也都堪称形象生动，但相比较而言，最值得引起我们高度关注的，恐怕还应该是作为小说主人公的带灯这一形象。很显然，小说的标题也正由此而来。应该说，在贾平凹的创作历程中，《带灯》并不是第一部以主人公名字命名的作品，此前也曾经有过几部以人物形象直接命名的作品，比如中篇小说《黑氏》《天狗》，长篇小说《高兴》。既然径直以人物形象而命名，那就说明人物形象本身在小说文本中的重要性。从小说艺术的角度看，这类小说的写法肯定与其他小说的写法有所差异。这一方面一个非常明显的特点，就是这个小说的主人公会成为整部小说的叙事聚焦点。这样，就逻辑层面而言，《带灯》中就应该同时出现两个叙事聚焦点：从故事情节看，是我们前面已经一再提及的"维稳"工作；从人物形象看，则是带灯。尽管说一部长

---

① 唐小兵：《惊鸿一瞥识余虹》，载《随笔》2012年第6期。

篇小说肯定允许同时存在若干个叙事聚焦点，但细细体察一下文本，我们却发现，情况并非如此。因为带灯的身份是樱镇镇政府的综治办主任，主抓的就是"维稳"工作，所以小说中的两个叙事聚焦点实际上呈现为一种合一状态。

虽然贾平凹此前就曾经有过数部直接以人物形象命名的小说作品，但细致分析一下，我们不难发现，带灯这一女性形象，确实是贾平凹笔下饶有新意的一个人物形象。根据叙述者的交代，带灯是一位中专生，是某一个农校的毕业生。她之所以来到樱镇镇政府工作，主要因为她丈夫就是樱镇人，在镇小学工作。尽管没有做过明确的交代，但带灯毕业时居然还存在分配一说，就不难判断，她最早来到樱镇工作的时候，应该是在20世纪90年代的末期。因为差不多从进入新世纪开始，不要说中专生，就是大学生、研究生，国家也都不再统一分配工作了。带灯虽然只是一个普普通通的中专生，但在骨子里拥有一种非同于流俗的出污泥而不染的精神气质。大约也正因为如此，所以才多年不得提拔："萤从那以后，没事就在她的房间里读书。别人让她喝酒她不去；别人打牌的时候喊她去支个腿儿，她也不去。大家就说她还没脱学生皮，后来又议论她是小资产阶级情调，不该来镇政府工作。或许她来镇政府工作是临时的，过渡的，踏过跳板就要调到县城去了。可她竟然没有调走，还一直待在镇政府。待在镇政府里过了一年又过了一年，萤读了好多的书。"尽管只是简简单单的一种概括性介绍，但一个很有个性的青年女性形象，却已经出现在读者面前。好读书、不喝酒、不打牌，而且又谈不上什么后台，这几个因素结合到一起，就注定了带灯只能够以普通干事的身份"待在镇政府过了一年又过了一年"，"差不多陪过了三任镇党委书记、两任镇长，已经是非常有着农村工作经验的镇政府干部了"。实际上，也正是这个过程中，乡镇政府的工作重心逐渐地由以前的"催粮催款和刮宫流产"转移到了"维稳"上面。把贾平凹在小说中的这种描写与现实社会对照一下，就可以发现，所谓"催粮催款和刮宫流产"，正是20世纪末21世纪初乡镇政府的工作重心，而"维稳"则在近些年才开始取代前者成为新的工作重心。因为带灯当年曾经帮过新任镇长的忙，当然也因为新任镇长内心里对带灯有某种欲求，所以，就力荐带灯担任了新成立的综治办主任。而综治办最重要的工作内容，就是"维稳"。就这样，个性化十足的"不合时宜"的带灯，登上了一个体现自身价值的历史舞台。她出色的工作能力与丰厚深邃的人性内涵，也正是在完成"维稳"工作的过程中，才获得了一种充分的展示机会。

　　从本质上说，带灯是一位具有坚定务实品格的理想主义者。或者说，带灯是一位好人形象。熟悉小说写作规律的朋友都知道，某种意义上讲，塑造一个恶人，或者一个善恶参半的人物形象易，但要想塑造一个具有理想主义精神内涵的好人却很难，尤其是还得让读者真正地信服接受。但，贾平凹在《带灯》中却相当完满地做到了这一点。作为一位富有经验的乡镇综治办工作人员，带灯非常熟悉乡村现实生活状况，差不多在全乡镇的每一个村寨，她都有自己十分要好的"老伙计"。有了这些"老伙计"的普遍存在，不仅使得带灯能够及时深入地了解乡村世界的真实情况，更为她以尽量化解矛盾稳控上访者为基本目标的"维稳"工作提供了诸多便利。说实在话，在带灯身上，几乎很难看到当下时代乡镇干部身上所普遍存在着的贪污腐化与工作懈怠状况。在这一方面，带灯（当然也包括竹子）与樱镇镇政府的其他一些工作人员，可以说形成了极其鲜明的对照。由于上访者大都负有冤屈，也由于他们大都有着一种上访不成誓不罢休的执拗个性，所以，"维稳"工作难度极大。虽然工作难度大，虽然也并非最后的决策者，但带灯她们在具体的工作过程中，却一直坚持以一种温和说理的方式苦口婆心地试图化解种种社会矛盾。关于这一点，只要把带灯她们对待上访者的态度，与前面已经提及的非人性的简单粗暴稍作对比，我们即可有一目了然的认识。面对王随风，当村长他们把王随风当作"敌人"、当作"猪"对待的时候，"带灯说：心慌得很，让我歇歇。却说：你跟着下去，给村长交待，才洗了胃，人还虚着，别强拉硬扯的，也别半路上再让跑了"。与侯干事他们以种种令人发指的非人方式折磨王后生形成突出对比的是，带灯反复叮咛："去了不打不骂，让把衣服穿整齐，回来走背巷。"以至侯干事对此很是无法理解："咱是请他赴宴呀？"当然也包括带灯她们主动帮助那些因为在大矿区打工而患上矽肺病的农民的行为，所有这一切都充分地凸显出带灯身上具有一种难能可贵的人道主义悲悯情怀。同样给读者留下了深刻印象的，是到了小说情节的高潮处，面对着手持凶器大打出手的元家和薛家兄弟，当其他在场者都唯恐避闪不及的时候，不顾自己的身家性命，依然挺身而出阻止械斗者，只有带灯和竹子，"带灯和竹子压根没想到又一场殴打来得这么快，打得这么恶，要去阻止，已不能近身，就大声呐喊：不要打！谁也不要打！……带灯跑到院门口，抱了个花盆就扔到了门槛上，想着使拉布和元老四打不成"，"带灯是急了，跳到了院子中间，再喊：姓元的姓薛的，你们还算是村干部哩，你们敢这样打?！我警告你们，我是政府，我就在这儿，谁要打就从我身上踏过去"，"带灯被甩到厨房台阶上，头上破了一个窟窿，血唰唰地就流下来"。只要读一读这些惊心动魄的场景描写，你就不难体会到带灯她们在械斗中，究竟需要多大的勇气和胆魄。在这个过程中，一种富有牺牲色彩的理想主义精神的支撑就完全是有必要的。

小说中，贾平凹曾经以带灯自己的口吻讲过这么一句话："或许或许，我突然想，我的命运就是佛桌边燃烧的红蜡，火焰向上，泪流向下。"虽然不能用所谓一语成谶的成语来加以评价，但非常明显，带灯这句话确实在很大程度上可以被看作是她这样一个坚韧的理想主义者悲剧命运的真切写照。实际上，也正是在这个意义上，我们才可以理解贾平凹在小说后记中的如下一些话语："所以，我才觉得带灯可敬可亲，她是高贵的，智慧的，环境的逼仄才使她想象无涯啊！我们可恨着那些贪官污吏，但又想，房子是砖瓦土坯所建，必有大梁和柱子，这些人天生为天下而生，为天下而想，自然不会去为自己的私欲而积财盗名好色和轻薄敷衍，这些人就是江山社稷的脊梁，就是民族的精英。""地藏菩萨说：地狱不空，誓不为佛。现在地藏菩萨依然还在做菩萨，我从庙里请回来一尊，给它献花供水焚香。以前从来没有注意过土地神，印象里胡子那么长个头那么小一股烟一冒就从地里钻出来，而现在觉得它是神，了不起的神，最亲近的神，从文物市场上买回来一尊，不，也是请回来的，在它的香炉里放了五色粮食。"很显然，理想主义者带灯，就是贾平凹这里所说的地藏菩萨，就是土地神。

说到带灯，我们还必须注意她的命名问题。不能不承认，贾平凹在这一人物的命名问题上真的是做足了文章。带灯的名字本来单名一个"萤"字，她后来自己对这个名字不满意，就把它改成了"带灯"。"读到一本古典诗词，诗词里有了描写萤火虫的话：萤虫生腐草。心里就不舒服，另一本书上说人的名字是重要的，别人叫你的名字那是如在念咒，自己写自己的名字那是如在画符，怎么就叫个萤，是个虫子，还生于腐草？她便产生了改名的想法。但改个什么名为好，又一时想不出来。"忽一日，工作之余，带灯看到萤火虫在飞："萤就站起来要到门前去，却看见麦草垛旁的草丛里飞过了一只萤火虫。不知怎么，萤讨厌了萤火虫，也怨恨这个时候飞什么呀飞！但萤火虫还在飞，忽高忽低，青白色的光一点一点地在草丛里、树枝中明灭不已。萤突然想：啊它这是夜行自带了一盏小灯吗？于是，第二天，她就宣布将萤改名为带灯。"关键在于，这个改名的过程，有着一种深刻的象征内涵寄予其中。萤火虫尽管很弱小，却一直默默无闻地努力向这个充满苦难的世界传送着光明与温暖。在这个意义上，小说中的带灯，就特别类似于自然界的萤火虫了。以此对应小说文本，带灯这一人物，不也正像萤火虫一样一直努力给那些苦难民众带去温暖与安慰么?! 既然说到萤火虫，那我们就应该注意到小说结尾处关于萤火虫阵描写的强烈隐喻性。"带灯用双手去捉一只萤火虫，捉到了似乎萤火虫在掌心里整个手都亮透了。再一展手放去，夜里就有了一盏小小的灯忽高忽下地飞，飞过芦苇，飞过蒲草，往高空去了，光亮越来越小，像一颗遥远的微弱的星。竹子说：姐，姐！带灯说：叫什么姐！竹子顺口要叫主任，又噎住了，改口说：哦，我叫萤火虫哩！就在这时，那只萤火虫又飞来落在了带灯的头上，同时飞来的萤火虫越来越多，全落在带灯的头上，肩上，衣服上。竹子看着，带灯如佛一样，全身都放了晕光。"必须承认，这是《带灯》中最感人的一段文字。这一段文字极富感染力地以一种象征隐喻的方式传达出了带灯那样一种如佛一般自我牺牲而普度众生的高远精神境界。

要想更好地把握带灯这一形象，我们还不能够忽略她那饱满丰富的精神情感世界。虽然说带灯之所以要到樱镇镇政府来工作，与自己的丈夫有直接关系，但从她的日常生活状态来判断，她和丈夫之间的感情关系其实存在着很大的问题。否则，就不可能长期分居，而且，丈夫仅有的一次露面的场景，也是充满着吵架的声音。那么，带灯那种精神力量的源泉，究竟从何而来呢？这就必得提到她写给元天亮的那些短信了。元天亮是《带灯》中一位虽然一直都没有出场但位置特别重要的人物。元天亮是樱镇人，是元老海的本族侄子，就连元黑眼他们也都得叫他叔。这个人既能够写书又能够做官，可以说既是作家，又是政府官员。按照小说中的介绍，尽管元天亮未出场，却凭借自己的影响力给家乡做过一些事情。但我们这里之所以要特别提及元天亮，是因为他和带灯之间的关系。其实，他们俩从来就没有见过面，说是关系，也只是带灯一种带有自我幻想色彩的一厢情愿。因为读过不少元天亮的作品，而且也知道元天亮就是樱镇人，所以，带灯一时冲动就给自己的崇拜者发了一条短信，没想到居然还收到了元天亮的回复。就这样，不间断地给元天亮发短信，就成为带灯精神生活中非常重要的一项内容。以至，带灯发给元天亮的短信，俨然构成了《带灯》中一条极其重要的结构线索。结构的问题我们稍后展开分析，这里要强调的，是元天亮的存在对于带灯精神情感生活的重要性。尽管说只是带灯个人的一种情感意愿，但毫无疑问地，这样一种臆想出的情感联系，实际上成了带灯一个特别关键的精神支柱。很大程度上，这位看似柔弱的女性，之所以有足够的勇气面对现实中的生活苦难，端赖元天亮这位自始至终都未出场者在精神上所提供的强力支撑。有了这样一个潜隐性人物的存在，就使得带灯的理想主义特质拥有了更充分的艺术说服力。

当然，说到带灯的理想主义，我们还必须注意到这种理想主义与现实之间的一种复杂关系。某种意义上讲，如此一种复杂关系，可以用莲花与污泥的关系来作对比。一方面，莲花固然"出污泥而不染"，但另一方面，若没有污泥，那莲花又究竟该从何而来呢？要想很好地理解这一点，小说中关于镇政府的那条白毛狗的描写，就可以说是极有象征深意的。带灯初到镇政府工作时，那条狗还是一条杂毛狗。因为带灯特别爱干净，所以就给狗洗澡："萤已经和这条杂毛狗熟了，她一招手狗就过来，她要给狗洗澡。"没想到的是，带灯这一洗，还真是洗出了一个奇迹，那条狗居然变成了一条白毛狗："这条狗的杂毛竟然一天天白起来，后来完全是白毛狗。大家都喜欢了白毛狗。"不能忽略这条白毛狗与带灯之间那样一种如影随形一般的象征关系。小说中，只要带灯出现处，相伴者差不多都少不了竹子和白毛狗。令人惊异的是，等到带灯因为械斗事件受到处分之后，这条狗的白毛居然也同时发生了变化："天开始凉了，人都穿得厚起来，镇政府的白毛狗白不再白，长毛下生出了一层灰绒。"带灯惨遭悲剧性命运的时候，连白毛狗也不再白了，真的是天人感应了。实际上，从象征隐喻的角度说，写狗也就是写人，通过一条白毛狗的描写，曲尽其妙地折射表现带灯理想主义与现实之间的复杂关系，所充分体现的，也仍然是贾平凹一种异乎于寻常的艺术表现功力。

三、结构

结构，对于小说创作有着重要的意义。凡是成功的长篇小说，都拥有一种合理的结构方式。作为一位创作经验老到的小说家，贾平凹非常清楚艺术结构恰当的重要性。这一点，在《带灯》后记中同样有突出的表现："在终于开笔写起《带灯》，逢着了欧冠杯赛，当我一场又一场欣赏着巴塞罗那队的足球，突然有一天想：哈，他们的踢法是不是和我《秦腔》《古炉》的写法近似呢？啊，是近似。传统的踢法里，这得有后卫、中场、前锋，讲究的三条线如何保持距离，中场特别要腰硬，前锋得边路传中，等等等等。巴塞罗那则是所有人都是防守者和进攻者，进攻时就不停地传球倒脚，繁琐、细密而眼花缭乱地华丽。一切都在耐烦着显得毫不经意了，突然球就踢入网中。这样的消解了传统的阵形和战术的踢法，不就是不倚重故事和情节的写作吗，那繁琐细密的传球倒脚不就是写作中靠细节推进吗？我是那样地惊喜和兴奋。和我一同看球的是一个搞批评的朋友，他总是不认可我《秦腔》《古炉》的写法，我说，你瞧呀，瞧呀，他们又进球了！他们不是总能进球吗?!""《秦腔》《古炉》是那一种写法，《带灯》我却不想再那样写了，《带灯》是不适那种写法，我也得变变，不能在一棵树上吊死。"首先必须强调，我是贾平凹《秦腔》《古炉》那样一种依靠细节推进小说发展的写作方式的激赏者。某种意义上讲，那样一种写作方式，带有非常突出的先锋意味，有相当重要的艺术革命价值。尽管有朋友认为贾平凹的那种写作方式存在问题，最起码明显缺少可读性。但不知道为什么，我却读来感觉很是津津有味。很显然，那两部长篇小说的成功，与那样一种写作方式的采用有着特别紧密的内在关联。之所以要引述贾平凹的这段言论，是因为他非常巧妙地把足球与小说联系在一起，用巴塞罗那队的踢法来比拟《秦腔》《古炉》的写法，不仅形象生动，而且极有说服力。但文学创作贵在创新，即使《秦腔》《古炉》的写法再成功，贾平凹也不能够继续沿用那样一种写法了。更何况，与《秦腔》《古炉》以一个村落为叙事聚焦点不同，《带灯》又是一种明显以人物形象为叙事聚焦点的小说类型。这就要求贾平凹首先必须在小说结构上寻找一种新的方式，实现一种自我艺术突破。

在我看来，贾平凹《带灯》小说结构上的突破，主要表现在以下三个方面。其一，以"维稳"工作为中心的樱镇现实生活的真实摹写与带灯写给元天亮的那些短信，构成了两条并行不悖的结构线索。两条结构线索的具体扭结交叉点，就是小说的主人公带灯。某种意义上讲，《带灯》的这种结构方式，能够让我们联想到《红楼梦》的两条结构线索。《红楼梦》非常明显地存在着两条线索，一条是贾府的日常生活，另一条则是包括太虚幻境、"补天遗石绛珠还泪"的神话等在内的形而上的线索。有了这样两条结构线索的水乳交融，也才有了《红楼梦》的艺术成功。具体来说，前者是接地气的，而后者则意味着某种艺术境界的飞升。然而，同样是两条结构线索，《带灯》却又与《红楼梦》有所不同。樱镇现实生活这条线索，一方面固然是在描写带灯与竹子她们综治办的"维稳"工作，但更主要的，恐怕却在于充分展示樱镇人在当下这个特定时代的众生相，展示他们的苦难生存状态。尤其在于，通过那些上访者不幸遭遇的具体描写，强有力地揭示现实生活中人们凄楚的一面。而带灯写给元天亮的短信这条线索，虽然也部分地承担着叙事的功能，但更主要的，却在以诗一般的优美语言，传达表现着一种处于虚幻状态下的情感的浪漫与美好。比如："闻着柏树和药草的气味，沿那贴在山腰五里多直直的山道，风送来阳光，合起我能晕晕乎乎踩着思恋你的旋律往前走。我是来检查旱情的，却总想你回来了我要带你到这里走走，只要不怕牛牤，不怕蛇，肯把野花野草编成圈儿戴在头上，如果你累了，我背你走。这条直路到大药树下分叉处就落下去沟脑洼地，两边的桔梗差不多长到我的腿弯。往年雨水好，桔梗就能长到我的肩头，开花像张开的五指，浅紫的菱瓣显得简朴而大气，那苍桑的山蔓从根到梢挂满小灯笼花，像是走了几千里夜路到我眼前，一簇簇血参的老叶，花成小脚型，甜甜的味儿，有着矜持和神秘。"细细品味这段话语，我们就不难感受到带灯短信中的浪漫美好。根据贾平凹在后记中的交代，带灯这一人物形象有着现实生活中的真实原型。既然如此，那带灯的这些短信，就一定是在真实短信的基础上加工而成的。需要注意的是，这些短信固然在某种程度上起着补充塑造带灯形象的作用，但更主要的，恐怕却在于要以此而与另外一条现实生活的结构线索进行极其鲜明的对照。非常明显，带灯的短信越是浪漫美好，樱镇现实生活的苦难意味就越是突出，贾平凹那样一种意在凸显"被'囚禁'的存在"的深刻思想主旨，也就越能得到充分的艺术体现。

其二，贾平凹的《带灯》分别由"上部：山野""中部：星空"与"下部：幽灵"三大部分组成。如此一种小说结构布局，非常容易让我们联想起中国古代关于"凤头、猪肚、豹尾"的文章章法来。具体来说，上部的作用，主要在于交代故事发生的地点以及主要人物，为故事的进一步展开做好充分的铺垫。诸如樱镇的基本状况，镇政府的工作状态，几任书记镇长的更迭，萤的来历与她为什么要改名叫带灯，综治办的成立与带灯被任命为主任，竹子离开了计生办来到了综治办，等等，读者在这一部分首先了解了小说的故事要素。"猪肚"的中部，自然是整部小说最重要的主体部分。带灯成了综治办主任，竹子进入综治办工作，她们俩很快就紧锣密鼓地进入了"维稳"工作状态。应该注意到，到了这个部分，故事不仅更加集中，而且小说整体的叙事节奏也明显地加快了。在阅读上，《带灯》之所以较之于《秦腔》《古炉》更容易进入一些，根本原因就在于前者属于聚焦叙事类型，而后者则显然属于散点叙事类型。一旦采用散点叙事，因为叙述者要同时顾及诸多方面的小说因素，所以叙事速度与节奏就无论如何都快不了，只能够呈现为一种舒缓的叙事状态。就连读者在阅读的时候，都会明显感觉到自己的阅读速度怎么也上不去。与散点叙事相比较，聚焦叙事所需顾及的小说因素就明显要集中得多。一集中，叙事速度就很难慢下来，只能是越来越快。叙事速度与节奏一快，读者在阅读时自然就会感觉到小说的可读性增加了许多。实际上，小说艺术的优劣，与可读性的大小，并不存在一种正比例的直接对应关系。尽管说《带灯》较之于《秦腔》《古炉》可读性明显增加了，但我们不能够因此而对《秦腔》《古炉》的艺术性稍有贬低。没想到的是，尽管带灯与竹子的工作态度特别认真负责，兢兢业业，但她们的努力只能够在一定程度上延缓现实矛盾，并不可能从根本上解决社会问题。于是，元家与薛家两大家族的矛盾，到最后终于大爆发，演变成了一场惨烈无比的械斗大悲剧。到了下部，就到了故事的归结收尾阶段。这个部分，贾平凹有三个方面的艺术处理，值得引起我们的高度注意。一是写带灯与竹子成了镇领导的替罪羊，竹子不服愤而上诉，由稳控上访者变身为上访者。二是写带灯患病，不仅夜游，而且居然与那个疯子为伍。这一部分之所以要命名为"幽灵"，其根本原因或许在此。贾平凹笔端素有的乡村神秘性一面，再度得到艺术表现。三是写带灯与竹子被当成替罪羊免职受处分之后，那些曾经在以前受惠于带灯的"老伙计"们，聚集在一起，给她们做了一顿揽饭。何为揽饭："揽饭是把各种各样的米呀豆呀肉呀菜呀一锅闷的，营养丰富，又味道可口。"这顿揽饭，所充分凸显出的，是这些"老伙计"，当然也更是作家贾平凹的一种悲悯情怀。

其三，除了上中下三大部分之外，贾平凹《带灯》结构上另外一个值得注意处，就是小章节的穿插使用。根据事件本身的状况，这些章节长短不拘，有的很长，有的极短。然后，每一个章节都加上了提示主要内容的小标题。某种意义上讲，《带灯》之所以能够带给读者与《秦腔》《古炉》殊不相同的阅读感受，与贾平凹的这种小章节方式的运用，也有着密切的关系。这样一来，同样是作家所特别擅长的"生活流"叙事，但因为有了如同"航标灯"一样的小章节的引领，整体的阅读感觉就会清晰明朗许多。那么，贾平凹的这种艺术构想从何而来呢？我所联想到的是中国本土小说传统中的"章回体"。我们都知道，"章回体"绝对应该被看作是中国本土小说创作的一大艺术创造。很大程度上，贾平凹的小章节，就是从"章回体"演化而来的一种艺术结果。只不过与传统中那样一种总是显得特别整齐划一的"章回体"相比较，贾平凹《带灯》中的小章节变得长短不拘，有了某种特别自然的伸缩度。这样一来，也就使得整部小说拥有了一种难能可贵的艺术弹性。进入新世纪以来，中国小说创作领域出现了一种蔚为大观的艺术本土化趋向。贾平凹，毫无疑问是其中最具代表性的作家之一。这部《带灯》的出现，即使仅仅从小章节的创造性运用上，也依然可以被看作是贾平凹在中国本土小说传统的创造性转化方面的一种积极努力。

（原载《小说评论》2013 年第 4 期）

萤火虫与虱子

王德威

有一分热，发一分光。就令萤火一般，也可以在黑暗里发一点光，不必等候炬火。

——鲁迅

如果你身上还没有虱子，那你还没有理解中国。

——毛泽东

　　贾平凹是当代中国大陆最重要的作家之一，在海外也拥有极大知名度。《带灯》是他最新的创作。在这本近四十万字的作品里，贾平凹的触角再度指向他所熟悉的陕西南部农村。这一回故事发生在小小的樱镇，焦点是一个名叫带灯的农村女干部。带灯风姿绰约，怀抱理想，但是她所担任的职务——樱镇综合治理办公室主任——却是最吃力不讨好的工作。她负责处理镇上所有纠纷和上访事件，每天面对的都是鸡毛蒜皮的纠纷。后社会主义的农村问题千头万绪，带灯既不愿伤害农民，又要维持基层社会的稳定，久而久之，心力交瘁，难以为继。她将何去何从？

　　农村问题一直是中国当代小说的重要主题。从20世纪50年代柳青的《创业史》、赵树理的《三里湾》，到诺贝尔奖得主莫言的《生死疲劳》，早已形成繁复的脉络。贾平凹的农村小说之所以重要，不在于他经营庞大的国族寓言或魔幻荒诞的想象，相对的，他擅长以绵密的笔触写农村无休无止的人和事、琐碎甚至龌龊。他从不避讳农民的惰性和褊狭，却也理解他们求生存的韧性与无奈。《高老庄》《秦腔》，还有《古炉》，都是很好的例子。如贾平凹所谓，因为性格和成长环境使然，他的生命景观充满"黏液质加抑郁质"，他的文章，也有了混沌暧昧的气息。

《带灯》依然体现这一特色。贾平凹写樱镇在社会主义现代化的历程里，先是拒绝了火车兴建，以致错过了繁荣的契机，之后又不能抵挡后社会主义的开发狂潮，被逼入了层层剥削的死角。在樱镇这充满诗意的名字后面，是个诡异的当代村镇奇观。如他在后记所言："体制的问题，道德的问题，法制的问题，信仰的问题，政治生态问题和环境生态问题，一颗麻疹出来了去搔，逗得一片麻疹出来，搔破了全成了麻子。"

贾平凹所运用的"麻疹"和"麻子"的意象耐人寻味。他似乎认为当下农村问题不再只是体制问题；它如此深入日常生活起居，其实已经成为身体的问题。叠床架屋的官僚体系，得过且过的权宜措施，贪污拍马，逢迎欺诈，老中国的陋习无所不在，日新又新，甚至成为生命即政治的本能。麻疹是身体内部病毒发作的结果，但贾平凹更要描写种种外在社会现象如何化为身体内的一部分，这带来小说的最大隐喻。樱镇没有落英缤纷，有的却是漫天飞舞的白虱。这细小的生物寄生在身体的隐秘处，毛发的缝隙里。它安然就着人们的血肉滋长，驱之不去，死而复生。久而久之，樱镇百姓习以为常，不痛不痒，竟然也就把它当作身体新陈代谢的一部分。

白虱的隐喻也许失之过露，但在《带灯》语境里毕竟触动了共和国历史的"毛细管"。我们记得鲁迅的《阿Q正传》里，阿Q看到自己身上的虱子不如王胡身上的多而大，竟然有了一比高下的虚荣心。但我们更应该记得另一则有关虱子的轶闻。20世纪40年代，美国作家斯诺远赴延安，成为毛泽东的座上宾。在延安窑洞里，毛泽东和斯诺一面打扑克，一面吃着馒头夹红辣椒，"一面用手搓着脖子上的污垢，有时毫不在乎地松开裤腰带伸手进去抓虱子"。毛泽东对斯诺说："如果你身上还没有虱子，那你还没有理解中国。"

毛泽东这番虱子论意味深长。虱子与中国人常相厮守，也许表现了古中国藏污纳垢的劣根性，也许暗示了中国底层人民不堪但强悍的生物性本能，也许暗示了历史伟人民胞物与、感同身受的情怀。但当主席告诉美国友人身上没有虱子，就还没有理解中国时，他是否也暗示一种有关虱子的革命情怀？

《带灯》里，陕北延安窑洞里的虱子似乎跨越时空障碍，飞到了陕南樱镇。革命如果已经成功，我们还要与虱子共舞吗？这铺天盖地而来的白虱到底告诉了我们什么？套用前引的贾平凹夫子自道，这些虱子在后社会主义里的繁荣是环境生态问题？或者也可能是政治生态问题、体制问题、道德问题、法制问题、信仰问题？

　　贾平凹显然为这些问题所苦。但在《带灯》里他不甘心只白描这些无从回答的疑问，而希望实现他的希望或愿景。于是有了带灯这个人物。带灯原名萤，就是萤火虫，因为顾忌萤食腐草而生的典故，所以改名。带灯孤芳自赏，与官僚体系格格不入，她来到樱镇负责农村基层问题，上访、拆迁、救灾、计生等等，无时或已。但她的力量微薄，注定燃烧自己，却未必照亮他人。

　　贾平凹对带灯这个人物投注相当大的心力，写她举手投足的优雅、她丰富的内心世界，还有她逆来顺受的性格。然而也许正因为贾平凹如此珍惜这位女主人翁，他反而没有赋予她更多的血肉。带灯的形象因此也许空灵有余，却显体气不足。我们对她的背景动机和感情世界所知无多，她的奉献和牺牲也只能引起我们的无奈。

　　小说描写带灯每天面对无法摆脱的杂乱，在百难排解之际，远方的乡人元天亮成了她的精神寄托。元天亮是个谜一样的人物，他官拜省委常委，却从未在小说中出现。我们仅见带灯不断给他写信，诉说自己的希望和绝望。这样的单相思式的通讯固然为小说叙事带来一个浪漫的出口，但也必定指向虚无的终局。带灯无法摆脱现实，又没有能力得到解脱。她的痛苦是无法救赎的。

　　贾平凹曾提到带灯的原型是一个担任乡镇干部的女性"粉丝"。从这个角度来说，贾似乎将自己定位为《带灯》中的理想人物元天亮。但作为带灯的创造者，贾平凹又何尝不是笔下女主人翁的分身？通过带灯和遥远的元天亮，他投射了自己对中国农村社会的期望。这是相当抒情的寄托，也与贾平凹书写社会现状的用意恰恰相反。但我以为正是这两条情节如此相互纠缠违逆，使《带灯》的叙事有着前所未见的紧张感。

　　贾平凹的创作其实是以相当沈从文式的风格起家的，早期的"商州"系列可见一斑。80年代末期的作品如《浮躁》向现实主义靠拢，而《废都》以其颓废怪诞到达另外一个高峰。之后贾平凹刻意返璞归真，而有了《高老庄》《怀念狼》《高兴》《秦腔》等作。我在评论《古炉》时已经指出他对抒情叙事的频频致意，以及他与如汪曾祺等作家的对话。在《带灯》里，他的尝试有了更多新意。除了安排带灯与元天亮通信，用以对照现实世界混沌外，我们更应该注意他经营小说的叙事框架和风格的用心。《带灯》的情节不如《秦腔》《古炉》那样复杂。但贾平凹刻意打散情节的连贯性，代之以笔记、编年的白描，长短不拘，起讫自如，因此展现了散文诗般的韵律。事实上，贾平凹在后记里提到：

> 到了这般年纪，心性变了，却兴趣了中国两汉时期那种史的文章的风格，它没有那么多的灵动和蕴藉，委婉和华丽，但它沉而不糜，厚而简约，用意直白，下笔肯定，以真准震撼，以尖锐敲击。

我以为这样以形式来驾驭素材、人物的做法，甚至以形式来投射一种伦理的诉求，以及本体论式的人生观照——沉而不糜，厚而简约——是《带灯》真正用心所在。这也是贾平凹抒情叙事学的终极追求。换句话说，不管现实如何混沌无明，贾平凹立志以他的叙事方法来赋予秩序，贯注感情。就像他笔下的带灯为樱镇示范一种清新不俗的生活方式一样，贾平凹在文本操作的层次上也在寻求一种"用意直白，下笔肯定"的书写形式。

但我们无从回避的反讽是：小说里带灯的努力终归失败了，如此，在寓言阅读的层次上，贾平凹对自己的书写形式的用心与效应，又能有多大的自信呢？《带灯》这样的作品因此预设了一个相当悲观的结局。不只是对小说内容，也是对小说形式的质疑。那个充满"黏液质加抑郁质"的贾平凹毕竟从来不曾远去。小说最后，百无聊赖的带灯发现自己身上终于也染上了白虱，再怎么样清洁、治疗也驱除不了。

带灯，萤火。在现代中国历史的开端，鲁迅曾经写下如下的文字：

> 愿中国青年都摆脱冷气，只是向上走，不必听自暴自弃者流的话。能做事的做事，能发声的发声，有一分热，发一分光，就令萤火一般，也可以在黑暗里发一点光，不必等候炬火。

我们不难想象年轻的带灯同志刚被分配到樱镇的心情，仿佛就像刚读了鲁迅的文字，立定志向，"就令萤火一般，也可以在黑暗里发一点光，不必等候炬火"。鲁迅写作此文的时间是1919年1月15日。三个半月以后，"五四"运动爆发。中国革命启蒙的大业随即展开。

多少年后，困处在樱镇里的带灯似乎也有了类似的难题。"如果你身上还没有虱子，那你还没有理解中国。"主席的话言犹在耳，曾几何时，萤火不再，带灯身上有了无数的虱子。想来她——或贾平凹——也更理解中国？

（原载《读书》2014年第7期）

《带灯》的闲笔

孙　郁

入冬到东北的小镇闲住，随手带上贾平凹的新作《带灯》，因为一直有亲朋打扰，书读得断断续续。一会儿是熟人聚会，一会儿看老贾的作品，却觉得在做一件事情，进入了同一世界。书里书外的人颇为相似，觉得神矣、怪矣。我在小镇每天所听之事，似乎在《带灯》里都能找到影子。一个辽南镇子的人与事，一个西北乡下的情与景，中国百姓的恩怨、苦乐，竟如此相近，真的是普天之下，难寻二色的。

好多年前，人们曾经说贾平凹渐生怪癖，在走士大夫的旧路，言外是逃离生活的意思。细想起来，旧式士大夫只在经学和诗文里驻足，往古的梦多，不太关注当下底层人的存在的。贾平凹虽不免旧文人气，吟风弄月未尝没有，但也颇有关怀苍生的苦思，济世的选择时时闪动。经历过动荡的革命年代，每每留有现实的敏感力。这与先前的旧文人大相径庭。《带灯》是一部忽明忽暗之作，乡下人的生存状态和世俗的冷热都于此表现出来。最新的社会矛盾与最古老的情感表达，都陈列于此。小说写今天的乡镇的芸芸众生，是血肉鲜活的。但底色里有作家的忧思，谣俗的影子与神秘的诗意款款而来，隐逸者流，断不会有这样的情怀的。

记得阎连科在一个会上说，贾平凹是时时关注现实的作家，骨子里有深切的东西，这是对的。从《废都》到《秦腔》，都有中国社会新出现的危机的描摹。几乎每部作品都有突围之处，甚或多不合时宜之笔。贾平凹写现实生活，都是些非正宗的审美路径，不是政治家的视角，道学家自然也不会喜欢他。茅盾当年写《子夜》，就是想追踪现实，把当下问题表达出来。但那时候的写实作品，只注意现实的阶级问题，有一个政治家的指导思想，民风与精神深层的历史投影稀少，文化的深层问题多被忽略。贾平凹意识到此类道路的问题，他把明清笔记小说的韵致与左翼写实作品的传统嫁接在文本里，现实与历史的风情重叠了。所以我说，他是向两个传统回归，一是宋明的笔记传统，一是"五四"的写实传统。但又对这两个传统有所保留，借用了世俗审美的经验稀释之。现在许多作家，已远离了这些，而贾平凹却将其一一收入笔端，成了自己生命的一部分。

不妨说，目前的中国是一艘船，正在不测的海面上航行。未来的路在哪里，大家都在寻。乡下的情形，已非过去乡土的理念可以涵盖，内在的结构与人心，都与昔日之景错位。新的含旧，旧的如新，世道与人心都难以以理论描之。如何面对我们的生存困境，当下的许多作家表现出思维单一的倾向。贾平凹深知乡下社会变迁里的问题，对自己的故土有一种牵挂。他紧紧追踪着身边的生活，且又保持着朴素的爱意，以神奇之笔去写今人的生活，有拷问，有理解的同情，文字间的意象折射的情思就内蕴深广了。

《带灯》有点社会学的田野调查的意味，这在过去是写实主义作家最为关注的事情，可谓实笔之所在。小说有饮食、婚礼、生育、葬仪的描述；有请客、送礼、招商的风气点染；有维稳、低保、选举诸事的介绍；有干旱、水灾等与天气相关的勾勒，且有滋有味，各类的人生，各类的选择，流水般漫过书本，掌故与方志学的痕迹都有。贾平凹的理性感觉隐得很深，判断是模糊的，他大约不愿意以儒家的视角简单为之，可能多的是佛的慈悲之心，对众苍生有哀其不幸、怒其不争的感觉。并非道学式地告诉人们道德的戒律，而是自然的记录，有点行医人把脉的味道。这样的感觉里有故土眷恋的因素，重要的还有忧患的成分。作家的矛盾之处，在小说里是有的。他在处理官民冲突时，已非左翼作家传统里的简单情绪的表达，而有了对存在的宽容。大家都是可怜的存在，命运对每个存在者的设计都非一路平坦的。

给人新鲜感的是小说的形式，整体显得很是随意，节奏也富有变化，结构是串糖葫芦的样子，乃另一种笔记小说的放大。这是他过去没有的尝试。写此书时，只有情怀的自然流露，并不含世俗的功利目的。主人公带灯是一个漂亮的女子，身边可爱的姑娘竹子与其相得益彰。这两个天真的、没有被污染的女性在乡下与俗事为伍，面对着最为灰暗、无聊的人际矛盾，在天灾人祸间辗转，历尽苦楚的生活，却依然不失本色，内心存有温情的憧憬，我们不禁为之暗生敬意。在无数艰难、困苦里，人物具有美丽灵魂的辐射力。为了维护社会稳定，她们和诸多奇人怪事周旋，内心忍受着种种煎熬。在一个个矛盾里，在突发事件中，在明知不对却又不得不为之的尴尬选择里，人性脆弱而有韧性的特点跳出书面，指示着一段乡村史。故事不是一气呵成的，中间总有停留与穿插，一些看似与故事不相关的画面切入，整体动了起来，《红楼梦》式的日常化经验被乡土化地位移于此。这其实也是对中国进行时问题的追问，贾平凹的悲悯与爱，混杂着丝丝痛感，让我们看到他内心最为柔软的一面。在混乱、龌龊、畸形的社会转型里，精神的星没有陨落，女性的爱意熠熠闪烁在乡野的夜里，照着那些不幸的存在。我忽然感到作者精神深处浪漫的一隅，他在缺少色调的地方勾勒了那么多的色彩，这把乡间的无趣一时遮掩了。

《带灯》写乡下的干部与民众间的关系，都非书斋里的臆断，那些故事都有根有据，人物呢，也是血肉分明的，连他们的呼吸，我们都可以感到。小说写了各种人物，畸形的、和善的、多变的、凶恶的人物，以及江湖气与兵法气缠绕的乡间群落。小说写了无数故事的片断，各类人等，诸多传奇，与读者不期而遇。百姓的日常生活，需求与不满、可爱与可恨的面孔，像纪录片一样切换着镜头。在这里，权力转动着一切，民众在利益的驱使下作出各类的人生选择。乡下的生态恶化着，可是内在的旋律则有空灵的一面，仿佛宋词一般美丽。贾平凹的作品没有刚烈的、雄浑的气势，不像莫言那样酣畅淋漓、浩如江河之态，但他在委婉、梦幻般的章法里，再现了人间的古朴与荒诞；以绵软的、抒情的调子，颠覆了日常文化的无趣与无智；将自己的期盼以灵动而神秘的方式糅入人物的命运里。

贾平凹在后记里说，现在的乡下已经不是从前的乡下，言外多是乱象，人心已更多杂色了：

> 在写《带灯》过程中，也是我整理我自己的过程。不能说我对农村不熟悉，我认为已经太熟悉，即便在西安的街道看到两旁的树和一些小区门前的竖着的石头，我一眼便认得哪棵树是西安原生的，哪棵树是从农村移栽的，哪块石头是关中河道里的，哪块石头是来自陕南的沟峪。可我通过写《带灯》进一步了解了中国农村，尤其深入了乡镇政府，知道着那里的生存状态和生存者的精神状态。我的心情不好。可以说社会基层有太多的问题，就如书中的带灯所说，它像陈年的蜘蛛网，动哪儿都落灰尘。[①]

---

① 贾平凹：《带灯》，人民文学出版社2013年版，第357页。

一个有泥土经验的人，看到乡镇的变迁，人性的黑白之色，有着难言的苦楚。小说写权力下的村镇生活，为了维护稳定而做的种种安抚工作，令人想起果戈理的《钦差大臣》，种种荒唐可笑之举，读之亦无法现出笑意。工业文明对乡村的渗透过程引起的民众的骚动，其实有大的忧虑在。这两个中国乡下社会的问题，在贾平凹那里都涉及了。在现代化的进程里，农村的管理方式还是旧式的，以官的权力大小操作一切，在处理突发事件时，不乏使用野蛮的手段。上访者与拦截上访的人，都被一种怨气所使，人们互相有着隔膜。小说写基层人的人情往来、善恶之辨，都耐心、细致，画面呼之欲出。但叙述者的内心的焦虑与无奈亦在词语间溢出。人的质朴、美丽被一点点侵蚀着，好似在浊水里的挣扎，平静的心哪儿会有呢？带灯、竹子在无边无际的苦海里行驶，常常遭遇的是翻船的危险。故事一个个离奇而惊心，人际之间的陷阱比自然的险路要多。主人公所历所思，浓缩了一个时代的喜怒哀乐。就社会学的价值而言，贾平凹提供的资料比一般的公文要丰富得多。

　　从单一的价值判断走出来，以古人的相数、义理的笔法谈天说地，就有了几番神秘色调。在贾平凹笔下谈天说地，百姓苦，官员苦，但这是两种苦味，各自在不同的世界。个别山民在无爱的空气里怎样变成了刁民，乡干部在荒唐的工作中怎样扭曲着人心，都被一一呈现出来。可怜的穷人，病态的村民，还有没有思想的干部的群落，在一个巨大的机器里看似有序却又无序地运转着。一个敏锐的作家的视角里的世界，在雾一般的笼罩里。每个生命都被一种无名的力量驱使走在坎坷的路上。那些死去的、正死的、要临世的生命，重复在一条路上。在新的文明临近的时候，乡下不是回到田园，而是有了从未有过的噪音与喧闹。从民国到今天，山乡的生态一直处于这样的变动之中，而且问题的复杂远出于人们的意料。贾平凹在面对这些对象世界时，恍惚与不安也时时可以看到的。他感受到了支配人们苦行的背后的存在，但它究竟是什么，连他自己也未必知道吧。

　　我感兴趣的是作者所写的那些乡下医生、告状者、寡妇、小老板、和尚、村妇、机关青年，他们的生活各自有其轨道，又常常在不安的路上。在生存矛盾里，乡间已经没有抚慰伤痕的空间，唯有依靠权力，才能表达自己。村上的庙宇文化、民风里的信仰之神，已经消失。百姓自我调节的文化湿地日益稀少，文化生态只有单调之色，荒芜自不用说，早已成衰草摇曳了。而人与人的关系，又无法规所循，镇长的价值就是乡下的价值，一切围绕着权力。在激烈的冲突里，人们所用的办法又颇为粗糙，体罚、专职、金钱贿赂，几乎随处可见。带灯和同志们希望以爱心征服别人，而也常常搅进莫名的纠纷里，收获的多是罪恶感。她的同志的行政手段还在旧式的框子里，比如处理群殴事件，比如拘人时的手段，已非常古老了。作者写到这样的画面的时候，笔尖有着潮湿的泪水。我们在无声的文字里，感到了切肤之痛。

从前我们在《浮躁》《秦腔》《古炉》里看到过贾平凹写人的痛感，绝望的因素潜在于文字之间。这部作品依旧如此，但似乎多了平静的面对，有了更为柔性的光泽在。带灯这个形象，整体给人的印象是美丽动人。她身上的一切，有贾平凹的寄托，人性最动人的东西含在其间，她的善良、文雅、理想使她驻足在神灵般的世界。她的一切与喧闹的环境竟如此地不和谐。作者写这个人，都是碎片般的故事，衣食住行，日常性与诗性在一个空间里。她给元天亮的信，是乡下知识青年最为动情而有亮点的文字，超尘脱俗的气质如烛光熠熠。乡下的世界，新的主奴关系像网络一般无所不在，人际关系的脆弱，如细丝一样风吹便断。行政思维淹没了道德思维，善人不得不做蠢事、恶事，工作的过程是酝酿爱与恨的过程，友爱被无情的利益代替了。

但是贾平凹并不沉在精神的枯井里，一方面是无趣的八股的行政琐事，一方面是梦的寻找，这使小说有了一种飞起来的感觉，比《白夜》《秦腔》灵动多了。竹子笔记本记载的领导的讲话几乎都是空话与大话，毫无新意。她无意中看到的带灯的笔记本上却有这样的句子：

一、孔子困于陈蔡，语子贡曰，吾道非耶？吾何于此？子贡曰：夫子之道至大也，故天下莫能容夫子。

二、黄河禹门外，秋冬河床常要崩岸千余丈，流中沙峰卷起如毯，人为之：揭底。水底声响，隆隆牛吼，传之数里，曰：地哭。

三、潜不解声音，而蓄素琴一张，无弦。每有酒适，辄抚弄以寄其意。

四、耶和华变乱人的口音，使他们言语彼此不通，各说各的，从此有了隔膜和纷争。

五、藐姑射之山，有神人居焉，肌肤若冰雪，绰约如处子。

六、迦陵为西域并头共命之鸟，其羽毛世不可得而见，其文采世不可得而知，人若多情，化生此类。

七、爱迪生故居墙上写着：当一切都在夜的黑暗中，神说：让爱迪生去发明电吧。于是，就有了光明。

八、纪三省子为王养斗鸡，历久成成，其鸡望若木鸡，盖德已全，它鸡无敢应者。

九、虚云和尚在鸡足山开坛，听者云集，他说：一辈子去做自己转化的人吧，把虫子转化成蝴蝶，把种子转化成大树。

十、王国维上北山，说：绝顶天云，昨宵有雨，我来此地闻天雨。遂，白乌淹没，秋叶连天，涧溪中有鱼曰兹哇，夜夜发声，自呼其名。

这是带灯抄录的文字，都是她最为感兴趣的词语。乡下人知道什么是思想的力量，他们在古人与洋人的遗产里寻寻觅觅，以解心中之忧，此间有内心世界的流露，全没有流行的话语，她所追寻的乃天地间的真精神，日月之光与草木之色，才是纯粹精神的寄身之所，而这些也只能在书本里得之。作者写这些地方的时候，不自觉地流露出惬意，他从带灯的内心的渴望中，看到了乡村中国的一抹暖色。

《带灯》有趣的地方，是在紧张生活的散点透视的时候，常常冒出闲笔。在排查矛盾的对峙的情节里，忽然停下思绪，驻足于山水、风俗之间，看云起云落，风来雨去。写维稳中的矛盾，疑云重重，有实笔；带灯给元天亮的一封封信，甜而真，是闲笔；讲天灾与人祸，紧张而动情，是实笔，而涉及日常衣食住行、人情往来，则多为闲笔。这些闲笔最真切又抒情的是带灯写给元天亮的无数信件，风格与全篇故事调子不同，内心丰富得已超出乡下人内心的界限，可以覆盖贫瘠的乡村。余者则随意点染，有散步般的悠然。比如庙宇、和尚之事，比如鬼气与梦游，仿佛写意的山水之图与精妙的书法小品。这时候神思会来，妙悟会来，缓缓的仙意也会来。作者写旧寺的和尚能够看到鬼，带灯吹埙时的低沉的苦意，让人觉出天音的降临，周易的玄奥之气弥天，都生动有趣。一些箴言也很深切，例子可以举出很多："没有节奏的声音不是语言""社会是陈年蜘蛛网，动哪儿都落灰尘""起作用的东西其实都不用""坟上的草是亡人智慧的绿焰""沙是渴死的水""用碗接不住瀑布"。这都是小标题，可以作明清笔记来读，而内容都是丰厚的。贾平凹善于在没有趣的地方突然唤出神灵舞之蹈之，在紧张之时，偷得闲暇，望晴空朗月，可以畅叙幽情，谈论古今，有欣赏，有自嘲，有反讽。这是民国文人才有的闲笔，我们在京派作家那里常常可以见到。而贾平凹把其用到乡下人的感觉里，真是妙不可言。"美丽富饶"一节的片断：

> 竹子大呼小叫着风光好：瞧那一根竹竿呀，一头接在山泉里，一头穿屋墙进去，是自来水管道吗，直接把水送到灶台？又指点着那檐下的土墙上钉满了木橛子，挂了一串一串辣椒、干豆角、豆腐干和土豆片，还有无花果呀，无花果一风干竟然像蜜浸一样？！看那烘烟叶的土楼啊，土楼上挂着一原木，那不是原木，是被掏空了做成的蜂箱，蜂箱上贴了红纸条，写着什么呢？带灯说：写着蜂王在此。竹子就赞不绝口：写得好，怎么能写出这个词啊！但是，还有一家，门框上春联还保存完整，上面却没有字，是用墨笔画出的碗扣下的圆圈，不识字就不写字，用碗扣着画圆圈这创意蛮有趣哟。有人坐在石头上解开了裹腿捏虱子，一边骂着端了海碗吃饭的孩子不要筷子总在碗里搅，稠稠的饭被你搅成稀汤了，一边抬头又看到了斜对面梁上立着一个人，就高声喊话：生了没？——生了！——生了个啥？——你猜！——男娃？——再猜！——女娃？——啊你狗日的灵，猜了两下就猜着了！

这样的片断时时出现在紧张的故事情节里，分散读者的注意力，放下来思一思，想一想，抖落着行者身上的尘土。当代的小说家行文都很忙很快，笔触里有了声光电，穿越千里之外，行于万里云端。贾平凹却愿意逗留在一个地方，让主人公与读者都歇脚于山林之下、清泉之间。这时候他的学问与趣味都一起赶来与读者对话，小说的民俗的因素出来，乡下的一切便具有了诗意。有的是农民的朴实语言的结晶，有的是故人与作者精神的衔接。宋明以来文人的天地之感与人性的温度飘然而至，文字的味道与人物的境界均出，那是《红楼梦》里才有的情思。作者借鉴了曹雪芹的笔法，在实笔与闲笔间，画人间百态，写生死之意，描明暗之色。这是小说里的一种中国本色，我们久已不见其色调了。读这样的书，觉得文人者也，大有可为之地，中国小说，有着无限发展的潜能。

小说中的闲笔增多，可能改变读者的阅读习惯。那是士大夫的积习，一般人对此颇为陌生。我看批评贾平凹的人，多对此不以为然，以为是暮气的流溢，有伤文本。但在我看来，闲笔乃小说气韵的一部分，也系作家谋篇布局的审美表达。一些家常的片断也许多余，暧昧的地方也未尝没有。但就文章学的层面讲，把今文与古趣汇于一身，则使小说更具中国气味。《红楼梦》写大观园里的人与事，在复杂的人际关系里常穿插诗文与词曲的表现，看似游离于故事之外，而真意在焉。俞平伯与顾颉刚讨论曹雪芹的书，多从闲笔入手为之，一些惊世的观点，均出自对小说的缝隙的读解。此系聪明的做法，也是深解妙意的选择。小说里的闲笔，其实像文章里的尺牍、日记，不那么正经，却有本然的真，作家的寄托，就隐含其间。实笔的好处是有现实之感，闲笔里则多情感的真。金庸、张爱玲偶涉笔于此，学问的味道就出来了，看出了他们的道行。贾平凹有意无意用了此类笔法，且不觉生硬，乃修养所致。当代作家有此类笔法者不多，文体的试验甚少，章法的变化也就少了。中国旧式文章，在表现生活的时候，亦多学识的体现。"五四"前后的文人，还能做到此点，后来就不复有此等气象了。

　　人渐老年，不必苛责其金刚怒目有无，温润之美与包容之爱，亦人间生态的一部分。在缺少暖色的时代，作家以生命之躯温暖着对象世界，其实也是大难之事。没有经历过苦难的青年，大约不易理解贾平凹的苦心。期待作者含有锐气，原也不错。但静穆里的焦灼，也是一种审美的状态。只是他的闲笔有时游离了悲楚之界，露出乌托邦的气息，生命的脆弱也在这里。

　　在我们今天的文坛，贾平凹走过了一段曲折的苦路。由改革初期的自我意识的萌发，到对故土的诗意的发现，再到悲剧的体验和绝望的对峙，而后是沉甸甸的历史反省，又回到现实的原态来。这个过程是脱"文革"语言的过程，是回归"五四"与明清文化的过程。步入耳顺之年，已到了看山不是山、见水不是水的淡定之境。历史有时要用实笔去写，司马迁如此；有时也要以闲笔为之，《世说新语》就是代表。贾平凹对两者有顾盼，可谓心有戚戚焉。他以两者笔法，融风云于平淡之中，汇灵思于寻常之上。这已经与民国文人的智慧，不差上下，当代文人的转型，由其无意中完成。说他的作品可与沈从文、张爱玲的文字争辉，不是夸大之词。

（原载《当代作家评论》2013年第3期）

论《带灯》的文学创新与贡献

栾梅健

在《废都》《秦腔》《古炉》诸佳作已然奠定当代文坛的重镇地位以后，贾平凹在最近发表的长篇小说《带灯》中，丝毫没有显露出半点的懈怠与马虎。据《收获》执行主编程永新透露："贾平凹把小说寄《收获》后，先后修改了七八次，这在以前从未有过的。"①这种精益求精、精雕细琢的认真精神，贾平凹在该小说的后记中也有表述。他自谦："六十年里并没有做成一两件事情"，而作为献给自己六十大寿的生日礼物，他"企望着让带灯活灵活现于纸上"！②

贾平凹的这种努力并没有白费。《带灯》甫一问世，便受到了读者的广泛欢迎。"《带灯》的电子书版，单本定价十五元，借助腾讯阅读平台大量的用户群基础及强势的推广传播，获得了单月过万册的销售成绩"，而"结合全国各地的新华书店及各民营书店等实体渠道，今年年内《带灯》销量有望突破五十万册"。③在文学日趋边缘化的今天，一年五十万册的销售量，在中国当下的阅读市场，无论如何都算得上是一个奇迹。

不过，对于《带灯》细致而专业的评论，并没有如读书界的强烈反响那样同步跟上。相反，迅速出现的倒是几篇挥舞着大棒、逻辑混乱的"酷评"——这似乎已成了近年来文坛的一个规律。当一个在文坛享有盛誉的作家推出一部新作时，总是先有那么几篇断章取义、哗众取宠的骂派文章出现，譬如前几年余华的《兄弟》、莫言的《蛙》出版后，均是如此。这其实是媒体时代司空见惯的恶习，不如此，媒体便不能吸引人们的眼球；不如此，批评家也难以获得人们的关注。

---

① 夏琦：《喜迎长篇小说大年》，载《新民晚报》2013年2月26日。
② 贾平凹：《带灯》，人民文学出版社2013年版，第354页。
③ 陈熙涵：《贾平凹〈带灯〉电子书月销量过万———成为传统纯文学作家作品线上销售的成功案例》，载《文汇报》2013年3月8日。

这次担任"酷评"重任的是两篇文章，均发表于2013年2月21日《文学报》的"新批评"栏目。一篇是石华鹏的《带灯：一部没有骨头的小说》，其主要观点是：

> 尽管贾平凹先生在表达上做了努力，也有对中国现实发言的想法，但是呈现在我们面前的《带灯》，其生命力还是出现了问题，正如一个古稀之寿的老人一样，浑身的钙质流失了，身体和精神都松垮下来了。

> 或许，缘于我们对贾先生的每一次写作都很在乎，期望在他那里读到真正出色的中国小说，所以才提出了非一般的挑剔与苛刻。但是遗憾的是，《带灯》在即将出色的最后一两步止住了，作者没有勇气真正地创造人物，去升华题旨，没有勇气去突破写作最后那道红线。

另一篇是唐小林的《〈带灯〉与贾平凹的文字游戏》，其大致观点是：《带灯》换汤不换药的写作，只不过是贾平凹对其以往众多作品的一次大炒冷饭和文字大杂烩。贾平凹只不过是将《秦腔》中的张三，变成了《古炉》中的李四，再将《古炉》中的李四，变成了《带灯》中的王五。正因如此，《带灯》的外包装虽然有所改变，但其中的诸多细节和人物对话，都是贾平凹对其以往旧作的自我抄袭和重复书写。一个与活色生香的现代生活如此有隔膜的作家，贾平凹对陕西农村的描写，永远都是停留在其几十年前农村生活的灰色记忆之中。因此，即便是到了21世纪，中国经济迅速崛起的今天，贾平凹笔下的陕西农民们始终个个都是土得掉渣。

尽管对一部作品的评论，可以仁者见仁，智者见智，尤其是一些在文坛有着重要影响的作家，自然还应该接受更为严格的检视与挑剔，不过，任何批评也都应该建基于对作品的认真审读之上，建基于公正、客观的评价体系之上。在反复阅读并思考以后，我们认为，《带灯》不仅不是一部"没有骨头的小说"，也不是一部自我抄袭与重复的文字游戏，恰恰相反，这是一部有着深邃的思想内涵与老到的艺术技巧的创新之作。它不仅在贾平凹的文学创作道路上是一次重大的突破，而且在中国文坛上也有着重要的意义。

《带灯》的突破，主要在于贾平凹采取了他以往小说中从未有过的"俯视眼光"。这种视角，既不同于他过去驾轻就熟的、从农村底层观察与描写的民间视角，也不同于当下文坛流行的、站在历史和道德的高度对社会丑态与官场黑暗加以揭露的反腐视角。

贾平凹出身于偏僻、落后的陕南，并在那里生活了十九年，自然，家乡便成为他最初，乃至很长一段时间的文学土壤。他的想法是："以商州作为一个点，详细地考察它，研究它，而得出中国农村的历史演进和社会变迁以及这个大千世界的人的生活、情绪、心理结构变化的轨迹。"①《小月前本》《鸡窝洼的人家》《腊月·正月》《商州》《浮躁》《秦腔》《古炉》等一系列作品，是他在故乡的哺育与滋润下创作的。"从生下来到十九岁离开，故乡我其实只待了十九年，但是这十九年吧，这记忆一生都改变不了。比如说我现在回到我家乡一天时间，了解的情况比我到一个陌生的地方，比如说到一个工厂去蹲上一个月，收获要大。"②贾平凹将他的故乡理解为"写作的根据地"，他从这里汲取到源源不绝的艺术养分与灵感。"十九年后，我离开故乡到了城市，但每一年最少回去三次四次。而且进城后，我的家几乎成了商州驻西安的办事处，家乡的人到我这儿很多……一来就在我这里住下来，或者还有来旅行结婚的，赴省告状的。这三四年来，我光为家乡人写状子，也不下五六份……所以，我身虽未回去，但也可谓是'秀才不出门，却知天下（应该是商州的天下）事'了。"③

但是，环境与身份的改变也必然会使作者萌生出新的创作理念，获取到新的文学素材。1998年出版的长篇小说《高老庄》，书写的是语言学家高子路教授携年轻、漂亮的画家妻子返归故里高老庄探亲的故事。高子路对故里的深深眷恋与失望，对传统文化的迷恋与忧思，显然表达的是长年在外生活的贾平凹对民间传统文化复杂性的揭示。而长篇小说《高兴》的主人公刘高兴和《秦腔》中的书正就是以与贾平凹在家乡一起长大的小伙伴为原型的。而他现在已随着滚滚的打工人潮来到了西安，在城南干起了拾破烂的活计。这可以看作是贾平凹对故乡商州人物的跟踪描写。"秦岭的南边有棣花，秦岭的北边是西安，路在秦岭上约三百里。世上的大虫是虎，长虫是蛇，人实在

---

① 贾平凹：《做个自在人———贾平凹序跋书话集》，内蒙古教育出版社1988年版，第179页。

② 贾平凹：《贾平凹谈人生》，上海社会科学院出版社2004年版，第80页。

③ 贾平凹：《做个自在人———贾平凹序跋书话集》，内蒙古教育出版社1988年版，第180页。

是个走虫。几十年里，我在棣花和西安生活着，也写作着，这条路就反复往返。"①因而，除了商州的乡下，现在西安的城里也吸引了贾平凹文学注视的目光。

不过，《带灯》仍然与《高老庄》《高兴》等作品不同，他所调动的是贾平凹已经有了四十余年之久的城市生活经验，是他作为文化名人和级别不低的公职人员的亲身感受。尽管《带灯》所反映的依然是他极为熟悉的商州故乡，然而，它表现的已不再是匍匐于土地上的普普通通的农民和简简单单的农村，而是将目光上移，关注那个"辖管几十个村寨"、有着好几万人口的大镇，关注那个上通下达、各种矛盾纠结与交错的镇政府。在《商州》《秦腔》《古炉》中，级别最高的主要人物往往是村支书，而在《带灯》中，他着力揭示的是权力大得多的镇政府以及镇长、书记，乃至在他们背后的县委卢书记、市委黄书记。

在一篇《精神贯注——致友人信之四》的文章中，贾平凹这样记述着他近年来忙碌的生活："从元月起我一直在开会，过了春节，还要开会，可能四月前都在会上忙着。我是市人大代表，又是全国政协委员，各级的会议不能不参加……"②除了市人大代表和全国政协委员之外，他的实职还有陕西省作家协会主席、《美文》杂志主编等等。对于自己的官职，贾平凹并不是特别在意，甚至有时还自我嘲讽。在《辞宴——答友人的一封信》中写道："六月十六日粤茶馆的饭局我就不去了。在座的有那么多领导和大款，我虽也是局级，但文联主席是穷官、闲官，别人不装在眼里，我也不把我瞧得上，哪里敢称做同僚？"③在另一篇文章中，他又说："我的出身和我的生存环境决定了我的平民地位和写作的民间视角，关怀和忧患时下的中国是我的天职。但我有致命的弱点，这犹如我生性做不了官（虽然我仍有官衔）一样。"④

"局级""官衔""著名作家"，是贾平凹在离开农村之后获得的三种身份认同。他若即若离，游离其间，在前呼后拥、豪华宴席之后，他常常陷于苦闷："当官的开会是他们的工作，而我开完会后自己的业务还没有干呀！"⑤

---

① 贾平凹：《天气》，作家出版社2011年版，第11页。
② 贾平凹：《天气》，作家出版社2011年版，第242页。
③ 贾平凹：《贾平凹谈人生》，上海社会科学院出版社2004年版，第231页。
④ 贾平凹：《做个自在人——贾平凹序跋书话集》，内蒙古教育出版社1988年版，第221页。
⑤ 贾平凹：《天气》，作家出版社2011年版，第242页。

得失常常是在无意之间。当他在长时期的开会、应酬、视察、汇报、总结之后，对那块生他养他、爱恨纠缠的商州土地，慢慢便有了新的领悟。从商州看商州，往往并不能发现问题的实质。以前，他感慨："商州曾经是我认识世界的一个法门，坐在门口唠唠叨叨讲述的这样那样的故事……遗憾的是总难免于它的沉重、滞涩和飞得不高，我归结于是我的宿命或修炼得不够。"①而现在，当他顶着"官衔"，熟悉了官场内部的游戏规则和内幕后，便恍然大悟于生活在偏僻商州土地上的农民，他们的生与死、爱与恨、穷与富，其实大部分都受制于商州之外的世界，是比村支书高得多的人物主宰着他们的命运。

如此想来，贾平凹在这次新作《带灯》中，将聚焦的视点对准了他认为是农村很多矛盾根源的镇政府。比起棣花街、古炉村，小说中的"樱镇"是一个要大得多的行政单位。它是一个纽带，下面是在田间地头摸爬滚打的普通农民，上面则联结着形形色色的衙门与官员。中国的农村问题，必然会在镇政府这一层面聚集、纠缠与冲突。

在改革开放初期，正如贾平凹在商州系列中描写的那样，农村联产承包、个体经营、外出打工、种植贩卖，一切都还单纯与简单，然而，在三十多年的发展以后，深层次的矛盾愈益显示出来。就如《带灯》中所描写的那样：

> 以前镇政府的主要工作是催粮催款和刮宫流产。后来……但不知怎么，樱镇的问题反倒越来越多。谁好像都有冤枉，动不动就来寻政府，大院里常常就出现戴个草帽的背个馍布袋的人，一问，说是要上访。上访者不是坐在书记镇长的办公室里整晌整晌地不走，就是在院子里拿头撞墙，刀片子划脸，弄得自己是个血头羊了，还呼天抢地地说要挂肉帘呀。②

体制的问题、道德的问题、法制的问题、信仰的问题、政治的问题、环境生态的问题，就像陈年的蜘蛛网，动哪儿都落灰尘。贾平凹的感慨是："正因为社会基层的问题太多，你才尊重了在乡镇政府工作的人，上边的任何政策、条令、任务、指示全集中在他们那儿要完成，完不成就受责挨训被罚，各个系统的上级部门都说他们要抓的事情重要，文件、通知雪片似地飞来，他们只有两只手

---

① 贾平凹：《做个自在人——贾平凹序跋书话集》，内蒙古教育出版社1988年版，第46页。
② 贾平凹：《带灯》，人民文学出版社2013年版，第18页。

呀，两只手仅十个指头。而他们又能解决什么呢？"①来自上面和下面的矛盾都集中于镇政府，而镇政府负责来访的综治办便成了一切的火山口。这种对农村新状态的认识，并不仅是贾平凹一人。2012年，刘震云的长篇小说《我不是潘金莲》，表现的也是一个与当下生活关系密切且敏感的上访题材，李雪莲的上访乃至最后结局，都反映出了在矛盾日益尖锐的今天，改革已经进入到了深水区的关键时刻。而贾平凹正是凭着多年来对农村生活的熟悉，以及后来对于我国现行权力体系的运作与社会关系网的洞察，在《带灯》中给人们带来了他对农村问题的新思考，并进而在他的创作道路上有了新的突破与迈进。

在《带灯》中，小说的高潮是使书记镇长仕途受挫、使综治办主任带灯受到行政降级处分的、因争夺淘沙权而引起的特大型恶性暴力事件。对于元家和薛家的这次死伤多人的械斗，类似的情况在贾平凹以前的商州系列作品中，往往是被处理成对家族之间的陈年恩怨与利益格局的重新调整。而在这部小说中，贾平凹则注意到了事件的外在力量，并指出正是这种外在力量越来越激化元、薛两家的矛盾。由于大工厂基建的需要，元黑眼瞅准商机，给镇长送去两条烟四瓶酒，同时也顺便给综治办的带灯主任捎上四小桶蜂蜜，在许可证尚未办好的情况下就大张旗鼓地办起了沙厂。眼见利润丰厚，薛换布到县上托人找县委书记的秘书，秘书给县河道管委会宋主任打招呼，最后镇党委书记在明知河道狭窄、极易发生纠纷的情况下同意薛换布办起了第二家淘沙厂。其结果是斗殴造成死亡一人，致残五人，伤及三人，为十五年来全县特大型恶性暴力事件。人们可以指责元黑眼、薛换布唯利是图、视钱如命，然而，官员之间的权力寻租、徇私枉法、贪污腐败，这应该才是造成许多百姓无辜伤亡的根本原因。这显然比将批判的矛头指向家族恩怨与文化差异要准确得多，意义也深远得多。

最典型地调动了贾平凹官场经验的，是小说中对市委黄书记的描写。作为"局级"的市委黄书记，与作为"科级"的樱镇书记似乎有着十分遥远的距离，不过，当镇"书记"活动了好长时间终于将黄书记请到樱镇来视察时，就充分表现了中国政治的官场内幕。当黄书记即将到达樱镇时，县委县政府做了具体的行程安排与部署，其主要要点有：

　　……黄书记喜欢吃甲鱼，一定要保障。如果有条件，午餐期

①　贾平凹：《带灯》，人民文学出版社2013年版，第358页。

间有民间歌手献歌或农民诗人咏诗。一定要收拾布置好黄书记饭后休息的房间。

……组织一些村民与黄书记交谈，保证有各个阶层的人，必须有抱儿童的……去另一村子的一户人家访贫问苦。这人家既要生活贫一些又要干净卫生，要会说话。黄书记要当场送一床新被子和三百元慰问金，镇政府提前准备好……

……讲话稿不用镇上准备，但多准备几个照相机，注意照相时多正面照，仰照，严禁俯拍，因为黄书记谢顶……①

此几段要点让人发噱，又让人叫绝。如果不是同样身为"局级"的贾平凹细心观察，断不会在作品中有如此鲜活而真实的揭示。在这场热热闹闹、煞有介事的视察之后，镇政府的侯干事来报销的黄书记的"伙食费"是："猪肉五十斤，菜油二十斤，萝卜一百斤，葱三十斤，羊肉二十斤，牛肉二十斤，鸡蛋三十斤，豆腐三十五斤，土豆六十斤，盐二十斤，花椒十斤，蒜十二斤，面粉八十斤，大米六十斤，木耳二十斤，黄花菜蕨菜干笋豆角南瓜片都是几十斤，各类鱼八十斤，鳖十八个，还有野猪肉、锦鸡肉、果子狸、黄羊，还有酒，酒是白酒四箱，红酒八箱，啤酒十箱，饮料十箱，纸烟三十条。"②此外，还报了现金三万二千元，"镇政府放了一星期假"。在那样一个人均年收入仅有一千三百元的落后乡镇，如此胡吃海花，银子花得像流水，怎能指望樱镇人民过上幸福的生活呢？又怎能阻止穷红了眼的百姓一拨又一拨地上访呢？

在我们看来，小说中的"书记"，这个樱镇的党委一把手，是一个倾注了作者的许多心血并被刻画得栩栩如生的人物。他是贾平凹小说人物形象画廊中的一个新收获。"书记"原是县长的秘书，没有什么文化，然而却人情练达、投机逢迎，在樱镇几次大事件中总能沉着应对，抽身而出。对于镇政府在中国社会结构中的重要性与危险性，他也有着清醒的认识。正如镇长所说的那样："我也是学着书记哩，可就是学不会么，在镇上干了这几年，能体会到解放初期为啥国民党的高官反倒没事，枪毙的尽是些乡镇干部，啥朝代里，直接和老百姓打交道的就是乡镇干部，乡镇干部也必定会罪大恶极。"③"高官"好当，"乡镇干

① 贾平凹：《带灯》，人民文学出版社2013年版，第246—247页。

② 贾平凹：《带灯》，人民文学出版社2013年版，第262—263页。

③ 贾平凹：《带灯》，人民文学出版社2013年版，第131页。

部"难做,这几乎是中国历朝历代的规律。在这背景下,"书记"练就了一身欺上瞒下、浑水摸鱼的本领。当上访专业户王后生捏着一条单头蛇将"书记"堵在办公室时,"书记"轻蔑地一笑,道:"哦,单头蛇,单头蛇毒不大性欲大,你没有在手帕上让猫尿了,让蛇爬上去排精液,那样手帕在女的口鼻前晃晃,女的就迷惑了会跟你走?!"①一席话将王后生说得愣在那里,抖抖索索地说:"书记你还懂得这些?""书记"喝道:"泥里水里过来的人,我啥事没经过?!"刚一交锋就将王后生的气焰压下去了。不过,事情并没有结束,"书记"也没有派人去通知派出所,而是支开了带灯,将王后生留在办公室单独密谈了一会儿,后来,王后生是笑眯眯地离开了镇政府大院。到小说后来"大矿区又运回了尸体"一节中,读者才会发现"书记"与王后生的密谈内容与高超"手腕",那就是镇政府每月给王后生四百元钱,让他在山上看林防火,试图将他控制住。而对待上级,"书记"则又是另外一番手段。他虽在樱镇工作,然而每个下午便回县城,整晚都有应酬,为自己升迁谋门路。当樱镇因为常年水利失修、洪水泛滥出现十二人死亡的特大灾情时,镇长吓得抱头痛哭,"书记"则临危不惧,将失踪的、雷击的、触电的,一一排除,最后只落实了女同志马八锅和她孙女是在这场洪水中"牺牲"的。"她肯定是让大家都避水防洪,累得头晕脑胀的,在新房里没留神屋的土塄变化而牺牲的。②以"烈士"申报材料,争取在全县树个典型。如此一番处理,果然使他又一次成功脱险。

视角的变换,必然会带来观察结果的差异。

1987年,贾平凹的长篇小说《浮躁》发表,被评论界认为是他"商州系列"的集大成之作,引起广泛反响,并获得美国美孚飞马文学奖。伴随着20世纪80年代中期全国知识界兴起的文化寻根热潮,小说通过州河两岸古老的人际关系的描述,在新一代青年金狗与田、巩两家大姓的斗争中,对以权力、家族为中心的传统文化进行了深入的发掘,从而使人们对当时农村的社会心理与情绪有了充分的了解,作品也具有了深广的文化批判精神和文化历史内涵。与《浮躁》中的"文化视角"不同,在经历了二十余年的时间演变与角色转换之后,贾平凹在《带灯》中将思考的目光放到了我国现行管理体系和官员腐败上来。他的感觉是:"……我通过写《带灯》进一步了解了中国农村,尤其深入了乡镇政府,

① 贾平凹:《带灯》,人民文学出版社2013年版,第24页。
② 贾平凹:《带灯》,人民文学出版社2013年版,第273页。

知道着那里的生存状态和生存者的精神状态。我的心情不好。"① 他的"心情不好",主要在于他进一步了解了中国农村问题的症结所在。比之于"文化",他现在的视角显然要更能找到问题的根源。

在刚到综治办时,带灯感到樱镇是气囊上满到处的窟窿,十个指头都按不住。上访专业户王后生就说:"那是干部屁股底下有屎么,咱穷是穷,脑瓜子不笨么,受谁愚弄啊?"上访户张正民的想法是:"⋯⋯他们又在饭店里海吃浪喝了。他们不贪污救灾款哪能这么吃喝?咱老百姓吃的啥,拉的啥,屎见风就散了,你去镇政府厕所看看,屎黏得像胶,臭得像狗屙的!"在一段时间的接触后,那些死搅难缠的上访户,竟然让综合治办主任带灯萌生了深深的同情之心:

> 山里人实在太苦了,甚至那些纠缠不清的令你烦透了的上访者,可当你听着他们哭诉的事情是那些小利小益,为着微不足道而铤而走险,再看看他们粗糙的双手和脚上的草鞋,你的骨髓里都是哀伤和无奈。②

而更让人感到吊诡的,也是小说中的神来之笔,是多年来从事上访者管理的综治办主任的带灯,竟然无辜地成了那场械斗事故的替罪羊,被撤销掉主任职务,行政降两级,最后精神错乱。而她在综治办的助手竹子,最后也不得不加入到王后生们的上访行列之中。而作为事故真正罪魁祸首的书记、镇长等人,却一个个逍遥法外,继续鱼肉百姓。当然更不会伤及县委卢书记、市委黄书记的一根毫毛。

历史的讽刺就在这里。贾平凹正是凭着他多年对官场内幕与腐败现象的观察,凭着他几十年来因身份转变而形成的"俯视眼光",一针见血地触及了中国农村贫穷、落后、混乱的要害。比之于以前的商州系列作品,《带灯》显然是突破了,也更让人震撼了。

2011 年,贾平凹在给散文新著《天气》所写的序中,表达了自己艺术风格转变的原因:"年轻时好冲动,又唯美,见什么都想写,又讲究技法,而年龄大了,阅历多了,激情是少了,但所写的都是自己在现实生活中真正体悟的东西,它没有了那么多的抒情和优美,它拉拉杂杂,混混沌沌,有话则长,无话则止,

---

① 贾平凹:《带灯》,人民文学出版社2013年版,第357页。
② 贾平凹:《带灯》,人民文学出版社2013年版,第147页。

看似全无技法，而骨子里还蛮有尽数的。"① 这种貌似琐碎而实际上"蛮有尽数"的写法，在《秦腔》《古炉》中已有充分的体现，而这次在《带灯》中则变成更为自觉的追求。在写作时，他正在看欧冠杯足球赛，欣赏着巴塞罗那队表面上显得毫不在意却突然就将球踢进网中的技艺。他认为："这样的消解了传统的阵形和战术的踢法，不就是不倚重故事和情节的写作吗，那繁琐细密的传球倒脚不就是写作中靠细节推进吗？"他宣称："我得有意地学学两汉品格了，使自己向海风山骨靠近。"②

因而在小说中，贾平凹始终保持着足够的耐心，始终避免直接跳出来发表议论。当在作品结尾时，看到以前何等意气风发、为上访户打抱不平的带灯患上夜游症，半夜里在空旷的大街上与疯子相遇，像片树叶，在巷子的墙上贴来贴去时，作者的痛恨与愤懑已跃然纸上。而当马副镇长用这样的话劝慰带灯时，我们甚至为作者稍稍地捏上了一把汗。"带灯说：又要刮大风？马副镇长说：这天不是个正常的天了，带灯，这天不是天了！"③ 我感到，面对如此触目惊心的描写，当石华鹏先生认为《带灯》是一部没有骨头的小说时，显然是没有真正读懂小说的意蕴。

而如此沉郁、悲凉的意蕴，同样也显然不是如唐小林先生所认为的文字游戏。小说不仅区别于《秦腔》《古炉》，而且也区别于更早以前的《浮躁》等商州系列作品。它拥有了新的观察农村生活的视野，也凝聚了作者多年来对农村问题的新思考。甚至，他有时已几乎压抑不住内心的愤怒。

在写作《带灯》时，贾平凹常常感到有一个声音在提醒自己、鞭策自己："写了几十年了，你也年纪大了，如果还要写，你就要为了你，为了中国当代文学去突破和提升。"④

在细细研读以后，我们觉得《带灯》，无论是在贾平凹的创作历程中，还是在中国当代文学史上，确实都是一次突破、一次提升。

（原载《当代作家评论》2013 年第 3 期）

① 贾平凹：《天气》，作家出版社 2011 年版，第 6 页。
② 贾平凹：《带灯》，人民文学出版社 2013 年版，第 361 页。
③ 贾平凹：《带灯》，人民文学出版社 2013 年版，第 353 页。
④ 贾平凹：《带灯》，人民文学出版社 2013 年版，第 359 页。

海风山骨的话语分析

——关于《带灯》

谢有顺 樊 娟

一

《带灯》是贾平凹的转身之作,与《秦腔》《古炉》的写法不同。《秦腔》借鉴了福克纳的技法,表面上很乱,骨子里有数。康拉德·艾肯说:"人们当然总得要从河水里钻出来,离开水面,才能好好地看看河流,而福克纳恰巧是用沉浸的方法来创作,把他的读者催眠到一直沉浸在他的河流里。"①与康拉德不同,李文俊恰恰认为福克纳的小说"在开初时显得杂乱无章,但读完后能给人留下一个超感官的、异常鲜明的印象"。② 或许是受《尤利西斯》的影响,《古炉》在叙事上是进行时态的,像是通过散点透视描绘的一幅古炉村的清明上河图,阅读时则像卷轴展开一样是动态的,如果截一段来读的话,则是活脱脱的生活横断面,有着农村生活的丰富情态。这样的写法是作家在《高兴》后记中所说的那样,像陕北一面山坡上一个挨一个层层叠叠的窑洞,或是一个山洼里成千上万的野菊铺成的花阵,但在笔致上,比福克纳与乔伊斯似乎要疏散一些。

这种技法与中国古典诗歌意象化的写法也血脉相连。诗人创造出独特的意象序列,读者通过意象的组合,把自己的情感以解方程式的形式呈现出来。《带灯》脱胎于短信,一个一个意象在这里就被置换成一篇一篇小短文,除了二十六封给元天亮的短信,其他也都是像短信的短文序列,貌似章回体。小说整体分成三大部分,但回目很小,所以要比传统章回体小说的密度大。而一篇

---

① 康拉德·艾肯:《论威廉·福克纳的小说形式》,转引自李文俊《福克纳评论集》,中国社会科学出版社1980年版,第74页。

② 袁可嘉等编选:《外国现代派作品选》第2册(上),上海文艺出版社1981年版,第138页。

一个意思，小处是清楚的，比《秦腔》好懂，所以《带灯》是介于情节与细节之间，疏密有致，每篇小短文可称为大细节或小章节。作家的写作就像种庄稼的间苗一样，苗稠的可以间得稀一些，稀的也可以补得稠一些，留出适宜的空间，从而疏密相间。这正是汪曾祺所言新笔记体小说"苦心经营的随便"的结构形式。而小节与小节之间是有空白的，如同诗歌的空白一样，这可以让小说空灵起来。一小节一个焦点，整体还是散点透视，只是没有那么密，所以大处还是浑然的。

贾平凹说这次他有意从明清的韵致向两汉的品格转身，使自己向海风山骨靠近。他的长处是刻写细节，描摹一种生活流，有极强的写实能力，尤其你一言我一语的人心碰撞，往往寥寥几笔就能活灵活现，所以，他的小说，读过之后，记忆中总能留下很多细节、场面，人物也有鲜明的个性。但贾平凹显然不满足于此，他每一部新作都体现着他思考着新的问题，探索着新的写法，作品的体量也越来越大。他的探索未必都成功，但他在这个年龄段，还有此雄心，也还有如此花心血的写作实践，并不多见。

《带灯》也不例外，也有新的探索。写法上，小处清楚，大处浑然，主要围绕女主人公带灯的生活轨迹与内心世界而展开；在呈现一个人的内心世界的方式上，小说也应用了多种声音的对话，写出了人的复杂和幽深。所以，小说里至少有两种话语体系的脉络，用贾平凹自己的话说，他向往海风山骨的境界，而用海风山骨的视角来分析《带灯》，或者正好可以切中这部小说的要害。

二

不妨对"海风山骨"这个词进行溯源解释。据贾平凹本人回忆，他大学毕业不久，到华山上去，当时有个道长在山下一个庙里给人写字，道长给他写了四个字，叫海风山骨。他觉得这个词有意思，具体也说不清它的理由，就觉得好，所以爱用这个词，觉得是特别有力量的一种东西。他还说这个词在别的地方没见谁用过，在书面上也没见过，只有他使用。不光是文学写作，他的画册就叫《海风山骨》，在书法上也有同样的追求。"当今的书风怎么说呢，逸气太重，好像从事者已不是生活人而是书法人了。象牙塔里个个以不食人间烟火的高人自居，博大与厚重在愈去愈远。我既无夙命，能力又简陋，但我有我的崇尚，便写'海风山骨'四字激励自己，又走了东西两海。东边的海我是到了江浙，看水之海，海阔天空，拜谒翁同龢和沙孟海的故居与展览馆。西边的海我是到了新疆，看沙之海，野旷高风，奠祀冰山与大漠。我永远也不能忘记在这两个海边的日日夜夜。当我每一次徘徊在碑林博物馆和霍去病墓的石雕前，我就感念两海给我的力量，感念我生活在了西安。"①

贾平凹认为海风山骨在字面上有两种解释：像海一样的风，吹过来以后说柔也柔，说大也大，就是过来了；这个山，就是山骨，山那种骨架，像骨头一样。一个阔大，一个坚硬。风是温柔性的东西，而且无处不在，是流动性的；山是一种坚硬的东西，是固定的。如果没有给元天亮的信，那故事就是调查报告，现实就像那冰冷的山一样，白花花的骨头一样的山一样。

海风山骨虽然源于民间，但其重整体、重气韵的特质，却与中国古代文论重综合的思维方式相契合。尤其刘勰的《文心雕龙》对"风骨"进行了颇为详尽的阐述："是以怊怅述情，必始乎风，沉吟铺辞，莫先于骨。故辞之待骨，如体之树骸，情之含风，犹形之包气。结言端直，则文骨成焉；意气骏爽，则文风生焉……故练于骨者，析辞必精，深乎风者，述情必显。捶字坚而难移，结响凝而不滞，此风骨之力也。"刘勰所谓的风与骨是有区别的，也强调文章要有整体的气韵与风骨，不过风骨的解释也一直争议不断，有合有分，也有内外之别。其实，在海风山骨里，风骨是先分后合，风骨也都是虚的，都属于内在发散给人的感觉，不是文字表面的，而是文字背后的气象与品格。海、山是实的，风、骨是虚的，只是海的风自然大气，山的骨自然嶙峋。

这个词里有山有水，水不是一般的河水，是海的水，还不是海的水，而是海吹的风，有水气，是温暖的、湿润的；与海对应的必然是大山，而不是土沟，自然有骨感。而中国的山水是与人化合在一起的，孔子说："知者乐水，仁者乐山；知者动，仁者静。"水是流动的，智者如水般通达；山是岿然不动的，仁者像大山般守静。而西方对狐狸型与刺猬型思想家的区分与之有异曲同工之妙，更有深入的探索。李欧梵说："刺猬型的思想家只有一个大系统，狐狸型的思想家不相信只有一个系统，也没有系统。"②早在1953年，英国思想家赛亚·伯林就出版了《刺猬与狐狸》一书，书名源于古希腊诗人阿奇洛克思的话"狐狸多知，而刺猬有一大知"，意思是狐狸机巧百出，不敌刺猬一计防御。伯林借此话

---

① 王新民：《评〈贾平凹书画〉》，载《美术之友》2001年第4期。
② 李欧梵：《狐狸洞话语》，人民文学出版社2010年版，第1页。

将西方思想家与作家分成刺猬型与狐狸型两种，前者相信宇宙的一切可以凭一个思想体系来解决，后者的思想无所不包，多个层面与方向呈离心状，并没有一个恒定的思想体系。伯林以《战争与和平》为例说托尔斯泰天性是狐狸，却自信是刺猬，他的艺术观与历史观是矛盾的，"托尔斯泰渴望有一个整体划一的观点，但是，他对各个不同的人物、事件、环境、历时时机，以及对各种人和事的自身发展的细节，有着非常敏锐和无可辩驳的真知灼见，这使得他不能不径直地按照他的所见、所知、所感、所想、所悟如实地写出来。"① 其实智者与仁者、狐狸与刺猬虽有区别，但不分高下。

作家是有意为之，那么海风山骨在《带灯》里是如何落实的，柔软与硬朗又是如何搭配，如何相宜的？《带灯》最终又有着怎样品格的海风山骨？在智者与仁者之间又是如何博弈的呢？

三

徘徊在中西文化之间的李欧梵曾言："对于五四以来的这一套思路、符号和感情系统要重新审查，'现代性'落实到意识形态之后，便产生了不好的影响。用俗语讲就是阳刚之气太重，说大话，讲奋斗，要革命，这样的阳刚之气就把阴柔的东西完全淹没掉了。而把中国文化的阴柔传统发挥得最光辉灿烂的是晚明，一直到《红楼梦》。"② 落实到话语体系上，则有阴柔与阳刚两种，如海风与山骨一样，一为柔软、温润、流动的，一为坚硬、冷干、固定的。

《带灯》有上、中、下三部分，"山野""星空""幽灵"之间是层层递进的关系，音调不停顿挫，而情感逐渐沉郁。上部主要交代了樱镇土地的开发、带灯的出场、综治办的成立，是两种话语体系的开始。费孝通在《乡土中国》中说土地对农民而言是命根，是神，因而形成人与土地宿命般的联系，而缺少仰望星空的超越。"星空"就不光有带灯灿烂的精神星空，也有河流奔涌般的现实潮流，所以阴柔与阳刚的话语体系是共存的。"幽灵"写带灯在现实世界与心灵世界中都难以找到自己，所以成了幽灵，自成一个鬼魅世界借以宣泄郁勃黝黯的情绪，两种话语体系发生了延伸与变形。

---

① 拉明·贾汉贝格鲁编著：《伯林谈话录》，杨祯钦译，译林出版社2002年版，第172页。
② 李欧梵：《徘徊在现代与后现代主义之间》，陈建华录，上海三联书店2000年版，第99页。

《带灯》的故事是随着樱镇镇政府烦琐的政事而展开的，《秦腔》是日子带着政事，日子难过。《带灯》是政事引着日子，更难过的乡村干部的日子，主要是以综治办处理上访问题为核心，整日处于各种问题的旋涡之中。樱镇进入开发的时代，现代性落实到经济发展上，就是讲奋斗，谈挣钱，这样的阳刚之气使得身体生态、自然生态、社会生态、精神生态等都遭到了严重破坏。去大矿区打工的人大多得了矽肺病，空气污染了，也出现了异常，旱涝灾害频发，社会贫富不均造成了暴力事件，人们在精神上更是无所适从。这些都在樱镇世界得到全面的展示，并落实在了充满阳刚和公共的话语体系上。

　　除了带灯、竹子，还有偶尔的刘秀珍，以及没有彻底变成书记的镇长，心还没那么硬与狠，其他人，尤其是书记与马副镇长基本上是公共话语的代言人，只是一个有上去的可能、一个没上去的可能，面相稍有区别。整个镇政府都充斥着大话、套话，尤其是开会话语与文件话语。工作之余则是游走于麻将与酒摊子之间，有时也以跳舞调剂一下，那些干事虽然也有欣赏美的能力，但其话语特点不是比较柔软与润泽的私人话语，彼此之间也没有良性的互动。从乡村干部内部、乡村干部与村民、富村民与穷村民之间都可以看出这一特点。干部内部遵循的是巴结与被巴结的官方伦理，上下级界限分明，连停车都是有等级的。黄书记下乡就像皇帝出巡、贵妃省亲一样。县上出现了王随风上访，县信访局的人就训斥带灯，带灯也训斥村长，层层压制。遇见问题就胡对付、不负责或者推卸责任。

　　乡村干部与村民处于紧张的关系之中，充满着暴力与准暴力。老百姓对镇政府有吐痰、拍砖的，尤其是王后生因为选举不公带蛇上访，派出所是用电棒压制。王后生没使绊子，只是说大工厂有污染，书记却不让他说。但马副镇长等对王后生的折磨，简直就是野蛮执政。马副镇长负责计生办，强行进行计划生育。王随风因为赔偿不公上访，村长强行撵出王随风，朱召财老婆还嘴，村长就扇了她个耳光。筑路赔偿后施工队铲了已成熟的庄稼，以此为导火索，村民认为赔偿不均，卖地有黑幕，所以镇长下令绑了闹事的田双仓。带灯则是凭着责任与良心做事，有一副菩萨心肠，态度柔和，讲究策略，更人性化一些。她帮助真正需要的人办低保、发救济，不谋私利。只是长期在这样的工作环境下，带灯身上也有了恶毒与卑俗的一面，脾气越来越大，开始粗野骂人，还有两次不得已的打架，一次是在田双仓等闹事时，有人推扯着镇长，带灯与人有了拉扯，一次是打不孝顺的马连翘。而村民与村民之间并非因为苦焦与泼烦而相互体恤，而是因贫富差距利益不均积怨太深而恶斗，元家与薛家的械斗真是野蛮之极。不是狮子老虎的小昆虫也很凶残，蚰蜓有针一样的管子吸食瓢虫，蜂的前爪如刀锯一样切割小青虫，蚂蚁也有抵抗与争斗。之所以写小昆虫的凶残，我想是有作家的用意的，一方面写基层干部的野蛮，同时也隐喻农民的胡搅蛮缠，使强弄狠。同为卑微的生命，这些基层干部与村民就像凶残的小昆虫一样。

以暴制暴来解决问题，就像马副镇长靠吃胎儿来治病一样，有着惊人的残忍与荒诞，这一点与鲁迅的《药》有契合之处。而以人情约束人情，也要看心的天平是否倾向正义。最后也可能是问题累累，正如文中不断出现的落不尽的灰尘、掰不完的棒子、压不下的葫芦瓢、补不完的窟窿一样。现实问题无法解决，人与鬼的界限变得不再分明，因为生活世界的乱象而写出一个鬼影绰绰的世界，而鬼魅世界又正是现实世界的映照。

四

只有"星空"中二十六封带灯写给元天亮的信，是其他两部分所没有的，而这正是小说阴柔话语的核心。康德说，世界上有两件东西能够深深地震撼人们的心灵，一件是我们心中崇高的道德准则，另一件是我们头顶上灿烂的星空。带灯是以自己的良知面对现实世界和以自由的遐想丰富心灵生活的，其中的话语有味道，充满灵动之气。

小说里写到，一般的女干部做久了就会有煞身，最后就变成像女光棍一样的准男人。从萤改为带灯，不仅是名字的改变，也改变了气象。从形象气质而言，她衣服鲜亮、肤色嫩白，头发一丝不苟，是一个很有风情也很小资的女干部，喜欢爬山、看书等。她还对风土文化比较看重与珍爱，生活方式精致而不粗糙。摊煎饼、捂酱豆等是土色土香的，对其工序的详细描述也渗透着作家的一种情趣与喜爱，还包括采摘许瓜、五味子等山果。而二十四个老伙计做的揽饭可以算是农家饭的集大成。山里人的那些栲木扁担、桐木蒸米桶等农具，带灯也是情有独钟，她还发现了驿站旧址那颇具诗意的石刻："樱阳驿里玉井莲，花开十丈藕如船。"

没有心灯的指引，就只能在黑洞里生活。有了元天亮的信，带灯才有了自己的精神星空，她是在写信的过程中建构起自己的心灵世界的，那时，她就属于她自己。在倾诉中，她虚构了一个时间与空间，有了自己的私密空间，思想自由遨游，使自己的内心逐渐有了清明的缝隙，找回了自己的生命感觉。这盏小灯尽管微弱，此时却足以照亮内心，也尽可能照亮身边的人。而她的那些情话看了让人含羞脸红，又让人沉醉向往，比如她说："地软是土地开出的黑色的花朵，是土地在雨夜里成形的梦……土地其实是软的，人心也其实是软的"①，以及"你是我在城里的神，我是你在山里的庙"②。不光是带灯，平时好说是非的刘秀珍在与儿子的呼应中也是温柔的，她说儿子是她河边慢慢长大的树，身心在她的水中，水里有树的影子。她说儿子是天上的太阳照射着河水，河水呼应着却怎么是又清又凉的水流？这些也都极具诗意。

与书记等干部不同，带灯有对生命、尊严的尊重，也有公正的精神。她与身边的人有平等的对话、心灵的交流。在"竹子指责自己"这一节里，她与竹子探讨狠与柔软的问题，认为不管怎样，还是要善。她与老伙计的交情都是将心比心、以心换心换来的，给她们治病的药方，解决她们生活中的实际问题，还经常舍财，即使是一些难缠的上访户，她也表现出了慈善之心，从来不是武力相向，除非气急了。她盛气不凌人，宽展不铺张，软硬兼施，恩威共使，也使得政事变得温润起来，不像一般的女干部，所以更具理想性。

带灯带着精神上的一盏灯，欣赏与享受山野之美，看到了自然界小昆虫的残忍，悲悯老伙计范库荣等的死去，目睹了人世的残忍而无能为力。面对累累的问题与病痛，冥顽不化的她既无法疗救，也绝不妥协，真是不疯魔不成活。可是疯子不疯，她的疯话才是至情至性的话，就像宝玉的傻话才是真话一样。

五

不同的话语体系背后的旨归是不同的，阳刚的话语体系背后有政治、社会的伦理诉求，而阴柔的话语体系背后活跃的则是心灵与灵魂。

社会伦理是大伦理，关注民众，忧患现实。贾平凹专注于土地，直击政治顽疾，直面社会的问题。在《废都》中就有一个民办教师转正不成，上访了十几年最后成了拾破烂的老头。"制造声音"里杨二娃为一棵树上访了十五年，并且说"树是会说话的"，上访倒成了孤家寡人，最后证明树确实是他的，不久他就

---

① 贾平凹：《带灯》，人民文学出版社2013年版，第55页。
② 贾平凹：《带灯》，人民文学出版社2013年版，第171页。

死了。所以这次写《带灯》也算是轻车熟路，以极其隐忍的叙述耐心，全面细致地展现了上访问题。

这是中国现实中无法回避的问题，作家的态度只能站在生活的中心，而不是躲在远处。"我们可恨着那些贪官污吏，但又想，房子是砖瓦土坯所建，必有大梁和柱子，这些人天生为天下而生，为天下而想，自然不会去为自己的私欲而积财盗名好色和轻薄敷衍，这些人就是江山社稷的脊梁，就是民族的精英。"①而小说中撑起民族脊梁的不是鲁迅式的阳刚的男性，而是带灯这样阴柔的女性，而且是以一种韧性的精神在做。"带灯说：我管是谁，我只想让我接触到的人不变得那么坏。陈大夫说：你能吗？带灯愣了一下，说：我在做。"②孟子就曾经说过："挟泰山以超北海，语人曰：'我不能'，是诚不能也。为长者折枝，语人曰：'我不能'，是不为也，非不能也。"

而话语体系的神秘性深入体现了这种大伦理。天气是天意，怪异的天气是社会乱象的象征。马蜂窝与累累的现实问题是对应的，必须有人捅这个马蜂窝。虮子的意义不在实指，而是形容污染的心境，与现实同化的龌龊。蜘蛛网是否意味着关系网、人情网，或者与情网有关，作者并没明说。有了鬼魅世界的参照，可以增加批判现实的力度。现实的问题积累到一定的程度，就不是一般的药可以医治的。小说的旨归则是挑社会问题的脓包，揭出严重的病痛，引起疗救的注意。

社会伦理关注的是中国固定的现实，一切都要从这里出发。个体伦理关注的是人类的生命与灵魂。带灯正因为在精神上带着一盏灯，这盏灯正是人类的视野，从而穿透政事与人世，透彻而温润。

在爱情上，带灯是一个情痴。她认为女人们一生完全像是整个盖房筑家的过程，一直是过程，一直在建造，建造了房子就是为了等人。她所说的无界的定位是女人真正的位置，不是不看重名分与位置，而是看重无界背后自由遐想的空间。而只有极少幸运的妻子能做这样真正的女人。

与其说带灯是在跟元天亮倾诉，不如说她是在跟自己对话，在与自己的较量中自我更新，获得存在的意义，精神空间也由此变得丰富与深刻起来。她说她要尽心让自己光亮成晴天，可不敢让乌黑的云占了上风。在"挣扎或许会减

---

① 贾平凹：《带灯》，人民文学出版社2013年版，第358页。
② 贾平凹：《带灯》，人民文学出版社2013年版，第122页。

少疼的"中，"带灯说：折磨着好。竹子说：折磨着好？带灯说：你见过被掐断的虫子吗，它在挣扎。因为它疼，它才挣扎，挣扎或许会减少疼的。"①而带灯对药的尊重，就是起了疗救之心，不光是给村民、老伙计，还有别的。最后的萤火虫阵正是希望的一种象征，"就在这时，那只萤火虫又飞来落在了带灯的头上，同时飞来的萤火虫越来越多，全落在带灯的头上、肩上、衣服上。竹子看着，带灯如佛一样，全身都放了晕光"。②萤火虫的光尽管微弱，就算一时还照亮不了别人，总要照亮自己，在现实中警醒守望。

六

两种话语、两种伦理综合的能力，在《带灯》中体现得比较清晰。在写法上，贾平凹深知，要入乎各小节之内，才有生气，同时要出乎各小节之外，有了高致，小节与小节之间才会自动组合，生出新的意思，精神容量才能变得阔大。贾平凹说："我是陕西南部人，生我养我的地方属秦头楚尾，我的品种里有柔的成分，有秀的基因，而我长期以来爱好着明清的文字，不免有些轻的佻的油的滑的一种玩的迹象出来，这令我真的警觉。我得有意地学学两汉品格了，使自己向海风山骨靠近。"③多年前在阐述书法创作中，他就有同样的追求："岳王庙里有两块匾最有意思，一是沙孟海的，一是叶剑英。沙是文人，书法刚劲之气外露；叶是元帅，书法内敛绵静。人与字的关系，可能是有缺什么补什么的心理因素。我是北方人，可我老家在秦岭南坡属长江水系。我知道自己秉性中有灵巧，故害怕灵巧坏我艺术的趣味，便一直追求雄浑之气。而雄浑之气又不愿太外露，就极力要憨朴。这从我的文章及书法的发展即可看出。"④

这也是艺术个性驱使的结果。文学家、艺术家需要虎狼一般的挑战精神，才能在艺术世界里进行探险。在一次采访中，李安说自己平时是温和、平和的人，但拍起电影来就很冒险。因为东方文化的滋养，他习惯协调；而西方艺术让他对冲突、抗争和梦境有一种渴望。所以在生活中他是隐忍的俞秀莲，而在内心里他是率性的玉娇龙。与李安有着相同的秉性，贾平凹在《土门》后记里

① 贾平凹：《带灯》，人民文学出版社2013年版，第197页。
② 贾平凹：《带灯》，人民文学出版社2013年版，第352页。
③ 贾平凹：《带灯》，人民文学出版社2013年版，第361页。
④ 王新民：《评〈贾平凹书画〉》，载《美术之友》2001年第4期。

这样评价自己："知道我德性的人说我是：在生活里胆怯，卑微，伏低伏小，在作品里却放肆，自在，爬高涉险，是个矛盾人。"这样的个性使他在作品中易于触及社会发展中出现的尖锐问题，而他的文学观又让他在作品中追求更高的精神境界。

在《文学的大道》一文中，作家认为文学在任何时候都有文学的基本，而他说的这个基本是要融合中西文学两大传统，"在中国古典文学传统里，有天下之说，有铁肩担道义之说，有与天为徒之说，崇尚的是关心社会，忧患现实。在西方现代文学的传统中，强调现代意识。现代意识也就是人类意识，以人为本，考虑的是解决人所面临的困境。所以，关注社会，关怀人生，关心精神是文学最基本的东西，也是文学的大道"。看来作家有了把社会伦理与个体伦理作整合的雄心，也有了超越现实的文学抱负，"写作超越国家、民族、人生、命运，眼光放大到宇宙，追问人性的、精神的东西"，[①]才能建构起自己的文学世界，为人类文学贡献中国经验。中国当代文学急需重建这种以生命关怀、灵魂叙事为精神维度的叙事伦理。

《带灯》表面上平和、不张扬、不激烈，骨子里却尖锐、绵里藏针，像捅马蜂窝与戳脓包那样对社会存在的尖锐问题进行深刻的批判，又渗透着自己的想法。面对发展经济与不发展经济的两难境地，作家的态度是矛盾的，富饶了，却不美丽。樱镇空气好、水好、风光好，可是穷。大矿区富裕了，人却得了矽肺病，环境污染了，这是一个二律背反。还是要发展经济，但不能以牺牲自然与人文生态为代价，其实不开发就是大开发。樱镇号称是县上的后花园，除了松云寺的古松，松云寺坡下河弯里的萤火虫阵都是很好的风水景点，而把驿站遗址保护与恢复起来发展旅游业，这种绿色经济既节约资源，又不污染环境，是比引进大工厂带来了经济效益与政绩，却牺牲了大好环境的饮鸩止渴的办法要好得多。大矿区就是大工厂的前车之鉴。

整部小说中谁都有怨恨，官有官的难，民有民的难，各自有各自的强悍与凶狠，也有着各自生命的可怜与卑微，作家虽然有一种悲天悯人的情怀，但文学并不是解决问题的，而是以自己特有的方式呈现问题，尤其是呈现人类无法解决的精神难题。

---

① 贾平凹：《文学的大道》，载《文学界》2010年第1期。

七

相对而言，女性更关注生命灵性的层面，贾平凹这次之所以选择女性作为主角，是有以柔克刚的希冀的。"《古炉》则代表了他回归抒情的尝试，却是从沈从文中期沉郁顿挫的转折点上找寻对话资源。这样的选择不仅是形式的再创造，也再一次重现当年沈从文面对以及叙述历史的两难。与其说这是他们一厢情愿的遐想，不如说是一种悲愿：但愿家乡的风土人情能够救赎历史的残暴于万一。徘徊暴力和抒情之间，《古炉》未必完满解决沈从文所曾遭遇的两难。"[①]在《带灯》里，作家已经有了地藏菩萨与土地神一样的精神，已经有了或许一时完不成而要心向往之的尝试。

在基层干部中，除了暴戾与庸俗，也是有带灯这样高贵与智慧的可能的。可是，带灯那点个性与精神能否改变这样强大的现实？与元天亮的通信，寄寓着带灯纯真的幻想。可站在生活中心，这样的重担已经快把她柔弱的肩膀压垮了，而其内心的精神建设还不完善，她的倾诉是没有呼应的，不足以抵御罪恶现实的强大冲击。庙与祠堂已经成为历史，德高望重的长者也已经作古。民间的拯救没有了，又缺乏根深蒂固的宗教神学的传统，现实世界与心灵世界都无从宣泄，拯救如何维系？带灯又不愿与现实妥协，所以注定走向疯癫与鬼魅，就只能在鬼的世界里游荡。在疯狂病态的樱镇世界，疯子与带灯才是精神健康的人。在污浊腌臜的樱镇世界，带灯的精神反而是清明的。在带灯纯真的幻想与坚实希望的博弈中，显露出来的正是微弱的拯救意向。

文学是一份纯真的幻想，犹如干枯树叶的湿润经脉，漆黑夜晚的一盏小灯。沈从文说："自然既极博大，也极残忍，战胜一切，孕育众生。蝼蚁，伟人巨匠，一样在它的怀抱中，和光同尘。因新陈代谢，有华屋山丘。智者明白'现象'，不为困缚，所以能用文字，在一切有生陆续失去意义，本身亦因死亡毫无意义时，使生命之光，煜煜照人，如烛如金。"[②]如果说之前贾平凹的写作还是生命世界在文学世界的投射与映照，以及生命世界与文学世界的重合，那么在《古炉》《带灯》里则是文学世界对生命世界的照耀，作家相信了他所塑造的精神

---

① 王德威：《暴力叙事与抒情风格——贾平凹的〈古炉〉及其他》，载《南方文坛》2011年第4期。

② 沈从文：《烛虚》，见《沈从文全集》第12卷，北岳文艺出版社2002年版，第10页。

世界。若《带灯》这盏小灯，能带来大家的萤火虫阵，能让我们分享着彼此生命的精神世界，从而获得坚持下去的精神力量，这正是带灯的意义，也是作家的用意所在。

《带灯》在形式上有小品文的特点，也有小品文的韵味，可不是在隐蔽处、边缘处、遥远处闲适与逍遥，而是站在生活的中心，参与苦难的生活，主动承担起精神的重担，精神已经向大品的品格转化，在温润与硬气之间徘徊。这不仅是作者在写法上的转身，更是一种精神的自我觉悟。或许，《带灯》远非贾平凹的透彻之作，在一些写作理念的实践上，作者还有犹疑，浑然感还明显不够，但它的确显露出了一种新的写作迹象，那就是用一种柔性的笔法写出庄重的话题，也写出一个承担者的精神。这恰恰是中国当代文学所匮乏的。当代文学骨子里有一种压抑不住的逍遥精神，作家很容易就滑到一个轻松、闲适的世界里，而故意漠视、遗忘现实中的苦难。"很长一段时间来，中国小说正在失去面对基本事实、重大问题的能力。私人经验的泛滥，使小说叙事日益小事化、琐碎化；消费文化的崛起，使小说热衷于讲述身体和欲望的故事。那些浩大、强悍的生存真实、心灵苦难，已经很难引起作家的注意；文学正在从精神领域退场，正在丧失面向心灵世界发声的自觉。从过去那种政治化的文学，过渡到今天这种私人化的文学，尽管面貌各异，但从精神的底子上看，其实都是一种无声的文学。"①这样的文学，如果用索尔仁尼琴的话说，那就是："绝口不谈主要的真实，而这种真实，即使没有文学，人们也早已洞若观火。"②什么是"主要的真实"？我想就是在现实中急需作家用心灵来回答的重大问题，而在当下中国作家的笔下，很少看到有关这些问题的追索和讨论，许多作家只是满足于逃避和逍遥，或者只满足于对生活现象的表层抚摩，他们普遍缺乏关怀现实、辩论存在的能力。

贾平凹的《带灯》，包括之前的《秦腔》《高兴》《古炉》，却体现出了很强的介入现实的意识，作家的内心也涌动着一种要直面"主要的真实"的勇气，但贾平凹的可贵在于，他不是只单一勇猛地批判现实，而总是能从现实的批判走向

---

① 谢有顺：《极致叙事的当下意义——重读〈日光流年〉所想到的》，载《当代作家评论》2007年第5期。

② 景凯旋：《我们理解索尔仁尼琴吗？》，载《南都周刊·生活报道》总第132期，2007年6月29日。

内心的省思，所以他看到肮脏，也守护一方心灵的净地，他面对黑暗，但也向往生命的亮光。他用一个文学人的眼光看世界，也用一个文学人的心去体悟世界，正是这一点，决定了他的写作，既是和现实短兵相接的，又能在现实中跳脱出来，沉入一个内心的王国。所以，海风与山骨，阳刚与阴柔，社会伦理与个体伦理，绝望与希望，交织在一起，形成了他这一阶段的写作面貌。他在叙事上也不是一味地以细节代替情节，而是曲处能直，密处见疏，将以小见大的写法用到了极处；在精神的底色上，他也不再向往那种只表现黑暗的力量、心狠手辣式的写作，而是有了更多的宽容和悲悯，有了希望和信心，有了对生命亮光的珍惜，而且，他渴望积攒这些碎片，使之成为自己作品中更为重要的精神维度。至少，写作《带灯》时的贾平凹，是处于智者与仁者、狐狸与刺猬之间的，他用自己的写作，准确诠释了海风山骨的真义。他向往多种写法的综合，也试图把各种精神的矛盾聚合起来，他最终是希望自己能走向平静和宽阔，这当然是写作的另一个境界了。

（原载《当代作家评论》2013 年第 6 期）

乡土旷野上的行走

——贾平凹《带灯》带来的思考

王光东　　毕会雪

相对于贾平凹以前的小说，《带灯》①是一部更为开放的作品，包含着当代中国乡土社会丰富的变化信息。小说主要有两条结构线索：一是带灯作为乡镇综合治理办公室主任在经历纷繁复杂的乡土生活过程中的所思所想所感，她以书信的形式呈现出来——是情感的、主观的、思考的；一是带灯面对每天上访农民的那些鸡毛蒜皮的纠缠和麻烦时的所思所想所感。然而在每一个上访事件背后都呈现着当代乡土农村的巨大变化，以及人的思想观念、行为方式、伦理情感的变化，中国当代社会的这一生活现实以极为写实的笔法呈现出来——是真实的、客观的、日常化的。两条线索相互联系、映衬交织，艺术化地呈现了当下中国乡土社会的全景风貌。

在带灯这个艺术化人物身上，在全景式的乡土中国生活的变化过程中，我们体验到了什么？感悟到了什么？又有哪些思考呢？

一、《带灯》中的"带灯"

"带灯"是一个人物，也是一个隐喻。她原名叫"萤"，即萤火虫，萤火虫在暗夜中带着一盏灯穿行，虽然微弱却以自身的发光带来光明。带灯也如萤火虫一般在乡土旷野上行走，在混乱、无序的人事纠缠中虽然无奈、悲凉，但她的责任和同情心却如山石压抑下的溪流，源源不断地浸润着为生存努力挣扎的农民的心灵，她如萤火虫般的光亮在乡土旷野上别有一番崇高和伟大，这一形象是中国当代文学中出现的具有特殊意义的、富有时代内涵的艺术形象。

---

① 贾平凹：《带灯》，人民文学出版社2013年版。文中所引皆出此版本，不另注。

在书的扉页上贾平凹写道："或许或许，我突然想，我的命运就是佛桌边燃烧的红蜡，火焰向上，泪流向下。"这恰是带灯这一艺术形象的内涵。她为什么像佛桌边的蜡烛"火焰向上"呢？是因为在这个烦恼纠缠的世界上她仍保持着一颗正直良善之心，保持着悲悯的同情胸怀。不可否认的一个事实是，在市场化、城市化的现代化进程中，中国乡土社会中农民的生活发生了巨大的变化，被"现代化"引燃的物质欲望推动着生活的车轮滚滚向前，不仅改变了以往的生活轨迹，而且与政治的、情感的、伦理的诸多方面发生冲撞而带来种种问题。农民为了自己的利益和生存，也就必然与损害自己生活的种种行为发生冲突，对于无权无势的农民来说，上访是他们解决问题的唯一出路，当然上访的人中也有没有道德底线的无赖流氓。带灯作为乡镇综治办主任，既要解决农民遇到的问题，又要承担维护社会稳定的领导责任，其内心必然有诸多的烦恼。正如她在写给元天亮的信中所说："烦恼是日子的内容，有光明就有黑暗，太阳底下什么东西没有影子呢？收获麦子就得收获麦草。生活中我没有敌人，烦恼就是我的敌人，敌人强大了我才强大，需要敌人，也需要不停地寻找敌人。秋天里欢笑的只是镰刀。日子在整齐而来无序而去，我现在知道了有多少人做事没有底线，也知道了我毕竟是好人。我有时说话直了对方是泼皮无赖让我无法忍受，但我总看到他家人或亲人有闪光人性之处让我心有退让。我有时不知我怎么处世，我的做派是强者因为我光明，而外表上人家看我是弱者因此常吃亏。"正因为她看到了"有闪光人性之处"，意识到了自己维护社会平安的责任，她才能在黑暗中看到一盏灯笼在召唤。正念一起，便能明心见性，便有强大的力量去燃烧自己，因此带灯与许多上访人员成了"老伙计"，成了镇里不可或缺的领导者，有光明伴随着自己，她就看到了生命的辉煌。"树中的水分在心中循环反复不停地轮回，那是别人看不见的而我能看到的生命线。树根在地下贪婪地寻找和汲取水流于体内急切而幸福地运行，然后变成气变成云，天上就有白云彩霞又成为树的追求和向往。"正是这种富有责任和同情之心的生命感悟，使带灯奔波于乡野山地，穿行于污泥烂水之中，与狡猾的、质朴的、奸诈的、善良的各色人物发生关系，终不失自己做人的本分，因此，她会同情老上访户的困难，她会为矿区打工染上矽肺病的人主动收集证据，上下奔波。

　　积极向上燃烧自己照亮别人的带灯，也有她的痛苦无奈、悲凉忧伤，基层的维护社会稳定的工作是无穷无尽的，老的问题解决了，新的问题又会出来，就像樱镇人身上的虱子抓不完、捏不尽，社会就像陈年蜘蛛网，动哪儿都落灰尘。对人生有着热情、浪漫情愫的带灯在这样世俗、琐碎、繁杂的生活工作环境中，时时有着逃离的愿望。她想逃离生活的困顿，于是给元天亮写信便成了她的情感、精神的寄托，她絮絮叨叨、不厌其烦地诉说着她对生活的感受，诉说着走入无人的山野风光中的舒心，她想拯救自己，但每一次在觅到出路之时都会陷入恍恍惚惚如困兽八面突围而不能的悲凉与无奈中，于是她告诫自己要向树去学习，把内心的美丽情愫，长成叶开成花结成果，像树一样存活，一年一年、一季一季、一天一天去生轮圈，平静自己的心。在这里我们看到了带灯在燃烧自己的过程中内心的复杂的、痛苦的情感，这种痛苦的、悲凉的、无奈的泪只能流在自己的心里，"泪往下流"大概就是这个意思吧。贾平凹在《带灯》后记中的一段话为我们理解"带灯"这一形象提供了很好的注脚。现在社会有着很多问题，如体制的问题、道德的问题、法律的问题、信仰的问题、政治的问题、生态的问题和环境的问题等等，"正因为社会基层的问题太多，你才尊重了在乡镇政府工作的人，上边的任何政策、条令、任务、指示全集中在他们那儿要完成……他们面对的是农民，怨恨像污水一样泼向他们。这种工作职能决定了它与社会摩擦的危险性。在我接触过的乡镇干部中，你同情着他们地位低下，工资微薄，喝恶水，坐萝卜，受气挨骂，但他们也慢慢地扭曲了，弄虚作假，巴结上司……而下乡到村寨了，却能喝酒，能吃鸡，张口骂人，脾气暴戾。所以，我才觉得带灯可敬可亲，她是高贵的，智慧的，环境的逼仄才使她的想象无涯啊！我们可恨着那些贪官污吏，但又想，房子是砖瓦土坯所建，必有大梁和柱子，这些人天生为天下而生，为天下而想，自然不会去为自己的私欲而积财盗名好色和轻薄敷衍，这些人就是江山社稷的脊梁，就是民族的精英"。"带灯"这一艺术形象就是在乡村旷野上诞生的高贵的大树，她含风迎霜，承受冬冻夏晒，依然尽职尽力，依然保持着自我完善的愿望。通过她可以看到我们这个时代可能有的诸多内容，且能发现正在变化的时代中所出现的诸多问题。

二、"带灯"为什么会出现

我总在想：在当下这个时代为什么会出现"带灯"这样的艺术形象？她为什么会遇到各色各样的上访者和问题？思考这些问题必然牵扯中国当下乡村的变化及中国的乡村权力等问题。

中国当代乡土社会在"现代化""市场化""城镇化"的进程中正在发生着巨大的变化，政治的、经济的、道德的、法的、生态环境的问题都在改变着社会的结构形态。就中国乡土社会的实际情况来看，牵动农民生活神经的主要是生存和利益问题，在带灯工作的樱镇所需要化解和控制的上访问题在小说中被列出了三十八项，依次是林坡纠纷、宅基被侵占、退耕还林欠款、存款兑付、柏树权属矛盾、土地承包纠纷、村道修建补偿、灾后生活困难补助、村账目移交不清、村干部林权证发放、打工致残、修建拆房赔偿、女儿被拐卖等等，这些问题都是和农民的实际物质生活利益和他们的生存权益联系在一起的。为什么利益和生存会成为农民普遍关心的问题呢？不管是"市场化"还是"城镇化"，这些国家政策的实施都是为了改变人们的贫穷生活状况，为了让人们走向富裕的生活道路，"富裕"的标志就是有钱，有丰富的物质条件，当"物质的欲望"被合法地点燃之后，贫困的农民自然会为了改变自己的生存条件，去努力地争取和保护自己的利益。但是"生存"和"利益"是与个人联系在一起的，当每个人都为"维护自己权益"而奋斗时，就会发生彼此之间的碰撞、矛盾，这种矛盾有邻里之间的矛盾，有村民与村干部的矛盾，有村民与乡镇甚至国家政策之间的矛盾。这种矛盾搅乱了以往的社会生活秩序，相对稳定的伦理、道德出现了变化，人与人之间出现了一次次不愉快的碰撞，甚至是尖锐的冲突，如小说中元薛两家为了争夺沙场发生的大规模武斗，就是以"利益"为核心而践踏道德底线的行为。从国家治理和发展的角度来说，中国社会的特殊发展进程也会导致乡土社会矛盾的发生。国家要发展、地方要发展，就要发展工业，但是在远离城市的乡土社会中，工业的发展会面临许多问题，当下乡镇工业面临的一个主要问题是优质的工业资源在招商引资过程中很难实现，进入乡镇的很大一部分企业是被城市厌恶的那些"污染企业"，已经有"维权意识"的农民自然会去抗争。樱镇的交通不怎么方便，那生产蓄电池的工厂为什么要建在这里？人们自然会想到蓄电池生产是污染环境的，排出的废水到了地里，地里的庄稼不长，排到河里，河里的鱼会死，大工厂在别的地方都不被接纳才落户到樱镇的。在今天的中国，经济发展与环境污染之间的矛盾已经是一个触目惊心的大问题。乡村干部民主选举也同样如此。政治民主是"现代国家"建设的追求，在乡村推进民主选举是国家社会进步的重要标志，但在樱镇的乡村干部选举过程中却出现了一系列的问题，导致村民的不满。是实行"民主"的条件不成熟，还是民主的程序不规范，都是值得我们思考的问题。贾平凹在《带灯》一书中，把乡土基层社会的种种矛盾展现了出来——大的矛盾、小的矛盾相互纠缠在一起，让我们触摸到了乡土社会的真相，仅凭这一点而言，《带灯》在当下的文学作品中就是一部有着重要价值的优秀作品。作为樱镇综治办主任的带灯在这样的社会现实环境中就承担了调解社会矛盾的极为重要的社会责任，贾平凹说她是崇高的、高贵的、民族的脊梁的原因也正在于此。

带灯这一艺术形象的出现除了如上原因之外，还与乡村社会的权力结构有关。我记不清是哪位学者在分析乡土社会结构时，讲过如下想法，很有道理：在1949年以前，乡土社会有三种力量起主导作用：一是以血缘关系为纽带的宗法制与宗法文化力量；二是以乡绅或乡村知识分子为代表的文化力量；三是代表国家的行政权力。这三种力量共同对乡土社会的行为方式、价值规范、伦理道德法则产生重大影响并维护着社会的运转。这样的见解是符合中国乡土社会的实际的。在1949年后，在社会主义制度下，以人民公社为组织基础的社会群体与主流意识形态认可的人民大众文化成为主导，国家意识形态和国家行政权力成为治理中国乡土社会的核心力量，宗法制权力和宗法文化以及乡绅或乡村知识分子的力量在中国乡土社会中都在不同程度地衰弱。不管这两个时期中国乡土社会的权力结构形态有什么不同，但对乡土生活中的农民来说，他们外在的行为方式或内在的价值观念都还是较为明晰的，他们能做什么或不能做什么似乎都有一个标准。但是自20世纪90年代以后，在市场化经济和城市化进程中，中国当代乡土社会发生了巨大的变化：（1）大量乡下人进城，以往的家庭结构形式发生了变化，留在乡村的基本上是老年人、妇女、儿童，进城的农民接受了城市文化的影响，在改变着过去以血缘为基础而建立起来的宗法文化，宗法的权力在逐渐地失去力量；（2）进城的农民大部分是接受过现代教育的青壮年，他们的出走同样也使乡村知识分子在乡土社会生活中有所缺失；（3）人民公社制度在乡土社会生活中瓦解之后，伴随着人民公社制度而建立起来的一套文化价值观念也随之消失，而新的乡土文化规范在当代社会的发展进程中又没有充分地建立起来，治理乡村的权力主要就是国家的行政权力力量。当贫困的农民更多地关注自身利益和生存、道德观念、法的观念、信仰等方面可能出现问题的情况下，国家权力怎样行使对乡村的治理呢？以带灯为代表的乡镇综合治理办公室——专门调解乡土社会生活中出现的各种矛盾的职能部门——应运而生，这一职能部门承载着权利的、道德的、法的，甚至是"人情"的等等责任，缓解着社会矛盾可能产生的种种负面影响，维护着社会的运转。如果乡土文化价值观念确立起来，人们的法治观念健全起来，人们的道德伦理规范趋于完善，治理乡村的权力趋于规范，乡土社会不再有那样多的矛盾，调解矛盾的综合治理办公室也许就没有必要存在了。因此，带灯这一艺术形象的出现，一开始就具有宿命的、无奈的意味，她必然地陷入琐碎的、日常的，有时是重大的矛盾冲突中，去面对那些她可能解决也可能无法解决的问题中，备受折磨不能自拔。由此可以说，带灯是我们这个时代特殊的艺术形象，贾平凹发现并塑造的这一艺术形象是对当代文学的重要贡献，通过她我们不仅窥见了乡土中国社会的种种面相，而且我们依稀听到了某种心灵的召唤，虽然那召唤的灯光如萤火虫般微弱。

三、《带灯》的文学性启示

这里所说的《带灯》带来的文学启示，实际上都是常识，只不过《带灯》给这些常识带来了新的当下性意义。《带灯》对于贾平凹的小说创作而言是一个突破，正如他自己在后记中所说："几十年以来，我喜欢着明清以至30年代的文学语言，它清新，灵动，疏淡，幽默，有韵致。我模仿着，借鉴着，后来似乎也有些像模像样了。而到了这般年纪，心性变了，却兴趣了中国两汉时期那种史的文章的风格，它没有那么多的灵动和蕴藉，委婉和华丽，但它沉而不靡，厚而简约，用意直白，下笔肯定，以真准震撼，以尖锐敲击。"这种风格的转变带来了《带灯》不同于《秦腔》《古炉》等作品的艺术特质，多了些生活质感，少了些艺术的技巧，多了些纪实般的叙述，少了些虚构的想象。这样说并不是《带灯》缺乏技巧和想象，而是把技巧和想象包含于真实生活的发展逻辑中，突出了现实生活的力量。当《带灯》以带灯为小说结构的核心，串联起当代中国乡土生活的方方面面时，就如《清明上河图》一般，具有了史诗般的艺术力量——写的是日常生活，是各种人，是历史，是活生生的生活，又是时代变迁的图景，它是拙朴的、简单的，但有着直面而来的强大艺术力量。《带灯》的出现让我们意识到一个问题——任何优秀的文学艺术作品都应具有来自生活的质感，任何叙述的逻辑都应该包含生活本身的逻辑。这虽然是文学的常识性问题，但在当下的文学作品中却往往由于各种各样的原因重视不够，导致许多作品呈现出虚浮的华丽、感官的愉悦、炫弄技巧的倾向，当然文学的呈现形态是多种多样的，每一种文学都有其存在的价值，但如《带灯》这样的作品是否更应该引起我们特别的重视呢？

贾平凹在《带灯》后记中还说过这样一段话："越来越多的人在写作，在纸质材料上写，在电脑网络上写，作品数量如海潮涌来，但社会的舆论中却越来越多地哀叹文学出现了困境，前所未有的困境。这到底是怎么回事呢？文学出现了前所未有的困境，其实是社会出现了困境，是人类出现了困境。这种困境早已出现，只是我们还在封闭的环境里仅仅为着生存挣扎时未能顾及，而我们的文学也就自愉自慰自乐着。"在这里，贾平凹提出了一个极其重要的问题：文学的发展必须对社会的困境、人类的困境有深刻的理解或感悟，才能促使文学走出困境。这是否意味着我们的文学应该更关注文学之外的变动发展的世界呢？文学的"心"是属于艺术的，同时也是属于社会的、人类的，包含着这样的"心"的文学作品才是有艺术生命的，贾平凹的《秦腔》《带灯》等作品都证明着文学有进入社会、进入人心的力量，这种力量自然来自他那颗文学的"心灵"。

（原载《当代作家评论》2013 年第 6 期）

关于《带灯》及贾平凹小说的几个问题

李　震

《带灯》出版有半年了，捧者有之，诛者亦有之，但大多不得要领。对贾平凹这样一个具有近四十年写作经验的作家，简单地肯定或者简单地否定都属轻狂之举。近四十年来，贾平凹从散文、中短篇到十部长篇，始终没有停歇，而且每一部作品都试图找到新的体验方式和叙事方式，因此，他在许多方面已经抵达了绝大多数中国作家无法逾越的高度，譬如他的"中国经验"及其表达，譬如他对中国小说传统的加入与延续，譬如他对民间口语的提炼，以及他的写作功力，等等。这些都不是可以轻易否定的。当然，贾平凹的写作也有他自己难以超越的问题，而且这些问题也绝不是表面的，或者可以轻易发现的，或者某一部作品中偶然出现的，而是存在于他的整个写作中。至少在目前有关贾平凹小说的批评中，还没有真正触及这些问题。有些论者不遗余力地批评的贾平凹小说的所谓"问题"，甚至恰恰是贾平凹写作所提供的最宝贵的经验。

本文试图从这部大家褒贬不一的《带灯》出发，谈谈笔者对贾平凹小说写作的一些认识。

一、《带灯》，一部复调小说

对一部小说来说，叙事方式和结构是决定性的，而在对《带灯》的批评文字中却很少有人过问。在贾平凹的小说写作中，人们可以清晰地看到他在叙事方式和结构上求变的努力。就《带灯》而言，我以为它与以往的贾平凹小说相比，最大的变化在于作者走出了单一层面的独白式的叙事老路，尝试了复调叙事和对话氛围的营造。我不管贾平凹本人是否熟悉巴赫金的理论和陀思妥耶夫斯基的小说，也无论是一种巧合还是一种自觉，《带灯》无疑是一部标准的复调小说。《带灯》的叙事是从三个层面上用三个不同的声部同时展开的。

第一个层面当然是现实层面。这个层面是对秦岭深处的一个叫作樱镇的小镇，以及镇政府的干部与老百姓围绕上访问题形成的各种纠葛的叙述。这个层面的叙事是依据现实逻辑，用故事讲述人的口吻进行的。

第二个层面是以带灯用短信方式向元天亮的倾诉展开的。这是一个完整而独立的叙事层面，其语言方式和叙述内容几乎与第一个层面毫不相干，却构成了与第一个层面的强烈参照。这种参照集中地凸现了一位女性以爱和美的神圣和洁净，与现实世界的残酷和龌龊相对抗。

第三个层面是很少有论者提及的，那就是从虿子的神奇飞临，到可以看见鬼的和尚，到樱镇上的疯子，再到带灯最后的梦游，最后到千万只萤火虫聚集在带灯身上形成的壮丽光晕，这是一个潜伏在樱镇之中的神秘的非理性世界，由鬼神、黑夜、阴间构成，可以称为阴界叙事。这个层面上的叙事与前两个层面均不相同，是在一种神秘和奇幻中展开的。

这三个层面的叙事既保持独立性，又相互拉动，形成了结构意义上的张力。我相信，只有同时看出了这三个层面及其不同的叙事格调，才算真正了解了这部小说的结构和作者的写作意图。而带灯作为这部小说的主角和核心人物的意义，也在于她是小说中唯一可以同时进入三个叙事层面的人物。在第一个层面，带灯是作者的叙述对象，是小说的主角，却是叙事主体的他者；而在第二个层面，带灯作为虚拟的叙事主体与小说的叙事主体的合二为一。带灯在这两个层面的叙事中既分裂又统一，表现为她一方面作为乡镇干部维护着现实秩序，另一方面却成为这一秩序的批判者。而最后的夜游、与疯子的相互追逐，以及千万只萤火虫集于一身的神奇景观，又将带灯融入第三个叙事层面，从而使带灯从维护者与批判者的矛盾中，以非理性的方式得以超越。如此，小说便形成了一个完整而闭合的复调式叙事结构。

复调作为巴赫金借用的一个音乐术语，用来分析小说的叙事结构，则主要指小说不是以单一的叙事声调（即巴赫金所说的"独白"）来叙事，而是指同时用两种以上的声调构成的和音来叙事，"利用复调的形象，对位的形象，不过是指出当小说的结构方法超出通常的独白型统一体时出现的新问题，正如音乐中超出单声便会出现某些新问题一样"。① 有点类似于独奏曲与交响乐之间的区别。

---

① 巴赫金：《巴赫金全集》（第5卷），白春仁、顾亚玲译，河北教育出版社1998年版，第28页，第21—22页。

二、带灯，一个批判性的隐喻

《带灯》这部小说的另一个有意味的创造便是"带灯"。带灯无论是作为一个语言符号，还是作为一个小说的主角，都是一个批判性的隐喻。

"带灯"作为一个符号，它的所指首先是作为一个意象的萤火虫。很显然，作为意象的萤火虫是富有批判意味的。它的批判性在于用微弱的光亮对无边的黑暗的控诉。这种由底层社会与人性的弱点构成的黑暗，尽管是无法依靠萤火虫来照亮的，但萤火虫一旦被言说出来，便是一种对黑暗的批判。

"带灯"作为一个小说中的主角、一个人物形象，同样是一个具有批判意味的意象。她的批判性在于，一个女性的美丽、高洁和卓尔不群与一个乡镇干部所面对的上访、疾病、械斗、死亡等等的残酷现实，在一个规定情景中矛盾地组合在了一起。因此，带灯的存在和出场，本身就是一个批判性的隐喻，是作者批判现实的一个支点。需要特别指出的是，带灯这一意象的批判性一方面是对社会现实和人性现实而言的，另一方面也是对带灯自己而言的。对现实的批判不言而喻，这里需要指出的是小说对带灯这一人物的批判，很显然，小说一直在展示带灯自身人格的分裂，即作为维护者和批判者的统一体、现实与梦境的统一体。

意象，一直作为一种诗歌写作的元素被人们熟知。但有过较长时间的诗歌写作经历的贾平凹用小说去经营意象也是不奇怪的。而且，用意象来升华小说的意义应该是贾平凹写作中的重要经验。而且贾平凹小说被提炼为意象者多为女性形象，一般以此来表达作者对至纯至美之爱的向往。我以为这一经验的最好体现一是《高兴》中的锁骨菩萨，再就是《带灯》中的带灯。就广义而言，贾平凹长期书写的他的故土商州，也已经和沈从文的湘西一样，成为一个著名的个人意象了。

意象的使命在于隐喻，这是一般的方法。而让意象富有批判性地去隐喻，则是《带灯》的一项创造。

三、关于贾平凹的"中国经验"

自莫言获诺贝尔奖之后，"中国经验"一直是笔者思考的问题，也由此想到了贾平凹的写作。笔者以为一个中国作家在世界文坛上立足必定是由两个因素决定的，首先便是中国经验，其次才是所谓普世价值和最前沿的写作方法。就中国作家的中国经验而言，我以为应该包括两个方面。其一是中国体验，包括对中国社会、文化和人性的深度体验，特别是来自中国底层社会的现实生存体验。其二是对中国文学传统的加入与延续。

仅就中国体验来说，莫言、贾平凹乃至许多中国作家没有本质的差别，而对于中国文学传统的加入与延续来说，贾平凹在中国当代作家中几乎是独一无二的。如果说，中国当代作家绝大多数是从"五四"新文学传统，或者延安文艺传统，或者20世纪80年代以来形成的文学传统出发的话，那么，贾平凹的写作应该是从中国古典小说和中国古典美学的传统出发的。只要认真阅读过贾平凹小说和散文的人，应该是不会否认其在下述几个方面对中国传统的加入与延续的。

其一，贾平凹对中国古典文学的叙事传统的加入与延续。大概没有人否认贾平凹小说对以《金瓶梅》《红楼梦》为代表的明清小说叙事传统的借鉴与延续。无论是叙述姿态、语调，还是遣词造句，也还是对古代白话的运用，贾平凹小说与这两部古典名著的传承关系不言而喻。如果将散文、中短篇纳入观察范围，人们还可以发现贾平凹的语言中还有着浓厚的明清笔记体小说、魏晋志怪及汉代史传文学的叙事方式。在对中国文学的叙事传统的借鉴方面，贾平凹是有自觉意识的。在《带灯》的写作中，贾平凹特意对汉代文学的叙事传统进行了尝试性的借鉴。他在《带灯》后记中甚至直言：

> 几十年以来，我喜欢着明清以至30年代的文学语言，它清新，灵动，疏淡，幽默，有韵致。我模仿着，借鉴着，后来似乎也有些像模像样了。而到了这般年纪，心性变了，却兴趣了中国两汉时期那种史的文章的风格，它没有那么多的灵动和蕴藉，委婉和华丽，但它沉而不糜，厚而简约，用意直白，下笔肯定，以真准震撼，以尖锐敲击。[①]

在《带灯》一开篇，贾平凹就描述了一棵汉代的松，这棵松不高，却横向生长，以至"荫了二亩地"，而且造福于今人。如果结合后记中的这段自白来理解，那么，这棵松树似乎在隐喻着汉代以《史记》为代表的史传文学那种"史家之绝唱、无韵之离骚"的伟大传编。

其二，贾平凹对中国古典空间美学传统的加入与延续。有人曾认为，贾平

---

① 贾平凹：《带灯》，人民文学出版社2013年版，第361页。

凹小说对时间的处理是具有现代性的。理由是作者常常将大量的叙事内容浓缩在很短的时间区间之内。但我认为，贾平凹对时空关系的处理恰恰是由于他得益于中国古典美学，特别是在《带灯》这样的复调小说中。

众所周知，中国古典美学讲的是"虚静""静观""顿悟"，这些被当作美学范畴的概念，其实是佛家和道家思想的精髓。古代先哲崇尚的参禅、打坐，是通达虚静、静观和顿悟的具体方法。从参禅、打坐进入虚静、静观和顿悟的化境，其实正是终止和突破时间之维、进入空间之维的过程，中国从艺术到哲学最核心的要素便是"象"，而"象"只能是一种空间存在，而非时间存在，中国诗歌的"境界"、中国画的写意，都是一种空间的展示。因此，中国古典美学本来就是一种空间美学。而深谙中国传统艺术中的诗书画之道和黄老之学的贾平凹，自然对这种空间美学有着深刻的领悟，自然会以小说穷尽之。《带灯》作为一部复调小说，三个叙事层面本来就是一种共时性的存在，即使在现实层面的叙事，时间的展示也是极其微弱的，大量的细节是共时性地并列着的。因此，《带灯》的时空观中的主导因素是空间而非时间，这正是贾平凹小说中一贯延续的中国古典的空间美学的传统。

其三，贾平凹对汉语的文学性的延续。如果要在中国当代小说作家中确立一位对汉语写作贡献最大的人，我可以毫不犹疑地指出就是贾平凹。

中国当代作家中的绝大多数是用"欧风美雨"化的汉语在写作，这样的写作事实上离汉语的本性越来越远，以至让人觉得中国当代小说可以被视为西方小说的一个组成部分，或者可以说是西方小说在中国版图上的延伸。这样的小说几乎无法与中国传统小说联系起来。而贾平凹是真正探索汉语写作的一位作家。其小说作品中一再被指认为语病的一些写法，其实正是他刻意体现汉语中与时下流行的西化的汉语相区别的部分，有些备受指责的词句，恰恰是最能够体现汉语表现力的地方。还有那些被认为是简单模仿《金瓶梅》《红楼梦》句式的语言，其实是他长期以来一直学习和捕捉的在陕西一带遗存的古白话的表达方式。

四、贾平凹小说美学的阴性特质

阴性特质，是笔者对贾平凹小说及其美学特质的一个基本认识，即指贾平凹小说写作中对土地、女性、河流、黑夜、月亮、鬼魅、出土文物等一系列意象近乎迷恋的心理倾向。在中国文化的象征谱系中，上述意象属于阴性。而贾平凹小说中天空、太阳、剽悍的男性等这些阳性意象一直偏弱，虽然他的大部分小说的主角还是男性，但均显阳刚不足。阴性意象在贾平凹的写作中往往代表着作者最高的精神诉求，特别是女性常常是集至善至美至爱于一身，尽管在其大部分作品中女性都不是第一主角，却往往具有不可企及的、出神入化的精神高度，譬如《废都》中的唐宛儿、《秦腔》中的白雪、《高兴》中的锁骨菩萨等等。《带灯》是贾平凹第一次以女性为第一主角的长篇小说，也是贾平凹对女性的一次最高礼赞。而且第一次用女主角的名字命名了整部小说，因此，《带灯》是贾平凹小说美学中阴性特质最集中的体现。

在贾平凹以前的作品中，女性一方面被视为"灵物"，一方面又被视为"尤物"（如唐宛儿、白雪等），及至《高兴》中的锁骨菩萨，则被赋予了由"灵物"和"尤物"凝聚成的佛性，开始用爱，甚至用性去拯救众生。如果说锁骨菩萨是一尊佛的话，那么《带灯》中的带灯，则是现实生活中的一尊菩萨，尽管她很美，但已经不再被视为一个"尤物"，而是一个天赋灵性和爱心的拯救者。尽管她作为一个现实中的人物，有着自身矛盾和分裂之处，但作者最终赋予了她神性的色彩。小说中经历了械斗和处分之后，带灯病了，得了夜游症了，其实正是她最终通灵的表现，她在夜里走入了一个常人看不到的世界，在那里她开始和疯子、鬼嬉闹。而小说结尾处几十万只萤火虫组成的萤火虫阵，正是带灯走向神性的一个标志和盛大仪式。

五、贾平凹，一个神神秘秘的无神论者

从生活到文学写作中，贾平凹是个神秘主义者，这一点大概不会有什么异议。他时而说禅时而论道，易经八卦，指纹面相，神魔鬼怪无所不晓，深不可测。早在20世纪80年代就有路遥、贾平凹的一儒一道之说，而贾平凹对现实生活参悟之深，也不能完全认为他就没有受到儒家思想的浸染。似乎儒、道、释这三大神秘的东方思想渊源都与他有关。然而贾平凹到底信仰是什么？他的精神归属在哪里？他的价值判断缘何而来？哪里是他的灵魂的根据地？这些对一个具有重大影响力的作家来说是至关重要的问题，却始终没有人能够回答，甚至也没有人问及。

从贾平凹的大量文学作品来看，笔者以为，贾平凹其实是一个神神秘秘的无神论者。这里的无神论者，并非指他不是某种宗教的信徒，而是指他尚未确

立自己的精神归属和价值坐标。

而对一个尚且没有明确精神归属和价值坐标的作家来说，他表述这个世界的依据是什么？支撑他作品的思想的力量是什么？如果再苛刻一点追问，他写作的意义又是什么？

如果对一个拿写作闹着玩儿的作家来说，我们可以不去追问这些问题。但贾平凹是中国当代最重要的作家之一，也是可以代表中国当代文学最高水平的作家之一，在一些专家和网友联合调查基础上形成的中国现代作家排名中，贾平凹居当代作家之首。那么对这样一个重要的作家，我们难道没有理由去追问这样一些问题吗？

在中国当代作家所崇尚的西方作家中，真正大师级的作家，哪一位没有自己的精神归属和价值坐标？他们或者是在古希腊文化的价值坐标中写作，或者是在古希伯来文化的价值坐标中写作。文艺复兴以来的作家，大多是在以古希腊文化中对美、对爱、对力量、对大自然的礼赞，冲破了中世纪宗教神学的束缚，从而建立起了人文主义的价值坐标；对中国作家产生过巨大影响的 19 世纪批判现实主义作家，是以古希伯来文化中的基督教思想，对资本主义上升时期出现的社会、人性的蜕变展开批判的。即使是卡夫卡、福克纳、帕斯捷尔纳克这样的现代作家的写作，也同样闪耀着本原性的思想的光芒。

那么，《带灯》以及贾平凹所有的作品，究竟是靠什么来支撑的呢？作家所作出的价值判断的主要依据又是什么呢？

笔者以为，支撑这些作品的主要是贾平凹的个人才情和个人趣味，他所作出价值判断的依据也是随性的、不统一的。他的一切爱恨情仇、真假对错，基本上来自本性，而非某种一贯的、本原性、体系性的思想。也正是由于此，绝大多数读者对贾平凹小说的阅读期待和满足，也基本上是来自他的个人才情。这便是笔者所认为的贾平凹小说写作最根本的、最大的问题，这样的问题不是在某一部作品中偶然出现的，而是属于他整个写作的。与这个问题相比，那些曾经被人激烈批评的问题几乎可以是忽略不计的。

（原载《小说评论》2013 年第 4 期）

带灯的光芒

张学昕

一

《带灯》的阅读，所引发的我内心的震撼隐隐没有散去，很快，又读到贾平凹的一个小中篇《倒流河》，用一个不十分恰当的比喻来形容那种感觉，仿佛盛宴之后尚存意犹未尽的兴致，心神、思绪还没有安定下来，而在归途中又偶遇旧知，于是，在一个清雅、干净的小酒店里共同举杯叙旧，小酌了一番，使酣畅淋漓后的余兴，很快得到了释放和满足，因而感到无比惬意。

我阅读贾平凹的作品多年，对他的审美创造力、叙事耐性的坚韧，深信不疑。在写作中，他始终保持着一贯的沉稳厚实、一泻千里的文字节律、一如既往的宽厚情怀，有控制，有内力，有味道，有温度，有积淀，有境界，许多文本的气度和体量，都仿佛一头大象或狮子，气势和格局宽阔、成熟，尽显大家风范。在这部《带灯》里，文本所携带出的强大的文化、精神气息及巨大的审美表现力，依旧扑面而来。现在，《带灯》的余韵，又在这个小中篇《倒流河》中惯性地延续着。《带灯》里的樱镇，这个喧嚣俗世中的乡村世界，仿佛渐行渐远，而那些人物和物象的灵魂，其中丰沛的人性和气场，却久久地萦绕着我，挥之不去。不知为什么，这部高度关注中国当下基层、底层现实生活，如此近距离写实的作品，也许是接足了"地气"，叙述里埋藏了太多属于生活中生长出来的东西，很长时间，我都恋恋不舍地不愿离开它。尽管我是如此地喜爱它，但偏又为它忧虑，为它感伤，为它纠结，甚至为它感到落寞和惆怅，也为它感到逼仄和无言，感到衰朽、隐忍、冷硬和荒寒。有这样的感觉，不仅是因为小说中叙述的自然、世相和具体人物，透射出饱满而内敛的唏嘘之气，更在于蕴含其间的平直古朴中还映射出罕见的慧能，它向上舒展和扩张着，直视着那些堆砌的、淤积的、极不轻松的、有强烈疼痛感的烦忧生活。贾平凹是擅写乡土世界的杰出作家，那么，贾平凹这一次选择了怎样的途径、怎样的文字来表现一个不大不小的乡镇呢？在这个乡村世界，他看见了怎样的一种真实，又是如何呈现的？他又是怎样谋求在叙述上突破自己的？虽然，对每一位作家而言，这都是一个老问题，但却又永远是每一次写作中必须面对的新问题。而持续不断地选择表现乡村世界的荣辱兴衰，已然成为贾平凹宿命般永恒的写作空间维度和审美取向。今天的乡村世界、农民的生存，应该怎样书写和表现？生活和存在的真实是什么？还有，仅仅表现一种存在或者真实就可以获得写作的意义和满足吗？"这一本《带灯》仍是关于中国农村的，更是当下农村发生着的事。我这一生可能大部分作品都是要给农村写的，想想，或许这是我的命，土命，或许是农村选择了我。"①多年以来，贾平凹总是喜欢将小说的结构，深深地植入当代中国的乡村结构之中，在艺术地呈现当代乡村生活中的伦理和文化的基础上，审视人的自然天性和存在形态，进而写出现实或历史的沉重、文化的复杂性和迷惘状态。无疑，《带灯》的写作，又是一次真正站在乡村大地上的写作，是拥抱触目惊心的当代中国现实的写作。我们丝毫也看不到布道的痕迹，绝少道学气息，没有乡野间弥散的老气，只有直面现实的勇气。在这里，对于自己太熟悉又写了这么多年的乡村，他这一次选择了最贴近现实的追踪。

我们看到，在芜杂的现实生活中，贾平凹打捞起无数琐碎的遗落在乡土中能发声的和缄默的人与事，面对有血色、有震荡、有焦灼的燃烧着的当下现实，贾平凹几乎完全卸掉了以往士大夫沉重的包袱，不再沉醉、悠然于遥远的古风气象，不再发掘民间固有的、隐藏的原始欲望，而是以现代的精神和理念凝视和描摹世相。这个樱镇世界中的一切，都是再清晰不过的形象，朗然在目，没有雕饰的痕迹，只有坦然不乏苦涩的写真。其实，贾平凹早已放弃想书写史诗的冲动，更多地在文字里感受那些来自心灵的沉重。他要写出现实的纠结和残酷，写出生活的悖论，写出希望和力量，写出一个时代的惶惑和不安，也写出渺茫和愁苦，写出了根本的人本困境，尤其是，他在表现性格、欲望、命运的不可理喻性的同时，呈现的不仅是生活应该是怎么样的问题，而是告诉我们生活原本是怎样的一个存在。

初读这部作品的时候，我最为担心的是，《带灯》的题材和叙事如此贴近现

① 贾平凹:《带灯》，人民文学出版社2013年版，第354页。

实，贾平凹的叙述会被现实的破碎、臃肿和凌乱所吞没，直面当下的叙事姿态和创作主体统摄的谋篇布局，"流水般"地自然复现现实的动态流程和全景式的叙事视角，以彻头彻尾的非虚构的"真实"，对抗虚构，对抗想象，这些究竟能够在多大程度上梳理清楚生活本身的结构和品质呢？这是否会被一种压迫式的真实所限制，从而丧失由无边的想象所带来的、富于超越感的另一种"真实"？从根本上讲，文学叙事的最大效率和弹性张力，来自想象留下的空间和距离所产生的猜想、悬疑，以及存在可能性。以文人的才情和奇诡的想象见长的贾平凹，不遗余力地让自己陷入无边无际、遍布迷津的生活大泽，是否写出的只是一部当代中国乡村的"上访总汇""病相报告"或者"乡村民情备忘录"？在这里，的确也是考量作家铺排敷陈生活能力的重要因素。但是，担心是多余的，贾平凹不会顾忌理论上的某种考虑和规约，他一头扎进生活的泥土，踩着泥泞出发，这些俨然已经成为叙述最大的自信和勇气。这部《带灯》的写作发生和写作动力，似乎也与以往大有不同，他没有像以往那样，独自将叙述肆意地抛给读者，恍兮惚兮，奇异纷呈地荡漾开来，而是小心翼翼地呈现，没有任何隔膜、虚幻、矫情的描摹，而是超越意识形态的惯性，坚执地表达现实的宿命、无奈和命运的归属，以及现实的冷峻和人性的危机。

贾平凹似乎已经将地球视为一个村落，或者，他索性就将这个"樱镇"当成了当代乡村生活、乡村社会的缩影，坦然地将这些村镇聚焦为苍穹下的一个影像。这个影像，是一个时显喧嚣热闹、时现寂寞荒寒的存在体，在这个巨大的存在体之内，有世俗文化的怪影，有人性的冲撞，有生存空间里人们的不幸和暗影。这部《带灯》，直面现实，原生态地透视现实，可以肯定，贾平凹没有像以往那样乐于沉浸在乡村灰色的记忆里，而是返身走进潜伏着种种危机的现实。

早些年我在读贾平凹的时候，在《鸡窝洼的人家》《小月前本》《白夜》《商州》，甚至《废都》里，都会感觉到贾平凹的字里行间有一种野气，多少有点儿野狐禅的遗风，叙述自顾自地行文抛句，起伏不定，无拘无束。那时，我猜测贾氏即便没有沿袭民国的遗韵，也定然从野史、笔记和稗抄、小品类的文体，吸纳了不少的养分和精华，粗茶淡饭，乡情故里，在乡土、乡村的厚实和粗鄙的两面性中，与无数人的灵魂默默地交流着。文体和面貌，颇显乖戾、荒蛮，甚至有些晦暗和暮气沉沉。但是，近年来，我持续地读到《秦腔》《高兴》和《古炉》，格局开始更加阔大，行文是洒脱不羁，人物个性、谋篇布局，肆意挥洒，不再一味沉浸在自己的乡土"幻象"之中。尤其是，无论切入当下现实，还是发掘并不久远的"文革"历史，在文本的背后都凝聚着一种深厚的目光，这目光似乎要穿透沉郁的迷茫，洞悉艰涩、混沌的存在，每当我们感到他的叙述贴近地面的时候，随即又会体会到它已经开始超越和飞翔。就是说，整体气韵和笔势的风貌，已经挡不住面对现实时所产生的精神气度和巨大冲击力。而与以往的《秦腔》和《古炉》更加不同，这部《带灯》似乎向现实的内里扎得更深，地气仿佛不断地从大地上的庄稼、草木和房屋中丝丝缕缕渗出来，与人的呼吸相应和。渐渐地脱离了对乡村的"幻象"的迷恋之后，贾平凹已经卸下了所有的包袱，彻底剥离了乡村社会的非自然性质的"苔衣"，而以"凛然"的不折不扣的现实主义精神，书写这里的山川草木、乡土风情和生命存在实况。可以说，《带灯》是贾平凹对当代转型期中国社会、对人生命运思考和表现的精神载体，是一次实实在在的现实扫描。带灯，同样也是贾平凹寄寓乡村理想、理想人格和期待温润人性的载体。进一步讲，《带灯》承载着贾平凹新的叙事理想和文化诉求。我意识到，贾平凹开始从现实的视角，或者，从现实本身，思考中国的文化和现实的困境与出路。我感觉到，贾平凹在这里真的是要"表达出自己对社会人生的一份态度，这态度不仅是自己的，也表达了更多的人乃至人类的东西"。①

我们能够深深地感受到，贾平凹在这里面愿意承担更重大的责任，以文学的方式思考社会、人生问题。因此，他心急如焚地告诫人们"管制危机、诚信危机、信任危机、归根结底是和平年代、发展年代、经济年代的社会政治危机……樱镇所出现的危机，并不只是樱镇的危机，同时也是中国城乡大地已经司空见惯的社会危机"。②现在，我们面对这样一个处于剧烈变动之中的樱镇的时候，我们是否想过，在我们这个国度里，究竟还有多少个这样相同、相似的樱镇？

可以说，《带灯》所叙述的，是中国当代最当下的现实生活，这里面其实还有一个更大的思考，这恐怕就不只是关于中国的，也是有关人类生存的，是关于生态环境、栖息土壤的，也是关于精神品质和人性蜕变的。只要仔细回顾、梳理贾平凹的写作，就会发现他真正是一位当代从未离开过书写中国现实的作家，也许，正是因为他对自己所深嵌其中的乡土太过殷忧，所以他对中国乡村

---

①　贾平凹：《五十大话》，人民文学出版社2008年版，第145页。

②　李星：《危机四伏的樱镇世界》，载《读书》2013年第3期。

生活和文化的体验和呈现，都富有沉郁、细腻和寥廓之感。如何面对今天的生活和世界？在所谓"资本全球化"的欲望的流动中，世界的和中国的，移植的和本土的诸多问题，都纠结、重叠在一起，已经日益令我们感到不安和恐慌。中国作家怎样理解这个时代的生活，如何表现这个世界的变化，已经成为摆在所有想有作为、有抱负的中国作家面前最困难的问题。我们既要对历史满怀敬畏之意，更要看清正在发生的事情的真正意义，文学的使命就在这里。

二

阅读《带灯》，我最喜欢的，还是带灯这个人物形象。我认为，正是这个人物，撑起了《带灯》的全部叙述。《带灯》是直奔现实而来的，带灯便是直面现实的。小说强烈吸引我的是，她的喜怒哀乐，她的困境、窘境，她的孤独，她的美丽、才情，她的道德感、悲悯之心，以及她在坚硬而残酷的现实面前勇敢地站立。也可以说，我是从无数细碎甚至破碎的现实秩序中，从复杂多变、藏污纳垢、芜杂的乡村世界，从人性的晦暗中，深刻地感受并看见了带灯的光芒。显然，是带灯这个人物，撑起了小说叙述的樱镇世界这片复杂多变的天空。那么，带灯这个人物独特在什么地方呢？贾平凹为什么会写带灯这个人物？他究竟想将带灯的形象赋予怎样的超越一般角色功能的意义？这个人物的精神意义、精神价值和美学价值在哪里？

贾平凹将这个重要人物的名字命名为"带灯"，这是很有趣味的。萤火虫和带灯的隐喻，在这里成为一种奇特的符号，是最接近地面、接近旷野的小动物。那么，萤火虫、带灯，到底是萦绕别人还是被俗世所萦绕？这似乎并不像是作品里十分随意和即兴的考虑，"萤突然想：啊它这是夜行自带了一盏小灯吗？于是，第二天，她就宣布将萤改名为带灯"。萤的微光，在暗夜里行走的时候携带的灯光，就是灯盏，给迷茫中的人们带来希望。我们在带灯的无数个白天和夜晚，在这些村镇的无数条小路上感知到一个生活、工作在中国社会最基层"综治办"的女干部，她的日常生活和事务，她所经历、经受的丰富情感历程，她的困扰、迷惑和阴郁，她的清醒、智慧和快乐，她的干练和宽柔，就像是一个人在夜路里面走了很久，在身心疲惫的时候，让我们一下子看见了晨曦和露珠的相互辉映，同时，也看见了一种悲苦中的力量，或者是力量中的悲苦。我们意识到了贾平凹的叙事意图。

很难想象，在我们这个时代的乡村世界里，一个女性的心灵和脉息，会与这块土地发生什么样的交集，这位美丽善良的女性如何在这块藏污纳垢的土地上如风般行走。尽管内心有时很痛苦，但带灯对现实有清醒的认识，带灯说："烂工作，综治办是黑暗问题的集中营，我都恨死了"，"我现在才知道农民是那么地庞杂混乱肆虐无信，只有现实的生存和后代依靠对他们有制约作用。人与人之间赤裸地看待"。她不停地在反省、在反思："以前看见过一句古话，说：神不在，如偷窃。我现在对日子在偷在窃吗？"在带灯的生活世界里，贾平凹试图在风俗颇浓、粗鄙、冷峻的现实氛围中，诗意化地表达带灯的生命状态。实际上，在整个小说结构中，有两条叙述的平行线：一条是以乡镇的政治、经济、文化发展变迁为叙事对象，呈现一个空间结构的形而下形态；一条是刻意凸现带灯的内宇宙心理空间维度，不乏深湛哲思的平凡、高蹈内省和自我角斗。一个灵魂与一个时代的潜心对话和交流，一个女性的生命和情感与一个精神偶像的潜滋暗长，自我纠结，生命的交响在那种寂寥的底色之下，涌动着汩汩的热流，有韵味，有韵致，有蕴涵。我在阅读的时候，不时地想，这些穿插在叙述中的"给元天亮的信"，就像是贾平凹的内心寄托和思想独语，在喧哗消失或暂时隐退的时候，心性才会浮出世间，畅快而悠远地流动。贾平凹始终没有让一个人物在叙述文本中正面或正式出现，这就是元天亮。还有另一个人物，也是模模糊糊，一闪而过，这就是画家——带灯的丈夫——她对他的情感可谓轻拿轻放、不管不问、顺其自然但始终恪守自己的责任。前者元天亮，这个令所有的樱镇人感到无比骄傲的偶像——省政府的领导，竟在一个偶然的机会，成了带灯整个生命的精神支撑点，甚至可以说成为她魂魄依赖的所在。带灯发自内心地给这位曾出版过多部散文集的官员兼作家元天亮，写了二十六封长短不一的信，在小说阅读过程中，不知为什么还存有这样的心理，延伸贾平凹的虚构，我一直期待着元天亮能够与带灯之间发生些什么，让他们产生更深远的"故事"，倘若如此，带灯的未来，很可能会是另一种状态。实际上，元天亮只给带灯回复了极少的短信，略微表达了一种鼓励。如此，带灯的长久的情愫和倾诉，无疑都成为她虔诚的独语。而这些独语，固然有贾平凹自己精神向往、理想期待和认识的介入，但也确实可能成为一个美丽、成熟、有才情且拥有高贵优雅品质的灵魂漫游，带灯的二十六封"情书"，也成为一个女性对自己崇拜的偶像的"单相思""长相思"。而从叙述学的视角看，带灯的感受、感慨和感想，即时地向元天亮发送，在小说整体结构的行文上，不断地推动叙述前行。所以，我更愿意将这两条线、一显一隐两个结构视为互文，因为，后者就像是一个叙述的潜文本。元天亮就仿佛一个"隐身人"，一个永远也不在故事现场的"被讲述者"，当然，也是一个"不在场"的"倾听者"。带灯不断率真且诗意地表达着她对元天亮日渐生长的爱情，意境优美，缠绵如雨："你是我的白日梦。我很想念你。有时像花香飘然而至，有时像香烟迎面而来，有时像古庙钟声猛然惊起。我不止一次地给自己说可以想但不要沉湎或泛滥如决堤山洪，否则我在山上把你埋掉。然而我无力去克制自己不能泥陷相思境地，给自己找出路，每次拟词拟到结尾却像荒秧子庄稼一样枉费功夫，相思仍像疏漏的一颗种子在田畔的草芥中茁壮独立，管他谁来收成。"带灯就是这样，在芜杂、放纵、凌乱不堪的樱镇现实中，依然顽强地去寻找自己超凡脱俗的宁静和梦想。

我确信，带灯是生产温暖生活的热能和光源，也是消解社会生活坚冰和"梗阻"的"融雪剂""溶栓剂"，是永不止息进行工作的生命机器。可以不夸张地说，她是当代中国小说中最美、最理想化、最具时代感的性格人物之一。她不仅具有与现实、俗世"对接"和交融的能力，而且具有心灵生活那种自由的活动性，在一个与大时代、大社会紧密相联系、时时处于变动的环境中，带灯的这种活动性，一再地显示出崭新的一个亮丽的侧面。她有暂时地脱离现实困厄的忧郁思虑，也有刚毅地挺立的男性的勇敢、宽厚和隐忍，乐于助人、充满爱意，乃至最柔软的温情，都放射着善良和欢乐的光芒，这些，早已是这个时代不多见的美德。我揣摩，这个人物所呈现出的具有唯美品质的精神、气质，究竟是源出于人物天性中内在、坚定、忠实的自信心，还是现实、时代的复杂环境，磨砺、铸就出带灯这样凡中脱俗、阔大俊朗的人间品性。在特殊的时代背景下，在这个法律的"边缘地带"，道德和伦理，构成了约束、调整、修正世道人心的最后一道防护墙。带灯就像是身负着使命感来到这样的现实中，与各种关系、各式灵魂接触和交流，解开种种生活"死结"和"扭结"的抽象的道德力量。她善于贴近每一种与她产生联系的天性，理想化地按着和谐的意愿去体验、改善这种联系，提高他们的生存价值。

另外，带灯这个人物形象的复杂性在于，她始终是密切地伴随着当代中国乡村政治、世俗文化的发展，及人性嬗变和历史转型期的庞杂而成长、奋争和存在的。仔细想想，从实质上讲，带灯无疑是一个悲剧性的存在。她内在的坚强、隐忍、高蹈和特立独行，构成她迥然的精神存在体，但她在已然融入其中的乡村世界里，却是孤寂无援的。在带灯的情感中，总有一道阴郁的影子，隐隐地散发出苦闷和迷惑。我们看到，她太钟情于生活和工作了，时时透出一种对完美的渴望，并且对希望的可望而不可即，充满无奈的苦涩。她不脆弱，充满坚韧，身体力行，不断有所作为，用心去感受乡间情怀，每一个人的喜怒哀乐、生死歌哭、灵魂悸动。在樱镇，在镇政府的大院里，她遇到的所有杂乱纷纭的纠结和"泼烦"，她都要坦然地在体制之内的缝隙中，为"维稳"，为保障权力、组织和结构，不断地向权力说真话，对底层的农民说真话、说实话，也说善意的假话。因此，带灯身处体制之内，胳膊肘拐向哪里取决于两种制约：秩序和道德。社会机制结构里的不和谐、扭曲的那一部分，是培植丑恶、不平和不稳定的温床，儒家的道德，在许多时候无法约束官僚机构的腐败程度，秩序就势必会混杂散乱，人性就会在这个时候变得乖戾，甚至惶惶不可终日。所以说，带灯的出现，的确令我们为之一振，让我们在政治结构、文化结构和现实的岔路口，听见了一个人说话的声音，看到了这么多真实的生活世界里有意味的故事。这个极富立体感的人物，以她特立独行的现实选择，与这个"人都发了疯似的要富裕，这年代是开发的年代"，构成巨大反差和悖谬，她可以"现实地"进入现实的世界，有风骨地以她的年轻、善良、美丽，走进民间、民生，解民急难，义不容辞。无疑，矛盾着的带灯，无时不走在现实的困厄里，但也常常试图在苦涩、煎熬的日子里腾挪出来。她给元天亮的那些信件、那些情书，不仅聚集着她的辛酸和心酸，也表现出一定的情真意切。一个生活和工作在社会最基层的女干部，令人动情的内心情感生活，仿佛是混乱如麻的现实中最后的港湾，让一个疲惫的心灵能有片刻的歇息。有意思的是，带灯的意识里，倒是有如这个时代城市女性的自我意识和异常浪漫的情愫、不羁的自由感，既能有声有色，风生水起，不折不扣，又能超逸悠游，随风飘散，无处安妥。

但是，无论怎样看，带灯都是这个时代的一个具有强烈悲剧色彩的人物。因为，最终，这个带灯还是变成了一个梦游者、一个时代的"幽灵"。"说梦者"梦游，黑夜将她的梦境彻底地切割成两半，她终于与经常在樱镇街道上四处游荡的疯子一样，夜里梦游，白日做梦。我们难以想象，在虚幻的梦境里，萤火虫和带灯，这两个名字已经成为一个死寂的隐喻，再无法照亮别人，也无法照亮自己，这是何等地悲怆和苍凉。这是一个极其残酷的现实。这一部分的阅读，让我感到有些艰难。读到这里的时候，我感到贾平凹的叙述似乎很艰涩，缭绕地思考这个世界，他思考得很艰难，陷入了最沉重的忧虑、忧患和感伤。于是，贾平凹向往的一种梦幻般的景象出现了，大灾之后，樱镇的河湾里竟然出现了"萤火虫阵"，这显然是寄寓着贾平凹的一种期待、一种自我宽慰：

　　　看着这些萤火虫，一只一只并不那么光明，但成千的成万的
　十几万几十万的萤火虫在一起，场面十分壮观，甚至令人震撼。
　像是无数的铁匠铺里打铣淬出火花，但没火花刺眼，似雾似雪，
　似撒铂金片，模模糊糊，又灿灿烂烂，如是身在银河里……
　　　这些萤火虫也越来越多地落在"带灯的头上，肩上，衣服上。竹子看着，
带灯如佛一样，全身都放了晕光"。

　　后来，书记和镇长的对话，流露出那种不乏忐忑、惶恐的祈愿似的希望：

　　　书记扭过头对镇长说：甭熬煎，王后生再上访有什么害怕的
　呢？这不是突然有了萤火虫阵吗，樱镇可从没听过有萤火虫阵
　的，这征兆好啊，预示着咱樱镇还吉祥么，不会因一场灾难而绝
　望么！

　　萤火虫，实属于一个昆虫的世界，假如，所有的人都像萤火虫一样放光，世界会是什么样子？人存在的世界会是怎样的情形？贾平凹写这部小说的时候，思维一定密集而匆忙地穿行在"形而上"和"形而下"即精神的和现实的两个场域之中，或者说，徘徊在两者编织的迷宫里。所以，带灯给我们的感觉就忽而在现实里，忽而在梦幻中。

　　后来，我们多少知道一些关于带灯这个人物形象的原型——一个在现实中确实存在的基层女干部，包括她与贾平凹的交流。首先，我立刻就联想到作品里的人物带灯和元天亮。虽然，我们的阅读不好将两者重叠在一起，但我隐隐意识到，《带灯》这部小说的写作发生和叙事动力，缘于现实中这位不平凡的女性。带灯内心的真实，来自于现实，定然已经超越了现实。我想起贾平凹许多年前说过的一段话："作品中的人物当然不是具体的作者，但作品中的人物无不灌注作者的感情，尤其主要人物。我有幸生长在中国的这个时期，经历了这么多的社会变迁。一个作家，一个作品，不可能包罗万象，它总是在'我'的范围内，以'我'的目光在探究世界。人生原本是沉重的，我们活得不那么容易，但每个人又得活下去，可以说，我们都是既不崇高也不卑劣地活着，尤其在 20 世

纪之末有人说：作品最深层的质只能是作者思想意识的质。我认同这说法。"①
当我们时代的人都在大声谈论"正能量"的时候，我们体会带灯这个人物，所能
激发出的那种潜藏在许许多多普通心灵中对于生活和社会的热情、率真和无私
的热量，我们应该悉心地尊重、珍重这样的美好及其如此有价值的存在，她是
以"内在于"我们时代的方式置身于生活，释放着她心灵的"核能"。对工作中
接触的那些最底层的村民，对领导和同事，对已经不太在乎自己的丈夫和丈夫
的继母，都坦然、坦诚。她坚持为外出打工染病的十三名矽肺农民申请医疗鉴
定，争取赔偿；为帮助山区的慢性病患者，她自学中医，收集药方为他们治病；
在薛、元两家持续了一天的火拼中，以弱女子的血肉之躯阻挡血肉横飞的厮打，
等。她面对时代的某些精神分裂性，面对生活和工作的困境和艰辛，她的同情
心，她的人格尊严感，她的感知和认识，她的欢乐和痛苦，她的认同和隐忍，她
的热情和妥协，甚至她说话的口吻，都让人感到她踏实、持重的一面。她是一
个具有一定美学价值的人物，贾平凹找到了这个人物的性格。在近些年的小说
中，我们已经很难看到一个面目清晰、蕴涵复杂、有血有肉的很踏实、能够让你
记得牢固的人物。带灯是一个能够站起来的人物形象。人性的有限性和无限
性，丰富性和日常性，庄重和朴实，一个女性的操守和坚韧，让这个文学人物承
载起属于这个时代的真正的艺术理想。

　　贾平凹深谙当代中国乡村政治、文化、道德生态的变迁，他想要铺展开的，
是一个打开的而非封闭的乡村结构，以此透视权力和伦理关系中人性的肌理，
有节制地呈现其间的多舛、艰涩、苦诉和悲悯。"我们的眼睛就得朝着人类最先
进的方面注目，当然不是说我们同样去写地球面临的毁灭，人类寻找新家园的
作品，这恐怕我们也写不好，却能做到的是清醒，正视和解决哪些问题是我们
通往人类最先进方面的障碍？比如在民族的性情上，文化上，体制上，政治生
态和自然生态环境上，行为习惯上，怎样不再卑怯和暴戾，怎样不再虚妄和阴
暗，怎样才真正的公平和富裕，怎样能活得尊严和自在。只有这样做了，这就
是我们提供的中国经验，我们的生存和文学也将是远景大光明，对人类和世界
文学的贡献也将是特殊的声响和色彩。"②如此说来，贾平凹的叙事，无疑是一种
有"责任"的叙事，有责任感的叙事，产生于对生活和现实强烈的反映之中，一

---

① 贾平凹：《五十大话》，人民文学出版社2008年版，第175页。
② 贾平凹：《带灯》，人民文学出版社2013年版，第360—361页。

般地说，"关于责任的叙事，'不可能讲得很流畅'，因为'过去'，如同现在，仅仅提供了一些发生和偶然"①。另外，从文体的意义上考虑，这部《带灯》的叙事形态貌似有些松散、自由，这在很大程度上缘于叙事中作家自身的情感担当和执拗的道德选择。我相信，贾平凹在这部小说写作时文学性本身以外的承载，一定超过以往许多作品。现实的"发生和偶然"，唤起他更大的责任感和思考，也激发他隐隐的不安。但是，贾平凹始终进行着坦然、坦诚的叙述，丝毫也不回避生活中的灰暗和冷峻。他更加注重对那种积极的、向上的、有天赋力量的尊崇，带灯就是这种力量的生长和张扬，我发现，在《带灯》这个文本里，出现了以前贾平凹小说里缺乏的人物之间积极的交流、相互理解和温暖，尽管这些理解和温暖常常被生活的艰涩、贫穷、窘迫所覆盖，不足以改变生活上的烦恼、忧虑和种种现实困境，但明亮的色调依然能释放出有益的能量，正因为这些温暖的存在，这些在底层煎熬的人们，才不会被生活驱赶到泥潭之中。

我们在带灯身上，同样也看见了贾平凹的苦心，感受到他创造这个人物时的快乐和欣慰，因为，贾平凹这一次是彻底将自己的身心融入了这里的生活和人物，沉浸其中，不愿意自拔。"任何一部诗艺作品都使一个个别事件当前化。因此，诗艺作品通过话语和话语连接给出一个现实事件的外表。故而诗艺作品必须应用所有的语言手段来产生印象和幻觉，而诗艺作品的第一种也是最有意义的美学价值即在于对语言的这种艺术处理。"②贾平凹在近些年的写作中，着力解决的就是面对现实存在世界时，如何处理写作主体与生活、与时代的诗学关系。

作家托马斯·曼一直将诗人歌德的一段话作为自己写作的座右铭："如果想要给后世留下点有用的东西，那必须是坦诚的内心的流露，必须把自身放进去，写出自己真实的想法和观点。"我觉得，用这段话来表达贾平凹写作《带灯》时的心境，应该是再合适不过了。

---

① 保罗·鲍威编：《向权力说真话：爱德华·赛义德和批评家的工作》，王丽亚等译，中国社会科学出版社2003年版，第161页。

② 威廉·狄尔泰：《体验与诗：莱辛·歌德·诺瓦利斯·荷尔德林》，胡其鼎译，生活·读书·新知三联书店2003年版，第163页。

三

我认为，这是一个最需要沉淀和抒写细部的时代，尤其是当喧嚣和浮躁充斥着世道人心的时候。怎样有力量地表现出一个时代生活的鲜活一面，需要作家精确地把握和呈现细部。一般地说，用文字来描绘具体的形象以及形象性场面，已经很不容易，要靠它来表现抽象的情绪和情感就会更加困难。好的真正的形象性文字，就要打破、超越文字既有的逻辑组织关系，打破日常性、约定俗成的明确限定，运用理智将最初的感受、朦胧的意念具体化为细节、细部的场面和人物。当然，这也是最需要一个作家内功的时候。这里，也最需要作家一种强烈的、勇敢的、大的担当。我想，一个作家写到这个份上，他已经不再会计较任何个人性的得失了。应该说，《带灯》整部作品的叙事尽管都极其自由且开阔有度，但它仍然是从生活、存在的最细部出发的。这不由使我想到写于七八年前的那部《秦腔》和两年前的《古炉》。我觉得《带灯》虽与前两部作品在文本形态上有很大不同，却有精神血脉的密切联系。只要你稍加注意，就会发现，它们实际上表现了内在逻辑上的某种一致性品质，隐藏在生活表象背后的深层结构之中。这不仅关乎小说的文体，更关乎作家的叙事美学和阅世哲学，关乎历史观、现实感和审美判断力的强弱。而对这种叙事理想的实现方式与途径，就是贾平凹对生活、存在世界的细节和细部的捕捉、提炼和呈现。

《秦腔》是写当时中国乡村的裂变，贾平凹敏锐地洞悉了中国社会整体性、实质性的转变，《古炉》则选择重新回到 20 世纪 60 年代的中国乡村，回到当代史最激烈、最残酷、最令人惊悚的那段历史。《古炉》从叙述方式上讲，与《秦腔》没有什么大的不同，但后者，我感觉作家更像是从自己内心出发来写历史、写记忆、写自己、写命运。说到底，作家写作最重要的动力和初衷，就是源于对自己所经历和面对的世界的不满意，他要以自己的文字建立起自己的世界和图像，也树立自己的尊严。《古炉》就是通过回到历史、回到另一个时间的原点，书写贾平凹记忆中的经验，表现一种命运，大到民族国家，小到渺小的个人。我感到，《古炉》和《带灯》所要表达的，正是中国人的命运。也可以说这是两部表达命运的最杰出的作品。贾平凹想找到或想找回的是"世道人心"。从世态的最细部、最细小处入手，他的文字，细致、精细，像流水一样，简直是流淌出来的。半个世纪前的中国形象、民族形象，在一个古老村落的形态变迁中，淋漓尽致地被呈现出来。贾平凹刻意地写"众生相"，写出"世心"的变化，写人的存在生态的变化。最初，古炉村与所有的地方一样，都保有一种很好的生态，是有秩序的存在形态，三纲五常也好，最基本的伦理、道德，千百年来在帮助统治阶级，帮助各种体制，对人心做一个基本的规范，维持、支撑着最起码的秩序。小说写出了乡村最基本的、亘古不变的东西，无论历史怎样动荡，人心深处，都应该有这种不变的伦常。这可能是一种关于整个人类的积淀，或者是人类文明的可能性支撑点。但是，"文革"政治的外力改变了这里的一切，社会政治、无事生非的阴谋，改变了人生活和生存的本质的、基本的图像。准确地说，剧烈地改变了天地的灵魂——世心。于是，一代人，一个民族，在这个时段里，宿命般地改变了命运。人心的正气、惯性、常态，都突然坍塌了。能够维持世道的人心变形扭曲了，脱轨了。

贾平凹用心捕捉到无数历史的细部，世俗的最激烈和最宁静处、人心的最晦暗处和最明亮处，都在细部显现出来。在《秦腔》和《古炉》里，就有许许多多的细部令人难忘。特别是《秦腔》的细部，写到了一条街、一个村庄的生活状貌，细腻地、不厌其烦地叙述一年中日复一日琐碎的日子，有许许多多对引生、丁霸槽、武林、陈亮等弱小人物的描绘，有对清风街生老病死、婚嫁的"还原式"记叙。生活细节的洪流和溪水都尽收眼底。没有高潮，没有结局，没有主要人物，无需情节推动叙事，只有若干大大小小的情节、细节呈现，繁杂而黏稠，张弛自然，有条不紊，严丝合缝，逼真、还原、"延宕"，越来越少人工雕饰。我认为，贾平凹在这个时候，已经建立起自己新的话语修辞学或叙述美学。

那么，现在，这部回到现实、直面当下的《带灯》，依然是贾平凹对存在细部和生活品质的触摸，是现实生活中人情练达的销蚀炼铸。仔细想想，在今天，一个作家有多少新鲜的故事或信息要讲出来？究竟怎样才能使自己的叙述与其他小说有所不同？作家所提供的很"自我"的经验和感觉，这种"不同"和"差异"，会像种子一样，在沉睡的历史中留住记忆，这才是小说的根本性力量所在。而唯有细节和细部的差异，才能彰显生活的真实、丰富和独特。杰出的作品，总是作家汇聚或者努力为他所处的时代保存存在世界的丰富性，保存那些不易被觉察的、最细微的、可能会转瞬即逝的事物。只有让我们记住了无数的"细部"，我们才会在这些容易被忽略的地方触摸到生活、生命细腻的质地，体察那些冰山一角的风姿。

值得深思的是，我们这个时代，人性、人心的支撑点究竟在哪儿呢？贾平凹不断地开始他的苦苦寻找，人的生活，人的存在，与周围世界的不和谐、不断发生扭曲和畸变的根源究竟在何处？这必定需要一种深切的体验，需要进入事物的细部。这无疑是小说的优势，杰出的小说家都会深刻地体悟到这一点。这个时候，小说之"小"就体现在"细小""细部""细枝末节"之处。精致或精细的细节和场景，是最见功力的地方。这么多的细节，让作品显得特别地充实和厚重。在一个驳杂、纷纭的现实时空，思考这样大的国家里底层普通人的生活，最了不起的，我觉得是贾平凹总能将一个很大的东西和一些非常细密、非常幽微的东西结合起来，形成一种巨大的张力。因此，在阅读其小说的时候，我喜欢玩味小说中有意无意裸露出的"糙面"，这些"糙面"，恰好体现出生活的质感。生活的细节，将无法直接表达的精神、思想和现实，很自然地填充起来，丝丝缕缕地渗透出来。在《带灯》里，可以说细节丛生，细部的绵密令我们感到生活在流淌，生活是踏实的，感受到某种未经写作者雕琢的"非审美化"的生活细部的妙不可言、生机处处，也能让我们体悟到贾平凹洞悉生活和事物的穿透力、表现力。我们看到，文本的章节，都用一个小方框括出一句话，作为每一小节的题目，或是作为阅读提示，其实，其中的许多话语，都是叙述中的细节精要所在。像"没有节奏的声音不是语言"，人的语言、呼喊与大自然中风的吹动，就呈现出一个热爱生命和自然的心绪；"樱花开了"，写带灯与看不见的风的低语，樱花瓣铺落如万千鳞甲，写出了樱镇之为樱镇的秀美；"挣扎或许会减少疼的"，只写了带灯和竹子的一段短短的对话，带灯批评竹子厌烦乡镇工作时，用的却是一个掐断虫子的比喻。还有，"镇街上的人都躁着"，是通过表现元黑眼、张膏药媳妇、马连翘、元斜眼、王采采儿子若干个人物的纠缠、撕扯，写出乡镇生活的丑陋实景与底层生活的混浊。贾平凹将笔触延伸至生活的肌理和最深的角落，与现实贴靠得如此之近，空气和天空的变化、万丈红尘的俗世、现实中人心和人性的微妙悸动，都构成了大地上生活的重要部分。一个叙事的精魂，始终在牵扯着"碎片式"的细碎的生活纹理，看似旁枝斜出，甚至情节像是被"切割"过而产生了"裂隙"，实则举重若轻，深入肌理，本然的生活流，细致绵密，不仅显示出贾平凹精湛的叙事技术，也体现出一种沉实的叙事美学，它更像是一种超越现实的现实主义。我感觉，写这部《带灯》的贾平凹，他的乐趣，已经不再是在叙事的海阔天空里，充分享受想象力的乐趣，而是呈现一种顽强力量的存在，梳理生活内在的逻辑关系及其可能性。贾平凹从不迷恋宏大的史诗性叙事，与其始终保持着一定的距离。他竭力要表现的，最主要的还是存在的个体，在历史、现实的扭转或变迁中探微人物、人性的多面性，找到人物的性格，找到现实的机锋。许多人可能都会读出和注意到贾平凹在《带灯》的叙述里，有意无意间"搁置"了诸多的"闲笔"，其实，这些"闲笔"就是以细部呈现生活中难以揣摩或者匪夷所思的"神秘""空缺"，以及只可意会不可言传的微妙和玄秘。

沿着由来已久的思维惯性，我们总是习惯说，历史无情。其实，现实也是无情的。历史的悲剧可以反思和长考，这是为了不让它在现实中再次上演，但是，现在进行时的历史，却大多是未加思索的，因为现实的容颜，活生生地、不容置疑地呈现在你面前的时候，无论是一个历史学家还是一个作家，都会有猝不及防之感。不同的是，对当代人而言，可能常常会认为历史不能假设，但可以宽容。而对一个当代作家而言，打捞历史的细节更主要的还是需要想象的力量，过眼烟云的谜一样的历史，甚至可以听凭一个小说家的重构，不期然，竟然也可以在历史叙述中留下盲点、空白，我们可以称之为叙述张力。那么，置身于当下现实生活之中的时候，作家的才华和机敏，就会被现实的多变和不可理喻扼住咽喉，欲望的无常，生命的无常，人性的畸变，世事的杂陈，经常会让写作变得无所适从，一切都变得捉摸不定。这个时候，就文本来说，什么最可靠呢？细节，或者说，细部。我越来越感到细部的重要，不可替代。贾平凹始终是一位重视细部的作家。他的小说观念中，小说就是小的说话，说"小"，要"说话幽默，有形象，有细节"。①的确，小说叙事的因果关系是复杂的，很容易被湮没在细节的洪流里。尤其是，若想还原现实的空间，细节、细部的真切感人是必不可少的重要元素。实际上，在一个变动不羁的时代，在作家的写作中，他看到一种事物比想象一种事物要困难得多，或许，这其中隐藏着一种巨大的神秘的叙事力量，大的事物和道理，都是匍匐在细小的精魂之上，舒展开来的时候，更加会自然多义。

顺便说，我们都知道，贾平凹至今仍是用笔和纸写作，2006年的《秦腔》五十万字，2011年的《古炉》六十万字，这部《带灯》三十六万字，每部作品都

---

① 贾平凹：《五十大话》，人民文学出版社2008年版，第362页。

写作、增删，修改数遍，皆可谓深耕细作的成果，凝聚着他的心血，其中无不充满温情和悲悯。我没有仔细研究过作家的写作工具及其方式与文本自身的关系，但我常常会猜想，或许，与电脑写字相比，在略有"起伏"的稿纸上写作，甚至在修改的过程里，肯定要比屏幕的质感强烈，更有体温和感触，因为，汉字书写是最能充分体现个性化的手、心、脑合一的语言文化活动。那么，两者间的区别，一定会与一个作家文本的文体形态有关。我不清楚 20 世纪 80 年代末以来，中国作家集体"换笔"之后，还"残存"多少作家坚持手写。贾平凹凭一以贯之的"积习"，不断地构思和书写几十年来的新故事，沉而不腐、厚而简约的美学风韵，也许恰恰能够在汉字的书写过程中释放出来。语言的风格、风貌，一定与书写的节奏、是否流畅存在某种神秘联系。一个深深接受古风和儒家气味的文人，是否终究难以摆脱根底上的许多高蹈的中和之气？这种硬笔书写在方格或规范的行间距中，一定具有或者拖曳着现实体验和想象、理想的脉息。这样，也才会有对细腻、敏感生活的用心丈量。也许，我们很难去探究书写方式与文学想象、文学写作之间深层内在而玄妙的关系，但在电脑和硬笔之间，哪一种更性情，哪一种更能够给写作主体某种自由，是可想而知的。不同的形式感，就会产生相异的仪式感，就会产生不同的情景和情绪，不同的语感、语境和节律。电脑的"敲击"和手写的笔画差异，还在于后者在很大程度上，手心都富有变化的不同"表情"。这样的语言，这样的感觉，也许更耐得住时间的磨损。

我们能感觉到，贾平凹在 20 世纪 70 年代末到新世纪伊始的二十多年中，小说的叙述笔法是略显散逸和杂乱的，但近十年来几部大部头长篇小说叙述的变化，特别是绵密的细节、细部，靠近生活的扎实的写实，风格的变异之中仍有所保留，他在调整自己精神向度的同时，却始终没有放弃真切而含蓄的抒情姿态。一个性情宽厚的作家，他文体中呈现出激情，那种拥挤到笔端时的情绪和敏感、汉字书写的自由度和快感，才可能进一步唤起那种殚精竭虑想去穷尽它们的形式意味的冲动。因此，他在表达这些自己擅长的情感记忆的时候，就不免会有意无意地袭用以往习惯或偏爱的话语模式，这时，他一定是以一个诗人的身份去面对这个世界的。贾平凹对写作的入迷是非常真诚的，他不会用那种自恋般的矫情来表现生活、现实与人。唯一能给他带来心理压力的，只能是不断地考虑对自身的超越。贾平凹选择更加贴近现实，语言更加平易、清澈透明，在小说人物心理的处理上简单但使其常常具有暗示生活整体性的导向。贾平凹虽然对古老乡村没有任何绚丽邃密的奇想，但是，在一个个不乏晦暗、渴望、计较、卑微，甚至吊诡的生存背景下，他把乡村的世俗生活和人的命运、宿命写得细密、繁复，令人眼花缭乱，在这个世界里，许多事物既相互联系又互为悖谬。这种生活是一种"有滋有味"的生活，许多人物也是没有经过心理分析，没有个人深度，场景叙述浅尝辄止，但完全能够透过肌理，劫掠到生活中不易被察觉的种种处心积虑的玄机、隐秘。而且，我们能够在其中感受到一种真实和力量。一个作家最根本的力量是什么？不言而喻，真诚、智慧和善良。现实永远没有答案，结果也未必总是出人意料，人心所向才是历史和现实的必然。而作家的责任关键在于对心灵的修复和灵魂的担当。

我在读完《带灯》的时候，想起了索甲仁波切在《西藏生死书》里的一段话："如果你想从轮回的事实获得一个重要讯息，那就是：发展这种善心，希望他人能找到永恒的快乐，并以行动去获得那种快乐，培育和修持善心。"[1]我还想起佛陀说的："业，创造一切，有如艺术家；业，组成一切，有如舞蹈家。"这难道不就是带灯的白日梦吗？抑或，是贾平凹寄寓在带灯身上的白日梦？

（原载《当代作家评论》2013 年第 3 期）

---

① 索甲仁波切：《西藏生死书》，浙江大学出版社2011年版，第116页。

以"有情"之心面对"尖锐"之世

——读贾平凹的《带灯》

李云雷

　　读贾平凹的《带灯》，让人感到有兴趣的一个问题是，像《带灯》这样的以乡镇干部为主人公的小说有很多，《带灯》的特色在哪里？另一个问题是，《带灯》与贾平凹近期的小说《秦腔》《高兴》《古炉》相比，有什么相似与不同之处？在贾平凹关注当代乡镇生活时，他在写法上有哪些变化，又有哪些不变的因素？

　　描写乡镇干部生活的小说，我们可以拿 20 世纪 90 年代中期的"现实主义冲击波"和近年来的一些官场小说作比较，我们可以看到，《带灯》与之相比，具有以下一些特点：（1）《带灯》中的主人公带灯不是主要乡镇干部，而只是一个普通干部——综治办主任，这就使带灯既是乡镇政治生活的参与者，但又不是主导者。（2）小说重点描述的也并非乡镇干部的政治生活——权力、思想斗争或政治决策，而是以带灯为中心写出了她的"日常生活"，让读者可以从整体上看到她的生活状态。（3）小说所关注的是带灯这个人及她的生活世界，这也超越了对乡镇干部这一身份的关注，而呈现出了更为宽广的视野。（4）在乡镇干部中，带灯也是较为特殊的，她是一位女性，富有同情心，与上访者有着密切的联系，竭力帮助矽肺病患者及其家属；爱好美与自然，在乡村与山林中感到惬意、自在；对情感与精神生活有着超越性的追求，给元天亮的二十六封信显示了她丰富的内心世界。（5）以上这些也决定了小说的叙述态度，即小说关注时代的重要变化，但并非通过处于旋涡核心的人物来表现，而是通过带灯这样一位边缘性的特殊人物来表现，以一种参与者或旁观者的视角，来描述时代变化的多个层次与多个侧面。

　　在这个意义上，我们可以说贾平凹也是柳青文学传统的当代继承者，但贾

211

平凹是以他独特的方式继承的。柳青的文学传统我们可以简单概括为：与现实生活的密切联系；对时代核心命题的关注；艺术上精益求精的探索。多年来，陈忠实、路遥与柳青文学传统的联系已广为人知，但在我看来，贾平凹也与柳青文学传统有着隐秘的联系，他以自己的方式关注着时代的重大变化——但与柳青不同的是，贾平凹不是从正面，而是从侧面来表现的，他关注的并非处于时代中心的"典型人物"，而是处于边缘的"特殊人物"——具有某种文人或知识分子气质的人物，比如《高兴》中的刘高兴、《带灯》中的带灯等，这些人物既是现实生活中的农民工，又是乡镇干部，但我们也可以清楚地看到，在这些人物的身上也投射了贾平凹个人的精神气质，让他们与人们心目中一般的农民工或乡镇干部有着较大的差异，这也可以说是贾平凹写作的一种特色；贾平凹与现实生活也保持着密切的联系，但是现实生活在他的笔下却呈现为一种混沌莫名的状态，这与柳青笔下那种高度概括、黑白分明的艺术世界也迥然不同，而贾平凹的写作方式不仅呈现出了生活的丰富层面，也让我们感知到了时代精神的暧昧不明。在艺术上，贾平凹更是精益求精，不断探索与变化，自20世纪80年代以来，贾平凹在艺术上就不断突破自己，让我们看到了他孜孜探求的精神。在《带灯》中，我们也可以看到贾平凹的新探索，在此书的后记中，他写道："而到了这般年纪，心性变了，却兴趣了中国两汉时期那种史的文章的风格，它没有那么多的灵动和蕴藉，委婉和华丽，但它沉而不靡，厚而简约，用意直白，下笔肯定，以真准震撼，以尖锐敲击。……我得有意地学学两汉品格了，使自己向海风山骨靠近。"

如果我们将《带灯》与近年的《秦腔》《古炉》相比较，便可以发现贾平凹小说中变与不变的因素。在题材上，《秦腔》写六十年中国乡村的变迁，《古炉》写"文革"时期的乡村，而《带灯》的特点在于，贾平凹关注的中心不再是"乡村"，而是"乡镇"（政府及其工作人员）；在时间上，他关注的并非历史变迁，而是最为切近的当下社会，贾平凹并非从历史的角度纵向梳理与把握，而是从横向的角度涉及诸种社会现象与各色人物，让我们看到了当代中国乡镇的"浮世绘"。在小说的写法上，与《秦腔》《古炉》相似，作者在《带灯》中仍采取了混沌的写作方式，作品中充满了大量的细节，故事主线并不突出，重点在于描绘出生活的"原生态"，这可以说是贾平凹从明清小说中所得到的真髓；但是另一方面，在整体的艺术风格上，《带灯》也与《秦腔》《古炉》有所不同，如果说《秦腔》《古炉》的艺术风格是整体莽莽苍苍而细节逼真，如同一幅山水画，那么《带灯》则在苍茫中带有尖锐，在沧桑中又别有深情，如同一幅风雪美人图。

到这里，我们可以用两个关键词来概括《带灯》与贾平凹此前小说的不同之处，那就是——"尖锐"与"有情"。所谓"尖锐"是指作者对诸种阴暗社会现象的描绘，小说涉及不少尖锐的生态问题和社会问题，如上访、矽肺病、乡村选举的弊端、乡镇干部的权力斗争，尤其是小说最后写到的两拨人围绕沙厂展开的械斗，而这正是资本在乡村中为取得垄断所进行的血腥斗争，贾平凹将这一幕冷静地呈现在读者面前，展现了中国乡村在"现代化"过程中所遭遇的残酷场景。我们可以看到，在这部小说中，贾平凹前所未有地触及了更多尖锐的社会问题，在他的笔下，我们可以看到存在于中国乡村与乡镇的诸多弊端，小说全景式地展现了当前乡村中的种种问题，当我们将某一个问题单独抽出来加以思考时，就可以发现这个问题的严重性与尖锐性，但是当这些问题交织在一起的时候，我们在贾平凹的小说中看到的并非漆黑一团，或者是一幅不可救药的乡村图景。我想之所以如此，既与贾平凹的写法有关，也与他的态度有关。在写法上，贾平凹并未将笔墨的重心放在对社会问题的揭示上，他所着重的是生活细节与生活逻辑的展示——既有乡村生活的细节与逻辑，也有乡镇生活的细节与逻辑，在他对生活的细致描摹中，我们所看到的是一幅整体性的乡村图景，那些社会问题正是在这样的逻辑与背景中发生的。在这里，"社会问题"不再是抽象的社会问题，而是内在于乡村与乡镇生活逻辑之中的，由此我们也可以看到贾平凹观察社会问题的独特视角——他并不是孤立地看待某一社会问题，而是在生活里那些千丝万缕的联系中去把握社会问题的复杂性，从这样的视角去看，很多问题便不像看上去那么简单，而呈现出了内在的丰富性。而在态度上，贾平凹并没有以批判性的视角去审视，他只是将社会中的诸多现象"呈现"出来，很少在小说中对人物与事件加以褒贬，而是寓情感于具体的描述中，即使在小说中最为激烈的两处情节——乡镇干部殴打王后生、沙厂内外的家族斗殴——之中，我们看到的也是他对具体动作的描述，很少看到作者情感与观点的流露，或者说作者将这些压在了纸背，而尽可能客观地将"真相"表述出来。

面对一个如此"尖锐"的世界，作者去除了思想性的批判，那么将以什么与之相抗衡呢？在这里，就涉及我们所说的另一个关键词——"有情"。所谓"有情"是指小说主人公带灯对待周围人与事的态度（也包括作者对笔下人物的叙述姿态），她并非以功利或理性的态度去面对周围的世界，而是以情感去感知与理解，"以心换心"；同时她的"有情"也是一种超越性的审美态度，她置身于现实的世俗生活中，但又能与之拉开一定的距离，以审美的眼光看待周围的一切，各色人物，山川，河流，植物，并能从中感受到与万物的联系与愉悦。在小说中，带灯正是以这样的方式面对并介入这个世界，在她的眼中，这个世界尽管存在着诸多问题，但她总能从中发现诗意、善良与美，她的"有情"使她超越了现实世界，而获得了一个更加高远的境界，她可以从这一境界重新观察这个世界及其问题。这表现在她对待世间万物的态度上，我们可以举她给元天亮信中的一段话为例：

> 曾经梦见你和我走在梯田畔沿上，我拿个印章，印章没有刻，还是个章坯子，你手里边给我写行小字。至今想我从来没有过印章的概念和用途呀，然而这梦里的事实让我知道了我还有印章是你给我造就的。我的命运像有一顶黄络伞行运也许别人看不见。

> 梦和现实总是天壤之别，像我和你的情感越来越亲近而脚步应该越来越背离。我是万万不能也不会走进你的生活，而冥冥之中也许狐在山的深处龙在水的深处，我们都在云的深处就云蒸霞蔚亦苦亦乐地思念。

在这里，我们可以感受到带灯喃喃自语般的缠绵语调，在她与元天亮遥远、绝望而不可能的"爱情"之间，她以如此抒情、细密而缠绕的方式构建起了一种联系，这是一种超越于尘世之上的情感，与其说她倾诉的对象是元天亮，不如说是她自己或她心造的幻影，这是一个美丽的幻影，也是她反观世界的一种凭借或"特权"。她是一种"有情"之人，面对这个尖锐的世界，她反抗的方式不是从理性的角度加以批判或抨击，而是超越于这个世界之上，从另一个维度昭示这个世界的不完满，她心灵的充盈、饱满、圆融与自得其乐，让她可以诗意地栖居在这个尖锐的世界上，并对这个世界进行一种更深层次的批判。在这里，我们也可以看到贾平凹对待世界的态度，或者说带灯的生存方式是他在小说中的投影，寄托了他的一种审美理想。

那么，以"有情"之心抗衡"尖锐"之事，是一种有效的方式吗？这是一个值得思考的问题。在小说中我们可以看到，带灯是一个理想性的人物，小说中很少写到她的家庭生活，也没有涉及她的亲友网络，或者家中的老人与孩子，她仿佛是从生活中抽象出来的一个人物，然而尽管如此，在小说的结尾处我们看到，她也遭遇到了重重困难：面对乡村暴力时的无能为力；工作压力下的崩溃；严重的梦游症。"或许或许，我突然想，我的命运就是佛桌边燃烧的红蜡，火焰向上，泪流向下。"——这是带灯的一种自况，或许也显示了作者的一种态度，这句话也被印在了《带灯》的扉页上。在这里我们可以看出，对于以"有情"之心抗衡"尖锐"之事，作者并没有以理想化的方式去想象，而是充分认识到了其局限性。但是对"有情"之人来说，或许并无其他的选择，只能以无能的力量去面对世界，正如小说中写到的萤火虫，只能以微暗的光去照亮周围黑暗的世界。或许在这个意义上，我们可以理解小说结尾处写到的这一理想性场景："就在这时，那只萤火虫又飞来落在了带灯的头上，同时飞来的萤火虫越来越多，全落在带灯的头上，肩上，衣服上。竹子看着，带灯如佛一样，全身都放了晕光。"

（原载《小说评论》2013 年第 4 期）

从文本叙事到生活言说

——由《带灯》看贾平凹小说新变

韩 蕊

当下是人人都有"麦克风"的"言说时代"，舆论环境的宽松特别是互联网的发达使几乎每个人都拥有话语权，强权话语一统天下的权威局面被打破了，言说呈现出分众化的特点。以往被忽视甚至被损害的普通大众及每个个体的个性和价值受到了前所未有的凸显和关注，上访这一中国特有的解决问题的方式就是一种弱势群体不平则鸣的重要言说。《带灯》不同于从《浮躁》《秦腔》到《古炉》贾平凹小说的史诗品格，故事情节淡出，语言更为简化，一改小说经典的文本叙事，转而为散板漫流甚至闲聊式的生活言说。作品中上访者在诉说，带灯在劝说，作家在无声地叙说，他们共同言说着樱镇这张陈旧的动哪儿哪儿都落灰的蜘蛛网。

全书结构很明显地分为两大板块，一是作为乡镇干部综治办主任带灯的日常工作和生活，将诸多矛盾尴尬龃龉纠结一一叙说；二是写给元天亮的系列书信所倾诉的带灯的精神家园。两种言说中前者是发挥了作家一贯的现实社会记录者的作用，后者则再次集中体现了贾平凹文学创作的精神意象型特点。从村民的种种琐事纠纷到镇政府的日常工作，所有的题材和细节都是原生态的展示，去除了机巧与技巧，《带灯》呈现出铅华洗尽的返璞归真。

一、为何言说——零时差构建问题小说

零时差是指小说题材取自作家生活的彼刻现实，无延迟的直说"当下"使文本在材料鲜活的同时更具时代性和震撼力。从文学创作的规律和作家的成长道路来看，书写自己熟悉的生活是最省劲也最容易成功的，但也往往会"不识庐山真面目，只缘身在此山中"。零时差容易造成视物不清，作家的情感也需

要大浪淘沙的过程，长歌当哭须是痛定之后，所以我们看到知青作家二三十年后回忆式叙述的温情留恋，与前期书写亲身经历的怨愤诉说完全两样，"文革"三十年后的《古炉》远较伤痕与反思文学来得深刻。同样，文学批评要沉淀评论家，对每一部作品的接受和批评都不是观点简单的重复，《废都》的载沉载浮里就有时间流逝的因素。加之现实生活中的种种限制和商业因素，很多作家便愿意借古说今，自新历史小说以来"民国题材"的流行便是极好的例子；荧屏上的清宫戏也大多说的是当下的台词，一部《甄嬛传》被称为"当下职场的人际宝典"。

俗话说"盖棺定论"，动态的当下是最不好把握的。然而关注当下又是每个作家义不容辞的责任，因为"任何历史评价不仅都是从当代人的价值观出发，而且都是以当代人的生存和发展为目的的"①。零时差的作品容易上手却又最不好写，要从当下性反映出历史性，它需要作家有民生的关切、细微的体察、哲学的思考、超越的高度和书写的勇气，缺一不可，写得好非大家不行。《带灯》即是一部近乎零时差的生活实录，文本中的那些上访问题是正在进行时，我们每个读者日常也都见过或听过其中一二，特别是在乡间有亲戚朋友的。平日的瞬间感慨在文本阅读之后却震撼强烈，因为《带灯》反映的是当下农村一系列社会问题的总和，问题众多，文本显得厚重，直言当下，笔锋也才更加锐利。文本已然是一部"问题小说"了。

仅仅描摹现象反映问题，人们大可以去读新闻报道或带灯的"上访材料汇编"，要把握时代脉搏、反映出事件的历史性，同时具有文学性即可读性和审美性，则是考验作家的写作功力了。相较于"五四""问题小说"的简单化和理念先行的缺憾，《带灯》从实际生活出发的悉心言说使现实问题显得格外触目惊心。

二、言说什么——零距离融入一地鸡毛

刘震云的《一地鸡毛》因描述主人公小林从大学毕业到走向社会的生活琐事及无奈人生而得名，《带灯》所展示的则是乡镇综治办主任带灯的日常工作和生活情感，一样的琐碎繁杂，不同之处在于前者是纵向人生的身内之事，后者

---

① 张福贵：《"活着"的鲁迅：鲁迅文化选择的当代意义》，社会科学文献出版社2010年版，第3页。

则是横向生活的百姓之忧。带灯所在的综治办是一个矛盾最集中、冲突最激烈的地方，也是最能反映中国当下农村社会生活复杂真相的地方，作者以此为视点撕开了生活幕布的一道口子，让我们零距离看到底层民生的艰难与本真。

《带灯》以综治办主任带灯的视角向读者展现了当下农村的种种问题：盖房分地两家邻居纠纷不断；政府征地，村民争相栽树套取赔款；年轻人有失孝道，老夫妻二人分别生活在两个儿子家里不让见面；农村底层妇女疾病缠身却极少去医院治疗；村民矿上打工落下职业病却无人问津，等等。樱镇浓缩了中国的乡村，镇政府里更是气象万千。王后生因造谣大工厂污染被镇书记布置写大标语辟谣，为买笔墨纸及横幅用布，翟干事和吴干事到王家搜腾了半天，没有搜腾出钱，就从柜子里装了一麻袋苞谷拿出去要卖；带灯误以为朱招财到县上喝农药上访，村长骂朱招财老婆，朱招财老婆还嘴，村长扇了个耳光，朱招财老婆再不吭声，趴在床沿上哭；因为书记和镇长外出，镇政府就清闲下来，干部们准备打麻将，马副镇长却说："口寡得很么，狗日的元黑眼也不见送个鳖来！"更有甚者，群众为修路损失收成围攻镇长，翟干事夸带灯敢往上冲，带灯说："我不怕么，我和群众关系好，不会把我怎样。你们当然不敢上去了，平日里却害怕着挨砖哩。"凡此种种，不胜枚举。《秦腔》里细碎生活如满树打不尽的核桃在此变成了动哪儿都掉灰的陈年蛛网，婚丧嫁娶喜怒哀乐化为争强凌弱自私贪婪，综治办的事情比清风街的更为尴尬麻缠琐屑纠结。

为避免一味沉溺小事件带来的阅读疲劳，文本重点叙述了几件大事，而这几件大事显示了作家大场面掌控能力的进步。此前较成功的场面描写要推《古炉》了，霸槽带人打砸抢破四旧、榔头队红大刀队的两派武斗及最后枪毙武斗指挥者等大场面莫不生动形象照顾周全，给读者留下了深刻印象。《带灯》中两次打架更是将其发挥到了极致，混沌狼藉的场面写来却是忙而不乱、条理清晰的。镇上修路侵占耕地，农民为抢一年的收成与镇干部发生了身体冲突；元黑眼元家和拉布换布兄弟的群架更是暴力升级：拉布打死元黑眼，乔虎打伤元斜眼却被元老四挑了脚筋，曹老八只喊拉架却不动手，尚建安哄骗带灯抱住元老四自己并不拉住换布，竹子带灯劝架被连累打伤，还有趁火打劫者、看热闹被误伤者……出人命的惊心动魄似读者亲临。特别较以前更进一步的是作家描写细致到摄像镜头无法表现的心理细节，打斗中带灯的个人感受和思维活动细腻真实，带灯的勇气和执着凸显纸上耀人眼目，可见场面仍然是为塑造人物服务的。

小说离不了鲜活的人物形象，《带灯》在展示错综复杂的矛盾冲突的同时也成就了几个鲜活的艺术形象。心地善良、生性聪颖的带灯自不必说，和她一体两面的竹子也是个性分明；王后生几乎就是上访的代名词，他不单为自己上访，还怂恿别人上访甚至作有偿代访，为几元钱和带灯斤斤计较，与镇干部斗智斗勇，可怜可悲又可气可恨。其他如名利心极重惯用政治手腕一心往上爬的镇书记、患得患失小恩小惠笼络下属的镇长、官瘾极重却进步无望一心保养偶露峥嵘的马副镇长、贪婪霸道见风使舵黑社会老大似的元黑眼等等。文本发挥了作家一贯的细节叙事的特长，为凸显人物个性作点睛之笔：副镇长养生要"吃人"，镇长请带灯吃饭还叫姐，刘秀珍因自己的儿子有出息而傲视他人，以事显人、以人带事，台前幕后均照顾得细致入微。

初读《带灯》，感觉琐碎之余还有一份惊讶，作者如何得来这样多的一手资料，看了后记知道是真有一位综治办的干部提供的，于是再感慨文本结构的精巧。有两点是值得注意的，一是用小标题分隔开头绪繁多的矛盾纠纷，出色的大场景之外，是用带灯日常工作和生活串起的无数小场景。另一个重要方法便是占全书近乎90%的中部有带灯写给元天亮的信件穿插其中。小标题将众多繁复事件分隔开来，显得眉目清晰易于接受；书信穿插则舒缓情绪，将现实的龌龊龃龉暂时推远，形成阶段性疏离，具备了张弛有致的审美节奏，让读者与主人公一起在一地鸡毛的纠结与尴尬中得以净化和喘息。

三、如何言说——零度情感与萤火文心

贾平凹小说历来以强烈的主观色彩著称，被称为精神意象型作家，《秦腔》《高兴》《古炉》通篇叙事皆具有强烈的主观色彩，这次的《带灯》则有所不同，作家将以往的主体参与全部聚拢在带灯给元天亮的信中，故事的叙事部分则尽量收敛情感，几乎降到冰点，颇似20世纪90年代的新写实小说。新写实小说作家在对待生活和人物方面不再显示叙述者居高临下的姿态，叙述是隐匿式或缺席式的叙述，只能是"零度状态"的叙述。作家在文本中丝毫不透露自己的主观感情，只是客观地叙述事件经过，如镜头实录一般，注重现实生活原生形态的还原。《带灯》的叙事部分便不似传统小说叙述者那样随意对故事人物作种种的心理分析，在客观、平静的叙述中也很少夹杂解释、说明、议论、抒情等非叙事话语，即便偶尔发表意见，多半也是把自己的情感倾向或价值取向寄于故

事人物的意识之中。

《带灯》中樱镇的干部一如封建时代的官吏，干部与群众的鱼水关系淡然无存，更妄谈公仆了，但这都是读者自己阅读后的感受，作家自己则从未直接表明。如王三黄在大矿区打工死亡，赔偿地五万元媳妇全拿了，镇长出面分给了王父母一万，因为王没有孩子，带灯认为不公道，说镇长"你肯定也觉得深山人老实才能抹过去就抹过去"，镇长也承认因为"王三黄父母不会上访的"。文本叙述的时候没有任何愤激的语言，完全是客观不动声色地讲述描摹。特别是审问王后生一段，写得确实惨烈残酷，怎么打他他都不松手，后来怎么绊着他把他绊倒，包括把嘴掰开给嘴里吐痰，拿那个凉水管冲，最后他实在受不了了，他承认了。文本不置一词，但我们还是在阅读中感受到叙述者不动声色的愤激与悲悯，这里边或许就是作者在后记中说的"海风山骨"。实际上，包括新写实主义、新历史主义说的零度情感，都不可能是绝对的零度，池莉《烦恼人生》的生活还原是对无奈现实的妥协认可，余华《现实一种》的不动声色则是对冷漠人性的揭示批驳。只是这些情绪不像鲁迅"哀其不幸怒其不争"那么明显而已，它包裹起来，包裹起来以后反而更为强烈。

零度情感是表面的，文人的同情之心或曰民间立场才是文本的灵魂所在。关注民间可谓中国文人由来已久的传统，从杜甫"朱门酒肉臭，路有冻死骨"到张俞"遍身罗绮者，不是养蚕人"、梅尧臣"十指不沾泥，鳞鳞居大厦"，关注小人物同情底层民生一直是诗人们的重要的创作话题，现代文学中的乡土小说便继承了这一美好传统，但大多数是以知识分子启蒙的角度进入和展示的，揭示与改造是其基本的情感基调。当代文学在新时期尤其是进入 20 世纪 90 年代之后，作家们纷纷回顾反思中华人民共和国成立后的历次政治运动给普通民众带来的伤害，展示出前所未有的勇气去关注描摹底层人生，如张炜《古船》、莫言《生死疲劳》等等。但是这些文本有一个共性，即都是回顾性地讲述过去了的故事。《带灯》直击当下，所以这里的民间立场更直接更具时效性。

如果说隐匿性的零度情感展示了现实生活的残酷本真，带灯的信件则让我们体味到人们心中那萌发的原生态的善。由带灯建构的叙事框架，从工作到生活到情感展现了丰满立体的艺术形象。工作中面对的是群众和领导同事，生活情感中面对的则是着墨极少的丈夫和倾心仰慕的元天亮。带灯一直在给元天亮写信，现实生活中，有没有这样一种可能，一个乡村干部对好像就见过一次、一个高不可及的省政府的高官，日常、经常写信诉说自己的情感，她这样去做，或许是很浪漫的事情。实际上文本设置这个情节或曰线索，主要是从叙事结构上去考虑的，包括小节的标题都有舒缓节奏的作用，如果没有加这些信，全部是现实生活中那些琐事，可以想象小说很难看下去；加上这些信后，读者的情绪得以放松，就像带灯受不了了要到山上去转一转，读者看一段抒情的散文后再进入到现实里边，调整好心态以迎接下一轮的残酷现实和精神挑战。

实际上，这样的结构安排还有更重要的原因就是表现作家的精神意象型创作特点。从《秦腔》的引生到《高兴》的刘高兴再到《古炉》的狗尿苔，这些人物都有丰富而强大的精神世界，带灯也同样，只是从文本的现实性和真实性出发，一个普通的镇干部独自似乎很难表现出那样的精神丰富性，于是安排了元天亮这样的一条隐性线索。作家写来得心应手，小说读着也流畅清新。贾平凹在他访谈里头就说，他原来喜欢文人的这些习性，都在他整个文人的气质情怀之中。作家的文人情怀全部地表现在带灯的信中，如果说现实部分渗透的是作家的民间立场，书信部分则展示出作家作为知识分子的悲悯与担当。如：

> 山里人实在太苦了，甚至那些纠缠不清的令你烦透了的上访者，可当你听到他们哭诉的事情是那些小利小益，为着微不足道而铤而走险，再看看他们粗糙的双手和脚上的草鞋，你的骨髓里都是哀伤和无奈。[①]

正是因为每天看到太多的苦难纠纷，带灯需要一个缓解情绪释放自我的私人空间，而能够让她安心托付又倾心诉说的对象只有从家乡走出来的元天亮，于是我们看到许多美好的文字与段落，有热恋者的表白，有朋友间的沟通，还有仰慕者的求教，对方有无回复并不重要——实际上元天亮从未有过具体的答复——关键是带灯拥有了摆脱凡俗超越现实的可能，而这种可能也给作家提供了展现自我的良机。

然而，随着情节的深入，这种情感的沟通与宣泄越来越让位于现实的叙述与汇报，最终与第一部分完全融合在一起，《带灯》的结局是悲剧性的。一个专门接待上访者的镇政府综治办主任，最后自己成了精神上的上访者，带灯的遭遇比那些乡村来的上访者更为可悲，这让读者几乎有透不过气的感觉。鲁迅在

---

① 贾平凹：《带灯》，人民文学出版社2013年版，第147页。

《为了忘却的纪念》中有一段话："……在这三十年中，却使我目睹许多青年的血，层层淤积起来，将我埋得不能呼吸，我只能用这样的笔墨，写几句文章，算是从泥土中挖一个小孔，自己延口残喘，这是怎样的世界呢。"《带灯》中樱镇的社会冲突、纷繁人事也是层层淤积的，带灯深陷其中无法正常呼吸，在患上夜游症后只有在晚上出去时才是真正的自己，却又不是完全清醒的状态。这是一个怎样的委屈者，又是一个怎样的崇高者？

正如写了《药》的鲁迅并不能提供一个救中国的药方，创作《带灯》的贾平凹也只能是点亮一盏萤火般的小灯，但这束不甚强烈的光亮却足以让我们看清眼下的事实和存在的问题，这是作家的责任使然，在许多作家纷纷回归自己的内心进行私人写作、娱乐写作的当下，《带灯》的意义是重大的。

（原载《小说评论》2013 年第 4 期）

贾平凹《带灯》的生态反思主题

程　华

　　贾平凹是一个具有自觉生态意识的作家，其生态意识建立在他对现代物质文明反思的基础上，并在对社会发展的持续关注下逐渐完善和自觉。20世纪90年代的《江浙日记》，贾平凹于其中反思经济发展与环境保护的问题，认为经济要发展，必然破坏生态环境，只有用发展所带来的巨大物质财富，才能保有或再造生态平衡。《废都》和《怀念狼》，贾平凹于其中从人性反思的角度，深层次地传达他的生态理念，建立和谐社会，必须以自然健康的人性完善为基础。新作《带灯》，其对生态观念的理解更加具体，从自然生态、社会生态和精神生态等多个层面，系统地传达他的生态理念。中国生态哲学的先驱余谋昌认为，"地球生态是自然生态、社会生态和精神生态三者相互作用统一的整体过程，我们需要从三者的相互作用中去理解和认识世界，这是一种生态哲学的世界观"。[①] 在中国社会的最基层，物质文明和科学技术的发展造成的自然生态和政治生态以及人的精神生态问题，是当下中国最急迫的问题。作为一个具有时代敏感的作家，贾平凹从基层社会诸多矛盾中，从基层政府和老百姓的关系维系中，探寻人们精神生态失衡和政治生态问题背后的文化渊源，这或许是思考和探寻发展瓶颈的一个突破口。

一、"发展"引发的生态反思

　　《带灯》的故事背景发生在樱镇，但这个樱镇不是贾平凹早期作品中有着优美自然风光且未经开化的山野之地。它是"开发的年代"的中国的山乡僻壤，在这里我们也能见证历史"发展"的印记。在80年代改革初期，贾平凹在商州这块山野之地写人们观念领域里的变化，那时是带着欣喜的热情去记写时

---

①　余谋昌、鲁枢元：《生态学与文艺学——余谋昌与鲁枢元的对话》，载《渤海大学学报》2007年第6期。

代变革中的声浪。如今，改革开放三十多年过去了，与樱镇隔着一条莽山的华阳坪乘着改革之风发展了，但同时也带来发展的危机。华阳坪成长为一个大矿区，数不清的"劳力和资金往那里涌"。华阳坪的经济是发展了，可是原本的青山绿水，却变成了如今的残山剩水。华阳坪发展的缩影，引发了作者对自然生态问题的反思。在物质文明飞速发展的当代背景下，工业文明和科学技术的发展，滋生了人类绝对中心主义的思想观念。在"人都发了疯似地要富裕"①的发展进程中，"美丽富饶"②这一相反相成的辩证观念说明：人愈是想要改变自然和现实，愈是脱离原本的自然和现实。"人类越是扩大自己的知识和力量，其危险程度愈大。"③在过度开发的年代，从华阳坪到樱镇，人们在开发的浪潮中，逐渐远离身处的自然，远离原本依存着的民间文化，甚至失去自我，发展带来了自身的发展困境。正是在对这一切事实的近乎实录的描述中，贾平凹通过《带灯》提出疑问："不开发是不是最大的开发呢？"④这并非一个作家冲动的情绪表达，而是具有鲜明生态观念的知识分子在现阶段中国发展背景下对发展引发的诸多社会问题的反思。在作品中，"樱镇的开发问题"，在表面的自然生态危机的背后，是人的精神生态的变异；而社会生态和政治生态问题的背后，则是文化生态的失衡。如何更好地开发，如何既能提高人们的生活水平，又能利益最大化地保护社会整体生态的平衡，是贾平凹在现代背景下关怀人类、关注生态的一个重要方面。具体在作品中，贾平凹通过诸多的文学隐喻，形象地传达出他对生态问题的反思。

在《带灯》中，樱镇东岔沟村十三户人家的男劳力到华阳坪打工，回来后都患上了矽肺病。矽肺病是因吸入大量含结晶型游离二氧化硅的岩尘所引起的尘肺病。这些矽肺病患者要么丧失劳动能力，要么瘫痪在床。原本打算挣钱盖房的毛林，现在却需要卖房看病。贾平凹在《带灯》中关于矽肺病的事实说明，人们破坏自然生态平衡的同时，自然生态会以更大的破坏力反射到人们身上。同时，这十三户人家的男劳力患上矽肺病其实也是一种隐喻，人们可能需

---

① 贾平凹：《带灯》，人民文学出版社2013年版，第3页。
② 贾平凹：《带灯》，人民文学出版社2013年版，第84页。
③ 池田大作、贝怡：《二十一世纪的警钟》，卞立强译，中国国际广播出版社1988年版，第157页。
④ 贾平凹：《带灯》，人民文学出版社2013年版，第316页。

要更加惨痛的代价和巨大的物质财富才能保有原本被破坏了的生态平衡，破坏容易，但在破坏的基础上重建会更难。

樱镇镇西街的村长元老海曾带领村民阻止经过樱镇的高速隧道的开凿。高速路线的改变并没有阻止樱镇"开发"的大局势。在小说中有颇富象征意味的一个情景，在"元老海带领几百人阻止开凿隧道时，皮虮飞到了樱镇"①。至此以后，樱镇中人，不论干部，还是老百姓，都身受皮虮瘙痒之苦。皮虮暗含隐喻。皮虮是从经济蓬勃发展着的华阳坪飞过来的，皮虮的本性是吸食人的精血的，所以，从华阳坪飞过来的皮虮就隐喻着发展所带来的看不见的却使人人深受其害的负面因素。皮虮是发展的病灶的隐喻。发展既可以使人物质富裕，但同时，伴随发展而来的是人人摆脱不了的痛苦。随着镇政府经济发展方向的转移，樱镇也开始引进大的工厂，樱镇的开发"毁掉了梅李园，连着梅李园外一直到北坡根的那些杨树林子，柳树林子，樱树林子也一块毁掉了"，这个被称为"樱阳驿里玉井莲，花开十丈藕如船"②的地方再也不复旧时的容貌。

二、精神生态失衡背后的隐忧

社会越发展，人的内心越恐慌不安。单凭财富的积累、社会的繁荣，以及技术的进步都不足以解决人类社会的根本问题。"一切不安的根源在于人缺乏对自己身内价值的认识，人类应该由'外部空间'的开拓转向'内部空间'的探索。"③这是说，人类的幸福问题，除了物理和物质的外部尺度外，还有一个属于精神和心理领域的内在尺度。精神价值和精神取向是人的内在规定性，财富、物质是人得以存在的外部条件。人的存在本质上是属于精神的，也就是说，人应调整自己的精神取向，开掘自己的精神潜能。这就是在生态观念中所谓的"人的革命"。用人自身所具有的精神的正能量来抵御工具理性下人的精神世界的变异，或可推动世界的进步。如若精神的提升落后于物质的繁荣，或是物质的强大力量成为统治人、压抑人的工具，人的精神世界就会变异，人的精神生态就会失衡。

带灯是贾平凹在现代背景下塑造的贴近现实、具文学想象的农村基层干

① 贾平凹：《带灯》，人民文学出版社2013年版，第4页。
② 贾平凹：《带灯》，人民文学出版社2013年版，第175页。
③ 埃里希·弗罗姆：《占有还是生存——一个新社会的精神基础》，关山译，三联书店1988年版，第3页。

部形象，也是作品中唯一一个近乎理想的人物，但正是这一理想人物，在强大现实的压抑之下精神分裂，成为夜晚里的梦游者。小说围绕带灯从两个层面展开，一是带灯写给元天亮的信件，透露带灯作为知识分子的精神追求；另一方面是带灯作为综治办主任，围绕她的日常工作展开，揭露出樱镇在发展过程中的种种社会世相，原生态地揭示基层政府与老百姓之间的关系存在。在作品的叙事结构中，我们能感受到两种不同的叙事风格，一种是抒情式的，通往的是主人公的精神世界；一种是笔记体式的，近似于工作日志的方式。两种不同的笔法，展示一个人的精神世界和现实世界的分歧。精神世界和现实世界的交合，呈现的是健康的人生状态和生命存在，精神世界和现实世界的分离，使我们感受到的就是充满苦楚的分裂的生命存在。因此，我们也能体会到贾平凹在这个作品中用两种笔法的良苦用心，在他的小说世界中，不论《秦腔》，还是《带灯》，其叙事与叙事背后的精神意蕴都是重合的。

具体到带灯身上，我们可从带灯给虚拟的精神恋人元天亮的二十几封短信看到主人公的精神诉求（只是手机短信，并不祈求回复，更加说明，写信其实只是一种精神或情感的抒发）。在这些短信中，我们看到的是带灯对大自然的向往，对田园闲适生活的渴望："人多了不嫌多，人少了不寂寞，经营家园拂尘扫地。院里落几枝枯叶，屋里放一杯茶水，正午了你推门进来，咱们相视如太阳展眉。傍晚你依火坐在小屋，吊罐里的蘑菇汤咕咕嘟嘟讲述着这一天的故事，而你从指间和唇间飘出的香烟是我长夜的食味。"①恬淡的心态，宁静的画面，带有知识分子的田园、浪漫的情怀抒发。这背后反映的是现代重负之下知识分子逃离现实的精神诉求。

带灯注定不可能从现实中逃离，现实对带灯来说，是一个必然的掣肘，她有综治办主任的身份，主要工作是维稳。既要维护政府在基层的政策，又要处理和平息老百姓对政府政策的不满。政府制定各类政策本就是为老百姓的利益，是维持稳定的，可现实的农村，上访又是老百姓自己维系权益、获取社会公正的手段。正是在这一老百姓和基层政府的矛盾中，允许上访，就有违稳定的秩序，压制上访，又压抑老百姓的权益。而这一中国农村的普遍现实并不是个人的力量所能解决的。作为最基层的政府人员，她看到老百姓生活的艰难，但她的力量是有限的，不能及时解决矽肺病人的生活补助；她能想到引资带来的

---

① 贾平凹：《带灯》，人民文学出版社2013年版，第107页。

发展危机，但她也无力阻止；看着和自己多年的老伙计因贫病而死，却只能伤心；最后在阻止因引资而发生的村民之间的暴力冲突中，悲剧性地成为官场的替罪羊。带灯，其经历和其姓名一样，具有隐喻性。带灯，原名是萤，夜里自带小灯夜游。带灯最后也患上夜游症。"带灯夜游"本身就是精神分裂的一种说明，正如贾平凹在小说的扉页概括的："火焰向上，泪流向下"，带灯的精神世界是澄明的，却只能在暗夜里带灯夜游，这是在现实世界中压抑和无奈的表现。如果将带灯和引生作对比，不论是自断尘根还是带灯夜游，在文化衰败、人性扭曲、生态环境问题频出的当代背景下，如果说，阉割是一种抗争的话，那么"带灯夜游"，突显精神清醒者抗争无力后逃避现实的无奈。带灯的精神分裂显示出在当下中国农村过度发展的背景下，在时代和体制下，贾平凹对人精神压抑所造成的人性变异的思考。

农村经济的快速发展，经济本身所具有的巨大吸引力也激发了政府官员和老百姓的贪欲。算计、利己和贪欲，与传统礼俗制度下的仁义礼智是相违背的。贾平凹在《带灯》中，第一次展现底层权力拥有者的精神世界的异化。镇党委书记，处于樱镇权力顶尖的位置。他"抓大事、谋大计，大事是坚决'维稳'，大计是引进因污染严重而被发达地区否决的'大厂'，不是干出一般的政绩，而是干出轰动全县、影响樱镇全局和未来的政绩"①。这种不顾地方发展的需要，打着"开发"的大旗，通过权力来满足个人的政治野心，从乡长秘书到如今执掌一镇之权的书记，其仕途的发展就辩证地说明权力与野心的辩证关系：权力催生个人野心，野心激发起谋权的欲望，并在更大权力下满足更多的欲望。当权力成为谋私的手段时，权力的异化，首先是唯权者精神世界的异化，对人民对社会的危害将是触目惊心的。拥有权力者没有获得更大的权力，对权力的不满足也会使其精神异化。马副镇长也有谋权的野心，在权力面前的焦灼和无奈使其内心变态，马副镇长治疗焦灼欲望的手段是熬煮胎儿。这一情节背后的隐喻，恰恰将欲望与"吃人"联系起来。在现代背景下，欲望的怪诞化其实正是这一荒诞社会现实的真实隐喻。

在触及底层官员的内心世界时，作者将其放在"权力"欲望下剖露其精神世界的异化。作者笔下的老百姓的贪欲也是在经济发展的过程中被催生和激化

---

① 李星：《坚硬的现实　优雅的超越》，载《南方日报》2012年12月16日。

的。"昆虫才是最凶残的"①，在小说中，作者记叙蚰蜒吸食瓢虫的经过，蜂肢解小青虫的事实。作者虽在写昆虫，但何尝不是在映射人间之事呢！官员对权力的欲望和野心，不就像蚰蜒的贪婪吗？普通人恃强凌弱的现象，不就似蜂般霸道吗？元斜眼专寻在大矿区打工的人来赌博，在其赌输之后，找包工头强行霸占其工资，贪欲在个人身上以强取豪夺的方式呈现。贪欲的极端表现在元老大弟兄和换布兄弟为在引资建设上多挣钱，最后发生群众性的械斗事件。不仅仅小说作品，其实在现实生活中，因贪欲引起的争斗和暴力，是发展的最大威胁。贪欲造成人们精神生态的失衡。

三、社会生态失衡的文化反思

《带灯》集中反映了基层农村发展过程中所带来的不平衡和不公正的社会现实。乡村社会秩序之下公平、正义的缺失，引发了现代中国农村非常普遍的社会现象——上访。

与《秦腔》《古炉》不同的是，贾平凹在《带灯》中不是通过村民的视角反映当下农村的自然生态与精神生态问题，而是通过基层政府工作者的视角，将农村、农民命运写作延伸到与基层政府的联系中，但贾平凹并非要去批判政府，而是借助基层政府工作者的视角，发现问题，反映现实。综治办是基层政府机构，综治办的主要工作就是联络和协调上访人员，维持社会稳定，但并非法律机构，没有全权的法律裁定能力。"综治办就是国家法制建设中的一个缓冲带"②，说明在中国当代背景之下，法制的不健全；当代社会，私欲的膨胀，又加大了人们之间的利益冲突，而这种利益冲突没有相对完善的法制体系来解决，或人们的法治意识又比较薄弱，导致人们对政府的诉求增多。上访事件频发，引发社会不安定问题。

在小说中，作者借带灯之口，说出了上访背后的文化渊源和文化冲突。中国传统上是乡土社会，"乡土社会是礼治的社会"，"礼"是社会公认的行为规范，已成为一种根深蒂固的传统和仪式。"维持礼俗的力量不在于身外的强制，而在于身内的良心。"③对仁义礼智信等传统道德的认同感是一种在社会更替中

---

① 贾平凹：《带灯》，人民文学出版社2013年版，第112页。

② 贾平凹：《带灯》，人民文学出版社2013年版，第39页。

③ 费孝通：《乡土中国》，北京出版社2005年版，第71—84页。

延续礼教的方式，目的是将道德安置于每个人的内心。现代社会，是法治社会。法治和礼治的不同在于"礼治是对传统规则的服膺"，"法律规范是一种公共约束力"①，要靠国家政治权力来约束人的行为。在快速发展的年代，社会需要法治，需要强有力的外在社会规范约束人的思想和行为，现代法治可以催生更加平等和民主的现代社会环境。在樱镇快速发展的进程中，"礼治"遭到破坏，"法治"未得健全，综治办作为政府的行政机构，用礼治的调节手段，协调上访者的纠纷，却没有强硬的法律保证，因此，上访事件频增，政府公信力下降。樱镇出现的这种"礼治"和"法治"不平衡的现象在全国具有一定的典型性。

在传统和现代的矛盾冲突中，作为当代知识分子的贾平凹对待传统文化并非一味地批判，而是企图在传统文化中寻求有益现代文化发展的有利因素。在《秦腔》中，贾就通过对夏家老一辈人物的取名，表达对传统仁义礼智的怀念；在《古炉》中，作者刻画了善人形象，企图通过善人的教化来启发野蛮的民性。具体到怎样将传统有益的道德安放于人们的内心，怎样救治现代人心凋敝的现实，贾平凹在新作《带灯》中，是以对"寺庙"的隐喻而达成的。细心地读者会发现，松云寺，是因一棵长于汉代的松而闻名，"枝干平行发展，盘旋扭转，往复回返，荫了二亩地"②。松云寺是作者贯穿小说始终的一条隐线。寺庙从汉代开始，历经了数千年朝代的更迭和政治的风雨，由此可见其在民间的稳固性。在现代"开发"的背景下，贾平凹认为："庙可能是另一个综治办。"③庙宇，是道德教化的场所，是灌输传统民间正义和道理的场所。庙宇，在现代背景下，更是人精神的寄居所，人通过自觉的精神修行，化解内心的矛盾和精神的怨愤。正是在"庙宇"这一精神的寄居所中，贾平凹传达现代背景下传统文化如何与现代文化融合的问题。作者对"寺庙"的想象，包含着对传统礼治文化的想象和怀念的成分。

（原载《小说评论》2013 年第 4 期）

---

① 费孝通：《乡土中国》，北京出版社2005年版，第71—84页。
② 贾平凹：《带灯》，人民文学出版社2013年版，第3页。
③ 贾平凹：《带灯》，人民文学出版社2013年版，第140页。

论《带灯》对乡镇干部形象的整塑与超越

陈　诚

"那么大的地和地里长满了荒草，让贾家的儿子去耕犁吧。于是，不写作的时候我穿着人衣，写作时我披了牛皮。"或许很多农裔城籍作家在关注农村时，也能作出如此醇正的心迹表白，但鲜有人能如贾平凹，以真正的田野调查的方式，一遍遍地耕犁在农村的各个角落，犁铧所到之处，现实暴露出来，平静撕裂开去。《带灯》无疑是贾平凹新开垦的一块土地，他将视线投注在"乡镇干部"这一特殊群体身上，逸出了以往"贾式农村书写"的空间。

一、乡镇干部：再编码与解码

"解放区文学"与"十七年文学"的文本中，"干部"并不如今天的"干部"般遭受广泛质疑，"如果说，传统中国将所有人置于一种等级制度中（政治或宗法），那么革命所要首先摧毁的真是这样一种政治或宗法制度，同时，为了防止一种新的官僚制度的复活，就必须对'干部'进行重新的想象。而在这一想象过程中，文学也必须相应地重新编码乃至进一步的虚构。"[①]《暴风骤雨》中的郭全海，《山乡巨变》中的刘雨生，《创业史》中的梁生宝，《艳阳天》中的萧长春，就是对新中国基层干部形象的想象与编码。然而，这些干部形象的出现，"一方面是中国革命对记忆犹新的旧官吏的颠覆，而另一方面，则又多少延续了某种传统性的想象，比如古代的'循吏'"[②]。罗兰·巴特讲"革命在它想要摧毁的东西之内获得它想具有的东西的形象"[③]，就是这个道理，也是其吊诡之处。

---

① 蔡翔：《革命/叙述：中国社会主义文学——文化想象（1949—1966）》，北京大学出版社2010年版，第100页。

② 蔡翔：《革命/叙述：中国社会主义文学——文化想象（1949—1966）》，北京大学出版社2010年版，第101页。

③ 罗兰·巴特：《写作的零度》，李幼蒸译，中国人民大学出版社2008年版，第55页。

文学对干部的编码从一开始便是作为想象而存在的，想象的漏洞显示出了现实的尴尬。从"官员"到"干部"，这一语言转换大过实质内涵的称谓，并没有祛除其与农民固有的紧张对立关系，尽管农民与干部在特定境况下也合作合流，共同为善或者集体作恶；也没有祛除其自身居高临下的姿态，干部／农民永远是与革命名义下的启蒙／被启蒙、改造／被改造、动员／被动员联系在一起的，尽管"人民群众是伟大历史的创造者"。新时期文本中，作家们或继承"五四"积淀下来的"乡土经验"，或取法欧美"祛魅"、"魔幻现实主义"、"新历史主义"、福柯权力话语等思潮理论，对干部重新编码。这种编码的批判性是显而易见的，作家要么是寓言式地反讽，要么是戏谑式地拆解，要么作权力的解读，要么持纯批判立场，对乡村行政滋生出的权力竞逐与权力腐败进行批判。干部群体首先遭遇了信任危机，作家笔下的他们不再与任何崇高或准崇高字眼产生联系，更多表现的是对权力、欲望的争逐，他们似乎只听从于力比多的驱使与召唤，罔顾人伦五常与"革命理想"。如阎连科《受活》中的柳鹰雀，《耙耧山脉》中欺霸乡里的村长，《丁庄梦》中的高局长，李洱《石榴树上结樱桃》中的孟小红，周大新《湖光山色》中的詹石磴、旷开田，等等。这种对干部群体的集中质疑，或者说对干部的编码，似乎从一个极端到达另一个极端，从"假想的公仆"沦为"假想的公敌"。这是另一种假象，掩盖了对干部形象的真实性表达。或许刘醒龙《分享艰难》中的主人公孔太平，更符合现实中的干部形象，孔太平作为乡镇一把手，既有不得已的妥协，也有不得已的强权手段；既有强硬蛮横的一面，也有挣扎痛苦的一面。作者没有作脸谱化的书写，没有将其写得太好或者太坏。然而，《分享艰难》未免太像小说，孔太平又未免过多带有作家"了解之同情"，而不经意间具有某种倾向性，弱化了持中的批判立场。

　　作为当代文坛最会讲故事的为数不多的几位作家之一，《带灯》在故事性上不如《分享艰难》，甚至不如上述任何一部作品，这自然是贾平凹有意为之。《带灯》后记中，他不无自豪地声称，自己实验的是一种"巴萨式踢法"的写法，追求整体的浑融，而不是故事的跌宕起伏。而在《带灯》中，乡镇干部这一特殊群体，也是以"巴萨式"存在的。带灯、竹子、镇长、书记、马副镇长、白仁宝、刘秀珍、翟干事、侯干事、吴干事，这些人物"跑动在"乡镇官场的各个角落，互相"穿插配合"，这清晰流畅地勾画出了中国特色乡镇干部群像。"解放区文学""十七年文学"中有太多被寄予了革命理想的廉洁自守、公而忘私、奋斗不已的干部形象，新时期"新乡土小说"中有太多被贬斥调侃的追逐权力、视草民为刍狗、为欲望而廉耻丧尽的干部形象，不言而喻，这些形象是带有一定夸饰性的，他们或过分承载了作家的道德理想，或过分承受了作家的道德批判，丧失了真实的土壤，也就钝化了批判的锋芒。相反，《带灯》中的乡镇干部却那么鲜活真实：他们既不全是假想的公仆，也不全是假想的公敌；他们职责范围不一，权限大小、工作能力有别，他们有的是无意识作恶，有的是为生活、仕途所迫而不得已作恶，有的碌碌无为庸常一生，有的善恶交织而无法对此作简单评判。也有菩萨心肠行事干练的带灯，可就是带灯，身上依然交织着善与恶的冲突——她对穷苦百姓可算得上慷慨，常常自掏腰包，对老伙计以诚相待，对矽肺病人尽心竭力，对工作认真敬业，不弄虚作假，不推诿塞责，可是为了维稳，为了阻拦上访，她也计谋百出，串通派出所民警诱赌抓赌，甚至唆使司机殴打王后生、张膏药。

《带灯》中对乡镇干部的想象完全超越了我们普通的阅读期待。贾平凹一面对乡镇干部做了再编码，一面又在解码。他编制了一个阵容齐整的乡镇干部群像，不以个别代替一般，而是以一般去获得整体的概念；但贾平凹的野心显然不止于此，当他编制出整体概念后，却又砸碎了整体的概念，乡镇干部就是一个个互相区别的乡镇干部，时空、地域、生产关系、偶然性、必然性成就了各自不同的人生、不同的个性、不同的从政方式、不同的苦衷。因此，贾平凹创作《带灯》，既是在从事一个乡镇干部再编码的过程，也是在从事一个解码乡镇干部的过程。乡镇干部究竟是怎样的形象，文学该如何呈现真实的乡镇干部？《带灯》给出了答案，它精确得就像一份关于乡镇干部的社会考察报告，毫无顾忌地将真实放在人面前，告诉人们：看，他们就是这个样子！

二、乡镇干部：带"灯"夜行或带"权"盲行

《秦腔》后记中，贾平凹有这么一句话是使人深深回味的，"我感激着故乡的水土，它使我如芦苇丛里的萤火虫，夜里自带了一盏小灯"。[①]而在《带灯》中，马副镇长带领计生干事们上门野蛮结扎，"萤"心中不忍，坐在屋后的麦草垛上，"看见麦草垛旁的草丛里飞过了一只萤火虫……忽高忽低，青白色的光一

---

① 贾平凹：《秦腔》，作家出版社2008年版，第513—514页。

点一点地在草丛里、树枝中明灭不已。萤突然想：啊它这是夜行自带了一盏小灯吗？于是，第二天，她就宣布将萤改名为带灯。"如此相似的表述，也许恰恰印证了这种"尼采式地重复"①，让贾平凹在"不自觉的记忆冲动下"，赋予了带灯关于自己"带灯夜行"的审美理想。

毋庸讳言，带灯仍自带有贾平凹一贯的"女菩萨"情结，她美丽大方、端庄不轻佻且极富同情心，尤其是对元天亮的单相思，与以往的作为依附的女性书写简直如出一辙。然而，带灯身上又具备了职业女性的敬业、泼辣、胆大、精明等特征。她看重乡村权力，深谙官场规则，在对付群众纠纷、群众上访事件中懂得如何有效运用权力的魔杖。职业女性与"女菩萨"的合体，让带灯具有了不同以往女性的言说味道。

带灯的出场颇具意味，如同汉乐府《陌上桑》中对罗敷容貌的皴染。先是通过白仁宝之口，"你太漂亮。太漂亮了谁敢提拔你，别人会说你是靠色，也会说提拔你的人好色"。然后通过侧面虚写，"萤的房间先安排在东排平房的南头第三个，大院的厕所又在东南墙角，所有的男职工去厕所经过她门口了就扭头往里看一眼，从厕所出来又经过她门口了就又扭头往里看一眼。会计刘秀珍就作践这些人：一上午四次去厕所，是尿泡系子断了吗？！"再通过镇街上闲人之口实写，"带灯是他们见到的最漂亮的女人，但他们不敢对镇政府的干部流氓。带灯还是穿着高跟鞋，挺着胸往过走，头上的长发云一样地飘，他们就给带灯笑"。往后的行文中，贾平凹不厌其烦地续写着带灯的美丽容貌，即就是唐宛儿、柳月、白雪、孟夷纯也没能得到如此隆重的关照。作者不吝笔墨，将美丽赋予在带灯这个乡镇女干部身上，同时也毫不吝啬赋予其真与善，这与前述作品中丑陋、虚伪的乡镇干部形象是千差万别的。

带灯也有过迷惘，如同王蒙《组织部新来的青年人》中的林震一样，带着对工作的热情，却又让现实浇灭了热情。她先是不习惯着镇政府的人，很累很焦虑，脸上也出现了黄斑，在灭虱子行动失败后，她得出经验——"既然改变不了那不能接受的，那就接受那不能改变的"。然而经验终究只让她在政治上变得成熟，而不是圆滑。在无边的黑夜中，她仍然坚守着带灯夜行的理想，照亮自己，也照亮别人，尽管光亮是如此地微弱。带灯承载了贾平凹的理想，贾平

---

① 希利斯·米勒：《小说与重复——七部英国小说》，王宏图译，天津人民出版社2008年版，第3页。

233

凹也为带灯而感佩，"觉得带灯可敬可亲，她是高贵的，智慧的，环境的逼仄才使她的想象无涯"。当然，说到底带灯也是作为想象而存在的，她属于数以万计乡镇干部序列的一员，可是她独特的审美意味，让她成了乡镇干部谱系中特殊的一员。

镇长、书记、马副镇长、翟干事、侯干事、吴干事，这些乡镇干部也是作为想象而存在的。他们既是作为带灯的参照物而存在，也是作为存在而存在。他们的出场多带有反讽性质：干事们是"蹾在台阶沿儿上吃"，镇长和书记则是在院子里的小桌子上吃饭（权力的隐喻）；马副镇长略施小计便诱骗出了超生妇女全家，为了治病蒸胎儿肉吃（吃人的隐喻）；翟干事、侯干事、吴干事于乡里横行，于单位溜须拍马，听命殴打王后生（权力与吃人的帮凶）。几千年来封建等级观念的隐性基因，不时会显现在日常生活和行动之中。乡镇干部能轻易挥舞权力的鞭子，一是因为国家机器提供了鞭子，一是因为农民主动奉上了鞭子。

乡镇干部深知农村工作的复杂性和权力的重要性，尤其在农村这个权力最细微、最密集、也最广大的场域。他们懂得最大可能利用权力，如同拄着拐杖的盲人，看似小心翼翼探路前行，实则盲行无忌，盲道、人行道、机动车道，但凡能抵达目的地，均可走之，正常人碰见自会退避三舍。乡镇干部多是采用这种策略，带权盲行，只执行政策，少顾及实情，更不懂得用孟子所说的"恻隐之心""不忍人之心"去照亮自己和别人的人生。费孝通在《基层行政的僵化》一文中认为："在过去，如果几千年来，我们一直生着像现在这样严重疾病，带病延年也不能延得这样长。现在的病症是从我们转变中发生的。我们必须在历史背景中，才能了解这病源，但是得病的责任并不是我们祖宗，而是我们自己。"[①]镇长、书记、马副镇长、翟干事、侯干事、吴干事，这些各自生着雷同疾病的干部个体，构成了乡镇干部谱系中最为集中、也最为典型的干部形象。

三、乡镇干部："没有声音的人"

爱德华·W.萨义德认为，"知识分子是具有能力'向'（to）公众以及'为'（for）公众来代表、具现、表明讯息、观点、态度、哲学或意见的个人。而且这个角色也有尖锐的一面，在扮演这个角色时必须意识到其处境就是公开提出令

---

① 费孝通：《乡土中国》，上海人民出版社2009年版，第283页。

人尴尬的问题，对抗（而不是制造）正统与教条，不能轻易被政府或集团收编，其存在的理由就是代表所有那些惯常被遗忘或弃置不顾的人们或议题"。[①]"知识分子的代表——他们本身所代表的一级那些观念如何向观众代表——总是关系着，而且应该是社会里正在进行的经验中的有机部分：代表着穷人、下层社会、没有声音的人、没有代表的人、无权无势的人。"[②]当代中国知识分子，一旦触及农民话题，总是习惯得如条件反射一般，自觉站在农民一边，扛起为农民代言的重任。当然，也有高晓声"陈奂生系列"、阎连科《黑猪毛白猪毛》、王祥夫《红包》等小说，触及农民的局限性、农民仍待启蒙等深刻性话题。然而，在多数情况下，乡镇干部却总是被预设成与农民善恶二元对立中恶的一面，形象被丑化，恶行被夸大。这其实是对"文革"话语的继承，只是以不易察觉的方式潜伏在知识分子的精神层面。

《新约》马太福音第五章有一段话，或许能引发思考："他叫日头照好人，也照歹人，降雨给义人，也给不义的人。你们若单爱那爱你们的人，有什么赏赐呢？就是税吏不也是这样行么？"知识分子作为另一种意义上的先知，如果只站在某一边，便只能成为这一边的附庸，从思想到言行都会被想象和惯性支配，形成单一的评判体系，从而形成另一种权力话语。这不仅是对知识分子的偏离，也是对知识分子的背叛。乡镇干部这一特殊群体，其实也是属于"没有声音的人"行列，非但如此，他们还常遭受全社会非客观的误解与误判。

尽管贾平凹一再坦承"我的出身和我的生存的环境决定了我的平民地位和写作的民间视角"[③]，可《带灯》显然是具有超越性的，它超越了普通的民间视角，以农裔城籍知识分子身份对乡镇干部生存现状进行考察，不仅有物质层面的涉入，还有精神层面的剖析。在乡镇干部普遍声誉不佳的时节，选择这样一种方式为他们"发出声音"，本身便是不讨好的事情。"或许我是共产党员吧"，《带灯》后记里异常醒目的一句，让更多人抓到了他献媚政治的把柄，这是对《带灯》的误读。作为一个独立的未被驯化的知识分子，贾平凹从未丧失过批判的立场，

① 爱德华·W.萨义德：《知识分子论》，单德兴译，生活·读书·新知三联书店2011年版，第16—17页。
② 爱德华·W.萨义德：《知识分子论》，单德兴译，生活·读书·新知三联书店2011年版，第95页。
③ 贾平凹：《高老庄》，太白文艺出版社1998年版，第413页。

从《废都》《秦腔》到《高兴》《古炉》，每一部作品都有着不同的批判对象与批判主题，每一部作品都试图言说"那些惯常被遗忘或弃置不顾的人们或议题"。

如果说《带灯》是为乡镇干部翻案，那是有失公允的，充其量贾平凹只是还原了乡镇干部本色。《带灯》所关注的：带灯、镇长、书记、马副镇长、翟干事、侯干事、吴干事，这些人站在基层乡村权力顶峰，却处在庞大官僚体系末梢，被知识分子忽略甚至厌弃，委屈得发不出一点声音，即使发出一点声响，也会被全社会的质疑声所湮没。他们在文学的土地上只开出恶之花，所以结不出善与美的果实。贾平凹的企图就是：让这些被文本宰制，且缺乏知识分子人文关照的乡镇干部，各自发出自己的声音，在众声喧哗中聆听每一个声音，形成另一股潜流，而不被那些习惯性的重音压制以至听不到任何声响。

贾平凹在后记中感慨，社会基层有太多的问题，"它像陈年的蜘蛛网，动哪儿都落灰尘"。

> 正因为社会基层的问题太多，你才尊重了在乡镇政府工作的人，上边的任何政策、条令、任务、指示全集中在他们那儿要完成，完不成就受责挨训被罚，每个系统的上级部门都说他们要抓的事情重要，文件、通知雪片似地飞来，他们只有两只手呀，两只手仅十个指头。而他们又能解决什么呢，手里只有风油精，头疼了抹一点，脚疼了也抹一点。他们面对的是农民，怨恨像污水一样泼向他们。这种工作职能决定了它与社会摩擦的危险性。在我接触过的乡镇干部中，你同情着他们地位低下，工资微薄，喝恶水，坐萝卜，受气挨骂，但他们也慢慢地扭曲了，弄虚作假，巴结上司，极力要跳出乡镇，由科级升迁副处，或到县城去寻个轻省岗位，而下乡到村寨了，却能喝酒，能吃鸡，张口骂人，脾气暴戾。

带灯作为虚构的理想化人物，毫无疑问被过高寄托了贾平凹的审美理想，让人产生过犹不及之惑，她看起来似乎最接近真实，或许也最远离真实，然而不可否认的是，带灯灵魂的无奈与挣扎是极为打动人心的；"书记是个政治家"，书记还有个著名的七条"治镇良策"，但书记也有为镇一方不得已的苦衷，考评、政绩、前程都是悬在头顶的利器，稍有不慎便会功名尽废，失去官场权势的保障；镇长熟稔官场学问，基层工作经验丰富，洪涝灾害中指挥调度颇见其领导能力及责任心；马副镇长陪过五任书记、六任镇长，是樱镇官场的老江湖老油条，既描画他自杀、强制结扎、"吃人"、打人、公款吃喝几个场景，也关注他被不得提拔的痛所扭曲的灵魂；翟干事、侯干事、吴干事，以及其他有名姓和无名氏干部，他们或自私自利，或横行乡村，吃请拿要，帮凶打人，但在类似"灾情很严重"章节中，又深切体察他们工作的艰难和不易。既同情又批判，既看到他们让人敬重的一面，也毫不留情抛出他们的罪与罚，尽最大可能给予他们发声的权力，这是《带灯》的态度，也是贾平凹的态度。

马克·埃德蒙森在《文学对抗哲学——从柏拉图到德里达》一书中指出，"衡量一个诗人的技艺水平，关键要看他是否有能力占有、转化以及超越那些占统治地位的概念模式，他的写作是否能使任何现存理论都无法把他摧毁"。[①] 新时期以来关于乡村权力的文本，其实大都应划归到"谴责小说"的范畴，它们都有隐藏其中的"主题先行"策略：事先作出预判，凡掌权皆有罪，于是乡镇干部理所应当地被认定有罪，且不允许有争辩的权利。而《带灯》中的乡镇干部，他们不仅可以发声，而且可以为自己争辩，具有了"超越那些占统治地位的概念模式"的特质。赫伯特·马尔库塞提出"单向度的人"这一概念，就是要人们时刻保持质疑、否定、批判、超越的精神，"避免独立思考、意志自由和政治反对权的基本的批判功能就逐渐被剥夺"[②]，然而盲从的质疑、否定、批判和超越向来都不属此列。

（原载《小说评论》2013 年第 4 期）

---

① 马克·埃德蒙森：《文学对抗哲学——从柏拉图到德里达》，王柏华、马晓东译，中央编译出版社2000年版，第55页。

② 赫伯特·马尔库塞：《单向度的人——发达工业社会意识形态研究》，刘继译，上海译文出版社2012年版，第4页。

虱痒沾身心渐痛　萤灯独照夜更浓

——评贾平凹《带灯》

魏晏龙

2013 年 1 月，距《古炉》出版整两年后，刚过耳顺之年的作家贾平凹推出了第十四部长篇小说《带灯》。与《古炉》相同的是，《带灯》依旧接着地气，紧紧地将故事和人物安置在陕西秦岭深处的一片叫作樱镇的土地上；与《古炉》不同的是，《带灯》并没有延续《古炉》中的小幅时空穿越，而是把故事发生的时间重新设定在当下，搭建在眼前。这样一来，《带灯》似乎又回到了立足现实、聚焦三农的贾平凹式的乡土叙事模式。实际上，喜欢不断在写作风格上锐意革新的贾平凹在这部近四十万字的新作的字里行间之中给读者和评论界再度呈现出一个前所未见却依然故我的贾平凹。

一、萤之光：闪耀乡间皆因缘

以一名女性作为第一主角，这在贾平凹的小说当中是头一次。贾平凹是善于刻画女性的，其早期长篇小说中的女性形象饱含中国传统的柔性之美，如《浮躁》中之小水、《商州》中之珍子等；其中期长篇小说中的女性，如《废都》中的唐宛儿、《白夜》中之虞白和《高老庄》中之西夏，个个都是柔媚跳脱不失充盈灵气，让人过目难忘；而其后期作品中的女性，如《秦腔》中之白雪、《古炉》中之蚕婆和杏开，则重新被涂抹上了中国传统女性善良温婉、从容坚贞的成色。贾平凹笔下的诸多女性人物个性虽然鲜明，但在一个个故事的主干脉络中起到的作用多是映衬，而非支撑。给人的感觉似乎是贾平凹在把一个个故事多维且有序推进的过程中，一方面用相当的笔墨来凸显女性角色性格的瑰丽多彩，一方面有意淡化了对她们生存手段的叙述，进而隐匿了她们应有的自力更生的主动意识和自我依赖的主观愿望，使她们在很大程度上都要去依赖身边的男性角色。从这些角度出发来分析，带灯这个人物就实在是大大地与以往不同了，她从城市来到偏远的乡村，完全颠覆了传统贾氏女性角色的职业弱势，活脱脱把一个基层女干部的形象丰满张扬地呈现在虚构的民间之中和现实的读者眼前，如一抹初虹，弯搭在雨后的天幕中，妩媚而不失醒目。

如《高兴》中之刘高兴一般，带灯在现实中亦有其原型。正是这个原型执着且长久地和贾平凹保持短信联络，从而激发起了贾平凹新的创作欲望和灵感。《秦腔》的第一叙事者张引生是个疯子，《古炉》的一号主角狗尿苔则是个小升初年纪的儿童，而这次带灯以女儿身成为贾氏新作的头号主角，于带灯原型而言，是顺理成章、当仁不让的，但对作者来说却是一次大胆的文学尝试。"她是个乡政府干部，具体在综治办工作。如果草木是大山灵性的外泄，她就该是崖头的一株灵芝，太聪慧了，她并不是文学青年，没有读更多的书，没有人能与她交流形成的文学环境，综治办的工作又繁忙泼烦，但她的文学感觉和文笔是那么好，令我相信了天才。"①真实的带灯和作为文学人物的带灯都是这样的一种形象，敏锐而有才气，精细而不失泼辣，更难得的是能够长期和远山小村里的各色民众密切往来，随时接触到乡间田畴形形色色的人等物事。贾平凹把这样一个充满灵性的女子精心装扮于笔尖之下、字里行间，通过她的所见、所闻、所思、所感把一个充满着种种琐碎却生动、泼烦却真实的深山小镇描摹得仿佛近在咫尺、触手可及。这样的角色选择之于贾平凹既是突破更是挑战。著名评论家、《带灯》的第一读者潘凯雄曾这样评价："《带灯》是贾平凹长篇小说中唯一一部对当下现实不仅直面而且充满关切的作品。贾氏过往的长篇小说中固然有现实的因素，但像《带灯》这样充满了如此现实关切的则惟此所独占。"既然是用充满关切的目光去细腻敏锐地关注现实，那么借用一个女性、一个心细如发的知性女性、一个工作生活在乡村的知性女性的眼光来记录那一桩桩一件件大大小小的故事，就满足了贾平凹对于细节描摹的要求，以及对农村原生态本真面貌的记录。从这个角度来说，带灯选择了贾平凹作为倾诉的对象，贾平凹选择了带灯作为小说的主角，这个默契满满的双向选择或许可以被归结为一种莫名的缘分吧。

---

① 贾平凹：《带灯》，人民文学出版社2013年版，第356页。

二、虱之谜：隔靴搔处留心创

贾平凹是善于使用隐喻的大师。在其诸多长篇作品中，独具慧眼的隐喻在增加了其故事的可读性的同时，更使其小说引人入胜、发人深省。隐喻之于贾平凹可谓信手拈来，在其长篇作品中更是俯拾即是，此处可随举几例。《秦腔》中以夏天智患癌身死和白雪诞下畸形儿象征了秦腔这一陕西民间的传统艺术瑰宝不可避免地陷入了非常态发展，甚至可能走向消亡的结局。而作为传统农耕文明坚定捍卫者的夏天义，最终却葬身于雨后滑坡的七里沟的泥土之下，反映了中国传统的以农为本、天人合一的乡村生存模式和思维理念也已不可避免地陷入颓势；《古炉》以小村书大国的宏篇隐喻自不待言，其中的那起丢钥匙事件也让人过目难忘。一家丢了钥匙，家家都丢钥匙，原来每家丢钥匙后都去偷别家的钥匙，结果是每家都丢了钥匙，每家也都偷了钥匙。在"文革"风浪的裹挟之下，古炉村人在互相伤害的同时，也在伤害着自身。此类隐喻已成为贾平凹小说的独特符号，有着极强的辨识度和感染力，已成为当代中国文学的一张颇具陕西风味的醒目标签。而《带灯》中最精彩的隐喻却竟是那让带灯和竹子们避之唯恐不及但樱镇百姓却见怪不怪的皮虱。

在贾平凹笔下，樱镇的虱子体色各异，品种繁多，生命力和繁殖力极强，颇具"野火烧不尽，春风吹又生"的潜质。一旦被其沾身，用尽各种法子就再难摆脱。在弹丸之地的樱镇，小小的虱子恰恰象征着其民间积累已久的、长期无法得以解决的各色纠纷和矛盾、冲突和仇怨，其深度和广度着实让人叹为观止。大到在大矿区打工身患尘肺病的工人的维权诉讼，元薛两大家族就河滩采砂地段的划分和利益的分配，再到各色救济款物的发放，最低生活保障资格的认定及对长期上访人员的监督和控制，小到个别村民的鸡毛蒜皮、针头线脑的归属认定，等等，都在带灯负责的综合治理办公室的工作范围之中。往往是过去的问题还没有彻底解决，新的问题又产生了。有时新旧问题互相渗透叠加，又催生出了更为棘手的难题。这就好比不同种群的虱子交配后又产生新的变种，防不胜防。这难怪会让带灯这样一个有灵气有心劲儿的基层干部也感到了极度的无奈。说到底，也就是心有余而力不足，以至只能把心中的憧憬、感动、苦闷和无助一股脑地倾诉给那个远在省城的元天亮。带灯善于和乡村百姓打成一片，在各个村落都有着自己可以信赖和信赖自己的老伙计，然而她在走访群众的过程中却始终坚持不在百姓家留宿，因为她害怕虱子。带灯这样一个面对书记镇长处事不妥但敢于不违背原则，连镇中元薛两大家族的硬气角色见了都要敬畏三分的刚强女子，却始终对小小的虱子避而远之、束手无策。这实在是典型的贾氏隐喻，很容易让人想到《古炉》中那让古炉村人头疼不已的"疥疮"，它迅速地在古炉村中散播，村民几乎无人幸免。人人都是传染者，又是被传染者；人人都有罪，又好像谁也没有责任，人人又皆是受害者。然而一比之下，《带灯》中皮虱的隐喻则更加隐蔽，晦涩之余让人回味，其文学弥漫性和穿透力也更强。就像那个樱镇办公室主任白仁宝所说的："上天要我们能吃到羊，就给了膻味；世上让我们生虱子，各人都有了痒处。"[①] 皮虱沾身，如隔靴搔其痒，则充其量触及皮毛，寥寥数下，过后奇痒仍存；若褪靴用力搔之，痒感虽可暂去，却容易挠破皮肉，过犹不及。小小皮虱，却道破了解决各色农村基层矛盾的艰辛和无奈。如何把握好解决这些矛盾的最合理、最适度的力道，因其触及民生大事，实在是值得着力去思考和总结的大问题。它们一方面在最底层的民间给予了中国传统文化中的中庸之道最接地气的注解；另一方面更是有力地考验着基层政府的能力，考验着基层干部的智慧。让读者在为无数的带灯们寄以厚望的同时更捏了一把汗。

三、萤之痛：孤灯夜行苦无伴

在那个偏处秦岭深处的小镇政府里，容貌美丽且有些孤芳自赏的综治办女主任带灯实在是个另类。她选择放弃那个娇小可爱的原名"萤"正是去到樱镇后不久的事。缘起竟是她一次在某本古典诗词中看到"萤生于腐草"一说，她觉得这不好，就给改成了"带灯"。从改名这一小事就可看出带灯其实是不愿与身边的腐浊同流合污的。她的很多做派，用机关里的人的话说，就是还未脱学生皮，小资产阶级情调浓厚。但带灯偏偏在农校毕业后没有留在城市，而是选择了樱镇。樱镇是丈夫的家乡这个理由有些牵强，"镇政府工资高，又有权势"，[②] 又让人感到她并不是看上去那般超凡脱俗。其实带灯本就是个与众不同的人，一个矛盾的综合体。这也就完全贴合了贾平凹长篇作品中几乎所有主角的共同特征。那一个个集各种矛盾冲突于一身的鲜活饱满的文学形象中如今又

---

① 贾平凹：《带灯》，人民文学出版社2013年版，第16页。
② 贾平凹：《带灯》，人民文学出版社2013年版，第10页。

多了一个叫带灯的女子。

　　樱镇的是是非非实在太多，头绪纷杂，斩不断理还乱，完全是中国偏远乡镇的缩影。置身于各色人等、各种是非的中心地带，带灯的位置关键又易被忽视，她既敏感又容易麻木。带灯说社会是"陈年蜘蛛网，动哪儿都落尘，可总得动啊！"[①]这充分说明了她不愿看到那个大社会的缩影，她所在的小小樱镇因为政府在诸多事件中的不作为或不当作为而成为尘垢处处、蛛网纵横的朽败老屋。整部小说中带灯忙碌于樱镇各村落的匆匆身影和她独处于山明水秀之处对元天亮的声声倾诉成了两条亮闪闪的主线，将一个动静皆宜的带灯活生生地置于读者眼前。在各村的老伙计的眼中，带灯就代表着镇政府，没有官架子，一副热心肠；在上访户的眼中，带灯也代表着镇政府，说一不二，不怒自威；而在给那个始终没有露面的元天亮的一封封信里，带灯则成了才情横溢、温婉乖巧的邻家小女生。带灯是矛盾的化身，她又置身于矛盾重重的樱镇，也就有了那么多充满矛盾的故事。由此亦可见贾平凹不凡的文学气场。

　　在前期给元天亮的信里，带灯没有诉苦，只诉衷肠，那时她把他当作情感的寄托、快乐的源泉；后期的信里倾诉工作中的各种苦闷无助的字眼明显增加，从中可以看出这位貌似潇洒的女综治办主任越来越扛不了了，顶不住了。她需要找人倾诉，那个远方的乡人自然成了最好的倾听者。带灯遍开药方能治了谁的病呢？小医是治不了大患的。这像极了《古炉》中的那个善人，用善良作为药引去疗救社会的病痛，到头来却换得被大火吞噬的结局。带灯也通晓诸多民间验方，但她治得了别人却无法自救。这实在是让人觉得心痛的反讽。面对老伙计范库荣和六斤的凄凉离世，她泪流满面；面对书记镇长在统计洪灾死亡人数时的瞒天过海，她愤懑无奈；面对对公婆不孝的元黑眼的情妇马连翘，她当面怒斥；面对毛林等十三个尘肺病矿工和其妻子的悲惨境遇，她四处奔走；面对元薛两家为了沙场利益的集体群殴事件，她挺身喝止却流血倒地。小小的萤火虫已经遍体鳞伤、身心俱疲了，她的那盏在暗夜中依旧闪耀的小灯虽然弱不禁风，但对在黑夜中踟蹰的身影而言，那一星半点的光明就是一个大大的希望。相信没有人希望它破灭。但到了故事的结尾，带灯却患了夜游症，她虽然有灯在手，却依然在黑暗中迷失了自我，其症结其实就是孤独。带灯去看萤火虫阵

---

① 　贾平凹：《带灯》，人民文学出版社2013年版，第132页。

的场面看似浪漫温馨，实际上却是她在寻觅希望，寻觅摆脱孤独的希望。一点萤火既点不着火，又照不了路，而她向往的萤火虫阵却总是影影绰绰，若即若离。整部《带灯》在结尾处用扑灭希望的悲剧式咏叹给社会以振聋发聩的呐喊，让人震撼。

四、虱之患：小痒不除成大痛

纵观贾平凹后期的长篇小说，从《秦腔》到《高兴》，从《古炉》到《带灯》，贾平凹一直将关注社会民生的视角定格在农村的土地上。《高兴》中的故事的语境看似在城市，而主人公的精神所系却依旧是农村；《古炉》的故事语境虽然来了一个近半个世纪的小幅穿越，但剖析的依然是农村的人事、人性和人心。对此人民文学出版社社长管士光如此评价："中国转型中遇到的最大问题之一莫过于农民问题，向工业化和城市化发展转型过程中，农民的生活经历了巨大的变化。贾平凹关注的正是这群在变革中深受重视的农民，他们的人数超过中国总人数一半还要多。贾平凹一直扎根于他所生长的土地，在这片充满矛盾冲突的土地上，用自己独特的视角观察着一切，并从中超脱，成为一个睿智的记录者。"① 贾平凹是观察者、记录者，同时更是书写者。书写《带灯》的过程中，那一点萤光让他觉得温暖，"萤火虫的光是微弱的，带灯就是在黑夜中带了一盏光线很微弱的灯。在当今社会，每个人如果都像萤火虫一样，一点点光亮汇聚起来，就可以照亮好多人"②。

带灯而行的萤火虫的形象总体是美好的，给人以温暖，而与人肌肤相亲的皮虱虽然数目可观，形象却不大好，也往往易被忽视。这不光是因为它们同样渺小，更因为它们丑陋猥琐，嗜血如命，生命力极其顽强。它们看似来无影，去无踪，实则却是冤有头，债有主。在中国的基层民间，所有那些没有得到彻底解决的纠纷和矛盾都会成为滋生虱虫的温床。社会的肌体如被皮虱沾身，如不及时去除，便会聚虱成群，积小痒也就终成巨痛。民间有了上访，那便是在说社会肌体某些部位的虱痒加剧了。樱镇的领导对付上访的办法是说服不行威吓，威吓不行打压。恰如一个人一开始就没有把小小的虱痒放在心里，挠过不行就抠，抠过不行就抓，直到最后鲜血淋淋，两败俱伤。带灯从到樱镇伊始，就

---

① 吴娜：《贾平凹新作〈带灯〉：汇聚微光照亮理想》，载《光明日报》2013年1月18日。
② 吴娜：《贾平凹新作〈带灯〉：汇聚微光照亮理想》，载《光明日报》2013年1月18日。

提议各村开展灭虿行动。但从上到下不但无人响应，还招来不少嘲谑和白眼。带灯恐惧着虿子，躲避着虿子，但最终还是没有躲过被虿沾身的结局，这似乎象征了单靠一个小小镇政府下设的综治办的一两个基层干部来解决所有陈年庞杂的民间纠纷和上访，是杯水车薪的徒劳之举。带灯只是一只小小的萤火虫，即便竭尽全力，面对成群的皮虿，依旧显得是那样的赢弱无助，最终迷失了方向，陷入了夜游的困境，不能自拔。故事的结局是身为综治办主任的带灯也即将走上上访之路，恰好是萤火虫最终也加入到皮虿的行列中去，这实在是悲剧中的悲剧。千里之堤溃于蚁穴，聚虿成群，一副健全的肌体最终也会血痕道道、痛痒难耐。贾平凹在接受媒体访问时，曾不止一次提到自己在写作《带灯》的过程中心情沉重。对一个胸怀天下、情系民生的有社会责任感的作家而言，这实在是很正常的情绪和反应。作家的忧患之心往往能够催生出不凡的作品，《带灯》便属此例。

五、结语

《带灯》是贾平凹送给自己的六十岁生日礼物。贾平凹在其间有意回避了自己所熟稔的明清文学写作的柔美和细腻，而比较贴近两汉文学写作的平实硬朗。整部作品相较过去减少了陕西方言的渗入，同时语言色彩更显透明，节奏更趋轻快。虽然在写作手法和语言风格上有所微调，但贾平凹在写作过程中对于中国乡村基层民生的关切和忧虑却丝毫没有打折扣，凸显出了作者身上的责任感、使命感和紧迫感不减反增。萤和虿两种虫跃然纸上，飞舞灵动于字里行间，在细致描摹乡村各色民众的生存状态和精神状态的同时，将一个基层专门负责解决各类民间纠纷和矛盾的乡村女干部的形象塑造的圆润丰满，进退有致。贾平凹称全书扉页上的文字——"或许或许，我突然想，我的命运就是佛桌边燃烧的红蜡，火焰向上，泪流向下"是概括《带灯》这本书、这个人、这一生最切实到位的语句。的确，此句生动贴切，且不乏弦外之音。如何才能让带灯们尽情发光而不再流泪，是值得作者、读者乃至整个社会去思考的。

［原载《西安建筑科技大学学报（社会科学版）》2013 年第 5 期］

带灯的等待与等待中的中国

——评贾平凹《带灯》

刘阳扬

贾平凹是中国当代文坛上少有的拥有众多作品和庞大读者群的作家。他深入关注中国农村，坚持具有中国传统审美情趣的创作理念，形成了自己独特的创作风格。新作《带灯》较之以往的作品又有了新的突破。作品关注乡镇干部这一基层公务员群体，描写出在制度重压下他们所面临的多重困境。小说着重描写了带灯这个美丽、纯洁、高贵、智慧的女乡镇干部形象，同时描绘了樱镇的历史状况和现实环境，通过带灯的悲剧对现实发出了强而有力的批判之音。

一、"中国式真相"：强烈的反讽与现实批判力度

从《废都》开始，贾平凹的作品就开始注重对中国社会新出现的种种危机进行展示，《带灯》延续了这个做法，选取了上访的题材，采取写实的笔法，详细记录了多起上访事件，再现了乡镇综治办干部的工作过程。小说实际上是一部基层乡镇干部眼中的上访实录。《带灯》虽然同样以农村为背景，但是与《秦腔》《古炉》不同，贾平凹把自己几十年的城市生活经验运用于作品之中，通过镇政府这一连贯城乡的机构，表现乡镇公职人员的生活状态，以深刻的人道主义情怀呼吁社会管理体制的改革。

费孝通在《乡土中国　生育制度》中论及中国乡土社会的基层结构是一种"差序格局"，"一个差序格局的社会，是由无数私人关系搭成的网络。这网络的每一个结都附着一种道德要素，因之，传统的道德里不另找出一个笼统性的道德观念来，所有的价值标准也不能超脱于差序的人伦而存在了"。[1] 这种基层

---

[1]　费孝通：《乡土中国　生育制度》，北京大学出版社1998年版，第36页。

的"差序格局"造成了亲缘关系处于人伦道德之上，也使得乡村社会更加难以管理。同时具有农村和城市生活经验的贾平凹认清了这一事实，他把带灯，一个带有城市女性特质的基层官员安置在人伦关系庞杂的中国农村，加上复杂的外部环境，那么带灯的抗争很显然是无望的。贾平凹也由此借带灯的悲剧批判了当前某些不合理的社会管理制度。

在政府综治办工作的带灯，主要的工作任务就是处理各类上访事件。带灯曾在上任之初对部下竹子传达过综治办的主要职责，即："一、要扎实细致地做好全镇村寨的矛盾纠纷的排查和调处；二、要及时掌握重点群众和重点人员；三、要下大力气处置非正常上访；四、要不断强化应急防范措施。"[1] 这四点职责，其实就是一个如何有效地预防、处理、善后上访事件的纲要。带灯身在体制内部，必须维护体制的严密性，与此同时，她还想解决内心的困惑，这种两难的境地使得带灯的精神世界一直充满困惑和矛盾。"我知道我有担当能作为，而我向前走的时候必定踏草损枝跋藤踩刺，虽度过了灾难踏上了道途却又有了小草枝条的呻吟，这呻吟融及我的心让我摇摇晃晃镇静不了自己。所以我也很孤独地存在着，被别人疑惑，也恐惧着也讪笑着也羡慕着也仇恨着也恭维着也参照着，看我好像很需要很离不开他们而又超然他们，谁都有机会实际上谁都没有机会。"就是在这种矛盾的心态之下带灯展开了她的综治办工作，以遏止上访为重点，在力所能及的范围之内对上访者有所补偿。

小说中的上访者形形色色。有连续上访多年的老上访户，有无理取闹者，甚至还有上访代理。王后生就是上访者中的主要角色。与一般的上访者不同，王后生有头脑，有计谋，他曾拿着蛇把书记堵在办公室，也曾四处散布谣言，煽风点火，还非常善于帮助、煽动别人上访，而自己从中牟利，他是最令镇政府头痛的上访者。在小说的"折磨"一节中，镇政府工作人员对王后生下了最后通牒，采取各种手段让其交出上访材料，最终控制住了王后生和其他上访者。王后生虽然让所有的工作人员厌恶，可是带灯依然对他具有最基本的人道主义同情。王后生患有糖尿病，带灯还特意告诉了他治疗糖尿病的药方。当竹子准备为了自己和带灯的不公遭遇去寄送上访材料的时候，碰见了王后生，这时候的两个人从以前势不两立的状态转为产生共鸣。无论身份如何，"受委屈的

---

① 贾平凹：《带灯》，人民文学出版社2013年版，第36页。本文中对于小说原文的引用均出自此版本，不再一一注释。

心情都一样"，社会管理制度不改革，社会的根本问题就永远无法解决。对王后生这样的人物，带灯怀有"可怜之人必有其可恨之处"的想法，既有咬牙切齿的痛恨，又不免从心中生出些许怜悯。怜悯的对象也不仅仅是王后生，而是千千万万与王后生一样的人。"我现在才知道农民是那么地庞杂混乱肆虐无信，只有现实的生存和后代的依靠这两方面对他们有制约作用。"读过书、受过教育的带灯，放弃了城市的生活而来到乡村，或许心中一直对乡村的田园图景抱有美好的幻想，也从心底里喜欢农民的淳朴和善良。可是在综治办工作以后，带灯不可避免地见到了农民丑陋的另外一面，她心生失望，可是对这些连基本的生活条件都无法满足的贫苦农民，还能有什么更多的要求呢？贾平凹在小说中也只能留下一声悲凉的喟叹。

刘震云的新作《我不是潘金莲》同样是选取上访作为题材的长篇小说，巧合的是，小说的主人公和带灯一样也是女性。农村妇女李雪莲为了一场离婚案件和摘掉头上"潘金莲"的帽子，决定上访，从自己的丈夫开始告起，一路连续告了县里、市里的各级领导，最终告到了人民代表大会，竟然阴差阳错地使得一批领导干部被罢官。她从此一告二十年，成了全县、全市的重点关注对象，在人民代表大会期间更是屡屡遭到警察的围堵。以上这些十几万字的荒诞故事只是序言，真正的正文是万字左右的"玩呢"，写了另一个荒诞的故事，因李雪莲的上访而被免职的县长史为民想要赶回家乡打麻将，买不到车票的他假装要上访，很快就被顺利地遣返了。与贾平凹的写实笔法不同，《我不是潘金莲》是一部用戏谑的笔法写成的带有寓言意味的荒诞小说。李雪莲为了一句话、一个既成事实，连续上访二十年，而县里、市里的领导都把李雪莲上访当成一件大事来看待，年年都出动警力对其围追堵截，这些好笑、荒唐的语言行为背后其实也隐藏着作者的悲哀。如果说，序言部分的李雪莲上访，只是她为解决人生困惑而阴差阳错发生的一场闹剧，作者在这个部分的批判力度不大，那么，极短的正文部分，其实包含了很多值得注意的事实。因李雪莲上访而被免职的县长史为民后来开了饭店卖肉，那肉的滋味极其鲜美，人们天天排起长队争相购买。当县长的史为民遭遇各种不顺，还因为一场闹剧丢掉了官职，而做了饭店老板的史为民则顺风顺水，这再一次印证了《带灯》里的一句话，"我现在才知道农民是那么的庞杂混乱肆虐无信，只有现实的生存和后代的依靠这两方面对他们有制约作用"。只有口腹之欲这种现实的生存欲望，才能燃起最广大的农民的强烈欲望，物质条件的匮乏使得农民的精神世界非常狭小，这也是李雪莲为了一句话上访二十年的原因。正文部分的另一个细节也不容忽视。史为民为了打麻将，假装上访以求坐火车回家，被警察识破之后却表示，自己其实就是为了上访才去了火车站，这也并不仅仅是史为民为自己开脱的借口。这个细节恰恰又可以和《带灯》中的情节相互映照，竹子在带灯和自己受到处罚后心有不甘，写了上访材料准备上访。《带灯》中的上访专业户王后生说他理解竹子和带灯，"受委屈的心情都一样"。无论是乡镇干部带灯、竹子，还是县长史为民，甚至是更高级别的干部，他们虽然处在体制之内，而且还是体制的管理者和维护者，但是却和普通农民一样，依然难逃体制的束缚。刘震云在《我不是潘金莲》的结尾写道："这时天彻底黑了。年关了，饭馆外开始有人放炮，也有人在放礼花。隔着窗户能看到，礼花在空中炸开，姹紫嫣红，光芒四射。"[1]这个典型的中国式的环境配上了一个典型的中国式结尾，两个警察明明知道自己受到了欺骗，但还是决定将自己成功阻止上访的结果汇报给上级，当深陷荒诞的环境之中时，唯一能做的也是唯一有效的办法就是利用荒诞，这或许是一种自嘲，但更是一种不得不学会的生存手段。《我不是潘金莲》和《带灯》都以黑暗的夜晚作为结束故事的最后场景，可是这夜晚并非黑得伸手不见五指，总还有一些光亮闪烁其间，或是绽放的烟花，或是发光的萤火虫阵，悲哀虽然浓重，可是并未走到绝望的境地。

除了上访，小说中还有一些带有讽刺意味的情节。其中一个情节是市委黄书记来到樱镇。为了接待黄书记，樱镇政府立即行动起来，事无巨细地设想了黄书记一行人的全部活动。其中的细节让人啼笑皆非："黄书记要劳动，那就让黄书记拿锨扎地，大石碨村的田地多石渣，如果黄书记一锨没扎下去多尴尬，这就得提前把那块地翻一遍，疏软才是。随便用一把旧锨不雅观，起码得安个新锨把，但新锨把容易磨手，这就要王长计老汉安一个新锨把了，用瓷片刮光，用手磨蹭发亮才是。"樱镇遭遇水灾的情节也非常典型，明明灾情严重，死了十二人，可是政府却采取各种手段巧报、瞒报伤亡数字："柏林坪寨的康实义不是算失踪吗，东石碌村的刘重消息不确定，雷击的触电的不在洪灾范围，要上报死人就只能上报死了马八锅和她孙女，咱们还要大张旗鼓地宣传马八锅同

① 刘震云：《我不是潘金莲》，长江文艺出版社2012年版，第287页。

志。""之所以报那么多失踪，失踪是不能定生死的。或者人出外打工了，或者走了远方亲戚，只要过了这一段时间，以后即便是人已经死了还会再有人过问吗？"水灾事件反映出樱镇政府处理灾情的程序和原则，即尽量大事化小，小事化了，采取所谓的"巧报"方式，最大限度地减少上报的死亡人数，并且还要树立救灾的典型，进一步弱化、淡化灾情的严重性。这两个情节调动了贾平凹几十年的城市生活经验，是作者对中国官场现实最为鲜活而真实的揭示与批判。

贾平凹连续安排了多个情节，从多方面反映出樱镇政府的办事策略，即以维护社会稳定为主要原则，采用巧妙的方式大事化小，把事件的严重程度降到最低后再向上级报告。在每一个事件中，带灯原本都带有强烈的社会责任感，"可这是人命大事，也敢隐瞒？""那死了的人就死了，这些家庭连个补助连个说法都没有了？"带灯质疑的声音太小，她的力量也太过微弱，个人不可能改变恶劣的自然环境和社会环境，"我厌烦世事厌烦工作，实际上厌烦了自己。人的动力是追求事业或挣钱或经营一家人生活，而我一点不沾，就很不正常了"。带灯的困惑其实也是贾平凹的困惑，当外在的物质条件已经成为次要因素的时候，怎样才能实现心态的平衡和自我的满足，带灯遂转而走向内心的倾诉，可是这也只是一种徒劳的抗争，而黑暗中的摸索则永无尽头。

《带灯》最后以一场性质恶劣的斗殴而结束，这场恶性事件因樱镇为了求发展引入大工厂而起。在小说的开头就谈到了樱镇的老领导元老海为了保护樱镇的风水，带领几百人围攻施工队，阻止隧道开凿，而几十年后樱镇却为了发展和政绩引进了污染工厂。带灯曾在信中问元天亮，也是问自己："引进的大工厂真的是高污染高耗能吗？真的是饮鸩止渴的工程如华阳坪的大矿区吗？什么又是循环经济？樱镇上有人议论，说你的长辈为了樱镇的风水宁肯让贫困着，而他的后辈为了富裕却终会使山为残山水为剩水。但我不相信，这怎么可能呢？对于樱镇，不开发是不是最大的开发呢？我不知道。"带灯的疑惑也正是许多人的疑惑。面对天然却落后的家园，是应该引入现代化的设备使其融入越来越快的城市发展，还是应该让其保持山清水秀的本来面目呢？贾平凹虽然热情地呼唤着现代文明浪潮的到来，可是不免怀有深深的担忧："历史进步是否会带来人们道德水平的下降和虚浮之风的繁衍呢？诚挚的人情是否只适应于闭塞的自然环境呢？社会朝现代的推移是否会导致古老而美好的伦理观念的解体，或趋实尚利世风的萌发呢？"①这一疑问在《带灯》中的那场斗殴中得到了回答。大工厂即是现代文明的产物，正是在这现代的利益面前，原本淳朴的乡民陷入了利益斗争的旋涡，市场经济的洪流瞬间冲塌了几千年来古老的伦理道德观念，最终演变为樱镇的一场巨大的灾难。而带灯，也从此沉沦，失去了生命的活力，她想要拯救他人的愿望彻底成为了一场虚空，就连自己也成了一个时代的牺牲品。

在小说的结尾部分，贾平凹用一个击鼓传花的细节讽刺了乡镇干部处理问题的情形："人人都紧张万分，鼓点越来越快，花朵也传得越来越快，后来几乎是扔，唯恐落在自己手里。那酒已经不是酒了，是威胁，是惩罚。那花朵也不是花朵了，是刺猬，是火球，是炸弹。"贾平凹在悲观中呈现了底层社会的乱象，不仅农民"庞杂混乱肆虐无信"，干部们在发生了严重事故时还欲以"击鼓传花"的手段推卸责任，逃避惩罚。乱象丛生的责任分配制度与严密的维稳政策在这里形成了鲜明的对比，或许，最后那星星点点的萤火虫的微光象征着一点希望，但整个社会仍在等待一场巨大的变革以改变当前的紧迫环境。

二、带灯：等待的萤火虫

在贾平凹笔下的乡镇干部群体中，带灯无疑是最特别的一位。她外表美丽，内心善良，工作能力很强，处理事情机智果断，更加难能可贵的是，带灯对广大农民有发自内心的同情。小说从现实生活和精神世界两条线切入，塑造了带灯这个饱满而复杂的女性形象，带灯承载了贾平凹所认可的女性所有的美好品质，这也使得她的身上或多或少带有神性，使得小说的悲剧氛围更加浓烈。

带灯这一形象再次体现出贾平凹写作中一直存在着的女性崇拜意识。贾平凹善写女性，在以往的作品中，已经塑造了一批独立而多情的少女、少妇形象，早期文本《满月儿》中的满儿、月儿，《小月前本》中的小月，《商州》中的珍子，《浮躁》中的小水，等都是这一类女性形象的代表。从《废都》开始，贾平凹作品中的女性形象开始具有更加复杂的内涵。牛月清、唐宛儿、柳月分别代表了在变革年代具有几种心态的知识分子。唐宛儿是一个商品文化与农耕文明相结合的产物，她那介于传统与现代之间的女性气质吸引了以庄之蝶为代表的知

---

① 贾平凹：《变革声浪中的思索——〈腊月·正月〉后记》，载《十月》1984年第6期。

识分子，也反映出庄之蝶等人最惬意、最适应的文化心态。继《废都》中光怪陆离的都市文化和一些带有商品经济烙印的都市女性之后，带灯的出现使贾平凹早期作品中常见的那种灵动美丽的女性形象又回到了人们的视野，在一定程度上甚至超越了以往作品中的女性形象。作为贾平凹第一部以女性为主人公的长篇小说，《带灯》承载了贾平凹更多的期待，女主角带灯在某种程度上被贾平凹神化了，带有了"圣女"的色彩。

带灯身为镇政府综治办主任，具体负责全镇的上访工作，在上级眼里，带灯是得力的助手，而在农民中间，带灯则是给他们解决实际问题的"菩萨"。带灯本名为"萤"，因为不喜欢书中"萤虫生腐草"的解释，改名为"带灯"，寓意萤火虫"夜行自带了一盏小灯"。在小说中，带灯的事业与爱情都处于一个等待的状态之中。自从知道了十三个妇女的丈夫在大矿区得了矽肺病之后，带灯始终在四处奔波，为她们寻求赔偿。可是由于没有劳动合同和身体检查证明，疾病的鉴定屡屡受挫。带灯一次次请求书记和镇长，可是最终也没有任何结果。在与元天亮的短信来往中，带灯也一直在等待。无论信中的表达多么热烈，元天亮直到最后也没有出现，带灯的等待也最终落空。"女人们一生则完全像是整个盖房筑家的过程，一直是过程，一直在建造，建造了房子做什么呢？等人。"她与元天亮的关系，与其说是情爱，倒更像是一种崇敬与倾诉相互交织的情感依赖，这种依赖是单方面的，而且有去无回，可是带灯却乐此不疲。甚至可以说，从未出现过的元天亮也许并不存在，带灯写给他的那些短信，其实是写给自己的，元天亮只是带灯内心的另一个自己，而那些呓语般的倾诉也只是带灯心中的自我幻想。带灯没有等到人，次次的等待都是落空。"樱镇上的人都在说我的美丽，我是美丽吗？美丽的人应该是聪明的，这如同一个房子盖得高大平整了必然就朝阳通风而又结实耐用，但我好像把聪明没用在地方，因为我的人生这么被动。"被动等待的人生并不是带灯所期望的，然而她的力量太过微小，夜的黑暗太浓重，萤火虫已经自顾不暇，难以用更大的力量去抵抗这种黑暗。

贾平凹在《带灯》的后记中一语道破了乡镇干部的真实面貌："正因为社会基层的问题太多，你才尊重了在乡镇政府工作的人，上边的任何政策、条令、任务、指示全集中在他们那儿要完成，完不成就受责挨训被罚……他们面对的是农民，怨恨像污水一样泼向他们……你同情着他们地位低下，工资微薄，喝恶水，坐萝卜，受气挨骂，但他们也慢慢地扭曲了，弄虚作假，巴结上司，极力要跳出乡镇，由科级升迁副处，或到县城去寻个轻省岗位，而下乡到村寨了，却能喝酒，能吃鸡，张口骂人，脾气暴戾。所以，我才觉得带灯可敬可亲，她是高贵的，智慧的，环境的逼仄才使她的想象无涯啊！"镇政府的干部缺点颇多，但是带灯却出淤泥而不染，在逼仄的环境中走向内心的呼唤。带灯的精神世界在写给元天亮的一封封信中间逐渐建构起来，可是，这个精神世界太过虚幻，最终没能拯救带灯心灵的迷惘与困惑。

在小说的最后，带灯患上了夜游症，受到身体和精神上的双重打击，最终走向了疯狂。就在这时，樱镇却飞来了以前没有见过的萤火虫阵。"同时飞来的萤火虫越来越多，全落在带灯的头上、肩上、衣服上。竹子看着，带灯如佛一样，全身都放了晕光。"萤火虫阵仿佛是给带灯送行的挽歌，她身上的虚幻色彩和神性，恰恰代表了贾平凹对美好而神秘的乡村家园的期许，而带灯即将离去，永恒的家园也将成为一去不复返的幻景，这使得小说的批判力度有所增加。有学者认为，小说反映了"政治伦理的困境与美学理想的终结"，而带灯则是一个"幽灵般的"社会主义新人形象，一个"政治浪漫想象的产物"。[1] 事实上并非如此。按照刘再复的人物性格二重组合原理，人的性格往往存在着正反两极，"这种正反的两极，从生物的进化角度看，有保留动物原始需求的动物性一极，有超越动物性特征的社会性一极，从而构成所谓'灵与肉'的矛盾；从个人与人类社会总体的关系来看，有适应于社会前进要求的肯定性的一极，又有不适应社会前进要求的否定性的一极；从人的伦理角度来看，有善的一极，也有恶的一极；从人的社会实践角度来看，有真的一极，也有假的一极；从人的审美角度来看，有美的一极，也有丑的一极"。[2] 看完后记可以发现，带灯源自真实人物，于是在写实性的记叙中，贾平凹着重描写了带灯身上具有的美好品质，而带灯内心的困顿与迷茫则通过给元天亮的信表现出来，这两方面的描写使得带灯不仅仅是一个寄托作者政治理想的人物，她的身上同样具有审美理想的表达，而她的神性和虚幻性以及最后的悲剧命运恰恰增加了作品的悲剧性，全面加大了小说的批判力度。

---

① 陈晓明：《萤火虫、幽灵化或如佛一样——评贾平凹新作〈带灯〉》，载《当代作家评论》2013年第3期。

② 刘再复：《文学十八题———刘再复文学评论精选集》，沈志佳编，中信出版社2011年版，第396页。

三、贾平凹作品悲剧性的嬗变——从《废都》到《带灯》

早在小说《商州》中，贾平凹写作的悲剧意识就已经非常明显，到了《废都》，贾平凹把笔触从乡村转向了城市，展现了在商品经济时代人们生理和心理上的不适应。在贾平凹笔下，社会变革给人们带来的恐慌与焦虑往往具有深刻的悲剧性。

提到《废都》，许多评论家都用"颓废"一词概括其美学风格。李欧梵在《漫谈现代中国文学中的"颓废"》一文中，把中国文学的"颓"上溯到《红楼梦》："如果说这本小说所表现的是一种颓废意境，那么其外在的表现是'废'——一切皆已败落，而这个败落过程是无法抑制的，是和历史上的盛衰相关。其内在的表现却是'颓'——一种颓唐的美感，并以对色情的追求来反抗外在世界中时间的进展，而时间的进展过程所带来的却是身不由己的衰颓，不论是身体、家族、朝代都是因盛而衰。"[1]李欧梵梳理了19世纪末西方颓废主义文学对中国文学的影响，认为鲁迅、郁达夫、张爱玲和"新感觉派"小说家穆时英、施蛰存等作家的颓废表达已与充满肉欲与情爱的光怪陆离的都市文明密不可分，成为展现都市欲望的一种有力手段。

《废都》是贾平凹在商品文化与消费文化的转型时期，为知识分子谱写的一曲挽歌，它失却了历史的宏大外衣，却在性爱与肉欲之间流露出一种末世的悲凉。王德威曾将《废都》与同时期的台港文学进行对比："如果说彼时台港的颓废文学写出文明熟极而烂的奇观，贾平凹则致力创造一系列百废待兴的怪潭。前者充满餍足无度的疲倦，后者则流露饥不择食的丑态——两者都代表了文明实践的反挫。"[2]在都市欲望文本《废都》中，贾平凹通过庄之蝶和与他有染的女人唐宛儿、柳月、阿灿等，展现了都市欲望的狂欢，然而在这之后，剩下的只有末世的悲凉。庄之蝶并非玩弄女性的高手，相反的，他在形形色色的女性侵蚀之下逐渐展现出颓败之势，最终从都市的宠儿变为弃儿。在欲望与颓废的外表之下展现出的悲剧感，虽然同样具有哀伤的挽歌性质，但是这种悲剧感，因为未能建立在对社会现实深刻批判的基础上，所以显得不强烈。基于个人经

---

① 李欧梵：《现代性的追求》，人民文学出版社2010年版，第140页。

② 王德威：《废都里的秦腔——贾平凹的小说》，见陈平原、王德威、陈学超编：《西安：都市想象与文化记忆》，北京大学出版社2009年版，第284页。

历的知识分子的自恋和自伤使得贾平凹在《废都》中关于人生幻灭的表达缺乏依据，没有根基，被欲望描写的洪流淹没，只有拾破烂老头儿不时唱出的民谣和口头禅让《废都》总算拥有了一些政治上的挑战姿态。

继《废都》之后，贾平凹创作了另一部以西安为背景的小说《高兴》。《高兴》或可以看成《废都》在某种意义上的延续。拾破烂者从背景走向了前台，成了小说的主角。小说采取了与众不同的视角，让城市的最底层人民开口说话。本雅明曾经论及波德莱尔笔下的波西米亚人，这些资本主义社会的"恶之花"象征城市的肮脏和糜烂。"害怕、厌恶和恐惧是大城市的大众在那些最早观察它的人心中引起的感觉。"①贾平凹并未表现外来者对城市的恐惧，而是极力营造喜剧性的气氛，寻找一种积极乐观的人生态度，并借此抵抗人生的苦难。不过，小说在幽默、乐观的语言之下，隐藏的依然是深深的悲哀，就连小说的名字"高兴"也成了一种反讽。在小说中，刘高兴喜剧化的第一人称的叙述声音与底层世界的悲哀之声相互交织，最终刘高兴的声音被来自底层的悲凉声所掩盖，他热恋的妓女孟夷纯身陷牢狱，同来打工的五富突然死亡，而他一直以来的精神寄托，移植给韦达的肾也被证明只是他个人的幻想。城市无情地在给了刘高兴希望之后又夺去了他的一切，刘高兴本应就此还乡，但是他却选择了留下："去不去韦达的公司，我也会待在这个城里，遗憾五富死了，再不能做伴。我抬起头来，看着天高云淡，看着偌大的广场，看着广场外像海一样深的楼丛，突然觉得，五富也该属于这个城市。"②相比于《废都》，《高兴》的批判意识已经有所增强，贾平凹通过大量写实的、繁复的细节展现出严密的拾破烂组织和拾破烂者在城市所受到的歧视和压力，饱含了深切的同情与人文关怀。

表现主人公在现代城市文明和传统农业文明之间的徘徊始终是贾平凹小说创作的一条精神暗线。在《带灯》中，贾平凹通过镇政府这一纽带，联结了城市文明与乡村文明，以更广阔的视野，展现了更加宏大的历史背景。镇政府作为政府的基层办事机构和处理农村烦琐事务的场所，很自然地集结了城市与乡村两种声音。带灯处于其中，既要完成上级下达的种种任务，又需要关心普通民众的日常生活，这让她工作繁重而精神苦恼，最终走向了悲剧的结局。《带

---

① 本雅明：《发达资本主义时代的抒情诗人》（修订译本），张旭东、魏文生译，生活·读书·新知三联书店2012年版，第162页。

② 贾平凹：《高兴》，作家出版社2007年版，第431页。

灯》中的悲剧意识与《废都》《高兴》又有所区别，既不是基于个人经历的人生幻灭之感，也并非局限于社会底层，而是立足于乡镇，从基层公务员的立场揭示社会现实。这就使得《带灯》的悲剧性不再浮泛于个人生活经历，而是具有源于社会现实的深层次的根基。

作品中音乐的暗线也使得《废都》《高兴》《秦腔》和《带灯》相互延续。《废都》中隐隐的埙声、《高兴》中连续不断的箫声、《秦腔》中悲鸣的秦腔和《带灯》中时不时响起的埙声形成了贾平凹非常在意的一种声音的线索，声音的暗线使得小说从一开始就奠定起悲凉的基调。带灯最后遭受了身体上的打击，同时精神失常，成了在樱镇中游荡的幽灵，这不仅是她个人的悲剧，也是社会的悲剧。

四、意象叙事与虚实相生的地域性民族审美

早在写作《浮躁》时，贾平凹就开始期待自己写作的新变。"中西的文化深层结构都在发生着各自的裂变，怎样写这个令人振奋又令人痛苦的裂变过程，我觉得这其中极有魅力，尤其作为中国的作家怎样把握自己民族文化的裂变，又如何在形式上不以西方人的那种焦点透视法而运用中国画的散点透视法来进行，那将是多么有趣的试验！"[①]意象是中国传统文化的核心内涵。自幼受到中国传统文化熏陶的贾平凹，在创作中始终坚持"以中国传统的美的表现方法，真实地表达现代人的生活和情绪"[②]。在《带灯》中，贾平凹同样通过建构意象来还原乡土社会的本质。"男男女女，日常生活只是个透视点，以此作为一个角度来进入小说意象。再一个是将心灵、想法、苦闷等情绪进入意象，还有就是佛、道观的人进入意象，再一个是从鬼神、牛等角度进入，各种放大了的东西都进入这个城市，投影这个城市。"[③]与此同时，还采取了中国传统绘画中的"散点透视法"，从多个角度建构了一个完整的田园世界。

在小说中，虱子、白毛狗和埙这三个意象与带灯联系紧密，通过这三个意象在整部小说中发生的变化，可以看出带灯所有努力的徒劳，对最终理解小说的悲剧结局也有很大帮助。虱子在小说的开篇就来到了樱镇。"虱子是没有翅膀的，但空瘪成一张皮，像是麦麸子，被风吹着了，就是飞。"樱镇的每个人早

① 贾平凹：《浮躁》，人民文学出版社2008年版，第4页。

② 李星、孙见喜：《贾平凹评传》，郑州大学出版社2005年版，第45页。

③ 孙见喜：《贾平凹前传》第2卷《制造地震》，花城出版社2001年版，第501页。

已习惯了和虱子共存，但是带灯不同，她对虱子始终恐惧而紧张，她拒绝自己身上生出虱子，而且还积极建议各家各户使用硫磺皂和药粉进行灭虱，但是，她的建议并没有得到响应，带灯只好又一次一个人孤独地抗争。平时在工作中，带灯始终非常注意，从不睡别人的床，勤洗澡换衣。直到有一次和妇女们一起摘苹果，带灯和竹子身上第一次生了虱子，不过经过紧张的处理，虱子暂时远离了她们。小说的最后，带灯和竹子在一场斗殴之后受到了处分，她们的身上再一次生出了虱子，而且"无论将身上的衣服怎样用滚水烫，用药粉硫磺皂，即便换上新衣裤，几天之后就都会发现有虱子"。皮虱又一次来到了樱镇，对于虱子，带灯也从紧张、厌恶变为习惯和麻木，"也觉得不怎么恶心和发痒"，甚至自嘲"有虱子总比有病着好"。虱子在文中，似乎象征一种陈腐的思想观念。在城市读过大学的带灯来到樱镇，从一开始就认识到了这种观念对人们的影响，她不愿意沾染上这种观念，始终在拒斥，在抗争。可是带灯毕竟力量微弱，而虱子的数量实在太多，她终于无力招架，成了大众中的一员。带灯对虱子态度上的转变，是对自我的背叛，也是对现实无可奈何的妥协。带灯生出虱子之后，她的精神世界就彻底崩溃了，再也没有给元天亮写信，带灯也患上了夜游症，成了一个在村中四处游荡的幽灵。

除了虱子，小说中的白毛狗也具有某种象征意义。白毛狗本是一只杂毛狗，带灯来到镇政府之后，经常给狗洗澡，杂毛狗才变成了白毛狗。带灯对白毛狗宠爱有加，下乡走访也常常带着狗，可是白毛狗先是被人打跛了腿，后被人割掉了尾巴。白毛狗仿佛镇政府的护卫，它用吠叫声吓退上访者，同时也承受着上访者对镇政府的仇恨。它屡次受伤，却始终能够坚强地存活下来，成为带灯工作中可以信赖的伙伴，也与带灯有着同样的命运。带灯患上了夜游症，精神也出现了问题，这时的白毛狗也"再不白，长毛下生出了一层灰绒"。

埙在《带灯》中也是一个重要的意象。埙声在贾平凹的小说中已不是第一次出现。在《废都》中，唐宛儿的丈夫周敏就常常吹埙，悲戚的埙乐贯穿了整部《废都》，为小说的悲剧氛围做了最大程度的渲染。《带灯》中时隐时现的埙声，同样成了整部作品贯穿始终的背景音乐。带灯自从得到了埙，就对它爱不释手，常常吹上一段，可镇政府的人都不喜欢，认为这埙声太过悲凉，听了"总觉得感伤和压抑"。带灯却认为，埙是土声，"世上只有土地发出的声音能穿透墙，传到很远很远的地方"。自从埙乐加入以后，小说的基调愈发悲凉，埙声缭绕，带灯那萤火虫一般的光亮也越来越暗淡，后来带灯患病，埙也不见了。带灯哀伤地感叹："那真是它走了，不让我吹了。"埙仿佛一开始就已经为带灯吹响了挽歌，埙乐消失了，带灯的生命活力也在渐渐流逝。贾平凹几次在小说中引入了埙声，他对埙其实是有一种特殊的感情的。"小时候在乡下，我们做孩子的常用泥挖出一个像饺子或像牛头的那样一个东西，中间是空的，上面有一个孔，吹起来呜呜嘟嘟地响，那时候我们就叫它'牛头哇呜'，这是我最早接触的乐器。后来见到埙，才知道埙就是从'牛头哇呜'演变的，或者，埙是正经乐人的乐器，'牛头哇呜'是民间的仿制吧。埙是古乐器，但现在极少见，一般市面上的乐器店里没有，一些学音乐的人也不太清楚。现在的埙被改造了，有十一个孔，善吹一种浑厚的、幽怨的调子，发出的土声穿透力特强。"[1]埙承载了贾平凹童年的记忆和对故乡的追思，埙声的消逝，象征着带灯，同时也象征着作者心目中美好的田园家园的消失。

虿子的出现、白毛狗变灰、埙的消失三者相互联系，从多方面表现了带灯的挣扎和困顿，以及最后依然难逃体制的束缚而妥协的悲剧。一个人的灯光毕竟太过微弱，即使燃尽了全部的生命也依然没有结果。所有的等待终将落空，元天亮没有出现，大工厂成了灾难的导火索，虿子越来越多，带灯既救赎不了别人，也救赎不了自己，只能在渐行渐远的萤火虫阵和越来越弱的埙声中走向生命的终点。

由一个个小标题组成的乡村意象逐渐建立起贾平凹心目中的樱镇，而带灯写给元天亮的信则建立起一个虚幻的精神世界，这种虚实相生的写法是贾平凹作品的一大特色，也是其建立水墨画般的中国传统的乡村世界的有力工具。

五、"海风山骨"：形式与风格上的新变化

《带灯》的一大特色在于小说形式上的创新。贾平凹以往的作品很少分章节，《秦腔》就由一句"要我说，我最喜欢的女人还是白雪"[2]开端，洋洋洒洒写了四十多万字，《古炉》同样是具有大量复杂细节的长篇大作，巨大的信息量和庞大的篇幅让读者难以得到喘息的机会。小说《带灯》在这一点上实现了很大的突破。首先，小说分为上、中、下三部。上部"山野"介绍樱镇的整体情况，

---

① 贾平凹：《与穆涛七日谈》，见《坐佛》，译林出版社2012年版，第369页。
② 贾平凹：《秦腔》，人民文学出版社2007年版，第1页。

中部"星空"以带灯的工作经历和情感波动穿插而成，下部"幽灵"则重点写了带灯患上夜游症之后的情形。不仅仅在大结构上分部，贾平凹还用一个个小标题把《带灯》分成了许多小节，这些小节长短不一，短的不足百字，长的却有万字篇幅。每一个小标题都用黑框框起，其中的内容看似独立，其实在内部也有所关联。这种"短信体"的结构形式看似松散无章，没有骨架，实际上却别有韵味。贾平凹通过这种写法，把生活的真实毫无保留地呈现出来，在细节的洪流的冲击之下，读者从一开始就和贾平凹的樱镇面对面，作品和生活几乎站在了同一高度。这生活本不是清晰明了的，而是纷繁复杂、包罗万象的，一些看似缺乏组织的章节，实际上正是实现了对原始的生活"混沌"状态的还原。

在叙事方面，《带灯》同样可以体现贾平凹新的实验。原生态的真实的细节依然是小说的重要部分，但是贾平凹有意强调了小说的主要情节，使得整个故事在混沌的背景环境中具有清晰的骨架。再加上时不时穿插其中的看似闲笔的一些散文化的描写，使整部小说变得饱满而气韵生动，尤其是小说的中部，在"樱镇真的要建大工厂""马副镇长提供了重要情况""一院子的上访者""市共青团给对口扶贫村送歌舞""普查维稳和抗旱工作"等带有报告文学色彩的小标题之间，插入了一封封浪漫唯美的"给元天亮的信"。这种处理方法使得带灯的现实生活和精神世界两方面在作品中得到了交织展示，同时，也使小说在坚实的写实主体上富有了浪漫而灵动的韵味。小说中的各个小标题之间看似没有很大的关联，似乎是一盘散沙，只有在读完了全文之后才会发现，其实作者对每个细节的安排都具有必要性，每一个看起来无关紧要的小节都对小说后面的情节发展进行了铺垫。如第一部中有好几个小节都提及了虱子，虱子这一意象也在小说中不断出现，第一部中的"皮虱飞来"和最后一部中"樱镇也有了皮虱飞舞"前后呼应，构成了完整的虱子意象，使得小说具有了象征意味。小说中时而出现的关于樱镇历史的叙述也绝非闲来之笔，这些细节同样在不知不觉中建构起了关于樱镇的完整的文学想象。贾平凹非常喜爱用音乐作为串联整部小说的暗线。在《废都》中，幽幽的埙声就贯穿了始终，使庄之蝶的行为越来越具有悲剧色彩。《高兴》与之类似，用箫声贯穿了前后的情节，小说虽有令人捧腹的戏谑，但难以摆脱整体上的悲伤格调。《秦腔》没有分章分节且细节烦琐，但是一段又一段的秦腔时不时出现，成为理清小说脉络的重要线索。到了《带灯》，贾平凹沿袭了自己的一贯做法，又一次把埙声引入了作品，使其成为繁复的小节中一条明亮的河流，也使得作品在混沌中不乏轻灵的格调。

形式上的新突破源于贾平凹在小说格调上的求新求变。在《带灯》后记中，贾平凹特意谈到了自己的创新之处："《秦腔》《古炉》是那一种写法，《带灯》我却不想再那样写了，《带灯》是不适那种写法，我也得变变，不能在一棵树上吊死……我得有意地学学两汉品格了，使自己向海风山骨靠近。"①《带灯》不乏翔实的细节描写，带有报告文学的色彩，但是穿插的十几封信、若有若无贯穿全书的填乐，包括带灯本身与众不同的忧郁的文艺气质都给小说增添了浪漫色彩，使得小说虚实相生，既坚实又空灵。这种风格上的转变也是贾平凹的一次文体实验。《带灯》兼具了小说和散文的结构特点，记叙与抒情的笔法相互交织，这种特点被贾平凹在后记中概括为"沉而不靡，厚而简约，用意直白，下笔肯定，以真准震撼，以尖锐敲击"。贾平凹又一次自觉地运用东方的审美，追求一种古拙却别有韵味的创作风格和创作文体，他的转身虽然艰难，但依然带来了新的惊喜。

结语

小说《带灯》以极强的现实感，借乡镇干部带灯之眼，反映出中国乡村正在经历的翻天覆地的变化以及这种变化在人的内心产生的巨大波动。在当代中国乡村政治和伦理人性处于不断转型的特殊时期，带灯始终伴随着社会的变革而成长，她的坚强、隐忍和始终坚持的最基本的道德伦理使得她最终成为一个悲剧性的存在。

在城市与乡村之间，贾平凹在犹豫和徘徊中通过乡镇政府这个特殊地点为城乡之间建立起一种联结。"我虽然在城市里生活了几十年，平日还自诩有现代意识，却仍有严重的农民意识，即内心深处厌恶城市，仇恨城市。"②对城市的厌恶使他走向乡村，他笔下的带灯也希望以乡村作为自己最后的心灵归宿。可是，乡村并非想象中那样美好，在现代城市化的进程中，乡村的内部也发生了巨大的裂变。带灯的命运如同"佛桌边燃烧的红蜡，火焰向上，泪流向下"，随着她的退场，幻想中心灵的皈依之所——乡村也成了一去不复返的精神幻境。小说以强烈的社会批判性展示了当前社会最为紧迫的现实，带灯的悲剧不仅仅

---

① 贾平凹：《带灯》，人民文学出版社2013年版，第361页。
② 贾平凹：《高兴》，作家出版社2007年版，第446页。

是她个人的，也是整个樱镇的，或者说，这种悲剧也不仅仅是樱镇的，更是整个中国的。贾平凹以尖锐的笔调和悲悯的情怀再一次敲响了警钟，带灯的等待终于落空，可是萤火未灭，我们依然满怀期待。

（原载《当代作家评论》2013 年第 6 期）

比较研究

BIJIAO YANJIU

评贾平凹的《带灯》及其他

陈众议

一、写给未来的小说

《带灯》是一部写给未来的小说。首先，它展现的是一卷令人心酸且行将消失的图景：一个管辖着数十村寨的大镇在一天天失去传统，人们像断线的风筝随风飘荡。问题是，"不识庐山真面目，只缘身在此山中"，我们的"在场"使我们对这一现实视而不见。"高速路没有修进秦岭，秦岭混沌着，云遮雾罩。高速路修进秦岭了，华阳坪那个小金窑就迅速地长，长成大矿区。大矿区现在热闹得很，有十万人，每日里仍还有劳力和资金往那里潮。这年代人都发了疯似地要富裕，这年代是开发的年代。"这是《带灯》的开场白，它所对应的真实早被当作"司空见惯浑闲事"而被我们熟视无睹了。可见我们的"在场"是必须加引号的。唯有贾平凹的在场才是真正的在场！

于是，《带灯》让我想到了《飘》。

（一）

和《飘》一样，从某种意义上说，《带灯》也是一部"保守"的小说。它不仅看到了开发年代的另一张面孔：它的疯狂，它的贪婪，而且看到了正在被背弃的传统。更为重要的是这两者都不仅是短暂的、偶然的、间或的，而且是十分理性的、义无反顾的、一往无前的。

众所周知，文明笼统说来是在与本能和欲望的斗争中逐渐形成并不断前进的，但作为它的精神旗帜，理性恰恰不仅是抑欲的，它同时也可能使欲望的船儿扬帆，甚至配备上"核动力"。用老子的话说，这叫作"彼亦一是非，此亦一是非"。然而，贾氏作品最重要的一点，或许恰恰就是我们"在场"中人最易忽略的乡情。说到乡情，或许读者想到的首先是"家书抵万金"之类的古诗文。

遗憾的是，此乡情非彼乡情。何也？且容我慢慢道来。

先说贾平凹的《带灯》和他之前的《秦腔》及《高兴》构成了一个奇妙的"三部曲"。这当然不是一般意义上的"三部曲"。他的这个"三部曲"是有共时性的，它们共同见证了传统意义上的乡土或故乡正在快速淡出我们的视线，其现实干预精神和理性叙事色彩是贾氏以往其他作品所不能企及的。

比如，中华民族及其民族认同感多半建立在乡土乡情之上。这显然与几千年来中华民族的文化发展方式有关。从生产事业看，中华民族是农业民族。中华民族故而历来崇尚"男耕女织""自力更生"。由此，相对稳定、自足的"桃花源"式小农经济被绝大多数人当作理想境界。正因为如此，世界上没有第二个民族像中华民族这么依恋故乡和土地。[1] 而农业民族往往依恋乡土，必定追求安定、不尚冒险。由此形成的安稳、和平的性格使中华民族大大有别于游牧民族和域外商人。反观我们的文学，最撩人心弦、动人心魄的莫过于思乡之作。"昔我往矣，杨柳依依；今我来思，雨雪霏霏"（《诗经·小雅·采薇》），"露从今夜白，月是故乡明"（杜甫《月夜忆舍弟》），"举头望明月，低头思故乡"（李白《静夜思》），"春风又绿江南岸，明月何时照我还？"（王安石《泊船瓜州》），等等。如是，从《诗经》开始，乡思乡愁连绵数千年而不绝，其精美程度无与伦比。当然，我们的传统不仅于此，经史子集、儒释道、仁义礼智信和温良恭俭让等都是中华传统文化的组成部分。而且，这里既有六经注我，也有我注六经；既有入乎其内，也有出乎其外，三言两语断不能涵括。但是，《带灯》《秦腔》《高兴》三部作品记下了令人绝望的一幕。它们同《商州》《浮躁》《高老庄》等作品一脉相承，但主题更鲜明，内容更集中。"樱镇……除了松云寺外，竟然还有驿站的记载。"[2] 虽然寺庙早已毁坏，但见证它曾经辉煌的老松树还残存着。此外，樱镇"曾是秦岭里三大驿站之一，接待过皇帝，也寄宿过历代的文人骚客，其中就有王维苏东坡"。而现如今呢，"街面上除了公家的一些单位外，做什么行当的店铺都有。每天早上，家家店铺的人端水洒地，然后抱了笤帚打扫，就有三五伙的男女拿着红绸带子，由东往西并排走，狗也跟着走"，但这样的恬静被迅速打破了，盖"大工厂的基建速度非常快，工地上一天一个样"，而镇上的农民因为土地等问题不断上访。这是《带灯》所铺陈的主要内容，也是其同名人物得以成就的基础。而《秦腔》或可谓《带灯》的前奏。《秦腔》赖以展示的情景

---

① 柏杨：《中国人史纲》，中国友谊出版社2001年版，第21—50页。

② 贾平凹：《带灯》，人民文学出版社2013年，第21页。

同样是一个小镇，或者小镇上的一条叫作清风的街。"清风街是州河边上最出名的老街。"街上还有戏楼，楼上有三个字：秦镜楼。"戏楼东挨着魁星阁，鎏金的圆顶是已经坏了，但翘檐和阁窗还完整。"在过去的多少年间，这里的人们日出而作，日落而息，民风淳朴，秦腔铿锵。但时移世易，转眼间青壮外流，秦腔式微，空留下一条老街和一群遗老遗少，就连为街坊邻居办丧事都凑不齐吹唱和抬棺的人了。《高兴》的故事虽然发生在西安的一个城中村里，但主人公刘高兴却是来自清风镇的"农民工"。如此，小说与《秦腔》和《带灯》构成了巧妙的呼应，从而反观了农村的变迁、乡土的消逝。

至于这三部小说的叙事策略上的有机关联，则容后再说。

再比如，随着现代化进程的加快，传统意义上的乡土情怀、古道热肠正在与我们的生活渐行渐远，麦当劳和肯德基，或者还有怪兽和僵尸、哈利·波特和变形金刚正在成为全球孩童的共同记忆。年轻一代的价值观和审美取向正在令人绝望地全球趋同。四海为家、全球一村的感觉正在向我们逼近；城市一体化、乡村空心化趋势不可逆转。

这不由得让我想起鲁尔福笔下的万户萧疏，想起了马尔克斯的童年记忆是如何褪色发黄枯萎成老弱病残和满眼萧瑟的。正所谓"春江水暖鸭先知"，与美国毗邻的拉丁美洲的作家的敏感和抵抗令人感佩。如今，他们的持守和担忧正以别样的方式在我国文坛大现端倪。

我始终认为中国需要伟大的作家对我们的农村作史诗般的描摹、概括和美学探究。老实说，除了《艳阳天》和《金光大道》等"革命浪漫主义"小说外，传统意义上的农村——这个中华民族赖以衍生的摇篮，还远未得到文人骚客的正视和描摹。然而，它却正在离我们远去，而且将一去不返矣。眨眼之间，我们已经失去了"家书抵万金""逢人说故乡"的情愫，而且必将失去"月是故乡明"的感情归属和"叶落归根"的终极皈依。

俗话说："跑掉的鱼大，死了的娃好。"一如自然界候鸟对故土的感情，人类诸多史诗般的迁徙所留下的魂牵梦绕，也常常源自无尽的相思乡愁。总之，《带灯》《秦腔》和《高兴》从不同的角度道出了我们的悲哀，这种悲哀必将在不远的将来演化成绝唱。它将超越"力拔山兮气盖世"（项羽《垓下歌》）者的奈若何，因为那毕竟只是个人的悲剧；也将超越"曾歔欷余郁邑兮，哀朕时之不当"（屈原《离骚》）的怆怆然，因为那毕竟只是中华民族局部的、暂时的悲剧。贾平凹给出的，则或将是中华民族告别千年传统的一曲绝唱。盖因延续了几千年的农业文明一夜之间被工业文明，甚至后工业文明所取代。而这个过程，西方用了几百年才完成。

（二）

和《飘》不同，《带灯》不是一部"好看"的小说。《飘》犹如《离骚》，充其量是美国局部（说穿了是南方）传统的消失。是的，《飘》以美国南北战争为背景，描述的男女主人公因战事而分离的故事。它的"保守"具有明显的政治倾向：叹惋一去不复返的南方传统。问题是：郝思嘉的爱情故事遮蔽了作品关于南方传统的描述。《带灯》则不同，它喟叹的是中华民族的传统——我们的乡土正以某种加速度产生着变化。而改革何尝不是一场战争？它规模空前，没有人能置身事外。但不改革也是死路一条。这就是我们面临的两难选择，也是我们的最大悲剧。当然，悲剧不仅仅是我们的，它也是全人类的。用我们古人的话说，"城门失火，殃及池鱼"，"覆巢之下，安有完卵"。远的不说，与西方现代化结伴而生的就不仅仅是财富，还有一次比一次深重的灾难。

回到贾平凹的作品，我的问题是：如果说阳光下没有新鲜事物，那么对生活、爱情等何以长写不尽？如果说阳光下充满了新鲜事物，那么文学何以万变不离其宗？阳光下无论有无新鲜事物，都只是相对而言。这颇似文学经典的异同。一方面，文学经典是有共性的，但它们往往又彼此不同、各有千秋。一切文学原理学和一切严格意义上的文学史都在探询它们的异同，但又每每纠结于它们与生活的变迁及生活本质的异同难分难解。当然这并不是说文学除了对应生活，别无他法。文学有一定的自我发展规律，也即所谓的"内规律"，但较之生活本身对文学的影响而言，它的作用微乎其微。

所罗门说过，"你要看，而且要看见"。我们却不然。对周遭现实，我们常常视而不见，听而不闻；或者有眼无心，有耳无情，且人如其面，面面不同。同样的现实，我们甚至可能对之闭目塞听。贾平凹的高度在于他不仅看了，而且看见了，甚至写到了。三部小说都有后记，而这些后记都见证了作家的良知，而这良知不仅来自浓浓的乡情，也同样来自比乡情更为深广的艺术直觉。贾平凹是极少数可以不时地与农民同吃同宿的作家之一。

当下、在场是他最大的财富，也是他最大的苦闷。在《秦腔》后记中贾平凹说："我站在老街上，老街几乎要废弃了，门面板有的还在，有的全然腐烂，从塌了一角的檐头到门框脑上亮亮的挂了蛛网，蜘蛛是长腿花纹的大蜘蛛，形象丑陋，使你立即想到那是魔鬼的变种。街面上生满了草，没有老鼠，黑蚊子一抬脚就轰轰响，那间曾经是商店的门面屋前，石砌的台阶上有蛇蜕一半在石缝里一半吊着。张家的老五，当年的劳模，常年披着褂子当村干部的，现在脑中风了，流着哈喇子走过来。"①

《高兴》后记相较贾平凹其他作品的后记最长，记录了小说从创作动因到人物、素材、构思等一系列过程。但最重要的依然是贾平凹的那一份设身处地的情怀。"如果我不是一九七二年以工农兵上大学那个偶然的机会进了城，我肯定也是农民，到了五十多岁了，也肯定来拾垃圾，那又会是怎么个形状呢？这样的情绪，使我为这些离开了土地在城市里的贫困、卑微、寂寞和受到的种种歧视而痛心着哀叹着，一种压抑的东西始终在左右了我的笔。我常常是把一章写好了又撕去，撕去了再写，写了再撕，想为什么中国会出现打工的这么一个阶层呢，这是国家在改革过程中的无奈之举、权宜之计还是长远的战略政策，这个阶层谁来组织谁来管理，他们能被城市接纳融合吗？进城打工真的就能使农民富裕吗？没有了劳动力的农村又如何建设呢？城市与乡村是逐渐一体化呢还是更加拉大了人群的贫富差距？我不是政府决策人，不懂得治国之道，也不是经济学家有指导社会之术，但作为一个作家，虽也明白写作不能滞止于就事论事，可我无法摆脱一种生来俱有的忧患，使作品写得苦涩沉重。"②

贾平凹为《带灯》所作的后记更为明晰地印证了我的感觉：贾平凹的文字放浪不羁，但他的内心却孤寂惆怅。"几十年的习惯了，只要没有重要的会，家事又走得开，我就会邀二三朋友去农村跑动，说不清的一种牵挂，是那里的人，还是那里的山水？"平凹如是说。同时他又说："我的心情不好。可以说社会基层有太多的问题，就如书中的带灯所说，它像陈年的蜘蛛网，动哪儿都落灰尘。这些问题不是各级组织不知道，都知道，都在努力解决，可有些能解决了有些无法解决，有些无法解决了就学猫刨土掩屎，或者见怪不怪，熟视无睹，自己把自己眼睛闭上了什么都没有发生吧，结果一边解决着一边又大量积压，体制的问题，道德的问题，法制的问题，信仰的问题，政治生态问题。"

但是，这些问题归根结底是现代化的问题，是人类何去何从的问题。贾平

---

① 贾平凹：《秦腔》，作家出版社2012年版，第562页。
② 贾平凹：《高兴》，作家出版社2007年版，第430页。

凹在进行着史诗般的记叙，这需要艺术洞识力或艺术无意识，其史诗般的悲壮只有在我们彻底丧失千年乡土或故乡之际才会千百倍地凸显出来。总的来说历史的车轮滚滚向前，又有几个能在如此快速行进的车厢里看清逝去或即将逝去的景物呢？

顺便提一句，和贾平凹的许多小说一样，在我看来《废都》也曾是一部写给未来的小说。曾几何时，它是多么哗众取宠、令人费解。然而，在今人看来，它却是那么真实。爱情被爱性所消解，其丑态在带灯式柏拉图主义面前显得尤为不美。确实，《废都》具有某些自然主义的不美。善意地看，那是因为萌芽中的实际不美、现象不美，而萌动于人们体内的自由精神及其被压抑了几千年的性欲恰是如此强烈。时至今日，这倾向于动物本能的强烈欲望和不美在某些地方、某些群体中演化成了常态。而小说中的唯一大美或许就是那些多少有些不经意的调侃性省略，它们像画中留白，或可使道学家视之为大淫、经学家视之为无极、美学家视之为不雅、后学家视之为"互文"（也即与《金瓶梅》、与历史、与社会、与庄之蝶的讽刺性对应，甚至呈现"大音希声""大象无形"的返祖性后文化哲学）。

二、理想主义的挽歌

西方人文学者在一定程度上形成了共识，谓古典主义替过去写作，现实主义替今天写作，浪漫主义替未来写作。诚然，主义都是相对的，说××作家作品是××主义则常有削足适履之嫌。同时，针对某种主义，人们往往也是见仁见智、因人而异、因时而易的。譬如，在现实主义被定为一尊之前，司汤达就认为浪漫主义是为今人服务的艺术，"这种文学作品符合当前人民的习惯和信仰，所以它们能给予人民最大的愉快"。[①]而今，人们却常拿浪漫主义与理想主义相提并论。如是，说贾氏作品指向未来，并富于理想主义情怀，也许未必有人相信。鉴于前面已经说到贾氏作品的未来指向，那么接下来就说说他的理想主义吧。其实，两者一而二、二而一，相辅相成。然而，贾平凹是如何对未来事物进行有根据的合理想象或希望的呢？

《现代汉语词典》（第七版）对理想的界定是："对未来事物的想象或希望（多指有根据的、合理的，跟空想、幻想不同）。"贾平凹正是用理想主义为理想

---

① 司汤达：《拉辛与莎士比亚》，见《欧美古典作家论现实主义和浪漫主义》，王道乾译，中国社会科学出版社1981年版，第78页。

主义唱响了挽歌。此话乍听像悖论。为释诡辩之嫌，我不妨简而言之：

（一）带灯作为审美理想人物存在

首先，带灯作为同名小说的主人公，长得十分漂亮。虽然作者并未像传统浪漫主义写手那样直接描绘带灯的美丽，却间接地，抑或假借人物之口不断提醒读者，她是个绝色美人儿。"接待她的是办公室主任白仁宝……说，你太漂亮。"她的房间"先安排在东排平房的南头第三个，大院的厕所又在东南墙角，所有的男职工去厕所经过她门口了就扭头往里看一眼，从厕所出来又经过她门口了就又扭头往里看一眼"。那么，这样一个美人儿与未来事物有根据的合理想象关系安在？自然在于她的靓丽和高洁与这一方已然浑浊昏暗的水土格格不入，她不属于这个世界、这个时代。她虽然每天都看新闻联播和天气预报，却患有夜游症，而且夜游时能如"捉鬼"的疯子飞檐走壁。她爱吹令人心碎的埙。她对镇书记总是敬而远之。她的清高与书记的粗鄙形成反差（"他是一上车就睡，睡着了就放屁，但从不让开车窗"）。她的存在每每被棘手难堪的环境所反衬。她写给元天亮（其象征意义不言自明）的信体现了她不与时俱进的孤芳自赏和一段柏拉图式的精神之恋。且不说这镇上人人都长虱子（带灯的助理竹子就此想起了《红楼梦》中焦大指贾府只有门口的那对石狮子是干净的，而樱镇则只有她俩没长虱子）。有关人等还好一口红炖胎盘、整烧娃娃之类，带灯见状，只顾一个劲儿地"胃里翻腾，喉咙里咯儿咯儿地响"。至于那些上访者的上访因由和言行，简直是五花八门，根本不是带灯可以理解和调停的。小说的主要内容和篇幅便是带灯及其领导的维稳办干事竹子与各色上访者的周旋。

其次，反过来看，带灯并不古板。恰恰相反，她是樱镇最时尚的女性，代表了樱镇的"发展方向"。从到任的第一天起，她便发誓既不靠相，也不靠变成男人婆获得"进步"。她在镇政府安顿住下后，"偏收拾打扮了一番，还穿上高跟鞋，在院子的水泥地上噔噔噔噔地走"。镇长对她施行潜规则，她毫不含糊地警告他说："你如果年纪大了，仕途上没指望了，你想怎么胡来都行。你还年轻，好不容易是镇长了，若政治上还想进步，那你就管好你！"对于她那个俗气而又不肯洗澡的丈夫，她的精辟在于遵循"好丈夫标准是觉得没有丈夫"。同时，她把希望寄托在遥不可及，也压根儿不想触及的元天亮身上。她将信中的元天亮比作神，将自己比作庙，说"你是我在城里的神，我是你在山里的庙"。这很美，但她并没有见他的欲望。她那是在自说自话，她需要自说自话，因为她知道

"当一块砖铺在厕所里了它被脏水浸泡臭脚踩踏，而被贴上灶台了，却就经主妇擦拭得光洁锃亮。砖的使用由得了砖吗？"。当然，她这是极而言之，若与孟夷纯加在一起，那么她写给元天亮的便是中国版的"一个陌生女人的来信"。

（二）带灯如西绪福斯

在希腊神话中，西绪福斯骗过死神塔纳托斯，故而没有按时进入黑暗的冥国，后来虽然进了冥国，却想方设法逃避向冥王哈得斯献祭，结果被判将滚石推上陡峭的高山。然而，每当他用尽全力，眼看就要将巨石推到山顶时总功亏一篑，石头滑脱，滚下山来。这样周而复始，了无休止。带灯的工作也是如此：明知不可为而为之。社会转型和城镇化进程所催生的各种矛盾和利益纠葛在樱镇滋生、发酵，调解、阻止，再滋生、再发酵，没完没了。而她"又能解决什么呢，手里只有风油精，头疼了抹一点，脚疼了也抹一点"[①]。

贾平凹对她及如她者的看法是："他们地位低下，工资微薄，喝恶水，坐萝卜，受气挨骂，但他们也慢慢地扭曲了，弄虚作假，巴结上司，极力要跳出乡镇，由科级升迁副处，或到县城去寻个轻省岗位，而下乡到村寨了，却能喝酒，能吃鸡，张口骂人，脾气暴戾。所以，我才觉得带灯可敬可亲。"[②]

（三）理想的否定之否定

然而，带灯终究是个文学人物，也正因为如此，她才那么漂亮，那么不同凡响。因此，我以为她只能属于未来，属于理想。与《废都》《白夜》中的女性不同，带灯不仅外表美丽，而且颇具性格魅力，或许只有《秦腔》中的白雪和《高兴》中的孟夷纯堪与媲美。然而，白雪对男主人公"我"而言只是个遥不可及的存在，而孟夷纯的妓女身份又多少限制了她成为贾平凹理想主义的审美典范。尽管后者沦落风尘乃事出有因，甚而被逼无奈，但作者并未给予这个人物以足够的戏份。况且类似风尘女子古来流传良多；西方小说中也大有其人，雨果的芳汀和托尔斯泰的玛斯洛娃均堪称经典。读者早将同情和怜悯分给了芳汀、玛斯洛娃。

带灯则不然。首先，她是小说的唯一主人公。她的名字颇具象征意义。带灯原名萤，因"萤虫生腐草"之虞而易名带灯，取黑暗中自明之意。她的美丽与超脱同脏乱和下旋的环境形成了强烈的反差。然而，贾平凹作品中的人物并未如浪漫主义那样被描写成极善极恶之人。他们不会好，好得令人神摇意夺、

---

① 贾平凹：《带灯》，人民文学出版社2013年版，第358页。

② 贾平凹：《带灯》，人民文学出版社2013年版，第358页。

捶胸顿足不能自已；也不会坏，坏得让人咬牙切齿、欲灭之而后快。带灯的理想光环几乎似萤火虫般幽暗。她偶尔也会吵架骂人抽烟喝酒，会"移情别恋"，甚至还在内衣中发现了两个虮子，从此也便有了虱子。贾平凹心知肚明，一切抽象的"善"与"恶"都是毫无意义的。说人性本善，可以列举无数佐证；同样，说人性本恶，也可以有 N 种指向性善论的反证。人性如是，既有社会性，也有动物的基本根性。贾平凹的高度就在于他回避在特定语境之外先入为主地评判世界及其人物。就说带灯对元天亮的一厢情愿，与其说是爱情，毋宁谓之自语。她在黑暗中萤火虫似的（她原名萤）把自己顽强地照亮，体现的是一种众人皆醉我独醒、出污泥而不染的自傲与自爱。元天亮则远非浪漫主义小说中的白马王子，他是带灯的道具，故而对带灯的表白既没有反应，也没有任何因因而果。

其次，《带灯》的叙事方法使带灯的形象难以闪光，至少在当下这样一个浮躁的阅读环境里。盖因阵阵风过，卷起的往往是尘埃，金子却极易被埋没。

但带灯是金子，因此她属于未来，属于风过之后。诚如一切优秀的文学作品都具有预言的功能，带灯是这个狂躁时代的局外人，她像个孩子，可以整天整天地看蚂蚁搬家，其中的象征意味也是不言而喻的。"蚂蚁总是匆匆忙忙出来，出来都运着土，进去都叼着米粒、馍屑、草籽或高高地举着一些草叶。蚂蚁和人一样为了生计在劳作着，但带灯不明白的是这些蚂蚁窝前常常就一层死去的蚂蚁，是这个蚂蚁窝的蚂蚁抵抗了另一个蚂蚁窝来的入侵者吗，还是同一个蚂蚁窝里的蚂蚁内讧了，争斗得你死我活？"原型批评家弗莱说过，现代世界是狂奔逐猎的世界，"总有什么在催逼着你往前赶，越来越快，越来越快，致使你最终感到绝望。这种心态，我称之为进步的异化"。[①]但带灯天真归天真，她同时是一个高尚的人，一个脱离了低级趣味的人，一个有益于人民的人。于是，贾平凹在小说尾声中这样写着："顿时成群成阵的萤火虫上下飞舞，明灭不已。看着这些萤火虫，一只一只并不那么光明，但成千的成万的十几万几十万的萤火虫在一起，场面十分壮观，甚至令人震撼……带灯用双手去捉一只萤火虫，捉到了似乎萤火虫在掌心里整个手都亮透了，再一展手放去，夜里就有了一盏小小的灯忽高忽下地飞，飞过芦苇，飞过蒲草，往高空去了，光亮越来越小，像一颗遥远的微弱的星……就在这时，那只萤火虫又飞来落在了带灯的头上，同

_____

① 弗莱：《现代百年》，盛宁译，牛津大学出版社1998年版，第8页。

时飞来的萤火虫越来越多，全落在带灯的头上，肩上，衣服上。竹子看着，带灯如佛一样，全身都放了晕光。"

然而，贾平凹终究不是传统意义上的浪漫主义作家，他对带灯的描写是有节制的，否则人物也将很不可信；而且小说基本采取了平行叙述策略，人物性格的形成主要依靠内心独白（尤其是她给心仪男人的信）及层出不穷的共时性事件和其他人物的发散性观照。情节（尤其是故事）所需的历时性被尽量消解。这是在有限篇幅中容纳众多素材的必然之举，也是不得已而为之，其机巧与《病相报告》如出一辙，尽管叙述更直接、细节更铺张。同时，《带灯》的叙事策略既有意疏虞了情节，又似乎不屑于在观念和技巧上下功夫。它之所以如此这般，一方面是因为铺陈细节的需要，以便生生地留下目睹其现状；另一方面又何尝不是对现代主义小说的反讽，尽管结果是拔起萝卜带出泥，不仅有现代主义（用形式主义掩盖）的抽象性、共时性[①]，而且一不小心踩到了后现代主义漫不经心的碎片。换言之，这里既有无意识的间性，也有针对第一次→第二次→第三次浪潮（或前现代→现代→后现代）线性思维、线性逻辑的有意突围。因而作品的平行叙事策略既意味着整合，也兼有突破，甚至自我突破。所以，贾平凹的形式也是有意味的，尽管他曾明确否定"有意义的形式"。"《秦腔》《古炉》是那一种写法，《带灯》我却不想再那样写了，《带灯》是不适那种写法，我也得变变，不能在一棵树上吊死。那怎么写呢……几十年以来，我喜欢着明清以至 30 年代的文学语言，它清新，灵动，疏淡，幽默，有韵致。我模仿着，借鉴着，后来似乎也有些像模像样了。而到了这般年纪，心性变了，却兴趣了中国两汉时期那种史的文章的风格，它没有那么多的灵动和蕴藉，委婉和华丽，但它沉而不糜，厚而简约，用意直白，下笔肯定，以真准震撼，以尖锐敲击。"[②]

文风的变化与然否是另一个话题，容当另议。但我这里关心的是简约直白、肯定真准后面的几可谓共时性的反史诗性悲剧。而带灯所代表的好儿女的无望无如也并未使她成为悲剧人物，真正的悲剧是故乡，是乡土；同时也是

---

① 南帆在概括前现代、现代与后现代交织的国情时说："在南方的富庶与北方的干涸之间，在都市的繁华与乡村的贫瘠之间，在信息高速公路、电脑网络和镰刀、锄头之间，人们很难找到一个可以通约的公分母。"见《五种形象》，复旦大学出版社2007年版，第44页。

② 贾平凹：《带灯》，人民文学出版社2013年版，第361页。

作者，是读者，是我们面对千年乡土文化一朝消失的茫然怅然与悲悯绝望。而带灯在努力照亮自己的同时见证了这一不可逆转的历史性悲剧。在这个历史性悲剧面前，带灯又算得了什么？她（或谓她的原型，如果真有其人的话）替作者替读者看了，而且看见了。从这个意义上说，贾平凹并不指望将她塑造成千古不朽的人物。她既不是索福克勒斯或恩格斯或叔本华或鲁迅眼里的悲剧人物，亦非传统意义上的典型性格。她的光彩甚至远不及刘高兴。她的性格塑造缺乏相应的故事情节（或谓史诗性叙述）的渲染与推演。

三、不是结论的结语

当然，贾平凹并不缺乏讲故事的才能，但故事，甚至情节与生活细节两相权衡，他牺牲了前者（其中的是非得失值得讨论，而贾氏作品所铺陈的细节是否尚可提炼可擢升则另当别论）。张引生为白雪自我阉割，刘高兴为信义欲携尸还乡，等等，均不乏夸张，也不失为夺人眼球的设计。前者有白雪若即若离的映衬，后者有孟夷纯和五富等人物关系构成的相对丰腴的故事情节，尽管很大程度上那依然只是贾平凹虚晃一枪而已。他笔锋一转，真正的着力点仍指向了铺陈人物或人物群体的生活细节。《带灯》是自始至终的平铺直叙，连虚晃一枪都免了。唯一的悬念元天亮也因为有往无来而渐渐黯淡了。为说明取舍，贾平凹在《带灯》后记中这样写道："文学出现了前所未有的困境，其实是社会出现了困境，是人类出现了困境。这种困境早已出现，只是我们还在封闭的环境里仅仅为着生存挣扎时未能顾及，而我们的文学也就自愉自慰自乐着。当改革开放国家开始强盛人民开始富裕后，才举头四顾知道了海阔天空，而社会发展又出现了瓶颈，改革急待于进一步深化，再看我们的文学是那样的尴尬和无奈。我们差不多学会了一句话：作品要有现代意识。那么，现代意识到底是什么呢，对于当下中国的作家又怎么在写作中体现和完成呢？现代意识也就是人类意识，而地球上大多数的人所思所想的是什么，我们应该顺着潮流去才是。"[①]这至少牵涉三个问题：第一，何谓现代性？第二，谁是大多数？第三，谁主世界潮流？

关于第一个问题，西方过来人早有议论，他们对现代性或现代意识的疑窦和反思出现于19世纪，甚至更早。到了20世纪，两次世界大战使大部分国家

---

① 贾平凹：《带灯》，人民文学出版社2013年版，第360页。

生灵涂炭、满目疮痍，现代主义虽然走进了观念和技巧的死胡同，但其所表现的异化和危机却具有片面的深刻性（袁可嘉语）。而后现代主义则多少反其道而行之——娱乐至上、消解意义，虽然使文艺顺应了自由市场的游戏规则，但模糊了后发达或发展中国家的意识形态的相对独立性。根据马尔库塞的说法，真正的艺术是拒绝的艺术、抗议的艺术，即对现存事物的拒绝和抗议。换言之，艺术即超越：艺术之所以成为艺术，或艺术之所以有存在的价值，是因为它提供了另一个世界，即可能的世界，另一种向度，即诗性的向度。前者在庸常中追寻或发现意义并使之成为"陌生化"的精神世界，后者在人文关怀和终极思考中展示反庸俗、反功利的深层次的精神追求。① 但是，后来的文化批评家费斯克（《理解大众文化》）却认为，大众（通俗）文化即日常生活文化（也即所谓的"生活审美化""审美生活化"），其消费过程则是依靠文化经济自主性对意识形态霸权进行抵抗的过程。② 他们从不同的角度肯定了"严肃文化"和"通俗文化"的存在价值。显然，现实助费斯克战胜了马尔库塞。而后现代主义指向一切意义和宏大叙事的解构，为所谓娱乐至上的大众消费文化的蔓延提供了理论基础。于是，绝对的相对性取代了相对的绝对性。

关于第二个问题，王小波曾一语中的，谓"沉默的大多数"。如果拿金字塔作比附，那么毫无疑问人类的大多数便是被压在底层的。他们大都还在为生存权挣扎，何谈话语权?! 而"在安静的书屋里孕育翻天覆地思想"（海涅语）的西方文人从卢梭到尼采，再到斯宾格勒、奥尔特加·伊·加塞特、卡夫卡、弗莱到加西亚·马尔克斯、波兹曼，等等（这个群体可无限扩大），对现代化的意见也不尽相同，尽管总体上是保守的、否定的取法。

关于第三个问题，大多数人也许还不大关心。首先，世界是谁？它常常不是全人类的总和。往大处说，世界常常是少数大国、强国；往小处说，世界文学也常常是大国、强国的文学。这在几乎所有世界文学史写作中都或多或少有所体现。因此，世界等于民族这个反向结果一直存在，而非"民族的就是世界的"。只不过它从来没有像今天这样表现得清晰明了和毋庸置疑。盖因在跨国资本的全球化进程中，利益决定一切。换句话说，资本之外，一切皆无。而全

---

① 赫伯特·马尔库塞：《单向度的人——发达工业社会意识形态研究》，刘继译，上海文艺出版社2006年版。

② 费斯克：《理解大众文化》，王晓钰等译，中央编译出版社2001年版。

球资本的主要支配者所追求的利润、所奉行的逻辑、所遵从的价值、所代表的强国和它们针对弱国或发展中国家的去民族化、去本土化意识形态，显然与各民族的传统文化不可调和地构成了一对矛盾。

总之，资本逻辑与技术理性合谋，并与名利制导的大众媒体及人性弱点殊途同归、相得益彰，正推动世界一步步走向跨国资本主义这个必然王国，甚至自我毁灭。于是，历史必然与民族情感的较量愈来愈公开化、白热化。这本身构成了更大的悖论、更大的二律背反，就像早年马克思在面对资本主义及其发展趋势中所阐述的那样。君不见人类文明之流浩荡？其进程确是强制性的，不以人的意志为转移。不宁唯是，强势文化对弱势文化的压迫性、颠覆性和取代性来势汹汹，本质上却难以避免。这一切古来如此，在可以预见的未来仍将如此，就连形式都所易甚微。这在"全球化"时代更是显而易见。而所谓的"全球化"，说穿了是全球跨国资本主义化。然而，我国文坛却提前进入了"全球化""娱乐至死"的狂欢，或轻浮或狂躁，致使伪命题及去心化现象比比皆是：文学语言简单化（却美其名曰"生活化"）、卡通化（却美其名曰"图文化"）、杂交化（却美其名曰"国际化"）、低俗化（却美其名曰"大众化"），等等，以及工具化、娱乐化等去审美化、去传统化趋势在网络文化的裹挟下势不可挡。

当然，我并不否定"全球化"或跨国资本主义化是人类社会发展的必然一环，即资本在完成地区垄断和国家垄断之后实现的国际垄断。它的出现不可避免，而且本质上难以阻挡。马克思正是在此认知上预言了"全世界无产者联合起来"：不分国别、不论民族，为了剥夺的剥夺，向着资本和资本家开战，进而实现人类大同——社会主义。但前提是疯狂的资本逻辑和技术理性让世界有那么一天（用甘地的话说："世界足够养活全人类，却无法满足少数人的贪婪。"）；前提是我们必须否认"存在即合理"的命题，并且像马克思那样批判资本主义。这确乎是一种明知不可为而为之，但若不为，则意味着任由跨国资本及其现代化毁灭家园、毁灭世界。

正是在这样的语境中，贾平凹实现了他不同寻常的文学价值、精神价值。他为中华民族的故乡情怀和乡土意象所唱响的挽歌非但带灯，而且是带血带泪带疼的。

（原载《当代作家评论》2013 年第 3 期）

批判、忏悔与行动

——贾平凹《带灯》、乔叶《认罪书》、陈映真《山路》比较

李　勇

大约从 20 世纪 90 年代开始，中国的社会转型明显加速。如果说 20 世纪 80 年代以"改革文学"为代表的社会转型叙事仍然洋溢着某种积极、乐观的理想主义的气氛的话，那么 20 世纪 90 年代以来的社会转型叙事已经转而在表达一种不无激烈的批判，从"现实主义冲击波"到"底层写作"，莫不如此。虽然这种以社会批判为主的文学在历史理性、人文关怀、艺术性等方面都受到过不同程度的争议和批评①，但不可否认的是，社会转型叙事自身也在争议和批评中成长——当我们不无感慨地谈论起 20 世纪 80 年代的《人生》《平凡的世界》，甚至 20 世纪 90 年代的《白鹿原》《废都》时，我们不应该忘记，新世纪以来我们也已经拥有了《秦腔》《额尔古纳河右岸》等，它们之于我们置身的这个时代，正如《人生》之于 80 年代，都是具有标志性的，从而也是无可替代的。当然这并不是说我们当下的文学不存在问题，恰恰相反，它们问题很多，尤其是当作家置身于剧烈的社会转型从而无比急切地关注着时代的问题的时候，源于思想的、生活积累抑或艺术的某种欠缺，他们的写作也暴露着各种各样的问题。这些"问题"，如果用一种比较的眼光去辨别和审视，可能会变得更加明显；它们不仅体现于一般的写作者，也体现于那些优秀的、重要的作家，从而显现着这些"问题"的深固与普遍。那么，这些"问题"到底有哪些？对于社会转型期的文学发展来说，它们是否是可以克服的？

---

① 参见童庆炳、陶东风：《人文关怀与历史理性的缺失——"新现实主义小说"再评价》，载《文学评论》1998 年第 4 期；洪治纲：《底层写作与苦难焦虑症》，载《文艺争鸣》2007 年第 10 期。

在这里，我们择取了三个作家的三部作品——贾平凹的《带灯》、乔叶的《认罪书》、陈映真的《山路》——力图以小见大对以上问题作一管窥。这三个作家中，贾平凹和乔叶来自大陆，一个是成名已久的"老作家"，一个是"青年作家"（乔叶，1972年生，初写散文，新世纪之后开始创作小说）；陈映真则来自中国台湾。他们的三部作品虽诞生于不同的时空之下，但是都直面了"社会转型"这一共同的课题，从而具有极大的可比性。同时因为三个作家之间年龄的、地域的差别，他们的作品所展现出来的异同也给我们带来更多的启示。

一

新世纪之后，贾平凹一改20世纪90年代对中国农村的象喻式书写（《土门》《高老庄》），开始直面一种他似乎一直不愿正视的现实：乡村颓败。《秦腔》（2005）如果说是表达他首次直面"颓败"时的一种彷徨和失落，那么《带灯》（2013）则在这种彷徨和失落之外更增加了一种有力度的批判——《秦腔》是通过对人物与情节的淡化完成了对"颓败"的全景式扫描，《带灯》则是通过凸出人物（带灯）和情节（矽肺病事件、上访事件等）对"颓败"进行了一次近距离的观察与分析，二者是感性与理性、哀怨与愤怒的差别。这样一种变化，对贾平凹来说是殊为不易的。因为自进入20世纪90年代之后，他便为一种悲怆的情绪所控制——《废都》（1993）呈现了一个连灵魂都已"破碎"了的作家自我①，《秦腔》则是直接为将逝的故乡"树一块碑子"②。但这样一个悲伤难抑的主体是无法进行真正的批判的，所以那时的他主要还是在抒情。而《带灯》却开始了理性的批判，作家将视线深入到了秦岭深处的一个乡镇（樱镇），通过主人公带灯那双"综治办主任"的眼睛全面展现着一个与《秦腔》里颓败但还算平静的清风街已不甚相同的农村。

事实上也可能并没有什么不同，只是因为作家站的方位不同了，视线便有了不同。写《带灯》之时，贾平凹与农村的现实，与带灯原型及其所在的生活有

---

① 贾平凹：《废都》，北京出版社1993年版，第527页。
② 贾平凹：《秦腔》，作家出版社2005年版，第566页。

着更密切的接触①；而写《秦腔》时，他虽也是一次次返乡，但或许是因为过于熟悉，也或许是感情过于强烈，他看起来倒更像是一个来去匆匆的"归客"，虽忧戚满怀，于现实的观察上却不免走马观花。所以，《秦腔》最终呈现出来的作家更多地是在摇头、叹息和怅惘，而《带灯》里的他则开始了认认真真的分析和研究：基层权力的异化，官民对立，底层的晦暗和芜杂，等等。

但对《带灯》里的这种"分析和研究"仔细来看的话仍然是不够的。在小说中，主人公带灯是展开这种"分析和研究"的主要凭借，她被作家安排从城市下到乡镇，深入中国基层权力结构的内部，从一个"当事人"的角度去体验、观察和分析乡村面临的问题。但随着带灯最后陷入迷乱，这种"分析和研究"实际上也就停止了。带灯的迷乱，从精神状态上来看就是对自我内心世界的一种耽溺，这种耽溺其实早就开始了，那就是小说中被一再渲染的带灯的"小资"。"小资"的带灯与作为乡村现实的"改造者"②的带灯是小说中带灯展现给我们的两副面孔：前者任情任性、自由洒脱（身为有夫之妇仍追求真爱，流落穷乡僻壤却心向高处，爱大自然、爱文学、爱独处、又爱远足）；后者则焦虑沉重、抑郁寡欢。与积极入世地干预乡镇日常事务的公共化的"改造者"带灯不同，常常遁入自我精神世界的"小资"带灯可以说是私人化、自我化、隐秘而超脱的。但这个"小资"带灯在小说中却是被浓墨重彩加以表现的——从她甫到樱镇便拒绝剪短发③，到陷入对元天亮的暗恋写那一封封热情洋溢的"给元天亮的信"，这些彰显其自由心性的叙述始终在小说中占据着醒目的比重。而到了最后，带灯终于被压垮陷入精神迷乱，那实际上完全可以看作是"小资"带灯以一种极致化的方式实现了对"改造者"带灯的全覆盖。因为带灯的"小资"乃是她抗拒其在干预乡镇工作受挫时的压力的一个"避风港"，当这种压力越积越多而终于使她崩溃时，精神世界中的那个自我化、私密化的"避风港"也便膨爆成了她精神

---

① 在《带灯》后记中，作家详细介绍了他去农村走动，参与处理老家"特大恶性群殴事件"，跟随带灯原型"走村串寨"，收获她发的短信、寄的乡镇工作材料等。参见贾平凹《带灯》后记，人民文学出版社2013年版。

② 带灯的理想化和正义感使得她在小说中既是一个对现实的批判者，又是一个凭借有限的权力和能力使她所处的那个乡村世界往更公平、正义和有人情味的方向发展的改造者，小说中"学中医"这一细节似乎是对带灯这方面品质的一种隐喻。

③ 丈夫建议带灯为了乡下工作方便剪短发，却被带灯拒绝了："我就不剪！"。参见贾平凹：《带灯》，人民文学出版社2013年版，第15页。

世界的全部——精神失常。

　　这样的一个有着两副面孔的带灯乃是作家本人某种心意和愿望的投射，带灯的两副面孔映照着作家本人的两个人格层次[①]：一个是怀有救世理想的道德的"超我"（"改造者"带灯），一个是具有审美意趣和生活情趣的艺术的"本我"（"小资"带灯）。而这两者之中，从前面的分析可以见出，后者是更深固且居于主导地位的，就像小说中带灯在写给元天亮的信里说的那样——"我的工作是我生存的需要，而情爱是我生命的本意"。带灯如此，由作品所展现出来的作家本人也是如此：他的本意是要借由带灯去往现实的深处，去观察、分析乡村世界乃至转型期中国所面临的问题（当然他在一定程度上也做到了），但是当他真正面临了那些复杂的、积重难返的问题并感到压抑和绝望的时候[②]，他没有有意识地去克服这种消极情绪，进一步调动自己的理性和毅力去观察、分析和研究那些问题，而是转而回到了他原先更为熟悉，也更为得心应手的一种写作方式：写情感、写意趣——如日常生活、古典意味的爱情、乡情野趣、乡风乡俗，以及它们共同烘托出的一种古心古意、古色古香的乡土文化氛围等。那样的一种凝聚了作家才情和意趣的乡土文化氛围依然是整个小说（其实也是几乎所有贾平凹的小说）最富个性和魅力的部分，但写作它们对作家来说实际上并不具有太大的挑战性——尤其与深入调查研究，进而更全面、更深刻地表现现实相比。

　　所以《带灯》这部小说整个地看来，它的初衷也许是要写现实、记录历史，但实际上它最终更多地却是在写自我，即作家自我：首先是性情（情趣）自我

---

① 　此处借鉴西格蒙德·弗洛伊德的人格理论，他将人格分为三部分：本我、自我、超我。本我由遗传的本能和欲望构成，受唯乐原则支配；自我是"外部世界的代表、现实的代表"，遵循唯实原则；超我是人性中高级的、道德的、超个人的方面，即"自我典范"。参见西格蒙德·弗洛伊德：《弗洛伊德后期著作选》，林尘等译，上海译文出版社2005年版，第169—190页。

② 　"可我通过写《带灯》进一步了解了中国农村，尤其深入了乡镇政府，知道着那里的生存状态和生存者的精神状态。我的心情不好。可以说社会基层有太多的问题，就如书中的带灯所说，它像陈年的蜘蛛网，动哪儿都落灰尘。这些问题不是各级组织不知道，都知道，都在努力解决，可有些能解决了有些无法解决，有些无法解决了就学猫刨土掩屎，或者见怪不怪，熟视无睹，自己把自己眼睛闭上了什么都没有发生吧，结果一边解决着一边又大量积压，体制的问题，道德的问题，法制的问题，信仰的问题，政治生态问题和环境生态问题，一颗麻疹出来了去搔，逗得一片麻疹出来，搔破了全成了麻子。"参见贾平凹：《带灯》，人民文学出版社2013年版，第357—358页。

（展现于"小资"带灯），其次是道德自我（展现于"改造者"带灯）。但不管是性情（情趣）自我还是道德自我，它们其实都是缺乏历史感和批判力的，尤其是道德自我，因为道德终须是落实于行动而非言语的，而随着小说中带灯因受挫而陷入迷乱，行动也便走向终止了的时候，其道德自我更彰显出了它的可疑——真正的"改造者"不会稍一受挫便走向自我的内心世界，走向迷乱，带灯的表现只能证明她的脆弱。带灯的脆弱其实所折射的是贾平凹的脆弱，这种"脆弱"在庄之蝶（《废都》）、高子路（《高老庄》），其至刘高兴（《高兴》）身上都能见到——这些人物身上大致而言都有着共同的一点，即对所处外部环境的抵触和因这抵触而致的颓唐易折的悲剧性命运①。这些人物的这种人生态度和命运所折射的其实是贾平凹近二十年面对社会转型一直以来的焦虑、悲怆心境。

那么，为什么会发生这种写作的偏移呢？除了作家的趣味、写作惯性等因素外，更重要的一个方面可能是贾平凹并没有真正地走进现实和历史的深处，去更深入更全面地调查、分析和研究，所以他也就没有足够的能力让带灯在干预现实的道路上走得更远，最后只能走向他自己最擅长的写作路径（写意趣、写风物）。那么他为什么不能更深入地走进现实呢？答案或许就在带灯身上。带灯太高尚、太纯净了，她怀抱救世之心，对芸芸众生施以悲悯，但她却站得太高——她与她试图拯救的那个世界在精神层面上一直都是超离的，她的"小资"正是这种超离的表现，这实际上也是她最终陷入迷乱的根源。而这样的带灯所映照的其实就是作家自己。不过，相对于贾平凹之前的创作，《带灯》的历史价值仍然是值得称道的，诸如上访、刑讯逼供、械斗等描写都令人印象深刻。但如果作家能把精神姿态降低，更深入地走进现实，那么它在描写现实、记录历史方面肯定会做得更好。

二

《带灯》最大的问题不在于它没有反映现实，而是在于它反映现实时所表现出来的作家精神姿态，这种精神姿态之于外部世界所显露出来的是一种淡漠，之于作家自我则是一种自怜和自恋。真正的批判力不是来自对自我道德和人格的标榜与展示，而是来自对现实和历史的深入观察与反思，而且这种观察

---

① 庄之蝶自不用说；刘高兴虽努力进取，但终不免背着同伴五富的尸体凄惶返乡；高子路身上的悲剧性似乎稍弱，但他弃乡返城的选择从心境上来讲也并非乐观高昂的。

与反思不应该只是指向外部世界，还应该是指向自我的。"70后"作家乔叶的《认罪书》（2013）在这方面便有着突出的表现。

《认罪书》与《带灯》相比，其最大的区别是小说所展现出来的作家自我并没有站在一个高高在上的、与所面对的那个世界超离的位置上去俯视，相反她是沉入其中的。作品借一个名叫金金的女子之口讲述了一个现代中国版的"罪与罚"的故事：出身农村的金金卫校毕业后进城谋生，遇到在省城进修的梁知并坠入情网；梁知进修结束后决定和金金断交，心有不甘的金金追至梁知所在的源城试图报复，却不承想由此揭开了一桩尘封已久的惊天罪恶——梁知的初恋情人梅梅、梅梅之母梅好是受害者，加害者则包括了梁氏家族（梁知、其弟梁新、梁母张小英）、市长钟潮，以及湮没在"文革"历史云烟中的王爱国、甲、乙、丙、丁等。金金于是决定对罪恶进行追究，但在追究的过程中她却逐渐发现，无论梅好还是梅梅，她们的受害其实并非源于具体的某个人或某些人，而是源于一种更弥散广大的力量——人性自私。当她发现这一点之后，她也开始发现了自己的罪恶：世俗伦理压迫下的试图弑父、利用他人进城、报复梁知等。最终，金金决定认罪。

《认罪书》对人性自私的批判让人印象深刻。在小说中，无论是梅好当年在丈夫梁文道、张小英目视下一步步走进群英河，还是后来梅梅被张小英亲手送给市长钟潮以求儿子梁知仕途闻达，都是起源于人性的自私。对人性自私的批判，在小说中还隐含了对一种更弥漫广大的生存本位的世俗文化的批判——张小英（这个大众化的名字似乎也隐喻了那种生存本位的世俗文化的广大）这个一切以生存和自我为中心，为了自己和儿子梁知不惜牺牲梅好和梅梅生命，从而把人性自私演绎得淋漓尽致的女人，是这种生存本位的世俗文化的典型代表。其他的人物如梁文道、梁知等，他们在梅好、梅梅之死上所负的责任也都与其人性中的自私以及这种自私所衍生的生存本位的世俗文化的影响有关。

对人性自私的批判使《认罪书》具有了一种思想的穿透力。但更难能可贵的是，它所批判的并不是一个外在的、客体化的"人性"，而是"自我"。小说中的主人公金金一开始对自己的罪恶是无意识的，直到她开始追究梅好、梅梅之死，她才开始发现自己的罪恶——以"尊严"之名仇视生父，以"生存"为借口利用他人，借伸张正义之机报复梁知等。由此，金金决定要认罪，因为她觉得这是得救——自己得救，大家也得救——的"起点"。正如她在小说中所言：

我只是站在了第一级。第一级很低，而且我也不可能爬得更高——但是，我毕竟来到了第一级。

这不仅让人联想到列夫·托尔斯泰的《复活》：在《复活》中，主人公聂赫留朵夫也正是从认罪开始他的"复活"之路的：当他看到法庭上那个因被自己抛弃而沉沦的玛丝洛娃，他才意识到自己所犯下的罪恶；而当他进一步审视四周，他更看清了自己所生活的那个让他感到"又可耻又可憎"①的世界，由此他决定放弃家业，随玛丝洛娃一起去流放。所以，认罪是复活的开始。从这一点上来看，《认罪书》和《复活》是相通的。但乔叶在这里宣扬认罪，却并不是对列夫·托尔斯泰（或基督教文化）的蹒跚学步，而是对当下中国社会转型之痛切实地有感而发：她既从梅好、梅梅之死揭开人性自私的狰狞面目，更通过金金的双眼直击了因人性自私所导致的当下中国的累累恶果——"雾霾""瘦肉宝""甲醛超标""血癌"……

其实在中国的文化语境中，"罪"一直是一个比较陌生的概念，对中国人精神气质影响最大的儒家、道家文化被人视为是一种"乐感文化"，它们强调和追求的是生命个体的一种"自足性"的"现世生命的快乐感受"，这与以人性欠缺为共识和前提，强调"原罪"和"救赎"的基督教文化完全不同②。这种看法的准确、全面性姑且不论，汉民族的中国人心灵世界中一直欠缺一种超越性的精神信仰却是不争的事实③。而超越性的精神信仰的缺失，显然与儒、道文化影响下的对人性认识的偏失有关，这一点又是汉民族的中国人"罪感"缺乏的根源。所以《认罪书》对"灵与肉""罪与罚"的探讨，其实已经使它触及了一个中国文学甚至中国文化不甚熟悉的领域。

然而，认罪只是一个开始，认罪之后还须赎罪——前者是一种态度，后者才是行动。但令人遗憾的是，《认罪书》中的金金还没来得及真正地行动便病逝了。从作品精神探索的角度来看，安排金金这么快地走向死亡是乔叶这部小说的一个不小的遗憾，因为尽管金金之死从情节发展来说是合情合理的，以这

① 列夫·托尔斯泰：《复活》，草婴译，现代出版社2011年版，第107页。
② 刘小枫：《拯救与逍遥》，上海三联书店2001年版，第141、145页。
③ 如刘再复和林岗认为，"中国文化缺乏叩问灵魂的资源"，这造成了"中国文学缺少忏悔意识，即缺乏灵魂维度这一根本缺陷"。参见刘再复、林岗：《中国文学的根本性缺陷与文学的灵魂维度》，载《学术月刊》2004年第8期。

样一个逝者的临终手书的方式讲述故事也是有一定创意的,但死亡却使得金金的认识和觉悟仅仅停留在了认罪。而在《复活》中,聂赫留朵夫却走向了行动:变卖家产,陪玛丝洛娃去流放。更值得我们深味的是,多年后,垂暮之年的列夫·托尔斯泰竟然以自己的方式践行了聂赫留朵夫的这一"行动"①。

所以,将列夫·托尔斯泰和乔叶相比较我们会看到,他们二人的焦虑其实是相似的,即对所置身的时代有强烈的批判,区别只是在于其批判是囿于言语(文字),还是付诸行动。当然行动与否是需要调查才会知道的,我们也并不否认有着"认罪"觉悟的乔叶在现实生活中可能会有所行动,但至少从目前所掌握的材料来看,列夫·托尔斯泰在社会干预、自我约束等方面的行动是一般人所难以比拟的②。

行动上的差异在作品中其实也有体现:在《认罪书》中,乔叶一开始只是讲述故事(以致我们误以为这是个俗套的都市情感故事),直到后来她的观念和意图(倡扬"认罪")才渐渐显现出来;而在《复活》中,列夫·托尔斯泰则几乎是在一开始就交代了"罪恶"(聂赫留朵夫早年诱奸玛丝洛娃),接下来所有的篇幅都是在写"认罪""赎罪"的过程。这种差异其实可以形象地来概括:"认罪"是金金精神之旅的终点,却是聂赫留朵夫行动的起点。"换算"到作家本人身上便是:乔叶是起于批判,终于反省;列夫·托尔斯泰则是起于反省,终于行动。"行动"在《复活》中还有其他的表现——列夫·托尔斯泰对俄国当时社会的政治、经济、司法体制、宗教的深度剖析和批判,对俄罗斯上流和底层社会的广阔书写,等,这些都是他长久以来对自己所处的时代有意识地进行观察、体验、思考和介入的结果。而与此相比,《认罪书》在这方面还是有所欠缺了——在有着相当不错的思想深度的同时,它在社会历史面的涉及上仍有些狭窄。它虽从"文革"写到当下,但内容实际上只围绕"金金侦案"展开,人物、线索都比较简单,故事性、可读性虽增强了,社会历史的展开面却受到了影响,而且"故事

---

① 这里指的是1910年托尔斯泰临终前的那次著名的离家出走。在1897年6月8日写给妻子的信中,列夫·托尔斯泰其实已经透露了他后来出走的原因:"为了我的生活与我的信仰底不一致而痛苦"——这其实也是聂赫留朵夫放弃家产选择流放的根本原因。而就托尔斯泰来说,在临终出走前,他在践行自己的精神理念方面其实也早有行动——办慈善、教育,作地方仲裁人保护弱者,生活节制而简朴,等等。参见罗曼·罗兰:《巨人三传》,傅雷译,安徽文艺出版社1998年版,第286、308、396、397页。

② 罗曼·罗兰:《巨人三传》,傅雷译,安徽文艺出版社1998年版。

性"过于突出也暴露着作品的"加工"痕迹[①]。

所以与列夫·托尔斯泰相比，乔叶的写作还尚未达到那种浩浩荡荡的境界——这一点其实与贾平凹相比，也是有着明显的差距的。究其原因，主要可能还是在于生命阅历和生活积累的相对欠缺。但与贾平凹相比，她在对自我精神世界的省思上所展现出来的诚挚与勇气却是前者所不具备的。只是对作家本人来说，不管是对外部世界的批判，还是对自我精神世界的省思，都起于她对时代现实的焦虑，而这种焦虑是止于反省，还是落实于行动，对焦虑的缓解来说效果必然大大不同——止于反省，焦虑会越积越多；落实于行动，就算行动无法改变现实，精神应该也会为之一振。

三

以文学为行动，或者说文学以行动为旨归，便难免实用主义的指责。20世纪80年代，因为对1949年后文学政治化的反拨，带有实用主义倾向的"现实主义文学"受到冷遇。但90年代之后，随着中国社会转型加速，文学关心现实、关怀民生的呼声日涨，此间的"现实主义冲击波""底层写作"可以说都是对这种呼声的"回应"。而可以想见的是，随着大陆社会转型的进一步推进，这股关心社会现实的文学仍然会是今后一段时期内大陆文学发展的主潮。在这种情况下，文学应该是"实用的"还是"非功利的"，这种理论层面的争辩便没有太大意义了，既然"实用的"文学必然要发展，那么更有价值的话题应该是——它究竟该如何发展？如果说20世纪的实用主义文学（特别是左翼文学）一度因政治的因素而步入歧途的话，那么在社会转型加速的今天，它究竟该如何更好地发展？

对此，我们不妨把视线转向海峡对岸。台湾也许是受特殊的社会历史环境的影响，其实用主义文学传统的发展一直非常繁盛。从20世纪初到20世纪80年代，台湾新文学在台湾社会转型的过程中一直是以富于社会关怀、人生热情甚至政治参与的、批判的、写实的现实主义文学为"主潮流"[②]的。这方面尤以台湾左翼文学为代表。相较于20世纪大陆左翼文学的一度萧条和中断，台湾

---

① 如小说中金金破解梅梅之死最关键的一步竟然是通过"猜字谜"来完成的，这里虚构的痕迹非常明显。

② 吕正惠、赵遐秋主编：《台湾新文学思潮史纲》，昆仑出版社2002年版，第5页。

20世纪的左翼文学，前自赖和、杨逵一代，后至陈映真一代，可谓代有传承、源远流长。台湾左翼文学的持续发展，固然有它特殊的社会历史环境的作用，但它自身的立场、诉求、品质和个性其实也起到了非常关键的作用，这对大陆当下的现实主义文学发展可能有一定的借鉴作用，这里我们不妨以陈映真的《山路》为例进行具体观察。

陈映真出生于1937年，是台湾著名作家、思想家，台湾文化界"旗帜"性的人物。《山路》（1983）、《铃铛花》（1983）和《赵南栋》（1987），是他书写关于台湾20世纪50年代"白色恐怖"的小说。《山路》的主人公名叫蔡千惠，她早年因参加革命的二兄汉廷、未婚夫黄贞柏而结识了他们的同伴李国坤，并为其热情、坚毅、温暖所感染和吸引，所以后来当革命行动暴露而李国坤身死、黄贞柏被判终身监禁，同时她又发现她的二兄汉廷是因自首而幸免于难时，她便毅然"决定冒充国坤大哥在外结过婚的女子，投身于她的家"。而当三十多年恍然过去，李国坤的弟弟李国木也被"大嫂"抚养成人，并作为某事务所的会计师携"大嫂"在内的全家人在台北过上了富裕的中产阶级生活，蔡千惠却从报纸上猝然得知了包括黄贞柏在内的四名当年的"政治犯"被释放回家的消息，她由此而变得沉默、忧悒、少食，并最终"在医学所无法解释的缓慢衰竭中死去"。直到李国木整理其遗物发现她写给黄贞柏的信，他才获知了事情的真相——少女蔡千惠献身于他的家庭的原因和经过，以及她最终萎顿身死的缘由。

按小说中负责诊治的杨教授的话说，蔡千惠之死是源于她"对自己已经丝毫没有了再活下去的意志"。而通过她的遗信我们知道，她之所以如此是因为她对三十年来"不知不觉间深深地堕落了的自己""感到刺心的羞耻"，而之所以说"堕落"，乃是因为她认为那个曾经受苦后来却"过着舒适、悠闲的生活"的自己是一个"被资本主义商品驯化、饲养了的、家禽般的我自己"。这样的一个自己，忘记了李国坤大哥和黄贞柏，同时也忘记了"自苦、折磨自己、不敢轻死以赎回我的可耻的家族的您的我的初心"。

这篇小说发表于1983年，作品中的蔡千惠去世也是在这一年。当时的台湾经过了20世纪50年代的战后恢复和二十世纪六七十年代的经济腾飞，已经完成了社会的现代化转型。而与之相应的是民众的生活素质也有了极大的提升，其水平甚至在国际中也处于较领先的地位①。然而，小说中的蔡千惠却对处在这种变化中的自己"感到刺心的羞耻"以致弃生求死。那么蔡千惠的"羞耻"是合情合理的吗？因为如果说革命一代抛头颅洒热血所要争取的是包括穷苦人在内的台湾人民的安宁和富裕的话，那么当时的台湾不是已经基本上——如果说不是完全的话——实现了这个目标吗？那么蔡千惠在这种情况下的"羞耻"和求死岂不是一种小题大做和庸人自扰？而如果事情并不是像我们想的这么简单，那么真相究竟是什么？陈映真创作这样一部作品，塑造这样一个人物究竟是为了什么？想要表达什么？这就需要追溯一下小说写作的背景。

这篇小说写于陈映真受邀赴美国爱荷华大学国际作家工作坊期间，而素材是取自他之前的牢狱经历——陈映真于1968年因"民主台湾同盟"案被捕入狱，1975年因蒋介石去世特赦出狱。在狱中"他头一次遇见了百数十名在1950年朝鲜战争爆发后全面政治肃清时代被投狱、幸免被刑杀于当时大屠的恐怖、在缧绁中已经度过了二十年上下的政治犯"。与当年这些被国民党投狱的政治犯的相遇，按陈映真的话说也是与"被暴力、强权和最放胆的谎言所抹杀、歪曲和污蔑的一整段历史云烟"的相遇，而对于青年读书时期便已思想左倾②的陈映真来说，与这样一段一直寄寓着他无限的理想与激情的"革命历史"相遇，他的激动是可以想见的："50年代心怀一面赤旗，奔走于暗夜的台湾，籍不分大陆本省，不惜以锦绣青春纵身飞跃，投入锻造新中国的熊熊炉火的一代人，对于他（笔者注：陈映真），再也不是恐惧、神秘的耳语和空虚、曲扭的流言，而是活生生的血肉和激昂的青春。他会见了早已为故乡腐败的经济成长所遗忘的一整个世代的人，并且经由这些幸存于荒陬、孤独的流放之岛的人们、经由那于当时已仆死刑场二十年的人们的生史，他会见了被暴力和谎言所欲湮灭的历史。"③可以说，正是这种激动的心情使他后来写出了《山路》《铃铛花》《赵南栋》。然而，触动他的除了与"革命历史"的相遇之外，还有更重要的一点，即出狱后他

① "生活素质"包括收入所得、教育、卫生和福利等方面，台湾二十世纪六七十年代在这些方面有大幅提升。参见李国鼎：《台湾经济高速发展的经验》，东南大学出版社1993年版，第36—49页。

② 陈映真：《关于陈映真》，见《陈映真文选》，生活·读书·新知三联书店2009年版，第20页。

③ 陈映真：《后街——陈映真的创作历程》，见《陈映真文选》，生活·读书·新知三联书店2009年版，第23页。

才发现的"革命历史"在台湾的被遗忘——不是为强权所抹杀和篡改,而是"为故乡腐败的经济成长所遗忘"。陈映真所说的这种"遗忘"其实也正是小说中蔡千惠的遗忘,而通过蔡千惠之口,陈映真也明确地表达了他对这种"遗忘"的态度:"感到刺心的羞耻。"陈映真为什么会感到羞耻——他为什么会将当时台湾的经济发展视为"腐败的经济成长"?这须了解陈映真对战后台湾社会历史的分析与判断。

台湾在二十世纪六七十年代的经济腾飞以及由此带来的安宁和富裕确实不假,但在陈映真眼里,那只不过是一种"虚相",掩盖在它之下的是台湾在以美国为主导的新的资本主义国际分工中处于"依附性"地位的"实相":"从五〇年开始,台湾经济实质上的资本主义化以空前的面貌快速展开。资本主义的生产方式和生产关系有显著的发展。但这发展是假借外铄的美援经济而不是本地长期的积累;假借美国和'国府'权力所主导的政策,而不是本地资产阶级的发动,带有深刻的依附性和畸形性。"[1]"依附性"一词来自发展经济学著名的"依赖理论"。这是20世纪60年代兴起于拉丁美洲和美国,后扩展到世界其他地区的一种发展经济学理论,该理论批判传统的资产阶级经济学发展理论,认为第三世界不发达的根源主要在于欧美等发达国家的控制和剥削,其中由早期殖民侵略和后期经济渗透所形成的在资本主义世界体系内的"中心(发达国家)—外围(第三世界国家)"结构,作为一种"统治—依附"结构是造成这种控制和剥削的主要原因[2]。战后台湾正是在冷战的世界政治格局中作为"外围"之一被混编进了以美国为"中心"的资本主义生产体系的。当时为了培植自己在远东的势力,美国以美元援助、帮助发展进口替代工业等手段协助中国台湾渡过难关,而到了国际资本主义体系重新分工的20世纪60年代,借助美、日的产业转移之机,"台湾更是编入向美输出廉价轻工业产品,自日输入设备、技术、半成品这样一个'三角贸易'结构下发展加工出口工业化",从而造就了当时台湾经济的"高额快速的"增长。[3]但这样一种增长在"依赖理论"家眼里却

---

① 陈映真:《以意识形态代替科学知识的灾难——批评陈芳明先生的〈台湾新文学史的建构与分期〉》,见《陈映真文选》,生活·读书·新知三联书店2009年版,第330页。

② 安德烈·冈德·弗兰克:《依附性积累与不发达》,高铦、高戈译,译林出版社1999年版,第2页。

③ 陈映真:《以意识形态代替科学知识的灾难——批评陈芳明先生的〈台湾新文学史的建构与分期〉》,见《陈映真文选》,生活·读书·新知三联书店2009年版,第330页。

是"丧失了自身发展的任何主动性"①的增长，陈映真借用"依赖理论"阐述过这种"依附性增长"的虚假与危害：

> 依赖理论认为纳入资本主义世界体系的落后国家，各（个）别地取得一定程度内的"发展"是完全可能的。问题在于这"发展"的性质。依赖理论认为，在世界体系中的落后国家，是作为先进国发展和扩张的一个反射而有局部、各（个）别的成长，是在先进国家发展和扩张的全盘计划中，作为这计划的一个附庸而发展，而不是以后进国本身为主，以自己需要为导向的发展。而落后国家这极为有限的"成长"与"发展"，又回过头来成为先进国更大发展与扩张的工具和条件，使落后国对于世界体系之依赖的结构，更形加深与巩固，从而是抑制而不是促进了使一个国家经济获得真正发展所必要的结构性的改造（S.Amin）。②

正是对台湾社会历史和经济发展的这样一种认识，使得陈映真对当时陶醉于安宁、富裕现状的台湾民众和知识界感到不满。因为表面的安宁、富裕背后掩盖的是一种更深层的危机，更何况这"表面的安宁、富裕"中也还包含着现实的贫困与不公③。如果说当年的革命是为了解放包括穷苦人在内的所有人的话，那么这种任务还远没有完成。在这种情况下，怡然于安宁和富裕自然是一种"羞耻"。在《山路》中，陈映真通过蔡千惠病萎中的自语表达了他对遗忘了革命历史和革命者的台湾社会的质疑："这样，我们这样子的生活，妥当吗？"

所以《山路》首先表达的是对于台湾社会对"革命"的遗忘的批判。这种批判是来自陈映真的理性——对台湾社会发展历史和现状的深入剖析。然而同是"革命"，和当年反抗暴力强权相比，在和平、富裕时代里唤起反抗的困难势必更大。所以陈映真也借蔡千惠表达着自己的"忧愁"："暌别了漫长的三十年，回去的故里，谅必也有天翻地覆的变化罢。对于曾经为了'人应有的活法

---

① 萨米尔·阿明：《不平等的发展》，高铦译，商务印书馆2000年版，第178页。

② 陈映真：《"鬼影子知识分子"和"转向症候群"——评渔父的发展理论》，《陈映真文选》，生活·读书·新知三联书店2009年版，第462页。

③ 台湾出生的著名日籍台湾经济研究专家刘进庆教授认为，台湾当时的技术水平、产业结构、商品及质量"与美国、日本的差距相当大"，"台湾企业的主体性太脆弱"，"农民和劳工阶级吃亏最大"。参见陈映真：《台湾经济发展的虚相与实相——访刘进庆教授》，见《陈映真作品集》（7），台湾人间出版社1988年版，第181—185页。

儿斗争'的您，出狱，恐怕也是另一场艰难崎岖的开端罢。只是，面对广泛的、完全'家禽化'了的世界，您的斗争，怕是要比往时更为艰苦罢？"作为当年也曾怀揣理想投身于左翼运动的陈映真来说，蔡千惠的担忧其实也正是他当年牢狱生涯结束后回到故乡的切身感受①。正是这种感受，催使他出狱后做了两方面的工作：首先是分析和揭露台湾当时繁荣、富裕的"虚相"下的"实相"——于1978年至1982年创作了"反省和批判台湾在政治经济与心灵的对外从属化的'华盛顿大楼系列'"（《夜行货车》《上班族的一日》《云》《万商帝君》）；其次是追怀革命历史，反抗遗忘——于1983至1987年创作了"以50年代台湾地下党人的生活、爱与死为主题的《铃铛花》系列"②（《铃铛花》《山路》《赵南栋》）。

　　但理性（批判和反抗遗忘）并不是《山路》这篇小说的真正动人之处，它的真正动人之处在于——激励。这体现于主人公蔡千惠身上。这个早年因爱情而感动、因感动而献身于烈士家庭的善良、刚强的女子首先是作为一个"忏悔者"形象出现的：为家族忏悔，为自己对革命的遗忘忏悔。前者付出的是她的青春，后者付出的是她的生命。无论青春还是生命，都是一生只有一次，蔡千惠付出她一生只有一次的青春与生命，所为的却不是自己的，而是家族的罪过，也不是自己独有的遗忘，这样的忏悔是无法不让人动容的！而实际上，当她的忏悔直接从一种意识转化为一种行动（献身、弃生求死）时，这忏悔其实已经化为一种实实在在的激励了。

　　不管是批判还是激励，陈映真创作这样一篇小说，心目中事先有一个"理念"是显然的③。按说，这样一篇"理念先行"的小说应该枯燥、生硬才对，但事实却恰恰相反，它是极为动人的。它以倒叙的手法，从李国木的角度引入对"大嫂"的描写：从她莫名的病萎，到回忆当年少女的她来到残败的他家，到送

---

① 描述1975年提前出狱时的感受时，他含蓄地说："台湾社会在他流放七年中经历了'独裁下经济发展'的高峰期。重回故园，他颇有沧海桑田的感慨。"

② 陈映真：《后街——陈映真的创作历程》，见《陈映真文选》，生活·读书·新知三联书店2009年版，第27页。

③ 谈到写"《铃铛花》系列"的目的时，陈映真曾说过："我不是要写共产党员的伟大，其实不是的。我想见证，就在那样苛刻的时代下，有一群年轻的人，把他们的一生只能开花一次的青春和生命献给了他们的信念和理想。这样的一种人性的高度是事实上存在过的。"参见《陈映真文选》，生活·读书·新知三联书店2009年版，第53页。

走双亲并抚养他长大，继而却在苦尽甘来的时日中病萎倒下。这部分描写缓慢、沉稳却也波澜不惊，直到那封给"黄贞柏先生"的信被发现，才让我们知道这"波澜不惊"下掩藏着如此惊心动魄的牺牲和轰轰烈烈的献身，这样的结构设置造成了一种强烈的"震撼"效果①。当然陈映真那种深婉绵长、富有知性与情感的语言，也是造成这种"震惊"的重要原因。由这样的语言他展现给了我们"不知什么时候下起霏霏的细雨了的窗外，有一个生锈的铁架，挂着老大嫂心爱的几盆兰花"的特有着濡湿、寂寥的台湾的天空：正是在这样的天空下，展开过对"那些惨白的日子"里的镇压，也展开着对"荒芜的日子"里的遗忘；当然也是在这样的天空下，少女蔡千惠走过"那一截小小而又弯曲的山路"，又通过她的献身与忏悔，完成了对"惨白"和"荒芜"的超越——这是小说描写的最为动人之处。

所以，《山路》的动人从根本上说不是因为它的技巧，而是因为它的情感与思想。正像这里所展现的，陈映真在一个安宁、富裕的世界里仍然要揭开这安宁、富裕背后仍有和会有的压迫与不公，不为别的，就是因为他始终认为文学应"侍奉于人的自由，以及以这自由的人为基础而建设起来的合理、幸福的世界……要给予举凡失丧的、被侮辱的、被践踏的、被忽视的人们以温暖的安慰；以奋斗的勇气，以希望的勇气，以再起的信心"②。

正是这样一种建基于对包括社会弱小者在内的所有人的悲悯和爱的人道主义立场，使陈映真的小说有一种深深的感染力。而以这种人道主义立场为根基，贯连了他从1959年（《面摊》）到2001年（《忠孝公园》）的整个文学创作历程，也贯连了他从日据和"戒严"体制批判、民族分断批判、台湾文学与台湾社会性质论争到资本主义异化批判、知识分子批判、大众消费文化批判的思想历程，以及他入狱、论战、创办杂志（《人间》）、往来海峡两岸的行动历程，从而形成了作为作家、思想家和斗士的陈映真。这样一个陈映真之所以让人敬佩，就是在于他自始至终所坚持着的这两点：悲悯和理性。前者是根基，后者是前者免于肤浅、狭隘和变形的保证。它们一并形成了陈映真其人其文所特有

① 吕正惠：《历史的梦魇——试论陈映真的政治小说》，见《陈映真作品集》（15），台湾人间出版社1988年版，第216页。
② 陈映真：《建立民族文学的风格》，见《陈映真作品集》（11），台湾人间出版社1988年版，第30页。

的温蔼、勇毅和坚定。

陈映真公开承认自己"是个主题先行的作家",说自己"是一个在思想上没有出路的时候,没有办法写作的人"①,这样他的文学便难免受到争议。然而,正如《山路》所表现出来的,除了写给黄贞柏的那封信中的某些措辞("堕落""家禽化")能看出一星半点蔡千惠为陈映真"代言"的痕迹外,其他无论结构、语言风格、心理描写等都是恰切甚至完美的。其实陈映真虽重思想,却从未因此偏废艺术,他一直坚信"创作有一个极为细致而有一定程度自主性的""神奇的领域"②,再加上他本身有着极高的文学才华和素养③,这使得他的绝大部分作品非但没有一般"观念化写作"的浅陋和生硬,反而每于思想和艺术的努力融合中展现着知性与想象的双重魅力。

这样的一个陈映真,与贾平凹相比较,其文学是外向的、爱人胜过爱己的④,是理性和明晰(而非迷惘)的,是刚健而清朗(而非期期艾艾)的;与乔叶相比,其文学是指向"行动"从而将理性思考落实为一种具体的、扎扎实实的社会历史分析——而非虽深刻却极易流于普遍化和本质化的人性质疑——由此避免了孤愤与绝望。这样的一种文学可能少了一分摇曳多姿,却以其理性给人以启蒙,以其温暖与真挚给人以力量。

当然,陈映真的文学并非完美无瑕。但他的文学继承了中国大陆鲁迅所代表的左翼文学传统⑤,也继承和发展了赖和、杨逵以降的台湾左翼文学传统,从而形成了一种理性与悲悯、思想性与艺术性兼备的批判现实主义风格。而这样一种批判现实主义风格的文学,作为在大陆现代文学时期曾有所发展的文学传统(以茅盾的《子夜》为代表),在今天的大陆并没有得到很好的继承——经过了80年代的文学"拨乱反正",我们一度对左翼文学甚至包括左翼文学在内的

① 陈映真:《我的文学创作与思想》,见《陈映真文选》,生活·读书·新知三联书店2009年版,第8—9页。
② 陈映真:《后街——陈映真的创作历程》,见《陈映真文选》,生活·读书·新知三联书店2009年版,第23、27页。
③ 黎湘萍:《台湾的忧郁》,生活·读书·新知三联书店1994年版,第51页;李欧梵:《小序〈论陈映真卷〉》,见《陈映真作品集》(14),台湾人间出版社1988年版。
④ 赵刚:《求索:陈映真的文学之路》,台北联经出版事业股份有限公司2011年版,第27—28页。
⑤ 钱理群:《陈映真和"鲁迅左翼"传统》,载《现代中文学刊》2010年第1期。

整个现实主义文学都弃之如敝屣，风气所及，甚至在今天仍有作家对"现实主义"一词耿耿于怀 ①。但这显然是一种矫枉过正 ②。

今天的中国大陆其实已经步入了一个和当年的陈映真所曾批判和反省过的台湾极为相似的时代。这个剧烈变动着的社会转型的时代，所出现的一些问题，也是当年台湾社会转型期所曾出现的问题。陈映真对这些问题的思考、他思考这些问题的方式——持人道主义和民族主义的立场、带有强烈的社会分析色彩的理性批判、持反机械化的实用主义的文学观——都给我们以极大的启示。

（原载《文学评论》2015 年第 5 期）

---

① 阎连科：《寻求超越主义的现实》，见《受活》代后记，十月文艺出版社2009年版。
② 李洁非：《典型文案》，人民文学出版社2010年版，第28—29页。

宏观研究

HONGGUAN YANJIU

"说话"与贾平凹的长篇小说文体美学

——从《废都》到《带灯》

李遇春

贾平凹的长篇小说系列已经是中国当代文学版图上最为壮丽的文学景观，能与之媲美的作家作品屈指可数。《带灯》的面世再一次成为文学事件，这足以证明贾平凹文学影响力之深巨。贾平凹作品既关乎当今中国的世态人心，亦牵涉中国小说的文体命运。我不打算从题材和主题的角度来谈论《带灯》，《带灯》的题材和主题无疑是敏感而前沿的，它与当今中国的"三农"问题有关，与乡村基层政权建设有关，与"信访"和"维稳"有关，这都是事关当今中国国计民生的大事，而贾平凹似乎总是能够对当代中国的社会现实生活保持足够的敏感度和判断力，借用巴尔扎克的话来说，他要作的就是我们这个时代的书记员，虽然没有老巴尔扎克的冷峻和犀利，但贾平凹有老托尔斯泰的悲悯和温情，这足以形成贾平凹长篇小说系列中令人尊重的文学精神内核，所以我们必须承认，贾平凹是一位敢于肩负时代所赋予的文学使命的作家。但我在这里更愿意说贾平凹是一位卓越的文体家，自从《秦腔》以来，贾平凹的长篇小说文体探索愈益成熟，在成熟中又间有新变，读者已然感受到了《带灯》带来的文体新气象。贾平凹始终行走在中国古代小说叙事传统与西方现代小说叙事资源之间的交叉地带，从而形成了他自己别具一格的长篇小说文体美学。

一

贾平凹写小说最初师承孙犁，孙犁就是现代中国文坛很出色的文体家。但孙犁的小说文体一味追求散文化和诗化，虽精致淡雅，但气象和格局却未免狭小，这正是中国古代文言小说的优与弊，所以人近中年的贾平凹毅然舍弃了孙犁的衣钵，开始告别精致的中国文言小说传统，转向中国古代白话话本小说

（章回小说是话本小说的延传形态）传统，到宋元以来，尤其是明清以来以"说话"为中心的"说话体"小说传统去寻找艺术资源。贾平凹对自己的这种艺术转向毫不隐讳，他多次坦白自己深受明清白话长篇小说传统的熏染，尤其是受《金瓶梅》和《红楼梦》的艺术熏染，《废都》和《秦腔》与《金瓶梅》和《红楼梦》的艺术渊源是明眼人一望即知的，而贾平凹想延续的正是中国小说的这种民族叙事传统。当然，由于艺术个性的差异，贾平凹本能地选择了兰陵笑笑生和曹雪芹的那种闲聊式的"说话"艺术，而没有选择施耐庵和罗贯中的那种说书式的"说话"艺术，这是因为贾平凹的艺术个性偏于阴柔和沉郁，而明显有别于施、罗雄健豪放的艺术禀赋。我们当然不能就此苛责于贾平凹，因为这是作家艺术选择的自由，也是作家艺术气质的权利。相对而言，我以为以"讲故事的人"自许的莫言更趋近于狂放雄奇的施、罗"说话"传统。毫无疑问，他们是当今中国打通中西小说叙事传统壁垒的两大文坛高手，一个来自山东，一个坐镇陕西，堪称东西辉映。

据《白夜》后记所言，贾平凹自觉地写闲聊式的"说话体"小说始于《废都》，只不过由于当时《废都》尚属禁物，贾平凹在文中只好欲言又止。《废都》开篇即写"一千九百八十年间，西京城里出了桩异事……"，这与此前的《浮躁》用大段的自然风光描写开局明显不同，《浮躁》走的是现代西方写实小说的路数，戏剧化的场景和对话随处可见，而《废都》则转向了中国古代小说偏重讲述的"说话"传统。正是在《废都》的写作中，贾平凹重新确立了自己的小说观，他认为"小说就是一种说话"，小说的诀窍就在于寻找不同的说法。还是在《白夜》后记里，[①] 贾平凹区分了几种不同的小说说话方法：第一种是说书人式的说话，其典型特征是"哗众取宠，插科打诨，渲染气氛，制造悬念，善于煽情"。这是中国古代话本小说或章回小说的"说话"体征，尤其是讲史类的历史演义小说或传奇类的神魔小说热衷于这一套说话程式。第二种是领导人式的说话，其典型特征是"慢慢地抿茶，变换眼镜，拿腔捏调，作大的手势，慷慨陈词"。这样的说话体小说在 20 世纪中国革命年代的文坛中曾经十分盛行，无论是"革命英雄传奇"还是"土改—合作化小说"，大都属于这种说话体制。第三种是"现代洋人"式的说话，这种说话在"五四"文学革命后成了现代中国小说

---

① 贾平凹：《白夜》，华夏出版社1995年版，第385—386页。

的主流说话方式，也可以称之为文化人或知识分子式的说话。它反对民间说书人式的说话，认为后者堕落为娱乐和消闲，不够严肃，但它又不同于领导人式的说话的严肃，认为后者异化得刻板而空洞，缺乏说话的艺术性。但这种现代知识分子式的说话体小说也遭遇到了阅读和接受困境，因为它并未在根本上冲破"通俗小说"和"政治小说"所制造的说话人与听话人之间的壁垒，它在本质上仍旧属于专制性的说话体制，小说家以知识精英或文化人的身份凌驾于读者和大众之上，这样的说话显然与说书人和领导人式的说话专制没有本质上的差异，其间同样隐含着说者与听者、作者与读者之间不平等的权力话语结构。在很大程度上，现代小说家选择的是一条"反说话"的路子，它是对民间说书人和政治领导人式的说话的反叛，后两种说话注重平铺直叙，注重大众接受心理，而文人或知识分子式的说话则热衷于探索说话技巧，讲究说话艺术的多样性，比如在叙事人称和视角、叙事时间和空间等方面玩弄叙事的新花样，这在现代主义和后现代主义小说叙事策略上表现得最为显著且趋于极端，这类小说家就是一帮不按照常规说话的反说话者，他们的小说也就往往带有颠覆传统现实主义或者浪漫主义小说成规的诉求，他们的说话往往把读者绕到所谓叙述迷宫里去了。

对于以上三种小说说话方式，贾平凹都是不以为然的，他觉得根据这些说话方式写的小说要么太像小说了，要么又太不像小说了。他憧憬的是与亲朋好友在一起闲聊式的说话，他决心尝试那种闲聊式的说话体小说。比如："在一个夜里，对着家人和亲朋好友提说一段往事吧。给家人和亲朋好友说话，不需要任何技巧了，平平常常才是真。而在这平平常常只是真的说话的晚上，我们可以说得很久，开始的时候或许在说米面，天亮之前说话该结束了，或许已说到了二爷的那个毡帽。过后想一想，怎么从米面就说到了二爷的毡帽？这其中是怎样过渡和转换的？一切都是自然而然地过来的呀。禅是不能说出的，说出的都已不是了禅。小说让人看出在做，做的就是技巧，这便坏了。说平平常常的生活事，是不需要技巧，生活本身就是故事，故事里有它本身的技巧。所以，有人越是要想打破小说的写法，越是在形式上想花样，适得其反，越更是写得像小说了。"①闲聊式的说话是不需要技巧的，而技巧就在其中，这是一种大巧若拙

---

① 贾平凹：《白夜》，华夏出版社1995年版，第386页。

的技巧，不是技巧的技巧，其本质特征就是自由自在地说话，像生活本身一样自然地说话，既不像说书人那样哗众取宠，又不像领导人那样拿腔捏调，也不像文化人或知识分子那样故弄玄虚，总之，这是一种真诚而平常的说话，反对夸张矫饰，一切以行云流水的言说为旨归。这种闲聊式的说话体小说自然而然地会形成一种"闲话风"，充满了家长里短、鸡零狗碎般的话语碎片，似乎没有逻辑也没有中心，行于所当行，止于所当止。似乎提不到台面上来正襟危坐地讲述，但自有另一番说话的自由境界。这种闲聊式的说话体小说采取的是平视读者或听者的视角，而在以说书人、领导人或文化人为讲述主体的小说说话体制中，读者或听者是以仰视的视角接受讲述主体的话语支配的，反过来说，作为讲述主体的说话人则是以俯视姿态看待读者或听者，这显然是一种不平等的小说说话体制，而闲聊式的说话体小说正是对这种专制性的小说说话体制的艺术反动，因而它是一种民主性的小说说话体制。在中国古代说话体小说的演变过程中，说书人式的说话体小说长期占据着主导地位，宋元话本和明清拟话本小说，以及《三国演义》《水浒传》《西游记》等长篇章回体小说都属于这种说话类型，直到《金瓶梅》和《红楼梦》的出现，才标志着中国古代闲聊式的说话体小说的成熟。这是一种不宜被改编成评书的说话体小说，它不宜在公众场合讲述或演播，因为它营造的是一种私人化的闲聊话语空间。

《废都》源自《金瓶梅》，《秦腔》脱胎于《红楼梦》，前者是贾平凹走向闲聊式说话体小说的起点，后者是贾平凹实践闲聊式说话体小说成功的典范。尽管有些批评家对这种闲聊式的说话体小说表达了他们严重的不满，但毫无疑问，这种家常式、日常式的说话比起那种说书人、领导人或文化人（知识分子）的说话更具有现代愿景。从《废都》到《病相报告》，贾平凹一直都在苦苦摸索闲聊式说话体小说的艺术。从说话人称和视角来看，《废都》《白夜》《高老庄》袭用了传统的第三人称全知视角说话，《土门》和《怀念狼》采用第一人称限知视角说话，《病相报告》则借用西方现代派小说多人物、多角度交替的第一人称视角说话，从这里我们不难看到贾平凹探索说话艺术的苦心。不管采用哪一种说话人称和视角，贾平凹在这些长篇小说中都尽量保持一种日常平实的说话姿态。相对而言，作者采用第三人称视角说话的三部作品更加厚实，取得了初步成功，采用第一人称视角说话的三部作品虽然精致，但稍嫌单薄，还未完全传达出贾平凹期待的那种"中国的味道"，那种"在分析人性中弥漫中国传统中天人合一的浑然之气"。①《秦腔》就不同了，它采用疯子（张引生）的第一人称非限知性视角说话方式，这样既有第一人称视角说话的亲切感，又有第三人称全知视角说话的绝对自由，因而更能无拘无束地抵达日常说话的浑然之境。《古炉》表面上是第三人称全知视角说话方式，其实隐在的视点人物是狗尿苔，这是一个和疯子张引生一样具有通灵超感的说话者，他一直在客观冷静地审视着古炉村所发生的一切，所以《古炉》貌似第三人称说话而隐含第一人称视角说话，《秦腔》则貌似以第一人称视角说话方式而实为第三人称视角说话方式，这样，两部作品就都把全知视角与限知视角的说话功能融合在了一起，故而在说话中能漫无边际，汪洋恣肆，有一种潇洒旷达、从容自在的说话风度。《高兴》选择刘高兴作为第一人称视角说话，由于刘高兴并非天赋异禀之人，故而他的第一人称限知说话能将平实日常的说话风格进行到底，虽然少了《秦腔》和《古炉》的神秘，但多了一份现场感和亲和力。当然，神秘或者神神道道的说话也是中国闲聊式说话的传统特征。

至于《带灯》，贾平凹采用了第三人称全知视角说话与第一人称限知视角说话相结合的方式，但这两种说话模式在《带灯》中是组合在一起的，而不是像《秦腔》和《古炉》那样融合在一起，组合式和融合式当然各擅胜场，难分轩轾。在《带灯》中，第三人称全知视角说话长短相间，长的段落细腻铺排，不惮烦琐絮叨，短的段落浓缩简练而富有力度，充分体现了中国传统说话体小说有话则长、无话则短的说话精神。而小说中以女主人公带灯展开的第一人称视角说话，也就是穿插在小说文本结构中的那二十六封信，篇幅都比较长，堪称长书而非短札，仿佛屈原的《离骚》《天问》，自白和倾诉中贯穿着女主人公的灵魂自审精神。如果说《带灯》中的第三人称视角说话是朴实的日常说话，那么第一人称的书信式说话就相对文雅，属于文人化的诗性话语，这也符合带灯的知识人身份和私人化口吻，因为带灯虽然是一个基层乡镇社会工作干部，但她内心里有着浓郁的知识分子情结，身在乡村，心怀人类悲悯，而且她的短信接受者元天亮也是身兼官员与作家于一身，因此他们之间的私人性倾诉采用了相对文雅的诗性说话。《带灯》中的这种组合式说话模式并未破坏，而是拓展了贾平凹所憧憬的平等自由式的，即闲聊式的小说说话体制。小说中的第三人称视角说

① 贾平凹：《病相报告》，上海文艺出版社2002年版，第304页。

话延续了《古炉》全知说话的优长又有所增补，比如增加了长话短说的篇幅，更容易让读者所接受，使说话不至于过分沉闷。而小说中穿插的第一人称视角说话虽然看上去有点私人化和文人化，与日常化的平等说话有些距离，但在两个文化人出身的干部之间，而且是一个对另一个怀着深切的崇拜，这样的语境下，带灯对元天亮的诗性倾诉也就不至于让读者感到矫揉造作，而是增添了《带灯》这部作品说话的多样性与丰富性。读者实际上也不难体会到《带灯》中两种说话模式之间的对话性，即大众式的闲聊与精英式的闲聊之间的差异性，贾平凹在《带灯》中别出心裁地把这两种闲聊式的说话模式拼贴或穿插成一体，让《带灯》的说话艺术别开生面。

二

如前所述，中国古代说话体小说主要分为评书式和闲聊式两种说话类型，前者凌驾于听众和读者之上，后者平等地与听众或读者拉家常，显然贾平凹继承和发扬的是后一种小说说话方式。在评书式说话体小说中，说话者无一例外地袭用第三人称上帝式的全知说话视角，但这种说书人的说话容易流于主观化，经常出现说话者操纵听众或读者以及人物的现象，而到了闲聊式说话体小说里，在表面的第三人称全知说话视角之内其实隐含着大量的第一人称限知视角的说话，譬如《红楼梦》里写林黛玉进贾府和写刘姥姥进大观园就是很好的客观视角说话的例子。当然，《红楼梦》追求客观效果的闲聊式说话源于《金瓶梅》，《金瓶梅》才标志着中国古代小说叙事模式实现了由主观讲述型到客观呈现型的叙事转变，即从让人"听"到给人"读"的转变。[①] 贾平凹对《金瓶梅》和《红楼梦》的迷恋世人皆知，从《废都》到《带灯》，他一直行走在探索主观讲述型与客观呈现型两种说话模式相融合的艺术道路上。所以我们看到了贾平凹在传统的第三人称全知说话模式之外不断地试验新型的小说说话方式，这主要表现为说话人称和视角的不断变化和不断拓展，前文已作说明。接下来要思考的是贾平凹的闲聊式说话体小说是如何实现客观化的呈现型说话艺术效果的。

根据《金瓶梅》和《红楼梦》提供的艺术经验，贾平凹发现了闲聊式说话体小说的艺术核心在于密实繁复地客观呈现日常生活的原生态。如果说评书式的

---

① 石昌渝：《中国小说源流论》，三联书店1994年版，第345页。

说话体小说长期以来形成的是一种以情节为中心的说话结构模式，那么闲聊式说话体小说开创的则是一种以细节为主体的说话结构模式，这是一种反情节的说话结构方式，它打破了传统评书式说话体小说的固有结构模式，摒弃了传统的"情节流"，即情节链条线性结构，而走向了"生活流"乃至于"细节流"，从而形成了生活细节立体网状结构。贾平凹较早是在《高老庄》后记里明确地阐明了他的这种"生活流"或"细节流"的小说观念的。他说："为什么如此落笔，没有扎眼的结构又没有华丽的技巧，丧失了往昔的秀丽和清晰，无序而来，苍茫而去，汤汤水水又黏黏糊糊，这缘于我对小说的观念改变。我的小说越来越无法用几句话回答到底写的什么，我的初衷里是要求我尽量原生态地写出生活的流动，行文越实越好，但整体上却极力去张扬我的意象。"①这是一种混沌无序、苍茫厚实的新小说观，《高老庄》初步自觉地实践了贾平凹这种小说艺术理想，而此前的《废都》则是在不自觉的艺术状态下近乎直觉地走上了这条"生活流"或"细节流"艺术之路。直到写《白夜》的时候，贾平凹才正式提出了他的闲聊式说话体小说观，《废都》闲聊了西京城的几个"文化闲人"的泼烦日子，《白夜》闲聊了西京城的几个"社会闲人"（近乎无业游民）的泼烦日子，两部作品互相补充、相映成趣。相对而言，此后的《土门》《怀念狼》和《病相报告》写得没有《废都》《白夜》和《高老庄》那么密实，贾平凹似乎遗忘了自己曾经有过的艺术体悟，即"在用减法之前而大用加法"，②《土门》《怀念狼》《病相报告》显然是在做减法，而忽视了加法，展示的生活密度不够，主题或理念比较显豁直露，这就和"生活流"或"细节流"的小说形态拉开了不小的距离。《秦腔》被公认为贾平凹长篇小说新文体成熟的标志之作，但我们也不能忽视《高老庄》，《高老庄》是《废都》和《秦腔》之间的艺术桥梁。《废都》还残留着传统小说情节流的遗痕，《高老庄》则是从情节流到生活流的艺术转型见证，至于《秦腔》，它标志着贾平凹正式建构起了生活细节流小说形态。

在《秦腔》后记中，贾平凹将这种生活细节流的小说形态表述为"密实的流年式的叙写"，它写的是清风街人的"生老病离死，吃喝拉撒睡"，总之是"一堆鸡零狗碎的泼烦日子"。③贾平凹并非不擅于讲故事的情节流小说，但他在《秦

---

① 贾平凹：《高老庄》，太白文艺出版社1998年版，第415页。

② 贾平凹：《浮躁（评点本）》，长江文艺出版社1999年版，第3页。

③ 贾平凹：《秦腔》，作家出版社2005年版，第565、563页。

腔》的写作中确实走上了《红楼梦》的生活流写实道路，虽然《秦腔》中也有基本情节，如清风街两代支书之间为农村发展道路而产生的冲突，但这种基本情节完全被淹没在夏家三代人的日常生活冲突的旋涡之中，主要是夏家的天字辈和庆字辈以及两代妯娌之间的日常生活流年中，这也就意味着小说中情节流被生活流乃至细节流所淹没，就如同《红楼梦》中的政治情节冲突完全隐没在荣宁二府的日常生活流年之中，公子小姐丫鬟们的泼烦琐碎日子成了小说叙事的主干，读者被卷入了日常生活细节流，而差不多把隐含其间的政治情节流给遗忘了。而这正是贾平凹在《秦腔》中所要追求的叙述或说话效果。在《高兴》后记（一）里，贾平凹谈到自己五易其稿的时候说："这一次主要是叙述人的彻底改变，许多情节和许多议论文字都删掉了，我尽一切能力去抑制那种似乎读起来痛快的极其夸张变形的虚空高蹈的叙述，使故事更生活化，细节化，变得柔软和温暖。"①不难推想，《高兴》原本并非采用现在的第一人称限知视角说话，而是那种传统的第三人称全知视角讲述，所以穿插着大量的主观说话，比如情节和议论的放纵，而修改后的定稿在视角上有严格的限制，摆脱了主观化和情节流，从而与《秦腔》生活化和细节化的路数一脉相承。《高兴》之后是《古炉》，《古炉》的写作依旧采取生活细节流式的说话，在写实的程度上甚至超越了《秦腔》。贾平凹在《古炉》后记中说："什么叫写活了，逼真了才能活，逼真就得写实，写实就是写日常，写伦理。脚蹬地才能跃起，任何现代主义的艺术都是建立在扎实的写实功力之上的。"又说："长篇小说就是写生活，写生活的经验，如果写出让读者读时不觉得它是小说了，而相信真有那么一个村子，有一群人在那个村子里过着封闭的庸俗的柴米油盐和悲欢离合的日子，发生着就是那个村子发生的故事，等他们有这种认同了，甚至还觉得这样的村子和村子里的人太朴素和简单，太平常了，这样也称之为小说，那他们自己也可以写了，这，就是我最满意的成功。"②确实如此，《古炉》写的就是"文革"时期一个中国村庄里的一群人的一大堆泼烦日子，虽然其间也有造反派与保守派之间的政治博弈，但全然不是那种主题先行的情节流小说，古炉村的日常生活琐碎细节在文本中自然地流淌，枝枝叶叶、点点滴滴，作者"尽力使这个村子有声有色，有气味，有

---

① 贾平凹：《高兴》，作家出版社2007年版，第450页。
② 贾平凹：《古炉》，人民文学出版社2011年版，第606—607页。

温度，开目即见，触手可摸"①，从而达到逼真写实的境界。

贾平凹在《古炉》中进一步将《秦腔》的生活细节流说话形态发挥到了极致。这不由让我联想起了法国当代思想家德勒兹的"褶子"理论。德勒兹认为世界就是一个"无限的褶子"，而时常以"有限的褶痕"呈现出来。他还将褶子分为物质的重褶和灵魂中的褶子，灵魂之褶是无限的不能轻易展开的褶子，而物质之褶通常以重重叠叠的重褶的形式出现。充满了褶皱和褶痕。②大千世界，到处有生活，而生活之表象形态无不由物质的重褶所构成，而生活之精神形态则隐藏着灵魂之褶皱，如果连生活的物质重褶都打不开，那就更遑论打开内在的灵魂褶皱了。我以为贾平凹在《秦腔》《高兴》和《古炉》中正在竭力打开日常生活的细微褶皱，让日常生活中不易为人所察觉的各种生活细节的褶痕敞开，生活在打褶，而作家的使命就在于解褶，不仅要解开外褶，即物质之褶，而且要解开内褶，即灵魂之褶。显然，如果一个作家丧失了解开物质之外褶的能力，他也就不可能解开灵魂之内褶，由此我们不难体会贾平凹为何如此心醉于日常生活细节流的叙写，他正是要一反中国古代传统主流写意画的技法，而以宋人张择端画《清明上河图》的艺术气魄和耐心，让当前中国乡村繁荣后破败的生活褶皱、当前中国城市中农民工底层挣扎的生活褶皱，以及"文革"时期中国农村混乱无序的生活褶皱纤毫毕现地敞开，而不同时代不同阶层的人性的褶皱和灵魂的褶皱即蕴含其中。在这个意义上，我以为八九十年代之交在中国文坛曾经繁盛一时的"新写实小说"意外地在贾平凹新世纪长篇小说创作中取得巨大的成功。他以写实的画境将"新写实小说"推到了极致境界。贾平凹曾经说他的写作得益于绘画理论，他在《古炉》后记里说道："比如，怎样大面积地团块渲染，看似塞满，其实有层次脉络，渲染中既有西方的色彩，又隐着中国的线条，既有淋漓真气使得温暖，又显一派苍茫浑厚。比如，看似写实，其实写意，看似没秩序，没工整，胡摊乱堆，整体上却清明透澈。比如，怎样'破笔散锋'。比如，怎样使世情环境苦涩与悲凉，怎样使人物郁勃黝黯，孤寂无奈。"③早在18世纪，德国莱辛就在著名的《拉奥孔》里断言诗（文学）是时间的艺术，而绘

---

① 贾平凹：《古炉》，人民文学出版社2011年版，第606页。

② 吉尔·德勒兹：《福柯褶子》，于奇智、杨洁译，湖南文艺出版社2001年版，第102、149页。

③ 贾平凹：《古炉》，人民文学出版社2011年版，第606—607页。

画是空间的艺术。贾平凹曾长期痴迷于中西绘画艺术，他的小说无可避免地接受了绘画这种空间艺术的熏染，从而使其小说出现了空间化的艺术倾向。除去色彩和线条之类的不谈，诸如大面积地团块渲染，看似无序地胡堆乱摊、胡涂乱抹之类，正是贾平凹长篇小说文体美学的一大特色。而且，只有在闲聊式而不是评书式的说话体小说中，只有在说话人称和视角不断变化的日常生活细节流的密实叙写中，才便于实现这种小说叙事的空间化艺术战略。摒弃情节流也就是排斥小说的时间化，转向生活流和细节流也就是走向小说的空间化。毋宁说，贾平凹的闲聊式说话体小说及其日常生活细节流写作，是一种反时间的空间化写作，在《秦腔》和《古炉》这样的长篇大作中读者仿佛陷入了时间停滞后的静态或循环空间中，以至有些读者和批评家因此而丧失了深度阅读的耐心，而忽视了贾平凹的这种小说说话姿态恰恰就是对我们这个高速发展、流行快餐式阅读的时代的一种艺术抵抗。

《带灯》是对《秦腔》和《古炉》在闲聊式小说说话艺术上的继承和发展。其继承主要表现在《带灯》的主体部分依旧延续了此前的日常生活细节流的叙写路数，而且在《带灯》后记中贾平凹对这种小说方法有了进一步的体悟，他意识到自己的小说方法与当今西班牙足球的王者巴塞罗那队踢法相似，他说："传统的踢法里，这得有后卫、中场、前锋，讲究的三条线如何保持距离，中场特别要腰硬，前锋得边跑传中，等等等等。巴塞罗那则是所有人都是防守者和进攻者，进攻时就不停地传球倒脚，繁琐、细密而眼花缭乱地华丽，一切都在耐烦着显得毫不经意了，突然球就踢入网中。这样的消解了传统的阵形和战术的踢法，不就是不倚重故事和情节的写作吗，那繁琐细密的传球倒脚不就是写作中靠细节推进吗？"[①]这真是奇妙的惊人联想，贾平凹居然在华丽的巴萨足球踢法中看出了自己的小说说话方法。二者之间确实有着惊人的相似，巴萨的艺术足球在当今世界足球堪称独步，华丽的盘带令人眼花缭乱，但同时显得沉闷，相当于俗语云温水煮青蛙，就在大家昏昏欲睡时皮球入网，而贾平凹的长篇小说写法与巴萨的足球踢法之间有着异曲同工之妙，同样是华丽繁密的翻转腾挪、靠不经意的细节而不靠抢眼的情节推进，打破了传统小说情节流模式和套路，在静静的细节流淌中悄然抵达艺术的大气象。虽然小说中也存在着家族之间的

---

① 贾平凹：《带灯》，人民文学出版社2013年版，第361页。

冲突和争斗，比如元家兄弟与薛家兄弟之间的利益争端乃至大规模械斗，这就如同《古炉》中也有夜家与朱家的争斗、《秦腔》中有夏天义与夏君亭之间的政治经济路线之争一样，但从艺术整体效果而言，这些重要的故事情节并没有形成时间的情节流，而是被消解在空间化的日常生活细节流的密实叙写中，比如小说中诸多小山村里和镇街上各色人等的繁琐生活的高密度描绘，各种上访事件事无巨细的还原，基层乡镇政治生活中的蝇营狗苟、纠缠内耗，都被整体纳入作者笔下的日常生活细节流程之中。比较作家80年代中期发表的长篇《浮躁》，同样是写到家族争斗，比如金狗置身于田家和巩家之间的权力博弈旋涡中，但金狗的爱情与人生故事被纵向编织进了家族政治博弈的情节流程之中，而《带灯》里的带灯则拒绝被纳入纵向的时间流程中，她与元家和薛家之间的家族争斗乃至樱镇各色人等的矛盾冲突都被消解在横向的日常生活空间书写中，由此我们也不难发现贾平凹90年代以来空间化的长篇小说文体美学与80年代传统型时间化的长篇小说文体的相异之处。

与《秦腔》和《古炉》相比，《带灯》也有了艺术新变。这主要表现在小说中穿插的那二十六封信上。如果说《带灯》的主体部分依旧是反情节流的生活流与细节流叙写，那么穿插其间的书信部分则是女主人公的情绪流乃至于意识流的抒写，这同样是反情节流、反时间化的空间艺术行为。与意识流相比，情绪流介于理性与非理性之间，因为西方文学中通常将意识流限定在非理性或潜意识的领域，这意味着我们通常说的意识流其实应该是潜意识流或无意识流。带灯之所以给元天亮写信，主要是为了抒发自己内心的苦闷，包括生活的苦闷和心灵的苦闷。她无法把自己作为一个乡镇基层干部的亲历亲闻事无巨细地写给元天亮，那种密实的日常生活细节流叙写已经在作品中以第三人称全知叙事的方式呈现，那么她在信中所要做的就是以第一人称的抒情而不是写实的方式向元天亮倾诉自己的理想和痛苦。这在小说文本结构中表现为女主人公的情绪流和意识流，带灯的二十六封信集中抒写了她的心理情绪流动或潜意识流动的过程，这种情绪流或意识流与小说主干的生活流和细节流相映成趣，互相补充。如果说日常生活细节流主要是为了书写和拆解生活中物质的重褶，进而折射人性和灵魂的褶皱，那么日常生活情绪流或意识流的抒写则是为了直接敞开女主人公的人性和灵魂的褶子，包括内褶和外褶。贾平凹直接抒写带灯的情绪流或意识流与他整体叙写樱镇日常生活细节流一样，都是为了反抗小说的时间化，虽然带灯的情绪流或意识流的抒写中也折射了她的时间流逝的体验，但此时的物理时间已经内化为心理时间和情绪时间，即普鲁斯特所谓作为"纯粹时间"的瞬间感受，这就已经不是时间而是空间了，外在的物理时间转化为了内在的心理空间。[①]

三

中国古代白话长篇小说大抵以说话为本，无论是评书式的说话体长篇小说《三国演义》《水浒传》《西游记》之类，还是闲聊式的说话体长篇小说《金瓶梅》《儒林外史》《红楼梦》之类，都有人物群像结构在支撑着整部作品的艺术大厦。诚然，前一类长篇小说往往经过了一个"滚雪球"式的形成过程，归根结底可以视为集体创作，故而不难发现文本中比较松散的联缀式或组合式结构，但《金瓶梅》和《红楼梦》却是地道的个人创作，其人物群像结构丝毫不亚于前一类长篇小说，甚至还构成了对前者的艺术超越。而反观"五四"以来的所谓现代性的长篇小说，自《倪焕之》《子夜》以来，作品大都是围绕某一两个中心人物展开，群像结构式的长篇大作并不多见，值得一提的仅有巴金的"激流三部曲"、老舍的《四世同堂》、路翎的《财主底儿女们》等少数几部，而且不难看出它们都和《红楼梦》有着不解之缘。1949年后盛极一时的"革命英雄传奇"，如《红岩》《铁道游击队》《林海雪原》之类，明显向中国古代评书式说话体长篇小说学习，故而也大多采用人物群像结构，虽然世易时移，其中许多英雄人物形象至今依旧深入人心，这也是值得我们许多一味模仿西方现代长篇小说文体者所深思的现象。改革开放以来，我们的长篇小说很少有塑造出了人物群像结构的成功之作，而这正是陈忠实的《白鹿原》长期为人所称道之处。如果说陈忠实的《白鹿原》更多受西方长篇小说影响，只是暗合了中国古代评书式说话体长篇小说的人物群像结构，那么贾平凹自《秦腔》至《带灯》，就是在明确主动地追步中国古代闲聊式说话体长篇小说的人物群像结构了。

在现代长篇小说发展过程中，继承中国古代长篇小说中人物群像结构模式具有革命性的意义。因为它打破了现代长篇小说中习见的由单一或少数主人公为叙事中心的中心人物结构模式，这种中心人物结构模式发展到"文革"就变

---

① 弗兰克等：《现代小说中的空间形式》，北京大学出版社1991年版，第15页。

成了后来饱受诟病的"高大全"和"三突出"人物结构模式。群像结构是一种多中心或反中心的人物结构模式，它在理论上应该与《金瓶梅》和《红楼梦》那种生活流的长篇小说相契合，而与传统的情节流长篇小说在本质上相抵牾，但由于中国古代以《三国演义》和《水浒传》为代表的情节流长篇小说大都是"滚雪球"式的集体创作或拼合成书，所以其群像结构照样也能成功，而一般作者模仿或学步之作就沦为末流，这就是诸多历史演义情节流小说虽袭用群像结构而未能成功的原因。之所以说群像结构与日常生活细节流小说在本质上相契合，是因为日常生活的原生态本应就是多中心的人物结构形态，每个人物都应是自己日常生活的中心和主人，而不应是别人的陪衬或客体。那种常见的中心人物结构模式正是对日常生活形态中多中心状态的艺术反动。法国思想家德勒兹曾提出"树状思维"与"块茎状思维"以及"树状文本"与"块茎文本"的概念，并指出"树状思维"的实质是"国家式思维"，而"块茎状思维"的实质是"游牧式思维"。[①]在我看来，小说中的群像结构正是一种块茎文本结构，它强调人物的差异性和多元性，反对人物塑造中的中心主义思维和二元对立思维，而小说中的中心人物结构模式则是一种树状文本结构，也可以叫作根茎文本结构，因为埋藏在地下的根茎及其派生的根须，与生长在地上的树干及其派生的树枝树叶一样，都具有鲜明的中心主义特性。树状结构或根茎结构并非一定是单一性的线性结构，它更可能是复杂性的网状结构，但网状结构通常是中心主义结构，它坚持以某一两个人物为形象塑造中心，其他众多人物作为配角做众星捧月般的陪衬，从而形成一张人物之网，并通常与情节之网或情节之流相匹配。而块茎结构就不同了，它在理论上是严格的反中心的多元结构，因为生活就是一个巨大的块茎，块茎最大的特点就是它上面与生俱来的许多生长点，在适当条件下就能多处发芽，自由生长。在这个意义上，中国古代说话体长篇小说中的群像结构其实应该成为现代中国长篇小说创作的重要资源，中国当代作家有责任对这种群像块茎结构艺术传统进行创造性的转化，而贾平凹正在自觉地进行着这种中国小说传统的现代转化实践。

《废都》是贾平凹实践闲聊式说话体小说的转型之作。这部长篇的人物群像结构与《金瓶梅》如出一辙，庄之蝶对应西门庆，牛月清对应吴月娘，唐宛儿

---

① 道格拉斯·凯尔纳、斯蒂文·贝斯特：《后现代理论——批判性的质疑》，张志斌译，中央编译出版社2001年版，第128—133页。

对应潘金莲，柳月对应春梅，景雪荫对应李瓶儿，还有孟云房对应应伯爵，汪希眠对应花子虚，等，贾平凹几乎是把古代清河县的各色人物改头换面搬到了现代西京城里上演。与此前的社会情节流小说《浮躁》相比，同样是写情感纠葛，金狗的情感故事主要是历时态的演变，而庄之蝶的情感状态则是共时态的呈现；同样写朋友，金狗与雷大空之间是二元对立的人物结构，雷大空是用来反衬金狗的，而西京城的"四大名人"设置，汪希眠、龚靖元、阮如非本来是可以不作为庄之蝶的陪衬而存在的，只可惜作者没有写出另三个"名人"的各自性格深度来，也就是说《废都》的人物群像结构并不是立体化的浮雕群像，与多位女性人物相比，小说里的众多男性人物，除庄之蝶外，大都比较扁平化，这就等于是把《金瓶梅》中的人物群像块茎结构变成了以庄之蝶为中心的网状结构了。《白夜》写的是西京城的一群"社会闲人"，和《废都》一样采用人物群像结构，但最终也沦为了人物网状结构而没有达到人物群像块茎结构的境界。《土门》在人物群像塑造上存在着和《白夜》同样的问题，除了梅梅和成义之外，其他各色人等也很难给读者留下深刻印象。《怀念狼》的理念化和意象化倾向过于明显，人物塑造更是采取中心主义思维，基本上围绕"我"和猎人傅山展开，思想大于形象。《病相报告》虽然借用多角度第一人称叙述，但属于典型的人物群像结构，这种让每一个人物都以自己的身份和口吻说话的方式，更接近于所谓人物群像块茎结构，让每一个人物形象都在作者搭建的生活平台或艺术空间中自然地生长和表现。胡方作为男主人公并未遮蔽其他男女人物各自独立存在的艺术形象。所以《病相报告》属于德勒兹意义上比较典型的块茎文本，它遵循的是"游牧式思维"，即非中心的发散式思维，而不是中心主义的"国家式思维"。《高老庄》也属于人物群像块茎结构，大学教授高子路、后妻西夏、前妻菊娃、厂长王文龙、园主蔡老黑，还有苏红、子路娘、迷糊叔、顺善、庆来，各色人等都塑造得栩栩如生，作者没有在所谓男女主人公与其他人物形象之间顾此失彼，不管各自在文本中所占篇幅大小如何，他们都在属于自己的艺术生活空间中自由地生长和表现，这就是游牧式的思维和块茎化的文本结构。可以说，《高老庄》是《废都》与《秦腔》之间的艺术桥梁。《废都》之后，贾平凹的长篇小说文体探索有过迷惘和挫折，但《高老庄》是通往《秦腔》的艺术界碑。

以《秦腔》为标志，包括《高兴》《古炉》和《带灯》在内，贾平凹正式全面确立了自己长篇小说的人物群像块茎结构方式。在《高兴》后记（一）里，贾平凹这样写道："原来的书稿名字是《城市生活》，现在改成了《高兴》。原来是沿袭着《秦腔》的那种写法，写一个城市和一群人，现在只写刘高兴和他的两三个同伴。原来的结构如《秦腔》那样，是陕北一面山坡上一个挨一个层层叠叠的窑洞，或是一个山洼里成千上万的野菊铺成的花阵，现在是只盖一座小塔只栽一朵月季，让砖头按顺序垒上去让花瓣层层绽开。"①贾平凹在这里谈到了《秦腔》与《高兴》的人物结构差异，《秦腔》是写一群人，而《高兴》是写几个人。《秦腔》的人物结构如同陕北山坡上层层叠叠的窑洞群，如同陕北山洼里成千上万的野菊阵，每一个人物如同一孔窑洞、一朵野菊花，尽管他们外形上有大小，在文本里的篇幅有差异，但他们都是独立的艺术生命个体，在文本结构中享有不可替代的地位。不管是夏家的天字辈（天仁、天义、天礼、天智），还是庆字辈（庆金、庆玉、庆满、庆堂等），抑或媳妇妯娌们（淑贞、菊娃、竹青、梅花等），还有引生、君亭、上善、秦安、武林、三踅、黑娥和白娥等众多人物，他们并没有被夏风和白雪这一对怨偶形象及其爱情故事所冲淡或遮蔽，而是在整个清风街的艺术生活空间里自由生长，且生长出各自的性格风采来。这就是大规模的人物群像块茎结构的艺术魅力，如同层层叠叠的窑洞一样密实恢宏，如同漫山遍野的花团锦簇一样绚烂辉煌。《古炉》的人物群像结构与《秦腔》如出一辙，尽管两部作品的题材不同，《秦腔》叙写的是中国农村改革进入深水区后所发生的乡村溃败景象，《古炉》叙写的是"文革"期间中国农村的混乱世象，但《古炉》沿袭了《秦腔》的人物群像块茎结构，且在规模上有过之而无不及，《古炉》可以说是贾平凹精心倾力构筑出的又一个大型艺术窑洞群像或山村野花方阵。婆、狗尿苔、秃子金、水皮、牛铃、夜霸槽、杏开、天布、朱大柜、马勺、老顺、麻子黑、朱满盆、善人、戴花、面鱼儿、守灯、迷糊、欢喜、黄生生、灶火、磨子、铁拴、来回、长宽、马卓，这一连串的充满山野气息的人物如同漫山遍野的无名花朵向读者扑面走来，带着山野的温度和灵性，各自或卑微或勇猛或隐忍或刚愎地活着，蠕动在那个特殊政治年代的山村舞台上。他们各自的生存状态与政治有着或显或隐、或深或浅的关系，但他们独立的艺术生命并未被政治话语和宏大叙事所湮没，相反，小说中的政治宏大叙事情节流被切割或消解于这众多人物的日常生活细节流淌之中。夜霸槽和朱大柜毫无疑问是这部作品中

---

① 　贾平凹：《高兴》，作家出版社2007年版，第449—450页。

最重要的人物，但你却不能因此而忽略其他大大小小的各色人物的艺术生命价值。这就如同贾宝玉、林黛玉和薛宝钗是《红楼梦》中当仁不让的主要人物角色，但读者是无法忽略大观园中其他众多小姐和丫鬟的艺术生命的一样，因为他们都是《红楼梦》人物群像块茎结构中不可或缺的艺术生命体。这样说并不意味着我认为《古炉》和《秦腔》就达到了《红楼梦》的水平，我只能说贾平凹行进在通往中国古典小说传统制高点的艺术大道上，并取得了让同代人羡慕的艺术成就，但如何让人物群像块茎结构生长出枝繁叶茂的艺术大树来，让作品中生长出更多更有深度的艺术典型人物形象来，这是摆在贾平凹面前的一道艺术难题。

虽然《高兴》只写了刘高兴、五富、黄八、石热闹、杏胡夫妇、孟夷纯这为数不多的几个农村人物在城市里的日常生存状态，人物的数量和规模远远比不上《秦腔》和《古炉》，但《高兴》同样属于人物群像块茎结构。人物群像结构究竟是根茎结构派生的网状结构，还是块茎结构，不在于人物形象数量多寡，关键是看在特定的人物形象群体中多数艺术生命个体是否拥有独立地位，是否有少数艺术生命个体成为文本结构的绝对中心，而其他人物则沦为了对中心人物形象的艺术陪衬。所以人物群像块茎结构是一种民主型的文本结构，而人物形象根茎结构是一种专制型的文本结构，至于人物形象网状结构介于二者之间，它表面上接近于块茎结构而实质上属于根茎结构的派生物或复杂形态。贾平凹在《高兴》后记（一）中一开头就说他在家里正读《西游记》，突然刘高兴的生活原型刘书桢闯进来拜访，这一细节值得回味，因为《高兴》的人物群像块茎结构正是脱胎于《西游记》。《西游记》里唐僧、孙悟空、猪八戒、沙和尚师徒四人去西天取经，与《高兴》中刘高兴与五富、黄八、石热闹、杏胡夫妇一起在城市拾破烂谋生，事件的性质虽然相距霄壤，但人物的结构却是相同的，只不过《西游记》里遇到了太多的妖魔鬼怪，而《高兴》中偏偏也出现了一个孟夷纯，在叙述功能上略近于白骨精或玉兔精之类。《西游记》是小型的人物群像块茎结构，《红楼梦》是大型的人物群像块茎结构，这就如同《秦腔》和《古炉》走的是大型块茎文本之路，而《高兴》走的是小型块茎文本之路。明眼人还会发现，《高兴》后记（二）题名《六棵树》，文章依次写了故乡的皂角树、药树、楸树、香椿树、苦楝树、痒痒树，每一棵树都有自己附着的故事，彼此独立而不能被替代，它们都在故乡的土地上生长，而这正是《高兴》中几个主要人物形象组成的艺术群像块茎结构的隐喻。

中国古代长篇小说中往往都是英雄人物群像或贵族人物群像的块茎结构，而现代中国长篇小说中更是注重塑造日常生活中的小人物或普通人的人物群像块茎结构。《秦腔》《高兴》和《古炉》中的小人物群像块茎结构正是在这个意义上凸显出了它的文体史价值。《带灯》显然也属于这种小人物群像块茎结构。它包括三个小人物形象系列：一个是由带灯、竹子、书记、马副镇长、白仁宝、侯干事、刘秀珍等组成的基层乡镇干部系列，一个是由元家兄弟（元黑眼、元斜眼、元老三），薛家兄弟（拉布、换布），曹老八，张膏药，陈大夫，马连翘等组成的樱镇镇街小镇人物系列，一个是由分布在各村寨的带灯的"老伙计"（如刘慧芹、六斤、陈艾娃、李存存、范库荣等），"十三个妇女"（丈夫都在大矿区染病）及"老上访户"（王后生、杨二猫、朱招财、王随风等）组成的村寨人物系列。这三个小人物形象系列都生存在一个正在走向现代城镇化的中国乡镇——樱镇的土地上，他们之间彼此联结，编织成网，但这是生活之网而不是情节之网，因为维系整个文本的是众多小人物的日常生活细节流而不是一环套一环的故事情节流。虽然小说以带灯的名字为题，但此题实际上是一个巨大的隐喻，它隐喻了当前中国现代化进程带灯前行的处境，故而作为人物形象的带灯并非小说中绝对的主人公或中心人物形象，毋宁说，带灯这个人物更像是一个参与到小说的整体情境之中的叙述者或者说话人。小说中竹子、马副镇长、元家兄弟、薛家兄弟、"老伙计"、"老上访户"的形象都不是带灯所能代替或遮蔽的，甚至有些人物在完整性和深刻性上还超过了带灯。这正是人物群像块茎结构的艺术妙处，它能促使作家更客观公平地塑造笔底下的各色人物形象，而不是出于对个别人物的迷恋而创作。由此可以发现，人物群像块茎结构实际上大大地拓展了小说的话语空间。如果说从《废都》到《带灯》，贾平凹走向了闲聊式的说话体，走向了日常生活细节流，实现了贾氏长篇小说从时间化到空间化的艺术转变，那么，从《秦腔》到《带灯》，贾平凹进一步通过人物群像块茎结构实现了长篇小说的空间化叙事。

四

自《废都》到《带灯》，贾平凹要复活的就是中国古代说话体小说传统，当然是那种闲聊式的而不是评书式的说话体小说传统，因为正是在这种闲聊式的说话体小说传统中隐含着现代性的文体资源。中国古代说话体小说无论评书式还是闲聊式，都同时受到了中国古代诗文传统的影响，准确地说，是受到了中国古代史传文学与诗赋文学的影响。相对而言，评书式说话体小说更多地受史传文学中正史和野史的双重影响，诗赋文学不过是作为艺术点缀品而存在，而闲聊式说话体小说更多地受史传文学中民间化和个人化的野史的影响，由此诗赋文学也不再是附庸而是作为内在的精神底蕴而存在。前者以《三国演义》和《水浒传》为代表，后者以《金瓶梅》和《红楼梦》为代表，这种文体影响是看得比较分明的。现代中国小说的发展尽管明显受到了西方现代文学传统的影响，但欧洲汉学家普实克认为中国古代文学的两大传统——"抒情"与"史诗"或曰主观与客观，依旧潜在地制约着中国现代作家的文学包括小说创作。① 陈平原则进一步提出"史传"传统与"诗骚"传统共同制约着中国小说叙事模式发生现代转变的论断。② 虽然他们所用概念不一，但大体意思相同，即现代中国小说除受西方影响外，还受到了中国传统的"史"与"诗"的双重影响。

就贾平凹的闲聊式说话体小说而言，它直接源于《金瓶梅》和《红楼梦》的说话传统，因此，如同曹雪芹在骨子里是诗人而又有民间历史书写冲动一样，贾平凹也有"史"与"诗"的双重文体追求，他的小说文体中同时受到了客观历史书写与主观诗歌抒情的双重渗透。在《高兴》后记（一）中，贾平凹这样写到自己的创作意义："我掂量过我自己，我可能不是射日的后羿，不是舞干戚的刑天，但我也绝不是为了迎合和消费去舞笔弄墨。我这也不是在标榜我多少清高和多大野心，我也是写不出什么好东西，而在这个年代的写作普遍缺乏大精神和大技巧，文学作品不可能经典，那么，就不妨把自己的作品写成一份份社会记录而留给历史。"③ 正是在这种为将来的历史保留社会记录和社会档案的驱动下，贾平凹写了《高兴》，写了几个卑微的农民在现代城市中以拾垃圾为生的尴尬生存状态。这是野史而不是正史，正史是不会接纳这群卑微的底层人物的个人生活史的，但贾平凹以客观精细的笔触，冷静地书写了这一群底层人物的日常生活细节流，用文学的方式存史，这是现在和以后的正史书写所无法替代的

① 普实克：《抒情与史诗——现代中国文学论集》，李欧梵编，郭建玲译，上海三联书店2010年版，序第2—4页。
② 陈平原：《中国小说叙事模式的转变》，北京大学出版社2003年版，第209页。
③ 贾平凹：《高兴》，作家出版社2007年版，第440页。

民间文字。《高兴》是如此，《废都》也不例外。当年《废都》遭致大量误解和诋毁，如今看来，这部作品大胆而真实地书写了商品经济时代来临后中国知识分子的生活和精神的双重溃败史，可谓为二十世纪八九十年代之交转型时期中国知识界立史存照。这也是为正统的当代史家所不会触及的历史侧影。《废都》令人想起《金瓶梅》，而《金瓶梅》正可以看作是为明代中期社会商业化和世俗化历史潮流书写了一部无可替代的鲜活的民间野史。当代庄之蝶的沉沦在某种意义上比明代西门庆的堕落更令人绝望，因为西门庆是商人豪强的堕落，而庄之蝶是文化人或知识分子的沦丧。《秦腔》的写作也有巨大的民间历史书写冲动在驱使，贾平凹坦言写《秦腔》就是为了替自己行将消失的故乡"树起一块碑子"。① 而所谓碑子，正是历史纪念碑之意。不过不是官方的庙堂纪念碑，而是民间的被岁月风雨所剥蚀的残缺纪念碑。《秦腔》中那种传统大家族大家庭的日常伦理的消逝写得细腻而有力度，力透纸背，贾平凹为最后的中国乡村立史的文学理想基本达到了。《古炉》则是为"文革"留下了一份属于贾平凹的个人化历史书写记录。作为那段历史的亲历者，贾平凹在三十多年后以一种历史旁观者的视角加以叙写，他不仅写了自己一个人的"文革"记忆，而且也浓缩了一个民族的"文革"记忆。而记忆就是历史，对作家而言，个体的记忆比集体的历史更加可靠，更加真实。至于《带灯》，贾平凹同样有着为民间存史的冲动，通过书写樱镇一群乡镇干部在社会综合治理过程中所遭遇到的形形色色的中国农民群像，作者把属于我们这个时代独特的社会政治现象——"维稳"和"信访"作了文学意义上的实录，这使得这部作品具备了文学之外的社会学、政治学、历史学、文化学的意义。尤其值得注意的是，贾平凹在从《废都》到《带灯》的长篇小说创作历程中，为了增强小说的历史感，经常将采集到的大量的民歌民谣、奇闻轶事、笑话段子、野史方志、残碑断简、地方曲艺之类穿插其中，《带灯》里甚至还大量穿插政府公文、领导计划、会议记录、工作日记之类，这样不仅没有显得生硬和不协调，反而经过作者的艺术剪裁后使作品呈现出了别一种艺术笔墨的味道。这是一种大胆的文体杂糅，既增添了作为小说的说话的谐趣，也强化了闲聊式说话体小说的历史感。甚至我们还可以发现，贾平凹写《高兴》和《带灯》的时候，是有着为两个认识的生活原型立传的冲动而写作的，这是典

---

① 贾平凹：《秦腔》，作家出版社2005年版，第563页。

型的纪传体历史书写思维，但作家并没有停留在为喜爱的生活原型立传的层面上，而是继承了中国古代人物群像块茎结构的叙事模式，塑造出立体鲜活的小人物群像来，这样的为小人物立传的文学诉求，确实值得尊重。

除了历史冲动和历史的文体渗透外，贾平凹的长篇小说系列中还存在着抒情冲动和诗赋的文体渗透。关于贾平凹小说创作受到诗歌的影响，这是个老话题了。贾平凹最初就是写诗的出身，由作诗而写小说，小说里不可避免会有诗的内质在起作用。读《废都》，读者不难从小说中那头奶牛哲学家的身上体味到哲理诗的悲苦与哀伤，那是深陷现代城市的庄之蝶内心中无法返回传统乡村诗意生活的悲伤。读《怀念狼》，读者不难把这部长篇当作现代人寻找野性家园而不可得，由此发出的绝望的哀鸣，这同样是诗性的调子。读《秦腔》，读者更能体味到这是一首忧伤的长篇乡村歌谣，秦人秦腔撕心裂肺的吼叫声夹杂着一些无望的情绪，《秦腔》由此成了一曲荡气回肠的当代乡村历史挽歌。读《带灯》，读者从女主人公带灯的那二十六封情意绵绵、充满诗情画意的信中不难体会到作家胸中那难以遏制的抒情冲动。然而，正如贾平凹在《带灯》后记里说到的那样，写《带灯》，作者既"喜欢《离骚》"，又"兴趣了中国两汉时期那种史的文章的风格"，① 如果说文本中带灯的自我倾诉是中国古代诗骚传统使然，那么作为文本主体的樱镇日常生活细节流的密实叙写，中间穿插直白肯定的简练文字，就属于作者向两汉史家致敬的笔法了。"史家之绝唱，无韵之离骚"，这是鲁迅对太史公《史记》史中有诗的高妙定评。反过来，曹雪芹的《红楼梦》完全担得起诗中有史的评价。贾平凹所憧憬的正是让"史"与"诗"在小说中交融的一种艺术境界。这使得他的多数长篇小说虽然以虚构为本，但其"说话"既有诗性又有史感，然而遗憾也不是没有，贾平凹依旧未能达到"诗"与"史"、主观与客观、精神与物象、形而上与形而下，也就是虚与实交融的艺术胜境。他曾说："生活如同是一片巨大的泥淖，精神却是莲日日升起，盼望着浮出水面开绽出一朵花来。"② 但那朵圣洁的莲花何时才能出现呢？他还说过："生活有他自我流动的规律，日子一日复一日地过下去，顺利或困难都要过去，这就是生活的本身，所以它混沌又鲜活。如此越写得实，越生活化，越是虚，越具有意象。以实写

---

① 贾平凹：《带灯》，人民文学出版社2013年版，第361页。
② 贾平凹：《高老庄》，太白文艺出版社1998年版，第415页。

虚，体无证有，这正是我把《怀念狼》终于写完的兴趣所在啊。"① 但《怀念狼》这部精致的小长篇毕竟未能抵达虚实相生、有无相通的艺术境界，和后面的《秦腔》和《古炉》相比，艺术格局毕竟狭窄，虚过于实，精神升腾的地气是不足的。《古炉》后记里有一段话说得很灵妙："写实并不是就事说事，为写实而写实，那是一摊泥塌在地上，是鸡仅仅能飞到院墙。在《秦腔》那部书里，我主张过以实写虚，以最真实朴素的句子去建造作品浑然多义而完整的意境，如建造房子一样，坚实的基，牢固的柱子和墙，而房子里全部是虚空，让阳光照进，空气流通。"② 平心而论，《秦腔》和《古炉》的虚实有无艺术达到了当今中国文学所不曾抵达的胜境，但离贾平凹所心仪的《红楼梦》毕竟还有距离，这两部大书依旧存在着实过于虚或虚过于实的问题。

（原载《小说评论》2013 年第 4 期）

---

①　贾平凹：《怀念狼》，作家出版社2000年版，第271页。
②　贾平凹：《古炉》，作家出版社2011年版，第607页。

论《带灯》及贾平凹中国式文学叙事

韩鲁华

近些年来，创作界与理论界更加深入思考中国化的文学写作问题。这背后隐含的是对"五四"以来中国文学写作西化影响的反思与拷问。但是，什么是中国式的写作？怎样建立中国式的写作？这可谓是见仁见智。但在笔者看来，最为关键的应当是对中国文学艺术思维方式与精神的承续，在此基础上，融汇西方的文化精神等，写出中国所独有的文学艺术味道来。这种味道，不是附着于言表，而是透在骨子里的。于此，笔者常常想到日本的川端康成与哥伦比亚的马尔克斯。处于今天的时代，文学创作要完全的回归传统是不可能的，但近百年间一味地匍匐于西方人后面亦步亦趋地前行，也是最终难以走出自己的路子的。文学的自觉，不仅体现在回归文学本体，更为重要的，还存在着建构自己本民族独立于其他民族的文学艺术精神问题。就此而言，中国当代文学似乎还有进一步发展、完善、提升的空间。

贾平凹的新作《带灯》在许多方面，在笔者看来是在延续着《秦腔》《古炉》的整体艺术思路前行的。但是，这其间的确有明显的变化。这部作品与此前的《秦腔》《古炉》等在艺术叙写上的变化，主要体现在：一是内在的风骨更为突出，作品的内在质感更强；二是叙述上更加质朴，白描性、直叙性更强；三是于整体艺术建构上，意象性似乎在减弱，细巧的东西也少了，更加沉静、厚实、直白，是一种生活骨架本真式的呈现。而且从这部作品中可以看出，贾平凹试图将中国文学艺术精神气脉打通的探寻。他自言以前倾心于明清，现在对两汉更感兴趣，欲以汉笔法叙写今天之事，也许将来他还会将目光投向先秦。他的文学创作受两宋元明清的艺术气质影响是明显的。重要的不仅是对文学笔法的学习，而是从作家文人身上承续其文学艺术精神气质。比如，苏轼的精神气质，在贾平凹身上就有着明显的显现。在拉通中国文学艺术历史的过程中，寻求中国式的文学艺术建构，这一方面，当代作家中许多人都在做着努力。于新世纪，或者再早一点就是 20 世纪 90

年代，中国作家便开始了这方面的努力，取得了不容忽视的成就，只是人们并未像今天这样清醒而已。虽然如此，笔者还是认为这一历史使命并未完全完成，并没有从根本上彻底解决。百年来，中国文学一直未能彻底解决确立"我是谁"的问题。西化移植模仿，或者以实用主义的方式，从中外文学中拿来一些东西，貌似古典的、西方的，实际上却给人一种拼接的感觉，并没有完全地融会贯通。所以，对于传统的承续，更为内在的是，在艺术创造中，融会贯通着中国文学艺术的思维方式和艺术精神，内在骨子里具有一种中国文化艺术的风骨，有一种中国文学艺术的精神神韵。也就是说，至今中国式的当代文学的艺术思维、艺术精神还未完全建立起来，这就是我们今天的作家理论家所应当彻底检视和思考的问题。

正是从这一方面考虑，《带灯》所引发的思考，是中国现代以来文学发展中的根本性、本质性的问题。而且笔者还有一个感觉，中国现当代文学发展到了一个需要进行历史性总结的时期。这一思考是在莫言获诺奖之前便产生的。有不少作家似乎都在做着这一方面的努力。在中国当代作家中，应当说贾平凹于这一方面的努力，是觉悟得比较早的作家，也是最持久、最具特色、最富有建设意义的作家。当然，贾平凹的文学创作中的种种探索，也是最富有争议的。也许正是他这种不安顺的探索，在别人倾向于西方寻求中国文学的出路时，他却始终如一地坚持将目光专注于中国文学传统，这使得他的文学创作打上了非常浓厚的中国本土化的印记。如此说来，有人将他称为最中国化的当代作家，是有其道理的。正是基于这样的思考，把这部作品放在建构中国式文学写作的语境下来思考，不失为一种解读的角度。

一、中国的经验

不论是就作品艺术建构所显现出的特质与追求，还是贾平凹在后记中所作的道白，给予笔者最为强烈的感觉，就是如何建构起中国式的文学写作，以期为世界奉献出中国的经验。于此，笔者想到王春林先生以《"伟大的中国小说"》为题评论《古炉》的文章。这当然是借用了美籍华裔作家哈金的说法。[1]《古炉》是否是一部伟大的小说，自然可以见仁见智，时间最终会给出历史的结论。于此，比这让人更感兴趣也更有意味的是，贾平凹所写的《古炉》，确实是

---

[1]　王春林：《"伟大的中国小说"（上）》，载《小说评论》2011年第3期。

一部提供了中国经验的中国小说。以此来审视《带灯》，可能它比《古炉》在提供中国经验方面，表现得更为自觉。或者说，《带灯》是他明确坦言以中国的方式去叙写中国经验的实践。此前，虽然从 20 世纪 80 年代他就开始了这方面的探索，但并未明确说要用中国的文学方式叙写中国经验。

谈到中国经验的问题，这是一个论域比较复杂也比较宽阔的命题。中国经验的提法，其中一种观点认为，最初源于社会经济领域的"中国模式"，进而引发出中国经验的学术研讨。由此，"近十年来，围绕上述学术转换，已经有诸多学者一再论'中国经验'及其意义"①。在文学研究上究竟何人何时最初论及中国经验问题，笔者未作详细考证，于此自然不敢贸然遐想作出判断。但是，以中国经验为论题探讨文学创作的文章，可以说成为近几年文学评说的一个热点话题。像李云雷《如何阐释中国与中国文学》、牛学智《"中国经验"：越来越含混的批评路线》、卓今《本土经验与中国现当代文学的世界性》、南帆《经验、理论谱系与新型的可能》、金理《面对"思想"和"中国经验"的呼唤——讨论开给新世纪文学的两剂药方》、张新华《"中国经验"的道德悲剧与文学宿命》等等，还有报纸上的一些短论，如莫言获得诺贝尔文学奖之后，就有人以《莫言与"中国经验"的讲述》为题，探讨莫言及其中国文学创作。并引用中国作协的贺词道："莫言的获奖，表明国际文坛对中国当代文学及作家的深切关注，表明中国文学所具有的世界意义。希望中国作家继续勤奋笔耕，奉献更多精品力作，为人类的文化发展做出新的贡献！"②而对于当代中国文学创作中国经验的探讨，这似乎还是一个正在进行且需更为深入地探讨下去的话题。

什么是中国经验？从文学创作而言，它起码包含两方面的内涵。一个是文学创作所要叙写的中国经验，另一个是中国经验如何去叙写。就中国当代文学所要叙写的中国经验而言，从时间维度来说，就有历史经验和现实经验。前者如陈忠实的《白鹿原》、莫言的《檀香刑》等等，就当代的经验而言，如贾平凹的《秦腔》、刘震云的《一句顶一万句》等等。换一种视角，有叙写城市经验的如王安忆的《长恨歌》等，而更多的是叙写乡村经验的，如张炜从 20 世纪 80 年代就开始创作的《古船》等一系列作品。当然，如果从思想精神层面上来进行分析

---

① 周晓红：《中国经验与中国体验：理解社会变迁的双重视角》，载《天津社会科学》2011年第6期。

② 清辉：《莫言与"中国经验"的讲述》，载《光明日报》2012年11月4日。

有关文学所要叙写的中国经验，那可能可以细分出更多意义层面上的中国经验来。如果就中国经验如何去叙写来看，最为普遍的叙写视域是以西方文化思想价值观念为基本参照系，对中国所正在进行的历史转型时期的社会、人生、人性、情感，以及历史、文化、经济、政治等经验的叙写。这应当说是中国近现代以来的一个最为普遍、最为基本的叙写视角。我们自然可以说在世界不断交流的历史趋势下，中国的文学叙写无法超于世界文学历史建构之外，我们也可以说，西方的文学叙写确实为中国的现当代文学叙写提供了许多值得学习借鉴的经验，我们更可以说，中国作为人类的一个有机组成部分，中国人的经验自然就是世界经验的有机组成部分，我们的文学叙写也就自然是世界文学叙写的有机组成部分。现在的问题是，在世界文学叙写的历史建构境遇中，我们究竟处于怎样的地位。

实际上这里就涉及一个中国文学如何叙写中国经验的确认问题。那么，中国当代文学叙写了一个怎样的中国呢？如果从当代文学的历史来看，其最具特异性的，恐怕首先还是以文学叙事的方式，建构起来一个社会政治意识形态化的社会历史、现实人生的中国。当然，这是具有发展性的，即从社会政治意识形态化的中国，到现实人生生活化的中国；从社会政治意识形态一元化的人到世俗生活化多元、个体生活、精神生活、文化历史生活的人的历史建构；从外部社会世界建构到人的内心世界的历史建构。这里始终贯穿着从历史到现实、从传统到现代、从本土到世界等的矛盾冲突，以及这种矛盾冲突中的现代中国、现代社会经济、现代文化、现代人的历史建构。不过当代文学所叙述的这些，则是通过对人性、人情的煎熬的痛苦描述而呈现出来的。当然其间也有着对人生尴尬的境遇、人性的血与火的融化，以及社会生存境遇、人之存在的荒谬等等内涵的揭示。

贾平凹与中国当代文学同步一路走了过来，成为当代文坛三十年来的一个典范人物。在把他这三十多年来的作品所叙写的现实生活内容做了一个排列时，有一个过去并未意识到的震撼。那就是贾平凹用自己的笔记录了中国这几十年的历史生活。这使人想到了法国作家巴尔扎克。贾平凹文学创作关注社会现实的脉搏，始终与中国的社会现实相律动，他总是非常敏感地带有一定超前性地，用自己的笔触动了我们这个社会不同时期的或敏感或麻木、或脆弱或刚强的神经。他不仅是一个社会历史生活的记录者，更是民族文化精神心理历程的剖析者。所以，从某种意义上说，要了解中国改革开放所形成的中国经验，也许应该读读贾平凹的文学作品。

如果将贾平凹的文学创作做一个历时性的梳理，就会发现从20世纪80年代初始，贾平凹就在做着这方面的努力。从以《商州初录》命名的系列作品开始，仅长篇小说而言，就有《商州》《浮躁》《妊娠》《废都》《白夜》《土门》《高老庄》《怀念狼》《病相报告》《秦腔》《高兴》《古炉》，直至今天的《带灯》，这中间还有数以百计的中短篇小说，以及数百篇散文和诗歌。把这些作品进行整体性的梳理解读时，就会发现，贾平凹一直都在叙写着中国式的社会历史、人生状态、生命情感体验、文化精神的中国经验及其经验建构。在不同的年代，贾平凹都有着对当下现实生活的文学叙写，这些当下的文学所叙述的中国现实生活，从今天来看，就成为活化的历史。历史从某种意义上来说，它就是过去时态下现实的当下性建构。就此来说，将贾平凹的文学创作做一个线性的历史连缀，就是一部中国当代社会艺术化、审美化的历史建构。我们这样论说贾平凹及其文学创作，并不具有排他性。因为其他当代作家也在建构着自己文学叙述下的当代中国。

《带灯》似乎是这种社会历史经验的回望性的总结与现实境遇困惑中的思考的文学叙写。这里看作家本人的一段自述：

> 文学出现了前所未有的困境，其实是社会出现了困境，是人类出现了困境。这种困境早已出现，只是我们还在封闭的环境里仅仅为着生存挣扎时未能顾及，而我们的文学也就自愉自慰自乐着。当改革开放国家开始强盛人民开始富裕后，才举头四顾知道了海阔天空，而社会发展又出现了瓶颈，改革急待于进一步深化，再看我们的文学是那样的尴尬和无奈。我们差不多学会了一句话：作品要有现代意识。那么现代意识到底是什么呢，对于当下中国的作家又怎么在写作中体现和完成呢？现代意识也就是人类意识，而地球上大多数的人所思所想的是什么，我们应该顺着潮流去才是。……到了今日，我们的文学虽然还在关注着叙写着现实和历史，又怎样才具有现代意识，人类意识呢？我们的眼睛就得朝着人类最先进的方面注目，当然不是说我们同样去写地球面临的毁灭，人类寻找新家园的作品，这恐怕我们也写不好，却

能做到的是清醒，正视和解决哪些问题是我们通往人类最先进方面的障碍？比如在民族的性情上，文化上，体制上，政治生态和自然生态环境上，行为习惯上，怎样不再卑怯和暴戾，怎样不再虚妄和阴暗，怎样才真正的公平和富裕，怎样能活得尊严和自在。只有这样做了，这就是我们提供的中国经验，我们的生存和文学也将是远景大光明，对人类和世界文学的贡献也将是特殊的声响和色彩。[①]

很显然，贾平凹在这里是将社会发展的历史建构与当代文学发展的历史建构，融汇在一起来谈的。中国的改革走到了一个历史的关键点上，20世纪80年代的风采已成为历史，今天社会发展处在了一个历史的拐点。就此而言，我们应当对已经走过的三十年的历史作一冷静的历史归结。更为重要的是，我们必须直面今天的现实。就现实来看，中国改革中历史转型的种种矛盾进入到了集中爆发期。作家在这里其实是用一种历史发展的眼光审视当下的社会现实境遇的。《带灯》所叙写的内容，是中国目前最为敏感的社会问题之一：上访。而上访似乎仅是透视社会的一个焦点。从这个焦点辐射出去就是整个中国的现实生存状态。他在接受笔者访谈时说："作品里带灯就说了一句话，基层社会的矛盾就像陈年的蜘蛛网一样，你动哪儿都往下落灰尘。你就不敢动，到哪儿都是事情。综治办或者上访办就成了问题集中营一样，社会问题集中营，它整个都集中到那儿了。"[②]信访办既是一个民情民意民心民事传达的晴雨表，也是缓解社会上下矛盾的一个缓冲地。对于中国式社会经验的表述，毫无疑问这是一个很好的透视视角。有关这一方面的文学叙事，近年就有张育新的《信访办主任》、孟新军《信访干部》、杨志科《信访局长》等长篇小说出版。这些小说多是一种社会问题式的叙事结构，多被当作官场小说进行解读。《带灯》正是通过叙写一个名叫樱镇的综治办主任带灯及其同事的生活工作，描绘出一幅中国现实生活的图景，揭示了带灯以及她所生存的生活环境在生活、精神、文化、观念、人性、情感、体制等诸多方面的困境，以及主人公带灯等人对这种困境的种种突围。这显然不是官场小说的写法，而是当代中国现实生活状态、当代人的

①　贾平凹：《带灯》，人民文学出版社2013年版，第360—361页。

②　贾平凹、韩鲁华：《带"灯"而行——贾平凹新作〈带灯〉访谈》，载《西安建大报》2012年12月31日。

现实生存境遇等的叙写。更为重要的是，贾平凹不仅敏感于中国的现实生存境遇，而且是从人类历史建构与人类发展趋向的视域下，来关照当下的中国现实的。也就是说，他是将中国的经验融入人类的经验之中进行叙写的。

二、中国文学叙事传统的回归

坦率地讲，中国的文学叙事问题是一个大问题，用一本书的篇幅也未必就能够将其非常全面地阐述得清楚透彻。据笔者有限的阅读所见，20 世纪 80 年代至 90 年代，有两部研究中国文学叙事学的论著，在学术界产生了颇大的影响，一部是陈平原先生以其博士论文出版的研究中国现代小说叙事模式转换的论著《中国小说叙事模式的转变》，一部是杨义先生撰著出版的《中国叙事学》。[①] 近年来有关中国叙事研究的著述显然多了起来，尤其是关于中国古代叙事及其历史传统的梳理研究方面。

这里首先涉及一个问题，就是我们探讨中国文学叙事的社会时代的文化语境问题。谈到文化语境，学界最普遍的一种表述就是全球化的文化语境。随着冷战时代的结束，特别是高科技的迅猛发展，网络信息时代的到来，从建构经济一体化到整个人类文化的一体化或者全球化的建构，似乎成为许多人的一种文化理想诉求。中国当代文学创作及其研究，在这种文化语境下自然也就融入其中，并且肩负起一种不可推脱的历史使命。这里自然有着将中国文学从过去几十年与西方的对立，引向趋同的意愿。比如中国文学走向世界就成为诸多作家与理论家的诉愿。当许多人将中国文学走向世界视为以西方文学来建构中国的当代文学时，自然是将主要精力放在了向西方学习借鉴甚至模仿上。即以西方的文化思想和文学艺术为准则，来建构中国当代文学。这几乎可以视为中国文学近百年来发展历史的一种主导趋向。对于西方学习借鉴乃至模仿的文学创作实践热情，远远高于对于本民族文化思想、文学艺术传统的传承。纵观中国文学百年发展的历史，特别是近三十年的历史，可以说，西方文化思想与文化艺术已成为当代文学创作思想与艺术极为重要的、不可或缺的资源，甚至是一种兴奋剂，或者是中国文学创作发展的推动力。以西方的文化思想和文学艺术方式，来叙写中国的历史与现实生活，而中国的文化思想与文学艺术传统，几

---

① 陈平原：《中国小说叙事模式的转变》，上海人民出版社1988年版；杨义：《中国叙事学》，人民出版社1997年版。

乎成为愚昧、落后、保守的代名词。我们这样说，并非排斥对西方的学习借鉴，而想说明的是，这种学习借鉴不应是以西方为体的照搬，而应是以中国为体的吸收容纳。于此，我们甚为赞成学衡派的吴宓等先生的观点："论究学术，阐求真理，昌明国粹，融化新知。以中正之眼光，行批评之职事，无偏无党，不激不随。"①这实际上还是中学为体、西学为用思想的衍化。我们翻这些老账，并非要作翻案文章，而是想说明一种非常有意思的现象：今天从文化思想到文学艺术转向从民族传统中寻找出路，似乎是中国文学从"五四"时期起发展到今天，绕了一圈又回到了原点。

由此而想，在全球化的语境下，回归民族本体的文化思想与文学艺术建构，应当说成为当代文学确认自我的一种途径。就近三十年来当代文学创作而言，寻根文学无疑是一次具有历史意义的实践。但是，今天进行检视，似乎依然是以西方的文化思想来对中国传统的文化思想的批判反思，这是与"五四"启蒙文学的一种呼应。或者说，是用西方的文化思想来解析中国的文化心理及其现实表现状态。但不管怎么说，寻根文学在当代文学创作艺术思想、思维方式上进行历史性转换——从社会意识形态视域转向文化思想视域，从倾心于对西方文学艺术的模仿到对中国文学艺术的吸纳传承，则是必须给予充分的肯定的。

更为重要的是，在全球化的语境下，于中西比照中来确立中国文学艺术的身份，建构独立的中国文学艺术。不论是受到马尔克斯、福克纳等的影响或者启发，还是真正看到中国传统文学艺术所具有的独立形态建构的魅力，总之是从中国古典文化思想与文学艺术传统中汲取思想与艺术营养，这成为20世纪80年代后当代文学创作上一种发展的基本历史趋向。就此，关于当代作家我们可以列出一个长长的名单，比如莫言、张炜、陈忠实、王安忆、刘震云等等，贾平凹自然也在其中。比较而言，就对中国文化思想与文学艺术的浸染，以及在探寻建构当代文学中国式文学叙事而言，也许贾平凹更具有其典型意义。

贾平凹对中国式文学叙事的回归，是从中西比较中开始的。而进行中西比较的第一件事，就是阅读了大量的中外文学作品。我们虽然无法确切统计他阅读的书目，但是，从他的一些谈论创作的文章中可以了解到，就中国古代人物

---

① 吴宓等：《学衡杂志简章》，载《学衡》创刊号1922年1月。

及作品而言，他读了司马迁、陶渊明、韩愈、李白、白居易、柳宗元、李商隐、苏轼、曹雪芹、蒲松龄等的作品，以及《诗品》《闲情偶语》等文论著作。近现代文学人物及作品有鲁迅、周作人、郁达夫、冯文炳、沈从文、张爱玲、孙犁等的作品。外国的有川端康成、福克纳、泰戈尔、乔伊斯等的作品。在这种比较阅读中，贾平凹有了新的感悟，也更坚定了他的文学信念。除此之外，他还阅读了中国与西方的哲学、文化学等方面的著作。他此时对中外哲学、文化等理论著作自然不能说真正吃透了，也谈不出一条二条的理论，但是，有一点却是可以肯定的，也是非常重要的，那就是，他从中得到了不少启示。特别是中国古代的文学艺术、哲学思想对他有非常大的启发。

因此，中国文学的出路，最终还是在自己民族的土壤上，作家从中国古典文学艺术中汲取营养。1982年他对于川端康成的一段评介的话，是意味深长的。他说："没有民族特色的文学是站不起的文学，没有相通于世界的思想意识的文学同样是站不起的文学。用民族传统的美表现现代人的意识、心境、认识世界的见解，所以，川端康成成功了。"[①]同年，他在为《当代文艺思潮》写的一篇文章中，又说了这样的话："以中国传统的文学表现方法，真实地表达现代中国人的生活和情绪，这是我创作追求的东西。"[②]此后，他多次谈过类似的话。在此，贾平凹绝对不是对中国文学传统的完全回归，而是从中汲取营养，寻求中国与西方、传统与现代的一种契合点，走上一条现代的民族文学发展的道路。

文学在最高境界之上是相同的，不同的是作家追求这最高境界的方式、路径。对中国作家来说，重要的不是学习西方的方式，而是探求其文学的最高境界，汲取其思想营养，并将其与中国的文化传统、中国的现实相结合，即取其精神而弃其形式。不仅如此，贾平凹文学叙事对于中国传统的回归，还有赖于他对诗、书、画等文学艺术的感悟。他在对中国文学艺术进行综合考察中，醒悟到，中国文学艺术的传统是表现的艺术，重在精神的表现，而不在于形式的刻绘；在于整体的把握，而不在于细致的精描；在于意境的创造，而不在于场景的再现；在于空灵的追求，而不在于细腻的叙说；等等。这些都使他的文学叙事发生着变化。他一方面致力于整体把握，即对中国文化及其心理结构、中国表现艺术的整体美把握，另一方面他则有意无意地在作品中塑造富有象征意味

---

① 贾平凹：《静虚村散叶》，陕西人民教育出版社1990年版，第118页。
② 贾平凹：《平凹文论集》，青海人民出版社1985年版，第71页。

的意象。①由此来审视贾平凹自《废都》之后的文学创作，就不难理解其在文学叙事上所表现出的极富中国文学叙事情致与韵味意趣了。因此，只有将《带灯》这部新作，放在中国文学当代史，至少是放在贾平凹整个文学创作的历史中加以考察，方能更清楚地看出它的文学史的价值来。如果从贾平凹的文学创作历史角度来看，正如前文所提到的，《带灯》无疑仍然是沿着《废都》之后的文学叙事思路前行的，而且表现出更为强烈的从中国文学传统中汲取叙事智慧的愿望。就其更具叙事整体艺术建构而言，我们认为是意象叙事，这可以视为贾平凹文学叙事艺术建构的一个总纲，一切都被蕴含在意象叙事整体建构之中。就具体作品的叙事意象建构来看，则是以一个整体意象，去统领许多具体意象。这就犹如一座房子，在这座房子中有许多具体的柱子、檩条、大梁，以及各种部件和房内的摆设，这些具体的意象既具有其结构的独立叙事功能，又是与作品整体意象叙事建构相融会的，构成了一种意象的群落。在此需要简略说明一句：贾平凹的这种意象叙事建构，绝对不是西方式的，或者说，他并非从西方现代主义，尤其是意象主义那里移植过来的，而是从中国古代文化思想、文学艺术传统中承续而来的。比如，《易经》《庄子》，以及许多文学、绘画等，就成为贾平凹意象叙事艺术建构的根源。《带灯》在整体艺术建构上，依然是一种意象式的叙事结构，即以一种整体意象来统领《带灯》的叙事建构。一般而言，贾平凹常常是以作品的名字作为一种整体性意象，比如《废都》《秦腔》《古炉》等。在贾平凹的长篇作品中，极少用人名字作为作品名，在笔者的印象中，只有少数中短篇如《天狗》《五魁》等。如果这部作品用"樱镇"作为名字也未尝不可。作品三部的题目分别为：上部"山野"，中部"星空"，下部"幽灵"。而其手稿则是：上部"樱镇"，中部"带灯"，下部"樱镇"。这种变化，可以看出贾平凹在整体艺术构思上，更为突出作品叙事意象的象征性、隐喻性，增强了带灯这个人物作为整体叙事意象的结构性统领功能与叙事蕴含的象征意味。

三、中国文学的叙事传统：民间与文人

贾平凹在《带灯》的后记中，说了这么一段话：

---

① 此段论述，参照了本人拙著《精神的映像——贾平凹文学创作论》中的有关论述，中国社会科学出版社2003年版。

《秦腔》《古炉》是那一种写法，《带灯》我却不想再那样写了，《带灯》是不适那种写法，我也得变变，不能在一棵树上吊死。那怎么写呢？其实我总有一种感觉，就是你写的时间长了，又淫浸其中，你总能寻到一种适合于你要写的内容的写法，如冬天必然寻到是棉衣毛裤，夏天必然寻到短裤T恤，你的笔是握自己手里，却老觉得有什么力量在掌握了你的胳膊。几十年以来，我喜欢着明清以至30年代的文学语言，它清新，灵动，疏淡，幽默，有韵致。我模仿着，借鉴着，后来似乎也有些像模像样了。而到了这般年纪，心性变了，却兴趣了中国两汉时期那种史的文章的风格，它没有那么多的灵动和蕴藉，委婉和华丽，但它沉而不糜，厚而简约，用意直白，下笔肯定，以真准震撼，以尖锐敲击。何况我是陕西南部人，生我养我的地方居秦头楚尾，我的品种里有柔的成分，有秀的基因，而我长期以来爱好着明清的文字，不免有些轻的佻的油的滑的一种玩的迹象出来，这令我真的警觉，我得有意地学学两汉品格了，使自己向海风山骨靠近。[1]

《带灯》中贾平凹在文学叙事上的确发生了变化。这种变化依然在中国文学叙事的传统之中，所不同的是更加富有质地，体现出他自己所言的"海风山骨"的审美特质。不仅如此，这部作品比起《古炉》，特别是《秦腔》要好读多了，也许，正是这种更富质地的文学叙事，使得生活叙事中所潜藏的血性骨脉，给予了人们更多的阅读激情。当然，从叙事整体结构来看，它是由两大板块构成的。一个是现实生活故事，即以带灯为叙事人物的工作生活故事。另一个是带灯写给元天亮的信，是带灯的内心情感精神的展露，这具有一定的独立性，同时是与现实故事叙事相呼应、相映照的。这两种叙事融为一个整体性的叙事结构。贾平凹在 20 世纪 80 年代创作的《商州》，也是两个板块构成的两种叙事相映照的结构。但是又有所不同，《商州》中关于商州历史文化的叙事，带有更强烈的理性色彩，是以商州历史文化背景，来映照现实生活中的人和事的叙述。或者说，它是用商州的历史文化来诠释现实生活、人的生存状态，以及人物的文化心理结构状态。而《带灯》中带灯写给元天亮的信，则是更具情感色彩。

---

[1] 贾平凹：《带灯》，人民文学出版社2013年版，第361页。

这是一种对于现实故事的内在心理情感的昭示，但是，叙写的很恰贴，是浑然一体的，显得很圆润。这样的叙事结构，从创作而言，与作家收到一位乡干部的短信有关。但是，作为作品的叙事结构，作家在叙述带灯写给元天亮的信时，自然有着更深入的思考。但这绝对不是书信体小说的叙事结构。

说到中国文学叙事艺术传统问题，这正如一些理论者所言，"中国文学和文化在治乱迭见、华夷交往而交融的大一统局面中，绵延不断地独立发展了数千年，从而形成了世界上任何一种力量都难以摧毁之、抹煞之独特的文化实体，包括它的丰富的智慧、悠久的历史以及独特的思维方式和语言方式，并由此创造和积累了无比灿烂辉煌的文化和文学"[①]。也就是说，在中国这块特异的土地上，在中国的社会历史结构过程中，便形成了中国的文化思想、中国的文学艺术传统。这种传统之中，蕴含着中国人的智慧，形成了其独特的文学艺术思维方式、独特的艺术文化精神。但是，我们还应当看到，中国文学艺术叙事传统的形成，其因素是比这还要多，还要复杂的。

中国文学艺术的叙事传统，从地域角度来说，总体可以分为南北两大系统。不仅古代的文学创作，大体以秦岭长江为分水，就是今天的作家叙事，南北的叙事风格，其差异性还是非常明显的。正如唐初李延寿在《北史·文苑传序》中说道："江左宫商发越，贵于清绮；河朔词义贞刚，重乎气质。气质则理胜其词，清绮则文过其意。理深者便于时用，文华者宜于咏歌。此南北词人得失之大较也。"[②]梁启超先生曾著有《中国地理大势论》，也有着精彩的表述："燕赵多慷慨悲歌之士，吴越多放诞纤丽之文，自古然矣……长城饮马，河梁携手，北人之风概也；江南草长，洞庭始波，南人之情怀也。散文之长江大河一泻千里者，北人为优；骈文之镂云刻月善移我情者，南人为优。"这也与诸多论家所谈到的诗经传统与楚辞传统的论说，有着异曲同工之意。这是从叙写风格上所言的。而这叙写风格的背后，还隐含着人的文化思想特性。因为，文化思想这方面的特质也很明显，"孔墨之在北，老庄之在南，商韩之在西，管邹之在东，或重实行，或毗理想，或主峻刻，或崇虚无，其现象与地理一一相应"[③]。从这些创作实际来看，中国的叙事传统，于整体上分为南北风格差异明显的两大传统。

---

① 杨义：《中国叙事学》，人民出版社1997年版，第7页。
② 李延寿：《北史·文苑传》，中华书局1974年版。
③ 梁启超：《中国地理大趋势》，见《饮冰室文集》之十，中华书局1989年版。

就此来观看贾平凹的文学叙事风格及其文化特性，便不难理解于柔、秀之中，又融汇着苍茫而富质地的气质了。贾平凹在这部《带灯》中要"沉而不糜，厚而简约，用意直白，下笔肯定，以真准震撼，以尖锐敲击"。其实，他所处的商州，是中国南北文化的交叉地带，在他的身上也就融汇了柔和清秀与沉厚尚实的叙写因质。因此，从这个角度来说，我们认为贾平凹的《带灯》所具有的刚柔相济的叙事风格，并不能仅仅归结于作家所说的学习两汉的叙事，还有着他从文化性格角度所兼具的南北文学叙事传统的吸纳融汇。

在此我们还想从另外一个角度来归结中国文学叙事传统。就其叙写笔法来看，又有着史传笔法与诗骚笔法。就其发展历史而言，史传与诗骚传统，是一样的历史悠久，均是肇启于古远，形成于春秋战国时代。这是与中华民族文化思想的发展成熟相一致的。就其叙事而言，史传的叙写是实述式，或者说更注重对生活与人物的更为客观的描述，更突出对现实生活的呈现。而诗骚传统，则更接近于史诗的建构，更为突出对人的精神情感的艺术表现，更注重主体精神的叙写。当然，如果将"诗"与"骚"再进行更为深入地解析，我们会发现它们之间差异性还是很明显的。就其叙事内涵而言，"诗"往往直逼社会人生，而"骚"则更注重人精神心灵。"诗"更突出直述，更具有质朴敦厚的特征，其灵性显然往往被遮蔽了，而"骚"则更富有诡异幻化的特征，而质实的东西也受到了一定的遮蔽。就此而言，贾平凹的文学叙写，主要承续的是诗骚传统。记得贾平凹曾经说过，他在文学叙事上是"以实写虚"。[①] 如果将"诗"与"骚"进行比照，可以说"诗"是以质实敦厚为主调，而"骚"则是以诡异空灵为主调。贾平凹的文学叙事便是于诡异空灵中融汇着质实敦厚。这种叙写追求，他在二十世纪八九十年代做了不断的探索与发展。作品中强化质地感，其实在《土门》中便已显现得非常明显。特别是《古炉》，史传的笔法因质已经更加突出了。这里我们说一种现象。在《古炉》和《带灯》中都有着宏阔场景的叙写，最为典型的便是，前者是对武斗场景的叙写，后者是对元、薛两家械斗场景的叙写，其描绘都是非常精彩的。这使人极易联想到《水浒传》《三国演义》中战斗场景的叙写。于此，我们自然不是仅仅从宏大的场景角度来谈问题的，而是从总括性的叙写中，所透露出的刚毅质感方面看问题。在这里叙写是非常简洁明

① 贾平凹：《怀念狼》，作家出版社2000年版，第271页。

快的，没有拖泥带水，而且叙述质朴直白，几乎没有任何修饰，采取的是一种直取内里的方法，一个个人物活脱脱呈现在人们的面前。

其实，中国的叙事还有两种传统，一种是文人传统，一种是民间传统。这在文学史著述中也有类似的表述。自陈思和提出民间问题后，尤其这几年关于文学创作中的民间艺术素养的汲取与发展，成为一个极为重要的视域。这里笔者联想到《诗经》的编排分类为风雅颂。其间是否就隐含着民间、文人（知识分子）与庙堂的不同叙事建构呢？在知识分子没有完全分化出来时，可能只存在庙堂与民间，而在春秋战国时期，应当说中国的文人（知识分子）已经具备了独立精神，虽然所谓的百家争鸣中，表现出十分明显的与官方合作的诉求意愿，但其独立性的文化人格还是建构起来了。所以说，中国的文人（知识分子）在几千年的历史建构中，形成了自己的精神风貌。特别是魏晋与宋代，在中国文人的精神与文学艺术的叙事建构中，表现出特有的精神历史价值。当然，就当代作家的具体创作来说，比如贾平凹，还有莫言、张炜、刘震云等等，就是余华在笔者看来，他的所谓的先锋写作实验意义大于艺术创造意义，真正体现其深入思考的是《活着》等作品。作家可能对文人与民间这两方面的文学艺术思维与精神都有所吸取。相比较而言，贾平凹似乎更具中国传统文人的文学艺术精神，他的文学创作，从语言表述到艺术精神以及艺术思维等，与中国文人更为接近。说贾平凹的文学创作是最具中国化的，也是从这一方面来定位的，这样可能更为恰贴些。

在与贾平凹进行访谈时，笔者曾就文化精神艺术气质向其询问，认为他更具中国传统文人的精神气质，他作了如下回答：

> 严格讲，自己还是传统文人那种习气东西多一些，爱好、气质，这种应该是的。因为纯民间的东西它是另一种形态。相比较来说，这话是怎么个说法，纯民间也很有意思，它里边好像是另一种。

> 拿我这生活里边来看，你比如说，书画、收藏这方面它完全走的是中国传统文化人有的那种习气，他那种习气，他看问题，他写作趣味，他肯定就带到他的作品里边去了，他那种趣味性、他那种审美，他必然带进去。民间有些东西是精彩的，民间文化它没有这些东西，它有它的新鲜感，或者它的简单化，

或者它的就事论事性的一些东西，它不玩那个味儿，不玩那个味道。①

的确如此，贾平凹的文学创作，非常注重作品的趣味性、神韵性、意味性、情趣性等的表达。这些，我们不能不说，他更多是对中国古典文学的体悟，对中国传统文人文化精神性格气质的承续。所以说，"他把中国文学悟得很透，不立流派而自成一家，以海的博大接纳外来的手法和技巧，所以我们看到的是鲜明的中国气派和中国味道"。②而这个气派应当说是中国文人的文学气派，这个中国的味道，也是中国文人传统的味道。

这里也有必要从中国文学史的角度，来谈谈中国文学传统问题。正如人类社会总是处于历史的建构之中，它是一个动态的发展过程。同时，它又具有一定的静态的历史建构。也许正因为如此，不同的历史时代，其文学艺术所表现出来的特征自然是具有差异性的。人们习惯说先秦的诸子散文、汉代的大赋、唐诗宋词、元杂剧明清小说，虽然这样说不免片面，但实际上就是从最具代表性的文体方面，对不同时代文学传统的一种表述。正如鲁迅先生身上具有明显的魏晋文人文化精神风度一样，在贾平凹的文学创作中，体现着宋代文人及其诗文和明清文人及其小说的文化艺术精神。这一方面正如前文所引作家本人所言，在此就不赘述了。不过，从贾平凹零散地谈到他的阅读情况来看，不同时期其阅读有所侧重，于文学叙事上的吸纳也有所侧重。如果将他的阅读进行一个线性梳理，就会发现，不论是从现代到古代，还是从古代到现代，他在他的阅读与他的文学叙事二者之间建立起一种同一性状态。这里还必须说，他似乎是把中国古代文学拉通了去逐步阅读的。在他说着兴趣了两汉的当下，其实他又在阅读《山海经》，这中间不正透露出一种上溯的信息吗？

如果从文化思想精神角度来说，贾平凹的文学叙事表现出更为明显的道家文化艺术精神。于此，笔者是赞同学者徐复观先生的观点的，最具中国艺术精神的是道家，尤其是庄子。中国本土所产生的儒家思想与道家思想，对中国人特别是文人的文化人格与精神建构，具有极为重要的作用。出则兼济天下，入则独善其身，就是最为通常的一种儒道两家思想精神在文人身上的体现。从另一种角度看，儒家追求的是一种社会人生伦理哲学，它往往告诉人们如何处世，

---

① 转自李伯钧主编：《贾平凹研究》，陕西师范大学出版总社，2014年版，第273页。
② 李宗陶：《贾平凹密码》，载《南方人物周刊》2013年第3期。

而道家则追求的是一种主体精神哲学，故此它更多在阐发其道的过程中，实际上是在告诉人如何追求精神上的自由自在。贾平凹就其文化精神来说，自然并非仅仅吸收中国一家的文化精神。但是，在他的身上则表现出更多的道家文化思想精神。他与道家的文化精神有着更为内在的相通。故此也就更易走向艺术精神表现性创作。孙见喜说贾平凹具有"道家的风骨"，[①] 此话是不虚的。正因为如此，贾平凹的文学叙写，常常自然而然地流动着一种气韵，蕴含着一种神韵，通透着一种空灵。

四、中国式文学叙事艺术思维

行文于此，就不得不探讨一下贾平凹文学叙事的艺术思维问题。笔者有个固执的观念，以为中国的文化思想的思维方式，是与西方的思维方式不同的。这种不同就在于西方从古到今的思想家特别是哲学家，基本上是自然科学研究出身，其思维是建立在数理分析的逻辑基础之上，表现出明显的实证分析与数理逻辑的特征。而中国则不同，中国的思想家特别是哲学家基本是人文社科出身。中国的思想文化特别是哲学思想，就其思维方式而言，是一种意象思维，具有明显的感悟性、流观性、象征性、天人感应与天人合一性等特征。

中国的文学叙事思维，自然是从中国文化思想孕育出来的。从总体上来看，表现出整体性、感悟性、散点透视性等特点，而这些又总括于意象思维模态之中，具有象征性、模糊性、多义性。有关中国文化与文学叙事艺术思维的形成，有许多研究者作出了阐释。比如杨义先生认为："中国人的时空观念重视整体性，西方人的时间观念重视分析性。""家常日用的事物中隐含着一个民族的'第一关注'，及其文化在漫长的独立发展中沉积下来的一整套思维方式和行为方式，深刻地影响了一个民族的长短互见、优劣混杂的文化性格。"正因为如此，从文学叙事艺术萌发起源上，中国的文学叙事就与西方的文学叙事，表现出差异性来，比如："西方神话是故事性的，英雄（或神人）传奇性的，而中国神话则是片段性的，非故事性和多义性的。"[②] 这些不仅体现着中国文学叙事的特性，更体现出中国文学式的思维方式的独特建构。

在贾平凹有关自己文学创作的言论中，有两篇文章具有极为重要的意义。

---

① 李宗陶：《贾平凹密码》，载《南方人物周刊》2013年第3期。
② 杨义：《中国叙事学》，人民出版社1997年版，第8—9页。

一篇是20世纪80年代初的《"卧虎"说》，一篇是20世纪80年代后期的《浮躁·序言之二》。《"卧虎"说》可以说是贾平凹早期一篇比较明确的创作理论宣言。他提出写作应当"重精神、重情感、重整体、重气韵，具体而单一，抽象而丰富"，"以中国传统的美的表现方式，真实地表达现代中国人的生活和情绪"。①于此，他所谈论的内容，实际不仅总结了中国文学创作的基本特征，亦蕴含了中国文学叙事思维方式及其特征。他在《浮躁·序言之二》中明确提出，"中西的文化深层结构都在发生着各自的裂变，怎样写这个令人振奋又令人痛苦的过程，我觉得这其中极有魅力，尤其作为中国的作家怎样把握自己民族文化的裂变，又如何在形式上不以西方人的那种焦点透视法而运用中国画的散点透视法来进行，那将是多有趣的实验"。因此，他认为"艺术家最高的目标在于表现他对于人间宇宙的感应，发觉最动人的情趣，在存在之上建构他的意象世界"。②这可以说是贾平凹真正确立了自己文学创作艺术目标的理论阐释，从文学叙事思维上来看，他强调散点透视和天人感应，于整体叙事艺术建构上，创造自己的意象世界，亦即文学叙事整体思维建构上的意象思维方式。可以说，贾平凹在体悟到中国文学叙事的艺术思维方式和表现精神之后，方逐渐形成自己的文学创作个性，走出了一条极具中国特色的文学创作路子。这种意象创构于20世纪80年代中后期，此后的《废都》等作品，在整体艺术建构上，基本上是明确地沿着意象创作的路子，一直走到今天的。当然，从贾平凹的创作实际来看，他的每部长篇小说都有具体的艺术思考，比如《白夜》更强调日常生活自然而然的叙述，认为"小说是一种说话，说一段故事"，作家"其实都是企图着新的说法"。他所追求的是，"说平平常常的生活事"，因为"生活本身就是故事，故事里有它本身的技巧"。③这似乎回避了意象叙事的建构，其实不然，从作品名字《白夜》，到作品中许多叙事事象、物象，特别是人物等，依然构成了一系列的意象叙事结构。《秦腔》最被人们所关注的就是，叙写了人们的"那些生老离死，吃喝拉撒睡"，"一堆鸡零狗碎的泼烦日子"。④而"秦腔"作为乡土文化的一种象征，一种隐喻，依然是贯穿在作品整体叙事建构之中的，构成了作品叙事

---

① 贾平凹：《平凹文论集》，青海人民出版社1985年版，第70页。
② 贾平凹：《静虚村散叶》，陕西人民教育出版社1990年版，第4页。
③ 贾平凹：《白夜》，华夏出版社1995年版，第385、386页。
④ 贾平凹：《秦腔》，作家出版社2005年版，第565页。

的整体意象。从文学叙事思维方式来说，依然是在意象思维模式整体构架下，表现出整体性、混沌性与体悟性特征。

由此可见，贾平凹的文学叙事思维，于整体上来说，是一种意象思维模态建构。这种整体意象叙事建构，不仅追求其象征性、隐喻性等，而且在叙事把握上特别强调整体性、流观性、模糊性、散点透视性等等。这也就是说，贾平凹的文学叙事，一方面追求作品的这种整体意象艺术建构，非常重视叙事结构的整体性、茫然性、意象性。在这里，也就表现出他意象叙事思维的另外一个突出特点，那就是整体性把握。这种整体性艺术思维，给他文学创作的具体叙事，带来了一种新的变化，同时也使得其叙事与其意象建构更为浑然一体。这正如他所说，"对于整体的，浑然的，元气淋漓而又鲜活的追求使我越来越失却了往昔的优美、清新和形式上的华丽"。"没有扎眼的结构又没有华丽的技巧，丧失了往日的秀丽和清晰，无序而来，苍茫而去，汤汤水水又黏黏糊糊"，"尽量原生态地写出生活的流动，行文越实越好，但整体上却极力去张扬我的意象"。① 于此还体现着贾平凹文学叙事艺术思维上另外一个基本特性，那就是"以实写虚，体无证有"②，追求的是"形而上与形而下"的融合。这里实际上是与中国文学艺术中"仰观""俯察"式思维方式于本质上相一致的。

在具体叙述的过程中，他既有主导的一种叙述的视角，还经常采用多视角叙述、散点透视。多视角散点化的叙事，在《秦腔》《古炉》，还有这部《带灯》中，表现得依然是非常突出的。笔者曾将这种叙事归结为生活漫流式叙事，其间就包含着多视角、散点化的意思。《带灯》的叙事，自然是以带灯这一主要叙事人物为基本视角的，但是，进入具体叙事之后，我们发现，作品的叙述往往带有极强散点性。比如带灯与她那老伙计的故事，可以说是天女散花式，虽然有一种整体性的叙事建构，但又是通过不同的老伙计，透视着不同的生活情态。贾平凹文学叙事思维上的这一启悟，应当是源自绘画作品中得到的一些感悟。西方的油画是焦点透视，中国的写意画是散点透视，最典型的就是《清明上河图》。如果把《清明上河图》与西方的油画加以对照，就会显现得更为清楚明了。《清明上河图》几乎没有一个聚焦点，它是从上下左右前后不同的视角进行透视的。当然，也不能说贾平凹仅仅从绘画作品如《清明上河图》中得到启悟，

① 贾平凹：《高老庄》，太白文艺出版社1998年版，第413、415页。
② 贾平凹：《怀念狼》，作家出版社2000年版，第271页。

他可能往往是在吸收的过程中记录了自己的感悟、一些体会，同时他把古典的、历史的，不同门类的文化艺术思维，甚至包括西方的一些艺术思维精神，融会在一起，形成了他文学叙事的艺术思维方式。也就是说中国古代文学艺术精神上、艺术方式上这些东西他吸收的不是一点，他可能有这方面的，也有那方面的，比如诗词、绘画、雕刻等。他就谈到受到古画像石的启示。他还谈过西方现代派的绘画作品，谈过西方的现代建筑，这些现代派的绘画作品、建筑，比如毕加索、梵高的具有表现的、象征的、印象的绘画作品。他是将这些与他所体悟到的中国古典艺术思维融为一体，形成了其文学艺术思维方式，进而体现在他的作品叙事方式的建构上。

我们还应当看到，作家的文学叙事思维方式中，依然蕴含着作家的情感方式、心理结构方式、认知方式等。贾平凹曾经说自己是农民，骨子里是农民的血脉。当然，他也受到了现代文化的浸染，具有一定的现代文化思想意识。但问题在于，我们解读贾平凹的文学叙事时，发现其一旦与中国的传统文化，特别是乡土文化相连接，就会放射出熠熠光彩。甚至我们觉得，贾平凹的文学叙事思维建构中，的确融汇着更多的中国人所固有的情感方式、心理结构方式和认知方式。我们说贾平凹的文学叙事具有中国的味道，恐怕于此亦有着内在的密切联系。

贾平凹在 20 世纪大概是 80 年代末，曾经谈到文学的时代精神问题。其中非常重要的一点，就是时代精神是一种"气"、一种"势"，亦即社会心态与社会历史发展的趋势。[①]而且，这种"气"与"势"并非外在于事物的形式，而是内在于人们的精神情感，内在于社会现实的机理建构之中。就文学创作而言，作家的精神情感、艺术思维之中，有意无意或隐或现之间，便体现出社会时代的精神特征来。贾平凹看到汉代茂陵前的石雕卧虎，所阐发的有关文学艺术精神，其实正是对汉代文化精神的一种认知。也就是说，汉代的雕塑所表现出来的特征，那种粗犷的、茫然的、几笔勾勒出来的那种苍茫而苍劲的塑像的风格，是和汉代的整个国家民族文化精神气质相符的。但是到了明清之后，其雕塑非常精细，比如清代的鼻烟壶，在鼻烟壶里面画出千姿百态的图画来。又如有篇《核舟记》，文章叙写了在一个桃核上，刻了一个舟，那是如此的精细。但就是缺乏

---

① 贾平凹：《静虚村散叶》，陕西人民教育出版社1990年版，第150页。

汉代的那种大气大势。从某种意义上讲，贾平凹的文学叙事思维，也是一种感时应世的思维方式。贾平凹在《带灯》中学习借鉴两汉笔法，是不是这也是他对这个时代的一种感应呢？汉代具有代表性的文体，是汉大赋和《史记》。在阅读的过程中，我们感到问题似乎要更为复杂。

叙事自然离不开时间与空间，作家叙事模态或者叙事方式的建构，自然是以时空为其基本的要素。就客观的时间而言，它是一个发展的过程，一般用过去、现在与未来三维来表示。从文学叙事的时间来说，又有着叙述对象的时间，亦即故事建构叙事的时间，而作家的创作也是在具体的时间中完成的，故此作家的具体写作时间亦应成为文学叙事所关注的范畴。这样，故事发生发展的时间与作家的写作时间，就构成文学叙事的基本时间。如果我们换一种思维考虑问题，应当说，文学叙事所涉及的时间，包含客观的事件时间、作家写作的时间和人们的心理时间。空间亦是如此，包含客观世界的空间、故事的空间和作家的心理空间等。就文学叙事而言，我们更为关注的是作家在进行文学叙事时，对时间与空间的把握与感知体验。因为作家把握与感知体验时间与空间的思维方式与状态，直接影响着作品艺术叙事的时空建构。也就是作家从什么视域去建构自己文学叙事的时空模态。

中国作家对于时间与空间的把握感知，自然是与其文化思维紧密相连接的。这就是感时应物的茫然混沌的整体性。孔子所说："逝者如斯夫，不舍昼夜。"也许孔子的这种对时间的感知与表述，正能够体现中国古代对时间把握的思维特征。第一，对时间流动过程的整体性把握体验，它是浑然茫然的；第二，将自然与人的生命紧密融合，将自然的河水流逝喻为生命的流逝，二者合二为一，构成时间的整体观念；第三，感悟顿悟性，亦即对时间的把握，不是出于理性的分析，而是源于生命的体悟；第四，实际上它还包含着一种模糊性。正因为它不是分析，而是体悟，这中间就存在着一个巨大的模糊地带，而这也许正是文学叙事在时间上更具有内在张力的地方。

由此我们来审视贾平凹文学创作叙事时间上的思维特点，可以说上述这些特征都有体现。《废都》的叙事时间是最难以把握的。难以把握的不是叙事节点的具体时间，而是整体叙事时间的模糊性，消解着时间的确定性。作品开头第一句话"一千九百八十年间"，虽然交代了时代，但是具体的年月日则是模糊不清的。《废都》采用的叙事时间是一种不确定的像"一日""一个月后""下午"

"饭后"等等时间概念，这就大大消解了时间的精确性和确定性。《秦腔》的叙事时间亦表现出这样的特点。《古炉》于整体叙事时间结构上，采用的是春夏秋冬。一方面这里的时间似乎非常的确定，但实际上则是极为模糊不清的。与其说是一种具体时间的叙事，不如说是一种以季节为时间区段的叙事。《带灯》的叙事，从时间上来看，一年四季的变化融入整体故事叙述的建构之中，亦有大的社会时代，比如从元老海阻止高速公路通过樱花镇到大工厂的建立。这告诉人们一个时代的时间区段。从作品中可以推测到，大概叙述了带灯到樱镇这几年的生活历程。但是，究竟是几年，我们却是无法作出准确判断的。正是在这种模糊性的时间叙述中，给了人们一种十分清晰的时代感。

有人讲历史都是当代史，这是从历史建构叙述角度看问题的。历史是当代人所叙写的历史，自然是从当代的视域来关照历史的，必然带有当代的文化思想、时代精神的烙印。其实，我们对时间的认知，也是从现在开始的。现在的时间组结着历史和未来。就文学叙事时间来说，也是以现在为其基本时间叙事的节点的。由此我们进而深入探究时间的存在价值和意义。如果说时间是人存在的一种价值方式的话，那么，时间的展示就成为人存在价值意义的一种基本的历史建构。故此，人的存在价值首先应当于现在中体现出来。海德格尔曾言，"此在以如下方式存在：它以存在者的方式领会着存在这样的东西。确立了这一联系，我们就应该指出：在未经明言地领会着和解释着存在这样的东西之际，此在所由出发之领域就是时间"，故此"我们须得源源始始地解说时间性之为领会着存在的此在的存在，并从这一时间性出发解说时间之为存在之领悟的境域"。[①]于此我们对海德格尔的论说进行一点有意的误读，不仅将此理解为人之存在的一种方式，而且还理解为现在的存在方式。现在的存在是人时间存在的一个主要的切入点。因而，文学叙事的时间建构，也就首先是一种此时的时间建构。《带灯》的叙事时间毫无疑问是以此时为其基本叙事建构的，叙述的是我们正在进行着的现实。从文学叙事思维方式角度看，关注当下始终是贾平凹文学创作的一个基本的主题特征。

建构自己的文学叙事空间区域，这似乎成为当代作家进行文学叙事上的一个共同的趋向。比如莫言的山东高密东北乡，刘震云的故乡系列，阎连科的耙

---

① 海德格尔：《存在与时间》，陈嘉映、王庆节译，生活·读书·新知三联书店1987年版，第22—23页。

嵝山脉，等。贾平凹建构自己的叙事地域是从商州系列作品真正开始的。可以说，他主要的文学作品，所叙写的都是商州，商州便成为他文学叙事的基本地域对象。商州作为贾平凹文学中所创造出来的叙事空间，从自然地理上看，它是秦岭中的一个山清水秀的盆地，连接着中国的南北。就人文地理角度来说，它是陕西的一个地市级的区划，是中国南北文化的一个交汇地区。从《满月儿》等一直到《带灯》，贾平凹叙写了商州当代的社会历史生活。位于秦岭中的商州就犹如一座丰富的矿藏，为贾平凹提供好了丰富的文学叙事资源，也成为贾平凹文学叙事叱咤风云的广袤无限的天地，使他创造出一个文学叙事意义上的艺术世界。对于《带灯》中的樱镇，作家是这样叙述的：

　　　　樱镇是秦岭里一个小盆地，和华阳坪隔着莽山，不是一个
　　县，但樱镇一直有人在大矿区打工。①

　　正如樱镇是秦岭山地中的一个小镇一样，在贾平凹的笔下，他并非叙写同一名称的村镇，比如《浮躁》是两岔镇，《高老庄》是高老庄，《怀念狼》是景阳老城，《秦腔》是清风街，《古炉》是古炉村。这些名称各异，但是从其地理特征上来看，它们又似乎是同一地域风貌。比如在《浮躁》中，"州河流至两岔镇，两岸多山，山曲水亦曲，曲到极处，便窝出了一个不大不小的盆地"。②或者说，构成贾平凹笔下的具体叙事村镇，其地理风貌上，都是周围环山的小盆地，有一条河流流过。这唯一的解释就只能是，贾平凹文学叙事所创造的村镇，都是以他的故乡棣花镇为模本的。这一点贾平凹在其《秦腔》后记中作了表白："我的故乡是棣花街，我的故事是清风街，棣花街是月，清风街是水中月，棣花街是花，清风街是镜里花。"③

　　贾平凹对村镇形状体貌周边环境等的叙述，极少作静止的大篇幅叙写，而多半是于故事的叙说中，自然而然地带出几笔。这一方面与沈从文极为相似。这样的叙事在其思维方式上，是否也是一种流观式的叙事思维呢？于此，我们想到中国古代小说中，常常采用某某人到了某地见到一处特殊的地方的叙事方式。比如《西游记》唐僧师徒正行走间，突然出现一座山或者一个城镇。《水浒传》中像武松行至景阳冈等等。但其间又有着变化，那就是中国传统小说关于

----

① 贾平凹：《带灯》，人民出版社2013年版，第3页。
② 贾平凹：《浮躁》，人民文学出版社2008年版，第3页。
③ 贾平凹：《秦腔》，作家出版社2005年版，第565页。

自然景观等叙述，作家在以凸显的笔法展现之后，往往要作一番静止的描绘。但是，贾平凹则不是，他采用的是于叙事中，顺其自然地叙出，仅仅是寥寥数笔，又将笔转向故事的叙述。这确实是没有山是奇山庄是奇庄，必然要有奇异故事的奇异之感，却给人以更为融合自然的叙事美感。

（原载《小说评论》2013 年第 4 期）

文体的艺术之境

——贾平凹长篇小说《带灯》读札

吴　俊

一

《带灯》的出版再次让人感觉到贾平凹作为中国当代文学存在的一种巨大影响力。贾平凹提供的不仅是一种文学的数量指标，而主要是其中的质量和重量——他的小说在表现中国乡村、城镇的整体风貌的广度和深度方面，堪称中国当代的风俗史和全景画，《带灯》则凸显了社会史和政治史的特点，至少在故事层面上。他的小说在社会学和文学的意义上，堪称百科全书式的乡土文学，但又并不局限于乡土文学的范畴。如果要在经典文学系谱中做个类比，他的小说类似中国的"人间戏剧"，说贾平凹是巴尔扎克式的一位中国作家，不知是否会被视为溢美或过誉？

二

不仅是《带灯》，贾平凹的小说集中描写农村乡镇人物的命运，并在其中折射中国社会变迁中的人性表现——他在现实关怀、社会关怀中体现出历史关怀、人道关怀。貌似追踪社会走向的客观叙事中，蕴含着无可回避的当下性焦虑和问题思考。社会、政治、文化特别是人性和精神演变的内涵，可令贾平凹的作品堪当"诗史"的荣誉——我们可以读出中国农村社会的变迁史，作家的情感心灵史，"文革"结束迄今一个时代的文学史，与时俱变的社会人情史，还有风貌独特的乡土地方史。因此，贾平凹也是一位必须全方位探讨的作家。

三

整体来看，贾平凹的小说不失为一种宏大叙事的结构体系。但他的宏大体系同时建立在超出同时代作家的小说技术水平上。以《带灯》而言，有着贾式特征标记的亦真亦幻的叙事艺术发展到了极致——写实性叙事的整体风格逻辑中，嵌入了幻想性、幻象式的叙事情节和线索，并且主要是在主人公身上获得了实现，但同时并不突兀地影响整体叙事的真实性和逻辑性的推进。这就是小说中带灯给从未正面出场的元天亮发的几十条手机短信。这个短信构成的叙事空间成为小说中的精神乌托邦，我从叙事艺术上说，这一叙事空间实为贾平凹写实艺术中融入的幻觉空间——亦真亦幻、真幻不辨，正是中国传统小说艺术中最常见的手法。这赋予了《带灯》自由叙事文体的特色，增加了小说阅读中的灵动性体验。在此意义上，《带灯》再次验证了作为文体作家的贾平凹的杰出性。

亦真亦幻遭遇的挑战和考验是分寸尺度的把握，往往体现在细微处。真的、写实的部分好办，难在幻觉处——幻处不可有落实痕迹。元天亮政治身份的落实或许是这部小说叙事中的一点瑕疵。

四

写人是多数写实小说的重点，当然也是难点。写人有几难，一是个性人物难写。经典写实小说往往能留下令人过目难忘的个性人物形象。可以说能否创造个性人物形象就是衡量写实小说成就大小的一个主要标准。如果缺少了个性人物形象的成功创造，或许也就是小说艺术的衰败征兆。二是写群像更难，尤其是写出群像中的个性人物形象更是难上加难。可以说，绝大多数小说家是写不好群像的，至少不能证明能够成功写出群像人物的作品；而在群像中自然写出个别人物的特征，更是极为少见。少数有过群像人物塑造的小说，往往又会落入另一种窠臼，即人物的标签化——当代小说常见的就是按照阶级观念将小说人物定为政治人物；这种政治人物虽有阶级特征，却没有人物个性。

《带灯》有个性人物，有群像，有群像中的个性人物。这也是中国传统经典小说的写人脉传，可以追溯到《水浒》《金瓶梅》《红楼梦》等的写人传统。《红楼梦》中的小姐、丫鬟是照着阶级性写的还是写出了一种个人性？《带灯》中的人物群像又能作什么分类呢？当代能像《带灯》这样写的小说家还真没几个。贾平凹的非凡文学功力于此可见。

五

小说家的贾平凹也是当代文人书画行内的一位突出人物，尤精书法，据说作品价码已非一般人能够问津。如此，他的书画修行技艺渗透到文学作品中也就不难想象了。中国传统艺术包括诗词，特重意境的营造；而意境营造的一个主要手法便是虚实相间的使用。虚实关系也可用主客观来比拟。以实写虚几近客观形态，好像用工笔来见出写意的境界；以虚写实则似主观想象，于写意中透露工笔功夫。这种中国画的美学精神落实在贾平凹的文学作品中，也就成就了他的写实小说中的空灵性、抒情性和飘逸性。如《带灯》这般以"生活流"叙事的长篇小说，细节几乎就是一切，却不显沉冗，反而耐读，道理即在虚实相间互补而成的参差效果和多样性体验之中。虚实的处理，不仅是技巧，不仅是结构，也不仅是一种美学观，根本上应该是一种世界观的体现方式。

六

贾平凹应该是深谙所谓"距离的美学"效果的。从多部长篇小说来看，他的描写手法已经炉火纯青。他的叙事态度又是冷静至极。冷静的叙事与客观的描写，两者熔为一炉，形成一种文学表达的距离感。但是，这种距离的存在并非为了达到价值判断中立甚至退出的目的；恰恰相反，距离的存在正是作家拣出情感和文字中的杂质的需要。《带灯》之于当下的尖锐性几乎是无与伦比的，同时保持了文学精神的洒脱风度。这就是距离的艺术效应。

七

写中国村镇生活的文学高手，几乎都是天才的戏剧家。远追鲁迅，稍近可看赵树理。不过贾平凹的表现手法又是另见一功。他并不刻意提炼戏剧冲突高潮，而是在日常叙事中写出深刻独特的戏剧性，尤其是人间的悲剧性。贾氏小说的悲剧性又主要是命运悲剧和历史悲剧，这应当是与他对社会历史的关注直接相关的。他的这种写悲剧的特点在《带灯》中可谓体现得淋漓尽致。悲凉、悲悯的情愫浸透在了《带灯》的所有描写中、叙事中、人物命运中。一部《带灯》，也就是一场人间的大悲痛。这种作品的作者在作品中投入的也必是自身所感的切肤彻骨的大悲痛。而《带灯》结尾处萤火虫环绕带灯的奇异景象，实则便是包容了人间大悲痛的悲悯情怀的象征。小说在此结束，或也体现了作家的某种寄托或坚信？

　　文末按：今年5月、6月，在西安、常熟分别参加了两次有关贾平凹新版长篇小说《带灯》的文学讨论会，同时也伴随了一个相对持久的小说阅读和思考过程。可惜时间并不宽裕，只能用这种简明的札记方式将阅读感想记录下来，勉强成文，或也可供朋友间交流切磋。

（原载《扬子江评论》2013年第4期）

我们的时代，我们同时代的人

——关于《带灯》的几个问题

何　平

一、带灯是谁？

带灯是谁？我想多年以后，当我们不仅仅局限在文学圈内作这样的提问时，我们会在多大范围，有多少人还能记得带灯是贾平凹在小说《带灯》中用文字的造人术造出的一个文学人物？虽然文学批评者不是预言家，我还是希望多一点的人知道，带灯源自贾平凹2011年到2012年的艺术创造，而且希望这种知道能够更大可能地溢出文学圈，甚至因为持续的阅读和阐释使得带灯成为汉语文学经典人物谱系的一个。

现在我们似乎忘记了一个基本的事实：我们往往是因为"有中生有"——从大千世界之万有生出一个文字世界能够激发无限想象之"有"的人物，而记住一些作家，或者更多的作家因为根本就没有提供这样富有创造力的人物来激活我们的文学想象，而被我们渐渐地淡忘乃至遗忘。

一个不算正常的现象，今天我们谈论"小说"这种文学体裁时，很少去谈小说家所创造出的人物。这句话也可以这样说，今天我们的小说家还能够为我们已经足够丰富的文学人物谱系添加属于他们独创性的文学人物之一二吗？就文学批评而言，对小说这种应该以写出"这一个"的人见功力的文类，我们却很少从这个指标去考量一个作家所达到的文学高度。所以，我读《带灯》首先要说《带灯》的文学意义最重要的是：在一个小说人物普遍式微的时代，贾平凹却在他的小说人物谱系里再创造出"带灯"这个汉语文学中"这一个"的文学"人"。

说到这里，我们似乎又忘记了另一个基本事实：中国现代文学不算长的历史中有一个值得我们记取的传统，就是我们的小说家曾经将塑造"这一个"的人物形象作为自己毕生的文学志业。我们曾经认为这样应该是一个文学常识：一个小说家要"文学"地处理他所处的"当代"经验，当然要创造出与"当代"一起成长的小说人物。以1949年之前的文学作例子，如阿Q、觉新、祥子、吴荪甫、曹七巧，这些文学人物的文学性固然可以再推敲，但有一点是共同的，他们哪一个不是与作家同时代呢？可我们今天的小说家还有这种文学自觉和文学能力吗？进而我们可以追问的是，小说如果不在写人上用功，小说这种文学体裁还有更光明的前景吗？而且，《带灯》之文学人物"带灯"可以让我们对一些视为过时、陈腐、教条的文学经验重新提出来加以检讨，比如"典型环境中的典型人物"，如果我们不是将"典型环境中的典型人物"偷换成强调阶级论的"典型环境中"的"政治正确的典型人物"或"观念先行的典型人物"，而是像贾平凹这样从具体而微的个人时代感出发，这个文学标尺真的那么值得我们诟病和厌弃吗？事实上，一定程度，正是因为我们废弃了这个文学标尺才使得"小说"这个有难度的文类变得漫不经心地简易。是的，既然我们不需要考虑"典型环境中的典型人物"，我们当然不需要去研究人物自身的丰富性，不需要去研究人物和时代的丰富性，这样如果小说家写他的同时代当然也不需要那么费心地去研究他自己和他所处时代之间的复杂关系。

　　贾平凹《带灯》的写作恰恰证明，所谓"典型化"的过程，本身就应该是作家面对历史和自己所处的时代深刻观察和反思的文学炼金术。

　　小说人物带灯当然可以从小说修辞学意义，从小说技术层面去剖析。乡镇基层干部的带灯在现实世界的位置，成为小说家贾平凹处理当下中国乡村经验的小说视角。缘此，当中国乡村从现实世界到小说，看得见的和看不见的中国乡村自然就有小说《带灯》此在的"带灯性"。"带灯性"在中国政治格局中位置是低的，是有性别的，这也自然赋予小说《带灯》贴着中国当下乡村的独特关系方式。在这种关系方式之下，中国当代乡村或被照亮，或晦暗不明。从并不严格的小说视角来观察，《带灯》中以带灯处理乡村矛盾为核心的日常生活是小说的外视角，按照这个视角进行文学的重组和建构，是可以构成自足的当下中国乡村的文学想象的。但如果仅仅止于此，小说是难以深入中国乡村内部的，这也是当下绝大多数写中国乡村小说作品的致命缺陷。而当《带灯》让小说中"被看"的带灯作为一个自主的、生机的带灯成为一个"看者"时，《带灯》所打开的就不只是带灯私密的、情欲的幽暗内心，同时打开的还有中国当下的村庄，尤其是乡村政治的内在面貌。小说中带灯给元天亮的短信使得带灯能够逃逸出叙述者对她的规训，转而牵动叙述者可以细致地"叙述"带灯的乡村。在中国当代小说中，"复调"早已不是什么秘籍，但并不是都能像《带灯》这样在叙述的追踪和逃逸中产生一种浑然有力的"复调"。只是有一点疑问的是，我不清楚带灯给元天亮的短信，是小说现在这样艺术、精致点好，还是更粗粝、破碎点好？或许沉溺情欲为一个人写作的人都可能像带灯这样激发内心的文学潜能吧。

但带灯不只是被贾平凹征用来贯通小说的肌理，其实不只是《带灯》，贾平凹的小说写作往往都是凿通自己和小说之间壁垒的过程，因而贾平凹写带灯是要"写心"的，是要写出一个活着的、活在小说世界，却和我们同时代的人。

《带灯》我早几个月就读完了，至今犹记读到小说终了，那种忽然被抽空的感觉——不甘心作家就给带灯安了这样一个仓惶的结局。是的，我知道我当时确实还没把小说中所有人物和事件记全记确切，但我确实是在为小说中的人物带灯难受，怎么好人就没个好下场呢？虽然我知道如带灯者，在当下乡村也只能是这样的结局。我承认对文本的过度陷入不是一个专业读者应该有的冷静警醒，甚至自己也清楚，我的感受可能来源于个人的偏好和与生俱来的性格弱点——容易用作家的想象世界镜见自己日常生活世界的悲欣忧乐。好在我理解的批评不是要装冷酷装理性的批评。很多时候，我宁可我的想法被别人指责为蔽见或陋见，也不愿意掩饰一部作品在我内心引起的真实的反应。诗人阿多尼斯说过："诗歌并不面向集体或大众，它在'他者'（即读者）的内部创造一个隐秘的'他者'，并与之对话。而那位'他者'也在诗人的写作中寻找一个隐秘人与之对话。双方分享折磨的体验，相互交流知识的途径，以便克服、摆脱这种折磨。"[①] 不由想到前些日子帮一个杂志作"语文记忆中的鲁迅"的专题，我直觉想看看一个作家是怎样带动公民的阅读趣味的，以及母语文学记忆是怎样形成的。我认为在中国的文学启蒙教育背景下，我们太多的是在知识传承意义上，而不是阿多尼斯的心灵对话意义上和具体的作家和作品缔结关系。

贾平凹的小说在我的"内部创造一个隐秘的'他者'"起于何时？应该

---

① 　阿多尼斯：《在意义天际的写作》，薛庆国、尤梅译，外语教学与研究出版社2013年版，第90页。

是，在中学，在课堂上读《丑石》，在私下读《小月前本》。那时，我喜欢《小月前本》，不喜欢《丑石》。因为喜欢《小月前本》，就把贾平凹其他的小说找来读，一直读到现在，三十年我几乎读过贾平凹所有的小说和部分的散文。这里面，有喜欢的，有不喜欢的。而就最近的几部作品，我因为"狗尿苔"，喜欢《古炉》；因为"带灯"，喜欢《带灯》。如果按照有的人想的，就像电影的上映，一部新的文学作品出现有一个批评的档期，我错过了说喜欢"狗尿苔"《古炉》的档期，但愿这次还能赶得上说喜欢"带灯"《带灯》的档期。

回到前面的话题：读完《带灯》为什么有被抽空的感觉？小说中，带灯出场是"在镇政府大院安顿住下后，偏收拾打扮了一番，还穿上高跟鞋，在院子的水泥地上噔噔噔地走"。"每个清晨高跟鞋的噔噔声一响，大院所有房间的窗帘就拉开一个角，有眼睛往院子里看。""一上山坡总是风风火火地走，洒一路的欢歌与得意。而且，在花都盛开的时候，她天黑赶回去，总怀抱各种各样的花，感觉是把春天带回了家。"新鲜干净的女子，有点骄傲有点目空一切不谙世事有点小儿女情态。等到了小说最后，这个属意"星空""山野"的精灵，却成为日日夜游在樱镇、与疯子为伴的"幽灵"——一个病者。总体地说，贾平凹对世界的不完美抱持有良善的宽宥，承认世界不完美性这个基本前提，去发现和书写"不完美"边上或者内里的完美。所以，贾平凹对世界的基本信心，使他从来不是一个彻底的绝望者。当然作为一个读者，以我对中国当下乡村的理解，从带灯的命运看到的还可以是更深更黑暗的可能。如果带灯在这样的乡镇无法安妥自己，而成为一个飘荡在中国乡村的幽灵，那么二十四个老伙计合伙做揽饭安慰带灯又怎样？樱镇又多了萤火虫阵一个风水景点又怎样？还有老上访户王后生理解了带灯和竹子的委屈，小说写道："竹子说：你是在羞辱我？王后生说：这我不敢，你是瘦了。竹子说：你咋知道我不在综治办？王后生说：我是干啥的么？我只说我们当农民受委屈，镇干部也有委屈事呀！竹子说：委屈不委屈与你屁事！王后生说：咋能与我屁事，受委屈的心情都一样么。"这又能怎样？击鼓传花，镇政府还有着故事，带灯丢掉的不只是综治办主任的职位，她得不到的不只是元天亮爱的回应。

黑暗已经揭开，《带灯》却没有更深入；一个乡村理想主义者的末路已见端倪，但《带灯》中，虽然看不见带灯的出路，也没有肯定她的末路。不应该因此简单地苛责作家的勇气和担当。而且从文学审美的角度，更勇敢更担当，也不一定、不必然更"文学"，何况《带灯》自有勇气和担当。带灯曾经说："我的花只按我的时序开。"带灯最后说："我的命运就是佛桌边燃烧的红蜡，火焰向上，泪流向下。"带灯对世界还有信心吗？我想，如果让贾平凹自己续写带灯的故事，那答案是很显然的。

小说中有一段带灯和竹子的对话：

> 竹子没想到带灯会劈头盖脸训了一通，说：我说了一句，你就说了十句，我就没有你这狠劲么。带灯自己也笑了，说：我在你眼里是不是狠？竹子说：我不说了。带灯说：瞧瞧，你还说要克服你的柔软哩，问你一句话又都不说了？！竹子说：我也是矛盾么。带灯说：我明白你的意思。但我给你一句话，这话是元天亮在书上说的，他说改变自己不能适应的，适应自己不能改变的。咱在镇上，干的又是综治办的工作，咱们无法躲避邪恶，但咱们还是要善，善对那些可怜的农民，善对那些可恶的上访者，善或许得不到回报，但可以找到安慰。[①]

"善对"是带灯和世界相处的方式和伦理尺度。小说中，带灯的"善对"不只是为东岔村男人去大矿区打工回来全得了病的十三个妇女讨公道。她怜惜所有的被侮辱被损害的弱者。但悖谬的是，侮辱与损害那些弱者的恰恰是包括带灯在内的樱镇政府，更为乖张的是政府的权力掌控者执政的目的只是为了不出乱子而官运亨通。《带灯》进入更为忧愤深广的中国当下乡村的现实大地，去关切每一起"上访"事件背后"这一个"复杂的社会和心灵现实，而"关注现实，在现实生活中我们才可能更本真，更灵敏，也更对现实发展有着前瞻性，也才能写出我们内心的欢乐、悲伤、自在或恐惧"。[②] 亦即关切我们每一个人内心的怕和爱，孤独和爱恋。虽然不排除有的侮辱和伤害是吾民对吾民的伤害，就像小说中带灯的婆婆的"爱"被乡人不善意地嘲弄："老张从外村抱养了两只狗崽，自己留一个，一个给了婆婆，这两只狗交交不离，婆婆和老张也混搭在一起没黑没明。村里人给两只狗分别叫他们的名字，公狗叫

---

① 贾平凹：《带灯》，载《收获》2013年第1期，文中涉及《带灯》的小说原文均出自《收获》2012年第6期和2013年第1期。

② 贾平凹：《从"我"走向"我们"——致友人信之一》，见《天气》，作家出版社2011年版，第225页。

海量，母狗叫玉枝。"当下中国乡村的"上访"更多的时候源自一个个微小的权势者，他们在各个微小处损害着吾土吾民。有的真是微小的伤害，比如小说写："范库荣也是带灯的老伙计。七年前黑鹰窝村遭泥石流，村支书在上报灾情要求救济时，将自家的三间早已塌了的柴棚统计了进去，却就是把她家被毁的两间灶房不算数。她认为她和村支书的媳妇吵过一架，村支书故意报复她，就上访到了镇政府。"

　　小说中，带灯和综治办主任的带灯很多时候是相忤的，政府尺度和带灯的内心尺度常常也是分裂的。"综治办"貌似在修复我们社会被撕裂的肌体，但修复的过程常常又是新的创伤产生的过程，而且小说中更为悲剧的是在完成这种创伤性修复的同时，撕裂的却是带灯自己。在中国现代文学中，带灯的前驱者应该是鲁迅《伤逝》中的子君、师陀《颜料盒》中的油三妹、丁玲《在医院》中的陆萍。她们怀抱着梦想在不完美的世界左冲右突，试图去改变世界，最后却是如果不能被世界规训，只能归于毁灭。小说写带灯的"变形记"：

　　　　带灯把煤油灯一点着，司机先冲了过去按住王后生就打。再打王后生不下炕，头发扯下来了一撮仍是不下来，杀了猪似地喊：政府灭绝人呀，啊救命！张膏药家是独庄子，但夜里叫喊声瘆人，司机用手捂嘴，王后生咬住司机的手指，司机又一拳打得王后生仰八叉倒在了地上。

　　　　带灯点着一根纸烟靠着里屋门吃，竟然吐出个烟圈晃晃悠悠在空里飘，她平日想吐个烟圈从来没有吐成过。她说：不打啦，他不去镇政府也行，反正离天明还早，他们在这儿，咱也在这儿。并对竹子说：你去镇街敲谁家的铺面买些酒，我想喝酒啦，如果有烧鸡，再买上烧鸡，公家给咱报销哩。竹子竟真的去买酒买烧鸡了，好长时间才买来，带灯、竹子和司机就当着王后生张膏药的面吃喝起来。

　　带灯成为暴力的同谋和漠然的看客，成为她所憎厌和逃避的一部分。但小说不仅仅于此，小说写带灯和竹子的迷失，又要写带灯和竹子的醒着：

　　　　竹子说：咱做的是不是太过分了？带灯说：是有些过分。竹子说：派出所更过分么，以后咱干事不能再叫他们了。带灯说：我看过一本书，书上说做车子的人盼别人富贵，做刀子的人盼别人伤害，这不是爱憎问题，是技本身的要求。竹子说：哦。

写带灯醒着，又写带灯的迷惘和困惑：

> 现在我给你说说今日的见闻吧，但我不想把龌龊的事说给你，说了又能怨恨谁呢，怨恨镇领导，好像他们并没做错，怨恨那几个长牙鬼，好像错也不在他们，怨恨那山里的老头子老婆子吗，还是怨恨我和竹子？谁都怨恨不成，可龌龊就这样酝酿了，产生了。我不知道这到底是为什么，为什么会是这样？！

富有意味的是小说最后有一个场景写到曾经那么爱干净拒绝虱子的带灯和竹子却"与民同虱"了。

> 那个晚上，几十个老伙计都没回家，带灯和竹子也没有回镇政府大院去，她们在广仁堂里支了大通铺。从此，带灯和竹子身上生了虱子，无论将身上的衣服怎样用滚水烫，用药粉硫磺皂，即便换上新衣裤，几天之后就都会发现有虱子。先还疑惑：这咋回事，是咱身上的味儿变了吗？后来习惯了，也觉得不怎么恶心和发痒。带灯就笑了，说：有虱子总比有病着好。

带灯和竹子抗拒成为侮辱伤害弱者的同谋，但"与民同虱"，是不是据此以为带灯和竹子可以在"人民"和"大地"中安妥自己了？这是小说未完成的部分。《带灯》之带灯作为文学人物的复杂和丰富性一定意义上又是这些未完成的晦暗不明所带来的。《带灯》谨慎地辩证和平衡，却把更深刻的矛盾和裂痕暴露出来，带灯"善对"世界，可除了那些微弱的老伙计，谁来"善对"带灯？

二、何为吾土，何为吾民？

"带灯"，照小说中的人物"带灯"说，"它这是夜行自带了一盏小灯"。"暗夜"和"微光"，或者乡人说带灯在镇政府干事是"一支花插在牛粪堆"。贾平凹有他的小说辩证法，他自己就说过："这个时代的精神丰富甚或混沌，我们的目光要健全，要有自己的信念，坚信有爱，有温暖，有光明，而不要笔走偏锋，只写黑暗的、丑恶的。要写出冷漠中的温暖，恶狠中的柔软，毁灭中的希望，身处污泥盼有莲花，沦为地狱向往天堂。"所以，我理解贾平凹说的，"我们要学会写伦理，写出人情之美"。"中国文学最动人的是人情之美，在当下，人性充分显示的年代，去叙写人与人的温暖，去叙写人心柔软的部分，也应是我们文学的基本。"①但问题是，如果仅仅有"人情之美"，只有"温暖""柔软""希望""莲花"和"天堂"呢？这是不是也是一种"目光不健全"？也正因为如此，如果说《带灯》不缺少带灯一样的"温暖""柔软""希望""莲花"和"天堂"，包括叫她姐的镇长、竹子，还有几十个散落在村村落落的老伙计给她的精神支援，我们更应该看到《带灯》中与"温暖""柔软""希望""莲花"和"天堂"栖身和寄生的"冷漠""恶狠""毁灭""污泥"和"地狱"，虽然较之鲁迅说的"大半是废弛的地狱边沿的惨白色小花"，《带灯》更暖色、光亮，但贾平凹从不放弃逼视"冷漠""恶狠""毁灭""污泥"和"地狱"。

从《古炉》到《带灯》，贾平凹写得最触目惊心的首先是乡村的暴力。这种暴力即使在《古炉》中假借"革命"的名义，仍然难以掩盖其血腥，何况时至今日，这种暴力的合法性已经值得质疑。贾平凹对乡村暴力的文学书写应该源自其成长记忆。在《我是农民》中，他写道："我的一位同学如何迎着如雨一般的石头木棍往前冲。他被对方打倒了，乱脚在他的头上踢，血像红蚯蚓一般从额角流下来。他爬起来咬住了一个人的手指，那手指就咬断了，竟还那么大口地嚼着，但随之一个大棒砸在他的后脑，躺下再也不动了。"②

贾平凹青少年时代的暴力记忆成为他小说，特别是近年的小说不断重现的梦魇。应该说，一个成熟的作家作品中的母题重现可能是一个极富推进性的文学行为，但这往往会被粗疏的文学鉴赏和批评者视作是简单的重复和复制。如果说，《古炉》中"文革"的武斗因为我们今天对"文革"的检讨和批判已经丧失其正义性，那么，元黑眼兄弟五个要办沙厂，换布拉布要改造老街，《带灯》中为维护家族利益而滋生出的暴力在现代社会同样丧失其合法性。对人的嗜血性和暴力的描摹近乎自然主义，小说这样写：

> 元老三肩头上挨了一钢管，当下跌坐在自己屙出的屎上，他听见骨头在咔嚓嚓地响，左胳膊就抬不起来。但元老三毕竟也是狠人，右胳膊撑地就跳起来，裤腰还在大腿上，跳得并不高，一只脚先蹬了出去，挡住了又抡过来的钢管，再往起跳，裤腰和皮带全崩断了，一头撞向拉布。拉布往后打了个趔趄，把钢管再抡

① 贾平凹：《面对当下社会的文学——在咸阳的报告》，见《天气》，作家出版社2011年版，第241、238页。

② 贾平凹：《静水深流：贾平凹长篇散文》，河南文艺出版社2009年版，第34页。

出去，这一次打在元老三的脑门上，钢管弹起来，而元老三窝在了那里。拉布又是一阵钢管乱抡。元老三再没有动。拉布拉起元老三的一只脚要把他倒提了往沙壕里蹾，元老三已是断了线的提偶，胳膊是胳膊，腿是腿，把它放成什么样就是什么样，两眼眶崩出了眼珠子。眼珠子像玻璃球，拉布只说玻璃球要掉下来了他就踩响个泡儿，眼珠子却还连着肉系儿，在脸上吊着。拉布转身提着钢管走了。

但应该看到类似《带灯》中的嗜血性，肯定不是局限于一时之"文革"和当下，也不局限于一地之"棣花街"和"樱镇"。更为重要的是，如果我们有心将贾平凹所有小说的嗜血场景对照看，有两点值得我们注意：一是嗜血是一个今天一如往昔的历史绵延；二是嗜血性是看与被看的沉溺。

肯定有热闹。当年老槐树上挂着伪镇长的头，看的人里三层外三层，那头挂着，嘴里还夹着他的生殖器。铡那个政委时，看的人也是里三层外三层的，那政委被按在铡刀下了，在喊：共产党万——铡刀按下去，头滚在一边了，还说出个岁字。

对暴力作出批判也许是简单的，但如《带灯》所展示的当下乡村暴力本身却可能并不简单。《带灯》涉及另外两场群体性的暴力，一次是元老海组织的，一次是田双仓组织的。小说中，这两次群体暴力事件都有着民间正义的基础，"田双仓却总是以维护村民利益的名义给村干部挑刺，好多人都拥护他"；元老海更是因为阻止"从莽山凿个隧道穿过樱镇"成为乡人心目中的英雄。"就拿樱镇来说，也是地处偏远，经济落后，人贫困了容易凶残，使强用狠，铤而走险，村寨干部又多作风霸道，中饱私囊；再加上民间积怨深厚，调解处理不当或者不及时，上访自然就越来越多。既然社会问题就像陈年的蜘蛛网，动哪儿都往下落灰尘，政府又极力强调社会稳定，这才有了综治办。"如何去面对乡村民间诉求的暴力？《带灯》在这个命题上的探索还只是一个开始。

事实上，"冷漠""恶狠""毁灭""污泥"和"地狱"不一定以暴力这种剧烈的方式呈现，它可能像病菌一样在我们和我们生活的世界滋生。贾平凹没有简单地对上访这种重要的底层权力诉求方式给予肯定。《带灯》中最有可能被我们忽视的可能是贾平凹对国民性的洞悉和批判，尤其值得关注的是类似下面的事件和场景中所揭示出的国民的卑怯和懦弱。

镇街上有好多闲人，衣服斜披着，走路勾肩搭背，经常见着从大矿区打工回来的人了，就日弄着去吃酒打牌。遇到了年轻的女子，却要坐在街两边的台阶上吹口哨，这边喊：特色！那边喊：受活！带灯是他们见到的最漂亮的女人，但他们不敢对镇政府的干部流氓。

镇中街的王中茂和黑鹰窝村的海量是表亲，原本都不来往的，但王中茂知道了海量和带灯后房婆婆的关系后，老来和带灯套近乎。

还有一个叫李志云的，2007年全县发生特大洪灾，他家倒了个堆积杂物的小房，因不是主体房，根据县上文件规定不在补贴之列，他就一直上告。综治办曾去拍照片，找群众证言，光回执材料打印就不下五百元。他有个儿子在省城打工，不时去省信访局登记。带灯给他们过面粉和被褥，还办了低保，该享用的享用了，该告还告。

莫转莲是石门村的妇女，带灯总觉得她是个糊涂蛋。七年前，石门村修自来水时，她说她家不掏钱不出工也不吃自来水。四年后，她看见别人家吃用水特别方便，就又想接，村里人当然不让接，说要接就得交四百元。她家私自接上水管，又被村人割断了，她就开始到镇政府告状。

大工厂基建处贴了告示，道路所经之处，搬迁一间房子付二百元，迁移一座坟墓付一百五十元，移一棵树付二十元。镇西街村的人就发疯似的栽起了树，在要搬迁的房前屋后栽，在要迁移的坟左墓右栽，还要在责任田的埂堰上栽，树距紧密，甚至栽下的树就没有根，从大树上砍下一枝股了，直接插在土里。

陈大夫还坐在路边石头上给那人号脉，签过名的人就提前来镇政府自首了。十三个签名中，有张正民、王随风、薛碌碡、孙家灶、尚建安、莫转存，大都是那些老上访户，也有一些别的人。这些老上访户给马副镇长说：又犯错误了，该怎么处治就处治吧。而别的人都在哭诉是王后生欺骗了他们，拿手打自己脸，口口声声说该打。

对于小人物无所不知，又习焉不察的"恶小"，小说借竹子和带灯的对话说出来。

> 竹子说：小人物也不该使这多的阴招呀！带灯说：你没看过电视里的《动物世界》吗，老虎之所以是老虎，它是气场大，不用小伎俩，走路扑沓扑沓的，连眼睛都眯着；而小动物没有不机灵的，要么会伪装，要么身上就有毒。

在这样到处是灰败小人物的世界里，带灯"它这是夜行自带了一盏小灯"，但就像带灯给元天亮倾诉的那样："镇政府的生活，综治办的工作，酝酿了更多的恨与爱，恨集聚如拳头使我焦头烂额，爱却像东风随春而归又使我深陷了枝头花开花又落的孤独。"带灯内心有爱的微光，但同时也有着无边的荒凉。我们有必要追问的是，已经站在"冷漠""恶狠""毁灭""污泥"和"地狱"边缘的作家，"温暖""柔软""希望""莲花"和"天堂"的"人情之美"，是不是文学理想主义者的一厢情愿呢？

三、如何写实？

说《带灯》是一部乡村小说，应该没有太大的问题。贾平凹自己也说："通过写《带灯》进一步了解了中国农村，尤其深入了乡镇政府，知道着那里的生存状态和生存者的精神状态。"[①]《秦腔》之后，《带灯》再次显示了贾平凹处理中国本土经验的写实能力——同时代许多作家遁入历史才能言说中国乡村，《带灯》不是回望，而是清醒、感伤地直抵中国当下乡村的真相。

新世纪乡村小说创作面对复杂多变的社会现实，此种社会现实刺激了创作主体，导致新世纪乡村文学在反映社会现实问题的及时性和全面性上较之前同类型作品更为明显。现实暴露的社会问题以及国家乡村新政策的颁布实施所导致的变化等，都可能激发作家的创作，这导致"问题文学"在新世纪乡村文学中大行其道。以小说为例，多用现实主义的笔法，描画乡村世界的方方面面，从日常生活到村礼结构，从乡村直选到村委重组，从离乡进城到离城返乡，从农民心理转变到国民性批判，等等。但是意识到"问题"不一定必然就"文学"了，相反，过于黏着于"问题"，可能会制约作家有更深刻的文学表达。今天所

---

① 贾平凹：《带灯》，人民文学出版社2013年版，第357页。

谓的"乡村文学"之乡村往往并不是我们的作家对他们生活之外的乡村有多么地了解和思考,之后进行"文学"的想象和建构出来的,而是按照某些预设的观念定制和拼凑出来的。和活生生的中国乡村比较起来,文学想象的中国乡村正沦为种种观念覆盖着的"看不见的乡村"。

贾平凹是当下少有的和行进中的中国乡村保持密切关系的作家。20 世纪80 年代,贾平凹的创作出现了问题,他就返回故乡。①"我是每年十几次地回过我的故乡"②,贾平凹的返乡并不局限在"棣花街"这个现实的故乡。"今年,在断断续续的几个月里,我沿着汉江走了十几个城镇,虽不是去做调研和采风,却也是有意要去增点见识。"(《走过几个城镇》)"几十年的习惯了,只要没有重要的会,家事又走得开,我就会邀二三朋友去农村跑动,说不清的一种牵挂,是那里的人,还是那里的山水?在那里不需要穿正装,用不着应酬,路瘦得在一根绳索上,我愿意到哪儿脚就到哪儿,饭时了随便去个农户恳求给做一顿饭,天黑了见着旅馆就敲门。"③"我是该养养神了,以行走来养神,换句话说,或者是来换换脑子,或者是接接地气啊。"(《定西笔记》)而且在贾平凹看来,像《秦腔》这样的乡村小说"完全是安妥我的"。④因此,三四十年来,贾平凹和中国乡村的关系是共时、内源和精神性的。

同样,在小说《带灯》中,我们能够看到贾平凹的故乡"棣花街",看到给他发短信的山区女干部所工作乡镇的影子,但《带灯》不是刻板的"实写",而是像在《秦腔》后记里说的,"我的故乡是棣花街,我的故事是清风街。棣花街是月,清风街是水中月,棣花街是花,清风街是镜里花"。其实早在 20 世纪 90年代初台湾作家三毛读贾平凹的《天狗》和《浮躁》时就意识到:"商州是不存在的。"⑤因此,《带灯》的"樱镇"之中国乡村本相非花非月,而是已经被贾平凹心灵化之后的镜花水月之中国乡村本相,贾平凹之"写实"是对镜花水月之写实,我谨慎地把这种写实命名为一种对内在心象的写实。关于这种写实我们可

<hr>

① 贾平凹:《寻找商州》,见《天气》,作家出版社2011年版,第184—185页。

② 贾平凹:《古炉·后记》,载《东吴学术》2010年第1期。

③ 贾平凹:《带灯》,人民文学出版社2013年版,第356页。

④ 贾平凹:《从"我"走向"我们"———致友人信之一》,见《天气》,作家出版社2011年版,第226页。

⑤ 三毛:《三毛致贾平凹的信》,见贾平凹《进山东》,人民文学出版社2008年版,第86页。

以借用贾平凹自己的话："写实并不是就事说事，为写实而写实，那是一摊泥塌在地上，是鸡仅仅能飞到院墙。在《秦腔》那本书里，我主张过以实写虚，以最真实朴素的句子去建造作品浑然多义而完整的意境，如建造房子一样，坚实的基，牢固的柱子和墙，而房子里全部是空虚，让阳光照进，空气流通。"①

贾平凹是一个不断尝试着变化的作家，关于"写实"，《带灯》又有了怎样的变化？《秦腔》《古炉》是"不倚重故事和情节"且"靠细节推进"的写法。"《带灯》我却不想再那样写了，《带灯》是不适那种写法，我也得变变，不能在一棵树上吊死。那怎么写呢？""几十年以来，我喜欢着明清以至30年代的文学语言，它清新，灵动，疏淡，幽默，有韵致。我模仿着，借鉴着，后来似乎也有些像模像样了。而到了这般年纪，心性变了，却兴趣了中国两汉时期那种史的文章的风格，它没有那么多的灵动和蕴藉，委婉和华丽，但它沉而不糜，厚而简约，用意直白，下笔肯定，以真准震撼，以尖锐敲击。何况我是陕西南部人，生我养我的地方属秦头楚尾，我的品种里有柔的成分，有秀的基因，而我长期以来爱好着明清的文字，不免有些轻的佻的油的滑的一种玩的迹象出来，这令我真的警觉。我得有意地学学两汉品格了，使自己向海风山骨靠近。"②

应该说，《带灯》宗法两汉，贾平凹是向中国文学的一个重要源头靠近。这种自觉的靠近不是始自《带灯》，而是更早到20世纪《废都》之后。在因为《废都》而"被"南行之际，贾平凹在江南而识江南，意识到："中国的文学艺术有过现实主义和浪漫主义之分，这观点我并不以为然，但确确实实分别着一种写实笔法，一种性灵笔法。这两种笔法，我当然推崇司马迁而鄙视那些毫无灵气的笨写法，对于性灵笔法自己很喜欢又轻贱那些小境界。原先只了解司马迁是北方人，当过史官，受过大难，他注重的是一种天下为怀的、史的目光，这一切又以朴素为底色，而不明白性灵之作是如何产生的……写实易于死板，性灵易于小巧，质朴是重要的，格局是重要的，更重要的是体证人生的大苦大难而又从此有慈悲为怀。"③

那么，《带灯》所宗的汉司马迁具有一种怎样的风度和意趣呢？刘永济《十四朝文学要略》引洪迈《容斋随笔》说《史记》"朴瞻可喜"，认为："或许史

① 贾平凹：《古炉·后记》，载《东吴学术》2010年第1期。
② 贾平凹：《带灯》，人民文学出版社2013年版，第361页。
③ 贾平凹：《江浙日记》，见《进山东》，人民文学出版社2008年版，第202页。

迁文朴可喜。"又引章学诚《文史通义·书教下》："盖迁书体圆用神,多得《尚书》之遗。班氏体方用智,多得官礼之意也。"刘永济评价："千古而下,惟石斋氏圆神方智之说,独能得二家之精髓,识两京之风尚。""后世史家,所以多撷兰台之余芬,鲜及龙门之高躅者,岂非体方者易循,神圆者难学乎?"①

"朴瞻可喜"和"体圆用神",一定程度上是可以用来说《带灯》的"写实"的。说到这里,可以顺便指出,贾平凹是中国小说家中少有的写小说有文章章法的作家。这一点同样可以用前人谈《史记》来观察:"叙事文三要件,信、有序、动观感……文章能动观感,必是内容充满了情味的文章……叙事文求有情味,有二种必须的条件:第一要识得重轻。第二要置身境中。所谓识重轻者,即是当重的要尽力描写,当轻的可从轻描写。有加倍渲染之笔,有轻描淡写之笔,两两配带,自能使人触目惊心。若是一片平庸,如刻板的图画,如账簿,如算子,则万不能使人看了有情味。"②"信"是虚无的,如镜中花、水中月,这能够理解《带灯》为什么要花那么多的笔墨不厌其烦地去叙写乡政府、综治办的日常工作;《带灯》的"有序"是一种自由、散漫的秩序,细密绵密的情节推进被带灯的日常行迹所代替,且成为叙述的唯一动力;至于"动观感"可能还要从贾平凹臧两汉而否明清所否的明清来看。还是前人谈《史记》:"有人说史记叙游侠则见精神,述圣贤便无气象;这个批评,正是对司马迁的胸中意趣,加以分析。司马迁的意趣本是好奇的方面居多,叙述游侠尤见精神,即是这个缘故。"虽然贾平凹宗两汉气度,不惜矫枉过正:"得警惕在文笔之中忘却了大东西的叙写","你是非常有灵性的作家,我还得劝你,不要再多读那些明清小品,不要再欣赏废名那一类作家的作品,不要讲究语言和小情趣。要往大处写,要多读读雄浑沉郁的作品,如鲁迅的,司马迁的,托尔斯泰的,把气往大鼓,把器往大做,宁粗粝,不要玲珑。做大袍子,不要在大袍子上追究小褶皱和花边。"但应该指出,"不要在大袍子上追究小褶皱和花边",这不妨碍贾平凹笔墨意趣上的"性灵"。换句话说,《带灯》中对于"力的爆发和控制"做得好,但贾平凹也能够在"力的爆发和控制"的同时,有余裕说"闲话"。也因为贾平凹选的带灯这个低微、女性的视角,因为带灯爱生活爱自然爱美亦有小忧伤小情调,这就使得她的生活多闲愁,而这闲愁也使贾平凹说"闲话"有了自由驰骋

---

① 方孝岳:《中国文学八论》,中国书店1985年版,第41页。
② 贾平凹:《精神贯注——致友人信之四》,见《天气》,作家出版社2011年版,第230页。

的天地，这不仅仅指小说中带灯为一个人写的短信私语，见花见草见风景，而且小说每于紧张处却能纡徐舒缓，如贾平凹说："闲话说得好，味就出来了。"①虽然贾平凹自己以为"性灵害写实"，但《带灯》恰恰证明：性灵的写实是可以做到的，所谓"朴瞻可喜"和"体圆用神"，朴拙却不失圆神、腴润，因而能够"可喜"。

但我承认自己文章学修为还需提升，对文字笔墨意趣还较生疏，所以至少到现在我读贾平凹，自认并没有能够完全进入到他文字和文学的秘密核心。是为检讨。

（原载《当代作家评论》2013年第3期）

---

① 贾平凹：《语言的"筋"》，见《五十大话》，长江文艺出版社2003年版，第172—173页。

附录

研 究 总 目

YANJIU ZONGMU

贾平凹、韩鲁华：《中国化的文学写作——贾平凹新作〈带灯〉访谈》，载《西安建大报》2012 年第 6 期。

李星：《坚硬的现实　优雅的超越——从〈古炉〉到新作〈带灯〉，看"知天命"以后贾平凹的变化》，载《南方日报》2012 年 12 月 16 日。

贾平凹、丁帆、陈思和：《贾平凹长篇小说〈带灯〉学术研讨会发言摘要》，载《扬子江评论》2013 第 4 期。

舒晋瑜、贾平凹：《我曾经做好准备不发表》，载《中华读书报》2013 年第 2 期。

贾平凹：《带灯·后记》，载《东吴学术》2013 年第 2 期。

贾平凹：《致林建法的信》，载《当代作家评论》2013 年第 2 期。

王晶晶：《新作〈带灯〉面世后接受本刊专访　贾平凹："很多人根本看不到我的苦心"》，载《环球人物》2013 年第 3 期。

李星：《危机四伏的樱镇世界》，载《读书》2013 年第 3 期。

韩鲁华、韩蕊、储兆文等：《中国现实生活经验故事的叙写——贾平凹长篇小说〈带灯〉五人谈》，载《延河》2013 年第 3 期。

孙郁：《〈带灯〉的闲笔》，载《当代作家评论》2013 年第 3 期。

陈晓明：《萤火虫、幽灵化或如佛一样——评贾平凹新作〈带灯〉》，载《当代作家评论》2013 年第 3 期。

张学昕：《带灯的光芒》，载《当代作家评论》2013 年第 3 期。

栾梅健：《论〈带灯〉的文学创新与贡献》，载《当代作家评论》2013 年第 3 期。

陈众议：《评贾平凹的〈带灯〉及其他》，载《当代作家评论》2013 年第 3 期。

何平：《我们的时代，我们同时代的人——关于〈带灯〉的几个问题》，载《当代作家评论》2013 年第 3 期。

吴义勤：《"贴地"与"飞翔"——读贾平凹长篇新作〈带灯〉》，载《当代作家评论》2013 年第 3 期。

韩鲁华：《论〈带灯〉及贾平凹中国式文学叙事》，载《小说评论》2013 年第 4 期。

张延国：《体制内边缘人的权力批判及其限度——论贾平凹小说〈带灯〉中

的"带灯"形象塑造》，载《小说评论》2013年第4期。

陈诚：《论〈带灯〉对乡镇干部形象的整塑与超越》，载《小说评论》2013年第4期。

王春林：《论〈带灯〉》，载《小说评论》2013年第4期。

李云雷：《以"有情"之心面对"尖锐"之世——读贾平凹的〈带灯〉》，载《小说评论》2013年第4期。

陈理慧：《敞向乡村大地的写作——评贾平凹的新作〈带灯〉》，载《小说评论》2013年第4期。

韩蕊：《从文本叙事到生活言说——由〈带灯〉看贾平凹小说新变》，载《小说评论》2013年第4期。

杨俊国：《飞舞的皮虱与闪烁的萤灯——读贾平凹的小说〈带灯〉》，载《小说评论》2013年第4期。

李震：《关于〈带灯〉及贾平凹小说的几个问题》，载《小说评论》2013年第4期。

李遇春：《"说话"与贾平凹的长篇小说文体美学——从〈废都〉到〈带灯〉》，载《小说评论》2013年第4期。

程华：《贾平凹〈带灯〉的生态反思主题》，载《小说评论》2013年第4期。

储兆文：《解析〈带灯〉的上访死结》，载《小说评论》2013年第4期。

金哲：《底层写作的三个维度：以〈带灯〉、〈那儿〉作比较》，载《小说评论》2013年第4期。

徐勇：《现世的沉沦与飞升——评贾平凹的长篇新作〈带灯〉》，载《文艺争鸣》2013年第4期。

陆克寒：《〈带灯〉：现象界叙事与精神梦游——兼论当下中国文学价值理念的缺位》，载《扬子江评论》2013年第4期。

吴俊：《文体的艺术之境——贾平凹长篇小说〈带灯〉读札》，载《扬子江评论》2013年第4期。

张艳梅：《贾平凹：带一盏灯看中国》，载《名作欣赏》2013年第4期。

陈晓明：《穿过"废都"，带灯夜行——试论贾平凹的创作历程》，载《东吴学术》2013年第5期。

杨慧仪：《呼唤翻译的文学：贾平凹小说〈带灯〉的可译性》，载《当代作家评论》2013 年第 5 期。

何英：《作家六十岁——以〈带灯〉〈日夜书〉〈牛鬼蛇神〉为例》，载《南方文坛》2013 年第 5 期。

程德培：《镜灯天地水火——贾平凹〈带灯〉及其他》，载《上海文化》2013年第 5 期。

洪晓萌、房伟：《"灯火"闪亮下的乡土中国——评贾平凹长篇小说〈带灯〉》，载《百家评论》2013 年第 3 期。

魏晏龙：《虱痒沾身心渐痛　萤灯独照夜更浓——评贾平凹〈带灯〉》，载《西安建筑科技大学学报（社会科学版）》2013 年第 3 期。

韩蕊、严雪迪：《贾平凹长篇新作〈带灯〉研讨会综述》，载《西安建筑科技大学学报（社会科学版）》2013 年第 3 期。

李景林：《中国在樱镇——评贾平凹长篇新作〈带灯〉》，载《安康学院学报》2013 年第 3 期。

钱旭初：《紫色的苜蓿红色的玫瑰——〈带灯〉正文、后记互文阅读》，载《江苏广播电视大学学报》2013 年第 3 期。

丁帆、陈思和、陆建德等：《贾平凹长篇小说〈带灯〉学术研讨会纪要》，载《当代作家评论》2013 年第 6 期。

刘阳扬：《带灯的等待与等待中的中国——评贾平凹〈带灯〉》，载《当代作家评论》2013 年第 6 期。

谢有顺、樊娟：《海风山骨的话语分析——关于〈带灯〉》，载《当代作家评论》2013 年第 6 期。

王光东、毕会雪：《乡土旷野上的行走——贾平凹〈带灯〉带来的思考》，载《当代作家评论》2013 年第 6 期。

王悦华：《身处浊世的自我救赎——对〈带灯〉中带灯与元天亮关系的解读》，载《吉林广播电视大学学报》2013 年第 6 期。

段建军：《为我的人与为他的人——贾平凹小说〈带灯〉崭露的人性之光》，载《人文杂志》2013 年第 9 期。

雷达：《读〈带灯〉的一些感想》，载《文艺报》2013 年 11 月 22 日。

于淼：《微光照亮世界——浅谈贾平凹〈带灯〉小说中的人物形象》，载《山西师大学报（社会科学版）》2014 年第 4 期。

鲁太光：《绝望或反抗绝望——2013 年长篇小说创作观察》，载《文艺理论与批评》2014 年第 1 期。

张丽军：《"新乡镇中国"的"当下现实主义"审美书写——贾平凹〈带灯〉论》，载《文艺评论》2014 年第 1 期。

赵冬梅：《"且自簪花，坐赏镜中人"：〈带灯〉的两个文本与叙事》，载《扬子江评论》2014 年第 1 期。

孙新峰：《"带灯"等"天亮"——论〈带灯〉小说中的人物形象》，载《商洛学院学报》2014 年第 1 期。

王国杰：《文学想象力的流失与拯救——以 2013 年四部长篇小说为例》，载《甘肃社会科学》2013 年第 2 期。

许心宏：《带灯夜行：且行且吟的乡土悲歌——贾平凹〈带灯〉女主人公意象解读》，载《中南大学学报（社会科学版）》2014 年第 2 期。

谭易：《带灯巡行，风雨无阻——商洛花鼓〈带灯〉观感》，载《商洛文化》2014 年第 2 期。

吴夜：《〈古炉〉之后的继续言说——〈带灯〉漫评》，载《长春工业大学学报（社会科学版）》2014 年第 2 期。

费团结：《问题小说视域下的贾平凹长篇小说》，载《小说评论》2014 年第 4 期。

张连义：《〈带灯〉："说"出的乡村现代化之痛》，载《长安大学学报（社会科学版）》2014 年第 4 期。

刘树元：《艺术的现实超越与近距离描写——评贾平凹的小说〈带灯〉》，载《湖州师范学院学报》2014 年第 5 期。

李明燊：《转型期社会体制的基层影射——论贾平凹长篇小说〈带灯〉》，载《内蒙古大学学报（哲学社会科学版）》2014 年第 5 期。

龚敏律：《游移的主题，割裂的文本——评〈带灯〉兼与几位批评家商榷》，载《文艺争鸣》2014 年第 5 期。

闫美景：《〈带灯〉和贾平凹的"当下"精神》，载《名作欣赏》2014 年第 5 期。

刘火：《〈带灯〉论——兼论贾平凹的乡村政治观》，载《当代文坛》2014 年第 6 期。

杨光祖：《修辞并不是一个简单的技巧问题——评长篇小说〈带灯〉》，载

《中国现代文学研究丛刊》2014 年第 6 期。

杨会、王丽文：《论〈带灯〉的艺术张力》，载《中国现代文学研究丛刊》2014 年第 6 期。

孙见喜：《在法理与人情之间　商洛花鼓戏〈带灯〉观后》，载《当代戏剧》2014 年第 6 期。

龚道瑧：《乡村政治生态的隐喻叙事——以〈带灯〉为视点》，载《创作与评论》2014 年第 6 期。

周明全：《贾平凹何以抛弃性书写？——兼评贾平凹新作〈带灯〉》，载《山花》2014 年第 11 期。

何英：《繁琐纠葛中未灭其心——探寻真正的〈带灯〉》，载《佳木斯大学社会科学学报》2014 年第 6 期。

王德威：《萤火虫与虱子》，载《读书》2014 年第 7 期。

谭旭东：《贾平凹长篇〈带灯〉的价值与局限》，载《中国图书评论》2014 年第 7 期。

杨靖：《没有多少希望的光明——贾平凹〈带灯〉题旨的放射性批判》，载《名作欣赏》2014 年第 14 期。

商明：《贴地气的隐喻写作——论贾平凹长篇新作〈带灯〉》，载《名作欣赏》2014 年第 21 期。

王琨：《国家意识形态的叙事策略——论贾平凹长篇小说〈带灯〉的叙事价值》，载《中国现代文学研究丛刊》2015 年第 1 期。

李黎红：《萤火虫驱不走夜的黑——带灯形象论兼〈带灯〉主题分析》，载《吕梁学院学报》2015 年第 1 期。

徐小强：《〈带灯〉改编前后》，载《当代戏剧》2015 年第 1 期。

蒋瑞：《刍议贾平凹长篇小说〈带灯〉的思想内涵》，载《时代文学（下半月）》2015 年第 1 期。

甄亮：《剧坛新形象——带灯的典型性》，载《当代戏剧》2015 年第 1 期。

赵彬：《山野、星空与幽灵的对话：现代性的困境——贾平凹新作〈带灯〉解析》，载《华夏文化论坛》2015 年第 2 期。

张谦芬：《论贾平凹〈带灯〉的农村书写》，载《南京师范大学文学院学报》2015 年第 2 期。

张勇：《一个"中国"的故事——〈带灯〉中的基层政治与经济伦理》，载《汉语言文学研究》2015 年第 3 期。

李景林：《论贾平凹乡土小说〈带灯〉的寓言性》，载《安康学院学报》2015 年第 3 期。

侯庆伟、罗莹：《从本土化看〈带灯〉》，载《鸭绿江（下半月版）》2015 年第 5 期。

马俐欣：《论贾平凹文学创作思维之嬗变轨迹——从〈秦腔〉到〈带灯〉》，载《美与时代（下）》2015 年第 5 期。

周涛：《被"开发"的乡土及其伦理现实主义省思——贾平凹〈带灯〉论析》，载《延安大学学报（社会科学版）》2015 年第 6 期。

赓续华：《萤光之火　燎燃心原——评商洛花鼓戏〈带灯〉》，载《中国戏剧》2015 年第 11 期。

焦亚坤：《从〈带灯〉看贾平凹笔下的象征意象》，载《名作欣赏》2015 年第 20 期。

王强、周春英：《乡土中国的现代裂变——由〈带灯〉主题说开去》，载《名作欣赏》2015 年第 29 期。

苑东曼、周春英：《一线贯穿，严密紧凑——论贾平凹小说〈带灯〉的结构》，载《名作欣赏》2015 年 29 期。

卜萌萌、周春英：《萤萤微芒腐臭自现——论"带灯"这个人物形象》，载《名作欣赏》2015 年第 10 期。

李星：《以生活为源泉在戏剧舞台塑造时代先锋——评商洛花鼓戏〈带灯〉》，载《陕西日报》2015 年 12 月 4 日。

孙豹隐、孙昭：《萤火虫可以照亮夜空——论商洛花鼓戏〈带灯〉对主人公形象的塑造》，载《中国艺术报》2016 年第 6 期。

沈穷竹：《贾平凹笔下的"带灯"形象——浅谈带灯形象的多重性》，载《文艺争鸣》2016 年第 6 期。

王元忠：《当代文学史视阈中的带灯形象解读》，载《当代文坛》2017 年第 6 期。